Wer mit dem Feuer spielt, kommt darin um.

Mitten in Kopenhagen wird in einem ausgebrannten Wagen eine tote Frau gefunden. Die Ermittlungen führen die Kriminalpsychologin Katrine Wraa und ihren Partner Jens Høgh in die Seelenabgründe von Tätern, Opfern, Gangstern und Mitläufern – die mit ihrer ganz eigenen Logik alles nur Erdenkliche versuchen, um ihr wahres Gesicht zu verbergen.

Das Autorenduo *Øbro & Tornbjerg* gehört zu den international erfolgreichen Shootingstars der dänischen Kriminalszene. Jeanette Øbro, geboren 1969, war als Tänzerin, Hebamme, Mediendesignerin und Beraterin tätig. Ole Tornbjerg, geboren 1967, hat Kommunikationswissenschaften studiert und arbeitete als Produzent und Regisseur für Film und Fernsehen. Die beiden Autoren sind verheiratet und leben mit ihren drei Kindern in Hillerød. Øbro & Tornbjerg schreiben zurzeit an den nächsten Fällen für Katrine Wraa.

Weitere Informationen, auch zu E-Book-Ausgaben, finden Sie bei www.fischerverlage.de

JEANETTE ØBRO
OLE TORNBJERG

SCHREI IN FLAMMEN

KRIMINALROMAN

AUS DEM DÄNISCHEN VON
GÜNTHER FRAUENLOB UND
MAIKE DÖRRIES

FISCHER
TASCHENBUCH

Erschienen bei FISCHER Taschenbuch
Frankfurt am Main Dezember 2013

Die Originalausgabe erschien 2011
unter dem Titel ›Djævlens ansigt‹
im Verlag JP / Politikens, Kopenhagen

Satz: Dörlemann Satz, Lemförde
Druck und Bindung: CPI – Clausen & Bosse, Leck
Printed in Germany
ISBN 978-3-596-19380-6

TEIL 1

Mein Tod war grausam. Da gibt es nichts zu beschönigen. Ich verbrannte in lodernden, verzehrenden Flammen, und nach der ersten Berührung von Feuer und Fleisch gab es kein Zurück mehr. Die Zeit blieb stehen. Die Unendlichkeit begann, und dann war Schluss. Ein für alle Mal, die fatale Grenze war überschritten.

Gleich werden sie hier stehen und die verkohlten Reste meines schönen Körpers begutachten. Aber wie lange sie dort auch stehen mögen, sie werden niemals die Sekunden verstehen, in denen meine Haut, meine Haare, meine Muskeln und meine Nervenenden seufzten, schmolzen und in den Flammen vergingen. Die Schmerzen kann man sich nicht vorstellen. Außerstande mich zu bewegen, konnte ich bloß darauf warten, dass mein Körper resignierte.

Meine Haut. Du hättest meine Haut sehen sollen. Ich hatte die zarteste, weichste Haut, die man sich vorstellen kann. Glatt und einladend. Weich und doch fest. Straff über meinen langen, schlanken Gliedern.

Aus und vorbei, sie wurde von den Flammen verzehrt und wird nie wieder von einem Mann berührt werden. Oder von einer Frau. Welch Schande und grenzenlose Vergeudung.

Ich will mich nicht weiter mit Details aufhalten. Es ist aus. Ich spüre nichts mehr. Es gibt keine Zukunft. Keine Träume. Keine Gegenwart.

Was mir bleibt, ist die Vergangenheit, die Menschen, die ein Teil davon waren, und mein gewaltiger Hass.

Doch einer dieser Menschen steht über allen anderen.

Er, der mir erst sein Geheimnis anvertraute und mich dann verließ.

Ihm habe ich nie verziehen.

SAMSTAG, 8. MAI

»Mama, Mama, unter der Brücke brennt es!«

Astrid Birk sprang aus dem Bett und lief zu ihrem fünfjährigen Sohn, der im Pyjama in der Tür zum Schlafzimmer stand.

»Was sagst du, Schatz? Es brennt?«

»Ja, ich musste Pipi, und da hab ich aus dem Fenster geschaut, und da war überall Feuer!«

Sie nahm ihren Sohn auf den Arm und ging mit ihm ins Wohnzimmer, von wo aus man den Parkplatz unter der Autobahnbrücke »Bispeengbogen« im Kopenhagener Stadtteil Nørrebro sehen konnte.

Verdammt, fluchte sie innerlich. Im letzten Jahr waren dort mehrfach Autos, die zuvor bei irgendwelchen Schießereien in dem endlosen Kopenhagener Bandenkrieg benutzt worden waren, abgestellt und abgefackelt worden.

Sie studierte an der Uni, wohnte allein mit ihrem Sohn in der Dreizimmerwohnung und kam dank der niedrigen Miete gerade so über die Runden. Aber die Schießereien und brennenden Autos machten ihr Angst. Sie erwog ernsthaft, aus der Stadt wegzuziehen. Sie wollte nicht, dass ihr Sohn immer wieder mit solchen Erlebnissen konfrontiert wurde.

»Schatz, bleibst du einen Moment hier sitzen, während ich die Feuerwehr anrufe?«

Er nickte und kniete sich auf einen Stuhl, der dicht vor dem Fenster stand, und sah nach draußen.

Astrid holte ihr Telefon, stellte sich hinter ihren Sohn, wählte die 112 und erklärte rasch, worum es ging. Sie bekam die Auskunft, dass bereits andere Notrufe eingegangen und die Einsatzkräfte unterwegs waren. Sie legte das Telefon weg, nahm ihren Sohn wieder auf den Arm und spürte seine warme Wange an der ihren. Die Flammen spiegelten sich wie ihre Gesichter in der Scheibe.

»Jetzt kommen gleich die Feuerwehrautos und löschen das Feuer. Wir können also beruhigt wieder ins Bett gehen. Willst du bei mir schlafen?

»Ich will aber die Feuerwehrautos sehen.«

Astrid zögerte. War das nicht alles viel zu aufregend für ihn? Andererseits konnte sie seine Faszination verstehen, gleich ein echtes Feuerwehrauto zu sehen, das mit Blaulicht angefahren kam, um ein Feuer zu löschen.

»Okay, wir gucken zu, bis das Feuer gelöscht ist, aber dann gehen wir ins Bett.«

Kurz darauf hörten sie die Sirenen, bevor das erste große rote Löschfahrzeug um die Ecke gebogen kam. Sie konnten nicht erkennen, was genau vor sich ging, aber es dauerte nicht lang, bis die Flammen gelöscht waren.

»So, jetzt sind die Flammen aus. Gott sei Dank. Nur gut, dass du das Feuer gesehen hast, damit wir die Feuerwehr rufen konnten! Jetzt gehen wir aber wieder ins Bett.«

»Ich will weitergucken!«

»Nein, jetzt müssen wir schlafen, du wachst morgens doch immer so früh auf.«

»Ich will zugucken, bis die Feuerwehrautos wieder wegfahren.«

Während ihrer kleinen Diskussion sah Astrid, dass sich auf dem Parkplatz irgendetwas tat, konnte aber nicht erkennen, was. Dann hörte sie laute, panische Rufe, ohne zu verstehen, was genau gerufen wurde.

Sie trat näher ans Fenster und hörte die Worte, auf die sie im Nachhinein nur zu gerne verzichtet hätte:

»Verdammt, da ist jemand drin. Da sitzt jemand im Auto!«

FÜNF TAGE ZUVOR

Der Frieden war vorbei.

Die verheißungsvollen Geräusche des Frühlings waren an diesem Samstag, dem ersten warmen Wochenende des Jahres, regelrecht aufdringlich geworden. Die Vögel hatten laut und hysterisch gezwitschert, und aus den Sommerhäuschen, die den ganzen Winter über leer standen, jetzt aber wieder von ihren frühlingstrunkenen Eignern bevölkert wurden, um alles für eine lange Saison an der Seeländer Nordküste vorzubereiten, waren laute Stimmen zu ihr herübergedrungen.

Rasenmäher, Motorsägen, das Kreischen vom Strand, wo die Mutigsten sich in die kalten Fluten stürzten, lebhafte Gespräche beim Essen auf der Terrasse, das Klirren von Besteck, Tellern und Weingläsern, das Bellen von Hunden und das Lachen der spielenden Kinder waren Bestandteile der Tonspur dieses Wochenendes.

Katrine Wraa saß auf der obersten Stufe der breiten Holztreppe ihrer Veranda und blickte über das Meer. Fledermäuse flatterten vor dem hellen Maihimmel hin und her. Sie goss sich den letzten Rest Rotwein in ihr Glas, schlug die Decke enger um sich und legte noch ein Scheit in dem kleinen Keramikofen auf, der vor ihr stand und sie warm anstrahlte. Sie, die das ganze Jahr über hier wohnte, musste sich nun von der Ruhe und dem

Frieden, die sie in den letzten Monaten so dringlich gebraucht hatte, verabschieden.

An diesem späten Sonntagabend begannen die Geräusche langsam zu verstummen. Das Klappen von Terrassen- und Autotüren war zu hören, die Leute fuhren zurück in die Stadt. Die Stimmung, die sich im Laufe des Abends eingestellt hatte, passte gut zu ihrer Laune. Es war das Gefühl, dass etwas zu Ende ging. Sie erinnerte sich noch genau, wie sie es als Kind erlebt hatte, wenn sie spät am Sonntagabend, wenn es wirklich nicht mehr anders ging, zurück in die Stadt gefahren waren. Sie auf dem Rücksitz des Autos. Ihre Eltern vorn. Die Haut im Gesicht trocken und straff von der Sonne und dem Salz des Meeres. Sand zwischen den Zehen. Als sie noch ganz klein gewesen war, war sie auf diesen Fahrten immer eingeschlafen und erst wieder aufgewacht, wenn ihr Vater sie ins Bett getragen hatte. Später, als sie ein bisschen älter war, waren diese Fahrten ein wehmütiger Übergang gewesen. Eine Reise von einem Zustand in einen anderen. Mehr Moll als Dur. Genau diese Stimmung war es, die jetzt in ihr aufkam.

Weil sie auf dem Weg von einem Zustand in einen anderen war. Sie sollte am kommenden Tag nach einer längeren, krankheitsbedingten Auszeit wieder zu arbeiten beginnen. Im Gegensatz zu ihren Erinnerungen ging damit aber keine schöne Zeit zu Ende. Im Gegenteil: Es war der Abschluss einer Zeit, die sie als eine der schrecklichsten Perioden ihres Lebens erlebt hatte.

War sie wirklich schon wieder so weit?, hatte ihr neuer Chef, Bent Melby, sie gefragt. Sie sollte sich auf keinen Fall gedrängt fühlen und deshalb zu früh zur Arbeit zurückkommen. Dabei hatte er geklungen, als wäre es ihm nur recht, wenn sie noch ein bisschen wegbliebe, oder täuschte sie sich in dieser Einschätzung?

Sie sei sich vollkommen sicher, hatte sie im Brustton der Überzeugung gesagt, auch wenn der Krisenpsychologe der Polizei in diesem Punkt nicht ganz ihrer Meinung war. Aber sie wusste ja wohl am besten, was sie jetzt brauchte, schließlich war sie selbst Psychologin; sie musste einfach wieder arbeiten, in Gang kommen, dann würde sich der Rest schon finden.

*

»Da sind wir«, sagte Jens Høgh und lächelte Katrine breit an, als er sie in das Büro führte, das sie sich im nächsten Jahr teilen sollten.

Katrine trat ein und hängte ihre hellbraune Lederjacke hinter die Tür. Jens beobachtete sie. Sie war blass und noch dünner als bei ihrer letzten Begegnung vor ein paar Monaten. Sie hatte dunkle Ränder unter den Augen, und er sah ihr an, dass sie frischer zu wirken versuchte, als sie es in Wahrheit war. Sie fingerte an ihrem hellen, kurzärmeligen Hemd und an dem Gürtel ihrer Jeans, und ihm entging nicht, dass sie sich immer wieder mit der Hand über die langen, lockigen roten Haare fuhr, die sie in einem Pferdeschwanz zu bändigen versucht hatte. Einige Locken tanzten über ihre markanten Wangenknochen.

»Sollen wir uns eine Tasse Kaffee holen?«, fragte Jens. Katrine nickte. Sie gingen in die Teeküche am Ende des Flurs. Der dritte Stock schien sich in nichts vom zweiten zu unterscheiden, in dem das Morddezernat lag, wo sie ihre Einführungsphase zusammen mit Jens angetreten hatte, vor einer gefühlten Ewigkeit, obwohl es erst vier Monate zurücklag. Jens und sie hätten alles dafür gegeben, wieder dort arbeiten zu können, statt in der neu eingerichteten Einheit zur Bekämpfung von Bandenkriminalität.

»Wir sind hier oben inzwischen mehr als hundert Mann«, sagte Jens und goss Katrine Kaffee ein.

»Und die Vergrößerung der Abteilung war kein Problem?«, wollte Katrine wissen, nahm eine Packung Milch aus dem Kühlschrank, warf einen Blick auf das Verfallsdatum und goss sie ins Waschbecken.

»Nein, schließlich sollen wir ja auch präventiv arbeiten. Eine Taskforce gegen die organisierte Kriminalität. Sei's drum.« Er sah sie vielsagend an. »Es sind die gleichen Leute wie früher, nur anders verteilt. Es ist ja nicht so, dass wir plötzlich mehr Polizisten hätten. Kragh ist logischerweise nicht besonders glücklich, weil er noch mehr Ermittler an uns abtreten musste«, sagte Jens und goss sich selbst Kaffee ein, ehe sie zurück in ihr Büro gingen.

»Sie wollten sogar Torsten hier raufschicken, hehe.«

»Aber ...?«, fragte Katrine und sah Jens hoffnungsvoll an.

»Das konnte er verhindern.«

»Das ist doch schon etwas«, sagte sie, erleichtert, nicht mit dem Ermittlungsleiter zusammenarbeiten zu müssen, der Psychologen bei der Polizei für so überflüssig hielt wie Giersch in einem Kräutergarten.

Per Kragh, der Leiter des Morddezernats, hatte Katrine kurz vor Neujahr aus ihrem selbstgewählten Exil in

Ägypten abgeworben, wo sie nach einer misslungenen Karriere in England, ihrer Wahlheimat seit ihrem Psychologiestudium, Zuflucht gesucht hatte. Das war eine einmalige Chance, denn Stellenangebote für Profiler waren rar. Budget gab es nur für die Bereiche mit höchster Priorität, und da die Bandenkriege Kopenhagen bereits lange genug in Atem hielten, hatte Per Kragh eine Chance für die Durchsetzung seiner ganz eigenen Pläne gesehen: Als frisch eingesetzter Dezernatsleiter wollte er klare Duftmarken setzen und sich mit der Anstellung neuer Mitarbeiter profilieren, die das Dezernat mit modernen wissenschaftlichen Methoden bereicherten. Da das Morddezernat aber eine außergewöhnlich hohe Aufklärungsrate vorzuweisen hatte und es keinen wirklichen Bedarf an der Einstellung neuer Experten wie Katrine gab, war er auf die Idee gekommen, sie erst einmal in der brandaktuellen Taskforce einzusetzen. Unter vier Augen hatten sie aber vereinbart, dass er sie nach dem einen Jahr in der Sondereinheit im Morddezernat anstellen wollte. Je besser sie also am jetzigen Ort ihre Arbeit erledigte, desto größer waren die Chancen, doch noch einmal ihre Traumstelle zu bekommen.

»Es ist gut, dich wieder hier zu haben«, sagte Jens, als beide an ihren Schreibtischen Platz genommen hatten. Sie wusste ganz genau, dass er das ernst meinte.

»Es ist auch gut, wieder hier zu sein«, sagte sie, nicht ganz der Wahrheit entsprechend. »Ich muss nur erst …«, sie machte Kreisbewegungen mit ihrem Zeigefinger, »richtig in Gang kommen. Du weißt schon.«

»Natürlich. Lass es ruhig angehen, das versteht hier jeder.«

»Und du … bitte entschuldige, dass ich nicht zurückgerufen habe.«

»Ist schon in Ordnung.«

»Nein, ist es nicht. Aber … Na ja, es ging mir halt wirklich scheiße.«

Jens nickte. »Ich habe mitbekommen, dass deine Krankschreibung verlängert worden ist. Geht's dir denn jetzt besser?«, fragte er.

»Ja, schon, es geht besser. Ich muss jetzt einfach loslegen.«

»Und, ähm, wie war deine Fahrt nach Ägypten? Ist da alles gutgegangen?«

Sie nickte, und Jens sah in ihren Augen so etwas wie Freude aufblitzen. Dieser verfluchte Aussi. Sie hatte in den drei Monaten vor Weihnachten, vor ihrer Rückkehr nach Dänemark, eine Beziehung zu einem australischen Tauchlehrer gehabt. Und als sie krankgeschrieben war, war sie noch einmal dorthin gefahren. Allein der Gedanke daran quälte ihn.

»Ich habe den PADI-Schein gemacht«, sagte sie stolz.

»Herzlichen Glückwunsch.«

»Danke.«

»Und … war Ian noch da?«, fragte er und nahm einen Schluck Kaffee. Es gelang ihm sogar, die Frage möglichst beiläufig zu stellen.

»Ja, aber er geht jetzt wieder zurück nach Australien. Er hat einen Job am Great Barrier Reef. Also …« Sie zuckte mit den Schultern, sah aber nicht sonderlich traurig aus.

»Ah ja?« Jens fühlte sich gleich viel besser. Australien, das war schön weit weg! Und das Schulterzucken konnte doch wohl nur eins bedeuten. »Tja, dann …«, sagte er beflügelt, »will ich mal versuchen, dir einen Überblick zu geben.«

»Gerne«, sagte Katrine.

Er stand auf, trat an das große Whiteboard, das hinter Katrine hing, und nahm einen Folienschreiber. Katrine schob ihren Stuhl vom Tisch weg, damit sie besser sehen konnte. Jens begann zu zeichnen, aber der Folienstift war eingetrocknet.

»Augenblick«, sagte er und verschwand durch die Tür. Katrine sah ihrem durchtrainierten Kollegen mit den kurzen Haaren und den blauen Augen nach. Sie waren etwa gleichaltrig, Ende dreißig. Bis jetzt war es doch gar nicht so schwer, dachte sie erleichtert. Sie hatte sich so oft vorgestellt, wie alles ablaufen würde.

Er hatte sie nur einmal kurz oben in ihrem Sommerhaus besucht, gleich nach ihrer Entlassung aus dem Krankenhaus. Da war sie noch vollkommen aufgedreht gewesen, fast high, dass sie überlebt und den Fall aufgeklärt hatte. Und dass sie von den schweren Schuldgefühlen befreit worden war. Sie hatte jahrelang geglaubt, ihre Jugendliebe Jon hätte sich das Leben genommen, weil sie mit ihm Schluss gemacht hatte. Doch dann hatte sich gezeigt, dass er gar nicht aus freien Stücken aus dem Leben geschieden, sondern ermordet worden war. Diese Erkenntnis hatte ihr Leben und ihr Selbstbild auf den Kopf gestellt. Und ein ganz neues Licht auf ihr Verständnis von Beziehungen geworfen. Sie hatte lange Telefonate mit ihrer Freundin Fiona geführt, mit der sie in England zusammen studiert hatte, und dabei ganz offen über ihre Schuld und Zweifel und deren Einfluss auf ihr bisheriges Leben gesprochen. Sie war eine Eigenbrötlerin geworden, immer nur mit kurzen Beziehungen, die sie meist von sich aus wieder beendet hatte. Beziehungen ohne jede Zukunftsaussicht, die schon von vornherein zum Scheitern verurteilt waren – wie die Sache mit dem australischen Tauchlehrer in Scharm El Scheich ... Das war ihr erstmals richtig bewusst geworden, als sie wieder in Ägypten gewesen war. Sie und Ian hatten sich in Freundschaft getrennt und sich einander ein gutes Leben gewünscht.

Jetzt war sie hier. Und sollte mit dem Mann zusammenarbeiten, der ihr vor vier Monaten an einem eisigen Strand das Leben gerettet hatte. Sie hatte sich vor diesem Wiedersehen gefürchtet. Ohne ihn wäre sie nicht mehr am Leben. Da war es doch nur natürlich, dass sie ihm gegenüber eine besondere Dankbarkeit empfand. Doch gleichzeitig stand das Ganze irgendwie ... unglaublich groß und intim ... zwischen ihnen.

Es hatte Augenblicke gegeben, in denen sie schrecklich down gewesen war, tief unten in einem finsteren Loch, in dem sie nichts als Wut gespürt hatte. Wut auf sich selbst, sich in so eine gefährliche Situation manövriert zu haben. Und auf Jons Mörder. Und auf Jens, weil sie sich in diesen Augenblicken gewünscht hatte, er hätte sie sterben lassen.

Deshalb hatte sie es einfach nicht übers Herz gebracht, mit ihm zu reden. Bis jetzt. Es war aber fast unmöglich, auf einen Menschen wie Jens Høgh längere Zeit wütend zu sein. Dieser Mann schien mit Helium gefüllt zu sein und stieg immer wieder an die Oberfläche. Nur zu gern hätte sie etwas von diesem Helium in sich aufgesaugt.

Jens kam mit einigen Filzschreibern und einer Thermoskanne mit Kaffee zurück und stieß die Tür mit dem Fuß zu.

»Halt dich fest. Jetzt steigen wir in die dänische Unterwelt hinab«, sagte er. »Und das wird keine schöne Reise.«

»Willst du mir nicht erst sagen, mit welchem Fall sie dich betraut haben?«

»Natürlich, hauptsächlich bin ich dazu abgestellt, die Ermittlungen der Mordfälle zu leiten, die wir auf den Schreibtisch kriegen. Es gibt nämlich verschiedene Varianten davon, *sich gegenseitig auf offener Straße abzuknallen.* Oder es zumindest zu versuchen, sollte ich wohl eher sagen, denn die meisten treffen nicht sonderlich gut. Das Üble an der Sache ist aber, dass häufig Unschuldige mit reingezogen werden, also Leute, die einfach zur falschen Zeit am falschen Ort sind. Was Wirtschaftskriminalität und Drogen angeht, gibt es hier qualifiziertere Leute als mich. Und Lars Sønderstrøm – er ist auch hier, du hast ihn sicher schon mal getroffen?« Katrine nickte. »Er trägt Material über die richtig üblen Rockerbanden zusammen, inklusive Abhörung und Überwachung. Das Ganze nennt sich SKAT, und dabei drehen sie wirklich jeden Fitzel um, gucken sich alle Rechnungen ganz genau an und so. Der ist echt verrückt.« Jens schüttelte lächelnd den Kopf.

»Wenn du die Ermittlungen leitest, bist du befördert worden?«

»Ja, aber ich mache mir trotzdem noch die Hände schmutzig. Ich schaffe es nicht, bloß hier rumzusitzen und die Fäden in der Hand zu halten. Ich muss raus auf die Straße. Ich habe sozusagen eine Sonderbewilligung bekommen.«

»Hm«, sagte Katrine und war fast ein bisschen neidisch. »Weißt du dann zufällig auch, was Melby mit mir vorhat? Ich habe ja nie richtig mit ihm gesprochen.«

Jens sah sie an und trank einen Schluck Kaffee, bevor er antwortete. »Wenn ich ehrlich sein soll ...?«

»Ich bitte darum.«

»Ich glaube, er hat keine Ahnung, was er mit dir anfangen soll.«

»Na super, dann sind wir schon zu zweit.«

»Und deshalb glaube ich, dass es ihm am liebsten wäre, wenn du da an diesem Tisch«, er zeigte auf ihren Schreibtisch, »sitzen bleiben und den Rest des Jahres darauf verwenden würdest, ein paar Berichte zu schreiben.«

»Hm.«

»Ich persönlich fände das ja eine schreckliche Vergeudung. Also nicht, dass du nicht tolle Berichte schreiben könntest – das bezweifle ich nicht.«

»Um die Regale im Archiv noch mehr aufzufüllen?«

»Nein, ich denke schon, dass sie gelesen würden. Unsere Arbeit steht im Blickpunkt und hat ziemliche Priorität. Auch für die Medien. Ich denke nur, dass man ruhig etwas ambitionierter denken und dich auch an operativen Einsätzen teilnehmen lassen sollte. Wir können deinen Input sicher gut gebrauchen.«

»Es würde wenig Sinn machen, wenn ich vollkommen abgeschnitten von den Ermittlungen arbeite ...«

»Das sehe ich genauso.«

»Und die Vorstellung, für den Rest des Jahres hier am Schreibtisch zu sitzen und Berichte zu schreiben, ohne jemanden zu stören – ich brauche doch etwas, womit ich arbeiten kann!«

»Genau.«

»Weißt du eigentlich, wie schwer es ist, unter so einem Chef zu arbeiten?«, fragte sie stöhnend.

»Ja, und genau deshalb müssen wir ihm helfen«, sagte Jens und beugte sich verschwörerisch über den Tisch. »Okay? Wir helfen ihm, indem du ein hübsches Konzept schreibst, aus dem hervorgeht, wie du zum Beispiel untersuchen kannst, wann und wieso es bei den Kids, die in den Banden landen, zum Filmriss kommt und sie die Schule oder ihre Ausbildung abbrechen. Und natürlich, wie man das verhindern könnte. Um genügend Hintergrundinformationen zu bekommen und die Arbeit wirklich qualifiziert angehen zu können, solltest du neben den Kontakten mit den Streetworkern und so weiter auch unbedingt an ausgewählten Ermittlungen teilnehmen – also mich unterstützen«, ergänzte Jens und grinste breit. »Es leuchtet doch ein, dass man das Milieu so am besten kennenlernt. Und wenn du es schaffst, das Ganze plausibel darzustellen …«

»Du meinst ein angewandtes Forschungsprojekt …«, sagte sie mit ironischem Unterton und fuhr, angestachelt von Jens' eifrigem Nicken, fort, »… über die Attraktivität krimineller Subkulturen – und die Entwicklung von Strategien, der initialen Rekrutierung entgegenzuwirken?«

»Exakt! Besser kann man es nicht formulieren!« Jens sah sehr zufrieden aus. »Wunderbar, dass du das auch so siehst, ich habe ihn nämlich schon ein bisschen vorbereitet, dass das ein gutes Einsatzgebiet wäre.«

»Du bist ganz schön gerissen.«

»Ich habe meine hellen Momente«, sagte Jens zufrieden. »Und bevor wir uns umsehen, sind wir beide wieder im Morddezernat. Prost!«

Er streckte ihr seine Kaffeetasse über den Tisch entgegen. Sie stießen an, wobei Jens' Kaffee aus der Tasse auf einen Stapel Papiere schwappte.

»Prost!«

*

»Unsere wichtigste Aufgabe ist es natürlich, den Bandenkrieg so schnell wie möglich zu beenden«, sagte Bent Melby ernst, beugte sich über seinen Schreibtisch und musterte Katrine, die ihm gegenübersaß. »Sechs Tote und fast sechzig Schießereien allein im letzten Jahr sind einfach inakzeptabel. Die Sicherheit der Bevölkerung ist da nicht mehr gewährleistet. Wir müssen die Leute wegsperren, die für die Schießereien und die Gewalt verantwortlich sind, und wir müssen neuen Zwischenfällen vorbeugen. Ebenso wichtig ist es aber auch, eine Ebene tiefer vorzudringen und die Grundlagen dieses Bandenkriegs aufzuarbeiten: der extrem lukrative Markt für Cannabis, Drogen und Prostitution. Dabei müssen wir hart und konsequent gegen die Hintermänner vorgehen. Es kommt – mit anderen Worten – darauf an, das Unkraut mitsamt der Wurzel auszureißen!«, sagte er mit einer energischen Handbewegung.

Katrine hatte Melby erst ein einziges Mal getroffen, als sie vor einigen Monaten im Morddezernat begonnen hatte. Da hatte er müde und abgearbeitet ausgesehen, und ihr hatte davor gegraut, ihn als Chef zu haben. Der Mann, der jetzt vor ihr saß, wirkte ganz anders, wie von einem inneren Feuer angetrieben. Vermutlich hatte ihm die erste Zeit hart zugesetzt, dachte Katrine, doch inzwischen hatte er eine größere Organisation hinter sich, und die Aufgaben schienen gut verteilt und alles auf den richtigen Weg gebracht worden zu sein. Sie schätzte ihn auf Anfang fünfzig, und er schien sich gut in Form zu halten. Seine vollen, stahlgrauen Haare waren kräftig und kurzgeschnitten, und seine Augen strahlten vor Energie und Leben, ließen dabei aber keinen Zweifel am Ernst der Lage. Er stand auf und lief durch den Raum. Vermutlich kam jetzt der Vortrag, auf den Jens sie vorbereitet hatte.

»Die organisierte Kriminalität hat sich in den letzten Jahren enorm entwickelt. Früher nutzten die kriminellen Organisationen illegale Methoden, wenn sie auf dem *illegalen* Markt operierten. Doch in den letzten fünf bis zehn Jahren hat es da Verschiebungen gegeben, jetzt bedient man sich illegaler Methoden auf dem *legalen* Markt. Sie haben Modelle entwickelt und sind im großen Stil dabei, Firmen und Unternehmen zu etablieren – insbesondere im Bereich Gebäudereinigung, Gerüstbau, Sicherheit und in verschiedenen Handwerkszweigen. Anfangs halten sie sich exakt an die Vorschriften, später werden die Firmen dann zur Geldwäsche genutzt – für Geld aus Drogengeschäften, Prostitution, Erpressung oder anderen kriminellen Aktivitäten oder um im großen Stil Steuern zu hinterziehen.«

Ein etwas schräges Bild von muskelbepackten, langhaarigen Bikern mit Lederweste, die von ihren Schreibtischen kleine Firmen leiteten, drängte sich Katrine auf.

»Das ist …«, Melby hielt einen Moment inne, um den Ernst der Situation zu unterstreichen, »eine echte Bedrohung. Zum einen ist ihr Einstieg in das legale Geschäftsleben häufig begleitet von Gewalt, zum anderen – und das ist weitaus gefährlicher – unterminieren sie damit unsere ganze Gesellschaft. Sie entziehen den öffentlichen Kassen enorme Geldbeträge, für die wir alle aufkommen müssen. Ich würde sogar so weit gehen zu sagen, dass die organisierte Kriminalität heute zu den größten Bedrohungen unserer Demokratie zählt. Deshalb müssen wir uns mit aller Härte dagegen zur Wehr setzen. Es gibt ausreichend Schreckensszenarien, was passiert, wenn ein Land die Kontrolle über diese kriminellen Organisationen verliert: Sie infiltrieren uns, drängen erst in die Wirtschaft und dann in die Politik. Das Resultat ist eine in hohem Maße korrumpierte Gesellschaft, geleitet von Kriminellen, die nicht vor Gewalt, Mord und Erpressung zurückschrecken. Das ist in vielen Ländern Mittel- und Südamerikas passiert …«

»Und in Russland.«

»Ja, wobei das eine etwas andere Geschichte ist.«

»Natürlich, aber es ist doch wohl noch ein weiter Weg, bis Dänemark so weit ist«, sagte Katrine.

»Natürlich. In einem Land mit einer so hohen Rechtssicherheit wie dem unsrigen geht das nicht so schnell. Aber es ist wichtig, diese Perspektive nicht aus den Augen zu verlieren.« Bent Melby blieb stehen und beugte sich über den Tisch.

Dann begann eine Aufzählung ihrer Aufgaben. Es war in etwa so, wie Jens es sich gedacht hatte. Sie sollte die Netzwerkbildung und Rekrutierung analysieren – mit besonderem Fokus auf den kleineren, neueren Bandenformationen. Sie sollte der Polizei mit ihrer Arbeit tiefere

Einblicke in diese Prozesse verschaffen, um die Prävention zu stärken und all jenen Hilfestellung bieten zu können, die das Milieu wieder verlassen wollten. So weit, so gut.

»Es ist für diese Arbeit aber essentiell, an ausgewählten laufenden Ermittlungen teilzunehmen«, sagte Katrine.

Melby lehnte sich auf seinem Stuhl zurück. »Das kommt nur in äußerst begrenztem Umfang in Frage«, sagte er mit fester Stimme.

»Es ist aber für die Qualität meiner Untersuchungen von höchster Bedeutung, dicht am Milieu dran zu sein und die Ermittlungen zu begleiten«, versuchte sie es erneut.

Melby beugte sich wieder vor. »Ich war nicht an Ihrer Anstellung beteiligt«, sagte er in freundlicherem Ton, »aber ich gehe grundsätzlich davon aus, dass die Mitarbeiter, die meiner Spezialeinheit zugeteilt werden, auch die nötigen Qualifikationen mitbringen. Hinzu kommt, dass ich rein juristisch nicht nachvollziehen kann, was Sie zu unserem Arbeitsfeld überhaupt beitragen können. Aber gut«, sagte Melby und stand auf. »Wenn Sie dann bitte einen kurzen Bericht über das schreiben könnten, was wir heute hier besprochen haben. Sagen wir bis nächste Woche?«

Katrine verließ Melbys Büro mit hängendem Kopf. Je eher dieses Jahr vorüber war, desto besser, dachte sie und sah das Morddezernat weit, weit hinten am Horizont verblassen. Wie sollte sie allein durch die Beschaffung von Hintergrundmaterial die Entscheidungsträger überzeugen, dass man sie unbedingt im Morddezernat brauchte? Was hatte Per Kragh sich nur dabei gedacht?

Eine echte Scheißsituation. Melby war ihr vor die Nase gesetzt worden und hatte nichts Besseres zu tun, als sie an einen Schreibtisch zu ketten. Sie konnte sich aber auch schlecht hinter Melbys Rücken bei Kragh beschweren. Solche Spielchen konnte sie nicht leiden. Ihr blieb keine andere Wahl, sie musste versuchen, das Beste aus der Situation zu machen. In England hatte sie am Ende den Ruf gehabt, eigenmächtig und wenig teamfähig zu sein, doch dort war der Führungsstil deutlich hierarchischer und straffer. Wenn sie in Dänemark Karriere machen wollte, würde sie sich anstrengen müssen, eine Balance zu finden zwischen dem, was sie für richtig hielt, und dem, was ihre Vorgesetzten von ihr erwarteten, damit sie nicht wieder in der gleichen Situation landete. Dumm nur, dachte sie missmutig, dass ihr Chef offenbar nicht die geringste Ahnung von ihrem Fach hatte.

FREITAG, 7. MAI

Katrine Wraa hatte die erste Woche darauf verwendet, sich in ihr neues Tätigkeitsfeld einzulesen, um einigermaßen vernünftig beschreiben zu können, wie sie die neue Aufgabe angehen wollte. Sie hatte Untersuchungsberichte und Fachliteratur vor allem aus England und den USA gefunden, die sie im Laufe der letzten Tage und Nächte durchgeackert hatte. Erst jetzt, am Freitagnachmittag, war sie in der Lage, den Bericht zu schreiben, den sie am Montag abgeben sollte. Auf der anderen Seite des Tisches bemerkte sie eine gewisse Unruhe.

»Was machst du am Wochenende?«, fragte Jens betont beiläufig, während er sich auf seinem Stuhl zurücklehnte.

»Ich werde wohl arbeiten müssen, wenn ich meinen Bericht für Melby fertigkriegen will«, sagte Katrine, ohne vom Bildschirm aufzublicken.

»Hm.«

»Und du?«

»Ich habe Bereitschaft, aber ich dachte, wir könnten vielleicht, ich meine, wenn du Lust hast …«

»Schönes Wochenende, wollt ihr nicht auch bald nach Hause?«, ertönte es von der Tür, die plötzlich komplett ausgefüllt wurde. Einer der größten Männer, die Katrine jemals gesehen hatte, Lars Sønderstrøm, lehnte am Rahmen und lächelte ihnen gutmütig zu. »Ich mache jetzt jedenfalls bis Sonntag frei«, fuhr er fort. »Dann muss ich wieder hier antreten, aber okay, ich habe ja gerade erst 57 Überstunden abgefeiert.«

Jens sah Lars verärgert an. Katrine wunderte sich den Bruchteil einer Sekunde, dann hatte sie verstanden. Hatte er sie wirklich fragen wollen, ob sie sich sehen sollten?, dachte sie und spürte einen Anflug von Panik.

»Stimmt, höchste Zeit, Feierabend zu machen«, beeilte sie sich zu sagen und stand auf.

»Übrigens, schön, dass du wieder hier bist«, sagte Lars Sønderstrøm, trat einen Schritt vor und reichte ihr die Hand. Katrines Hand verschwand vollständig in seiner Bärenpranke.

»Danke«, sagte Katrine.

»Es ist schon eine Leistung, nach alldem, was du durchgemacht hast, hierher zurückzukommen«, sagte er, bevor er ihre Hand losließ. »Das hätten nicht alle geschafft.«

»Danke«, sagte sie noch einmal. Ein Augenblick der Stille schob sich zwischen sie. Sie hätte etwas Kluges, Einsichtiges sagen wollen, aber ihr fehlten die Worte. Stattdessen nickte sie nur. Er erwiderte ihr stummes Nicken und zwinkerte ihr zu.

»Tja, dann packe ich mal zusammen«, sagte sie und begann zwei große Plastiktüten mit den ausgedruckten Berichten und Artikeln zu füllen.

»Also, schönes Wochenende dann«, sagte Lars und verschwand.

Sie steckte ihren Laptop in die Tasche, hängte sie sich über die Schulter und stand beladen wie ein Packesel da, als Jens aufstand.

»Ich dachte mir ... Also, ein Freund von mir hat ein kleines Speedboat, das ich mir manchmal ausleihe. Es ist ziemlich cool, sich Kopenhagen vom Wasser aus anzusehen. Wenn du also Lust hättest, könnten wir am Wochenende ein bisschen Boot fahren?«

Jens Høgh ist ein Romantiker, dachte sie, im Grunde nicht sehr überrascht. Eigentlich hätte sie gern ja gesagt, aber das Ganze war so schon kompliziert genug.

»Klingt sehr verlockend«, sagte sie und schnappte sich die Tüten. »Aber ich schaffe das nicht, wenn ich Melby am Montag was Anständiges abgeben will.«

Die Enttäuschung war ihm anzusehen. »Kein Problem«, sagte er schnell. »Dann sehen wir uns Montag.«

Sie nickte und ging.

*

Die kleinen Rippen auf der Wasseroberfläche rollten mit einem leisen Glucksen auf den Strand und wurden zu einem Rieseln, als das Wasser wieder zurücklief und Sand und kleine Kiesel mit sich zog. Der Strand war in dieser Mainacht wunderbar einsam. Am Himmel war keine Wolke mehr, nachdem es am Abend aufgeklart hatte, und der Mond spiegelte sich wie ein leuchtender Streifen Silber auf dem Wasser. Katrine ging gerne im Dunkeln ans Wasser, wenn sie dort allein war, schlafen konnte sie ohnehin nicht.

An dem ganz besonderen Platz blieb sie eine Weile stehen. Hier hatte sie vor ein paar Monaten das Leben verloren und wiedergewonnen. Sie hatte nicht einfach nur in Lebensgefahr geschwebt. Sie war tot gewesen. Ertrunken.

Und Jens hatte ihr das Leben gerettet. Er hatte sie hier an diesem Strand gefunden und sie im letztmöglichen Augenblick wiederbelebt, ihr Brustbein wieder und wieder nach unten gedrückt und ihr Herz so noch einmal zum Schlagen gebracht. Anschließend hatte sie schreckliche Schmerzen gehabt. Jens hatte ihr drei Rippen gebrochen, was sie ihm aber nie erzählt hatte.

Nach einigen Tagen im Krankenhaus und einem kurzen Ferienaufenthalt in Ägypten wollte sie eigentlich wieder mit ihrer Arbeit anfangen. Sie war davon ausgegangen, dass sie drüber weg war, ja dass dieses heftige Erlebnis, das aus rein fachlicher Sicht für eine Psychologin natürlich nicht uninteressant war, sie klüger gemacht hatte. Was für abwegige Gedanken. Hatte sie wirklich geglaubt, mehr oder minder weitermachen zu können wie zuvor? Offensichtlich war es doch etwas komplizierter, von den Toten aufzuerstehen.

Noch immer hatte sie mitunter Flashbacks. Erinnerungsfetzen an die Verzweiflung, keine Luft mehr zu kriegen, an die Krämpfe in ihrem Bauch, die endlos langen Sekunden in dem eiskalten Wasser, bevor der Atemreflex sie zwang, nach Luft zu schnappen und Wasser zu atmen, bis ihre Lungen voll waren. Und an die Schmerzen, die sie in diesen nicht enden wollenden Sekunden verspürt hatte, bis alles dunkel geworden war.

Flashbacks waren ganz normal und gesund. Das wusste sie. Als Teil der Aufarbeitung der schrecklichen Dinge, die sie erlebt hatte, wollte ihr Gehirn wieder und wieder all die Empfindungen durchspielen, bis die Geschichte verarbeitet war und alles seine eigene Ordnung gefunden hatte. Das alles wusste sie. Wenn die

Geschichte in ihrem Inneren bis zu Ende erzählt war, würde der konstante Strom der Eindrücke wieder abnehmen. Aber sie würde auch Phasen erleben, in denen tiefgreifende, existentielle Fragen über Leben und Tod auftauchten, sagte David, ihr wohlmeinender Krisenpsychologe. Und ja, auch diese Phasen hatte sie erlebt. Mit ihm zu reden war, wie ein Buch über Krisenpsychologie durchzuarbeiten. Bislang hatte David es noch nicht geschafft, ihr irgendetwas zu sagen, dass sie nicht schon wusste. Sie hatte sich vorgenommen, die Therapie abzubrechen, da sie zu nichts führte. In der nächsten Woche hatte sie wieder einen Termin, da wollte sie es ihm sagen, damit sie zu einem Schluss kämen.

Sie kämpfte mit Schlafproblemen und konnte sich zwischendurch nicht richtig konzentrieren. Aber – mein Gott – es gab doch wohl bei jedem Menschen Phasen im Leben, in denen er nicht so gut schlief. Sie sah die Ursache für diese Probleme eher in ihrer nicht ganz unkomplizierten Arbeitssituation. Dass sie durch den Schlafmangel nicht so ausgeglichen wie sonst war und schnell die Fassung verlor, war deutlich unangenehmer.

Katrine ging zurück zum Haus, stieg die Holztreppe zum Gartentor hoch und durchquerte den Garten. Das kleine schwarze Sommerhaus mit den weißen Fenstern und Türen, das inmitten des Wildrosendickichts lag, hatte sie von ihrer Mutter geerbt, die bei einem Autounfall ums Leben gekommen war, als Katrine neunzehn war. Zu diesem Zeitpunkt hatte sie bereits ein Jahr studiert. Ein paar Monate nach dem Tod der Mutter hatte ihr Vater, der Engländer war, vorgeschlagen, zurück nach England zu ziehen. Katrine hatte nicht gezögert.

Sie war mit ihm gegangen, hatte dort ihr Studium fortgesetzt und dann zu arbeiten begonnen – bis letzten Herbst.

Sie war schon fast beim Haus, als ihr Handy klingelte. Sie warf einen Blick auf das Display. Jens? Nachts um halb zwei?

»Entschuldige, dass ich dich mitten in der Nacht störe. Habe ich dich geweckt?«

»Nein, hast du nicht.«

»Ich bin auf dem Weg zu einem ausgebrannten Auto unter dem Bispeengbogen«, sagte er. »Die Wache aus Bellahøj ist gerufen worden, aber als der Brand gelöscht war, haben sie bemerkt, dass jemand auf dem Beifahrersitz saß.«

»Und das war kein Verkehrsunfall?«

»Das Auto parkte ordnungsgemäß unter der Überführung, also nein, es sieht nicht nach einem Verkehrsunfall aus. Möglicherweise hat es was mit Bandenkriminalität zu tun, so dass bis auf weiteres sowohl das Morddezernat als auch unsere Taskforce gefordert ist. Und ... ja – es wäre nicht schlecht, wenn wir wüssten, was du davon hältst. Es klingt nach einem etwas speziellen Fall.«

»Ich komme«, sagte sie.

*

Das letzte Mal. Es war das letzte Mal.

Wenn das überstanden war, würde ich endlich frei sein.

Alles lag vor mir. Wer bezahlen sollte, hatte bezahlt. Zu guter Letzt würde ich doch noch den Sieg davontragen.

Es gab eine Zeit, in der es nicht danach aussah, dass ich Erfolg haben sollte – da war ich dicht dran, mein eigener Untergang zu werden.

*

Eine knappe Stunde später bog Katrine Wraa in die Ågade in Kopenhagen ein und sah sofort das Chaos vor sich. Unter dem Bispeengbogen, der Autobahnbrücke, über die jeden Tag Tausende von Menschen nach Kopenhagen pendelten, blinkten die unterschiedlichsten Blaulichter. Polizisten rannten hin und her, und hinter den Absperrungen drängelten sich die Schaulustigen.

Sie parkte weit von der ersten Absperrung entfernt, sah sich um und ging langsam auf den Ort des allgemeinen Interesses zu. Hinter den Fenstern auf der anderen Straßenseite standen Anwohner, sie hatten freien Blick auf den ruhigeren Bereich des Parkplatzes. Dann sah sie das ausgebrannte Auto. Es stand in einer Ecke des Parkplatzes, die aus den Wohnungen vermutlich nicht einzusehen war. Unter den weißgekleideten Gestalten, die den Wagen umschwirrten, erkannte sie Jens und trat hinter die Absperrung. Als er sie erblickte, ging er ihr entgegen.

»Was wissen wir?«, fragte sie.

Er schüttelte den Kopf. »Nicht sehr viel.«

»Mann oder Frau?«

»Anne Mi meint, es ist eine Frau. Wegen der Größe. Ich glaube, sie hat recht. Hier«, sagte er und reichte ihr einen Schutzanzug. »Komm mit.«

Sie streifte sich den Overall und die Schuhüberzüge über, legte den Mundschutz an und folgte ihm zum Auto, wo sie die Kriminaltechniker und die Rechtsmedizinerin Anne Mi Kjær begrüßte, die sie schon von ihrem ersten Fall bei der Kopenhagener Polizei her kannte.

»Schön, dass du wieder da bist«, sagte Anne Mi. »Bist du okay?«

»Ja, danke.« Katrine nickte.

Sie legte die Nasenklammer an und folgte ihr, durch den Mund atmend, zum Auto. Der Gestank nach Benzin und verbranntem Fleisch war überwältigend.

Ein schrecklicher Anblick bot sich ihr. Auf dem Beifahrersitz saß ein bis zur Unkenntlichkeit verbrannter menschlicher Körper. Die Leiche war in der charakteristischen Fechterstellung verkrampft, mit angezogenen Beinen und leicht angewinkelten, abstehenden Armen, als wäre die Person in dem Versuch erstarrt, sich noch einmal wie ein Embryo zusammenzurollen. Durch die extreme Hitze der Flammen zogen sich die großen Oberarm- und Oberschenkelmuskeln zusammen, war Katrine einmal von einem Rechtsmediziner erklärt worden. Wann ist sie gestorben? Und wie?, schoss es ihr durch den Kopf. Hoffentlich war sie bereits tot, als das Auto in Brand geriet.

»Der Notruf ging um 00.25 Uhr ein«, sagte Jens. »Gleich von mehreren Anwohnern.«

»Kannst du schon etwas über die Todesursache sagen?«, fragte Katrine.

Anne Mi schüttelte den Kopf. »Bis jetzt durfte ich noch nicht richtig an die Leiche ran«, antwortete sie. »Aber die Brandexperten sind gleich fertig.«

»Die Techniker haben Benzin unter den Fußmatten im Wagen gefunden«, sagte Jens. »Es deutet also alles daraufhin, dass da Benzin als Brandbeschleuniger benutzt wurde. Ich bezweifle, dass wir einen Führerschein oder irgendetwas anderes finden, das uns hilft, die Tote jetzt und hier zu identifizieren. Die Hitze war wirklich extrem.«

Katrine musterte das Auto. Alles Brennbare im Wageninneren war in den Flammen aufgegangen, nur der verkohlte Stahlrahmen und der tragische Passagier waren übrig.

Jens fuhr fort: »Außerdem sind sich die Brandexperten ziemlich sicher, dass Luft zugeführt wurde – auch das, um den Brand zu beschleunigen. Vermutlich waren ein oder zwei Fenster geöffnet, um das Feuer ordentlich anzufachen.«

»Der wusste also, was er zu tun hatte.«

»Hm«, sagte Jens. »Aber dafür braucht es nicht sonderlich viel Intelligenz.«

»Ist das Auto explodiert?«, fragte sie. Ihr dämmerte, dass dafür eine ganz bestimmte Konstellation vonnöten war.

»Nein«, antwortete Jens. »Dafür braucht es eine exakte Konzentration von fünf Prozent, und die kriegt man nicht so leicht hin. Aber damit hat der Täter dafür gesorgt, keine DNA zu hinterlassen.«

»Gibt es Zeugen, die etwas gesehen haben?«, fragte Katrine.

»Bis jetzt nicht. Ich habe ein paar Leute drangesetzt, die sind gemeinsam mit den Beamten von Bellahøj unterwegs und befragen die Anwohner, deren Fenster zum Parkplatz weisen.«

»Wissen wir etwas über den Wagen?«

»Nein, noch nicht. Die Nummernschilder sind geschmolzen, aber die Techniker können die Fahrgestellnummer feststellen, wenn sie im Innenraum zu arbeiten beginnen. Die steht in der Regel unter dem Teppich vor dem Beifahrersitz.«

Sie blickten beide zu Boden und auf die verkohlten Beine, die in halber Höhe gleichermaßen elegant und grausam in der Luft schwebten.

»Sind Sie wirklich wieder fit genug, um so was wie das hier wegzustecken?«

Katrine erkannte die Stimme und drehte sich um. Torsten Bistrup, einer der Ermittlungsleiter des Morddezernats, stand hinter ihr. Katrine begegnete seinem unergründlichen Blick. »Es geht mir gut«, sagte sie und drehte sich wieder um. Bei diesem Mann musste man vorsichtig sein.

»Verdammt üble Sache, in die Sie sich da verstrickt haben.«

Meisterleistung, dachte sie. Voller Mitgefühl reibt er mir unter die Nase, dass ich selbst schuld an meiner Misere bin. Katrine hatte ihn gleich bei ihrer ersten Begegnung im Januar durchschaut. Hinter der brüsken Fassade und den perfiden Bemerkungen versteckte sich ein verbitterter Mittfünfziger, der das Gefühl hatte, das Leben und der berufliche Erfolg seien auf ungerechteste Art an ihm vorbeigezogen. Man sollte ihn behandeln wie ein ungezogenes Kind. Entschieden und ohne jede Toleranz. Sollte. Aber so etwas erforderte Selbstbewusstsein und Sicherheit in einem Maße, wie sie es noch nicht hatte. Zum Henker mit dir, dachte sie, sagte aber nur: »Ich habe einen Mordfall aufgeklärt, über den Rest will ich nicht reden.«

»Na, na«, sagte Bistrup und sah sich um Unterstützung gegen die mürrische Psychologin heischend um. Als ihm das nicht gelang, weil alle mit etwas anderem beschäftigt waren, fuhr er fort: »Und, kriegen wir ein Täterprofil von Ihnen, wenn Sie schon mal hier sind? Warten Sie, ich habe eine Ahnung: Der, der das hier getan hat, könnte gut einen Psychologen gebrauchen?« Er lachte laut.

»Das könnten viele Menschen«, sagte sie und sah ihm direkt in die Augen. »Zum Beispiel Leute, die ihre Kollegen schikanieren.«

Im Gegensatz zu ihm hatte sie jetzt die volle Aufmerksamkeit aller Anwesenden.

Bistrup hob abwehrend die Hände, als wäre er das unschuldige Opfer einer verbalen Attacke. Verdammt, dachte Katrine.

»Ich würde sagen, das reicht«, sagte Jens und sah Torsten Bistrup wütend an.

»Du kannst dann loslegen«, sagte einer der Techniker in diesem Moment zu Anne Mi, die umgehend ihre Tasche holte und sich an die Arbeit machte.

Katrine ging so dicht wie nur möglich an das Auto heran, ohne zu stören, und beobachtete, wie Anne Mi ihre ersten Eindrücke diktierte und eine Reihe von Fotos schoss, bevor sie irgendetwas anfasste. Katrine ging auf die andere Seite des Autos, so weit von Bistrup weg wie möglich. »Jens meint, du glaubst, dass es eine Frau ist?«, fragte sie Anne Mi.

Anne Mi nickte, steckte den Kopf ins Auto und sah sich an, was einmal ein Gesicht gewesen war. Dann leuchtete sie den Körper mit einer Taschenlampe ab.

»Statur und Hüfte deuten daraufhin.«

»Kannst du sehen, ob sie schon tot war, als das Feuer ausbrach?«, fragte Katrine.

»Das ist mit bloßem Auge nur sehr schwer zu erkennen. Ich muss eine CT machen und Proben nehmen, um zu überprüfen, ob Kohlenmonoxid im Blut ist. Aber ich will mal gerade etwas ausprobieren ...«

Sie holte ein langes Wattestäbchen aus ihrer Tasche, das sie vorsichtig in den Hals des Opfers führte. Sie stand unbequem verdreht unter der offenen Tür des Autos und konnte kaum richtig sehen, was sie tat. Sie musterte das Wattestäbchen genau, bevor sie Katrine mit schmalen Augen ansah. »Mit größter Wahrscheinlichkeit war sie noch nicht tot, als das Auto angesteckt wurde. In ihren Atemwegen ist Ruß. Der kommt da nur hin, wenn das Opfer während des Feuers geatmet hat.«

Katrine starrte stumm auf den toten Körper. Eine Frau. Lebendig verbrannt. Sie konnte sich keinen grausameren, schmerzhafteren Tod vorstellen.

»Aber warum hat sie die Autotür nicht aufgemacht?«, fragte Katrine. »Wenn sie gelebt hat, warum ist sie dann nicht geflohen?«

»Vielleicht war sie bewusstlos. Sie kann auch gefesselt gewesen sein, das kann ich jetzt nicht mehr erkennen«, sagte Anne Mi. »Vielleicht hat sie den Türgriff auch umklammert, aber die Kontraktionen der Muskeln nach Eintritt des Todes waren so stark, dass sie den Arm weggezogen haben. Möglich, dass sie so in Panik war, dass sie den Sicherheitsgurt nicht aufbekommen hat«, sagte Anne Mi und zeigte auf die Schnalle des Gurts, die noch im Schloss steckte. Der Gurt war verbrannt.

»Wie lange hat das gedauert ...?«, fragte Katrine.

»Bei der angenommenen Heftigkeit des Feuers …« Anne Mi musterte das Auto und die Leiche, bevor sie weiterredete. »Vielleicht dreißig Sekunden, höchstens eine Minute.«

Eine Minute in der Hölle, dachte Katrine finster.

*

Katrine lief herum, machte Fotos vom Tatort und versuchte dabei, die Situation sowohl aus den Augen des Opfers als auch des Täters zu sehen. Ihr eigener Blick richtete sich dabei immer wieder in einer Mischung aus Grauen und Verwunderung auf den verbrannten Körper im Auto.

Wer bist du?, dachte sie. Und wer hat dir dieses Schicksal beschert? Wer hatte diese wahnsinnige Idee? Sie konnte sich an keinen Fall erinnern, der diesem Szenario auch nur nahekam.

Als sie an die hundert Fotos gemacht hatte, ging sie zu Jens, der zehn Meter entfernt bei Bistrup stand und den möglichen Tathergang diskutierte.

»Ausgehend von dem Wagen, könnte das ein Fall für euch sein«, sagte Bistrup kurz angebunden.

»Darum sind wir ja hier«, sagte Jens. »Aber lass uns erst einmal herausfinden, wer die Tote ist. Und wir sollten das Naheliegende nicht ausschließen, also Selbstmord, eine Eifersuchtstat, Rache oder irgendeine psychische Krankheit …«

»Selbstmord …?«, platzte Bistrup heraus. »Nein, also, da müsste man schon total verrückt sein!«

»Mag sein«, sagte Jens. »Andererseits sieht das hier aber ganz und gar nicht nach einem typischen Bandenkonflikt aus. Die abgefackelten Autos, mit denen wir in dem Zusammenhang zu tun hatten, waren alle gestohlen und in irgendwelche Schießereien verwickelt. Die sind angezündet worden, um mögliche DNA-Spuren zu beseitigen. Da saßen nie tote Frauen drin. Außerdem gibt es keinerlei Hinweise, dass heute Abend irgendwo etwas los war.«

»Die Fälle, die mir dazu ganz spontan in den Sinn kommen, sind allesamt Sexualverbrechen, bei denen der Täter sein Opfer nach dem Übergriff getötet und dann die Leiche und die nähere Umgebung in Brand gesteckt hat, um seine Spuren zu beseitigen«, sagte Katrine.

»Das muss ich gleich notieren!«, sagte Bistrup gehässig.

»Tu mir den Gefallen und reiß dich zusammen, Torsten!«, sagte Jens, der jegliche Geduld mit seinem infantilen Kollegen verloren hatte.

»Hat das Auto eine Wegfahrsperre?«, fragte Katrine und ignorierte Torsten Bistrups verwunderten Blick, dass sie sich mit solchen technischen Details auskannte.

»Ja, es ist ziemlich neu, sollte also eine haben«, antwortete Jens.

»Und wie klaut man so ein Auto?«

»Das ist ein bisschen umständlicher als bei älteren Wagen. Man braucht dazu einen Computer, die richtige Software und einen unbespielten elektronischen Schlüssel.«

»Wenn das Auto gestohlen ist, können wir daraus also schließen, dass der Täter in diesem Bereich über gewisse Kompetenzen verfügt?«

»Ganz sicher«, stimmte Jens zu.

Sie sahen sich den Leichnam einen Moment lang schweigend an. Bistrup ließ sie allein.

»Wir sollten im Auge behalten, dass es eine Frau ist«, sagte Jens. »Frauen sind nur selten in Bandenkriege verwickelt. Warum befand sie sich also in diesem Auto?«

»Und wenn es darum ging, ein Attentat zu begehen, was kann geschehen sein?«, fragte Katrine.

»Vielleicht sollte sie den Tätern das potentielle Opfer bloß zeigen?«, schlug Jens vor.

»Oder sie hat das Attentat zu verhindern versucht. Dann sehen wir hier das Ergebnis von etwas, das völlig aus dem Ruder gelaufen ist.«

»Oder könnte es ein Statement sein? Eine Warnung für irgendjemanden?«

»Und für wen?«, fragte Katrine.

»Derjenige müsste jedenfalls wissen, dass er gemeint ist«, antwortete Jens. »Das würde dann aber auch bedeuten, dass außer dem Täter noch jemand von dieser Tat weiß.«

»Es sei denn, der Täter hätte es darauf abgesehen, dass wir genau diese Assoziationen haben«, schlug Katrine vor. »Dass wir exakt diese Gedanken wälzen und uns damit in die Irre führen lassen.«

»Absolut eine Möglichkeit«, sagte Jens. »Dann wäre es allerdings wirklich gut geplant und nicht bloß eine schiefgelaufene Operation, bei der eins zum anderen geführt hat.«

»Entscheidend ist auf jeden Fall die Frage, ob es primär dieses Opfer treffen sollte oder ob eigentlich jemand anderem die Ehre zuteilwerden sollte«, sagte Katrine.

Sie sahen sich noch einmal die Leiche im Wagen an. Torsten Bistrup schlenderte auf sie zu.

»Aber warum in einem Auto? Und warum mit Feuer?«, fragte Jens. »Was ist das für ein Mensch, der so etwas tut?«

»Die Distanz ist bei einem solchen Mord viel größer als zum Beispiel bei einem Kontaktmord, also wenn man mit einem Messer zusticht oder jemanden mit bloßen Händen erdrosselt. Er hat eine Situation geschaffen, in der er aus einer gewissen Entfernung operieren kann, gleichzeitig muss er sich darüber bewusst gewesen sein, wie grausam und schmerzhaft ein solcher Tod ist. Wenn es denn tatsächlich geplant war, dass sie in den Flammen umkommt. Vielleicht dachte er ja, sie sei bereits tot – wir wissen schließlich nicht, was er ihr vorher angetan hat. In dem Fall wäre es nur darum gegangen, mögliche Spuren zu beseitigen. Das ist für die Motivation seines Vorgehens natürlich von entscheidender Bedeutung.« Sie warf einen Blick auf das Auto und sah dann zu Jens. »Er kann alles Mögliche sein, ein Mensch mit stark eingeschränkter sozialer Kompetenz, gefühlsmäßig extrem instabil, mit ernsten Problemen und Wutanfällen, bis hin zu einem eiskalten, durchorganisierten Planer. Er hat den Mord mitten in der Stadt verübt und ist damit ein hohes Risiko eingegangen. Auch die Methode rangiert ganz oben auf dem Risikobarometer. Feuer zieht immer Aufmerksamkeit auf sich. Aber ich muss natürlich erst ein bisschen mehr wissen, bevor ich konkreter werden kann. Wer ist sie? Aus welchem Milieu stammt sie? Wessen Auto ist das?«

»Genau! Wenn wir das wissen, führt es uns zu ihm«, sagte Bistrup und ging zu einem der Techniker. »Jungs, habt ihr bald die Fahrgestellnummer? Wir brauchen etwas Konkretes«, sagte er, trat vor die Absperrung und zündete sich eine Zigarette an.

Katrine und Jens sahen ihm nach.

»Hat ihn gerade seine Frau verlassen?«, fragte Katrine.

»Nein, nicht dass ich wüsste«, antwortete Jens. »Obwohl man das wirklich verstehen könnte.«

»Aber echt«, fuhr Katrine fort. »Wenn ich zu diesem Fall etwas Substantielles beitragen soll, brauche ich viel mehr Zeit, als Melby mir zugestanden hat.«

»Verdammt«, sagte Jens.

*

»So.« Ein Kriminaltechniker reichte Jens Høgh ein Blatt Papier mit der Fahrgestellnummer des Wagens. Er hatte sich bis zu der Stelle vorgegraben, an der die Nummer in die Karosserie des Wagens geprägt war, wobei er den schwebenden Frauenbeinen beunruhigend nahe gekommen war.

»Gut«, sagte Jens, nahm den Zettel und ging zu einem der Beamten von der Wache Bellahøj. »Dann wollen wir mal herausfinden, wo der Wagen herkommt.«

Der Beamte tippte die Fahrgestellnummer in die Suchmaschine des Straßenverkehrsamts ein.

»Asger Dahl, Weyesgade in Østerbro.«

»Sieh an«, sagte Jens. »Gibt es einen Eintrag zu diesem Wagen? Ist er als gestohlen gemeldet worden?«

»Laut Register nicht.«

»Hm.« Jens sah zu Katrine hinüber. »Dann reden wir doch mal mit ihm.«

»Ich fahre nach Hause«, sagte Torsten Bistrup zu ihrer Erleichterung. »Wir sehen uns morgen bei der Obduktion.«

Er duckte sich unter dem Absperrband hindurch und

ging zu seinem Wagen. Verflucht! Warum musste er jetzt wieder mit diesem notgeilen Jens Høgh zusammenarbeiten, der von Psychologensex träumte, den er von dieser besserwisserischen Schachtel nie bekommen würde. Torstens einzige Hoffnung bestand darin, dass dieser Fall ganz ihnen zugeteilt wurde, so dass er bis auf weiteres nichts mehr mit ihnen zu tun haben würde. Was bitte hatte eine Psychologin in einer Mordermittlung verloren? Es sagte einiges über Per Kragh aus, dass er solche Leute einstellte. Was würde als Nächstes kommen? Eine Schar Hellseherinnen, die sie anrufen konnten? Torsten blickte auf 30 Jahre Berufserfahrung zurück, und dann wollte ihm so eine Unitusse sagen, wie er seine Arbeit machen sollte?

Er hatte schon letzte Woche in der Kantine mit Bent Melby darüber diskutiert. Melby hatte deutlich durchblicken lassen, wie unzufrieden er damit war, dass man sie seiner Abteilung aufgedrückt hatte. Er hatte große Skrupel, sie überhaupt an den Ermittlungen teilhaben zu lassen, andererseits musste er sie irgendwie beschäftigen.

Torsten hatte ihn darauf hingewiesen, dass sie ohne Polizeiausweis und Waffenberechtigung keine anständige Polizeiarbeit leisten konnte. Melby schien dankbar für seinen Hinweis gewesen zu sein.

Torsten seufzte. Immer wurden die Falschen befördert, das hatte er jetzt schon zum x-ten Mal erlebt. Nein wirklich, er hätte Kraghs Stelle haben sollen. Schließlich besaß er alle Qualifikationen. Und er konnte gute Reden halten, zu jeder Gelegenheit. Mitreißend und inspirierend. Auch bei traurigen Anlässen. Beerdigungen, zum Beispiel. Für diese Ansprachen hatte er sogar ein ganz spezielles Feeling. Lange, rührende Reden. Doch, das konnte er. Seine Frau bekam schon feuchte Augen, wenn er nur ans Glas schlug.

Er war wirklich inspiriert an diesem Abend: »Katrine Wraa war nur eine kurze Zeit bei der Kopenhagener Polizei vergönnt, bevor sie im Dienst zu Tode kam. Sie war zur falschen Zeit am falschen Ort und landete mitten in einem Schusswechsel zweier rivalisierender Banden.«

*

Jens Høgh und Katrine Wraa parkten beide in der Weyesgade in Østerbro. Sie waren mit zwei Wagen gefahren, damit sie nach dem Gespräch mit Asger Dahl direkt jeder zu sich nach Hause fahren konnten. Wenn der Besuch keine neuen Gesichtspunkte brachte, würden sie im Laufe der Nacht kaum noch etwas tun können.

Asger Dahl wohnte in einem älteren, dreistöckigen Baugenossenschaftshaus. Eine frühaufgeblühte Glyzinie kletterte an der Hauswand empor und verdeckte mit ihren Blüten das Mauerwerk. An der Tür stand *Familie Dahl*. Jens klingelte. Kurz darauf waren drinnen Schritte zu hören. Ein verschlafen aussehender Mann in hellgrauem Pyjama öffnete die Tür. Seine Haare waren zerzaust, und er kniff die Augen leicht zusammen, als würde er sonst eine Brille oder Kontaktlinsen tragen.

»Ja?«, fragte er und sah sie verwundert an.

»Polizei Kopenhagen«, sagte Jens.

Der Mann in der Tür schien schlagartig wach zu werden.

»Mein Name ist Jens Høgh, und das ist Katrine Wraa. Asger Dahl?«

»Ja, aber was ...?« Er schüttelte den Kopf.

»Dürfen wir einen Augenblick hereinkommen?«, fragte Jens.

»Selbstverständlich.« Asger Dahl öffnete die Tür und führte sie in eine gemütliche Wohnküche. Die geräumige Wohnung deutete darauf hin, dass ihre Bewohner keine Geldsorgen hatten. Eine Frau in einem weißgrauen Morgenmantel gesellte sich zu ihnen. Sie hatte schulterlange, dunkle Haare. Beide waren schlank und etwa Anfang vierzig.

»Kirsten Dahl«, stellte sie sich vor und reichte ihnen beiden die Hand. »Um was geht es denn?«

»Hm ...«, sagte Asger Dahl, der in der Zwischenzeit auf den Grund ihres Kommens gekommen war. »Geht es um das Auto?«

»Was ist denn mit dem Auto?«, fragte Kirsten Dahl ihren Mann.

»Das ist heute Abend gestohlen worden, auf dem H. C. Ørsteds Vej. Dort arbeite ich«, erklärte er Jens und Katrine.

»Gestohlen?«, wiederholte Kirsten verwundert.

»Ja, aber es war schon so spät, ich wollte nur noch nach Hause und dachte, ich könnte den Diebstahl dann morgen früh melden. Außerdem wollte ich dich nicht wecken«, sagte er zu seiner Frau. »Haben Sie den Wagen schon gefunden?«

»Ja«, sagte Jens. »Er ist gefunden worden. Ein schwarzer Citroën mit dieser Nummer?« Er hielt Jens einen Zettel hin. Asger Dahl nickte und sagte anerkennend: »Das nenn ich effektiv. Ich habe den Diebstahl ja noch nicht einmal gemeldet.«

»Ja«, sagte Jens. »Aber der Fund hat einen speziellen Grund.«

»Welchen?«

»Das Auto ist ausgebrannt unter dem Bispeengbogen gefunden worden.«

»Oh, Mist!«, platzte Dahl verärgert heraus. »Diese Scheißkerle!«

»Leider ist das noch nicht alles«, sagte Jens. »Wir haben die Leiche einer Frau im Wagen gefunden.«

»Was?«, rief das Paar simultan und riss die Augen auf.

»Was haben Sie? Aber ...« Asger Dahl schüttelte verwirrt den Kopf. »Ich kann ja verstehen, wenn irgendwelche Idioten den abgefackelt haben, aber ... was sagen Sie da? Eine Leiche? Das ist doch vollkommen absurd!«

Kirsten Dahl hielt noch immer die Hand vor den geöffneten Mund.

»Wo hat der Wagen gestanden, sagen Sie?«, fragte Jens.

»Also, der Wagen ...« Dahl zögerte einen Augenblick. »Der stand in Frederiksberg, wo ich arbeite. Ich bin Geschäftsführer der Kinderschutzorganisation Børns Ret, unser Sekretariat ist im H. C. Ørsteds Vej. Sie müssen schon entschuldigen, aber das ist wirklich ein Riesenschock für mich.«

»Das verstehen wir gut«, sagte Jens. »Und Sie haben gearbeitet, an einem Freitagabend?«

»Ja, in der nächsten Woche ist eine wichtige Vorstandssitzung, weshalb ich die letzten Tage zu diversen Meetings und Vorträgen im ganzen Land unterwegs war. Ich musste noch ein paar Stunden investieren, um mich vorzubereiten und reinen Tisch zu machen, damit ich das Wochenende mit gutem Gewissen freimachen kann. So funktioniert das für mich am besten.« Kirsten Dahl nickte zustimmend. Anscheinend war diese Vorgehensweise für ihren Mann nicht ungewöhnlich.

»Und als Sie nach unten auf die Straße kamen, war Ihr Auto weg?«

»Ja, wie vom Erdboden verschluckt. Ich bin die ganze Straße auf und ab gelaufen, weil ich mir plötzlich nicht mehr sicher war, wo ich geparkt hatte. Ich war ziemlich müde, weil ich den ganzen Tag über in Slagelse auf einem Seminar gewesen war, aber das Auto war definitiv weg.«

Dahl wirkt in Anbetracht der Situation auffallend gelassen, dachte Katrine.

»Hm«, Jens nickte. »Und um wie viel Uhr war das?«

»Das war gegen …«, Asger Dahl dachte nach, »… kurz nach elf, vielleicht halb zwölf. Ich weiß es nicht genau, ich wollte einfach nur heim.«

»Und wie sind Sie dann nach Hause gekommen?«

»Zu Fuß.«

»Ich dachte, Sie wären müde gewesen? Das ist doch eine ziemliche Strecke.«

»Die frische Luft tat mir ganz gut. Das war eine stressige Woche für mich.«

»Wann waren Sie zu Hause?«

»Das muss so um halb eins gewesen sein. Vielleicht später.«

»Und was haben Sie dann gemacht?«

»Ich bin geradewegs ins Bett gegangen. Kirsten schlief schon.« Kirsten Dahl nickte wieder.

»Ich habe dich gar nicht nach Hause kommen hören«, fügte sie hinzu.

»Wie viele Schlüssel haben Sie für den Wagen?«, fragte Jens.

»Zwei«, antwortete Asger Dahl. »Wir haben jeder einen.«

»Okay, die würde ich gerne mitnehmen. Ich glaube, dann wären wir fürs Erste fertig«, sagte Jens und machte Anstalten aufzustehen.

»Kann ich Sie morgen erreichen?«, fragte Asger Dahl. »Ich meine ... Die Situation ist ja etwas prekär, wenn man meine Position berücksichtigt. Ich bin ja eine öffentliche Person, weshalb es mir sehr recht wäre, wenn ...«

»Ja, und erst recht unsere Töchter, wir müssen ihnen das ja erklären«, sagte Kirsten. »Das wird schrecklich werden, Asger.« Sie sah ihren Mann an. »Silje wird das nicht verkraften.«

»Wir haben zwei Mädchen, Silje und Thea, dreizehn und fünfzehn Jahre alt«, sagte Asger Dahl erklärend zu Katrine. »Silje ist sehr sensibel.«

»Wir nehmen morgen ganz sicher mit Ihnen Kontakt auf«, sagte Jens zu Asger. »Außerdem kriegen Sie die hier.« Er reichte ihm seine Visitenkarte.

»Wer ist die Tote?«, fragte Kirsten Dahl.

»Wir haben die Leiche noch nicht identifiziert, wir hoffen aber, dass wir ihre Identität bis morgen kennen. Gut, dann will ich sie nicht länger stören«, sagte Jens und stand auf.

Katrine und Jens wurden nach draußen begleitet. Sie verabschiedeten sich, und die Tür fiel hinter ihnen ins Schloss. Gleich darauf war von drinnen das Schluchzen einer Frau zu hören.

»Seine Erklärung scheint auf den ersten Eindruck ja ganz plausibel«, sagte Jens.

»Hm«, erwiderte Katrine. »Wäre trotzdem interessant zu wissen, ob es da eine Verbindung gibt. Ich meine, ob diese Frau und er sich kennen.«

»Das wird sich zeigen«, sagte Jens. »Tja, ich kann dich kaum bitten, morgen zu kommen, wenn wir noch nicht einmal wissen, ob wir für diesen Fall überhaupt zuständig sind.«

»Und wie willst du mich davon abhalten ...?«

»Gut, dann kümmern wir uns morgen um ihn«, sagte Jens.

»Das tun wir.«

Beide lächelten müde.

»Sehen wir zu, dass wir nach Hause kommen«, sagte Jens. Katrine nickte und fischte ihre Autoschlüssel aus der Jackentasche. Jens warf einen Blick auf ihren Wagen, einen älteren schwarzen Opel.

»Neues Auto?«

»Ja, das habe ich bei so einem richtigen Bastler oben in Gilleleje gekauft. Schön ist es nicht, aber er hat mir versprochen, dass es noch viele Kilometer macht.«

»Und du hast ihm angesehen, dass er dich nicht angelogen hat?«, fragte Jens und zwinkerte ihr zu.

»Genau«, antwortete Katrine.

»Na ja, das sind ja bekanntermaßen vertrauenswürdige Personen« sagte Jens. Katrine lachte. »Ich fahr noch im Präsidium vorbei und sorge dafür, dass intern alle informiert sind. Dann gebe ich noch kurz eine Meldung an die Presse raus. Wäre schon klasse, wenn wir sie bis morgen identifiziert hätten. Aber noch scheint sie ja niemand zu vermissen.«

»Vielleicht hat sie allein gewohnt, und niemand hat bemerkt, dass sie weg ist. Noch«, mutmaßte Katrine.

»Guter Gedanke.«

Sie verabschiedeten sich und fuhren in unterschiedliche Richtungen davon.

Katrine Wraa sah sich panisch um.

Sie saß auf dem Beifahrersitz eines Autos, spürte brennende Schmerzen und eine unglaubliche Hitze an den Füßen. Sie blickte nach unten. Flammen leckten an ihren Beinen empor. Sie versuchte, den Sicherheitsgurt zu öffnen, bekam ihn aber nicht auf. Sie kam einfach nicht raus, war in dem Auto gefangen.

Die Flammen breiteten sich in Windeseile aus und umgaben sie jetzt auf allen Seiten. Sie wollte schreien, aber es kam kein Laut über ihre Lippen. Oder übertönte das Rauschen der Flammen ihre hilflosen Schreie?

Katrine wachte von ihrer eigenen Stimme auf und richtete sich im Bett auf.

Sie sah sich in dem kleinen Schlafzimmer um. Sie keuchte, als wäre sie gerade um ihr Leben gerannt. Ihr Herz hämmerte wild, und ihr Kopf dröhnte im Takt mit ihrem Puls. Sie schwang die Beine aus dem Bett und stützte den Kopf in die Hände. Es fühlte sich an, als hätte sie kaum geschlafen. Lange konnte es auch nicht gewesen sein, denn nachdem sie nach Hause gekommen war, hatte sie nicht gleich einschlafen können. Ihr Hirn hatte bereits begonnen, die Eindrücke vom Tatort und die Bruchstücke der nächtlichen Gespräche zu verarbeiten.

Sie stand auf, spürte ein Schwindelgefühl und ging ins Bad, um ein paar Schluck Wasser direkt aus dem Hahn zu trinken. Dann wischte sie sich den Mund mit dem Handrücken ab und betrachtete sich im Spiegel. Orangerote Haare rahmten ein blasses Gesicht ein.

Sie zog ihre Joggingsachen an und ging nach draußen, um den Traum abzuschütteln. Es hatte im Laufe der Nacht geregnet, alles war nass und frisch. Der neue Tag sollte schön werden, angeblich mit Temperaturen bis an die zwanzig Grad. Die Sonne ging auf.

Die Luft war prallvoll mit den Düften, die der Regen der Erde und dem Gras entlockt hatte, und dem Duft von blühendem Flieder. Die morgendliche Kälte prickelte auf der nackten Haut ihrer Arme und Beine. Sie beeilte sich, auf die Straße zu kommen, und lief los.

Den ersten Kilometer lief sie langsam und streckte ihre Glieder, dann zog sie das Tempo an. Nach zwei Kilometern war sie warm und hatte eine gute Geschwindigkeit erreicht. Der Puls stieg, und der Atem wurde tiefer. Nach drei Kilometern waren ihre Beine schwer vor Säure, aber sie lief weiter, wohl wissend, dass das nicht lange anhielt. Fünf Kilometer. Die Beine wurden leicht. Sie lief. Immer schneller. Ihr Körper wog jetzt nichts mehr, wobei sie jede Faser ihrer Muskeln spürte. Schweißperlen bildeten sich auf ihrer Stirn und liefen herunter. Immer schneller. Sie war jetzt sechs Kilometer an der Küste entlanggelaufen und sollte umkehren, wenn sie an der Obduktion teilnehmen wollte. Außerdem wollte sie die Eindrücke und Gedanken der vergangenen Nacht noch aufschreiben, bevor sie aufbrach.

Etwa einen Kilometer vor ihrem Haus lief sie hinunter zum Wasser und joggte am Strand entlang. Der schwere, nasse Sand gab bei jedem Schritt nach und erschwerte das Vorwärtskommen. Das Tempo wurde langsamer. Unterhalb des Hauses blieb sie am Strand stehen und atmete schwer ein uns aus.

Sie sah sich um. Es war kein Mensch zu sehen. Sollte sie? Sie legte alle Kleider ab, rannte ins Wasser und stürzte sich kopfüber hinein. Die Kälte verschlug ihr fast den Atem, und nach nur wenigen, hastigen Schwimmzügen machte sie kehrt, zog sich rasch wieder an und lief nach oben zum Haus. Das erste Meeresbad der Saison. Wärmer als beim letzten Mal, dachte sie.

Zurück im Haus nahm sie ihre Gewichte und absolvierte die Hälfte ihres einstündigen Programms, das sie jeden zweiten Tag durchzog. Langsam aber sicher zeigte sich das Resultat des Trainings. Sie hatte das Trainingsgewicht systematisch gesteigert, war kräftiger geworden, und auch ihre Muskulatur trat mittlerweise deutlich markanter hervor. Aber das Wichtigste von allem war, dass sie sich dadurch auch mental stärker fühlte.

Nach dem Duschen wickelte sie sich in ein Badetuch und ging ins Wohnzimmer. Sie schaltete den Computer ein und begann eine Art Protokoll, indem sie alle möglichen Details des vergangenen Abends aufschrieb, vom Tatort bis zum Verhör von Dahl. Als sie in der Nacht nach Hause gekommen war, war sie dafür einfach zu müde gewesen. Dann schloss sie die Kamera an den Computer an, startete die Bildkopie und ging in die Küche, um einen Kaffee zu trinken und einen Joghurt zu essen. In der Regel hatte sie einen gesegneten Appetit und war wirklich keine Kostverächterin, die Delikatessen und Spezialitäten aus der ganzen Welt mochte. London war diesbezüglich das reinste Paradies gewesen. In den letzten zwei Monaten hatte sie sich hingegen immer wieder selbst ermahnen müssen, etwas zu essen. Sie zog sich an und legte etwas Make-up auf. Eine halbe Stunde später fuhr sie Richtung Kopenhagen.

*

Endlich.

Christian Letoft seufzte tief. Ein Kunde war gerade in seinem neuen weißen Audi Q8 davongefahren, die Kaufsumme war bereits auf das Konto der Firma *Letoft Automobile* überwiesen worden. Es war der zweite Wagen, den Christian in dieser Woche verkauft hatte. Nach einer zwei Jahre langen, nicht enden wollenden Durststrecke. Die Finanzkrise hatte ihnen das letzte Hemd ausgezogen ... Deutsche Luxusautos der Marken BMW und Audi waren zu Ladenhütern geworden, so dass seine Freude über den Verkauf fast so groß war wie bei seinem ersten Deal zu Beginn seiner Karriere. Die beiden Verkäufe waren ebenso verdient wie dringend nötig, dachte er. In den letzten Monaten hatte es an allen Ecken und Kanten Probleme gegeben. Komplizierte Sachen. Doch jetzt sah er langsam Licht am Horizont. Andere Verkäufer würden das vielleicht nicht zugeben oder hatten diese Empfindungen nicht, aber Christian Letoft bekam in diesen Situationen immer eine ungeheure Lust auf Sex. Er fühlte sich großartig, potent und unüberwindlich. AHHH!

Louise, seine 27-jährige Assistentin, die sich um den Großteil der Papierarbeit kümmerte, lächelte ihn unsicher an. »Glückwunsch, Christian, zwei in einer Woche. Das ist wirklich ein Erfolg«, sagte sie.

Er sah sie ganz kurz an. Nicht zu fassen, dass sie trotz ihrer jungen Jahre bereits wie seine Mutter klang.

»Das kannst du laut sagen!«, rief er und schlug mit der flachen Hand auf die Tischplatte, um seine überschüssige Energie loszuwerden. Louise zuckte erschrocken zusammen, stellte er zufrieden fest.

Christian ging in sein Glaskäfigbüro ganz hinten in dem großen, vier Meter hohen Showroom. Er warf sich auf seinen Bürostuhl und rollte nach hinten. Die Situation hatte ihm doch mehr zugesetzt, als er es wahrhaben wollte oder anderen gegenüber eingestanden hatte. Ganz sicher nicht seinem Vater, Arne Letoft. Wenn sein Vater ihn gefragt hatte, wie es in diesen schweren Zeiten mit seiner alten Firma lief, hatte Christian ohne zu zögern die immer gleiche Platte abgespielt und gesagt, sie hätten eine Reihe von Stammkunden, die immer wieder Neuwagen kauften und noch genug Geld auf der hohen Kante hätten. Dabei wusste er nicht, wo diese Stammkunden in den letzten zwei Jahren ihre Wagen gekauft hatten, wenn sie denn welche gekauft hatten. Und als wäre das noch nicht genug, hatte er wohl oder übel noch eine nicht vorhersehbare, gewaltige Zahlung leisten müssen. Christian war der Einzige aus der Familie mit einem festen Einkommen, und die Rückzahlung für ihr Haus nagte alle drei Monate schmerzhaft an seinem Konto. Bis jetzt hatte ihn das Eigenkapital der Firma gerettet. Aber auch das bröckelte im Takt mit den sinkenden Umsätzen immer schneller weg. Christian konnte seinem Vater auf keinen Fall erzählen, wie schlecht es wirklich um sein Lebenswerk stand. Die Konsequenzen waren unüberschaubar, sollte Christian tatsächlich irgendwann das absolute Tabuwort »Konkurs« aussprechen müssen.

Doch jetzt hatte er zwei Autos verkauft. Und nicht irgendwelche Autos. Audi. Topmodelle! Das musste doch bedeuten, dass ihm jetzt wieder bessere Zeiten ins Haus standen. Wenn die Verkäufe dieser beiden Autos auch das Resultat eines neuen und ganz speziellen, sehr vorteilhaften Handels für Christian und den Käufer gewesen waren, der ein besonderes gegenseitiges Vertrauen erforderte. Aber die Papiere waren in bester Ordnung. Man durfte doch wohl auch einmal Glück haben, dachte Christian und rief seine Frau Sofia an.

»Hallo, Schatz«, meldete sie sich mit ihrem charmanten Akzent. Sie war Schwedin.

»Hallo, Liebling«, sagte Christian. »Gute Neuigkeiten. Ich habe gerade noch einen Wagen verkauft. Ich glaube, jetzt geht es wieder aufwärts.«

»Das ist ja phantastisch! Wie schön, dass Lis und August heute Abend zum Essen kommen, dann können wir das gleich gemeinsam feiern.«

Lis und August waren ihre Nachbarn. August war Alleineigentümer einer gutgehenden Anwaltskanzlei, die sich, die Gunst der Stunde nutzend, auf Zwangsversteigerungen spezialisiert hatte. Lis hatte früher als Arzthelferin gearbeitet. Aber das brauchte sie nicht mehr, seit die Finanzkrise eingesetzt hatte und das Geld nur so in Augusts Kanzlei strömte. Sie trafen sich alle paar Monate zum Essen, auch wenn Christian, was diese Freundschaft anging, gemischte Gefühle hatte. Er war nämlich nicht ganz ohne Neid auf Augusts Erfolg. Andererseits war es natürlich wichtig, gute Verbindungen zu pflegen. Sofia arbeitete selbständig als Inneneinrichterin, aber die Einnahmen überstiegen nur selten die Ausgaben ihrer kleinen Firma. Ihren bislang größten Auftrag hatte sie bei Lis und August gehabt, deren neuen Anbau sie hatte einrichten dürfen, wodurch die Abstände zwischen den Essen dummerweise kürzer geworden waren, als es Christian lieb war. Bis auf weiteres spielte er Sofia zuliebe mit, und an diesem Tag hatte er sogar das Gefühl, dass er gut mit Augusts selbstzufriedener Art zurechtkommen würde.

»Super Idee! Weißt du was, ich kaufe auf dem Rückweg noch ein paar Flaschen guten Wein.«

»Dann sehen wir uns später. Ich freue mich, Schatz!«

Christian legte auf und seufzte zufrieden.

*

Katrine Wraa und Jens Høgh waren nach der Obduktion, die bestätigt hatte, dass es sich bei der Toten um eine etwa 1,70 m große Frau handelte, die durch das Feuer ums Leben gekommen war, zurück im Präsidium. Der Tod war am 8. Mai um 00.23 Uhr eingetreten, hatte man aus den eingegangenen Notrufen und den Ermittlungsergebnissen der Brandexperten errechnet. Die exakte Todesursache war ein neurogener Schock. Kein Schock im psychischen Sinne, sondern ein physiologischer Schockzustand, wie Anne Mi erklärt hatte. Die massive Zerstörung der Nervenbahnen und die durch die Brandwunden entstandenen Schmerzen hatten zu einer abrupten Erschlaffung der Venenmuskulatur geführt. Dadurch war der Blutdruck des Opfers schlagartig abgefallen, was in weniger als einer Minute zum Tod geführt hatte.

Aber was für eine Minute, hatten alle Anwesenden in Anbetracht des verkohlten, bis zur Unkenntlichkeit verbrannten Körpers gedacht. Arme und Beine der Frau waren gestreckt worden, sie lag lang ausgestreckt auf dem Metalltisch. Katrine wusste von anderen Fällen, dass die Rechtsmediziner kleine Schnitte in den Muskeln der Oberarme und Schenkel anbrachten, um einen Leichnam aus der Fechterstellung zu befreien, damit er in den Computertomographen passte. Die Leiche war so übel zugerichtet, dass die Rechtsmediziner nicht sagen konnte, warum die Frau nicht in der Lage gewesen war, das Auto zu verlassen. Sie wussten nicht, ob sie eventuell infolge eines Schlages bewusstlos gewesen war oder ob man zuvor versucht hatte, sie zu ersticken. Auch war es unmöglich festzustellen, ob sie vor dem Tod sexuellen Übergriffen ausgesetzt gewesen war. Die einzige Chance für eine Identifizierung der Frau waren ihre Zähne. Dafür brauchten sie die Hilfe ihres Zahnarztes, aber bis jetzt hatte sich niemand gemeldet.

Insgesamt arbeiteten mehr als dreißig Leute an dem Fall. Im Mittelpunkt des Interesses stand noch immer das Auto unter dem Bispeengbogen. Und auch die Befragung der Anwohner dauerte noch an. Jens sammelte und sortierte die eingehenden Informationen, während alle ungeduldig darauf warteten, dass sie einen Erfolg verbuchen und endlich die Identität der Toten feststellen konnten.

Katrine dachte an Asger Dahl und sah ihn in mit seiner hübschen Frau in der Küche sitzen, während er seinen

Töchter so schonend wie möglich beibrachte, dass in der letzten Nacht eine Frau in ihrem Auto verbrannt war. Ihr ging nicht aus dem Kopf, was er über seine eine Tochter gesagt hatte. Sehr sensibel. Er schien selbst auch sensibel zu sein. Seine Art zu reden und seine berufliche Position brachten sie auf den Gedanken, dass er möglicherweise … Sie googelte ihn.

»Dachte ich's mir doch«, sagte sie. Jens sah von seinem Bildschirm auf. »Asger Dahl ist Psychologe.«

»Echt? Na ja, er ist ja auch Geschäftsführer eines Kinderschutzbundes. Ich meine mich zu erinnern, ihn mal in einer dieser Diskussionssendungen gesehen zu haben.«

»Børns Ret«, sagte Katrine. »Aus der Anzahl seiner Artikel entnehme ich, dass er aktiv an den öffentlichen Debatten teilnimmt. Und seine Frau ist …«, sie suchte Kirsten Dahl, »Gymnasiallehrerin.«

Es klopfte an der Tür, und der Wachhabende der Taskforce-Hotline, an die sich die Bevölkerung jederzeit wenden konnte, stand in der Türöffnung.

»Wir haben einen Anruf wegen des Brandes bekommen. Eine Frau mit Namen Katja war sehr in Sorge um eine Freundin.«

»Sie hat die Hotline angerufen?«, fragte Jens.

»Ja.«

Der Polizist reichte Jens den Zettel mit dem Namen und der Adresse.

»Mariendalsvej in Frederiksberg«, sagte Jens. »Das ist ganz nah beim Tatort. Wie klang die Anruferin?«

»Ihr könnt mitkommen und euch den Anruf anhören«, sagte der Wachhabende und drehte sich um.

Jens und Katrine folgten ihm in ein Büro, das ein Stück

weit den Flur hinunter lag, und hörten sich die Aufnahme an:

»Ich rufe wegen dieser Frau an, die da verbrannt ist …«, sagte die Stimme. Sie klang aufgeregt und hatte sich nicht vorgestellt.

»Ja?«, antwortete der Wachhabende.

»Wissen Sie schon, wer das ist?«

»Die Tote ist noch nicht identifiziert worden, nein. Wissen Sie etwas über den Fall?«

»Nein … es ist nur so … ich … Ich mache mir Sorgen um eine Freundin von mir …«

»Und Sie heißen?«

»Katja.«

»Und wie weiter?«

»Nur Katja.«

»Okay, Katja. Wann haben Sie Ihre Freundin das letzte Mal gesehen?«

»Gestern Abend.«

»Und Sie hatten heute noch keinen Kontakt zu ihr?«

»Nein, eben nicht. Und auch gestern Abend spät nicht mehr. Wir hatten vereinbart, dass sie mir eine SMS schickt, wenn sie zu Hause angekommen ist. Das hat sie aber nicht getan. Und vor zwei Stunden hatten wir eine Verabredung, zu der sie auch nicht gekommen ist. So was macht sie sonst nie! Und jetzt kann ich sie nicht erreichen. Ich war auch schon bei ihr zu Hause.«

»Können Sie mir ihren vollen Namen, ihre Adresse und ihre Telefonnummer geben?«

»Maja Jensen. Mariendalsvej, Frederiksberg. Die Telefonnummer ist … einen Augenblick, die muss ich grad heraussuchen.« Die Frau gab ihm die Nummer.

»Und ihre nächsten Angehörigen?«

»Das bin wohl ich.«

»Okay, Katja, darf ich Sie eine Sache fragen? Gibt es einen besonderen Grund dafür, dass Sie diese Nummer hier angerufen haben?«

Das plötzliche Tuten gab ihnen deutlich zu erkennen, dass Katja nicht vorhatte, das Gespräch fortzusetzen.

»Und wo befand das Telefon sich, als sie angerufen hat?«, fragte Jens und hoffte, dass das Handy GPS hatte, denn dann war es möglich, jeden Anruf oder jedes Senden einer SMS auf ein paar Meter genau zu lokalisieren.

»Auf dem Israels Plads, Ecke Rømersgade-Ahlefeldtsgade«, sagte der Wachhabende. »Das Seltsame ist, dass die Nummer, von der aus sie angerufen hat, auf Maja Jensen registriert ist – also die Frau, um die sie sich Sorgen macht.«

»Okay, danke«, sagte Jens und sah Katrine an. »Wir fahren zuerst in den Mariendalsvej.«

Katrine nickte.

*

»Zu *meinem* Geburtstag lade ich Emil nicht ein!«

Jim Hellberg sah seinen fünfjährigen Sohn Lukas an, der auf dem Beifahrersitz des großen Porsche Cayenne Platz genommen hatte. Lukas hatte die Arme vor der Brust verschränkt und starrte entschlossen durch die Windschutzscheibe. Seine Mundwinkel zeigten nach unten, und sein Kinn zitterte leicht. Er blinzelte ein paarmal und wischte sich die Tränen in einer blitzschnellen Bewegung mit dem Handrücken weg, damit Jim sie nicht sah. Jim ließ den Motor an und fuhr weg von Emils Haus, in dem Lukas gemeinsam mit anderen Jungs aus dem Kindergarten Emils fünften Geburtstag gefeiert hatte.

»Warum? Hast du dich heute mit ihm gestritten?«

»Ja, der ist richtig blöd!«

Jim bog auf den Nordre Strandvej in Richtung Ålsgårde ein. Der Motor brummte willig, als er Gas gab.

»Was ist denn passiert?«

»Er hat mir das Auto weggenommen, mit dem ich gespielt habe. Er hat gesagt, das wär seins und dass ich nicht damit spielen darf. Ich hab's ihm wieder weggenommen, und da hat er mich gestoßen, und ich hab ihm in den Bauch geboxt.«

Jim warf kurz einen Blick auf Lukas, der mit verbissener Miene dasaß.

»Aber dann hat er den Ärger doch selbst gesucht, Junior. Vielleicht lernt er daraus, dass er dir nichts wegnehmen darf.«

»Aber seine Mama hat mich ganz doll ausgeschimpft.« Seine Mundwinkel zogen sich wieder nach unten und zitterten bedrohlich.

»Ja, aber die ist doch eine Frau, nicht wahr?« Jim lächelte Lukas an und blinzelte ihm zu. »Die hat doch keine Ahnung von uns Männern?«

Die Aussicht, dass sein Junge von klein auf in östrogenweiche Watte gepackt wurde, machte ihm ernsthaft Sorgen. In allen Tagesstätten und Schulen wimmelte es nur so von Frauen und schrecklich soften Männern. Grund genug, dem Jungen auf seine etwas unorthodoxe Weise ein paar männliche Seiten anzuerziehen.

Lukas schüttelte verschwörerisch den Kopf und versuchte, das Blinzeln seines Vaters zu erwidern, doch stattdessen faltete sich sein kleines Gesicht seltsam zusammen. Jim musste lachen und fuhr dem Jungen mit der Hand durchs Haar.

»Wir fahren jetzt zu Mama ins Geschäft, dann kannst du mit ihr nach Hause fahren. Ich muss noch ein bisschen arbeiten.«

*

Hinter der lärmenden Verkehrsader der Falkoner Allé, die sich quer durch Frederiksberg zog, verbarg sich ein ruhiges Wohngebiet. Die Adresse, die ihnen genannt worden war, gehörte zu einem älteren Mietshaus. Im dritten Stock lag Maja Jensens Eckwohnung. Jens Høgh klingelte, erhielt aber keine Antwort. Er wartete einen Augenblick und versuchte es noch einmal.

»Schlüsseldienst?«, fragte Katrine.

Jens nickte und rief an. »Schauen wir mal, ob wir in der Zwischenzeit nicht wenigstens ins Treppenhaus kommen«, sagte er und klingelte bei Maja Jensens Nachbar. Auch dort schien niemand zu Hause zu sein. Er klingelte beim Mieter unter ihr, und gleich darauf krächzte eine ältere Männerstimme aus der Sprechanlage: »Ja?«

»Hier ist die Polizei. Wir müssen mit der Mieterin über Ihnen sprechen. Wenn Sie uns ins Haus lassen könnten?«

Er brummte etwas, bevor ein ähnlicher Laut vom Schloss der Tür zu hören war. Sie traten ein und stiegen die Treppe hoch. Der alte Mann stand in der Tür seiner Wohnung.

»Wir wollen uns nur versichern, dass oben bei ihr alles in Ordnung ist«, erklärte Jens. »Haben Sie in der Wohnung über sich irgendetwas Ungewöhnliches gehört?«

»Nein, da wohnt eine ruhige junge Dame. Ich glaube, sie ist Krankenschwester. Kommt immer spät nach Hause. Viel sehen tut man sie nicht.«

»Danke für Ihre Hilfe«, sagte Jens. Sie gingen weiter nach oben und klingelten an ihrer Tür. Nichts geschah. Jens kniete sich hin und warf einen Blick durch den Briefschlitz.

»Maja?«, rief er. »Maja Jensen, machen Sie auf, hier ist die Polizei.«

Jens stand wieder auf. Er drückte gegen den Türknauf, aber die Tür war verschlossen.

»Wir müssen auf den Schlüsseldienst warten«, konstatierte Katrine.

»Ja.«

Sie gingen nach unten, klemmten die Fußmatte zwischen Tür und Rahmen und warteten draußen auf dem Bürgersteig.

Nach wenigen Minuten kam ein Mofa auf sie zugefahren. Der Fahrer, ein korpulenter junger Mann, holperte auf den Bürgersteig und hielt an. *John's Schlüsseldienst* stand auf dem blauen Overall.

Jens sah zu, wie der Mann das Mofa schnaufend auf den Ständer wuchtete, den Helm absetzte und einen lockigen Pferdeschwanz zum Vorschein brachte.

»Soll ich Sie reinlassen?«, fragte Schlüsseldienst-John und nahm seine Werkzeugtasche.

»Ja, bitte.« Jens nickte und ging gemeinsam mit Katrine hinauf in den dritten Stock. Der Mann schleppte sich keuchend hinter ihnen die Treppe hoch und blieb schnell zurück.

Als er sie schließlich einholte, kniete er sich schwer

atmend vor die Schwelle, steckte sein Werkzeug in das Schloss und öffnete die Tür. Schwitzend rappelte er sich auf und machte sich wieder auf den Weg nach unten.

»Die Tür hat ein Schnappschloss, Sie brauchen mich nicht anzurufen, wenn Sie gehen. Ziehen Sie sie einfach hinter sich zu«, sagte er schon halb auf dem Weg nach unten in den zweiten Stock.

Jens sah ihm nach. »Irgendwie fehlt er mir jetzt schon«, sagte er, bevor er auf den Flur trat und rief: »Maja?«

Sie gingen weiter in die Wohnung und kamen in ein großes Zimmer, hinter dem sich ein weiterer Raum öffnete.

»Wie kann man sich als Krankenschwester so eine Wohnung leisten?«, sagte Katrine, während sie einen Blick auf die Möbel warfen, unter denen sich ein roter Swan Chair von Arne Jacobsen befand, ein ziemlich exklusiv aussehendes, weißes Sofa und ein teures Regal irgendeiner Luxusmarke. An der Wand hing ein überdimensionaler Bang & Olufsen-Flachbildschirm.

»Vielleicht hat sie geerbt oder im Lotto gewonnen«, sagte Jens und sah sich schnell in Schlafzimmer, Badezimmer und Küche um. Alles war in sehr gutem Zustand.

Nur von der Bewohnerin der Wohnung gab es keine Spur.

»Okay«, sagte Jens. »Wir suchen primär nach einem Kalender oder irgendwelchen Zahnarztunterlagen. Ein Termin, eine Sprechstundennotiz, irgendetwas. Ich fange im Wohnzimmer an.«

»Okay, dann mache ich Küche und Schlafzimmer.«

Sie zogen ihre Handschuhe an und legten los.

Katrine untersuchte die Orte, an denen man für gewöhnlich seine Unterlagen aufbewahrte: die Pinnwand in der Küche und die Kommode im Schlafzimmer. Überall lagen Kleider herum, und Katrine hatte spontan den Eindruck, als ob die Bewohnerin vor dem Verlassen der Wohnung lange nach einer passenden Garderobe gesucht hätte. Vielleicht hatte sie aber auch einfach nur keine Lust, die Sachen ordentlich wegzuräumen, sie wohnte ja allein und musste auf niemanden Rücksicht nehmen.

Jens wurde als Erster fündig. »Ihr Zahnarzt ist in der Rosenørns Allé«, rief er Katrine aus dem Wohnzimmer zu. »Ich sag jemandem, dass er Kontakt mit ihm aufnehmen soll, damit Anne Mi die Daten kriegt.«

Katrine hatte eine Schublade der Kommode aufgezogen und entdeckte ein dickes Kuvert mit verstärktem Papprücken. Sie nahm den Inhalt heraus und hielt einen Stapel Bilder von einer blonden, sehr hübschen Frau Anfang dreißig in den Händen, die gutgelaunt mit der Kamera flirtete. Ihre Gesichtszüge waren sanft und harmonisch, mit hohen Wangenknochen und schön geschwungenen Lippen. Ihre Schultern waren nackt. War das Maja? Katrine blätterte durch die Fotos und hielt plötzlich überrascht inne. Sie nahm den Stapel mit ins Wohnzimmer. »Ich glaube, ich habe Fotos von ihr gefunden«, sagte sie zu Jens. Sie sahen sich die Bilder gemeinsam an, die alle von einem Profi aus einem Fotostudio zu stammen schienen.

»Ja, da sind aber auch noch ganz andere Fotos«, sagte Katrine und blätterte weiter. Auf dem Foto, das sie Jens dann zeigte, war deutlich mehr Haut zu sehen. Katrine blätterte weiter und stellte fest, dass sich die Frau – vermutlich Maja – vor dem Fotografen immer weiter entblößt hatte.

»Aber wirklich«, sagte Jens.

»Tja ... richtig pornographisch sind die ja nicht. Vielleicht war sie Model für ein Männermagazin? Oder sie hat die Bilder einfach für sich machen lassen?«

»Lass uns das Porträtfoto mitnehmen. Das kann nie schaden.«

»Und die anderen lassen wir hier?«

»Ja, jedenfalls erst einmal. Sollte es sich bestätigen, dass sie das Opfer ist, muss die Spurensicherung sich die Wohnung ohnehin vornehmen. Wir fahren jetzt erst mal in die Rømersgade.«

Jens hatte den Zahnarzttermin in einem Stapel mit Briefen und Quittungen gefunden. Während er telefonierte, hatte er den Poststapel durchgesehen und war dabei auf einen Brief gestoßen, der an Maja Jensen adressiert war, allerdings mit einer Adresse in der Rømersgade. Von dort aus musste Katja angerufen haben.

Bevor sie die Wohnung verließen, füllte Jens ein Formular aus, aus dem hervorging, dass sie in der Wohnung gewesen waren, und in dem Maja Jensen aufgefordert wurde, mit Jens Høgh Kontakt aufzunehmen.

Falls sie nach Hause kam und es sich nicht bestätigte, dass sie die Frau war, die in der letzten Nacht in einem Auto unter der Autobahn verbrannt war.

*

»Noch mal!«, rief Lukas begeistert.

»Das ist dann aber das letzte Mal.« Jim Hellberg schaltete in den Leerlauf und trat das Gaspedal ganz durch.

Der V8-Motor brüllte auf wie ein großes, gefährliches Tier.

»Der beste Sound der Welt!«, rief Jim und sah Lukas begeistert an.

»Noch mal!«

»Nein, jetzt reicht's.« Jim drehte den Zündschlüssel, und der Motor erstarb mit einem tiefen Seufzer.

Lukas sprang aus dem Auto, warf die Tür zu und rannte in den Laden. Vor der Eingangstür standen zwei riesige italienische Krüge, und im Schaufenster hingen handgemalte Schalen von den Äolischen Inseln, einer kleinen, vulkanischen Inselgruppe nördlich von Sizilien. Auf dem Schild über der Tür stand mit zierlichen schwarzen Buchstaben *Vulcano Import*.

Als Jim kurz darauf in den Laden kam, umklammerte Lukas die langen Beine seiner Mutter. »Mama!«, sagte er. Stine Hellberg beugte sich nach unten und wühlte durch die weißblonden Haare ihres Sohns. Dann richtete sie sich wieder auf und drehte sich zu Jim um. Ihre Jeans saß perfekt und ließ ihre Beine im Zusammenspiel mit den hochhackigen Sandalen schier endlos aussehen.

Jim schaute sie anerkennend an. Er sah, dass sie seinen Blick sehr wohl wahrnahm und ihren Rücken streckte. Manchmal fragte er sich, wie es sich wohl anfühlte, so abhängig vom Urteil anderer zu sein. Er kannte die psychischen Mechanismen genau. Er hatte, wenn er das von sich sagen durfte, die ganz besondere Gabe, die Schwächen und Stärken anderer Menschen gleich zu erkennen, und diese Gabe hatte ihn nur sehr selten im Stich gelassen.

»Hattest du heute schon Kunden?«

»Ja, ein paar Leute waren schon hier.«

Jim küsste seine Frau. »Wenn du mit Lukas nach Hause fährst, mache ich die Wochenabrechnung und fahre auf dem Rückweg noch bei der Bank vorbei.«

»Okay, Schatz.«

»Wir sehen uns, Junior!«, sagte er zu Lukas, wuschelte ihm durchs Haar und begleitete die beiden zur Tür. Jim schloss hinter ihnen ab und drehte das Schild auf *Closed* um. Dann öffnete er die Kasse, nahm den Umsatz der Woche heraus und begann zu zählen. Es waren ein paar tausend Kronen. Nur gut, dass die Familie noch andere Einkünfte hatte und nicht von dieser Klitsche abhängig war.

Dann tippte er weitere Beträge in die Kasse ein. Fünfmal 600 Kronen und zehnmal 1200 Kronen, insgesamt 15 000 Kronen. Danach druckte er den Kassenzettel aus, nahm das Geld und verschwand im Hinterzimmer. Er ging an der kleinen Teeküche und dem alten italienischen Tisch vorbei, setzte sich an den Schreibtisch und drehte den Bürostuhl so, dass er direkt vor dem schwarzen, etwa einen Meter hohen Safe saß. Er gab den sechsstelligen Code ein, hörte das Klicken der drei zur Seite springenden Stahlriegel und öffnete die schwere Tür des feuer- und einbruchsicheren Schranks. Auf der oberen Ablage ruhte eine Pistole, eine 9-mm-Browning. Auf der mittleren Ablage türmten sich dicke Geldbündel, während ganz unten ein paar Ringbücher abgelegt waren.

Von der Tür des Ladens war plötzlich ein lautes Klopfen zu hören. Sein Wagen stand vor dem Geschäft, so dass er kaum vorgeben konnte, nicht da zu sein.

Verärgert warf er die Safetür zu und schloss ab. Er stand auf und ging in den Laden. Draußen vor der Tür stand eine ältere Frau, die heftig winkte, als sie ihn sah.

Er öffnete ihr die Tür.

»Kann ich noch gerade eine dieser wunderbaren Schalen kaufen, die in Ihrem Schaufenster hängen?« Sie zeigte auf eine hellblaue flache Schüssel mit einer großen, strahlenden Sonne.

Er unterdrückte den Impuls, ihr die Tür vor der Nase zuzuknallen, und lächelte stattdessen entgegenkommend und öffnete sie. »Aber natürlich, kommen Sie herein.«

»Danke. Dieses Stück ist wirklich ganz wunderbar«, sagte die Frau. »Meine Tochter hat heute Geburtstag, wissen Sie, ich fahre heute Abend zu ihr. Woher kommen diese Schalen noch einmal?«

Jim nahm die Schale aus dem Schaufenster und legte sie auf den Tisch.

»Aus Salina, einer kleinen Vulkaninsel nördlich von Sizilien«, sagte Jim.

»Wunderbar, könnten Sie sie mir als Geschenk verpacken?«

»Natürlich.«

Jim wickelte die Schale sorgfältig in Wellpappe und packte sie dann in Geschenkpapier ein. Typisch, dass Stine gerade weg war. Er kannte Leute, die sich totlachen würden, wenn sie ihn jetzt so sehen würden.

»Das macht dann 600 Kronen. Bezahlen Sie bar oder mit Karte?«

»Ich bezahle immer bar. Irgendwie finde ich das am besten so.«

»Da weiß man wenigstens, was man hat«, sagte Jim, während er die Schale in eine Papiertasche steckte.

Er nahm das Geld entgegen und tippte den Betrag ein.

»Danke. Und grüßen Sie Ihre Tochter und wünschen Sie Ihr auch von mir alles Gute zum Geburtstag.«

»Vielen Dank, das ist nett von Ihnen.«

Jim geleitete die Frau aus dem Laden, schloss die Tür, ging wieder zurück an die Kasse, druckte einen neuen Beleg aus und nahm das Geld heraus. Dann verschwand er wieder im Hinterzimmer, öffnete den Safe und nahm ein Bündel Tausender heraus. Er schob das Gummi herunter und nahm fünfzehn Scheine heraus, was man dem Bündel aber nicht ansah, als er es wieder zurücklegte. Dann nahm er eine der Mappen, steckte den Kassenbeleg in eine Sichthülle, stellte die Mappe zurück und schloss den Schrank. Er schrieb den Betrag 17 600 Kronen auf einen Umschlag der lokalen Bank und steckte das Geld hinein.

Zu guter Letzt schob er den Umschlag in die Innentasche seiner Jacke und verließ den Laden durch die Hintertür, nachdem er die Alarmanlage aktiviert hatte. Der Pfeifton zeigte ihm an, dass alles richtig funktionierte. Kurz darauf steckte er den Geldumschlag in den dafür vorgesehenen Briefkasten der Bank und fuhr nach Hause.

Er stellte die Musik lauter und ließ seinen Blick über das Wasser schweifen. Die Küste wachte langsam aus ihrem langen Winterschlaf auf, und die ersten Menschen wagten sich wieder aufs Wasser. Die Dänen waren so dankbar für jeden noch so kurzen Sonnenstrahl. Wie wenig ambitioniert dieses Volk doch war.

Er hörte das Signal einer SMS, die auf einem seiner Handys eingegangen war. Sie konnte nur von einer Person stammen. Er las die Meldung sofort: *»Mein Eisen ist heiß, ich muss dringend in dir kommen. B.«*

Jim Hellberg hielt am Straßenrand an, nahm sein privates Telefon und teilte Stine in einer SMS mit, dass er sich verspäten würde und noch nicht wisse, wann er nach Hause käme. Dann wendete er den Wagen und fuhr in der anderen Richtung davon.

*

Jens Høgh und Katrine Wraa fuhren in Richtung Innenstadt. Unterwegs bestellte Jens die Kontaktlisten der beiden Telefone, die allem Anschein nach in Maja Jensens Besitz waren. Sie parkten vor einem altehrwürdigen Haus am Israels Plads. Das Gebäude wirkte gepflegt und hatte zahlreiche kleine Balkone, von denen aus man einen schönen Blick über den Platz hatte.

»Es ist eine Kellerwohnung«, sagte Jens. »Da hinten an der Ecke.« Sie erreichten eine Treppe, die nach unten zu einer Tür führte, an der ein Messingschild hing.

»*Salon S*? Ich weiß ja nicht, wie du das siehst, aber ich habe langsam gewisse Assoziationen«, sagte Katrine.

»Vielleicht ist sie doch nicht im Gesundheitssektor tätig«, sagte Jens und klingelte.

Sein Blick fiel auf eine Überwachungskamera an der Ecke des Treppenabgangs, die auf die Tür gerichtet war. Er machte Katrine darauf aufmerksam.

»Ja?«, ertönte eine Frauenstimme aus der Gegensprechanlage.

»Hier ist die Polizei«, sagte Jens, »Wir würden gerne

mit Ihnen reden, lassen Sie uns bitte herein.« Jens hielt seinen Polizeiausweis in Richtung Kamera.

Die Frau, die ihnen die Tür öffnete, war nicht die Frau auf den Fotos. Sie war sicher zehn Jahre älter.

»Wir würden gerne mit Katja reden. Sind Sie das?«, fragte Jens.

Die Frau schüttelte den Kopf.

»Die hat noch zu tun, Sie können sich aber in die Küche setzen und dort auf sie warten.«

Sie folgten der Frau über einen schmalen Flur, von dem mehrere Türen abzweigten, bis zu einer kleinen Küche mit Holztisch und drei Stühlen.

»Und Sie sind …?«, fragte Jens.

»Sus. Ich mache hier nur Telefondienst«, sagte sie abwehrend.

»Und Maja?«

»Die ist nicht hier.«

Sie bedeutete ihnen, am Tisch Platz zu nehmen. Katrine sah sich schnell im Raum um und konstatierte, dass diese Küche nicht zum Kochen gedacht war, höchstens für Kaffee oder Tee. Auf dem Tisch stand ein halbvoller Aschenbecher, daneben lagen eine Schachtel Zigaretten und eine Preisliste.

»Katja kommt gleich«, sagte Sus und schloss die Tür.

Jens warf einen Blick auf die Preisliste und reichte sie Katrine. Sie sahen sich an. Irgendwo in der Wohnung klingelte ein Telefon, bevor Sus sich meldete. Dann wurde eine Tür geschlossen, und sie konnten nicht mehr hören, was sie sagte.

Nach zehn Minuten betrat eine hübsche, dunkelhaarige Frau den Raum. Sie mochte Mitte zwanzig sein, trug einen engsitzenden schwarzen Jogginganzug und war damit beschäftigt, ihre Haare zu einem Pferdeschwanz zusammenzubinden.

»Katja?«, fragte Jens.

»Ja«, sagte sie.

Sie setzte sich, nahm eine Zigarette aus dem Päckchen, zündete sie an und warf das Feuerzeug zurück auf den Tisch.

»Haben Sie unsere Hotline angerufen?«, fragte Jens.

»Ja«, antwortete sie, nahm einen Zug, sah ihm, ohne zu blinzeln, in die Augen und atmete den Rauch langsam durch die Mundwinkel aus.

»Sie machen sich Sorgen um Maja?«

»Ja.«

»Gibt es einen speziellen Grund dafür?«

»Ja. Ich habe ihr gestern Abend eine SMS geschickt, die sie nicht beantwortet hat, und heute Morgen hatten wir eine Verabredung, zu der sie nicht erschienen ist«, sagte Katja. »Sie hält ihre Termine sonst immer ganz exakt ein.«

»Und was war das für ein Termin?«

»Eine Verabredung.«

»Hätte sie heute arbeiten müssen?«

»Ja, wir haben hier so eine Art Arbeitsgemeinschaft.«

Jens verlor allmählich die Geduld. »Dann hat Maja einen Termin mit einem Kunden versäumt?«

Katja schüttelte den Kopf und nahm einen Zug. »Nee, sie sollte eine neue Kollegin treffen.«

»Aber warum haben Sie gleich die Polizei angerufen – und ausgerechnet diese Nummer?«

»Ich habe auf der Webseite der Polizei nachgeschaut.«

Sie nickte in Richtung eines Laptops, der auf der Anrichte stand. »Um eine Nummer zu finden. Und die stand gleich auf der ersten Seite. Ist mir gar nicht aufgefallen, dass das so eine blöde Hotline war.«

»Haben Sie Außenstände bei jemandem? Vielleicht im Rockermilieu?«

Sie schüttelte den Kopf.

»Wir können unser Gespräch auch auf dem Präsidium fortsetzen, wenn Sie das wollen.«

Sie sah Jens trotzig an.

»Kommen Sie schon«, sagte Jens. »Wenn Sie sich wirklich Sorgen um Maja machen, sollten Sie uns wenigstens ein paar Namen geben, damit wir diese Leute befragen und herausfinden können, wo sie ist.«

Katja atmete den Rauch langsam aus, um Zeit zu gewinnen.

»Vor einer Wochen waren hier so zwei Idioten«, sagte sie schließlich. »Die kamen unter dem Vorwand hier rein, dass sie einen Termin hätten. So einfach von der Straße kommt hier normalerweise keiner. Die haben sich aufgespielt und Maja bedrängt. Sie wollten Schutzgeld erpressen und haben uns schließlich sogar mit einem Messer bedroht.« Katja schüttelte höhnisch den Kopf. »Scheiß Idioten.«

»Und wie ging die Sache aus?«

»Maja hat abgelehnt.«

»Weil Sie bereits unter dem Schutz von jemandem stehen? Von wem?«

Katja schwieg wieder.

»Kommen Sie schon«, sagte Jens.

»Devils.«

Jens nickte. Die Devils waren eine der größten Rockergruppen des Landes. »Wer genau?«, fragte Jens.

»Hector.« Sie presste den Namen widerstrebend über die Lippen.

»Also jemand ziemlich weit oben auf der Rangliste. Wie haben die beiden darauf reagiert, dass Maja sie abblitzen ließ?«

Katja zog ohne zu zögern den Reißverschluss ihres Oberteils auf, schob es über den Oberarm nach unten und zeigte ihnen eine oberflächliche Schnittwunde.

»Haben Sie das angezeigt?«

Sie schüttelte den Kopf.

»Okay«, sagte Jens jetzt deutlich geduldiger. »Wollen wir nicht versuchen, uns gegenseitig zu helfen? Sie erzählen uns alles von Anfang an, und wir schnappen uns die zwei, die Sie bedroht haben. Wissen Sie, wie lange die Aufnahmen der Kamera draußen gespeichert werden?«

»Nein.«

»Wer weiß das?«

»Maja.«

»Dann hat Maja hier drinnen das Sagen?«

»Langsam, langsam, ziehen Sie keine voreiligen Schlüsse«, Katja wedelte mit dem Zeigefinger durch die Luft. »Wir führen das Geschäft gemeinsam. Wie schon gesagt, das ist eine Arbeitsgemeinschaft.«

Und mein Arsch ist eine Raketenbasis der NASA, dachte Jens. Katja wollte natürlich nicht riskieren, dass Maja noch wegen Zuhälterei angezeigt wurde. Es war aber sicher das Beste, diese Seite der Angelegenheit erst einmal zu ignorieren.

»Okay. Als Erstes müssen wir wissen, ob Sie oder Maja diese Typen vorher schon einmal gesehen haben?«

»Nein.«

»Können Sie sie uns beschreiben?«

»Einer war Ausländer. Der andere Däne. Beide Anfang zwanzig. Normal groß. Straßenklamotten. Jede Menge Tätowierungen, Kanakensprache, die reinste Karikatur.«

»Haben die gedroht, noch mal wiederzukommen?«

»Ja, aber Maja hat sie davor gewarnt, sich mit Hector anzulegen. Den sollte man sich wirklich nicht zum Feind machen«, sagte Katja und ließ mit ihrer Antwort keine Zweifel offen.

»Dann hat Maja Hector anschließend davon berichtet?«

»Maja hat mit ihm gesprochen, ja.«

»Gut, das werden wir dann auch noch tun.«

Katja versuchte, die Fassade zu wahren, konnte ihre Angst aber nicht verbergen. Hatten sie Probleme mit Hector? Schuldeten sie ihm Geld?

»Sie sehen nicht gerade begeistert aus, Katja.«

»Wie meinen Sie das? Ist mir doch egal, ob Sie mit ihm reden. Sie dürfen nur nicht erwähnen, dass Sie seinen Namen von mir haben.«

»Haben Sie Probleme mit ihm? Schulden Sie ihm was?«

»Jetzt hören Sie mir mal zu: Ich will in nichts reingezogen werden. Okay?«

»Das habe ich verstanden«, sagte Jens. »Aber wenn Sie sonst noch etwas wissen, das uns auf Majas Spur bringen könnte, sollten Sie sehr ernsthaft erwägen, uns das zu sagen. Und zwar jetzt.«

Sie sah ihn schweigend an.

»Sie wissen doch, dass wir Ihnen Schutz anbieten können, wenn Sie die zwei anzeigen oder gegen Hector aussagen wollen?«

Schweigen.

»Jetzt wissen Sie's auf jeden Fall. Denken Sie darüber nach.«

Jens überlegte einen Moment lang seinen nächsten Schritt. »Also, die Festplatte dieser Überwachungskamera«, sagte er, »die müssen wir mitnehmen.«

»Dürfen Sie das denn?«, fragte sie verunsichert.

»Und ob wir das dürfen! Es wird eine Kopie erstellt, und dann kriegen Sie sie morgen wieder zurück. Es wäre aber noch hilfreicher, wenn wir uns die Aufnahme jetzt anschauen und Sie uns die beiden zeigen könnten, die Ihnen das angetan haben.« Jens deutete auf ihren Oberarm.

»Ich will aber in nichts reingeraten.« Ein nervöses Zucken ging über Katjas Gesicht.

»Das werden Sie auch nicht«, sagte Jens. »Als Erstes wollen wir nur schon mal feststellen, ob wir die Aufnahmen überhaupt gebrauchen können. Wir können dann noch immer überlegen, wie wir weiter vorgehen wollen.«

Katja überlegte. Dann drückte sie die Zigarette aus, stand auf und öffnete eine Schranktür. Sie schloss die Kamera an den Laptop und öffnete die Dateien.

»Sie kennen sich aber gut aus«, sagte Jens.

»Das ist auch nicht komplizierter, als eine Digi anzuschließen. Ich habe gesehen, wie Maja das gemacht hat, als sie Hector die Bilder von dem Kanaken und dem Dänen gezeigt hat.«

Jens und Katrine standen auf, traten hinter Katja und blickten ihr über die Schulter. Sie suchte eine Aufnahme heraus, die vor fünf Tagen datiert war, und begann zu spulen. Gleich darauf sahen sie den Ausschnitt der Treppe, auf der sie selbst eben gestanden und darauf gewartet hatten, eingelassen zu werden.

»Da wären sie«, sagte Katja und hielt die Aufnahme an. Ein Typ mit tief ins Gesicht gezogener Kapuze klingelte. Er war unmöglich zu identifizieren. Als die Tür geöffnet wurde, schob sich eine weitere Person ins Blickfeld, ging durch die Tür und schloss sie hinter sich.

Katja spulte bis zu der Stelle vor, an der sie den Laden wieder verließen.

»Da, halten Sie an«, sagte Jens und streckte den Arm aus. Der eine war unter seiner Kapuze noch immer nicht zu erkennen, das Gesicht des anderen aber war einen Moment lang zu sehen, bevor auch er sich die Kapuze wieder tief ins Gesicht zog. »Ich denke, das reicht, um ein paar Bilder zu vergrößern, die Sie sich dann anschauen sollten.«

Katja nickte.

In diesem Moment klingelte Jens' Telefon. Er sah auf das Display. »Diesen Anruf muss ich leider annehmen«, sagt er, ging nach draußen auf den Flur und schloss die Tür.

Katrine und Katja setzten sich wieder. Katja zündete sich die nächste Zigarette an.

»Wie lange arbeiten Sie schon hier?«, fragte Katrine.

»Jetzt hören Sie mir mal zu! Ich beantworte gerne Ihre Fragen nach Maja, aber ich rede nicht über mich, haben Sie das verstanden?«

»Okay. Wie lange arbeitet Maja hier schon?«

»Ein paar Jahre.«

»Gibt es außer Ihnen beiden noch andere Mitarbeiter? Außer der Telefonistin, meine ich.«

»Noch eine weitere Bürokraft und ein anderes Mädchen, Helene. Und dann natürlich noch die, die wir gerade eingestellt haben.«

Jens kam zurück. Er warf kurz einen Blick auf Katrine, setzte sich und sah Katja mit ernstem Blick an.

»Katja, wir haben die Frau identifiziert, die gestern tot aufgefunden wurde.«

Katja biss sich auf die Lippe und nahm einen tiefen Zug von ihrer Zigarette.

»Es tut mir leid, aber es handelt sich tatsächlich um Maja.«

Katja sah Jens an, ihr Gesicht erstarrte. Ihre Gefühle drohten ihre Fassade von innen einzureißen. Sie kämpfte mit aller Macht dagegen an, aber dann begannen die Tränen über ihre Wangen zu laufen, ihr Mund verzog sich, und ihre Schultern zitterten.

Katrine legte vorsichtig eine Hand auf Katjas Schulter. Katja wehrte sich nicht dagegen.

Eine ganze Weile blieben sie so sitzen, ohne dass ein einziges Wort gesprochen wurde. Dann ging Katjas Trauer langsam in Wut über, und sie sah Katrine mit funkelnden Augen an. »Sie müssen das Schwein kriegen, das ihr das angetan hat«, fauchte sie.

»Genau das haben wir vor, das kann ich Ihnen versprechen«, sagte Jens und fuhr in ernstem Tonfall fort: »Aber dazu sind wir noch mehr auf Ihre Hilfe angewiesen. Sie sind im Moment unsere wichtigste Quelle.«

Katja nahm ein Päckchen Papiertaschentücher aus einer Schublade, wischte sich die Augen ab und nickte. Dann nahm sie einen tiefen Zug von ihrer Zigarette. Der Rauch hing mittlerweile dicht in dem kleinen Raum.

»Wir müssen noch einmal den gestrigen Abend durchgehen. Waren Sie beide auf der Arbeit?«

»Ja.«

»Arbeiten Sie nie allein?«

»Sind Sie wahnsinnig?«, fragte Katja schnaubend. »Es muss immer jemand hier sein. Wir haben zwei Telefonkräfte, die abwechselnd da sind: Nina und Sus.«

»Und wenn etwas passiert? Ich meine, wenn Sie Hilfe brauchen?«, fragte Jens.

»Dann haben wir eine Nummer, die wir anrufen können.«

»Die Devils?«

»Ja, klar.«

»Okay, wann sind Sie gestern Abend gekommen?«

»Ich war etwa um vier Uhr nachmittags hier. Helene war tagsüber hier. Maja hatte nur einen Termin. Sie kam erst abends, etwa um halb zehn.«

»Ein Termin?«, fragte Jens. »Das ist wenig.«

Katja zuckte mit den Schultern, schnippte die Asche von der Zigarette und schien über etwas nachzudenken. Jens gab ihr Zeit.

»Okay«, sagte sie entschlossen. »Sie hat ... hatte ...«, korrigierte sie sich selbst, und wieder schossen ihr die Tränen in die Augen. Sie nahm ein neues Taschentuch und fuhr sich damit über die Augen. »Sie hatte vor, ganz aufzuhören. Sie hat schon eine ganze Weile für einen kleineren, exklusiven Kundenkreis gearbeitet, teilweise auch im Ausland. Deshalb hatte sie hier nicht mehr so viele Kunden. Die mussten dafür aber richtig tief in die Tasche greifen.«

»In welchen Ländern war sie?«, wollte Jens wissen.

»Das weiß ich nicht.«

»Hm, aber war das gestern ihr definitiv letzter Termin?«

»Ich glaube schon«, sagte Katja. »Es waren jedenfalls keine weiteren Termine für sie gebucht.«

»Wann haben Sie gestern Schluss gemacht?«

»Ich war um halb elf fertig. Maja hatte ihren letzten Termin von zehn bis elf.«

»Wissen Sie, wer bei ihr war?«

»Ein Typ, der unter dem Namen ›Henrik‹ gebucht hat, aber ... ist ja klar, dass niemand unter seinem richtigen Namen bucht, oder?«

»Verstehe. War dieser Henrik ein Stammkunde?«

»Nein, ich glaube nicht, dass der schon einmal da war.«

»Haben Sie ihn auf dem Überwachungsband?«

»Ja, ich denke schon«, sagte Katja, stand auf und ging zum Computer.

Katrine und Jens folgten ihr.

Nach ein paar Klicks hatte Katja die Aufnahmen des Vortags gefunden. Sie spulte etwas vor und kam an eine Stelle, wo ein Mann durch die Tür nach draußen ging. Er schien sich der Kamera bewusst zu sein und tat, was er konnte, um nicht frontal gefilmt zu werden.

»Stopp! Da!«, rief Jens.

Katja stoppte die Aufnahme und spulte ein paar Sequenzen zurück, ehe der Mann auf dem Bildschirm erstarrte. Sein Gesicht war zu keinem Zeitpunkt direkt von vorn zu sehen.

»Sieht irgendwie aus wie …«, begann Jens und beugte sich näher über den Bildschirm.

»Könnte gut sein …«, bestätigte Katrine.

Sie sahen sich die Aufnahme ein paarmal an. Waren sich sicher und zweifelten dann wieder. Es konnte durchaus sein, dass sie diesen Mann in der letzten Nacht getroffen hatten. Ein Mann, der behauptet hatte, sein Wagen sei gestohlen worden und der plötzlich in vielerlei Hinsicht in gewaltigen Schwierigkeiten steckte.

»Gucken wir uns doch mal die Aufnahme an, als er gekommen ist«, sagte Jens. Katja spulte eine Stunde zurück. Aber auch auf dieser Aufnahme war sein Gesicht nicht zu erkennen. »Haben Sie ihn gesehen, als er gekommen ist?«

»Nein, da saß ich in der Küche.«

»Aber das Telefonmädchen muss ihn doch gesehen haben? Machen die nicht immer die Tür auf?«

»In der Regel schon. Aber es war spät, und Nina, die gestern Dienst hatte, wollte früher gehen, und da ich ja ohnehin hier war, war das für mich okay. Maja hat dem Kunden selbst die Tür geöffnet.«

»Dann hat ihn niemand sonst gesehen?«

»Nein.«

»Mist!«, sagte Jens. »Wir müssen ihn uns holen. Einen Augenblick«, sagte er, rief den Wachhabenden an und bat ihn, sofort einen Wagen loszuschicken, um Asger Dahl zum Verhör ins Präsidium zu bringen, und zwei Teams der Spurensicherung ins Bordell und in Majas Wohnung zu beordern. Außerdem bat er ihn, Torsten Bistrup über die aktuelle Entwicklung zu informieren. Jens beendete das Gespräch und bekam Augenkontakt mit Katja. Ihr Blick war finster und traurig.

»Als dieser Henrik ging, war Maja also allein hier?«

»Ich habe ihn gehen hören, als ich meine Sachen zusammengepackt habe. Gleich darauf bin ich dann auch gegangen. Maja hat noch abgeschlossen und ist dann auch los.«

Katja hatte einen fernen Ausdruck in den Augen.

Jens ließ ihr einen Moment Zeit und holte dann die Porträtaufnahmen heraus, die er in Majas Wohnung gefunden hatte.

»Katja, wir müssen Sie noch etwas anderes fragen«, sagte Jens. »Ist das hier Maja?«

Sie warf einen Blick auf die Fotos und nickte mit Tränen in den Augen.

»Sie haben gesagt, dass Maja keine Familie hat?«, fragte Katrine und bereitete sich innerlich auf eine lange Reihe von Fragen vor.

»Ihr Vater ist an Krebs gestorben, das war ... das ist jetzt gut ein halbes Jahr her, aber sie hatte keinen Kontakt zu ihm«, sagte sie schniefend.

»Wissen Sie, warum?«

»Er muss ein ziemlicher Idiot gewesen sein.«

»Und ihre Mutter?«

»Die ist gestorben, als Maja noch ein Kind war.«

»Woran?«

»Keine Ahnung, irgendeine Krankheit, denke ich.«

»Wie ist es Maja in der letzten Zeit hier ergangen?«

»Es ging so«, sagte Katja und zuckte mit den Schultern. »Ganz normal.«

»Aber sie wollte ganz aufhören? So normal ist das doch wohl nicht?«

»Stimmt.«

»Wollte sie das Geschäft dichtmachen?«

Katja nickte. »Aber nicht sofort. Deshalb wollte sie ja auch noch eine Neue einstellen.«

»Haben Sie darüber geredet, wovon Sie alle in Zukunft leben sollten?«

»Ich weiß nicht, ob sie sich darüber schon im Klaren war. Sie hatte wohl einfach genug. Ich glaube aber, sie hat etwas auf der hohen Kante, so dass sie sicher eine Zeitlang zurechtgekommen wäre.«

»Und Sie?«

»Ich höre auch auf. Lange wollte ich ohnehin nicht mehr machen. Aber jetzt ist auch für mich Schluss.«

Katrine nickte und fuhr fort: »Hat Maja in der letzten Zeit etwas gesagt oder getan, das Ihnen merkwürdig vorkam?«

»Nein.«

»Sie war in der letzten Zeit nicht besonders fröhlich oder niedergeschlagen?«

»Nein, sie hat sich einfach nur darauf gefreut, bald aufzuhören. Eine große Nummer hat sie aber nicht daraus gemacht.«

»Wissen Sie, was sie gestern Abend noch vorhatte? Hatte sie noch eine andere Verabredung?«

Kopfschütteln. »Sie wollte nach Hause und sich ausruhen.«

»Und wie war ihre Laune gestern?«

Katja dachte nach. »Sie wirkte ein bisschen abwesend, angespannt. Etwas kurz angebunden.«

»Haben Sie eine Vorstellung, warum?«
Katja schüttelte den Kopf.
»Hat sie privat irgendeine Beziehung?«
»Nein.«
»Auch nicht in letzter Zeit?«
»Nein.«
»Wissen Sie, wann Sie ihre letzte feste Beziehung hatte?«
Katja überlegte. »Solange ich sie kenne, war da niemand.«
»Auch keine kurzen Affären?«
»Nee. Sie hat mal von einem erzählt, mit dem sie vor Jahren zusammen war, aber ansonsten waren das wohl nur lose Kontakte.«
»Kennen Sie irgendwelche Namen?«
»Nur die Vornamen: Peter, Nikolaj ... aber diese Typen hat sie nie wiedergesehen.«
»Wie lange kennen Sie Maja schon?«
»Etwa vier Jahre.«
»Können Sie uns erzählen, wie Sie sich kennengelernt haben?«
»Wir haben uns auf einer Party getroffen und gleich einen Draht zueinander gehabt.« Katja zuckte mit den Schultern. »Sie hat mir erzählt, was sie macht, und ich fand das spannend. Außerdem lockte mich das Geld. Ich habe dann auch dort angefangen, wo sie arbeitete. Als sie irgendwann sagte, sie wär's leid, für andere zu arbeiten, und mir anbot, mit ihr zusammen was Eigenes aufzubauen, habe ich gleich zugeschlagen. Ich habe nie daran gezweifelt, dass sie es schaffen würde, einen richtig guten Laden aufzuziehen. Und das hat sich dann ja auch bewahrheitet.«

»Wie würden Sie Maja als Person beschreiben?«

Katja kämpfte wieder mit den Tränen, doch dieses Mal gelang es ihr, ihre Gefühle in den Griff zu kriegen. »Sie war knallhart. Man hätte nicht versuchen sollen, sie auszutricksen. Und sie war wahnsinnig komisch. Wir haben unheimlich viel gelacht. Auch über die Kunden. So etwas braucht man.«

»Gab es denn mal jemanden, der sie auszutricksen versucht hat?«

»Nicht dass ich wüsste.«

»Nur weil Sie es erwähnt haben …«

»Ach, das war nur so dahergesagt. In dieser Branche versucht wirklich jeder jeden zu bescheißen. Außerdem wollen die Männer immer allen möglichen Scheiß, für den sie nicht bezahlt haben oder von dem sie genau wissen, dass sie ihn nicht kriegen können. Es gibt aber Leute, bei denen man solche Spielchen lässt, und Maja war eben so ein Mensch.«

»Hatte sie außer Ihnen noch andere Freunde?«

»Ich glaube nicht, nein.«

»Haben Sie eigene Räume?«, fragte Jens.

»Ja, aber Majas wird auch von Helene benutzt – dem anderen Mädchen, das hier arbeitet.«

»Können wir uns den mal ansehen?«

Katja stand auf. Katrine und Jens folgten ihr. Katja ging zu dem Raum, der der Küche am nächsten lag.

»Hier«, sagte sie und öffnete die Tür.

Sie wollte hineingehen, aber Jens hielt sie zurück. »Wir müssen warten, bis die Spurensicherung hier war.«

Jens und Katrine blieben in der Türöffnung stehen und sahen sich im Zimmer um. In der Mitte des Raumes stand ein riesiges, rundes Bett, über dem Spiegel an der Zimmerdecke hingen. Große Flächen der Wand waren tiefrot gestrichen. In einer Ecke des Raums standen ein Sessel, ein kleiner Tisch und eine Kommode. Vor den Fenstern hingen weiße Gardinen und schwarze Vorhänge.

»Wo führt die hin?« Jens trat einen Schritt zurück und zeigte auf die anschließende Tür.

»Ins Bad.«

»Wir würden auch gerne einen Blick in Ihr Zimmer werfen.«

»Ist das nicht mein Privatbereich?«

»Nicht unter den vorliegenden Umständen.«

Sie ging zu ihrer Tür, öffnete sie und stellte sich mit in die Hüften gestemmten Armen daneben.

Sie sahen sich um. Das Zimmer glich dem von Maja wie ein Ei dem anderen. Der einzige Unterschied war die Farbgebung, hier dominierten dunkellila Nuancen. Es war warm und ästhetisch. Um das Gefühl eines exklusiven Erlebnisses zu vermitteln, dachte Katrine.

»Wir bleiben hier, bis die Spurensicherung da ist. Die restlichen Termine, die Sie heute möglicherweise noch haben, müssten Sie absagen«, sagte Katrine sicherheitshalber.

»Für wie blöd halten Sie mich eigentlich?«, sagte Katja wütend, drehte sich um und verschwand zu Sus ins Vorzimmer. Kurz darauf war sie wieder da.

Jens ging in die Küche und tätigte ein kurzes Telefonat. Dann kam er zurück, durchsuchte seine Taschen nach einer Visitenkarte, stellte aber zu seiner Verärgerung fest, dass er keine mehr hatte. Er schrieb seine Handynummer auf einen Block, riss das Blatt ab und reichte es Katja.

»Versprechen Sie uns, uns anzurufen, wenn Ihnen noch irgendetwas einfällt, wie unwesentlich es Ihnen auch erscheinen mag«, sagte Jens.

»Klar.«

»Wir müssen Sie dann auch um Ihren vollen Namen, Ihre Adresse und Telefonnummer bitten.«

Katja kritzelte ihre Kontaktdaten schnell auf Jens' Block. Er las, was sie geschrieben hatte, und sah sie fragend an.

»Ditte?«

Sie zuckte mit den Schultern. »Man hat halt seinen Arbeitsnamen.«

»Und Maja nannte sich …?«

»Sasja.«

»Könnten Sie mir Ihre Krankenversicherungskarte oder Ihren Führerschein zeigen?«

Sie nahm eine Geldbörse aus ihrer Tasche und reichte ihm ihre Versichertenkarte.

Sie gingen aus dem Zimmer auf den Flur, und Ditte schloss die Tür hinter ihnen.

Jens ging in die Küche, schaltete die Harddisk aus und löste die Verbindung zur Kamera. Kurz darauf kam die Spurensicherung, die von Jens kurz ins Bild gesetzt wurde.

»Nachdem der letzte Kunde, möglicherweise handelt es sich um Asger Dahl, die Wohnung verlassen hatte, ist sie vermutlich auch gegangen, aber das wissen wir nicht mit Sicherheit, da sie die Kamera ausgeschaltet hat, nachdem er weg war«, sagte Jens.

»Wir untersuchen alle Oberflächen«, sagte einer der Kriminaltechniker. »Natürlich konzentrieren wir uns dabei auf die neuesten Spuren. Aber an einem Ort wie diesem wird es DNA-Spuren von einer ganzen Reihe von Personen geben.«

»Das lässt sich nicht ändern«, sagte Jens.

Während Jens Sus verhörte, saß Katrine in Gedanken vertieft in der Küche und versuchte sich vorzustellen, wie es war, hier zu sitzen, wenn es an der Tür klingelte und ein Mann hereinkam, ins Zimmer mit ihm zu gehen, das Geld entgegenzunehmen, mit ihm zu reden. Dann vielleicht ins Bad zu gehen, seinen Körper zu berühren, sich selbst anfassen zu lassen und zur Verfügung zu stellen. Sich zu verabschieden und auf den nächsten zu warten. Sex zu haben ... wie oft am Tag? Aber Maja hatte so nicht gearbeitet. Sie hatte wenige exklusive Kunden, auch im Ausland. Eine Luxushure.

Katrine dachte an die Bilder der schönen Frau, die dieses Geschäft geleitet und selbst hier gearbeitet hatte. Was war sie für ein Mensch gewesen? Was hatte sie über ihr Leben gedacht? Warum hatte sie sich für diese Art von Arbeit entschieden? Und warum war sie tot – zu einem Zeitpunkt, als sie gerade aufhören wollte?

Als sie aus der Küche trat, sah sie Jens an Dittes Tür klopfen. Ditte öffnete einen Spaltbreit. Ihre Augen waren rot und verweint.

»Ditte, wir fahren jetzt«, sagte Jens. »Sie können uns rund um die Uhr anrufen. Egal, worum es sich handelt, verstanden?«

Sie nickte und schloss die Tür.

Sie verließen den *Salon S* und gingen schweigend die

wenigen Stufen zur Straße nach oben, auf der die Leute mit Fahrrädern unterwegs waren, einkauften oder mit ihren Kindern spazieren gingen. Es war ein ganz normaler Samstagnachmittag. Ein Frühlingstag im Mai.

*

Gegen ein Uhr gehe ich in eine Bar. Sehe mich um. Erblicke ihn gleich und wende ihm den Rücken zu, als wir Augenkontakt bekommen. Sehe noch das Glitzern in seinen Augen. Er redet mit einer anderen, hat aber bereits das Interesse verloren. Ärgerlich für sie.

So.

Das Spiel hat begonnen.

Gegen vier verlasse ich seine Wohnung. Zu mir nach Hause kommen sie nie. Und ich schließe bei ihnen nie die Augen. Krieche nie unter eine Decke. Eine Decke ist zu intim. Unter einer Decke beginnt man, Dinge zu teilen.

Und ich komme nie zurück. Eine Nacht.

Keine gemeinsame Geschichte danach. Nur ein einmaliges Erlebnis, das im ernüchternden Licht des folgenden Tages nicht verblassen kann. Keine Erklärungen.

Zusammen aufwachen? Undenkbar. Schlaftrunken, verschwitzt und warm am Morgen gemeinsam aus den Träumen aufzutauchen? No way.

Ich war in diesen Jahren ... ich will nicht sagen promisk, aber okay, sicher etwas in dieser Richtung. Ich verstehe nicht, wie man andere Beziehungen eingehen kann.

Aber da war etwas ...

Etwas, das mich zu stören begann.

Anfangs konnte ich es nicht genau benennen. Außerdem hatte ich zu viel zu tun, um gründlich darüber nachzudenken.

Aber allmählich wurde mir bewusst, was daran nicht stimmte: Sie hatten mehr davon als ich.

Denn ich begann, mich zu langweilen. Die Jagd hatte ihren Reiz verloren.

Außerdem war ich blank, brauchte einfach zu viel Geld. Kam mit meinen langweiligen Jobs nicht mehr aus.

Der Gedanke war so logisch, als er sich meldete.

Und stellte alles auf den Kopf: Ich sollte diejenige sein, die die größte Ausbeute und das Sagen hatte. Big time.

Plötzlich stimmte alles irgendwie.

*

Katrine Wraa und Jens Høgh waren zurück im Präsidium. Jens freute sich förmlich auf die Vernehmung Asger Dahls, der gerade in den Verhörraum geführt wurde. Jens war es eigentlich am liebsten, wenn die Leute, die er verhörte, ihm direkt gegenüber auf der anderen Seite des Tisches saßen, aber das ging nur, wenn man zu zweit im Verhörraum war. Jetzt sollte neben Katrine zu seinem Leidwesen auch noch Torsten Bistrup teilnehmen. Mit einem Verdächtigen, der keine Verbindungen zur organisierten Kriminalität zu haben schien, rückte der Fall zu ihrem Bedauern schlagartig in den Zuständigkeitsbereich des Morddezernats.

»Bitte setzen Sie sich«, sagte Jens. Stuhlbeine kratzten über den Boden, bis alle Platz genommen hatten.

Asger Dahl sah Jens abwartend an. Katrine beobachtete ihn. Sie hatte weitere Informationen über ihn eingeholt und wusste nun, dass er 43 Jahre alt war, mit 26 Jahren das Diplom in Psychologie gemacht und während seiner gesamten Karriere mit Kindern und Jugendlichen gearbeitet hatte. Trotz seiner schmalen Stahlbrille wirkte er jugendlich, ja fast jungenhaft. Seine Haare waren mittelblond mit einem Hauch von Grau. Katrine konnte sich ihn gut in der Rolle des Referenten, Vorsitzenden oder Moderators vorstellen. Man sah ihm trotz der Jugendlichkeit an, dass er es gewohnt war, am Kopf eines Tisches zu sitzen, Gespräche zu leiten und Beschlüsse zu fassen. Gewohnt, immer wach zu sein, zu improvisieren, zu verhandeln. Ihr war klar, welch immense Probleme er bekommen würde, falls sich tatsächlich herausstellte, dass das Überwachungsvideo ihn zeigte – auch wenn er einfach nur Kunde dieses Bordells gewesen sein sollte. Seine Haltung und die Position, die er in der Öffentlichkeit einnahm, passten nicht zu jemandem, der Sex kaufte.

»Herr Dahl, wir haben die Tote mittlerweile identifiziert.«

»Ja?«

»Sie heißt Maja Jensen. 34 Jahre alt.«

Asger Dahl schüttelte verständnislos den Kopf und zog die Augenbrauen leicht zusammen. »Der Name sagt mir nichts. Und ich verstehe noch immer nicht, warum ich hier sitze. Mir ist doch bloß der Wagen gestohlen worden, und …«

»Sie hat sich auch Sasja genannt«, sagte Jens. Alle Augen waren auf den Mann gerichtet, dessen Gesicht für einen Augenblick echte Überraschung zeigte. »Und sie hat ein Bordell betrieben – den *Salon S* – am Israels Plads.«

Asger Dahl hatte seine Mimik schnell wieder unter Kontrolle und antwortete ruhig: »Tut mir leid, auch das sagt mir nichts.«

»Sie haben den Namen noch nie gehört?«

»Nein«, sagte er mit fester Stimme und sah Jens dabei in die Augen.

Er lügt, dachte Katrine, die sich schon immer für Lügenforschung interessiert hatte. Die meisten Menschen verstanden sich nicht aufs Lügen, von einigen Ausnahmen abgesehen. Bei einer ganzen Reihe von psychiatrischen Diagnosen gehörte die Ausprägung dieser Fähigkeit zu einem Teil des Krankheitsbildes. Manche Ärzte glaubten, dass schon das Vermeiden von Augenkontakt oder ein zuckender Mundwinkel sichere Anzeichen für eine Lüge waren. Aber das war ein großer Irrtum, häufig waren das eher Anzeichen von Nervosität. Zum Beispiel der Nervosität darüber, unschuldig eines Verbrechens bezichtigt zu werden.

Jede Lüge war eine kognitive Herausforderung. Weshalb man sich häufig ganz besonders auf seine Erklärung konzentrierte, also Mimik und Gestik begrenzte und seinem Gegenüber fest in die Augen sah, um dessen Reaktion zu ergründen. In der Regel kamen die gelogenen Antworten einen Tick später, weil das Gehirn erst die Antwort bearbeiten und mit den anderen Aussagen abgleichen musste, die man zuvor getroffen hatte. Real Erlebtes – und damit Wahres – konnte man hingegen ohne jedes Zögern vorbringen. In diesen Fällen konnte man auch problemlos in der Abfolge der Handlungsabläufe hin- und herspringen. Bei einer komplizierten Lüge war man hingegen gezwungen, alles exakt chronologisch vorzubringen, wollte man Fehler vermeiden.

»Hm«, sagte Jens und öffnete die Mappe, in der die Ausdrucke der Aufnahmen der Überwachungskamera lagen. »Das ist merkwürdig, denn es sieht danach aus, als hätten Sie sie besucht. Sie arbeitete hier.« Er legte das Bild vor Dahl, auf dem man den Mann, der den *Salon S* am Abend zuvor verlassen hatte, am besten erkennen konnte. Das Bild war dunkel, und der Mann trug eine dunkle Jacke, aber Körperbau und Körperhaltung passten perfekt zu Dahl. Katrine war fest davon überzeugt, dass das Foto Asger Dahl zeigte.

Dahl warf einen Blick auf das Bild, schüttelte den Kopf und sagte: »Das bin ich nicht.«

»Der sieht Ihnen aber zum Verwechseln ähnlich«, sagte Jens.

Asger Dahl lehnte sich auf seinem Stuhl zurück, verschränkte die Arme vor der Brust und sagte: »Wenn wir dieses Gespräch weiterführen wollen, würde ich gerne erst mit einem Anwalt reden.«

*

Ich sitze in einem Taxi.

Meine Handflächen sind feucht. Die Nervosität macht meinen Nacken seltsam steif.

Gleich werde ich meinen Beinen den Befehl geben auszusteigen und nach dem Klingeln in den dritten Stock zu gehen, wo mir ein Mann, den ich nicht kenne, öffnen wird.

In einer Stunde, von jetzt ab, werde ich die Grenze überschritten haben. Ich hätte es gern schon hinter mir. Wäre gern schon auf der anderen Seite.

Der Fahrer trommelt ungeduldig auf das Lenkrad. Er ist mittleren Alters, hat schlechte Laune und sich bestimmt schon ausgerechnet, was ich mache, sagt aber nichts. Er will mich aus seinem Taxi haben. Ich muss mich zusammenreißen.

Lege zum siebten Mal Lippenstift auf.

Sage mir, dass ich es jetzt tue.

Dass es jetzt so weit ist.

Jetzt.

Dann kommt die Entschlossenheit, ich verlasse das Auto und gehe zur Tür. Er muss gewartet haben, denn er öffnet mir sofort. Ich gehe die Treppe hoch.

»Komm rein«, sagt er und lächelt nervös.

Ich bin erleichtert, als ich ihn sehe. Er ist gepflegt und nicht sonderlich alt. Ich habe mich ganz bewusst vorher nicht über ihn erkundigt, aber er ist okay. Im Flur stehen Kinderschuhe. Ich sehe schnell weg und folge ihm ins Wohnzimmer. Er hat Gläser und Flaschen auf den Tisch gestellt und das Licht gedimmt. Seine Nervosität entspannt mich. Ein Gefühl stellt sich ein, dass ich die Oberhand habe.

Er wird niemals herausfinden, dass es mein erstes Mal ist.

Er fragt, was ich trinken möchte. Ich bitte um einen Gin Tonic. Ich habe mir keine Gedanken darüber gemacht, was ich sagen soll, wenn er nichts sagt, und verfluche mich selbst in den langen Sekunden, in denen er wortlos die Drinks mischt. Dann rettet er die Situation.

»Sie wollen zuerst das Geld, nicht wahr?«

Ich nicke. Wie konnte ich das vergessen? Er steht auf und holt es. Wir reden. Smalltalk. Über seine Arbeit. Mein Herz hämmert. Ich kann mich nicht konzentrieren, höre nicht zu, was er sagt. Ich muss das jetzt hinter mich bringen. Ich stehe auf und gehe zu ihm. Er führt mich ins Schlafzimmer.

*

»Ich übernehme jetzt das Verhör«, sagte Torsten Bistrup mit einem Gesichtsausdruck, als opfere er sich für die gute Sache. »Der Fall landet ja doch bei uns, da halte ich lieber gleich von Anfang an die Fäden in der Hand.«

»Du fängst an«, sagte Jens. »Aber es macht keinen Sinn, wenn wir nicht zwischendurch Fragen einwerfen können. Ich weiß, wie gut du Verhöre führst, aber auch du kannst nicht an alles denken, Torsten.«

»Es kommt auf das Timing an«, sagte Bistrup. »Und wenn ich einen Plan im Kopf habe, darf der nicht durch irgendwelche zufälligen Fragen kaputtgemacht werden.«

»Du fängst an«, wiederholte Jens.

Kurz darauf saßen sie wieder im Vernehmungsraum.

»Wir machen da weiter, wo wir aufgehört haben«, sagte Bistrup und legte das Schwarzweißfoto auf den Tisch. »Bei diesem Bild. Es ist wohl für jeden ersichtlich, dass dieses Foto Sie zeigt.«

»Ist es das?«, fragte Asger Dahls Anwalt, Mogens Agerskov, der sich schnell eingefunden hatte, und warf einen kurzen Blick auf das Foto. »Das könnte jeder sein, dieses Foto ist für nichts zu gebrauchen.«

»Das sehen wir nicht ganz so«, sagte Bistrup. »Und wir sind grundsätzlich skeptisch Leuten gegenüber, die uns blanke Lügen auftischen. Wenn Sie nicht zugeben, dort gewesen zu sein, machen wir eine Rekonstruktion vor Ort und vergleichen diese dann mit der Aufnahme.«

Asger Dahl sah zu seinem Anwalt, um zu sehen, wie der darauf reagierte. Mogens Agerskov nickte.

»Ja«, sagte Dahl. »Natürlich.«

»Haben Sie eine dunkle Jacke?«

Asger Dahl nickte.

»Ja, natürlich haben Sie die«, sagte Bistrup. »Wir müssen Sie um die Kleider bitten, die Sie an diesem Abend getragen haben.«

Jetzt wurde Asger Dahl wütend und sah wieder zu seinem Anwalt. »Dürfen die das?«, fragte er. »Das Ganze ist doch vollkommen absurd. Mir ist mein Auto gestohlen worden, und zum Dank werde ich jetzt wie ein Schwerverbrecher behandelt?«

»Natürlich dürfen wir das«, sagte Bistrup im Brustton der Überzeugung. »Und wenn Sie nichts auf dem Kerbholz haben, kann es doch nur in Ihrem Interesse sein, dass alle Vorwürfe und Verdachtsmomente ausgeräumt werden, nicht wahr?«

Dahl sah zu Bistrup und entspannte sich etwas. »Natürlich, entschuldigen Sie.« Er fasste sich an den Kopf. »Es ist nur ... Das Ganze geht mir verdammt nah. Es tut mir leid, ich werde versuchen, mit Ihnen zusammenzuarbeiten.«

»Vielleicht könnten Sie damit beginnen zuzugeben, dass das Foto Sie zeigt?«, sagte Torsten und erntete gleich wieder einen wütenden Blick von Dahl. »Gut, dann lassen Sie uns hören, was Sie gestern getan haben – den ganzen Tag über, bis Sie mitten in der Nacht wieder zu Hause waren.«

Asger Dahl berichtete erneut von dem Seminar in Slagelse, dem Abend im Büro, dem gestohlenen Wagen und dem Fußmarsch nach Hause. Es war die gleiche Geschichte, die er bereits in der Nacht erzählt hatte, um ein paar weitere, unwesentliche Details bereichert.

»Gibt es an Ihrem Arbeitsplatz irgendeine Form von Überwachung, die belegen könnte, dass Sie zu der angegebenen Zeit dort waren?«

Dahl dachte nach. »Ich glaube nicht.«

»Sie haben keine Alarmanlage?«

»Die ist kaputt. Wir haben Probleme mit unserem Sicherheitsdienst und sind gerade dabei, den Anbieter zu wechseln.«

»Und Ihr Computer?«

»Ja?«

»Den müssen unsere Techniker sich ansehen. Die können dann sehen, wann Sie aufgehört haben zu arbeiten.«

Dahl blinzelte ein paarmal, rutschte auf dem Stuhl herum und zögerte. Jetzt ist er nervös, dachte Katrine, und überdenkt seine Aussage noch einmal.

»Ich habe aber nicht nur am PC gearbeitet, sondern auch ziemlich viele Papiere durchgesehen.«

»Haben Sie den Computer benutzt, unmittelbar bevor Sie gegangen sind?«

Dahl überlegte. »Nein, ich glaube nicht.«

»Haben Sie ihn ausgeschaltet?«

»Nein, ich muss eingestehen, dass ich in dieser Hinsicht ziemlich faul bin, ich lasse den Rechner gerne auf Stand-by.«

»Warum haben Sie die Unterlagen nicht mit nach Hause genommen?«, fragte Bistrup. »Es kommt mir, ehrlich gesagt, etwas seltsam vor, dass man an einem Freitagabend so lange im Büro bleibt, um etwas zu lesen.«

»Wie ich Ihnen schon heute Nacht erklärt habe, ziehe ich es vor, meine Arbeiten weitestgehend abzuschließen, bevor ich ins Wochenende gehe. Ich brauche diese strikte Trennung. Vor ein paar Jahren ist mir der Stress ziemlich auf die Psyche geschlagen, und seither achte ich stark auf meine Work-Life-Balance.« Bistrup zog die Augenbrauen hoch. Dahl fuhr unbeeindruckt fort. »Meine Frau wird Ihnen das jederzeit bestätigen. Und auch mein Arzt, wenn es sein muss. Hören Sie«, sagte Asger Dahl und sah Torsten an, als wäre er sein Gegenpart in einer Fernsehdebatte. »Meine Familie und ich sind zutiefst erschüttert über die Geschehnisse dieser Nacht. Meine Töchter sind völlig außer sich, die Jüngere war so schockiert, dass wir heute Morgen mit ihr notfallmäßig zu einem Psychologen mussten. Ich habe größtes Mitgefühl für das Opfer und die Angehörigen, aber ich weiß nur, dass heute Nacht mein Wagen im H. C. Ørsteds Vej gestohlen wurde. Ich würde Ihnen wirklich gerne weiterhelfen, aber das ist tatsächlich alles, was ich dazu sagen kann.« Er breitete bedauernd die Arme aus, um seine Worte zu unterstreichen.

»Asger«, sagte Katrine und ignorierte, dass Bistrup sich sofort empört aufplusterte. »Wir haben uns ein wenig über Ihre umfassende Arbeit für die Rechte von Kindern und Jugendlichen hier in Dänemark informiert. Sie haben sich unter anderem eindeutig zu einem ganz bestimmten Thema geäußert.« Sie las von einem Ausdruck vor. *»Die Pornographisierung des öffentlichen Raums zerstört die Gefühlswelt der Jugendlichen und führt zu einem falschen Verständnis von Sexualität.«* Sie nahm einen zweiten Artikel und las erneut ab: *»Pornographie macht Frauen* *zu Objekten. Diese Entmenschlichung der Frau bewirkt, dass Männer, die zu Prostituierten gehen, gar nicht mehr das Gefühl haben, es mit wirklichen Menschen zu tun zu haben.«*

Asger Dahl schob das Kinn leicht vor und musterte Katrine.

»Was ich damit sagen will – wir können natürlich sehr gut verstehen, wie kompromittierend es für Sie sein muss, einzugestehen, selbst in einem Bordell gewesen zu sein, aber ...«

»Ich habe ein Problem damit, etwas einzugestehen, das ich nicht getan habe. Ich war in *keinem* Bordell!« Dahl war wieder auf 180. »Ich kann doch nicht etwas eingestehen, das nicht der Wahrheit entspricht!«

»Jetzt hören Sie mir mal gut zu«, sagte Bistrup. »Wir ermitteln hier in einem Mordfall, ich hoffe, Ihnen ist klar, wie schwerwiegend es ist, wenn Sie bei einer solchen Befragung lügen.«

»Ich lüge nicht.«

»Wir haben DNA-Proben aus dem Bordell, die wir abgleichen werden«, sagte Bistrup.

Asger Dahl sah ihn wortlos an.

*

Das Ganze geht so unglaublich einfach. Warum war ich nur so nervös?

Mein Gott, es ist doch bloß Sex ...

Ich fühle mich in dieser Situation vollkommen sicher, verwandele mich dabei. Trete aus mir heraus und werde zu der Frau, die ich mir für dieses Geschäft vorstelle.

Ich werde zu Sasja.

Sasja ist Maja in einer etwas mutigeren Ausgabe.

Sie bestimmt, wo, wann und wie.

Sie hat die Macht. Und sie übernimmt, sobald ich sie brauche.

Hinterher will er sich mir anvertrauen. Will mir von seiner Frau erzählen, die mit ihren Kindern übers Wochenende weggefahren ist. Sie haben Probleme. Ich höre verständnisvoll zu, während ich denke, was für ein Riesenidiot er ist.

Kurz darauf stehe ich wieder draußen auf der Straße und warte auf ein Taxi.

Ich bin high, weil ich es hinter mich gebracht habe. Ich bin jetzt auf der anderen Seite. Ich wusste, dass es sich so anfühlen würde. Jetzt habe ich vor nichts mehr Angst.

Die Scheine brennen in meiner Tasche. Das muss gefeiert werden.

*

»Ich dulde es verdammt nochmal nicht, mitten in einem Verhör unterbrochen zu werden!« Torsten Bistrup, Mordermittler mit schwarzem Gürtel im Entlocken von Geständnissen, kochte förmlich.

»Torsten«, sagte Jens. »Beruhig dich!« Die Männer standen sich in Jens' und Katrines Büro wie zwei Kampfhähne gegenüber. Asger Dahl sprach in einem Nebenraum wieder mit seinem Anwalt. »Setzen wir uns hin und verteilen die Aufgaben.«

Sie setzten sich an den Besprechungstisch. Bistrup schob seinen Stuhl weit nach hinten. »Der Mann ist so schuldig, wie man nur sein kann«, sagte er. »Es strahlt förmlich aus seinen Augen. Der Fall landet bei uns und ist damit erledigt!«

»Ich glaube nicht, dass Dahl der Täter ist«, sagte Katrine.

»Ach, Sie glauben das nicht?«, fragte Bistrup.

»Ich glaube, dass er lügt, wenn er sagt, er sei nicht im Bordell gewesen«, fuhr sie fort. »Ich denke aber, sein Auto wurde tatsächlich gestohlen, nur eben nicht in Frederiksberg, sondern am Israels Plads.«

»In der Regel«, erwiderte Jens mit einem skeptischen Zug um den Mund, »beginnen Unschuldige in einer solchen Situation wie ein Wasserfall zu reden. Wenn denen klar wird, dass sie in der Scheiße stecken und in Verbindung mit einem Mordfall gebracht werden, erzählen sie alles. Von der Geliebten über die Steuerhinterziehung bis hin zur gnadenlosen Verschuldung – da kommt alles auf den Tisch. Ein Verdächtiger in einem Mordfall erzählt dir das Blaue vom Himmel herunter, um seinen Arsch zu retten.«

»Für ihn steht ungeheuer viel auf dem Spiel«, warf Katrine ein. »Auch wenn sich zeigen sollte, dass er *nur* in einem Bordell war und über sein gestohlenes Auto und alles andere die Wahrheit sagt, sind seine Karriere und vermutlich auch seine Familie am Ende.«

»Aber die Geschichte, dass er an einem Freitagabend im Büro gehockt und *gelesen* hat!«, sagte Bistrup. »Für wie blöd hält der uns eigentlich? Der hat schlichtweg kein Alibi.«

»Also, ich könnte so was auch machen«, sagte Katrine.

»Wieso wundert mich das nicht?«, fragte Bistrup.

»Ich glaube aber auch nicht, dass er im Büro war und gelesen hat«, fuhr Katrine fort. »Allenfalls bis halb zehn. Vielleicht ist es auch nicht das erste Mal? Seine Frau hat uns ja bestätigt, dass er oft abends weg ist. Vielleicht ist seine angebliche abendliche Arbeit ja sein Alibi für die Atempause von seinem anstrengenden Alltag. Seine Art von Work-Life-Balance?«

»Aber dass es zufällig sein Auto ist, das gestohlen und für den Mord an der Frau benutzt wurde, die er gerade besucht hat? Nein, da hat das eine zum anderen geführt«, meinte Bistrup. »Er hat auf sie gewartet und sie irgendwie in den Wagen gelotst. Da haben sie dann zu streiten begonnen, bis er sie erwürgt hat.«

»Mitten auf der Straße?«, fragte Katrine. »Ohne dass jemand etwas bemerkt hat? Und wo ist *ihr* Wagen? Der steht nicht am Israels Plads.«

»Diese Details müssen wir eben noch ermitteln«, sagte Bistrup.

»Aber warum sollte er sie in seinem eigenen Wagen verbrennen?«, fragte Jens skeptisch. »Das ist nicht sehr schlau, wenn man keinen Verdacht auf sich ziehen will.«

»Vielleicht gab es Spuren im Auto, die ihn überführt hätten? Blutspuren?«, mutmaßte Bistrup. »Weshalb er sich dann diesen nicht gerade genialen Plan ausgedacht hat. Vielleicht hat er gedacht, sie wäre bereits tot, als er den Wagen angesteckt hat, um seine Spuren zu beseitigen. Sie ist drinnen aufgewacht, aber da war es bereits zu spät, und sie hat es nicht mehr nach draußen geschafft.«

»Und warum unter der Autobahnbrücke am Bispeengbogen?«, fragte Katrine. »Wie kommt ein Mann wie er auf so eine Idee?«

»Ein Mann wie er?«, fragte Bistrup polemisch. »Nur weil er Psychologe ist, muss er nicht besser als alle anderen sein.«

»Natürlich nicht«, sagte Katrine und ignorierte Bistrups triumphierenden Gesichtsausdruck. »Aber Sie müssen mir ja wohl recht geben, dass es ziemlich extrem ist, einen anderen Menschen zu verbrennen. Die meisten Menschen haben eine natürliche Hemmschwelle, einen menschlichen Körper anzuzünden, so dass sie so eine Tat niemals begehen könnten. Außer man war früher schon einmal in einer ähnlichen Situation und weiß, dass sich mit Feuer gewisse Probleme lösen lassen …«

»Er hat keine Akte«, sagte Jens, »Aber das schließt natürlich nicht aus, dass er nicht hinter irgendeiner ungelösten Straftat steht. Brandstiftungen haben eine sehr niedrige Aufklärungsrate.«

»Sollten wir uns nicht auf das konzentrieren, was wir haben?«, fragte Bistrup. »Es bringt doch nichts, in der Vergangenheit zu graben, so interessant die auch sein mag. Vielleicht hat er als kleiner Junge mit Streichhölzern gespielt und ins Bett gepinkelt. Der Mann belügt uns, was seinen Besuch im Bordell angeht, und auch das mit dem Auto ist eine Lüge. Außerdem hat er kein Alibi … Wie vertrauenswürdig macht ihn das? Mit dem sind einfach die Pferde durchgegangen. Irgendetwas ist zwischen den beiden passiert, er hat sie geschlagen, ist in Panik geraten und hat dann versucht, alle Spuren zu beseitigen. Und wie macht man das möglichst effektiv? Man steckt den ganzen Scheiß an! Erinnert euch: Vor gar nicht langer Zeit hatten wir hier einen Typen, der eine junge Frau vergewaltigt und ermordet hat. Seine DNA war überall zu finden und konnte klar zugeordnet werden. Er stritt während des Verfahrens jede Schuld ab und beteuert noch heute, nichts damit zu tun zu haben. Es gibt einfach Leute, die der Tatsache nicht ins Auge blicken und eingestehen können, was sie getan haben. Sie leugnen bis zu ihrem Todestag, um ihr Gesicht nicht zu verlieren! Der hier verhält sich genauso. Das spüre ich.« Er kratzte sich an der Nasenspitze.

»Ich kenne auch so eine Geschichte«, sagte Katrine. »Erinnert ihr euch an den Fall vor ein paar Jahren in Nord-Seeland? Ein Unschuldiger saß acht Wochen in Untersuchungshaft. Man beschuldigte ihn des Mordes an einer jungen Frau.« Jens nickte. Katrine fuhr fort: »Aus seinen Telefondaten ging hervor, dass er sich zur Tatzeit im Bereich des Tatorts befunden hatte, was er leugnete. Und warum? Weil er nicht wollte, dass seine Frau erfuhr, dass er sich angewöhnt hatte, in der Gegend herumzufahren und sich junge Mädchen in Bikinis anzuschauen ... Lieber wollte er weiter leugnen – und saß dafür acht Wochen ein!«

Torsten schüttelte den Kopf.

»Nehmen wir einmal an«, sagte sie weiter, »dass Asger Dahl tatsächlich als Letzter im *Salon S* war und sein Wagen am Israels Plads und nicht in Frederiksberg gestohlen wurde. Vielleicht hat er sich seine seltsame Erklärung auf seinem nächtlichen Spaziergang nach Hause für seine Versicherung ausgedacht. Vermutlich hat er den Diebstahl in Frederiksberg angegeben, um nicht erklären zu müssen, was er am Israels Plads zu suchen hatte.«

»Ich will nicht mehr darüber diskutieren«, sagte Bistrup. »Lasst uns Polizisten die Polizeiarbeit machen, dann lassen wir euch Psychologen auch euren Kram selber machen.«

»Und das Motiv?«, fragte Katrine scharf. »Was soll er für ein Motiv gehabt haben?«

»Wir müssen ja ohnehin noch ermitteln, wie seine Beziehung zu Frauen war. Sein Ehefrau befragen, frühere Bekanntschaften ... Muss ich Ihnen das wirklich erklären? Das sollte doch zum Grundwissen jedes Psychologen gehören.«

»Und wo hatte er das Benzin her?«, fragte Katrine.

»Reservekanister im Kofferraum?«, vermutete Bistrup und zuckte mit den Schultern.

»Sorry, aber wer fährt denn heutzutage noch mit einem Reservekanister herum?«, fragte Katrine.

»Okay, lassen wir die Spekulationen«, sagte Jens entschieden und sah zu Torsten Bistrup, der Katrine zornig musterte. »Wir können ihn nicht gehen lassen, das ist vollkommen klar. Aber wir müssen einen Plan machen. Torsten, ihr kümmert euch unten um alles rund um Dahl. Nach der Routineuntersuchung im Rechtsmedizinischen Institut muss er gefilmt werden, damit wir die Aufnahmen mit dem Mitschnitt vor dem *Salon S* vergleichen können. Darum muss sich die Kriminaltechnik kümmern. Danach sollten wir ihn noch einmal verhören und sein Tun und Treiben, seine finanziellen Verhältnisse, seinen Arbeitsplatz, sein Telefon und seinen Computer genauer untersuchen. Wir hier oben verfolgen alle übrigen Spuren: den Überfall auf das Bordell, die Verbindung zu Hector. Wenn wir Majas Privatvermögen mit den Einnahmen des Bordells vergleichen, finden wir vielleicht eine finanzielle Verbindung zu Hector.«

»Du scheinst dich ja problemlos an die zusätzlichen Streifen auf deinen Schultern gewöhnt zu haben, was?«, sagte Bistrup und schimpfte weiter: »Hör mal gut zu! Wir kümmern uns bei diesem Fall um alles, was mit dem Opfer zu tun hat. Sonst führt das nur zu Chaos.«

»Torsten«, sagte Jens und beugte sich über den Tisch. »Ich hasse Ermittlungen in Geldangelegenheiten mehr als alles andere. Aber in diesem Fall interessieren mich Maja Jensens finanzielle Verhältnisse wirklich, um herauszufinden, ob sie sich vielleicht mit den falschen Leuten eingelassen hat. Vielleicht hatte sie Schwierigkeiten mit exakt den Leuten, hinter denen wir hier bei uns schon lange her sind.«

»Okay«, sagte Bistrup. »Die Hälfte des Morddezernats sitzt ja ohnehin hier oben, während wir uns unten den Arsch aufreißen und mit viel zu wenigen Leuten klarkommen müssen.«

»Ja, aber mit diesen Personalentscheidungen haben wir beide nichts zu tun«, sagte Jens müde.

»Ich wäre bei der Rekonstruktion gern dabei«, sagte Katrine.

Bistrup funkelte sie sauer an und ging vor sich hin grummelnd zurück in den Vernehmungsraum, um danach gemeinsam mit Asger Dahl ins Rechtsmedizinische Institut in die Weyesgade zu fahren.

Katrine und Jens gingen zu ihrem Büro.

»Der ist echt unausstehlich«, sagte Katrine.

»Ich werde mich über ihn beschweren«, erwiderte Jens. »Dieses Mal ist er wirklich zu weit gegangen.«

»Eine Beschwerde macht alles nur noch schlimmer«, sagte Katrine.

»Aber Kragh hat auch Probleme mit ihm. Der stiftet unten ständig Unruhe. Wenn genug Beschwerden über seine fehlende Kooperationsbereitschaft zusammenkommen, reicht es vielleicht irgendwann, um ihn an den Grenzposten in Rødby strafversetzen zu lassen.«

Bei dem Gedanken, wie Torsten Bistrup an der Grenze Papiere und Kofferräume kontrollierte und den Reisenden das Leben zur Hölle machte, mussten beiden grinsen.

Katrine dachte über die Entwicklung des Falls nach. Sie war mit dem bisherigen Verlauf recht zufrieden, auch wenn es ärgerlich war, die Ermittlungsergebnisse mit Torsten Bistrup teilen zu müssen. Aber gemeinsame Ansatzpunkte und Spuren waren auf jeden Fall besser als keine. Es sollte für sie möglich sein, Maja Jensen besser kennenzulernen, und diese Aufgabe erschien ihr im Augenblick wichtiger zu sein als alle anderen.

Jens' Telefon klingelte. Er sagte mehrmals »Okay« und »Ja«, bevor er überrascht ausrief: »Im Gardinensaum?« Begeistert sah er Katrine an und fuhr fort: »Ja, ja, natürlich weiß ich, dass ihr immer alles findet!« Er lachte laut und beendete das Gespräch. »Die Jungs sind echt unglaublich.« Er schüttelte den Kopf. »Im Saum der Schlafzimmergardine haben sie einen Schlüssel gefunden.«

»Beeindruckend. Wissen sie schon, wozu der Schlüssel gehört?«

»Sie haben unter anderem die Quittung über die Anmietung eines Bankschließfaches gefunden.«

»Phantastisch. Ein Schließfach?«

»Genau, am Kongens Nytorv. Es kommt einer von der Bank und öffnet das für uns. In genau ...«, er sah auf die Uhr, »dreißig Minuten. Außerdem haben sie Majas Auto gefunden. Es steht im Mariendalsvej, ein schwarzer Fiat 500.«

»Dann hat sie es also bis nach Hause geschafft?«, sagte Katrine.

»Was bedeutet, dass Dahl ihr gefolgt sein muss.«

»Und dann hat sie sich einfach in seinen Wagen gesetzt?«, antwortete Katrine skeptisch.

»Wenn sie nicht betäubt und ins Auto getragen worden ist.«

»Wonach er sie unter die Autobahnbrücke gefahren und den Wagen dort abgestellt hat?«

»Ich sag Torsten grad Bescheid«, sagte Jens.

Als er den Anruf beendete, hatten sie ihr Büro erreicht und überprüften kurz die Fahrtstrecke im Internet.

»Er kann mehrere Routen genommen haben«, sagte Jens und zeigte auf die Karte auf dem Bildschirm. Katrine stand beunruhigend nah hinter ihm. Ihr Bauch war direkt hinter seiner Schulter. Wenn er sich jetzt umdrehte ...

»Aber die ruhigste Strecke ist bestimmt die über den Kronprinsesse Sofies Vej und dann den Ane Katrines Vej. Das sind zwei ziemlich ruhige Straßen. Und wie weit wäre das? Drei-, vierhundert Meter?« Er sah zu ihr auf. Ihr Blick klebte am Bildschirm.

»Und sie saß bewusstlos auf dem Beifahrersitz?«

»Er könnte ihren Kopf zur Seite gelegt haben, damit es so aussah, als würde sie schlafen. Das ist ja keine weite Strecke. Vielleicht ist sie auch freiwillig mitgekommen.«

»Wie auch immer«, sagte Katrine, »entweder ist er eiskalt oder war komplett in Panik. Das klingt ein bisschen komisch, aber beides wären plausible Erklärungen.«

Jens stand auf und betrachtete Katrine, die sich über ihre Tasche beugte. Ihre kurzärmelige hellgraue Bluse war am Rücken etwas hochgerutscht, so dass er einen Streifen Haut sah, ehe sie sich wieder aufrichtete. Ihre weiße Jeans schmiegte sich förmlich an ihren Körper.

*

Die Innenstadt wimmelte von Menschen, die das Wochenende und das gute Wetter genossen. Jens hatte Schwierigkeiten, am Kongens Nytorv einen Parkplatz zu finden, und stellte das Auto schließlich gegen alle Verkehrsregeln an einer Straßenecke ab. In der Bank wartete bereits ein Mann auf sie, der ihnen öffnete, nachdem Jens seinen Ausweis gezeigt hatte. Der stellvertretende Filialleiter hatte ihnen zu Ehren sein Sommerhaus verlassen und führte sie in den Keller zu den Schließfächern.

»Fach Nummer 621 ist hier«, sagte er.

»Wie lange hat sie das schon?«, fragte Katrine.

Der Mann blickte in seine Unterlagen. »Sie hat es vor drei Monaten gemietet.«

Jens zog Handschuhe an und öffnete das Schließfach mit dem Schlüssel, den die Kriminaltechniker ihm mit dem Hinweis gegeben hatten, dass daran nur Majas Fingerabdrücke waren.

Er nahm den Inhalt heraus und legte ihn auf den Tisch in der Mitte des Raumes; es waren zwei Umschläge, ein gefütterter DIN-A4-Umschlag und ein normales DIN-A5-Kuvert. Zuerst öffnete er den kleineren Umschlag und zog zwei dicke Bündel Tausendkronenscheine heraus.

»Wie viel Geld ist das?«, fragte er den Banker, der die Augen zusammenkniff und dann sagte: »Geschätzt etwa zweihunderttausend Kronen.«

Jens steckte die Geldscheine in eine Plastiktüte, die er

versiegelte und auf den Tisch legte. Dann öffnete er das andere Kuvert und nahm den Inhalt heraus.

»Oh«, sagte der Banker beim Anblick der dicken Bündel Euronoten, die Jens in der Hand hielt.

»Und das hier?«

»Schwer zu sagen ... das sind gemischte Scheine«, er musterte die Bündel und rechnete im Kopf zusammen. »Drei- bis vierhunderttausend Euro, würde ich sagen.«

Jens und Katrine sahen sich an.

*

Ich gab das ganze Geld noch im Laufe des Abends in der Stadt aus.

Und endete zu Hause bei jemanden, den ich fickte, bis die Engel sangen. Danach ging ich auf meinen Stilettos durch die Stadt nach Hause und fühlte mich freier als jemals zuvor. Irgendwie fühlte es sich an, als wölbte sich der Himmel über mir nur für mich. Ich spürte, dass ich alles erreichen würde, was ich mir in meinem Leben wünschte. Alles.

Ich hatte den Code zu meinem eigenen Glück geknackt; er war in meinen Körper eingraviert.

Schon am nächsten Tag hatte ich zwei Termine.

Und am Tag darauf würde es eine Shoppingtour geben, bei der ich mir alles gönnte, was ich mir wünschte. Mich nach Strich und Faden verwöhnte, weil ich es verdient hatte. Ich stellte mir vor, wie ich in der Umkleide stünde und so lange Kleider anprobierte, bis die Verkäuferinnen die Lust verloren.

In meinem Kopf formte sich ein Plan.

Ich wollte meine eigene Chefin sein. Hatte Ambitionen. Wollte Geld machen, Profi werden.

Natürlich erforderte das ein paar Regeln.

Erstens: keine Schulden machen. Zweitens: ein Drittel des Geldes sparen. Drittens: maximale Sicherheit mit einem festen Fahrer, der im Auto wartete. Viertens: totale Unabhängigkeit in jeglicher Hinsicht.

Und der Plan? Oh, das war ein wunderbarer Plan. Mein erstes Ziel lautete, in ein paar Jahren mein eigenes Geschäft zu haben.

Wenn ich in diesen Tagen durch die Stadt lief, fühlte ich mich wie ein frisch gekürter Superstar.

Ich wusste, dass ich mich in einer ganz eigenen Liga bewegte.

*

Stine Hellberg las die SMS ihres Mannes, zog enttäuscht die High Heels aus und lief barfuß aus dem Wohnzimmer.

»Verspätet«, schnaubte sie.

Sie warf einen Blick in Lukas' Zimmer. Er lag tief schlafend auf seinem Kissen direkt vor dem Fernseher. Sie hatte keine Lust, ihn in sein Bett zu tragen. Sie hätten alle zusammen essen wollen. Das Ganze war einfach scheiße.

Stine seufzte und ging ins Bad. Vor dem großen Spiegel blieb sie stehen. Drehte sich hin und her und begutachtete ihren Po. Sie beugte sich bis dicht vor den Spiegel vor. Ein Nerv unter ihrem Auge zitterte und ärgerte sie wie ein kleiner Stein im Schuh.

Stine öffnete den Badezimmerschrank und nahm ein hübsches altes, silbernes Puderdöschen heraus. Sie hatte es von ihrer Großmutter geerbt, bewahrte darin heute aber ein etwas anderes Puder auf. Sie nahm den kleinen

Löffel, der auch seinen festen Platz im Schrank hatte, legte damit etwas Pulver auf den Spiegel im Deckel des Döschens und formte das Häufchen zu einer schmalen Line. Dann nahm sie ein Röhrchen aus dem Schrank und zog sich das Wunderpulver in die Nase. Der Rausch breitete sich schnell im ganzen Körper aus.

Damen müssen sich zwischendurch die Nase pudern, dachte sie, ging ins Wohnzimmer und schaltete den Fernseher ein. Jim hatte über diesen Witz gelacht.

*

Christian und Sofia Letofts Haus war eine klassische weiße Patriziervilla aus dem Jahr 1917 direkt am Øresund.

Christian fuhr über die kleine Stichstraße und parkte seinen großen schwarzen BMW in der Doppelgarage neben dem cremefarbenen Mini Cooper seiner Frau. Er ging durch den Vorgarten, der durch eine gerade ausgeschlagene, hohe Buchenhecke abgeschirmt war, die in ihrer ganzen hellgrünen Pracht glänzte.

Auf der Rückseite des Hauses lag ein riesiger Garten, der sich bis nach unten ans Meer zog. Sie hatten einen Weg aus Marmorplatten anlegen lassen, der durch die gesamte Anlage bis nach unten zum Steg führte, damit sie und ihre Gäste sich nie nasse oder dreckige Füße holen mussten.

Unten vom Wasser hatte man freien Blick auf das Haus oben am Hang. Wenn die Makler an der Küste entlangfuhren, um den Kaufinteressenten die diversen Häuser zu zeigen, hielten sie oft mit ihren Booten vor dem Letoft-Haus, um den Anblick zu genießen und die Sehnsüchte ihrer Kunden weiter anzustacheln.

Ja, Christian Letoft fühlte sich an diesem Ort zu Hause. Im Gegensatz zu seinem Vater war er nicht der Ansicht, dass er übers Ziel hinausgeschossen war und sich wie ein neureicher Kopenhagener verhielt. Ort und Lebensstil entsprachen ganz seiner Person. Deshalb war der Gedanke, das alles verlieren zu können ... einfach unerträglich. Wie ein Verlust der Würde. Ja, noch mehr als das. Wie ein Verlust seiner selbst. Er konnte und wollte sich nicht vorstellen, wie es sein würde, die Karriereleiter wieder hinabzusteigen. Er schüttelte den schrecklichen Gedanken ab und öffnete die Eingangstür. Seine zwei Kinder kamen angelaufen und warfen sich ihm in die Arme, nachdem er den Karton Wein, den er bei seinem Lieblingshändler gekauft hatte, abgestellt hatte.

»Papa!«

»Na, wie ist es meinen beiden Goldstücken heute ergangen?«

»Gut!«, riefen sie im Chor und verschwanden in Richtung Wohnzimmer.

Christian nahm den Wein mit in die Küche, in der Sofia bereits dabei war, die Hirschkeule vom Metzger ihres Vertrauens zuzubereiten, der für sein gutes Wildangebot bekannt war.

»Hallo, Schatz!« Er küsste sie auf die Wange. »Es riecht schon phantastisch.«

»Hm«, sagte Sofia, die konzentriert damit beschäftigt war, mit einer kleinen Bürste die Trüffel für die Sauce zu reinigen.

»Guck mal, was ich mitgebracht habe.«

Wie ein Zauberer ein Kaninchen zog er zwei Flaschen

Bollinger aus der Kiste, gefolgt von vier Flaschen Pomerol, Jahrgang 1986.

»Die sehen gut aus«, sagte sie nach einem kurzen Blick auf die Flaschen. »Wärst du so lieb, die Antipasti anzurichten, die ich gekauft habe? Auf der sizilianischen Platte, die wir bei Vulcano Import gekauft haben. Ich bin ein bisschen spät dran.«

»Mache ich gerne, aber erst öffne ich eine Flasche.«

Christian entkorkte eine Flasche Pomerol, dekantierte sie und goss ihnen zwei Gläser ein.

Ein Glas reichte er Sofia. Sie wischte sich ihre Hände an der Schürze ab, nahm es entgegen und stieß mit ihm an.

»Prost«, sagte Christian.

»Und herzlichen Glückwunsch, Schatz!«, sagte Sofia und sah glücklich aus. Sorglos.

Christian ließ den gehaltvollen Wein im Mund kreisen, bis der Geschmack sich voll entfaltet hatte.

»Du«, sagte sie, »sollen wir nicht auch deinen alten Klassenkameraden Jim und seine Frau zum Essen einladen?«

»Wir sind doch schon so viele, Sofia.« Christian öffnete ein Glas Oliven und nahm eine heraus. Sie schmeckte salzig. »Außerdem haben er und ich uns in so unterschiedliche Richtungen entwickelt, dass das sicher keinen Sinn machen würde.«

Sie waren mit dem Wagen unterwegs gewesen, als Sofia in Ålsgårde unbedingt an einem kleinen Laden mit Töpferwaren hatte anhalten wollen. Und wer war aus dem Hinterzimmer gekommen? Jim. In einem Keramikladen! Christian war spontan nach Lachen zumute gewesen. Aber dann stellte sich heraus, dass der Laden Jims Frau gehörte.

Christian richtete die italienischen Vorspeisen auf der Platte an, wobei er genau wusste, dass Sofia doch alles umdrapieren würde, sobald sie Zeit hatte. Das war immer so: Sie bat ihn, etwas zu tun, und machte hinterher doch alles anders. Einrichten und anrichten, immer und überall – inklusive ihn und ihre Kinder. Beim nächsten Mal würde er ihr sagen, dass sie es selbst tun sollte. Doch jetzt wollte er die gute Stimmung nicht vermiesen.

Eine halbe Stunde später, Sofia hatte die Antipasti mittlerweile bereits mehrfach umgelagert, klingelte es an der Tür. Christian öffnete August, Lis und ihrer vierjährigen Tochter Rosa.

»Kommt rein«, sagte Christian höflich und breitete die Arme aus.

August, der ein paar Jahre älter als Christian war, trug ein lässiges Hemd und einen Cardigan. Er sah aus, als käme er direkt vom Golfplatz. Lis trug ein knielanges Kleid und sah irgendwie … geglättet aus? Ob da eine kleine Botoxbehandlung im Spiel gewesen war?

»Gut siehst du aus, Lis«, sagte er einschmeichelnd.

»Danke, Christian«, sagte sie mit einem hingerissenen Strahlen. »Siehst du es mir an?«, fragte sie und streckte ihr Kinn leicht in die Höhe. Er machte gute Miene zum schlechten Spiel und tat so, als hätte er nicht die geringste Ahnung, auf was sie anspielte.

»Hier, hier und hier«, sagte sie ganz ungeniert und deutete auf verschiedene Stellen in ihrem Gesicht, das zuvor deutliche Spuren des Alters gezeigt hatte.

»Tja, so etwas könnten wir wohl alle gebrauchen, nicht

wahr, August?«, sagte er und klopfte August kameradschaftlich auf die Schulter. »Du siehst phantastisch aus, Lis.« Ein kleiner Teufel ritt ihn, und am liebsten hätte er ihr erzählt, dass er vor kurzem irgendwo gelesen hatte, dass man in den USA bereits Kommunikationskurse für Menschen anbot, die zu viele Botoxbehandlungen erhalten hatten und deren Mimik dadurch derart erstarrt war, dass ihre Umwelt ihre Gefühlsregungen nicht mehr deuten konnte. Aber er ließ es bleiben. Schließlich hatte er selbst schon überlegt, ob er nicht etwas gegen die Falte zwischen den Augenbrauen unternehmen sollte, die in den letzten Jahren tief wie eine Ackerfurche geworden war.

»Ja, wir haben heute ein bisschen was zu feiern«, sagte Sofia.

»Was feiern wir?«, wollte August wissen.

»Ach, nur ein paar extra Verkäufe«, sagte Christian beiläufig. August sollte auf keinen Fall denken, er sei in Geldnot, schließlich erinnerten ihn Augusts dumme Kommentare immer nur daran, dass der mehr Geld hatte und dabei freier war als er. »Lassen wir es uns heute mal richtig gutgehen.«

»Na, das klingt ja wunderbar. Herzlichen Glückwunsch«, sagte August. »Lis meinte auch schon, dass wir unseren Audi gegen ein neueres Modell eintauschen sollten.«

»Sag einfach Bescheid, August. Ich mache dir natürlich einen Freundschaftspreis.«

»Ja, ja, das muss man dir lassen, Letoft, in dir steckt eine echte Krämerseele«, sagte er und schlug Christian gutmütig auf die Schulter.

Sie lachten, und Christian zeigte mit keiner Miene, wie sehr er bei dem Wort »Krämerseele« innerlich zusammenschrumpfte. Er fühlte sich plötzlich wie ein Gebrauchtwagenhändler auf einem schmuddeligen Hinterhof.

»Nein, Spaß beiseite, ich stelle mir schon etwas Auffälligeres vor«, sagte August verschmitzt, als sie ins Wohnzimmer gingen. »Audi und BMW fahren heute ja alle.«

»An was denkst du?«

»Einen Aston Martin«, erwiderte August mit einer Selbstsicherheit, wie man sie nur bei Männern fand, die sich vollkommen darüber im Klaren waren, dass sie sich ein Auto leisten konnten, das zwischen drei und sechs Millionen Kronen kostete und nur auf Bestellung in der Mutterfabrik in England hergestellt wurde – 100 % maßgeschneidert für den jeweiligen Kunden.

Der wunderbare Nachklang des Weins legte sich plötzlich wie ein bitterer Film auf Christians Gaumen. Er beeilte sich, Champagner nachzuschenken, und begann, August über die Details eines solchen Kaufs auszufragen. Man war ja gut erzogen. Christian bekam zunehmend Lust, seine Faust in Augusts selbstzufriedene Visage zu drücken, als dieser lang und breit erzählte, dass er demnächst mit dem dänischen Händler nach England fahren und die Fabrik besuchen wollte.

Als sie mit dem Hauptgang fertig waren und die Kinder zum Wii-Spielen in Amalie Myntes Zimmer verschwunden waren, kamen die Männer auf ihr Lieblingsthema zu sprechen: die Wirtschaft. Sie hatten zwei Flaschen Champagner getrunken und waren jetzt dabei, die zweite Flasche Pomerol zu leeren.

»Habt ihr gehört, dass sie gegen die Flexi-Kredite vorgehen wollen?«, fragte August.

»Ja, habe ich gehört«, sagte Christian. »Ich glaube aber nicht, dass das so bald kommt.«

»Das wäre eine Bombe für die dänische Wirtschaft«, meinte August.

Christian spürte, wie er ärgerlich wurde. Warum provozierte August ihn so? Der musste sich schließlich keine Sorgen um seinen Hauskredit machen. Hatte er seinerzeit überhaupt Geld aufnehmen müssen? Falls ja, sicher nur, um es steuerlich geltend machen zu können.

»Nur gut, dass wir uns keine Sorgen machen müssen, wir haben ja ein gewisses Polster«, sagte Christian. »Unser Eigenanteil am Haus ist so hoch, dass wir auch steigende Zinsen ertragen könnten. Wir haben das Haus ja zu einem guten Zeitpunkt gekauft.«

»Was habt ihr damals dafür bezahlt?«, fragte August.

»Zwölf Millionen, aber das war auch vor acht Jahren«, fiel Sofia ein. »Das war damals ganz schön günstig. Aber eine gewisse Summe ist danach natürlich auch noch für die Modernisierung draufgegangen, nicht wahr Christian?«

»Ja, Schatz.« Christian musterte seine hübsche Frau, die viele Begabungen hatte, leider aber überhaupt nichts von Finanzen verstand. Die Tatsache, dass Christian und Sofia nur sechs Millionen aus dem Verkauf ihres alten Hauses mitgebracht und sich folglich etwas über sieben Millionen Kronen bei der Bank hatten leihen müssen, kümmerte sie nicht im Geringsten. Christian war der Einzige in der Familie, der verstand, dass sie das Haus ohne die vorübergehende Nutzung des Flexi-Kredits ohne Tilgung längst hätten verkaufen müssen.

Christian sah, dass August an dem Thema festhalten wollte, aber Sofia kam ihm glücklicherweise zuvor: »Wo wir gerade über Modernisierung reden, ich habe da auch noch etwas zu erzählen.« Christian spürte eine gewisse Unruhe in sich aufkeimen, als er ihren Gesichtsausdruck wahrnahm. Diese Miene kannte er nur zu gut.

»Erzähl doch, Süße!« Lis lallte bereits. Das tat sie immer schon nach wenigen Gläsern.

»Tja, so spannend ist das vielleicht nicht, aber irgendwie finde ich, dass wir neue Sofas gebrauchen könnten«, sagte Sofia. »Ihr wisst schon, anstelle der weißen, die im Wohnzimmer stehen. Ich habe schon lange das Gefühl, dass die ein bisschen dreckig geworden sind. Kleine Kinder mit ihren schmutzigen Händen, nicht wahr? Deshalb habe ich heute neue bestellt.«

»Und welche hast du bestellt, Schatz?«, fragte Christian und versuchte, seinen begeisterten Tonfall beizubehalten.

»Also ich finde ja, dass wir etwas brauchen, in das wir uns selbst so richtig verlieben können, weshalb ich zwei Charles Eames bestellt habe – einen Zweisitzer und einen Dreisitzer. Die werden perfekt in unseren Salon passen, Christian«, sagte Sofia und sah wirklich glücklich aus.

Christian schluckte und hätte fast einen Krampf bekommen, als er seine hübsche Frau anzulächeln versuchte. Er wusste, dass die Sofas, von denen sie schon lange träumte, etwa 40 000 Kronen kosteten. Das Stück.

»Da gilt es wohl, mal wieder ein paar Autos zu verkaufen, Letoft«, sagte August mit einem Lachen und prostete Sofia zu.

Es war wirklich das letzte Mal, dass er diesen Idioten und seine faltenfreie Frau zum Essen eingeladen hatte, schwor Christian sich.

*

Als sie abends auf die Staatsanwältin warteten, die ihnen helfen sollte, die Argumente so aufzubereiten, dass sie Asger Dahl am nächsten Tag dem Haftrichter vorführen konnten, nahm Katrine Wraa das Foto von Maja Jensen heraus und heftete es mit einer Reißzwecke an die große Tafel in ihrem Büro. Die 34-jährige sah sie mit einem bezaubernden Lächeln an.

Danach druckte Katrine die Bilder aus, die die Überwachungskamera vor dem *Salon S* aufgenommen hatte. Erst die Aufnahmen, die vermutlich Asger Dahl zeigten, und dann die Bilder der Männer, die Maja und Ditte überfallen hatten. Auch diesen Ausdruck heftete Katrine an die Tafel. Jens suchte ein Foto von Hector aus der Polizeiakte heraus und hängte es ebenfalls an die Tafel.

»Haben wir ein Foto von Ditte?«, fragte Katrine. Jens suchte im Polizeiarchiv nach ihr. Sie war nicht vermerkt.

Im Internet stieß Katrine auf das Facebookprofil von Ditte. Sie druckte ein Bild aus und hängte es auf die gleiche Seite wie die beiden Unbekannten, die das Bordell überfallen hatten.

»Weißt du, wie sie den da finden wollen?«, fragte sie und zeigte auf das Bild des jüngeren der beiden Männer. »Sie stellen eine Reihe von Fotos zusammen, die diesen Mann zeigen könnten, und legen sie Ditte zur Ansicht vor.«

Katrine nahm das Foto genau unter die Lupe.

»Vielleicht waren die es und sind zurückgekommen?«

»Schon möglich«, sagte Jens. »Rein theoretisch könnte es ein Racheakt gewesen sein. Wollen wir hoffen, dass Ditte ihn identifizieren kann.«

Katrine fuhr damit fort, ein visuelles Gerüst des Falls zu erstellen. Sie isolierte einen Kartenausschnitt der Stadt, der vom Israels Plads über den Bispeengbogen bis hin zum Mariensdalsvej reichte, und druckte ihn auf A3-Papier aus. Dann heftete sie die Karte an die Tafel und steckte kleine rote Stecknadeln an die entsprechenden Adressen.

Jens suchte Bilder vom Tatort heraus, erst solche, die den Standort des ausgebrannten Wagens zeigten, danach ein Foto, auf dem man sah, wie die Tote im Auto gesessen hatte, und schließlich eine Nahaufnahme der verkohlten Beifahrerin. Er druckte auch Fotos der Wohnung, vom *Salon S* und vom Geld im Bankschließfach aus.

Schließlich setzten sie sich und betrachteten die Tafel.

»Maximales Risiko, von Anfang bis Ende. Mordmethode, Tatort und Opfer sind kaum noch zu toppen.«

Die Staatsanwältin kam herein und begrüßte sie.

»Ich rufe Torsten an und bitte ihn zu kommen«, sagte Jens.

Katrine musterte Merete Toksvig, eine schlanke Frau Ende vierzig mit schmaler Designerbrille, hellem Frühlingskostüm und weißer Bluse, die einen frischen Duft mit in den Raum brachte. Katrine fühlte sich plötzlich recht unwohl in ihrer Jeans und ihrer nicht mehr ganz frischen Bluse. Merete Toksvig studierte die Tafel, sah sich das Foto der Toten genauer an und drehte sich dann resolut um.

»Also, was haben Sie?«

»Torsten ist unterwegs«, sagte Jens. »Ich kann aber schon einmal mit etwas anfangen, das er bereits weiß.« Sie setzten sich an den Konferenztisch, und Jens informierte sie über den Ablauf der Geschehnisse.

»Wir haben also keine konkreten Beweise gegen Asger Dahl?«, fragte Merete Toksvig, als Jens zum Ende gekommen war.

»Nein, bis jetzt sind das alles nur Indizien. Und er hat kein Alibi. Er leugnet, in dem Bordell gewesen zu sein, und leider ist sein Gesicht auf den Bildern der Überwachungskamera nicht zu erkennen. Wir hoffen aber, dass die Kriminaltechnik mit ihrer Erkennungs-Software zaubert und nachweist, dass er es ist. Schauen Sie sich das mal an«, sagte Jens, ging zu einem Bildschirm und drehte ihn in ihre Richtung. Dann spielte er die beiden Filmsequenzen ab, in denen der Mann, der Asger Dahl ähnelte, ins Bordell kam und wieder ging. »Er ist es, da gibt es eigentlich keinen Zweifel«, sagte er.

»Was meinen Sie, Sie haben ihn doch auch gesehen?«, fragte Merete Katrine.

»Auch ich bin mir ziemlich sicher, dass die Bilder Asger Dahl zeigen«, sagte Katrine. »Die Größe, die Körpersprache, einfach alles.«

»Und von den anderen Frauen im Bordell hat ihn keine gesehen?«

»Nein, Maja Jensen hat ihn selbst reingelassen.«

»Hm«, sagte Merete und sah Jens über ihre Brille hinweg an. »Und das Motiv?«

»Das Motiv ist unklar«, sagte Jens. »Da müssen wir noch weiter graben.«

»Und der Überfall auf das Bordell?«, fragte Merete.

»Das verfolgen wir natürlich auch. Wir hoffen, dass das Opfer, also die junge Prostituierte, den Überfall anzeigt.«

Torsten Bistrup gesellte sich zu ihnen. Er warf einen kurzen Blick auf die Tafel und ließ sich mit einem Seufzen am Tisch nieder. Hoffentlich hat er sich wenigstens dann im Griff, wenn die Staatsanwältin da ist, dachte Katrine.

»Haben Sie seine Frau vernommen?«

»Ja, sie ist heute befragt worden«, sagte Bistrup. »Sie sagt, dass er es nicht ist.«

»Hat sie beide Filme gesehen?«

»Ja.«

»Haben Sie sie gefragt, ob sie weiß, dass er zu Prostituierten geht?«

»Ja, und sie behauptet, das sei vollkommen abwegig. Anscheinend unterstützt er die Kriminalisierung von Freiern, wie es unter andrem auch in Schweden gehandhabt wird.«

»Interessant«, sagte Merete Toksvig.

»Ja, aber das schützt bekanntermaßen nicht vor Scheinheiligkeit«, meldete sich Torsten zu Wort. »Interessant ist meiner Meinung nach, dass die Jacke, die er trug, exakt mit der übereinstimmt, die auf dem Film zu sehen ist. Die Techniker haben das Bild vergrößert und das Fabrikat, den Saum und alle nur erdenklichen anderen Sachen kontrolliert. Mit totaler Übereinstimmung.«

»Ausgezeichnet«, sagte Jens anerkennend.

»Und morgen machen wir eine Rekonstruktion, die gefilmt wird, so dass wir vergleichbare Bildsequenzen bekommen. So etwas macht man auch bei Banküberfällen. Die Körpersprache ist etwas sehr Persönliches, ich habe diesbezüglich gerade erst eine halbstündige Einführung bekommen. Einer der Jungs war gerade zur Fortbildung in den USA. Ich habe aber auch eine schlechte Nachricht. Maja Jensen scheint gestern sämtliche Mülleimer geleert zu haben, und da neben dem Salon ein Restaurant liegt, ist da schon frühmorgens der Müll abgeholt worden. Die Kondome von gestern sind also alle weg und längst verbrannt. Die Techniker versuchen trotzdem, so viele biologische Spuren wie möglich zu finden.«

»Mist!«, platzte Jens heraus.

»Das reicht nicht«, sagte Merete Toksvig ärgerlich. »Hätte man nicht eher daran denken können?«

»Tja, ich war ja noch nicht in diesem Bordell«, sagte Bistrup unschuldig mit einem Blick auf Jens.

»Der Abfall war vermutlich bereits verbrannt, ehe wir überhaupt Kenntnis von dem Bordell hatten. Außerdem bin ich überzeugt, dass wir ausreichend Beweise finden werden, dass er dort war: Kleiderfasern, Fingerabdrücke und sicher auch DNA. Die Laken von gestern waren in der Schmutzwäsche, aber noch nicht gewaschen. Diesbezüglich war die Kriminaltechnik ziemlich optimistisch. Aber so etwas braucht Zeit. Vermutlich ein bis zwei Wochen.«

»Dieses Mal sollte es möglichst schneller gehen«, sagte Merete Toksvig. »Was ist mit dem Geld in ihrem Schließfach? Das sind ja gewaltige Summen, wie viel war das genau?«

»Das Geld wurde gezählt, nachdem es auf Fingerabdrücke untersucht wurde. Es waren 250 000 dänische Kronen und 382 000 Euro«, sagte Jens, »insgesamt also mehr als 400 000 Euro.«

»Das hat sicher nichts mit Dahl zu tun«, sagte Merete Toksvig.

»Nein, es gibt diverse Möglichkeiten, wie sie in den Besitz dieses Geldes gekommen sein könnte«, erwiderte Jens.

»Schwarzgeld, würde ich mal annehmen«, warf Bistrup ein.

»Das ist eine gewaltige Summe«, sagte Merete nachdenklich. »Hören Sie, wir müssen kreativ denken: Ein großer Eurobetrag, ausländische Kunden ... Ist es denkbar, dass jemand versucht hat, sich Zugriff auf dieses Geld zu verschaffen? Möglicherweise hat er es bei ihr zu Hause vermutet? Gibt es Einbruchsspuren in ihrer Wohnung?«

»Es lagen überall Kleider herum«, sagte Katrine. »Aber die Wohnung ist nicht durchsucht worden. Es sah eher so aus, als hätte sie nicht gewusst, was sie anziehen sollte, bevor sie das Haus verlassen hat.«

»Auffällige Kleider? Wollte sie ausgehen?«, fragte Merete. »Jemanden treffen?«

Katrine dachte nach. »Nein, eigentlich waren das alles ganz moderne Alltagskleider«, sagte sie.

»Na ja, sehr aussagekräftig ist das ja auch nicht«, meinte Merete. »Man kann auch eine ganz normale Jeans mit High Heels aufpeppen und dann ...« Die zwei Männer starrten ziemlich ratlos vor sich hin. Merete sah Katrine an, die dachte, dass sie selbst nicht einmal High Heels hatte.

»Stimmt«, sagte Jens. »Es sah definitiv nicht nach einem Einbruch aus, aber ausschließen können wir das natürlich nicht. Ihre Tasche und ihr Wohnungsschlüssel sind weg. Die Techniker analysieren natürlich auch die Spuren in ihrer Wohnung.«

»Wir haben Leute darangesetzt, ihre Telefone, Computer, Kalender und so weiter zu untersuchen«, sagte Bistrup. »Und wir haben einen Plan erstellt, nach dem wir auch die anderen Kunden, die in den letzten Monaten bei ihr waren, befragen können. Also diejenigen, von denen wir wissen. Diese Liste gleichen wir dann noch mit der Liste der bekannten Sexualstraftäter und Brandstifter ab. Aber um noch einmal auf Ihre Frage zurückzukommen, ob sie sich anschließend mit jemandem treffen wollte ... Eigentlich deutet nichts darauf hin. Sie hatte jedenfalls keine offizielle Verabredung.«

»Berücksichtigt ihr auch die Pass- und Kreditkarteninformationen?«, fragte Katrine. »Ditte hat gesagt, dass sie auch im Ausland Kunden besucht hat. Sie wusste aber nicht, in welchen Ländern.«

»Natürlich tun wir das«, sagte Bistrup mürrisch.

»Gut. Alles in allem scheinen wir den Täter ja zu haben«, sagte Merete Toksvig und dachte einen Moment lang nach, bevor sie schlussfolgerte: »Wir führen Dahl morgen wegen Mordverdachts dem Haftrichter vor. Es würde mich wundern, wenn wir auf dieser Grundlage nicht wenigstens vierzehn Tage Untersuchungshaft rausschlagen würden. Parallel untersuchen wir minutiös alle anderen Spuren.«

»Klingt gut«, sagte Bistrup und lehnte sich zurück. »Das gibt uns genug Zeit, ihn festzunageln.«

Merete Toksvig sah ihn kurz mit distanzierter Miene an und blickte dann vielsagend zu Katrine, ehe sie sich verabschiedete und ging.

Bistrup stellte sich in die Türöffnung. »Du musst alles für den Haftrichter vorbereiten«, sagte er zu Jens.

»Jetzt reicht's aber, Torsten. Er ist dein Verdächtiger.«

Bistrup sah auf seine Uhr. »Ich sollte eigentlich längst beim 50. Geburtstag eines wirklich guten Freundes im Restaurant Bellahøj sein, essen und trinken und eine Rede über unsere Freundschaft halten, schließlich kenne ich ihn schon seit der Grundschule. Ich kann den Fall unten gerne an einen meiner Kollegen weitergeben, aber es wird mindestens eine Stunde dauern, bis ich den eingewiesen habe. Wenn ich jetzt fahre, schaffe ich es wenigstens noch zum Dessert.«

Jens seufzte. »Ist okay, hau schon ab.«

*

Marco riss ein Streichholz an, führte es an das Chillum und atmete tief ein. Die Mischung aus Tabak und Hasch glühte mit einem warmen, orangeroten Schein, der sein Gesicht in dem dunklen Raum für einen Moment aufleuchten ließ. Er spürte das wohlige Gefühl, als sich der Rauch in seinen Lungen ausbreitete, inhalierte noch ein paarmal, behielt den Rauch lange in den Lungen und reichte das Chillum dann an Thomas weiter.

»Hey, T, verdammt gutes Zeug«, sagte Marco leise, den Rauch noch immer zurückhaltend. Thomas führte die Pfeife an den Mund und inhalierte tief. Dann atmete Marco den Rauch langsam und gleichmäßig aus. Thomas nickte anerkennend.

»Echt gut«, sagte er und gab Marco das Chillum zurück. Still ging die Pfeife hin und her.

Marco spürte, wie er ruhig wurde und auch seine Gedanken ihr hektisches Tempo verloren. Er lehnte sich auf dem Sofa zurück und blickte an die Zimmerdecke.

Thomas nahm einen letzten Zug und legte die Pfeife auf den überfüllten Aschenbecher, der auf dem Tisch stand.

Das Zimmer, in dem sie saßen, war mit zwei Sofas und einem alten Ledersessel eingerichtet. Zwischen den Sofas stand ein Couchtisch aus hellem Holz, dessen Oberfläche inzwischen aber verdreckt war und zahlreiche Brandstellen von Zigaretten und Kerzen hatte. Ein paar leere Bierdosen, ein Pizzakarton, ein Stück Alufolie mit Hasch und ein voller Aschenbecher standen auf dem Tisch, über dem eine Reispapierlampe hing. An der Wand zur Straße stand ein großer schwarzer TV-Tisch, auf dem ein Flachbildfernseher thronte.

»Hast du gemerkt, wie abartig Ahmed gestunken hat?«, fragte Marco und richtete sich grinsend auf dem Sofa auf. »Nach Käsefüßen und faulen Eiern. Was meinst du, wann hat der zuletzt gebadet?«

»Das war echt übel«, antwortete Thomas und lachte, bis er von einem heftigen Husten übermannt wurde.

Ahmed war Libanese und wohnte in Sydhavn. Er hatte oft mit Marcos Vater zusammengehangen, bevor dieser zurück nach El Salvador gegangen war. Das lag jetzt schon Jahre zurück. Damals hatte Marcos Vater Geschäfte mit Ahmed gemacht. Eine der wenigen Erinnerungen, die Marco an seinen Vater hatte, war, wie sie mit dem Zug zum Sjælør Boulevard gefahren waren, um Ahmed zu besuchen. Während die Erwachsenen rauchten, hatte Marco Donkey Kong auf seinem Gameboy gespielt.

Als Marco vor wenigen Jahren Ahmed zum ersten Mal gefragt hatte, ob er bei ihm Haschisch kaufen könnte, also nicht bloß ein Gramm, sondern ein bisschen mehr, hatte Ahmed zuerst abgelehnt, weil er nicht an Kinder verkaufte. Aber Marco war hartnäckig gewesen und hatte ihn davon überzeugt, dass er in der Lundtoftegade, in der er wohnte, sicher was aufziehen könnte. Am Ende hatte er nachgegeben. Schließlich konnte er das Geld gut gebrauchen. Anfangs waren es recht kleine Mengen gewesen, 20 Gramm, beim nächsten Mal vielleicht 50. Marco hatte tatsächlich Talent für dieses Geschäft, und gemeinsam mit Thomas war es ihm gelungen, den Handel weiter auszuweiten. Inzwischen verkauften sie nicht mehr selbst, sondern ließen das von einigen der jüngeren Kids im Block erledigen. Abgesehen vom Koks. Vor gut einem Jahr hatte Ahmed begonnen, ihnen auch Kokain zu besorgen. Marco und Thomas hatten sich Zugang zu einigen der populären Clubs im Zentrum verschafft, in denen neben Top-Frauen auch die reichen Vorstadtjungs verkehrten, die immer etwas Schnee brauchten, um Gas geben zu können. Das Geschäft lief gut, so gut, dass Ahmed kaum noch mit seinen Lieferungen nachkam, um den Bedarf zu befriedigen.

»Ich bin diesen Loser ganz schön leid«, sagte Marco. »Er stinkt nicht nur wie eine Kanalratte, er ist auch zu teuer, wenn er denn überhaupt liefern kann. Wir sollten uns einen anderen Lieferanten besorgen und im größeren Stil einkaufen.«

»Wo sollen wir den denn hernehmen? Die Rocker lassen uns an ihre Leute ebenso wenig ran wie die Typen vom Blågårds Plads.«

Marco lebte auf, wie immer, wenn sie auf dieses Thema zu sprechen kamen.

»Bist du dir eigentlich im Klaren darüber, wie viel mehr wir verdienen könnten, wenn wir mal größere Portionen kriegen würden? Das Zeug wäre dann viel billiger, und gerade das Koks kriegen wir ja ganz sicher verkauft. Im *Simons* stehen die ja regelrecht Schlange, um sich ihre Lines reinzuziehen, und neulich hat mich einer vom Gymnasium in Hellerup angesprochen, der meinte, er könne uns da mit Sicherheit auch etwas verkaufen, wenn wir ihm was besorgen würden. Mann, sieh das doch ein, wir könnten echt groß rauskommen, wenn wir nur einen anderen Lieferanten hätten. Oder wir importieren das Zeug selbst. Haschisch könnten wir doch aus Marokko holen! Mann, wir würden leben wie die Könige, in Weibern baden und die fettesten Schlitten fahren.«

Thomas nickte. Er konnte Marcos Visionen durchaus folgen, doch bei ihm riss der Film immer, wenn es darum ging, Ahmed zu ersetzen. Er erinnerte sich nur zu gut an die Geschichte mit dem Boxer, einem unglaublich coolen Typen, für den sie einmal einen Kurierjob übernommen hatten. Als Marco ihm seine Idee skizzierte, hatte dieser Typ das nicht einmal kommentiert. Er und seine Leute spielten wirklich in einer komplett anderen Liga.

Marco stand auf und ging aus dem Zimmer. Thomas hörte ihn im Nebenraum mit etwas hantieren. Als er zurückkam, hielt er eine Pistole in der Hand. Eine Glock.

»Das Ding hier flößt Respekt ein«, sagte Marco und hielt die Waffe am ausgestreckten Arm vor sich, als zielte er auf etwas draußen vor dem Fenster. »Wir regieren die Straße und werden diese alten Rocker schon das Zittern lehren.«

»Alte Rocker? Ah ... ha ... ha ... haaaa«, Thomas musste lachen, als die Comicfiguren seiner Kindheit mit den Rockern in seinem benebelten Kopf verschmolzen.

Marco setzte sich wieder und wartete geduldig darauf, dass Thomas wieder ernst wurde. Dann legte er die Pistole auf den Tisch. »Sollen wir noch eine Pfeife rauchen, bevor wir unsere Runde machen?«

»Klar«, schnaubte Thomas und begann mit seinem Feuerzeug eine Zigarette zu rösten.

*

Es war bald zehn Uhr abends.

»Nun«, sagte Jens und gähnte. »Von morgen an ist Dahl dann Torstens Sache. Dann können wir uns in Ruhe wieder unseren Pappenheimern zuwenden.«

»Schon ein komisches Gefühl, den Fall abzugeben«, sagte Katrine und warf einen Blick auf die Tafel.

»Ganz aus der Hand geben wir ihn ja noch nicht.«

»Ja, aber trotzdem. Immerhin übernimmt er unseren Hauptverdächtigen ... Frustriert dich das denn gar nicht?«, fragte sie.

»Doch«, erwiderte Jens. »Aber das gibt uns die Chance, ein paar anderen interessanten Dingen nachzugehen.«

»Stimmt, ja«, antwortete sie und sah sich die Gesichter nachdenklich an. »Wer weiß, vielleicht findet sich der Täter ja in unserer Klientel.«

»Warten wir's ab«, sagte Jens.

»Hm. Jetzt ist's aber genug für heute. Ich mache Schluss

und fahre nach Hause.« Als sie an die lange Fahrt dachte, überkam sie plötzlich unbändige Müdigkeit. Es war schön, an der Küste zu wohnen, aber in Situationen wie dieser hätte sie gern eine Wohnung in der Stadt gehabt.

»Denkst du an den weiten Weg?«, fragte Jens, als hätte er ihre Gedanken gelesen.

»Ist schon okay, um diese Uhrzeit ist ja nichts los. Wann treffen wir uns morgen?«

»Äh, willst du nicht lieber frei machen?«

Der Bericht. Verdammt. Den verfluchten Bericht für Melby hatte sie komplett vergessen. Dabei hatte ihr die Eigendynamik, die dieser Fall entwickelte, irgendwie zurück in den Alltag geholfen. Den ganzen Tag über hatte sie an nichts anderes als die Arbeit gedacht. Es tat ihr gut, sich in eine Sache zu vertiefen. Genau das brauchte sie jetzt.

»Nee, ich komme morgen ins Büro und widme mich endlich diesem Bericht für Melby. Dann kriege ich wenigstens ein bisschen mit, wie sich das alles weiter entwickelt.«

»Gute Idee«, sagte Jens und spielte ihr Spiel mit.

»Okay.«

»Du kannst auch hier übernachten, das weißt du, oder? Unten im Keller sind ein paar gar nicht so schreckliche Wachräume.«

»Das klingt ja unwiderstehlich.«

»Genau so war's auch gemeint.«

»Wir sehen uns morgen«, sagte sie und ging zur Tür.

»Ja. Fahr vorsichtig«, sagte Jens.

Dann war sie weg.

Er blickte noch lange auf ihren leeren Platz.

Sie machte etwas mit seinen Gedanken … wertete sie irgendwie auf. Vielleicht lag es daran, dass sie beide in die gleiche Richtung dachten und doch ganz unterschiedlich waren. Außerdem – und das konnte er sicher nicht leugnen – wollte er ganz ohne Zweifel Eindruck auf sie machen.

Jens machte sich daran, den Papierkram für den Haftrichter vorzubereiten. Eine Disziplin, die eindeutig nicht zu seinen Lieblingsbeschäftigungen zählte. Er hatte Schwierigkeiten, sich längere Zeit zu konzentrieren, und ließ sich nur zu gerne von allem Möglichen ablenken, wenn er etwas für einen Richter vorbereiten musste. Warum brauchten die aber auch immer solche Papierberge?

Er überprüfte sein Telefon, hatte aber keine SMS von seiner Tochter Simone erhalten. Sie hatte Tanztraining und wollte anschließend bei einer Freundin übernachten. Er wollte sie noch anrufen und sich erkundigen, wie es ihr ging. Ein Gespräch, das mit Sicherheit sehr kurz werden würde, denn am Telefon war sie immer extrem einsilbig und antwortete meist nur mit den Worten ja, nein und gut.

Sie hatte sich mit enormem Ehrgeiz und unbändigem Willen auf die Tanzstunden gestürzt. Es freute ihn, dass sie sich endlich für etwas interessierte, das gut für sie war. Anfang des Jahres hatte er sich noch ziemliche Sorgen gemacht, sie hatte eine Anzeige wegen Ladendiebstahls erhalten und ihn mehrfach angelogen. Das gesprächigste Wesen der Welt war sie noch immer nicht, aber das war in ihrem Alter vermutlich normal, dachte er und versuchte vergebens, sich daran zu erinnern, wie er selbst in ihrem Alter gewesen war.

Es fiel ihm noch immer extrem schwer, ihre Stimmungen einzuschätzen. Wer wusste schon, was hinter den braunen Mandelaugen eines Teenagers vor sich ging? Er hatte das Gefühl, als alleinerziehender Vater eines Mädchens ziemlich allein zu sein und immer nur reagieren zu können.

Simone war das schöne und unerwartete Resultat eines Ferienflirts in Paris vor vierzehn Jahren. Und als Simones Mutter sich ihrer Karriere widmen und eine Zeit im Ausland verbringen wollte, hatte seine Tochter es glücklicherweise vorgezogen, bei ihm zu wohnen.

Er warf einen Blick auf die Tafel. Das zentral in der Mitte hängende Bild von Maja strahlte ihm entgegen. Daneben hing das Foto ihrer verkohlten Leiche. Jens versuchte erneut, sich auf das Protokoll des Verhörs zu konzentrieren, auf die Zeugenaussagen, den Obduktionsbericht und die verschiedenen Berichte vom Tatort.

*

»Wollen wir nicht einfach hierbleiben, bis sie dicht machen?«

Eigentlich hätte Simone schon lange bei Emma sein sollen, aber sie konnte sich einfach nicht trennen, weshalb sie ihr per SMS mitgeteilt hatte, dass sie sich verspäten würde.

Camillo flirtete mit ihr, und er war wirklich der coolste Typ von ganz Dänemark. Sein Name war spanisch, das Doppel-l wurde wie ein »j« ausgesprochen – Camijo. Und er tanzte wie ein Traum, ein echtes Naturtalent.

»Warum nicht«, sagte sie und gab sich Mühe, nicht zu enthusiastisch zu klingen. Er sollte ja nicht glauben, dass sie sich am liebsten in seine Arme geworfen hätte.

Sie fläzten sich auf die großen alten Sofas, die im abgetrennten Eingangsbereich der Tanzschule standen. Der Besitzer hatte den Raum wirklich gemütlich eingerichtet, man konnte hier richtig chillen. Die Sofas waren gebraucht und alt, und an den Wänden war Graffiti, was dem Ganzen die richtige Atmosphäre gab. Sie hatten am Abend offenes Training und Battle gehabt und anschließend gemeinsam gegessen. Die Leute waren am Gehen, aber aus den Lautsprechern drang noch immer leise Reggaemusik. Simone und Camillo hatten die Füße auf den niedrigen Couchtisch gelegt und ließen ihre müden Körper tief in die weichen Polster sinken. Camillo drehte den Kopf leicht zur Seite und sah ihr tief in die Augen. Sie spürte seinen Blick bis runter in ihren Bauch.

»Hey, chica«, sagte er leise.

»Hola«, antwortete sie und sah ihn herausfordernd an.

»Du hast bei dem Battle ein paar richtig tolle Sachen gemacht.«

»Danke.«

»Du bist echt viel besser als die anderen Mädchen.«

Sie lächelte. »Ach, und was erzählst du den anderen?«

»Nein, ich meine das wirklich! Hundertprozentig!«

»Meine Mutter ist Tänzerin«, sagte sie und versuchte, gleichgültig zu klingen. »Vermutlich kommt das daher.«

»Cool, aber doch nicht Hiphop, oder?«

Sie lachten.

»Dafür ist sie wohl zu alt.«

»Na ja, aber ... du, ich habe vor, ein Projekt zu starten – aber nur für die Besten. Nicht so braves, einfaches Kuschelzeug für alle.«

»Klingt cool.«

»Wenn das gut wird, könnten wir uns bei einer dieser Talentshows im Fernsehen melden. Und du sollst auf jeden Fall dabei sein.«

»Hm, würde ich gerne machen«, sagte sie beiläufig, während es in ihr geradezu brodelte. Wie krass!

»Ich habe schon mit dem Besitzer der Tanzschule gesprochen. Wir können hier zweimal die Woche trainieren, der gibt uns echt eine Chance.«

»Super.«

»Trainieren können wir donnerstags und sonntags, jeweils abends.«

»Okay.«

Als ihr Telefon klingelte, brauchte sie nicht einmal aufs Display zu blicken, um zu wissen, dass das ihr besorgter Vater war. Sie drückte das Gespräch weg, ermahnte sich im Stillen aber, ihn gleich zurückrufen. Sie konnte ja vorgeben, dass das Training ein bisschen länger gegangen sei. Ein paar wenige waren ja wirklich noch hier. Dass sie hier mit einem Jungen abhing, der zwei Jahre älter als sie war, würde sie ihm ganz sicher nicht auf die Nase binden. Da würde er sie nur wieder einem seiner peinlichen Polizeiverhöre unterziehen.

»Wo kommt dein Name eigentlich her?«, fragte sie ihn und musterte sein Profil. Er hatte wie sie dunkle, fast schwarze Haare. Lockig und nicht ganz kurz. Die Art von Frisur, die ihr humorloser Vater als »kräftiger Sturm von hinten« bezeichnete, weil die Jungs alle Haare einfach nach vorn ins Gesicht kämmten. Nach dem Training sah alles ziemlich zufällig und wild aus. Dabei war da nicht ein Haar dem Zufall überlassen. Das wusste sie ganz genau. Die Jungs brauchten mindestens genauso lange vor dem Spiegel wie die Mädchen. Camillo war nicht wirklich hübsch, aber irgendwie unwiderstehlich und weckte in ihr den Wunsch, die ganze Zeit über mit ihm zusammen zu sein.

»Das ist spanisch. Mein Vater stammt aus El Salvador.« Simone bemerkte ein kleines, hektisches Zucken in seinem Mundwinkel, als er seinen Vater erwähnte, doch gleich darauf verwandelten seine Lippen sich wieder und öffneten sich zu einem unfassbar weichen Lächeln. »In der Grundschule haben sie mich immer Camilla genannt.« Simone kicherte, aber Camillo redete weiter: »Als kleiner Junge habe ich meiner Mutter gesagt, dass ich gerne Frederik heißen würde, wie fünfzig Prozent aller dänischen Jungs. Ich wollte damals wirklich einen anderen Namen.«

»Echt? Ich hasse meinen Namen auch!«

»Inzwischen habe ich mich dran gewöhnt.«

»Der ist ja auch schön. So heißen nicht viele. Der Name ist ja ziemlich speziell.«

»Deiner aber auch.«

»Nee, hier gibt es ziemlich viele Simones. Aber in Frankreich.« Sie verdrehte die Augen. »Da war das in meinem Alter irre speziell. Es gab eine Philosophin, die so hieß, weshalb die anderen Kinder mich immer nur Philosofa genannt haben.«

»Kinder können manchmal richtig grausam sein.«

»Erwachsene aber auch.«

»Ja.«

»Mein Vater nennt mich Simon«, sagte sie und lächelte schief.

»Simon? Ha, klasse, so nenne ich dich auch.«

»Nein, bitte nicht!«, antwortete sie, warf den Kopf nach hinten auf die Sofalehne und lachte. »Warum habe ich das nur gesagt?«

Beide lachten laut.

Camillo und Simone.

Das passt ziemlich gut zusammen, dachte sie.

Sie schwiegen. Ließen sich noch tiefer ins Sofa sinken und rückten eine Spur näher zusammen. Er war so süß, und das Reden mit ihm fiel ihr so leicht. Sie drehten ihre Köpfe etwas und sahen sich in die Augen. Sie sah ihm an, dass auch er so empfand. Seine Augen sprachen eine ganze eigene Sprache. Seine Hand streifte ihre, und die Berührung seiner warmen Haut ließ einen Schauer durch ihren vom Training noch immer warmen, mit jeder Pore lebendigen Körper rieseln.

Camillo.

Fühlte es sich so an, verliebt zu sein?

Die Wahrscheinlichkeit dafür ist wohl ziemlich groß, dachte Simone und verflocht ihre Finger mit seinen zu einem kleinen Pas de deux.

*

Es dämmerte, als Marco und Thomas nach unten auf die Straße gingen. Marco sah sich um. Einige wenige Autos kamen vom Åboulevard herüber. An der Hillerødgade hielt ein Lieferwagen an einer roten Ampel. Die Laternen brannten bereits. Die Straße war ruhig.

Sie gingen fünfzig Meter am Wohnblock entlang und bogen um die nächste Hausecke. Ihr Auto, ein verbeulter Toyota Corolla, parkte ein Stück weit entfernt. Jedes Mal, wenn Marco es sah, dachte er, dass es höchste Zeit wurde, sich einen besseren Schlitten zu organisieren. Sie hatten mehr verdient als diesen alten Japaner. Einen gebrauchten Mercedes oder, noch besser, einen BMW. Auch wenn beinahe alle Kanaken mit so etwas rumkutschierten, auf jeden Fall alle Dealer.

Marco und Thomas wollten sich gerade ins Auto setzen, als ein schwarzer Mercedes um die Ecke bog und beschleunigte.

Sie registrierten sofort, dass drei Personen im Auto saßen, drei breite, kurzgeschorene Typen, was nur Ärger bedeuten konnte.

»Fuck, Devils«, rief Thomas, sprang zurück auf den Bürgersteig und wäre in Anbetracht des Schlägertrupps der Devils, der da auf ihn zukam, am liebsten abgehauen. Devils Breed. Marco stand wie angewurzelt da.

Bremsen quietschten, und die Türen des Autos flogen auf.

Da wurde Marco aktiv. Er sprang auf die Straße, stellte sich vor den Wagen, führte die Hand nach hinten und zog seine Pistole.

»Was wollt ihr!«, rief er und zielte auf den Fahrer, der erst einen Fuß auf der Straße hatte. Marco ging wütend auf sie zu, während er mit seiner Glock erst auf den einen und dann auf den anderen zielte.

Keiner der drei Devils rührte sich. Thomas zog ein Klappmesser aus dem Strumpf und stellte sich neben Marco.

Marco ging um das Auto herum bis an die Fahrertür. Er hielt die Waffe noch immer am ausgestreckten Arm.

»Was wollt ihr? Was habt ihr vor? Verschwindet, bevor ich euch der Reihe nach abknalle.«

Entweder waren die Devil Breeds unbewaffnet oder nicht mehr dazu gekommen, ihre Waffen zu ziehen. Seine Taktik zeigte auf jeden Fall Wirkung. Der Fahrer schlug seine Tür zu, und auch die anderen Devils folgten seinem Vorbild. Dann raste der Wagen mit quietschenden Reifen davon.

»Fuck! War das geil!«, rief Marco total high und mit geschwellter Brust. Auch Thomas grölte, und dann sprangen sie sich Brust an Brust an.

»Mann, sind das lächerliche Gestalten!«, sagte Thomas, sichtlich erleichtert über den Ausgang.

»Kommt nur, ihr erbärmlichen Ärsche! Gott, seid ihr Loser!«, brüllte Marco dem längst verschwundenen Wagen nach.

*

»Was denkst du dir eigentlich dabei?«

Christian Letoft war wütend. Die Gäste waren gegangen, die Kinder im Bett. Sofia hatte sich in der Küche auf einen der hohen Barhocker gesetzt. Christian trabte mit einem leeren Weinglas in der Hand ruhelos hin und her.

»Aber du hast doch selbst gesagt, dass es jetzt wieder aufwärtsgeht. Außerdem war es ein wirklich gutes Angebot. Ich habe 15 000 Kronen gespart.«

»Ja, aber dafür 65 000 Kronen ausgegeben! Wir dürfen das Geld jetzt nicht in Sofas stecken.« Christian trat dicht an seine Frau heran. Sie wich ängstlich zurück. »Du musst den Kauf rückgängig machen! Und wenn Lis fragt, sagst du, dass die Dinger doch nicht in unser Wohnzimmer passen.«

»Aber ich will …«

»Hör mir gut zu, was ich dir jetzt sage: Du willst gar nichts! Du tust, was ich dir sage. Und ich will August und Lis nicht mehr wiedersehen. Lad sie nie wieder zu uns ein.«

»Aber Christian, Liebster, das sind doch unsere Freunde.«

Christian packte mit einer Hand den Hals seiner Frau und schleuderte mit der anderen voller Wut das Weinglas an die Wand. Sofia riss panisch die Augen auf. Das Glas zersplitterte in tausend Stücke, und die glitzernden Kristalle breiteten sich überall am Boden aus. Das Klirren hatte ihr die Sprache verschlagen, und sie hielt die Luft an. Er ließ sie mit einem Ruck los, stürmte aus der Küche und hörte erst draußen ihr Schluchzen. Diese doofe, verwöhnte Schwedentusse!

Erst als er durch ihr Schluchzen das Weinen der Kinder hörte, das aus dem ersten Stock nach unten drang, wurde ihm schmerzhaft bewusst, was er getan hatte. Mit einem Mal fühlte er sich schrecklich elend. Er war auf seine Frau losgegangen und hatte seine Kinder geweckt, weil er sein Temperament nicht zügeln konnte. Fluchtartig verließ er das Haus. Er rannte los, spürte kaum den Boden unter den Füßen und hatte das Gefühl, als befände er sich im freien Fall. Nicht die Wut über das Geld oder der Alkohol in seinem Blut hatten diese Falltür geöffnet. Er kannte diesen Zustand nur allzu gut. Er musste weg, alles hinter sich lassen. Aber jede Flucht war von Anfang an zum Scheitern verurteilt, weil er nur vor sich selbst floh.

*

Damals war alles so einfach. Ich dachte: Mädchen wie ich. Und Männer, die zu Mädchen wie mir gehen. Wir sehen die Sache gleich: Es geht um die Befriedigung sehnsüchtiger, heißer Träume gegen eine stattliche Summe Geld; und als Extrabonus kann ich mich in ihrer atemlosen Bewunderung und ihrer Begierde nach meinem Körper sonnen.

Ich verdiente unglaublich viel Geld.

Aber das Beste daran war: Ich hatte endlich Macht über sie. Und genau das genoss ich.

Ich spielte eine Rolle. Ich war eine Schauspielerin, die eine Bühne betrat. Mein Publikum bestand aus nur einer Person, und das gemeinsame Spiel führte uns eng, sehr eng zusammen. Ich war die Regisseurin. Sie bekamen nicht mich. Sie bekamen sie.

Meine Welt war so befreiend einfach.

Und alles entwickelte sich, wie ich es mir vorgestellt hatte.

Sie scharten sich um mich. Champagner, Goldstaub auf der Haut, Stilettos und Luxus.

…

Okay …

Okay.

Ich will nicht lügen.

Natürlich gab es auch Nieten. Allein schon die Tatsache, dass sie in jedem Alter waren. Aus allen nur erdenklichen Ecken kamen. Mit den unterschiedlichsten Leben. Ein armer Mann musste sehr, sehr lange dafür sparen. Aber auch das kam vor.

Die Lösung hieß aber in jedem Fall: Man zog ihn in den Dreck. In Gedanken, natürlich. Von dem Moment, wenn er ankam, bis er wieder ging.

Ich stellte schnell fest, wie befriedigend das war. Es wurde ein Teil von mir, sie alle zur Schnecke zu machen. Zu erniedrigen. Auch wenn sie okay waren.

Und ich fand eine Gleichgesinnte, deren Humor ebenso schonungslos war wie mein eigener.

Ich lernte sie an. Ihr fehlten die Grenzen. Ohne mich wäre sie zugrunde gegangen. Ich brachte ihr bei, auf sich selbst aufzupassen.

Sie konnte die Schwächen der Männer derart präzise aufs Korn nehmen, dass ich mich vor Lachen nur so bog. Das Leben einer Hure ist randvoll mit Humor. Mehr als einmal wäre ich nach einer Pause mit ihr fast aus der Rolle gefallen, weil das Lachen noch in meinem Bauch steckte.

Wenn sie uns gehört hätten ... Tja, dann wären sie nicht wiedergekommen. Aber das taten sie. Oh ja, das taten sie.

*

Katrine Wraa schloss ihr Haus auf, ging direkt ins Bad und zog alle Sachen aus. Sie drehte die Dusche an und stand lange unter dem warmen Strahl. Sie war erschöpft, aber zugleich auf eine wohlbekannte, angenehme Weise voller Tatendrang. Nachdem sie sich abgetrocknet und frische Sachen angezogen hatte, setzte sie sich mit einem eiskalten Bier in der Hand aufs Sofa und schaltete den Computer ein. Aus dem Nachbarhaus hörte sie Stimmen und Musik, bestimmt hatten sie Gäste.

Katrine vergaß schnell alle Geräusche. Zwei essentielle Dinge beschäftigten sie. Sie glaubte nicht, dass Asger

Dahl Maja Jensen ermordet hatte. Deshalb hatte sie beschlossen, ein umfassendes Opferprofil von Maja zu erstellen. Auch wenn sich später herausstellen sollte, dass sie sich irrte und Asger Dahl tatsächlich der Täter war, wollte sie alles unternehmen, um die tote Frau und das Leben, das sie gelebt hatte, zu verstehen. Es war ihr egal, ob Melby dagegen war, dass sie ihre Zeit auf diese Fragestellung verwendete.

Katrine war sich beinahe zu hundert Prozent sicher, dass Maja ihren Täter kannte. Vermutlich seit längerem. Sonst konnte es sich nur um eine im höchsten Maße psychotische Person handeln, die unter Wahnvorstellungen litt und von irgendwoher den Befehl erhalten hatte, eine Frau zu ermorden und zu verbrennen.

Nein, es musste eine Verbindung gegeben haben, und zwar eine mit großen Gefühlen. Groß genug, um jemanden zu einer so extremen Tat zu treiben.

Aber was für eine Verbindung?

Und welche Rolle hatte Maja in dem Spiel gespielt, das ihrem Tod vorausgegangen war? Solche Fragen wurden kontrovers diskutiert und oft missverstanden, weil manche Leute glaubten, man wolle damit andeuten, die Tat wäre womöglich provoziert, ja selbst verschuldet gewesen. Natürlich wollte sie das nicht damit ausdrücken. Aber wie Katrine vor einigen Monaten eine ganz spezielle Rolle gespielt und bestimmte Dinge gesagt und getan hatte, die einen anderen Menschen dazu bewogen hatten, sich ihren Tod zu wünschen, musste auch Maja zu Lebzeiten den Hass eines Menschen geweckt haben. Einen derart unbändigen Hass, dass diesem Menschen der Mord allein nicht gereicht und er oder sie zu einer drastischen Maßnahme gegriffen hatte und dabei ein hohes Risiko eingegangen war.

Es gab eine Geschichte zwischen Maja und ihrem Mörder.

Und in dieser Geschichte musste es eine Erklärung dafür geben, warum der Täter diese sehr spezielle Methode gewählt hatte. Genau diese Erklärung wollte Katrine finden.

Sie begann damit, die Listen durchzugehen, mit denen sie seit ihrer Zeit in England arbeitete. Damals hatte sie der Psychologieprofessorin Caroline Stone bei ihrer Arbeit für die Polizei assistiert. Die Zeit bei Stone war für Katrine eine Riesenchance gewesen, da die Professorin in ihrem Fachgebiet als Koryphäe galt und gerade mehrere Lehrbücher über das Thema Viktimologie – Opferstudien – geschrieben hatte. Katrine entschloss sich, eines von Stones Modellen für das Opferprofiling zu nutzen. Es erlaubte einen systematischen, gründlichen Ansatz, und sie begann damit, alle Gedanken, Eindrücke und Fakten, die sie im Laufe des letzten Tages gesammelt und notiert hatte, zu ordnen.

Opfer und Modus. Katrine begann immer mit den Punkten, für die es Beweise gab und die sie untersuchen konnte. Für sie war das wertvoller als alle Spekulationen und Vermutungen über den Mörder. In der einleitenden Phase einer Mordermittlung unterschied sich Katrines Vorgehensweise kaum von der klassischen Polizeiarbeit.

Sie machte sich ein paar Gedanken über die Mordmethode: Verbrennen. Wie kam man auf eine solche Idee? Und warum in einem Auto? Welche Überlegungen hatten den Täter zu dieser Wahl geführt? Katrine beschloss, etwas mehr über Brandstifter und deren Charaktereigenschaften zu recherchieren. Sie fand ein paar interessante Artikel sowie den Podcast einer Vorlesung eines Doktoranden aus Neuseeland, den sie sich am nächsten Morgen auf dem Weg zur Arbeit anhören wollte.

Opferprofiling.

Das Wort klang klinisch und tot, stand aber für einen gründlichen und einfühlsamen Prozess und eine Ermittlungsarbeit, die möglichst lebensnah sein sollte. Es kam darauf an, die Tote kennenzulernen, als wäre sie noch am Leben. Nicht bloß als Objekt, sondern als ganzen Menschen mit allen bekannten und unbekannten, guten und schlechten Seiten, die jeder von uns hat. Und das Wichtigste von allem war, so weit vorzudringen, dass man die Tiefe und die Konflikte der zwischenmenschlichen Beziehungen verstand, die sie gehabt hatte.

Ein Opferprofil beinhaltete verschiedene Elemente: eine Biographie mit beruflichem Lebenslauf und eine Zeitachse mit allen wichtigen Begebenheiten im Leben der Toten. Die Krankengeschichte – inklusive aller psychischen Krankheiten. Einen systematischen Überblick über alle familiären und sozialen Kontakte, aus dem man eine Gruppe von Verdächtigen herausschälen konnte. Eine Analyse des Lebensstils des Opfers und der Schwächen und Angriffspunkte, die dadurch bedingt waren. Ein Überblick über die finanzielle Situation des Opfers. Eine ausführliche Beschreibung der Persönlichkeit – bestenfalls so detailliert, als wäre man über Jahre hinweg der Therapeut des Opfers gewesen. Und schließlich eine psychologische Autopsie, nicht unähnlich dem Obduktionsbericht der Rechtsmedizin, der ja nur die physiologischen Funde dokumentierte. Eine psychologische Autopsie beschrieb so genau wie möglich, in welchem seelischen Zustand sich die Tote in den letzten vierundzwanzig Stunden ihres Lebens befunden hatte. Sollte es nötig sein, konnte man auch noch weiter zurückgehen.

Diese Methode war in den fünfziger Jahren in Los Angeles entwickelt worden, um den psychischen Zustand von Selbstmordopfern bis hin zu ihrem Tod zu ergründen, wenn es Zweifel daran gab, ob es sich wirklich um Selbstmord handelte oder nicht doch um einen Mord oder Unfall. Heute wurden psychologische Autopsien insbesondere von amerikanischen Versicherungsgesellschaften in Auftrag gegeben, wenn es Zweifel an einem Selbstmord gab. Sie wurden aber auch beim Militär angewendet, wenn man sich nicht zu hundert Prozent sicher über die Todesursache eines Soldaten war, ob dieser nun auf dem Schlachtfeld oder in der Kaserne gestorben war.

Katrine und andere Profiler hatten das Verfahren für ihre Arbeitsbereiche übernommen. Es enthielt lange, praktisch orientierte Listen wichtiger Fragen und Themen, die man untersuchen und beachten musste – unter anderem eine exakte Analyse aller Spuren eines möglichen Kampfes des Opfers mit seinem Mörder.

Katrine hatte bei solchen Arbeiten alle nur erdenklichen Schriftstücke von den Opfern gelesen: private Briefe, SMS, E-Mails, Blogs und Tagebücher, bis hin zu Unterlagen über das Berufsleben der Opfer, Arztbriefe, Obduktionsberichte, Testamente und Versicherungsberichte im Zusammenhang mit den jeweiligen Geschehnissen.

Sie füllte alles so gut wie nur möglich aus, spürte aber gleich, was sie schon wusste: Majas Leben war wie ein geschlossenes Buch. Und viele Quellen gab es nicht.

Morgen würde sie versuchen, noch einmal in Majas Wohnung zu kommen und sich diese genauer anzusehen. Vielleicht gab es dort Briefe, Postkarten, Examensunterlagen oder andere Dinge, die ihr etwas über Maja Jensen erzählten. Sie würde auch versuchen, ihren Computer in die Hände zu bekommen, wenn die Techniker damit fertig waren.

Katrine zögerte, als sie zu dem Themenbereich des Bordells in der Rømersgade kam. Sie fragte sich, wie Maja tief in ihrem Innern wohl mit ihrer Arbeit als Prostituierte umgegangen war. Sie hatte den Entschluss gefasst aufzuhören. War es ein Zufall, dass sie an ihrem letzten Tag ermordet worden war?

TEIL 2

Die Augen meines Vaters. Ich hätte sie dir gern gezeigt.

Aber er ist genauso tot wie ich. Mausetot.

Seine Augen waren voller Widersprüche.

Sie konnten lächeln und sanft sein. Man konnte in sie hineinschauen und Trost finden, eine Art Zufluchtsort in einer Kriegszone, ein kleines, friedliches Fleckchen Erde, umgeben von weißen Fahnen. Dort konnte man alles andere vergessen. Wenigstens für eine gewisse Zeit.

Aber es dauerte selten lange, bis jemand Wasser aufs Feuer goss und die Glut verlosch. Und wenn es umschlug – was immer irgendwann geschah –, war wieder nur die Härte in ihnen zu sehen. Mein Vater war ein harter Mann. Mit harten Händen, die sich nicht einmal für mich erweichen konnten, seine Tochter, sein einziges Kind.

Seine Augen verweilten nie lange auf mir, wanderten rasch weiter. Vielleicht ertrug er meinen Anblick nicht? Vielleicht war ich so etwas wie ein Spiegel für ihn? In dem er seine Härte in einer jüngeren Ausgabe wiedererkannte?

Ich habe vielen Männern in die Augen geschaut und unendlich viele Geschichten darin gelesen. Sie wollten sich mir anvertrauen. Hinterher. Oder vorher. Wenn du wüsstest, was ich alles zu hören bekommen habe … Meistens stimmte es, was ich dort gesehen hatte.

Augen verraten viel über das Leben ihrer Besitzer. Ob sie

stolz auf das sind, was sie in ihrem Leben erreicht haben. Ob sie ihr Leben lieben. Ob sie einen anderen Menschen lieben.

Mein Vater hat ein Leben genommen.

Ich fand, dass man das in seinen Augen sah.

*

Sonntagmorgen. Jens Høgh kam gerade vom Haftrichter, als er auf dem Flur vor seinem Büro mit Melby zusammenstieß.

»Hallo, Bent, du hier an einem Sonntag?«

»Wann hat man hier sonst schon mal Ruhe zum Arbeiten?«, sagte Bent Melby gutmütig. »Ich muss ein Treffen mit Europol vorbereiten, in dem es um grenzüberschreitende organisierte Kriminalität geht. Dienstag fahre ich nach Den Haag. Wie war es beim Haftrichter?«

»Gut. Wir haben zwei Wochen für Asger Dahl. Sein Antrag, seinen Namen vorerst nicht an die Presse zu geben, wurde wie erwartet angenommen.«

»Wie hat er es aufgenommen?«

»Er hat sich aufgeregt und von Rufmord geredet.«

»Wenn es so weitergeht, hat das Morddezernat den Fall in absehbarer Zeit gelöst. Aber was denkst du? War er es?«

»Ich glaube schon, auf jeden Fall ist das sehr wahrscheinlich.«

»Und er leugnet nach wie vor, in dem Bordell gewesen zu sein?«

»Ja.«

»Zeigt diese Aufnahme denn wirklich ihn?«

»Mit großer Wahrscheinlichkeit, wir müssen noch abwarten, was die Bildtechniker im Laufe des Tages herausfinden.«

»Vielleicht wird er ja mürbe, wenn er eine Weile hier sitzt und Zeit zum Nachdenken hat. Ach, übrigens, ich hab gehört, es hätte Unstimmigkeiten zwischen Torsten, dir und Katrine gegeben?«

»Torstens Benehmen ist unter aller Würde«, sagte Jens. »Er ist ausfallend und unkooperativ. Und er macht Katrine und ihren Beruf herunter.«

»Ein paar Leute von uns ertragen es einfach nicht, dass andere Fachbereiche sich in unsere Arbeit einmischen. Sie sehen keinen Sinn darin. Das darf man nicht außer Acht lassen. Ich bin auch nicht glücklich, dass sie bei den Ermittlungen dabei ist. Sie ist keine Polizeibeamtin, und meiner Meinung nach ist ihre Rolle nicht klar genug definiert.«

»Ich habe sie gerne bei meinen Verhören dabei«, sagte Jens. »Sie kommt mit qualifizierten, hilfreichen Vorschlägen. Außerdem motiviert es sie, auch mal aus ihrem Büro rauszukommen.«

»Mag ja sein, aber übertreiben müssen wir es ja auch nicht.«

»Natürlich nicht.«

»Gut, dann sind wir uns ja einig. Ansonsten scheinst du ja gut mit den Ermittlungen voranzukommen, Jens.«

»Danke.«

»Denkst du eigentlich zwischendurch über deine Zukunft nach, Jens Høgh?«, fragte Melby und sah Jens etwas eindringlicher an.

»Ähm ... ich lebe eher ... im Hier und Jetzt«, sagte Jens leicht überrumpelt und ganz und gar nicht in der Stimmung, an einem Sonntagvormittag über seine Karriere zu diskutieren.

»Du solltest aber darüber nachdenken, Jens. Wäre ein Führungskurs nicht was für dich?«

»Das …«

»Ein Aufstieg im System?«

»Ich … ähm. Es ehrt mich, dass du an mich denkst«, sagte Jens und griff nach der erstbesten Entschuldigung, die sich ihm bot, auch wenn sie nicht ganz der Wahrheit entsprach. »Aber ich habe meiner Tochter gerade versprochen, ein bisschen mehr zu Hause zu sein.«

»Hm«, sagt Bent, nicht wirklich zufrieden mit Jens' Antwort. »Denk trotzdem drüber nach.«

Jens nickte. Er hatte längst darüber nachgedacht. Die Arbeit als Ermittlungsleiter reichte ihm vollkommen.

Jens ging in sein Büro, machte Licht und setzte sich auf seinen Stuhl. Er schaute auf den leeren Platz vor sich und freute sich, dass sie bald wieder dort sitzen würde.

Es gab Augenblicke, da war er ziemlich sicher, dass sie seine Gefühle erwiderte. Dass sie auch etwas … Andererseits war sie regelrecht vor ihm geflohen, als er sie am Freitag einladen wollte, mit ihm auszugehen.

Jens stürzte sich in die Arbeit, statt sich Spekulationen über sein verdorrtes Liebesleben hinzugeben.

*

Christian Letoft wachte auf dem Sofa in seinem Büro auf.

Sein Kopf dröhnte, er stank nach altem Schweiß und Alkohol. Zu seinem Leidwesen erinnerte er sich Sekunden später peinlich genau an alle Details des vergangenen Abends, und bei dem Gedanken daran, nach wie viel Alkohol er nachts noch Auto gefahren war, wurde ihm ganz anders. Was war er doch für ein schäbiger Idiot, für ein erbärmlicher Jammerlappen.

Er musste so schnell wie möglich nach Hause und sich bei Sofia entschuldigen. Daran führte kein Weg vorbei. Vielleicht konnte sie die Sofas doch behalten? Vielleicht würde sie ihm dann schneller verzeihen? Das war jetzt wichtiger als alles andere. Er stand auf und beschloss, sich trotz dröhnendem Kopf und Schwindel auf den Weg zu machen.

Nachdem er sich kaltes Wasser ins Gesicht geklatscht und den Mund mit einem widerwärtigen Mundwasser ausgespült hatte, das ein früherer Mitarbeiter dort stehen gelassen hatte, fuhr er nach Hause.

*

Katrine Wraa überquerte den großen runden Hof im Herzen des Polizeipräsidiums, aus ihren Ohrstöpseln drang noch immer der mitreißende Vortrag des neuseeländischen Kriminalforschers über Brandstifter und Brandstiftung, den sie schon während der Fahrt gehört hatte. Darin ging es um eines von Katrines Lieblingsthemen: geographisches Profiling, eine statistische Methode, die etwas darüber aussagte, wie ein Täter seine unmittelbare, vertraute Umgebung nutzte und wie und welche Tatorte er – im Fall von Serientaten – wählte.

Katrine war mit ihrer ehemaligen Chefin genau über Methoden wie diese aneinandergeraten. Caroline Stone führte einen offenen Krieg gegen alle in diesem Bereich forschenden Psychologen. Katrine hätte sich einen unvoreingenommeneren Zugang zu dieser Methode gewünscht, denn sie sah durchaus Potential darin. Für Professorin Stone aber hätte es eine Bedrohung ihrer fachlichen Position bedeutet, wenn sie sich der Anwendung des geographischen Täterprofils geöffnet hätte. Und natürlich konnte sie nicht zulassen, dass ihre Assistenten das taten. Am Ende war Katrine die Zwangsjacke zu eng geworden, die Konflikte zu massiv, und sie hatte gekündigt.

So kompliziert Katrines berufliche Situation momentan auch sein mochte, sie genoss das Gefühl, in der Wahl der Methode absolut freie Hand zu haben. Bei der Kopenhagener Polizei ahnte nicht eine Menschenseele, worin ihre Arbeit im Detail eigentlich bestand. Davon ganz abgesehen opferte sie in diesem Fall ihre Freizeit.

Der Vortrag war zu Ende, als sie ihr Büro erreichte. Jens stand vor ihr und sagte etwas, und sie nahm die Ohrstöpsel heraus.

»Gute Musik?«, fragte er.

Katrine klärte ihn auf.

Sie ist wirklich ein Nerd, dachte Jens und lächelte, ein charmanter Nerd.

»Mir ist unbegreiflich, warum das Thema Brandstiftung nicht besser erforscht wird, das kostet die Gesellschaft ein Vermögen«, sagte sie.

»Wie viel?«

»Allein in England mehrere Millionen Pfund.«

»Pro Jahr?«

»Pro Woche.«

»Pro Woche?!? Das ist ja der blanke Wahnsinn!«

»Mit steigender Tendenz in der gesamten westlichen Welt«, sagte sie energisch. »Die drei Hauptbereiche bei Brandstiftungsdelikten sind Versicherungsbetrug, Vandalismus und Demonstrationen, bei denen Autos abgefackelt werden. Aber so langsam tut sich etwas. Es sind gerade etliche Doktorarbeiten zu dem Thema in der Mache. Ich bin gespannt, was da so kommt.«

»Klingt interessant. Hast du da sonst noch was erfahren, das wir verwerten könnten?«

»Es wurden unter anderem Alter und Geschlecht bei der ersten Brandstiftung untersucht. Jüngere Männer sind eindeutig überpräsentiert. Frauen begehen nicht so häufig Brandstiftungen, und wenn, dann meist um ihren Partner zu bestrafen. Nimm als Beispiel ein älteres Ehepaar: Er verlässt sie wegen einer jüngeren Ausgabe, worauf sie Besitztümer ihrer Konkurrentin abfackelt – Auto, Golftasche ... Dabei achtet sie aber sorgsam darauf, dass keine Lebewesen zu Schaden kommen. Bei Männern, die nicht schon als Jugendliche gezündelt haben, handelt es sich fast ausschließlich um Versicherungsbetrug – finanzielle Engpässe, zum Beispiel wenn ein Wagen in die Werkstatt muss, die finanziellen Mittel dafür aber fehlen. Was für ein Zufall, dass er just in dem Moment gestohlen und abgefackelt wird.«

»Das würde doch deine Hypothese stützen, dass Dahl diese Lösungsmöglichkeit im Hinterkopf hatte?«

»Theoretisch schon.«

Sie sahen sich an.

»Aber irgendetwas stimmt dabei nicht, oder?«, sagte Jens. Katrine nickte.

»Und sonst?«, fragte er und zeigte auf ihre Ohrstöpsel.

»Es gibt Untersuchungen, ob sich das geographische Täterprofil auch auf Brandstifter anwenden lässt.«

»Und?«

»In gewissen Fällen ja, aber nicht in unserem. Dafür müssten wir es schon mit einem Serientäter zu tun haben.«

»Dann wollen wir mal hoffen, dass wir keine Verwendung dafür bekommen.«

»Aber er erwähnt noch etwas anderes, das ich mir gern etwas genauer ansehen will: die SSA-Analyse.«

»Und das ist was?«

»Smallest Space Analysis. Das ist etwas kompliziert. Willst du es trotzdem hören?«

»Ähm, eigentlich hab ich jetzt keine Zeit.« Jens kratzte sich die millimeterkurzen Haarstoppel. »Höchstens für eine Ultrakurzversion, dann sparen wir die lange Version für einen Tag auf, an dem wir beide mehr Luft haben.«

»Ich geb mir Mühe. Also – SSA ist auch eine statistische Methode, aber während beim geographischen Profiling vorrangig der Abstand zwischen Wohnort und Tatort berücksichtigt wird, geht es bei der SSA, sehr vereinfacht, um das, was verbrannt ist: ein Auto, ein Haus, eine Schule …«

»Eine Frau?«

»Genau. Was wird mit der Brandstiftung bezweckt, und wie sieht die Persönlichkeit des Täters aus?«

»Klingt interessant.«

»Ist es auch. Dieses Modell setzt einen unmittelbaren Zusammenhang zwischen der Täterpersönlichkeit und seinen Taten voraus. Nach dieser Theorie wäre es beispielsweise unwahrscheinlich, dass ein und dieselbe Person einmal Vandalismus begeht, indem sie in einer

Schule Feuer legt, und dann ihr Auto ansteckt, um Geld von der Versicherung zu bekommen. Es handelt sich bei diesen beiden Fällen um grundsätzlich unterschiedliche Personentypen.«

»Und was ist mit ›Smallest Space‹ gemeint?«

»Smallest Space heißt ja ›geringster Abstand‹. Man fasst bei der Analyse alle Informationen in einem Diagramm zusammen. Wo die Abstände zwischen bestimmten Fakten am geringsten sind, bestehen die wichtigsten Zusammenhänge.«

»Ich kann dir einigermaßen folgen, aber man müsste das Ganze wahrscheinlich ...«

»Ja, leider finden viele es inakzeptabel, einem Individuum solcherlei Typologien überzustülpen.«

»In dieser Beziehung bin ich komplett skrupellos.«

»Nahezu furchtlos, wie es mir scheint«, sagte Katrine.

Jens lächelte. »Ich habe nur eine einzige Studie gefunden, die Brandstiftung aus verschiedenen Blickwinkeln und unter Berücksichtigung der Tatzeitpunkte betrachtet.«

»Hm, hm.« Jens schaut auf die Uhr. »Ich würde wirklich gerne mehr über SSA und geographisches Profil und so weiter hören, aber wir werden es auf ein andermal verschieben müssen, ich bin gerade etwas in Eile.«

»Schon gut.«

»Also, versteh mich nicht falsch, das hört sich wirklich spannend an, ich hab nur momentan schrecklich viel um die Ohren.«

»Ist okay, kein Problem.«

»Sicher?«

»Wenn du noch einmal fragst, halte ich dir einen Vortrag über …«

»Ritsch«, sagte er mit einer vielsagenden Bewegung vor seinen Lippen.

*

»Wolltest du nicht deinen Bericht schreiben?«, ließ Jens ganz nebenbei fallen, als sie wenig später aus einer Besprechung von Morddezernat und Taskforce wegen des Maja-Falles, wie er jetzt hieß, ins Büro zurückkamen.

Die Besprechung hatte nichts erbracht, was Katrine und Jens nicht schon wussten, sie hatte eher den Charakter einer Einführungsveranstaltung für die neuen Ermittlungsmitarbeiter gehabt. Kragh hatte nachdrücklich auf das Namensnennungsverbot hingewiesen und dass ein großes Interesse an dem Angeklagten bestand; die Gerüchteküche brodelte. Für Kommentare zum Fall sollte bitte an ihn verwiesen werden.

Katrine hatte Bistrup überredet, sie anzurufen, sobald sie im Verlauf des Tages mit der Rekonstruktion des Falls loslegen wollten. Jens' nächster Programmpunkt war die Vernehmung von Hector, dem Chef der Devils.

»Also, ich habe mir überlegt, ob … ob ich da nicht mitkommen könnte«, sagte Katrine, ganz so, wie Jens es erwartet hatte. »Wegen der Inspiration. Und um einen Einblick in das Milieu zu bekommen.«

»Inspiration ist immer gut«, sagt Jens und amüsierte sich königlich über das Spiel, das sie spielte. Er zeigte auf das Foto von den beiden Typen, die das Bordell überfallen hatten. »Aber lass uns noch ein paar Dinge durchgehen, bevor wir zu ihm rausfahren. Warum überfallen die beiden ein Bordell, das unter dem Schutz der Devils steht?«

»Vielleicht war es als Provokation gemeint«, schlug Katrine vor. »Eine Art, die Devils auf ihrem eigenen Territorium herauszufordern?«

»Diese Art von Provokationen kommt immer wieder vor. Vielleicht war ihnen aber auch schlicht und einfach nicht klar, dass da noch andere im Spiel waren. Sie scheinen nicht die Hellsten zu sein. Wie auch immer, wir müssen die beiden identifizieren. Morgen kriegen wir eine Reihe von Bildern, und ich habe Ditte gebeten, vorbeizukommen.«

»Ziehen wir doch mal die Möglichkeit in Betracht, dass die beiden es waren?«, fragte Katrine. »Ich meine, alles konzentriert sich auf Dahl, aber es gibt schließlich noch ein paar andere Akteure.«

»Schon, aber ... Ich weiß nicht.« Er schüttelte den Kopf.

»Sie wollte nicht bezahlen. Worauf sie beschlossen haben, ein klares Exempel zu statuieren – an die Devils und das Prostituiertenmilieu gerichtet –, indem sie das Auto gestohlen haben, während Asger Dahl drinnen war.«

»Theoretisch könnte es so gewesen sein«, räumte Jens ein.

»Außerdem müssen wir ja wohl in Betracht ziehen, dass der hier«, Katrine zeigte auf Hector, »sich für die Kränkung rächen wollte, oder? Er hat versagt und seinen Job schlecht gemacht. Maja ist tot.«

»Hm, ja und nein. Man darf sich das nicht als Leibwächter-Deal vorstellen. Das Angebot besteht wohl eher darin, dass die Frauen sich bei den Devils melden können, wenn es irgendwie Ärger gibt. Da steht nicht rund um die Uhr ein Wachhund vor der Tür und passt auf. Und vergiss nicht, sie hat das Bordell verlassen. Aber natürlich macht es Sinn, sich das Ganze auch durch diese Brille anzusehen. Die Geschichte könnte für Zündstoff zwischen den beiden Kleindealern und Hector gesorgt haben.« Er sah sich das Foto des Rockerchefs eine Weile genauer an. »Und wir müssen rausfinden, welche Art von Beziehung Hector zu Maja hatte, vielleicht war die ja eher privater Natur.«

»Wo wohnt er?«

»In einem Haus in Amager.«

»Kann man es wagen, ihn ohne die gesamte Kavallerie im Rücken zu besuchen?«

»Solange man diesen Leuten nicht direkt etwas vorwirft, können sie sehr zuvorkommend und hilfsbereit sein.« Jens grinste schief. »Nur sollte man nicht alles glauben, was sie einem sagen. Wir müssen unseren Besuch aber mit der Gruppe abstimmen, die ihn observiert. Wir wollen ihnen ja nicht in die Quere kommen.«

»Okay, dann komme ich mit«, sagt Katrine. »Oder stört es, wenn eine Frau dabei ist?«

»Ach was«, sagte Jens grinsend. »In diesem Zusammenhang ist das wahrscheinlich eher ein Vorteil. Komm, gehen wir bei Lars vorbei und erledigen das, ehe wir fahren.«

*

»Lasst hören, was ihr habt«, sagte Lars Sønderstrøm, der mit seinem Team seit vier Monaten versuchte, ausreichende Beweise über die kriminellen Machenschaften des Devils-Chefs zusammenzutragen.

Jens gab ihm einen kurzen Überblick. »Und wie weit seid ihr mit Hector gekommen?«

»Ich habe nichts Unmittelbares, das ihn mit diesem Bordell in Verbindung bringt«, sagte Lars. »Aber er ist ja Unternehmer, und wir haben Beweise, dass ein halbes Dutzend anderer Bordelle unter seinem Schutz steht. Es ist also nicht auszuschließen, dass er auch ein Auge auf – wie heißt der Laden noch gleich – gehabt hat.«

»Salon S.«

»Hab ich noch nie was von gehört.«

»Ein kleines Nobel-Etablissement.«

»Hm. Und ihr wollt jetzt gern mit Hector reden?«

»Ganz genau.«

»Wenn ihr euch darauf beschränkt, ihn zu fragen, was er über Maja weiß, was er an dem Abend gemacht hat und was das für Typen sind, die sie bedroht haben, ist das für mich okay. Aber lasst alles aus, was mit seinen anderen ›Geschäften‹ zu tun hat.«

»Klar, wir werden uns bedeckt halten.«

»Wunderbar. Braucht ihr noch mehr Information von uns?«

»Ich bin gebrieft.« Jens warf Katrine einen Blick zu. »Ich erzähle dir dann alles auf der Fahrt.«

*

Jens parkte vor einer gepflegten, grauverputzten Villa in Amager. Katrine und Jens stiegen aus und betraten den mit Platten ausgelegten Vorgarten, in dem ein riesiger Basketballkorb stand.

So also lebt der Chef einer der größten Rockerbanden Dänemarks, dachte Katrine. Ein Mann, der wegen seines kaputten Rückens vorzeitig in Rente gegangen war und der auf dem Papier nichts besaß. Die Abrissfirma, deren Besitzverhältnisse Lars noch klären wollte – er glaubte, sie gehörte Hector –, lief offiziell auf den Namen eines 23-jährigen Mannes, eines sogenannten »Prospects«. Vermutlich war ihm die vollwertige Mitgliedschaft bei den Devils versprochen worden, wenn er das Risiko auf sich nahm, für seine Zeit als »Geschäftsführer« hinter Gitter zu gehen, sollte herauskommen, dass die Firma Steuern hinterzog und Drogeneinnahmen weiß wie Schnee wusch. Hectors Lebensgefährtin war Eigentümerin seines Autos, Hauses und Motorrades. Diese Tatsache dürfte erheblich an dem männlichen Stolz kratzen, den ein Mann wie Hector mit ziemlicher Sicherheit besaß.

Auf einem Keramikschild neben der Klingel standen die Namen *Annika Lund* und *Bo Hector*. Die Tür wurde unmittelbar geöffnet. Vermutlich hatte der Mann dahinter sie bereits erwartet.

»Polizei«, sagt Jens.

»Ich bin auf dem Sprung«, sagte der Mann, der sich nicht im Geringsten über die Polizisten vor seiner Haustür zu wundern schien. Hector war groß, gepflegt und glatzköpfig. Er trug Jeans und T-Shirt, und seine sonnengebräunten, tätowierten Oberarme waren mehr als nur ein paar Größen über dem Durchschnitt. Sein ganzer Körper strotzte vor Kraft. »Ich muss meine Tochter vom Schwimmen abholen.« Seine Augen waren auffallend klar und blau. Freundlich, aber mit unübersehbarer Härte.

»Wie dumm«, sagte Jens. »Dann müssten wir Sie bitten, später im Polizeipräsidium vorbeizukommen.«

Bo Hector seufzte und öffnete die Tür so weit, dass sie in den Flur eintreten konnten, der zu Katrines Überraschung in hellen Farben gestaltet war, Blütenmuster rankten an der Wand hoch. Die Einrichtung war feminin und modern. Auch in dem hellen Wohnzimmer, in das Katrine vom Flur aus schauen konnte, waren weder schwarze Ledersofas noch Bilder von nackten Frauen oder Dartscheiben zu sehen. An einer Pinnwand hing eine Einladung zum Sommerfest vom Verband der Hauseigentümer.

»Danke für die Einladung, aber können wir das Ganze vielleicht auch hier klären?«

»Nichts dagegen – wir ermitteln in einem Mordfall.«

Hector sah Jens an, ohne eine Miene zu verziehen. Dann drehte er sich um und rief ins Wohnzimmer: »Schatz, du musst heute Karla abholen.«

»Du bist dran, Bo!«, ertönte eine scharfe Frauenstimme.

»Einen Moment, Meister«, sagte er mit einem Nicken zu Jens, bevor er ins Wohnzimmer verschwand und die Tür hinter sich zuzog.

Katrine konnte nicht im Detail hören, was gesagt wurde, aber so viel, dass Hector seine Lebensgefährtin vehement dazu aufforderte, die Tochter abzuholen. Wenige Sekunden später marschierte sie wortlos an ihnen vorbei durch die Haustür, die sie fest hinter sich zuknallte.

»Verdammt nochmal! Ich hab ihr schon tausendmal gesagt, dass diese Knallerei nicht gut für die Rahmen ist!«

»Frauen!«, sagte Jens kopfschüttelnd und zwinkerte Katrine zu.

»O ja«, sagte Hector. »Mord? Das ausgebrannte Auto unter dem Bispeengbogen?«

»Genau.«

»Weiß man schon, wer da verbrannt ist?«

»Ja«, sagte Jens. »Wir konnten die Frau identifizieren. Es handelt sich um die 34-jährige Maja Jensen.«

Hector verzog keine Miene.

»Auch bekannt als Sasja.«

Noch immer keine Reaktion.

»Prostituierte, hat am Israels Plads gearbeitet.«

»Ich weiß, wer sie ist«, sagt Hector knapp.

»Ausgezeichnet«, sagte Jens. »Können Sie uns etwas über sie erzählen?«

»Keine Ahnung«, sagte Hector und zuckte mit den Schultern.

»Erzählen Sie uns, was Sie über Sie wissen. Wie lange kennen Sie sie schon?«

»Fünf oder sechs Jahre.«

»Und wie lange ist sie schon in der Branche?«

»Den Salon hat sie so seit drei, vier Jahren. Davor war sie in einem größeren Laden. Und davor war sie selbständig, Escort und solche Sachen, Sie wissen schon. Sie war immer schon ein sehr selbständiges Mädchen.«

»Wir haben gehört, dass letzte Woche ein paar Jungs versucht haben, ihr eine Art Schutz aufzudrängen.«

»Echte Volltrottel.«

»Sie kennen die beiden?«

»Nein, ich hab keine Ahnung, wer die waren, aber die haben sich wie Volltrottel aufgeführt.«

»Und das wissen Sie, weil …?«

»Maja hat mir davon erzählt. Wir waren gute Freunde.«

»Sie waren gute Freunde?«

»Hundertprozentig!«

»Waren Sie ein Kunde von ihr?«

»Verdammt, ich habe eine Frau.«

»Das ist kein Hinderungsgrund, soweit ich weiß.«

Hector grinste.

»Man darf nicht alles glauben, was man hört.«

»Nein, wohl wahr«, antwortete Jens mit vielsagendem Blick. »Der Ordnung halber müssen wir Sie noch fragen, was Sie Freitagabend gemacht haben?«

»Da war ich im Clubhaus.«

»Kann das jemand bestätigen?«

»Natürlich.«

»Wer?«

»Ich kann Ihnen die Nummern von Jonas und Mathias geben. Außer denen waren noch ungefähr zwanzig andere Leute dort.«

»Wann sind Sie nach Hause gefahren?«

»Gegen zehn, glaube ich.«

»Haben Sie irgendwelche Gerüchte gehört, was passiert ist?«

»Nichts.«

»Wissen Sie, was Maja am Freitagabend gemacht hat?«

»Keine Ahnung.«

»Sie hatten keine Aufpasser bei ihr platziert?«

»Hä? Ich weiß nicht, wovon Sie reden.«

»Haben Sie und Maja gemeinsame Geschäfte gemacht?«

»Nein, wir waren Freunde, das hab ich Ihnen doch schon gesagt. Man soll Freundschaft und Geschäft trennen, das hat mein Vater schon gesagt.«

Jens beschloss, nicht weiterzubohren, an diesem Punkt würde er doch nicht weiterkommen. »Jetzt aber bitte nicht die beiden Kleinkriminellen aufsuchen, okay? Wenn denen was zustößt, wissen wir, wen wir besuchen müssen.«

»Ich weiß wirklich Besseres mit meiner Zeit anzufangen.« Hector klang zunehmend sauer.

»Und auch keine Devils Breed überreden, das zu erledigen, ist das klar?«

»Zum Teufel!«

Katrine fürchtete, dass es nicht mehr lange dauerte, bis Hectors Geduldsfaden riss.

»Wir reden hier von einer Nutte, oder? Wer bringt schon eine Nutte um oder rächt sie, hä? Das hat einen Scheißdreck miteinander zu tun, seht ihr das denn nicht? Das war irgendein perverses Schwein, der das getan hat. Wenn ihr den findet«, sagte Hector und zeigte direkt auf Jens, »richtet ihm einen schönen Gruß von mir aus und sagt ihm, dass er im Knast nicht viel Spaß haben wird!«

Jens beendete das Gespräch, verabschiedete sich und ging mit Katrine zurück zum Auto.

»Wer sind die Devils Breed?«, fragte Katrine, als sie zurück ins Präsidium fuhren.

»Die »Brut« – die Büttel und Laufburschen der Devils, von denen sie ihre Anwärter, ihren Nachwuchs rekrutieren. Na, wie steht's mit deiner Inspiration?«

»Gut so weit«, sagte Katrine.

»Das ist schon ein eigenes Volk«, sagte Jens verärgert. »Tun so, als wären sie ganz gewöhnliche Menschen mit ganz gewöhnlichen Leben, Schwimmunterricht und Straßenfesten. Und alles, was sie tun, ist scheinbar legal.

Dabei ist es nur dazu da zu verschleiern, womit sie tatsächlich ihr Geld verdienen: Drogen, Erpressung, Betrug und Prostitution!«

»Ohne sich die Finger schmutzig zu machen.«

»Ganz genau. Einer wie der hat seine Finger nirgendwo direkt drin. Es gibt genügend junge, hoffnungsvolle Kerle, die das Risiko gegen den Verdienst abwägen und sich nur zu gern ihre Hände schmutzig machen und ihre Namen dafür hergeben. Ein paar Jahre hinter schwedischen Gardinen werden gern in Kauf genommen, dort kriegt man eine Ausbildung und ein Netzwerk, und hinterher, wenn man wieder raus ist, wird man belohnt und befördert.«

»Eine parallele Ausbildungs- und Jobbörse, sozusagen.«

»Genau, und die Gefängnisse sind ihre Seminarzentren. Aber das sind keine Jobs, die man so einfach wieder kündigt. Wer aussteigen will, kriegt echte Probleme, dann entpuppen sich diese Leute als die niederträchtigsten Scheißkerle ... Dann zeigen sie ihr wahres Gesicht.«

»Das ist zumindest unsere Auffassung. Aber wenn wir richtig verstehen wollen, wie sie denken und die Welt sehen«, provozierte Katrine ihn, »müssen wir uns klarmachen, dass sie selbst ihr Handeln nicht als böse empfinden. Wir mögen sie für bösartig halten, aber das ist nicht ihr Bild von sich selbst. Die wenigstens Menschen halten sich selbst für böse.«

»Glaubst du wirklich, dass sie es okay finden, Waffen zu schmuggeln und Drogen an Minderjährige zu verticken?«

»Sie tun, was alle Menschen tun, die sich darüber im Klaren sind, dass sie eine moralisch oder juristisch strafbare Tat begehen: Sie legen sich eine Rechtfertigung zurecht.«

»*Wenn wir die Drogen nicht verkaufen, tun es andere, wir geben den Leuten nur, was sie haben wollen,* meinst du so was?«

»Genau. Und wenn jemand in seine Schranken verwiesen oder bestraft wird, ist das völlig okay, weil er entweder selbst darum gebeten hat oder den Preis genau kannte, er hätte ja nur machen müssen, was von ihm verlangt wurde. In ihrem Selbstverständnis gibt es für all ihr Tun und Handeln einen triftigen Grund. Und das hat in einem Milieu mit solchen Regeln und Werten natürlich einen selbstverstärkenden Effekt. Klinisch betrachtet kann die Erklärung natürlich auch in frühen emotionalen Störungen liegen, Beziehungsstörungen und so weiter, häufig wegen Vernachlässigung oder Misshandlung durch die Eltern, was wiederum zu einer extrem egoistischen, menschlich abgestumpften und narzisstischen Persönlichkeit führen kann.«

»Das sind ja keine hoffnungsvollen Aussichten. Ist das Kind erst einmal in den Brunnen gefallen …«

»Ja. Es gibt Psychiater, die der Meinung sind, derart geschädigte Menschen könnten niemals gänzlich geheilt werden, manche zweifeln sogar daran, dass ihr Zustand sich überhaupt bessern kann. Wenn ihnen eine Therapie angeboten wird und sie einwilligen, dann nur unter der Prämisse, dass es ihnen einen Vorteil bringt, etwa dass sie ihre Strafe unter besseren Bedingungen verbüßen oder so was in der Art. Sie haben eine extreme *What's in it for me?*-Einstellung.«

»Und wie zum Teufel sollen wir ihnen dann helfen?«

»Na ja, viele Psychiater meinen, das Minimum wäre, sie an der ganz kurzen Leine zu halten. Sie brauchen klare Grenzen, was sie dürfen und was nicht, und es muss unmittelbar bestraft werden, wenn diese Grenzen überschritten werden.«

»Aber zurück zur Bösartigkeit«, sagt Jens, deutlich angeregt durch die Unterhaltung. »Könnte man sagen, dass wir glauben, böse wären immer nur die anderen? Nicht wir selbst?«

»Das trifft es ziemlich gut«, pflichtete Katrine ihm bei. »Böse sind immer nur die anderen. Die anderen haben uns angegriffen, wir haben uns bloß verteidigt. Das hat ein Bandenchef ausgesagt. Aber was ist das Böse?«

»Eine Art Urteil über das Handeln anderer?«

»Gute Frage. Früher in religiösen Auseinandersetzungen hat die christliche Kultur die Frage damit beantwortet, dass das Böse Satan ist. Heutzutage wird diese Frage eher von den Wissenschaften beantwortet, zumindest in unserem Teil der Welt, und dann kommt es natürlich darauf an, welche Wissenschaft man zu Rate zieht.«

»Und wenn ich nun dich frage?«

»Ich würde mich«, sagte Katrine und ließ den Blick über das Wasser und die Boote schweifen, als sie Langebro überquerten, »in der Philosophie bedienen, bei einem norwegischen Philosophen, Lars Svendsen, der vier Arten des Bösen unterscheidet. Svendsen würde wahrscheinlich sagen, dass Menschen wie Hector und das meiste, womit wir uns in der Taskforce beschäftigen, zu dem von ihm sogenannten ›dummen Bösen‹ gehören, bei dem einfach ein Defizit an moralischer Integrität und Intelligenz vorliegt, weil der Akteur nicht in Erwägung zieht oder darüber reflektiert, inwiefern seine Handlungen böse sind. Er ist ganz einfach nicht dazu in der Lage.«

»Nein, solche Gedanken halten sie nachts sicher selten wach. Und die anderen drei?«

»Svendsen spricht vom ›dämonischen Bösen‹, wo derjenige, der Böses tut, es einzig und allein aus dem Grund tut, *weil* es böse ist. Wobei Svendsen nicht glaubt, dass es das in der Realität gibt. Ich finde allerdings, dass man einige der schlimmsten Sadisten dieser Kategorie zuordnen kann.«

»Sie erleben eine Art Befriedigung, weil sie wissen, dass ihre Opfer leiden?«

»Ja, genau. Ein amerikanischer Psychologe hat das Böse auf 22 Stufen verteilt. Auf Stufe 22 steht der sadistische Mörder, der sein Opfer quält und diese Qualen genießt.«

»Das klingt ziemlich dämonisch.«

»Hier würde Svendsen argumentieren, dass es eben genau um den Genuss am Leid anderer geht, nicht um den Genuss, böse zu sein.«

»Und wie heißen die anderen? Nein, warte, sag mir erst, was auf Stufe eins der Skala steht?«

»In Notwehr jemanden zu töten.«

»Hm, was ist böse daran, wenn man seine eigene Haut retten will? Also, was sind die übrigen Kategorien des Bösen?«

»Da ist einmal das ›instrumentelle Böse‹. Dabei ist man sich bewusst darüber, anderen Schreckliches anzutun, tut es aber trotzdem, um sich selbst einen Vorteil zu verschaffen. Hier nennt er als Beispiel die Finanzmärkte.«

»Dazu gehören dann wahrscheinlich die etwas intelligenteren organisierten Kriminellen, oder?«

»Absolut. Und dann wäre da noch das ›idealistische Böse‹: Man tut Böses im Glauben, Gutes zu tun. In früheren Zeiten galt das etwa für Hexenprozesse oder die Kreuzzüge. In neuerer Zeit für Faschismus und Kommunismus, die Millionen Menschen das Leben gekostet und unfassbares Leid verursacht haben. Und dann natürlich der Terrorismus. Man könnte fast sagen, dass George Bush den Begriff wiederbelebt hat, in dem er nach dem elften September die Bezeichnung *Achse des Bösen* einführte.«

»Wir Menschen sind schon merkwürdige Wesen, oder?«

»Ja, und die Frage ist: Warum? Ist das unsere Natur? Oder unser kulturelles und historisches Erbe? Ich persönlich neige zu einer Fifty-Fifty-Erklärung: Wir sind beeinflusst von unseren Genen, das lässt sich nicht leugnen, aber wir werden auch in hohem Maße von unserer Umgebung geprägt.«

»Und unser Aufwachsen und unsere Erziehung kehren die schlechtesten oder besten Seiten in uns hervor.«

»Ja, oder von allem etwas? Die einen argumentieren, es wäre mehr Erbgut als Umwelt, die anderen sehen das umgekehrt. Und damit wären wir wieder bei den Wissenschaften gelandet.«

»Und im Polizeipräsidium.«

Jens parkte den Wagen, und sie gingen die Treppe hoch und überquerten den runden Innenhof.

Hoffentlich ruft Bistrup bald an, dachte Katrine.

*

Die Nachmittagssonne erhellte mit ihren langen, goldenen Strahlen Majas leere Wohnung. Einer davon streifte Katrines Gesicht, als sie allein in Majas Wohnzimmer stand. Die Techniker waren fertig und hatten ihr grünes Licht gegeben, sich alles anzugucken.

Jens war im Präsidium geblieben, nachdem er sich ihre Ergüsse über Torstens Benehmen angehört hatte. Sie war auf hundertachtzig gewesen, weil der Idiot sie nicht angerufen hatte. Wenn sie in der Wohnung fertig war, würde sie nach Hause fahren und sich endlich an den Computer setzen, um das verflixte Konzept für Melby fertig zu schreiben.

Sie ging durch die drei Zimmer, nahm sich Zeit, beobachtete, spürte nach. Ging weiter. Machte Fotos. Schaute in Schubläden und Schränke.

Alles war weiß und kühl. Ein totaler Kontrast zu den warmen Farben, mit denen der *Salon S* eingerichtet war. Als hätte Maja in ihrer Freizeit das Bedürfnis nach einem neutralen Ort gehabt. Sie hatte ein ausgeprägtes ästhetisches Gespür, besonders in den kleinen, edlen Einrichtungsdetails. Nichts in der Wohnung erinnerte auch nur im Entferntesten an den Salon. Die beiden Orte waren wie zwei getrennte Welten.

Katrine begutachtete die Kleidung auf dem Stuhl, auf dem Sofa und auf dem Bett. Als hätte sie alles Mögliche anprobiert und danach auf das nächste Möbelstück geworfen. Die Sachen waren ein Vermögen wert, Markenware, edle Stoffe. Feminin, ohne romantisch oder rüschig zu sein. Im Garderobenschrank standen unendlich viele Schuhe, High Heels, Stilettos. Es gab auch Sportsachen und DVDs mit diversen Trainingseinheiten.

Offenbar hatte Maja lieber zu Hause trainiert als im Fitnesscenter.

Auf den ersten Blick war das die Wohnung einer ganz normalen, modebewussten Frau. Einer Krankenschwester, die über ein gewisses Vermögen verfügte oder einen ordentlichen Kredit aufgenommen hatte. Andererseits fiel Katrine auch etwas ganz anderes auf. Es fehlte etwas, etwas, das den Großteil von Mordermittlungen begleitete: die trauernden Angehörigen. Da war natürlich Ditte. Aber Familie, ein Partner, enge Freundschaften, längere Beziehungen … all das schien in Majas Leben nicht existiert zu haben. Majas Einsamkeit war auffällig. Aber Einsamkeit war ein relativer Begriff. Viele Leute würden wahrscheinlich sagen, dass Katrine ein einsamer Mensch war, obwohl sie sich gar nicht einsam fühlte. Sie hatte eine enge und lange Beziehung zu Fiona, ihrer englischen Freundin. Sie hatte ihren Vater. Und sie hatte ein großes Netzwerk an Kollegen und Bekannten in der ganzen Welt. Das war ihr genug. Andere brauchten ein Meer von Freunden um sich herum. Sie war anders gestrickt.

Was hatte Maja darüber gedacht? Hatte sie sich einsam gefühlt? Hatte ihre Arbeit als Prostituierte sie in die soziale Isolation getrieben? Dieses Phänomen war nicht ungewöhnlich. Lästige Erklärungen, Vorurteile, Tabus. In Untersuchungen kristallisierte sich die Tendenz heraus, dass viele Frauen in einer solchen Situation Beziehungen abbrachen, weil es ihnen schwerfiel, mit den Ansichten ihrer Umwelt klarzukommen und die sehr unterschiedlichen Welten unter einen Hut zu bringen. Katrine hatte gehofft, durch ihren Besuch in der Wohnung mehr über Majas Gedankenwelt zu erfahren. Aber Maja war nicht der Typ, der Tagebuch schrieb oder Postkarten, Briefe und andere Erinnerungen an Menschen oder Situationen aufbewahrte, die ihr etwas bedeuteten. Es lagen nirgendwo Schulzeugnisse oder alte Kontoauszüge herum. Das Fehlen jeder Spur aus ihrer Vergangenheit war so markant, dass es schon wieder aussagekräftig war. Die meisten Menschen hockten auf einem Haufen mehr oder minder nostalgischer Dinge, schier unüberwindliche Berge, durch die man sich hindurcharbeiten musste. Maja Jensen aber hatte keine Erinnerungen an ihre Vergangenheit aufbewahrt. War das schon immer so gewesen, oder hatte sie erst vor kurzem eine symbolische Aufräumaktion durchgeführt? Unmöglich zu sagen. Ditte war die Einzige, die sie danach fragen konnte. Und nach allem anderen. Aber Ditte hatte bereits erwähnt, dass sie nie ganz an Maja herangekommen war. Es war zum Verrücktwerden.

Katrine ging in die Küche und öffnete den Kühlschrank.

Magerjoghurt. Salat, Paprika, eine Zitrone, Garnelen, Mayonnaise, fettarm. Im oberen Fach eine Flasche Champagner. Wollte sie feiern, dass sie aufhörte? Die Lebensmittel würden verderben. Ob jemand den Kühlschrank leeren würde?, dachte Katrine, als sie ihn wieder schloss.

Zurück im Wohnzimmer setzte sie sich aufs Sofa. Die Wohnung war nun ein verlassenes Zuhause. Bald würde alles ausgeräumt sein und die Räumlichkeiten neu vermietet werden. Andere Menschen würden hier wohnen. Hier, bei Maja, an dem Ort, zu dem sie nach ihrer Arbeit zurückgekommen war.

Katrine versuchte sich vorzustellen, wie es war, aus

dem *Salon S* nach Hause zu kommen, sich hierherzusetzen und abzuschalten. Was hatte sie zu Hause gemacht? An der Wand über dem Sofa hingen ein großer Flachbildschirm und zwei Regalbretter mit ordentlich aufgereihten DVDs, populäre amerikanische TV-Serien wie *Friends*, *Desperate Housewives* und *Lost*, daneben romantische Komödien und ein paar Gruselfilme. Ganz gewöhnliche Unterhaltung in einem scheinbar gewöhnlichen Leben in einer Wohnung in Kopenhagen. Doch nichts war so gewesen, wie es nach außen schien.

Vielleicht hatte sie hier auf diesem Sofa gesessen und noch einmal Revue passieren lassen, wie der Tag oder Abend gewesen war. Katrine überlegte, was in der Hinsicht für sie ausschlaggebend und entscheidend gewesen sein mochte. Das Geld? Zufriedene Kunden? Natürlich war Geld wichtig. Aber am wichtigsten? Vermutlich. Aber was waren ihre persönlichen Erfolgskriterien gewesen? Genuss? Es schnell hinter sich zu bringen? Vielleicht hatte Maja genau an dem Platz gesessen, wo Katrine jetzt saß, und überlegt, was sie nach ihrem Ausstieg machen wollte. Wovon hatte sie geträumt? Hatte sie überhaupt von etwas geträumt? Und was hatte sie veranlasst, ausgerechnet jetzt aufzuhören? Hatte irgendein besonderes Ereignis zu diesem Entschluss geführt? Oder war er über längere Zeit in ihr herangereift? Auf jeden Fall schien sie finanziell gut vorgesorgt zu haben, wo auch immer das Geld herkam.

Katrine stand auf und ging noch einmal durch die Wohnung, ehe sie aufbrach. Die Tür fiel hinter ihr ins Schloss. Sie ging langsam die Treppe hinunter und trat auf den sonntäglich stillen Mariendalsvej.

Es war Montagmorgen. Der Besprechungsraum füllte sich langsam, während Katrine in Gedanken noch immer bei den Schlagzeilen der Zeitungen war, die sie an den Kiosken auf ihrem Weg durch die Stadt gesehen hatte:

Freier verbrennt Prostituierte
Hurenbock der Hölle

Sollte Asger Dahl wirklich unschuldig sein ... Die Konsequenzen eines solchen Rufmordes waren grausam. Die Menschen in seinem Umfeld wussten sicher, dass er in Untersuchungshaft saß, und vielleicht hatten auch die ersten Reporter mittlerweile spitzgekriegt, wen die Polizei unter Verdacht hatte. Andererseits hatte er sich das in gewisser Weise selbst zuzuschreiben, weil er weiß Gott nicht viel dazu beigetragen hatte, sich reinzuwaschen.

Gut dreißig Personen hatten hinter ihren Kaffeebechern Platz genommen. Sowohl Per Kragh als auch Bent Melby waren anwesend, da sie beide Beamte für die Ermittlungen abgestellt hatten. Melby sagte ein paar einleitende Worte und übergab dann an Torsten Bistrup, der zwei Filmsequenzen abspielte.

»Wie Sie sehen, haben wir gestern eine sehr gelungene Rekonstruktion mit Asger Dahl gemacht. Sie zeigt, wie er die Treppe nach unten geht. Die Spezialisten haben diese Video-Rekonstruktion mit den Aufnahmen aus der Rømersgade verglichen und sind zu dem Schluss gekommen – auch aufgrund der übereinstimmenden Kleidung –, dass es sich um dieselbe Person handelt.«

»Na wunderbar!«, rief jemand.

»Gut gemacht!«

»Ja, es ist sehr erfreulich, dass wir so schnell einen soliden Durchbruch erzielen konnten«, sagte Per Kragh. »Asger Dahl wird im Laufe des Tages mit den Ergebnissen konfrontiert. Ich denke, wir dürfen auf ein Geständnis hoffen.«

Danach wurden eine Statusaufnahme gemacht und die konkreten Beweise und technische Spuren durchgegangen.

»Wie sieht es mit dem Benzinkanister aus?«, fragte einer der Anwesenden.

»Der lag vollständig geschmolzen im Wagen«, antwortete Bistrup. »Asger Dahl behauptet jedoch, keinen Reservekanister im Auto gehabt zu haben. Seine Frau hat das bestätigt.«

»Haben wir schon überprüft, ob er oder seine Frau einen Reservekanister gekauft haben?«, fragte Jens.

»Wir gehen zurzeit ihre Kontoauszüge der letzten Jahre durch, mit besonderem Augenmerk auf Einkäufe in Baumärkten und Tankstellen.«

»Gut«, sagte Melby. »Wie sieht es mit Maja Jensens finanziellen Verhältnissen aus? Haben wir da inzwischen den vollen Überblick?«

»Nein, bislang nur über den kleineren Teil«, sagte Jens. »Wir haben gestern ein paar Leute darangesetzt, Klarheit in ihre Finanzen zu bringen. Sie hat ihr Einkommen deklariert und Steuern bezahlt. Die Angaben stimmen mit den Büchern und Einnahmen des *Salon S* überein. Aber um die Summe in ihrem Schließfach zu erklären, immerhin waren das mehr als drei Millionen dänische Kronen, hätte sie über Jahre hinweg mehrere zusätzliche Angestellte haben müssen.«

»Haben wir inzwischen die Kunden im Ausland gefunden?«

»Wohl noch nicht, oder?« Jens sah zu Bistrup, der den Kopf schüttelte.

»Wir arbeiten daran. Ein paar andere Aspekte des Falls werden unter der Regie der Taskforce bearbeitet. Wir hoffen, noch im Laufe des Tages die zwei Männer identifizieren zu können, die das Bordell in der letzten Woche überfallen haben.«

»Und Hector?«, fragte Kragh.

»Mit dem haben wir gestern gesprochen, was aber – wie erwartet – nichts gebracht hat. Aber«, fuhr Jens fort und sah Lars Sønderstrøm an, »das ist nicht so schlimm, da Lars ihn nicht aus den Augen lässt.«

»Gute Arbeit, Leute!«, sagte Kragh. »Solange es in beiden Gruppen zu diesem Fall noch neue Erkenntnisse gibt, treffen wir uns weiterhin täglich.«

*

Die Autobahn nach Helsingør gehörte an diesem Morgen Jim Hellberg. Er war spät aufgebrochen. Nachdem er den Stadtverkehr hinter sich hatte, konnte er endlich Gas geben. An der Ausfahrt Lyngby verließ er die Autobahn und fuhr die wenigen verbleibenden Kilometer bis zum Industrieviertel am südlichen Stadtrand von Lyngby.

Kurz darauf parkte er vor der Firma, die er selbst aus der Taufe gehoben hatte und die heute genau die Ansprüche erfüllte, die er an sie hatte. Søren Lauritzen, ein Freund, den er schon aus der Schule kannte, fungierte als Geschäftsführer der Firma. Er hielt den Laden am Laufen und kümmerte sich um das Alltagsgeschäft. Er beaufsichtigte die Mitarbeiter, traf Personalentscheidungen und sorgte sich um die Details. Ihre Arbeitsteilung war ideal, hielt sie Jim doch den Rücken frei, so dass er sich voll und ganz auf die Entwicklung neuer Geschäftsideen konzentrieren konnte, seine absolute Stärke. Sein Gehirn rotierte wie das Laufrad eines Hamsters, wenn es sich erst einmal in einer Idee festgebissen hatte.

Und er brütete immer irgendetwas Neues aus. Er konnte einfach nicht anders. Natürlich führte nicht jede seiner Ideen zum Ziel, und manchmal durchdachte er seine Modelle tatsächlich auch nur des Trainings wegen: Er hatte schon viele Projekte von Anfang bis Ende ausgearbeitet, um sie dann für immer in der Schublade verschwinden zu lassen.

Beide, Søren wie Jim, hatten größtes Interesse daran, dass jeder das tat, was er am besten konnte, weshalb ihre kleine Firma wirklich florierte. Aus diesem Grund gab es zwischen ihnen auch nie die geringste Uneinigkeit, wer das letzte Wort hatte, wenn Entscheidungen gefällt werden mussten, auch wenn Søren der Geschäftsführer und Jim bloß Entwickler war.

Jim warf einen kurzen Blick ins Lagerhaus, in der

eine Reihe gebrauchter Maschinen aus ihrer Werkzeugfirma in Amsterdam standen – einige davon waren defekt und mussten zurückgeschickt werden. Er sah Søren hinter dem Fenster des Büros. Er ließ das Handy mit der Prepaidkarte im Handschuhfach des Wagens liegen, öffnete die Tür und betrat die Firma *Søren Lauritzen Enterprise ApS*.

*

»Hier ist der Pförtner, bei mir steht jemand für Sie, eine gewisse Ditte.«

»Danke, ich komme nach unten und hole sie ab«, sagte Jens Høgh.

Die Dienstbesprechung hatte etwas über eine Stunde gedauert und war gerade zu Ende gegangen. Während Jens Ditte abholte, ging Katrine in die Teeküche und holte einen weiteren Becher und eine Kanne Kaffee.

Wenige Minuten später war Jens mit Ditte zurück.

Ditte war blass, hatte eine rote Nase und sah unglaublich müde aus. »Ich wäre wirklich lieber im Bett geblieben. Ich bin schrecklich erkältet«, sagte sie.

»Wir werden Sie nicht lange aufhalten, das verspreche ich Ihnen«, sagte Katrine. »Sie sollen sich nur ein paar Fotos anschauen.«

Katrine und Jens setzten sich auf ihre Plätze. Ditte bekam einen Stuhl am Ende von Katrines Schreibtisch. Fragend blickte sie von Katrine zu Jens: »Ist das wirklich dieser ›Henrik‹, der das getan hat?«

»Es deutet einiges daraufhin«, sagte Jens.

Sie zog immer wieder die Nase hoch. »Es geht einfach nicht in meinen Kopf, dass Maja nie mehr zurückkommt. Seit Sie da waren, warte ich darauf, dass sie mich anruft und mir sagt, dass sie verreist ist und bloß vergessen hat, es mir zu sagen. Ich verstehe einfach nicht, wie jemand ihr so etwas antun konnte.«

Katrine schob ihren Stuhl zu ihr und legte ihren Arm um sie. Ditte schluchzte ein paarmal heftig, dann wischte sie sich die Augen ab und putzte sich die Nase.

»Es gibt etwas, an das ich immer denken muss«, sagte sie und wirkte plötzlich so klein und verletzlich. »Ich habe mich neulich nicht getraut, es zu sagen, wusste noch nicht, wie ich es einordnen sollte, aber Maja hatte letzte Woche einen Riesenkrach mit Hector.«

»Es ist gut, dass Sie uns das jetzt erzählen«, sagte Jens und rückte mit seinem Stuhl ein Stückchen näher.

Ditte nickte. »Hector ist ein Schwein«, sagte sie voller Abscheu. »Und was soll's, ich will ja ohnehin raus aus dieser Scheißbranche. Ich mache nicht weiter.« Sie atmete tief durch. »Also, sie haben über die Sache mit dem Überfall gesprochen, und Hector hat sich tierisch aufgeregt, als Maja sagte, dass die Devils wirklich keine große Hilfe gewesen seien, als sie sie zum ersten Mal tatsächlich gebraucht hätte. Sie fragte ihn, wofür sie ihn überhaupt bezahlen würde. Der war echt gleich auf hundertachtzig. Bestimmt war er auch sauer darüber, dass ihre höheren Preise auch für ihn galten.«

»Interessant, Ditte. Können Sie noch mehr dazu sagen?«, fragte Katrine.

Ditte sah Katrine kurz an, ehe sie sagte: »Ich glaube, Maja hat auch noch andere Sachen für Hector gemacht. Aber ich weiß nicht, was. Es war aber kaum zu übersehen, dass sie irgendwann plötzlich mehr Geld in den

Fingern hatte. Sie hat nicht übertrieben, aber ich habe trotzdem die teureren Kleider bemerkt, all die Schuhe, das Make-up, so Sachen halt. Außerdem hat sie öfter gesagt, sie könne über Hector alles Mögliche bekommen, Möbel und so weiter. Heiße Ware, vermutlich.«

Jens und Katrine sahen sich kurz an. Was sie sagte, passte exakt zu ihrer teuren Wohnungseinrichtung.

»Wir haben bei Maja eine größere Summe Bargeld gefunden«, sagte Jens. »Hatte sie irgendwelche Geschäfte mit Hector laufen? Hat sie etwas für ihn weiterverkauft, als Hehlerin gearbeitet? Drogen vielleicht?«

»Das glaube ich nicht. Sie hasste Drogen. Ich habe echt keine Ahnung, woher das Geld stammen könnte.«

»Oder ging ihr Geschäft noch deutlich weiter, als wir es bisher wissen?«, fragte Jens.

Ditte schüttelte den Kopf. »Nein, sie hatte nur den Salon, und auf den war sie ziemlich stolz.«

»Jetzt verstehe ich besser, warum Sie so schnell reagiert haben, als sie nicht auftauchte«, sagte Katrine. »Sie haben von der ermordeten Frau gehört und befürchtet, dass es Maja sein könnte, weil Sie an ihren Streit mit Hector dachten?«

Ditte nickte. »Aber das konnte ich nicht offen sagen. Dieser Hector …« Wieder stiegen ihr Tränen in die Augen.

»Ditte, wir würden diese Informationen gern weiterverfolgen. Sind Sie einverstanden damit?«, fragte Jens.

Leichtes, zögerndes Nicken.

»Ich will ganz ehrlich zu ihnen sein«, sagte Jens. »Das ist nicht ganz ungefährlich, aber wir können Sie ins Zeugenschutzprogramm aufnehmen.«

»Wenn Sie nur das Schwein kriegen, das Maja umgebracht hat«, sagte sie und dachte über das Angebot nach. »Kann ich noch mal zu mir nach Hause, um mir ein paar Sachen zu holen?«

»Das kriegen wir schon geregelt. Sonst schreiben Sie einfach eine Liste, dann schicken wir jemanden, der die Sachen für Sie abholt.«

Dittes Schultern senkten sich ein paar Zentimeter. Katrine wartete, bis sie sich beruhigt hatte und sagte: »Ditte, wir haben noch ein paar Fragen zu Majas Hintergrund. Vielleicht können Sie uns da helfen.«

Ditte seufzte, nickte dann aber.

»Hat sie jemals über ihren Vater gesprochen?«

»Nicht wirklich.«

»Woran ist er gestorben?«

»Krebs.«

»Denken Sie nach. Wann genau hat sie erfahren, dass ihr Vater gestorben ist?«

»Sie kam zur Arbeit und brachte Sushi und Champagner mit, um zu feiern. Das sagt doch wohl alles darüber aus, was sie von ihm hielt.«

»Hat sie sich um die Beerdigung gekümmert?«

»Nein, sind Sie verrückt?« Ditte schüttelte den Kopf. »Sie ist nicht mal hingegangen. Sie hat damals ein paar Tage freigenommen. Was sie in dieser Zeit gemacht hat, weiß ich aber nicht.«

»Fallen Ihnen noch andere ein, zu denen sie Kontakt hatte? Freunde, Bekannte, Familie?«

»Nein, sie schien alle Brücken hinter sich abgebrochen zu haben, hat aber nie darüber geredet. Sie war jemand, der nach vorne schaut. Die Vergangenheit war für sie, glaube ich, abgeschlossen. Sie hat auch nie über Gefühle geredet oder so.«

»Aber Sie beide sind gut miteinander ausgekommen?«

»Ja.«

»Wie haben Sie sich kennengelernt?«

»Das habe ich Ihnen doch schon erzählt.«

»Erzählen Sie es mir noch einmal.«

Ditte sah mit schräggelegtem Kopf zu Jens, der den Wink verstand und ohne ein Wort den Raum verließ. Die Frauen blieben allein zurück.

»Er ist in Sie verliebt, oder?«, sagte Ditte.

»Äh …?«

»Na, okay, das geht mich ja auch nichts an. Wir haben uns auf einem Fest getroffen und uns auf Anhieb gut verstanden. Ich war irgendwie von ihr fasziniert, und als ich ihr von meinen ständigen Geldnöten erzählte – ich war damals am Kolleg –, schlug sie mir vor, sie doch mal an ihrem Arbeitsplatz zu besuchen. Das Geld hat mich gereizt, genau wie das, was sie über ihre Arbeit erzählt hat: Die Kolleginnen wären total nett, und sie könnte sich alles leisten, worauf sie Lust hatte … Das hörte sich einfach toll an. Ich dachte natürlich, dass das nur ein Übergang ist. Ich wollte so viel Geld verdienen, bis ich eine Grundlage hatte. Die Ausbildung ein paar Jahre unterbrechen und Party machen. Unabhängig sein, ein bisschen entspannen.« Ditte warf die Haare nach hinten.

»Was haben Sie am Kolleg gemacht?«

»Ich wollte das Abi nachmachen. Jetzt nach dem Sommer will ich wieder anfangen.«

Katrine nickte. Sie war erleichtert über Dittes Pläne. Sie schwiegen einen Augenblick.

»Dann hat Maja Sie sozusagen in die Szene eingeführt?«

»Hm, sie hat mir alles Nötige beigebracht, was man in dieser Branche wissen muss. Alles, alle Regeln und Tricks.«

»Haben Sie sich auch privat getroffen? Woanders als im Salon?«

»Anfangs sind wir noch öfter in die Stadt gegangen und haben einen draufgemacht. Aber irgendwann hat sie damit aufgehört. Und ich hatte dann einen Freund und auch keine Lust mehr auf diese nächtlichen Eskapaden. Außerdem ... außerdem entwickelt man irgendwann eine gewisse Scheu, in der Stadt Kunden zu treffen, verstehen Sie? Es ist kein angenehmes Gefühl, wenn man mit Freunden zusammensteht und von einem Kunden erkannt wird.«

Ob Dittes Freund wusste, womit sie ihr Geld verdiente?, fragte Katrine sich.

»Er weiß es nicht«, sagte Ditte, als hätte sie ihre Gedanken gelesen. »Also, mein neuer Freund hat keine Ahnung, dass ich eine Hure bin.«

»Wie lange kennen Sie ihn schon?«

»Ein paar Monate. Der andere wusste es, also der damals, als wir noch in die Stadt gingen. Der sah das vollkommen entspannt, fand es irgendwie cool, radikal. Aber mein jetziger Freund ... Ich wollte es ihm schon lange erzählen, aber ... aber ich will nicht, dass er gleich wieder abhaut. Aber jetzt höre ich ja eh auf. Dann brauche ich es ihm eigentlich auch gar nicht mehr zu sagen. Es ist wirklich kein Spaß, die ganze Zeit zu lügen.«

Katrine beugte sich vor. »Haben Sie darüber nachgedacht, Hilfe in Anspruch zu nehmen? Von jemandem, der Sie stützen kann?«

»Wie meinen Sie das? Ich höre mit dem Scheiß auf. Es ist so viel passiert, ich will nicht wieder dahin zurück.«

»Ich denke eher an die möglichen Spätfolgen. Manchmal reagieren wir erst einige Zeit nach einer überstandenen Krise. Wie wenn man plötzlich in Gefahr gerät. In diesen Momenten gelingen einem die unglaublichsten Dinge, und erst danach realisiert man, was für eine Riesenangst man gehabt hat. Ich meine damit, dass es Ihnen vielleicht guttun würde, jemanden zu haben, zu dem Sie gehen können, falls Sie später das Bedürfnis haben zu reden.«

»Ich will kein Mitleid«, sagte Ditte und machte dicht. Offensichtlich fühlte sie sich durch Katrines Worte provoziert. »Ich bin ja nicht als Sexsklavin gehalten worden. Wissen Sie was? Genau das ist der Grund, warum wir mit Leuten wie Ihnen nicht reden wollen. Sie halten uns doch nur für arme Schweine, die erlöst werden müssen.«

»Entschuldigen Sie«, sagte Katrine. »Ich habe mich wohl ungeschickt ausgedrückt.«

»Ja.«

»Ich denke ganz und gar nicht, dass Sie erlöst werden müssen. Sie können bestimmt auf sich selbst aufpassen.«

Beide schwiegen.

»Sollen wir das mit den Fotos hinter uns bringen?«, fragte Katrine.

Ditte nickte.

»Ich hole nur schnell meinen Kollegen.« Katrine ging nach draußen auf den Flur, um nach Jens zu suchen. Er stand in der Tür eines anderen Büros und redete mit ein paar Kollegen. Als er sie sah, kam er zu ihr.

»Okay?«, fragte er. Katrine nickte, und Jens trat mit ein.

»Sie sind bereit, sich die Fotos anzusehen?«, fragte er Ditte.

»Ja, bringen wir es so schnell wie möglich hinter uns.«

Ditte setzte sich neben Jens, so dass sie beide auf den Bildschirm blicken konnten. Katrine hielt sich im Hintergrund, noch immer wütend auf sich selbst.

»Das Gesicht ist auf der Aufnahme der Überwachungskamera nicht besonders gut zu erkennen, aber wir haben die Aufnahme mit unserem Archiv abgeglichen und alle in Frage kommenden Männer herausgesucht, die ihm ähnlich sehen. Sie können selbst blättern«, sagte er und zeigte ihr, wo sie klicken musste. Er überließ Ditte die Maus.

Ditte sah sich die Bilder gründlich an und blätterte weiter. Katrine und Jens ließen ihr ihr eigenes Tempo. Manchmal kniff sie die Augen zusammen und studierte ein Gesicht genauer, wobei sie die Lippen seltsam verzog oder spitzte, aber in der Regel blieben die Mundwinkel unten: Nein, das ist er nicht, weiter.

Sie war fast am Ende der Datei, und Jens stellte sich schon darauf ein, dass sie zu keinem Ergebnis kommen würden, als sie plötzlich ausrief: »Der da! Marco Gomez oder wie der heißt.« Sie zeigte auf einen hübschen jungen Mann Mitte zwanzig. »Das war der eine, der Ausländer. Aber das Messer hatte der andere. Und der war weiß, aber der ist hier nicht drin.«

»Macht nichts, wenn wir den einen haben, kriegen wir auch den anderen. Gut gemacht, Ditte.«

Katrine musterte den jungen Mann auf dem Bildschirm. Der Name und sein Äußeres ließen auf spanischen oder südamerikanischen Hintergrund schließen.

»Sie sollten ernsthaft in Erwägung ziehen, den Überfall anzuzeigen«, riet ihr Katrine.

»Und was dann? Wenn sie mich in ein oder zwei Jahren finden? Die gehen dafür doch noch nicht mal ins Gefängnis.«

»Denken Sie trotzdem darüber nach«, sagte Jens. »Ich schlage jetzt Folgendes vor: Ich bringe Sie zu den Kollegen, die gemeinsam mit Ihnen überlegen, wie wir Ihnen am besten helfen können. Diese Leute kennen sich in diesem Bereich viel besser aus als ich.«

Sie standen auf.

»Sie haben das Richtige getan, Ditte«, sagte Jens und legte vorsichtig seinen Arm um ihre Schulter. »Das absolut Richtige.«

Die junge Frau sah ihn an, und ihr Kinn zitterte leicht. Dann nickte sie. »Gehen wir?«, fragte sie und fuhr sich mit den Oberarmen über die Augen.

»Passen Sie gut auf sich auf«, sagte Katrine.

Ditte sah kurz zu Katrine und nickte. Dann gingen sie.

*

»Wo ist Papa? Warum wohnt er nicht hier bei uns?«

»Das wird er. Bald wird er wieder bei uns wohnen.«

»Aber wo ist er denn?

»Darüber reden wir ein andermal.«

Bevor dieser Tag kam, erfuhr ich es von anderen.

Mörderkind!

Was für ein grandioses Erbe!

Falls jemand Zweifel haben sollte, kann ich ihm versichern, dass es kein Vergnügen ist, die Tochter eines Mannes zu sein, der seine erste Frau umgebracht hat. Andere Kinder verwenden so etwas auf äußerst boshafte Weise gegen einen.

Dabei waren die Worte und Taten gar nicht das Schlimmste.

Viel schlimmer war die Angst.

Die Angst um meine Mutter. Von dem Tag an, an dem er zurückkam, wachte ich über sie, folgte ihr mit dem Blick, wohin sie auch ging.

Ich lief nicht mehr nach draußen zum Spielen.

Ich wagte es nicht, sie mit ihm allein zu lassen, und hatte panische Angst, wenn ich in der Schule war.

Könnte ich doch nur über die Angst weinen, die ich damals hatte! Könnte ich das kleine Mädchen in die Arme nehmen und ihren zitternden Körper an mich drücken, es wiegen und ihm die Worte zuraunen, die es hören wollte: Er wird das nicht noch einmal tun.

*

»Walk and talk?«, fragte Jim Hellberg.

Søren Lauritzen nickte und schaltete kurz darauf das Licht in der großen Lagerhalle ein. Auf der einen Seite standen verschiedene Baumaschinen und einige kleinere, offene Lastwagen mit Ladefläche. Auf der anderen Seite stapelten sich Paletten mit Baumaterial und Pflanzen.

»Ich habe eine gute und eine schlechte Nachricht, die gute zuerst?«, fragte Søren.

»Ja«, erwiderte Jim.

»Die Container haben Rotterdam passiert und sind unterwegs.«

Jim nickte zufrieden. Sie hatten zwei Gesellschaften gegründet, die nebeneinander in einem Industrieviertel am Stadtrand von Amsterdam lagen. Die eine Firma handelte mit Blumen, Pflanzen und Bäumen und importierte ab und zu auch aus Costa Rica, die andere vertrieb Werkzeuge und Baumaschinen. Gerade war eine Lieferung Blumen aus Costa Rica gekommen, deren Töpfe einen höchst interessanten Inhalt hatten.

»Gut«, sagte Jim, »und die schlechte Nachricht?«

Søren zögerte einen Augenblick. Er wusste, dass Jim über diese Neuigkeit nicht erbaut sein würde. Sie waren beide begeisterte Segler und hatten in einem südspanischen Hafen ein Boot liegen. Søren hatte eine Besatzung angeheuert, um das Boot zu überführen, doch nun waren zwei der Leute abgesprungen.

»Fuck! Das Boot muss jetzt los. Kennst du noch andere, die für den Job in Frage kämen?«

»Doch, es gibt da zwei junge Kerle, die segeln können, vielleicht könnten wir die fragen.«

»Sind sie unser bestes Angebot?«

»Ja.«

»Hm, ich würde mich gern persönlich davon überzeugen, dass das wirklich die Richtigen sind. Vereinbar für morgen ein Treffen mit ihnen. Wir können sie doch zu einer Segelpartie einladen«, schlug Jim vor.

»Okay. Wann?«

»Um zehn unten im Hafen. Du kommst eine halbe Stunde vorher mit dem Boot.«

*

Nachdem Jens Ditte abgeliefert hatte, kam er zurück ins Büro. Er musterte Katrine, die am Fenster stand und nach unten auf die Straße blickte.

»Was ist eigentlich zwischen euch vorgefallen?«, wollte er wissen.

»Ich habe mich blamiert«, sagte Katrine und erzählte ihm, was geschehen war. »Bin irgendwie von dem besserwisserischen Drang gepackt worden, sie zu retten. Das war unprofessionell von mir.«

»Ich finde den Gedanken, dass sie nach den Ereignissen der letzten Zeit gut daran täte, mit einem Psychologen zu reden, gar nicht so abwegig.«

»Nein, ganz und gar nicht, aber mental ist sie noch lange nicht so weit. Sie glaubt, sie kann jederzeit aufhören, und ist überzeugt davon, dass das Ganze dann ein abgeschlossenes Kapitel und ein für alle Mal überstanden ist.«

»Du hast es ihr jedenfalls angeboten.«

»Hm.«

»Ich muss noch mal nach Amager.«

»Ich komme mit«, sagte Katrine.

»Lass uns die Strategie vorher noch mit den anderen absprechen.«

Sie gingen bei Lars vorbei und nahmen ihn mit zu Melby, wo Jens sie kurz darüber informierte, was Ditte ihnen über Hectors Streit mit Maja gesagt hatte.

»Hector hat uns Märchen aufgetischt, aber jetzt haben wir etwas, womit wir ihn unter Druck setzen können«, sagte Jens.

»Das Problem ist nur, dass ihr nicht verraten dürft, was wir alles über ihn wissen«, wandte Lars ein.

»Wir werden ihn mit dem Streit konfrontieren, den er

mit Maja hatte«, erwiderte Jens, »und ihn fragen, ob er Geschäfte mit ihr gemacht hat, die erklären könnten, woher das Geld in ihrem Bankfach stammt. Ob sie sich deshalb in die Haare geraten sind. Er ist zwar nicht der Typ, der schnell zusammenbricht und alles gesteht, aber wir würden doch gern seine Reaktion sehen, wenn er erfährt, dass wir von diesem Streit wissen.«

»Jens, wir wissen doch alle, dass er nichts sagen wird, was ihr gebrauchen könnt. Im Gegenteil, so wird er nur aufmerksam darauf, dass wir uns für ihn interessieren«, gab Lars Sønderstrøm zu bedenken.

»Das weiß er doch längst. Er befindet sich im Krieg, er kannte Maja, und er handelt mit Drogen. Lars, das ist ein Profi. Willst du uns wirklich verbieten, ihn noch mal zu verhören?«

»Wir hören ihn rund um die Uhr ab, und die Sonderabteilung SKAT nimmt seine Finanzen und die seiner Firma genau unter die Lupe. Ich schlage vor, dass wir das gesamte Material noch einmal durchgehen und nach irgendwelchen Verbindungen zu Maja Jensen suchen«, sagte Lars.

Jens sah Melby an.

»Du kennst das Problem, Jens«, sagte Melby. »Wir arbeiten an Fällen, bei denen es durchaus gegensätzliche Interessen geben kann.«

»Ja, aber es geht um einen Mordfall!«

»Stimmt«, sagte Melby. »Aber Hector steht nicht unter Mordverdacht, und wir haben bereits jemanden in Untersuchungshaft sitzen.«

»Ich sage Bescheid, sobald wir das Material durchgegangen sind«, versprach Lars.

Jens schaute verbissen. »Okay, gut«, sagte er und sah zu Katrine. »Dann knöpfen wir uns diesen Latinogangster vor.«

Auch Melby blickte zu Katrine und wollte etwas sagen, verkniff es sich dann aber.

*

Torsten Bistrup machte sich bereit, Asger Dahl zu verhören. Er hatte die entscheidenden Beweise dafür, dass der Mann ihnen über seinen Aufenthaltsort am Freitagabend nicht die Wahrheit gesagt hatte, wenn das auch nicht automatisch bedeutete, dass er den Mord begangen hatte. Den Rest würde Torsten aber schon aus ihm herauskitzeln, schließlich musste der Mann dank der vortrefflichen Arbeit der Kriminaltechnik nun eingestehen, im Bordell gewesen zu sein. Welche Doppelmoral dieser selbstzufriedene, ach so humanistische Schwätzer doch an den Tag legte. Und für solche Arschlöcher gingen auch noch Steuergelder drauf! Da beanspruchte dieser Saubermann in der Öffentlichkeit immer wieder die richtigen Meinungen für sich und machte in seiner Freizeit das blanke Gegenteil!

Das nun anstehende Verhör erforderte eine andere Strategie als das erste, in der er den Mann ohne Umschweife und effektiv in die Mangel genommen hatte. Ohne Erfolg, weil Høgh und diese Psychologin dabei gewesen waren und gegen ihn gearbeitet hatten.

Aber dieses Mal würde ihn niemand stören. Dieses Mal würde er ihn kriegen.

*

Christian Letoft saß pfeifend in dem neuen BMW X6 und machte sich mit den besonderen Features des Wagens vertraut. Sofia hatte ihm tags zuvor verziehen, wenn auch erst nach vielem Hin und Her, wozu die Sofas ebenso wie das Thai-Essen, das er im besten und teuersten Restaurant der Stadt geholt hatte, einen wichtigen Teil beigetragen hatten. Der Versöhnungssex, den sie am Abend gehabt hatten, nachdem die Kinder im Bett waren, war so wild gewesen wie schon lange nicht mehr. Er hatte sie, in aller Bescheidenheit, richtig durchgefickt.

Das Telefon klingelte, und Louise nahm das Gespräch entgegen. Christian hatte früher noch einen weiteren Verkäufer und zwei Mechaniker im Team gehabt, aber denen hatte er im Laufe der letzten Jahre kündigen müssen. Jetzt waren ihm nur noch ein Mechaniker für den Service und die Vorbereitung der Wagen sowie Louise geblieben.

»Christian, Axel ist am Apparat«, rief Louise. »Ich stelle dir das Gespräch durch.«

Christian stieg aus dem Wagen, warf die Tür zu, ging in sein gläsernes Büro und schloss die Tür hinter sich. Dann trat er an seinen Schreibtisch und nahm den Hörer ab. »Hallo, Axel.«

Axel Schmidt arbeitete als Buchprüfer der Firma, seit Christians Eltern nach Hørsholm gezogen waren. Christian war damals zwölf Jahre alt gewesen. Axel kümmerte sich nicht nur um die Buchhaltung von Letoft Automobile, sondern auch um Christians und Sofias private Finanzen.

»Grüß dich, Christian.«

»Wie geht's?«

»Danke, mir geht's gut. Du, ich rufe an, weil ich gerade über der Buchhaltung des ersten Quartals sitze. Christian, als dein Revisor und Freund muss ich dir sagen, dass es sehr ernst aussieht.«

Christian ließ sich schwer auf den Stuhl fallen. »Ernst? Wie ernst?«

»Weißt du noch, wovor ich dich kurz vor Weihnachten gewarnt habe? Wir sind jetzt bald so weit. Das Eigenkapital der Firma ist größtenteils aufgebraucht, und die Grundstücke, die dein Vater gekauft hat, sind bereits voll beliehen. Solange der Umsatz so gering wie im Moment ist, hast du kaum mehr die Möglichkeit, dir selbst ein Gehalt abzubuchen.«

Christian spürte, wie das Blut aus seinem Kopf nach unten sackte. Er stand neben sich, und die Gegenstände in seinem Büro und die Autos hinter der Glaswand schienen sich mehr und mehr von ihm fortzubewegen. Geschah das alles wirklich?

»Aber in der letzten Woche habe ich zwei Autos verkauft«, gab er zu bedenken. »Es geht wieder aufwärts, Axel.«

»Ich fürchte, dafür braucht es schon einiges mehr. Ich muss dich dringend warnen, Christian. Wenn nicht sehr bald – und mit sehr bald meine ich im Laufe des nächsten Monats oder vielleicht der nächsten sechs Wochen – deutlich Fahrt in den Verkauf kommt, wirst du gezwungen sein, eine sehr, sehr unangenehme Entscheidung zu treffen.«

»Von was für einer Entscheidung sprichst du?«

»Entweder musst du die Firma verkaufen und dir einen gutbezahlten Job suchen, oder ihr müsst euer Haus aufgeben und euch etwas Günstigeres suchen. Sonst könnt ihr irgendwann die nächste Rate nicht mehr zahlen. So, wie es im Moment aussieht, kannst du aus der Firma kein Geld mehr ziehen.«

Das Geschäft verkaufen? Oder das Haus? Was bildete dieser Idiot sich ein? Es kam überhaupt nicht in Frage, das Geschäft zu verkaufen. Sein Vater würde ihm den Kopf abreißen oder vor Enttäuschung sterben. Und das Haus verkaufen und damit in alle Welt hinausposaunen, dass er es nicht geschafft hatte, eine gutlaufende Firma durch ein paar schwere Jahre zu steuern? Was für ein Riesenfiasko! Nein, auch diese Möglichkeit existierte nicht wirklich.

»Hör mal, Axel, das geht so nicht, wir müssen eine andere Lösung finden. Kann ich nicht noch einen Kredit aufnehmen? Es geht allenfalls noch um Monate, das weiß ich ganz genau.«

»Mit dieser Möglichkeit solltest du nicht rechnen. Die Banken stehen wegen der Krise allesamt unter Druck und haben ihre Kreditrichtlinien geändert. Ich bin mir ziemlich sicher, dass du in der jetzigen Situation kein Geld bekommst.«

»Axel, ich kann keinen der beiden Vorschläge akzeptieren, ich finde eine Lösung, ich weiß, dass es bald wieder aufwärtsgeht. Vertrau mir, in einem Monat sieht das Ganze schon wieder besser aus.«

»Das hoffe ich von ganzem Herzen, Christian, aber es ist trotzdem meine Pflicht, dir die Wahrheit zu sagen.«

»Das weiß ich auch zu schätzen, Axel. Ich danke dir, aber wie gesagt, mach dir keine Sorgen, das wird schon wieder.«

Christian legte auf. Er starrte das Telefon an und dachte wie in Kindertagen, wie phantastisch es doch wäre, wenn etwas verschwinden würde, wenn man es nur lange genug anstarrte. Dann schob er die kindliche Phantasie von sich und dachte an ein Gespräch, das er kurz vor Weihnachten mit Axel geführt hatte. Damals hatte er zum ersten Mal erkannt, dass seine Existenz auf ganz schön wackligen Beinen stand. Doch irgendwie war es ihm gelungen, den Ernst in der Warnung des Revisors zu verdrängen und in Gedanken kleinzuzoomen.

Jetzt war es so, als würde ebendieser Ernst zu vierfacher Größe aufgeblasen, damit auch jeder es mitbekam: CHRISTIAN LETOFT BANKROTT.

So weit durfte es nicht kommen, niemals! Es musste bergauf gehen. Ab sofort. Er musste nachdenken, eine Lösung finden.

Dabei wusste er tief in seinem Inneren schon lange, wie die Lösung aussah. Andere Möglichkeiten gab es nicht, und es war höchste Zeit, den Selbstbetrug endlich aufzugeben.

*

Asger Dahl stand das schlechte Gewissen ins Gesicht geschrieben. Seine Vergehen quälten ihn. Nur gut, dass Onkel Bistrup ihm die Chance gab, sich alles von der Seele zu reden.

Torsten schob einen Fernseher in den Verhörraum, in dem Dahl und sein Anwalt bereits warteten. Er gab ihnen beiden die Hand, setzte sich und sah Dahl so verständnisvoll und entgegenkommend wie nur möglich an.

»Asger, die Techniker haben uns ihre Ergebnisse geliefert.«

Dahl sah Torsten abwartend an.

»Ich möchte Ihnen von ganzem Herzen raten, Ihre Aussage noch einmal gründlich zu überdenken.«

»Dafür gibt es keinen Grund«, sagte Dahl und blickte entschieden abweisend drein.

»Wir schauen uns jetzt erst einmal gemeinsam die Aufnahmen an, dann reden wir weiter.« Torsten Bistrup stand auf und startete den Film, auf dem die Bilder aus der Rømersgade und die rekonstruierte Situation parallel zu sehen waren. Die Aufnahmen sprachen für sich. Er beobachtete Dahl, aber sein Gesichtsausdruck verriet nichts.

Torsten schaltete den Fernseher aus und setzte sich. Er sah Dahl an, der allem Anschein nach noch immer leugnen wollte, dass die Bilder ihn zeigten. »Was ist passiert, Asger«, fragte Bistrup. »Warum sie?«

»Jetzt hören Sie mir mal genau zu«, sagte Dahl und beugte sich über den Tisch vor. »Ich rede nicht mehr mit Ihnen.«

*

»Um was geht es hier eigentlich, Mann?«

Marco rutschte nervös auf seinem Stuhl hin und her. Jens hatte ihn gebeten, sich zu setzen, nachdem er von zwei Beamten in der Lundtoftegade abgeholt und ins Präsidium gefahren worden war, wo er jetzt im Verhörraum saß.

Jens drehte seinen Stuhl so, dass er Marco direkt gegenübersaß. Sie wussten, dass er Maja nur vier Tage vor ihrer Ermordung bedroht hatte. Das Problem war aber, dass Ditte sich noch immer nicht traute, den Überfall und die Messerattacke anzuzeigen. Und ohne eine Anzeige und eine Aussage vor Gericht konnten sie keine Anklage erheben.

Jens hatte alle Informationen gesammelt, die im Präsidium über Marco Gomez vorlagen. Der junge Mann hatte keine leichte Jugend hinter sich. Nach einer Reihe gewalttätiger Auseinandersetzungen in seiner Wohngegend in Nørrebro war er als 15-Jähriger der Aufsicht von Streetworkern unterstellt worden, mit 16 war er nach einer Messerstecherei im Jugendknast gelandet, mit 17 hatte er die Schule geschmissen, in der man ihn untergebracht hatte, um ihn wieder ins richtige Fahrwasser zu bringen, und mit 20 war er nach einem brutalen Überfall auf einen Gleichaltrigen mit palästinensischem Hintergrund zum ersten Mal im richtigen Strafvollzug gelandet. Als er festgenommen wurde, war er im Besitz von 15 Gramm Haschisch und sechs Gramm Kokain gewesen, angeblich für den Eigengebrauch.

Des Weiteren wussten sie, dass er einer der Köpfe der Jugendbanden im Bereich der Lundtoftegade in Nørrebro war. Von Informanten aus dem Milieu wusste Lars Sønderstrøm, dass Marco einen treuen Begleiter hatte, den gleichaltrigen Thomas. Dieser Thomas konnte der zweite Mann auf dem Mitschnitt vor dem Bordell sein. Die zwei galten als brutal, wenn sich ihnen jemand in den Weg stellte, und Marco dealte mit diversen Drogen und hatte Ambitionen, einen größeren Teil des Marktes in Nørrebro zu übernehmen. Es war nur eine Frage der Zeit, bis er in Konflikt mit den bereits etablierten Akteuren kommen würde. Deshalb war er nicht nur für die Mordermittlung, sondern auch für die Taskforce interessant, was die Vorbeugung zukünftiger Konflikte betraf.

Seine rastlose Nervosität erinnerte Katrine an einen Gymnasiasten, der nach irgendeinem Blödsinn zum Rektor gerufen worden war.

»Sagen Ihnen die Namen Sasja oder Maja Jensen etwas?«, fragte Jens.

»Nee, sollten sie das?«, fragte Marco und verschränkte die Arme vor der Brust.

Katrine bemerkte seine Tätowierungen. Auf seinem linken Arm erkannte sie den Schwanz einer Schlange, die unter seinem T-Shirt-Ärmel nach oben kroch. Seine Haut hatte einen goldenen Schimmer, seine Haare waren mittellang, lockig und schwarz, und er hatte braune Augen. Ein hübscher Kerl.

»Sasja ist der Name einer Prostituierten, die in Wirklichkeit Maja Jensen heißt«, sagte Jens.

»Eine Hure? Ich kenne doch keine Huren!«, sagte Marco und sah Jens auffordernd in die Augen.

»Kennen Sie vielleicht eine Massagepraxis am Israels Plads? Namens *Salon S*?«, fragte Jens ruhig.

»Ein fucking Puff? Nein, wissen Sie, meine Mutter hat immer gesagt, ich soll nicht an solche Orte gehen.«

Jens beugte sich zu Marco vor: »Wir beide wissen ganz genau, dass Sie sich nicht daran gehalten haben. Wir haben die Bilder einer Überwachungskamera, die beweisen, dass Sie in diesem Bordell waren. Und zwar am Montag letzter Woche.« Jens blickte in seine Unterlagen. »Um exakt 20.43 Uhr.« Er schob ein Standbild über den Tisch zu Marco. Es war ein Ausdruck des Überwachungsvideos. Es zeigte Marco und einen anderen, hellen Typen auf der Treppe des *Salon S.* »Wer ist das da neben Ihnen?«

Marco nahm das Bild und studierte es genau.

Jens hatte das sichere Gefühl, dass er Zeit gewinnen wollte. »Wer ist der andere?«

»Keine Ahnung.«

»Ist das ein Freund von Ihnen?«

»Nein.«

»Ist das nicht Thomas?«

Marco musterte ihn, als versuchte er zu ergründen, wie viel Jens wusste. »Thomas? Die Aufnahme ist ja ziemlich unscharf.« Er warf noch einen Blick auf das Bild. »Vom Typ her könnte es Thomas sein, es gibt da aber ein Problem ... Wir waren an diesem Abend nämlich nicht zusammen.«

»Wen zeigt das Bild dann?«

»Weiß ich nicht, habe ich doch schon gesagt.«

»Warum waren Sie dann mit ihm unterwegs?«

»Das war ich nicht, Mann. Der ist zufällig gleichzeitig mit mir da reingegangen.«

»Warum waren Sie im Bordell?«

»Mann, ich wusste doch gar nicht, dass das ein Bordell ist. Ich war einfach in der Stadt unterwegs, und als ich das Schild gesehen habe, hat mich die Neugier gepackt.«

»Und dann sind Sie einfach rein, um herauszufinden, was das für ein Laden ist?«, fragte Jens.

»Genau, Mann. Genauso war's. Ich wollte mir den Laden nur mal ansehen.«

»Okay, gehen wir mal davon aus, dass es tatsächlich so war. Neben dieser Maja arbeitet da auch noch ein anderes

Mädchen, und mit dem haben wir gesprochen. Sie hat uns erzählt, dass Sie an diesem Abend Maja und sie bedroht haben. Und dass dieser andere Typ sie mit einem Messer am Arm verletzt hat. Sie hat eine hässliche Wunde.«

»Das ist eine fucking Lüge, Mann! Ich laufe doch nicht durch die Gegend und bedrohe Leute. Ganz bestimmt keine Frauen.« Marco ließ die Arme sinken, ballte die Hand zur Faust und beugte sich vor.

»Haben Sie das früher schon einmal gemacht?«, fragte Jens unbeeindruckt.

»Was?«

»In Bordelle gehen und von den Mädels Schutzgeld erpressen?«

»Wovon reden Sie da? Ich war nur da, um mal die Frauen zu checken und eine Runde zu ficken. Haben Sie nicht manchmal Lust auf eine Fotze?«

Jens kniff die Augen zusammen und senkte die Stimme. »Reißen Sie sich ein bisschen zusammen, Freundchen. Maja Jensen ist ermordet aufgefunden worden, gar nicht weit von Ihrem Wohnort entfernt. Unter dem Bispeengbogen. Sie starb in einem brennenden Auto.«

»What the fuck! Das war die?«, platzte Marco mit so etwas wie echter Überraschung heraus.

»Ja, das war die«, sagte Jens und blickte Marco direkt in die Augen. Marco starrte trotzig zurück. »Haben Sie etwas damit zu tun?«, fragte Jens.

»Was? Mit dieser Hure? Warum zum Henker sollte ich denn eine Hure umbringen?«

»Weil sie sich geweigert hat, Ihnen und Ihrem Partner Schutzgeld zu zahlen.«

»Mann, das ist lächerlich. Davon weiß ich echt nichts. Geht es wirklich bloß darum, kann ich jetzt bald gehen?«

»Nein, das können Sie nicht! Was haben Sie Freitagabend zwischen elf und halb eins in der Nacht gemacht?«

»Was? Letzten Freitag? Das weiß ich doch jetzt nicht mehr.« Marco verschränkte die Arme vor der Brust und starrte einen Moment lang auf die Tischplatte. »Na ja«, sagte er dann und sah zu Jens. »Ich war zu Hause. Hatte Besuch von ein paar Freunden. Wir haben ein bisschen gechillt, wenn Sie wissen, was ich meine.«

»Das weiß ich sehr gut. Sie haben gechillt, das heißt, Sie haben Hasch geraucht und überlegt, wie Sie Ihren Drogenhandel richtig aufziehen?«

Marco sah ihn mit beinahe verletzter Miene an. »Drogenhandel? Fuck, nein! Mit Drogen habe ich wirklich nichts mehr zu tun.« Mit hochgezogenen Augenbrauen und großen Augen beugte er sich vertraulich zu Jens vor. »Sie wissen, ich habe in meinem Leben schon einige Scheiße gemacht. Richtig fette Scheiße. Aber damit ist jetzt Schluss, ich habe mich geändert, 90 Grad, echt Mann! Ich hab wirklich kapiert, dass Kriminalität scheiße ist. Ich hab vor, eine Ausbildung zu machen.«

»90 Grad?«, wiederholte Jens. »Das klingt vernünftig. Und was wollen Sie lernen?«

»Dieses Zeugs, wie heißt das noch mal. Wenn man auf der Straße arbeitet. Streetworker! Sozialpädagoge. Ich will anderen Kids helfen, die in der Scheiße stecken. Davon verstehe ich ja was. Die Straße kenne ich schließlich wie meine Westentasche.«

Jens sah ihn an. »Sie sollten überlegen, auf die Schauspielschule zu gehen.«

»Was?«

»Denken Sie mal drüber nach.«

*

»Es ist zu befürchten, dass zwischen Marco und seiner Lundtoftegade-Bande und den Devils ein offener Konflikt ausbricht, nachdem sie in einem unter dem Schutz der Devils stehenden Bordell aufgeschlagen sind und dort zwei der Frauen bedroht haben. Die Devils haben garantiert längst herausgefunden, wer sie sind. Es ist sicher nur noch eine Frage der Zeit, bis sie zurückschlagen. Ich denke wir sollten sie abhören, damit wir wissen, was da im Gange ist«, sagte Jens.

Zum zweiten Mal an diesem Tag standen Katrine und er zusammen mit Melby und Lars Sønderstrøm in Melbys Büro, um die weitere Vorgehensweise zu diskutieren.

»Die Devils haben wir ziemlich gut abgedeckt«, sagte Lars, »aber nicht diese beiden Spezis.«

»Es geht ja nicht nur um unsere Ermittlung, sondern auch um die allgemeine Vorbeugung. Da müsste ein Richter einem Abhörantrag doch stattgeben?«, sagte Melby. »Wir könnten es jetzt überhaupt nicht gebrauchen, dass es zwischen denen knallt.«

Lars nickte zustimmend und sah Jens an. »Ich denke, so einen Antrag kriegen wir problemlos durch. Geht es nur um die Telefone? Oder auch um Räume?«

»Da wir so gut wie nichts über sie wissen, am besten das ganze Paket. Vielleicht erfahren wir dann, was die da treiben und was das Ganze soll. Abgesehen davon wäre das brauchbares Material für Katrine.«

Melby nickte zustimmend.

»Ich bin ein großer Befürworter von zusätzlichen Informationen«, sagte Lars. »Wenn du den Antrag ausfüllst, bringe ich ihn gern bei den Juristen vorbei.«

»Gut«, sagte Jens mit einem Blick auf Melby. »Was Neues von Dahl?«

»Ja, ich war eben bei ihm, unmittelbar bevor ihr gekommen seid«, sagte Melby. »Er leugnet weiter, dass er das auf den Bildern ist. Das ist also erst mal ein Schlag ins Kontor. Aber die Techniker sagen, ihre Ergebnisse seien absolut eindeutig und dass er sich nur noch tiefer verstrickt, wenn er das weiter abstreitet.«

»Aber genau das ist doch das Kernproblem seiner Situation«, sagte Katrine.

Die drei Männer sahen sie an.

»Er verstrickt sich immer stärker in seine Aussage, weil er nicht wusste, dass es um Mord ging, als er uns bei unserem ersten Treffen in der Nacht auf Samstag angelogen hat. Und nun hofft er wahrscheinlich, unbeschadet aus der Sache rauszukommen, weil nicht ausreichend technische Beweise gegen ihn vorliegen. Die Tatsache, dass er auf den Bildern zu sehen ist, reicht noch nicht aus, um ihn des Mordes zu überführen. Wohingegen er eine Menge zu verlieren hat, wenn er zugibt, dass er in dem Bordell war.«

»Eine ziemlich gewagte Auslegung«, sagte Melby mit einem energischen Blick in ihre Richtung. »Nach meiner Einschätzung ist es entschieden zu früh, in einem komplizierten Fall wie diesem bereits Schlüsse zu ziehen.

Gut, damit wären wir wohl fertig«, sagte er an Jens und Lars gewandt. »Katrine, würden Sie noch einen Augenblick bleiben? Ich habe Ihren Bericht gelesen.«

*

Ich hatte in der neuen Klasse eine Freundin gefunden. Wir spielten bei ihr zu Hause, aber dann habe ich alles kaputt gemacht.

Wir waren vor kurzem umgezogen, und niemand wusste, was mein Vater getan hatte. Es sollte ein Neubeginn für uns alle sein. Auch für meine Mutter.

Aber ich hatte permament Angst, dass sie es rauskriegten.

Da, wo wir vorher gewohnt hatten, wollte niemand zum Spielen zu mir nach Hause kommen, weil sie Angst vor meinem Vater hatten. Aber vielleicht waren es auch ihre Eltern, die Angst vor meinem Vater hatten, vielleicht hatten sie kein gutes Gefühl, wenn ihre Kinder im Haus eines Mörders spielten. Was konnte dort nicht alles passieren? Wenn er plötzlich Amok lief? Es wieder tat? Ich spürte all diese unausgesprochenen Gedanken, war alt genug, sie zu verstehen.

Und was ist mit dem Mädchen?, fragten sie sich und verstanden nicht, wieso ich bei ihm wohnte.

An dem neuen Ort, an dem wir wohnten, wusste keiner etwas. Und niemand sollte es je erfahren. Meine Mutter ermahnte mich, mit niemandem darüber zu reden.

»Wollen wir spielen, dass der Vater ins Gefängnis kommt?«, fragte ich meine neue Freundin. Ihr Zimmer hatte sich in eine phantastische, von Barbiepuppen bewohnte Welt verwandelt.

»Ja. Und die Mutter befreit ihn.«

»Aber das kann sie nicht«, sagte ich besserwisserisch.

»Und warum nicht?«

»Weil … weil er von Gefängniswärtern bewacht wird.«

»Das ist doch kein Problem für sie, die macht einfach Buff und schlägt sie zusammen. So! Jetzt ist er frei, komm hier rüber, da sind wir in Sicherheit!«

»Aber man kann nicht einfach weglaufen. Um das Gefängnis ist eine hohe Mauer.«

»Das ist ein blödes Spiel.«

»Dann lass uns spielen, dass er sie totschlägt.«

»Das will ich nicht.«

»Was macht ihr, Mädchen?« Ihre Mutter steht in der Tür.

»Mama, Maja will, dass wir spielen, dass Ken Barbie umbringt.«

»Das ist ja schrecklich. Könnt ihr euch nichts Friedlicheres einfallen lassen? Wie wär's, wenn sie Kinder kriegen?«

Als ich nach Hause gehen wollte, lagen in meiner Tasche die Schuhe ihrer Lieblingsbarbiepuppe. Sie merkte es, und ihre Mutter schimpfte mit mir. Ich schämte mich entsetzlich.

Danach haben wir nie mehr zusammen gespielt. Aber vielleicht war das auch besser so. Sie hat nichts verstanden.

*

»Im Großen und Ganzen sehr vernünftig«, sagte Melby, als Katrine ihm gegenüber am Schreibtisch Platz genommen hatte. »Ich denke, es ist sinnvoll, Ihnen ein paar Fälle zu überlassen, die Sie über einen gewissen Zeitraum begleiten können. Der Fall Lundtoftegade eignet sich hervorragend dafür. Und ich denke, es wäre vernünftig, Streetworker, Jugendliche und einige Häftlinge zu interviewen.«

»Wunderbar«, antwortete Katrine.

»Gut.« Melby setzte sich etwas gerader hin und legte die Hände auf dem Tisch vor sich übereinander. »Wie ich festgestellt habe, waren Sie das ganze Wochenende im Haus?«

»Ich habe mich in den Fall Maja Jensen vertieft, ja.«

Melby holte tief Luft. Das verhieß nichts Gutes. »Ich weiß Eigeninitiative und Engagement bei meinen Mitarbeitern sehr zu schätzen, missverstehen Sie mich nicht«, sagte Melby ernst. »Aber ich darf nicht vergessen, wie lange Sie krankgeschrieben waren und dass Sie gerade erst wieder angefangen haben ... das war eine sehr ernste Geschichte.« Katrine hielt die Luft an. »Ich möchte noch einmal betonen, was ich schon in unserem letzten Gespräch gesagt habe: Sie beteiligen sich nur nach Rücksprache mit mir an den Ermittlungen. Und Ihre Befugnisse begrenzen sich auf die Fälle, die eng mit Ihrem Aufgabenbereich zusammenhängen. Dabei denke ich nicht nur an Sie, sondern auch an die Tatsache, dass Sie eine zeitlich begrenzte Stelle bei uns haben. Das betrifft auch das regelmäßige Updating zu dem Fall.«

»Aber ...«

»Ja?«

Katrine hatte das Gefühl, noch vor dem Start vom Rad geschubst zu werden. Die ganze Energie rann auf einmal aus ihrem Körper und ließ sie bleischwer und erschöpft zurück. Was für eine elende Beurteilung, was für ein mieses Timing.

»Ich bin nach wie vor überzeugt davon, dass es meine Untersuchungen qualitativ aufwerten würde, wenn ich an den Ermittlungen teilnehmen könnte.«

»Das haben wir doch alles schon besprochen. Und Sie kennen meine Meinung.«

»Als Kragh Kontakt zu mir aufgenommen hat, habe ich nicht verschwiegen, dass ich noch nicht im Bereich organisierter Kriminalität gearbeitet habe. Mein Spezialgebiet sind Mordermittlungen. Dieser Bereich ist neu für mich«, sagte sie und breitete die Arme aus, »aber ich garantiere Ihnen, dass das meine Untersuchungen nicht negativ beeinflussen wird. Im Gegenteil.«

»Sie teilen ihr Büro mit Jens, und er ermittelt in den Bereichen des Falles, für die wir verantwortlich sind. Wie wär's mit ein bisschen Wissensaustausch über den Tisch hinweg?«

»Wissensaustausch ...« Katrine hasste dieses theoretische Geschwafel.

»Außerdem sind Sie an der Auswertung der Abhörung beteiligt, das gehört ja auch zu den Ermittlungen. Hören Sie«, sagte Melby und erhob sich, um zu signalisieren, dass das Gespräch hiermit beendet war, »wir machen es so, wie ich es sage. Es tut mir leid, wenn Kragh Ihnen etwas anderes zugesagt hat. Aber diese Abteilung leite nun einmal ich.«

Katrine stand auf und verließ sein Büro.

Sie ging zurück in ihr Büro und packte wortlos ihre Sachen zusammen. Jens' Blick ruhte auf ihr, aber sie vermied es, ihn anzusehen. Ihre Augen brannten, und ihr Hals schnürte sich zusammen. Derlei Reaktion kannte sie nicht von sich. Melby, dieser Idiot. Dieser lächerliche Ignorant. Sie streckte sich, schüttelte die Gedanken ab und sah zu Jens hinüber, der offenbar seinerseits auch beschlossen hatte, diesen Arbeitstag zu beenden.

»Also, dann …«, sagte sie zerstreut und wollte gerade »Bis morgen« sagen.

»Sag mal, wie war das gleich mit diesem SAS-Dings?«, kam Jens ihr zuvor.

»SSA?«

»Ja?«

»Das ist eine längere Geschichte …«

»Aha.«

»Aber …«

»Vielleicht …«

»Gibt's hier eine Kneipe in der Nähe, wo man ein kaltes Bier vom Fass kriegt?«, fragte Katrine.

»Aber sicher«, sagte Jens gut gelaunt. »Komm.«

*

Christian Letoft parkte vor dem gelben Einfamilienhaus in Hørsholm, wenige Kilometer von der Küste bei Rungsted. Er hatte den üblichen Umweg dorthin genommen. Unbewusst, aber es gab ein kleines, geographisch eng umgrenztes Gebiet, eine grauschraffierte Fläche auf seinem geistigen Stadtplan, die er immer mied.

Er stieg seufzend aus dem Auto und klingelte an der Tür. Seine Eltern hatten die Kinder ein-, zweimal die Woche zum Abendessen bei sich. Danach holte Christian sie ab. Eigentlich sollten Sofia und er sich an diesen Abenden entspannen und etwas zusammen unternehmen, doch in der Regel fuhr Christian am liebsten direkt von der Arbeit hier raus, um die Kinder abzuholen. Um die Grundlage für ihr Leben zu sichern, wie er Sofia immer wieder erklären musste, die das ganz und gar nicht gut fand und ihm vorwarf, ihre Beziehung zu vernachlässigen. Ihr Gedächtnis war extrem kurz, wenn es um seine guten Taten ging. Seine Fehltritte hingegen hatte sie alle gut abgespeichert. Sortiert nach Jahreszahl und Thema, jederzeit abrufbar und gegen ihn verwendbar, wobei das Konto nach dem gestrigen Abend einigermaßen ausgeglichen sein dürfte.

Sein Vater öffnete die Tür. »Komm rein.«

»Danke«, sagt er und fühlte sich wie immer schlagartig sehr, sehr müde. Ihre Blicke begegneten sich kurz, als Christian sich an seinem Vater vorbeischob. Er bückte sich und zog die Schuhe aus. Keine Umarmung, kein Handschlag oder ein anderer körperlicher Kontakt. Christian konnte sich nicht erinnern, wann sie sich das letzte Mal berührt hatten.

Seine Mutter kam mit den Kindern in den Flur, auch sie sahen müde und schlecht gelaunt aus.

»Dann seh ich mal zu, dass ich sie schnell ins Auto kriege«, sagte er und griff nach ihren Jacken. »Sofia erwartet uns zu Hause.«

»Wann habt ihr eigentlich das letzte Mal einen der freien Abende genutzt, um zusammen essen zu gehen?«, fragte seine Mutter.

Christians Gesicht verkrampfte sich. Immer musste er sich rechtfertigen. Halt durch, dachte er, geh nicht drauf ein, sieh einfach zu, dass du hier wegkommst.

»Ich hab momentan viel um die Ohren«, sagte sein Mund, der seine Entscheidung, die Klappe zu halten, offensichtlich ignorierte. »Was ruhig ein bisschen mehr gewürdigt werden könnte!«, redete sein eigenwilliger Mund verbittert und scharf weiter. Verdammt, wann war denn mal einer auf seiner Seite? Er allein trug die ganze

Last auf seinen Schultern, und manchmal hatte er das Gefühl, dass sich alle um ihn scharten, um sich beim kleinsten Fehltritt auf ihn zu stürzen.

»Wie läuft das Geschäft?«, fragte sein Vater hinter seinem Rücken. Natürlich! Wäre ja auch zu schön gewesen. Keine Höflichkeitsfloskeln, bewahre. Es war ja nur Christian, da konnte man ohne Umschweife losfeuern. Er musste hier raus. Kriegte keine Luft mehr.

»Wunderbar. Alles bestens.« Er drängte Amalie Mynte zur Eile, die ihre Schuhe nicht anziehen wollte.

»Ich habe gestern Axel in der Fußgängerzone getroffen«, sagte sein Vater. »Rein zufällig.«

Christians Bewegungen wurden kantig. Dieser Tonfall. Hatte Axel ihm erzählt, wie bescheiden die Lage war? Es war ihm damals, als er die Firma übernommen hatte, ganz logisch erschienen, den Revisor seines Vaters zu übernehmen, aber wie die Dinge jetzt lagen, war es ein ständiger Grund zur Sorge, dass die beiden Alten enge Freunde waren. Axel hatte Christian absolute Diskretion garantiert, aber in einer Situation wie dieser ... Christian hatte seine Zweifel.

»Er ist natürlich professionell und loyal, ich kriege nichts aus ihm heraus. Aber ich kenne ihn gut genug, Christian, er sah nicht glücklich aus, als ich ihn nach der Firma gefragt habe.«

»Kein Grund zur Sorge«, sagte Christian, und es gelang ihm sogar, nur minimal genervt zu klingen. »Ich habe gerade zwei Audis verkauft.« Er stand auf, nachdem er Amalie Mynte die Schuhe angezogen hatte, und sah seinem Vater direkt und lange in die Augen. Das war sehr ungewöhnlich. »Es läuft gut.«

Sein Vater sah ihn skeptisch an. Und wandte als Erster den Blick ab. Christian verließ das Haus. Er war erschöpft.

*

»Prost!« Sie tranken. Katrine schaute weg, als Jens sich Bierschaum von der Lippe leckte.

»Ahhh!«, sagte er zufrieden, schloss die Augen und wandte das Gesicht der Sonne zu. Katrine tat es ihm nach, merkte, wie ihr Gesicht warm wurde, atmete tief ein und versuchte, zur Ruhe zu kommen.

»Und jetzt erzähl mir mehr über diese SSA«, sagte Jens und beugte sich über den Tisch.

»Interessiert dich das wirklich?«, fragte sie mit einer gewissen Skepsis.

»O ja! Ich möchte jetzt einen Vortrag hören.«

Sie lächelte. Er meint es wirklich ernst, dachte sie. Na gut, dann soll er auch was geboten kriegen.

»Die Smallest Space Analysis ist eine Methode, Statistiken zu visualisieren. Stell dir vor, man gießt alle Daten zu einem bestimmten Verbrechen – Vergewaltigung, Mord oder Brandstiftung – in ein System, und unten kommen dann vier unterschiedliche Täterpersönlichkeiten heraus und der Modus Operandi, den die jeweiligen Typen bevorzugen.«

»Man untersucht also Verbrechen, die bereits begangen wurden?«

»Ja, genau. Hier zum Beispiel.« Sie nahm eine Mappe aus ihrer Tasche und zog ein Blatt mit einem Diagramm daraus hervor, das sie auf den Tisch legte. Sie beugten sich beide darüber, um besser sehen zu können. »Das sieht auf den ersten Blick etwas verwirrend aus, aber wenn man den Code kennt, ist es ganz einfach. Wir haben es mit einer Untersuchung aus England zu tun, die vor dem Hintergrund von 540 Brandstiftungen durchgeführt wurde.«

Jens kniff die Augen zusammen und versuchte erst einmal zu erkennen, wo in dem Diagramm, das aus einem quadratischen, in vier Bereiche eingeteilten Feld bestand, oben und unten war. Es gab eine Unmenge von Punkten, die mit Begriffen wie *Rache, Bedrohung, Tag, Nacht, Drogen, außen, innen, geplant, Partner, Kfz, Selbstmord, Eigenheim, Versicherung* und so weiter betitelt waren. Die meisten Punkte sammelten sich in der Mitte, je weiter an den Rand man kam, desto weniger wurden es.

»Was bedeuten die vier Gruppen?«, fragte Jens und zeigte auf die Felder.

»Das sind vier vom Autor definierte Persönlichkeitstypen. Ein absolutes No-go bei meiner früheren Chefin«, sagte Katrine begeistert. »Ha!«

»Du nabelst dich grad richtig ab, was?«

»Yes!«

Jens lachte. »Und worin liegt für sie das Problem bei dieser Typologie?«

»Caroline stand auf dem Standpunkt, dass wir die Menschen nicht mehr als Individuen betrachten, wenn wir anfangen, von Typen zu sprechen. Nehmen wir unseren Fall …«

Er lächelte wieder. Sie hatte »unser Fall« gesagt und pfiff auf Melbys Meinung. Ihr selber war der kleine Versprecher gar nicht aufgefallen, und sie redete einfach zügig und voller Energie weiter, wie immer, wenn sie über Dinge sprach, die ihren Beruf betrafen.

»*Mord an einer Prostituierten,* schreiben die Zeitungen, und beim Leser entstehen automatisch ganz bestimmte Bilder. Wenn wir uns, die wir an dem Fall arbeiten, jetzt nicht vorsehen, kann es ganz schnell passieren, dass auch wir Maja einem Typ zuordnen – eine Prostituierte, die einer speziellen Gruppe Menschen mit selbstgewähltem Lebensrisiko angehört. Geschieht das, bilden wir uns eine stereotype Meinung über ihre Charaktereigenschaften. Und dabei übersehen wir womöglich das eine oder andere Wichtige in Verbindung mit diesem einzigartigen Menschen, der so viel mehr und anderes ist als einfach nur ›eine Prostituierte‹. Bis zu diesem Punkt liege ich ganz auf einer Linie mit meiner Ex-Chefin. Man darf und kann Menschen nicht in Schubladen stecken. Genau wie in unserem Fall: Suchen wir mit Tunnelblick nach einem Täter, der in eine dieser vier Kategorien passt, laufen wir Gefahr, etwas Wichtiges zu übersehen.«

»Du hältst die SSA aber trotzdem für eine anwendbare Methode?«

»Ja. Und zwar in der Abstandsanalyse zwischen den Punkten. Je isolierter ein Themenpunkt ist, wie hier zum Beispiel *ausgebrannte Autos* …«, sagte sie und zeigt auf einen Punkt. »Er liegt ganz allein da oben in der Ecke. Je isolierter ein Punkt in einer Kategorie ist, desto signifikanter ist er für den jeweiligen Tätertyp. Es gibt bei den verschiedenen Formen von Brandstiftung viele Gemeinsamkeiten, darum sind auch die meisten Themenpunkte in der Mitte, also die Gemeinsamkeiten für alle Typen.« Sie malte mit dem Finger einen Kreis in der Mitte des Blattes, wo die Trennlinien der vier Felder zusammenliefen und die meisten Punkte lagen. »Die sind nicht so interessant.« Ihr Arm streifte seinen in der Bewegung, und die Berührung durchfuhr ihn wie ein Stromschlag. Alle Konzentration auf Kreise und Striche verpuffte wie Morgendunst in der Sonne.

»Aber die hier«, sagte sie mit einem raschen Blick auf Jens und zeigte auf die isoliert am Rand liegenden Punkte, die mit *Kfz*, *Abschiedsbrief*, *Bedrohung*, *Partner* und *öffentliches Gebäude* beschriftet waren, »die wiederum sind hochinteressant, weil sie extrem ungewöhnlich für diesen Tätertyp, seinen Hintergrund und seine Persönlichkeit sind.«

»Kannst du mir ein Beispiel geben?«, sagte Jens, der etwas Konkretes brauchte, um seine Verwirrung wieder in den Griff zu bekommen.

»Okay, mal sehen.« Sie ließ das Diagramm auf dem Tisch liegen und blätterte in dem Artikel. »Es gibt vier Typen: den emotionalen, den anpassungsfähigen, den selbstzerstörerischen und den expressiven. Bleiben wir bei den ausgebrannten Autos. Sie sind dem anpassungsfähigen Tätertypen zugeordnet, der seine Handlungen den Möglichkeiten anpasst, die sich spontan für ihn ergeben. Und die anderen Themenpunkte, die diesem Typen zugeordnet werden, stehen immer noch dicht genug bei *Kfz*, damit ein Zusammenhang unterstellt werden kann: *Diebstahl*, *Hausfriedensbruch* und *Bereicherung*. Ein Autodiebstahl, der damit endet, dass das Fahrzeug abgefackelt wird.«

»Oder ein Drive-by-Shooting?«

»Oder das. In diese Gruppe gehören ganz klar Brandstiftungen, durch die Spuren zerstört oder eine andere kriminelle Tat vertuscht werden sollen. Eigenschaften dieses Tätertyps sind Opportunismus und Spontaneität, er ergreift die Gelegenheiten, die sich ihm unmittelbar dort bieten, wo er sich gerade befindet. Er ist nicht der Typ, der seine Tat tagelang zu Hause plant. Brandstiftung ist vermutlich nur eine Möglichkeit von vielen aus seinem Repertoire. Zu seinem Typ gehört, dass er verhältnismäßig jung ist.«

»Das passt nicht wirklich zu Asger Dahl, eher auf Marco, oder?«

Katrine nahm einen Schluck Bier und nickte zustimmend.

»Ja, er wirkt ziemlich spontan. Wir dürfen dabei einen wichtigen Aspekt aber nicht außer Acht lassen: Gehen wir mal davon aus, dass Marco die Tat begangen hat, das würde ein großes Maß an Vorüberlegungen und Planung voraussetzen. Er hätte vor der Tat Asger Dahls Auto klauen müssen. Während Asger Dahl sich nur in sein eigenes Auto setzen musste, um ihr zu folgen. Nichtsdestotrotz erfordern beide Alternativen gründliche Vorbereitungen.«

»Und was ist mit dem Benzin?«

»Wir wissen nicht, ob es bereits zu diesem Zweck eingekauft wurde …«

»Was gibt es sonst noch?«

»Nehmen wir uns den Punkt *Partner* vor.« Sie blätterte zu einer Auflistung von Stichworten weiter, die zusammenfassten, was sich hinter den einzelnen Persönlichkeitstypen verbarg. »Hier wird der Begriff weitfassend für eine Person verwendet, zu der der Brandstifter eine enge Beziehung hat oder hatte. Er fällt unter den emotionalen Typ – Personen, die in Verbindung mit einem Wutausbruch oder Streit mit Brandstiftung drohen oder sie tatsächlich ausführen. Gemeint sind damit nicht nur Brände, bei denen Menschenleben gefährdet werden, in vielen Fällen geht es darum, Gegenstände zu verbrennen, die dem Partner gehören. In dieser Gruppe sind die meisten Frauen zu finden.«

»Und was ist das für ein Typ?«

»Der Tat geht ein gefühlsmäßiger Auslöser voraus, der von außen kommt, von einer Person, mit dem der Täter in einer engen Beziehung steht. Das Feuer ist also eine emotionale Reaktion, um sich von dem zu befreien, was der andere in ihm ausgelöst hat. Er empfindet das, was ihm angetan wird, als brutale Ungerechtigkeit oder Kränkung, und um das Gleichgewicht wiederherzustellen, antwortet er auf diese Weise. Er kann ein gründlicher Planer sein, wenn auch oft in Verbindung mit der Einnahme von Alkohol oder Drogen. Es ist durchaus denkbar, dass er oder sie ihre Tat vor den Augen desjenigen vorbereitet, den sie kränken will.«

»Eine ganz schön heftige Form der Kommunikation.«

»Wir haben es hier mit Menschen zu tun, die keine Worte für das haben, was mit ihnen geschieht. Das ist sehr ernst zu nehmen. Sie fühlen sich gezwungen, etwas zu tun, das all das ausdrückt, was sie nicht in Worte fassen können. Und das trifft leider oft auch Außenstehende. Der dritte Typ ist der selbstzerstörerische. Darunter fallen die Punkte *Selbstmörder* und *Abschiedsbrief*, äußern kann sich das zum Beispiel im Anstecken der eigenen Wohnung, wobei die Gefährdung des Lebens anderer billigend in Kauf genommen wird. Hier kommt der Impuls, Feuer zu legen, aus dem Innern der Person. Sie versucht, damit ein inneres Ungleichgewicht zu korrigieren oder um Hilfe zu rufen. Die gefährlichsten Vertreter dieses Typs sind Menschen mit einer starken emotionalen Instabilität oder einer ernsthaften psychischen Störung.«

Katrine hob ihr Bierglas an die Lippen. Jens wirkte aufrichtig interessiert und studierte das Diagramm eingehend.

»Und schließlich der expressive Typ: Er veranstaltet ein großes Spektakel, mit der klaren Absicht, Aufmerksamkeit zu erregen und zu rebellieren. Es kommt vor, dass er selbst den Brand ›entdeckt‹ und anzeigt.«

»Das klassische Beispiel des Feuerwehrmannes, der selbst Feuer legt?«

»Genau. Hierzu gehören auch Brandstiftung in öffentlichen Gebäuden und Einrichtungen oder Brandserien.«

Jens fühlte sich plötzlich sehr müde. Schon möglich, dass sich mit dieser Methode ein Täterprofil erstellen ließ. Aber wie zum Teufel sollten sie das in ihre konkreten Ermittlungen einbauen? Man konnte natürlich rückblickend überlegen, ob Asger Dahl eher der emotionale oder der selbstzerstörerische Typ war, aber darüber hinaus hatte Jens Probleme, die Möglichkeiten der praktischen Anwendung zu sehen.

Sie schwiegen eine Weile.

»Du glaubst nicht, dass er es war, oder?«

Katrine sah ihn an. »Nein, das glaube ich nicht.«

Er sah sich noch einmal das Diagramm an.

»Na ja, leider lässt sich die Methode nicht eins zu eins auf unsere Ermittlung übertragen«, sagte Katrine entspannt.

»Aber ein neuer Blickwinkel wäre es allemal: *Jetzt noch eine Suchmeldung.*« Jens nahm den Artikel in die Hand und las mit der Stimme eines Nachrichtensprechers: *»Die Polizei sucht eine Person, die aufgrund innerer Prozesse ein expressives, extrovertiertes Verhalten aufweist und Feuer legt, um besondere Aufmerksamkeit zu erregen.«*

Sie mussten beiden herzhaft lachen.

»Wie wäre es denn, wenn wir noch keinen Verdächtigen hätten?«, sagte Katrine. »Wenn definitiv ausgeschlossen werden könnte, dass Dahl der Täter ist, wäre das hier doch eine gute Grundlage, neue Ideen in Gang zu setzen und den Tunnelblick ein wenig auszuweiten, oder?«

»Absolut!«

»Gut, damit ist der Unterricht für heute beendet. Lass uns über etwas anderes reden!« Sie schob die Blätter zusammen und steckte sie in ihre Tasche. »Wie geht's eigentlich deiner Tochter? Musst du nicht nach Hause, um Essen zu kochen?« Katrine trank einen Schluck.

»Scheiße, das hab ich ja völlig vergessen. Aber normalerweise holt sie mich gegen zehn Uhr hier ab …«

Katrine hätte um ein Haar ihr Bier über den Tisch geprustet. Sie kämpfte mit dem Lachen, bis es ihr endlich gelang zu schlucken. »Das war gemein!«

»Ja. Und nein, sie ist beim Training. Sie tanzt neuerdings.«

»Kommt sie nach ihrer Mutter?«

»Ich denke schon.«

Katrine nickte. »Vermisst sie sie sehr?«

»Natürlich tut sie das. Die beiden haben ein sehr enges Verhältnis. Und sie ist stolz auf sie. Schließlich tanzt sie in einer sehr bekannten Compagnie.«

»Und ihr? Habt ihr auch einen guten Kontakt, also ihre Mutter und du?«

»Ja, dank Skype ist das kein Problem. Auch wenn sie manchmal Dinge tut, die ich definitiv nicht verstehe. Ich kann dir allerdings nicht genau sagen, ob es daran liegt, dass sie Französin ist, oder einfach nur, dass sie eine Frau ist«, sagte er mit schiefem Grinsen.

»Gute Frage. Wahrscheinlich liegt es an beidem.«

»Ich war ziemlich sauer auf sie, aber ...« Er richtete den Blick auf die Straße. »Aber hey, ich habe eine phantastische Tochter!« In diesem Augenblick piepste sein Telefon. Er schaute auf das Display. »Die mir gerade eine SMS schickt ...« Er las die Mitteilung. »Und mir mitteilt, dass sie bei Emma übernachtet.« Er zog die Stirn kraus. »Schon wieder. Sie ist überhaupt nicht mehr zu Hause.«

»Ist das nicht normal in dem Alter?«

»Ja, offensichtlich.«

»Du lässt ihr die Zügel ziemlich locker, oder?«

»Ja, stimmt, aber vorher war ich der extreme Oberglucker. Es ist ganz schön schwierig, wenn man ... Na ja, wir kriegen so viel zu sehen, stimmt's? Inzwischen geht's einigermaßen. Und sie wirkt auch zufriedener, seit ich ein bisschen entspannter bin. Eigentlich komisch, dass ich nicht eher auf den Zusammenhang gekommen bin. Ich hoffe nur, dass sie mit der Freiheit auch umgehen kann.«

»Natürlich kann sie das. Und im Grunde genommen weißt du doch, dass sie all die idiotischen Dinge ausprobieren muss, die wir auch irgendwann ...«

»Genau da liegt der Hase im Pfeffer. Wenn sie doch nur auf mich hören würde, könnte sie sich eine Menge Mist ersparen!«, sagte er und lachte. »Nein, natürlich ist mir klar, dass das so nicht funktioniert. Aber trotzdem.«

Er antwortete auf Simones SMS, legte das Handy weg und breitete die Arme aus. »Nun hab ich niemanden mehr, für den ich nach Hause fahren muss!«

»So ist es«, sagte Katrine und leerte ihr Glas.

*

Marco und Thomas bekifften sich zu Tarantinos *Pulp Fiction*. Marco dachte nach. Das Verhör bei den Bullen war gut über die Bühne gegangen. Aber das mit der Nutte war echt aus dem Ruder gelaufen. Es war Thomas' Idee gewesen, Schutzgeld von ihnen zu verlangen, aber er hatte die Situation nicht im Griff gehabt. Es war echt Scheiße gewesen, sich auf so was einzulassen, dachte Marco. Aber damit waren sie jetzt fertig, das hatte er Thomas klipp und klar gesagt. Das war nicht sein Stil. Dope und Knete. Daran starb keiner. Die Leute kauften Drogen, egal, ob Marco den Stoff lieferte oder jemand anders. Aber Menschen ... keine Gewalt gegen Menschen bei dem, was sie machten. Na gut, zumindest nicht gegen Unschuldige. Bei den widerlichen kleinen Rockerratten war das was anderes, die baten ja förmlich darum.

Und nun wollten diese Ratten also das Eindringen in ihr Territorium bestrafen. Nach dem demütigenden Zusammenstoß unten auf der Straße würde der Schlägertrupp das nächste Mal besser vorbereitet sein. Weder er noch Thomas hatten Lust, von einer Horde rachegeiler

Devils überrascht zu werden, also hatten sie drei Gruppen von drei bis vier Mann zusammengestellt, die rund um die Uhr die Lundtoftegade überwachten. Sie saßen abwechselnd in einem parkenden Auto am Straßenrand oder in Massouds Erdgeschosswohnung, von wo aus man einen guten Überblick über die gesamte Straße hatte.

Marcos Telefon hüpfte klingelnd neben dem Aschenbecher über die Tischplatte. Er schielte auf das Display. Es war Nasser, ein Junge aus dem Block, der seinen Wachdienst mit seinen beiden Brüdern Anwer und Khalid teilte.

Marco nahm ab. »Ja?«

»Marco, hier unten sitzt ein Typ in einem Auto. Der sagt, dass er mit dir reden will.«

Marco starrte geistesabwesend auf Harvey Keitel, der einen Wagen säubern sollte, dessen Innenraum mit Blut und Hirnmasse eingesaut war. »Was ist das für ein Idiot?«

»Keine Ahnung, Mann, er sagt, dass er dich vom Boxer grüßen soll. Fuck, ey, ich weiß nicht mal, wer der Boxer ist.«

Marco richtete sich auf und sah zu Thomas, der verwirrt zurückglotzte. »Hey, T, mach mal leiser!«

Thomas nahm die Fernbedienung und stellte den Film auf Pause.

Marco wusste sehr genau, wer der Boxer war. Er hatte ihnen den bisherigen Königsjob verschafft. Sie hatten ein Zugticket nach Holland bekommen, wo sie vorm Bahnhof in ein Auto steigen und es auf den Parkplatz vor dem Bilka in Hundige fahren sollten. Für einen Tag Arbeit hatten sie 30 000 Kronen bekommen! Der Kontakt zum Boxer war über Danny gelaufen, einen der Typen, die sie auf dem Schulschiff kennengelernt hatten. Danny hatte nach nicht einmal drei Monaten die Schnauze voll gehabt und war von Bord gegangen. Marco und Thomas hatten ihn später ein paarmal getroffen. Er war jetzt Kurier und wusste, dass der Boxer immer mal wieder Leute suchte. Ob es darum ging? Sie hatten die Tour gemacht, und alles war perfekt gelaufen.

Marco hatte wirklich Lust, wieder für den Boxer zu arbeiten.

»Ich weiß, wer der Boxer ist, aber was sagt der Typ in dem Auto?«

»Er sagt, dass er mit dir und Thomas persönlich reden will. Ihr sollt zu ihm runterkommen.«

»Okay, sag ihm, wir sind gleich da.«

Marco weihte Thomas ein, der sofort vom Sofa aufstand. Kurz darauf waren sie auf dem Weg nach unten. Auf der Straße verschafften sie sich erst einmal einen Überblick. Direkt vor dem Eingang stand ein älterer, schwarzer BMW. Naser wartete neben dem Auto. Anwer und Khalid standen etwas abseits.

Marco und Thomas gingen zu dem Wagen.

»Verpiss dich«, sagte Marco zu Naser.

Naser trottete langsam zu seinen Brüdern.

Marco trat als Erster neben das Auto. Die Scheibe auf der Beifahrerseite glitt nach unten. Der Fahrer beugte sich über den Beifahrersitz.

»Marco? Thomas?«

»Ja, what's up, Mann?«

»Der Boxer möchte euch sprechen. Steigt ein. Keine Handys.« Marco sah Thomas an, der kurz nickte. Er nahm Marcos Handy und lief hoch in die Wohnung, wo er beide Handys ablegte. Einen Augenblick später war er schnaufend zurück. Sie stiegen ein, und der Wagen setzte sich in Bewegung.

*

»Ich weiß ja nicht, wie es dir geht, aber ich sterbe gleich vor Hunger«, sagte Jens. »Und das hier«, er hielt das Glas hoch, »hat ein Loch ...«

»Ja, meins auch.« Auch Katrine hatte Hunger, in ihrem Hinterkopf meldete sich aber eine leise Alarmglocke. Meine Güte, es ging doch nur ums Essen, außerdem war ihr Kühlschrank leer. »Ich könnte auch etwas essen. Wie wär's mit ...«, sie schaute zu dem Schild, das auf dem Bürgersteig stand, »... Brataal mit Petersiliensoße?« Sie schüttelte sich innerlich, weil sie diese Aasfresser eigentlich schon immer ein bisschen eklig gefunden hatte.

»Das hört sich doch gut an!«

Einen Augenblick lang befürchtete sie, dass er das ernst meinte. Aber dann lachte er glücklicherweise.

»Puh, ich dachte schon. Was gibt's hier sonst noch so in der Nähe?«

»In Vesterbro gibt es viele gute Lokale, aber das Beste von allen ist in der Godsbanegade. Da bekommt man ein unvergleichliches Seemannsfrühstück.«

»Seemannsfrühstück?« Katrine wusste, dass Jens in der Godbanegade wohnte.

»Ja! Mit Lammfleisch. Und Spiegelei!«

»Verlockend.«

»Mh-hm.«

»Da wäre aber noch ...« Sie schaute in Richtung Polizeipräsidium.

»Dein Auto?«

»Ja.«

»Lass es stehen. Wir gehen zu Fuß. Ich gebe dir auch persönlichen Geleitschutz zurück«, sagte er gentlemanlike.

»Na ja, Vesterbro ist ja nun nicht gerade die Bronx.«

»Nein, das nicht, aber …«

Sie standen auf und gingen Richtung Bahnhof, am DGI-Center und der Øksnehalle vorbei über den Halmtorvet. Seit sie das letzte Mal hier gewesen war, waren neue Cafés und Restaurants wie Pilze aus dem Boden geschossen. Die Leute saßen in der Sonne, aßen und tranken und genossen den Frühling. Im Schatten war es gleich viel kälter. Katrine fröstelte.

»Lass uns auf die Sonnenseite rübergehen«, sagte Jens. Sie überquerten die Straße und unterhielten sich, bis sie in die Godsbanegade kamen.

Jens hatte eine gemütliche Dreizimmerwohnung im dritten Stock mit einem Zimmer für sich, einem für seine Tochter, und einem Wohnzimmer. Einfach und skandinavisch eingerichtet, abgeschliffene Bretterdielen, weiße Wände, helle Möbel, helles Holz. Es hingen nicht übermäßig viele Bilder an den Wänden, außer bei Simone, die ihre bis unter die Decke mit Schauspielern und Musikern tapeziert hatte. Die meisten hatte Katrine noch nie gesehen.

Jens machte sich gleich ans Kochen und platzierte Katrine mit einem Bier auf einem Stuhl in der Küche.

»Okay, das ist dann aber das letzte!«, sagte sie bestimmt.

»Von mir wirst du keins mehr angeboten bekommen«, versprach er. »Aber dafür weiß ich, dass du dich frühestens in zwei Stunden auf den Weg machen kannst«, sagte er grinsend.

»Du bist ganz schön gerissen.«

Sie sah ihm beim Schnippeln und Anbraten zu, während sie sich unterhielten, und nahm ihn dabei ausgiebig in Augenschein. Sie musste zugeben, dass er sie von Anfang an angezogen hatte. Sie fühlte sich wohl in seiner Gesellschaft. Mit ihm war alles so einfach. Sie lagen auf derselben Welle. Er war humorvoll, scharfsinnig und gut in seinem Beruf. Sie schätzte ihn sehr als Kollegen.

Katrine musterte seinen Körper, als er mit dem Rücken zu ihr stand, und ließ den Blick an ihm herabgleiten. Er hatte einen tollen Hintern. Einen richtig tollen Hintern. Und seine Schultern waren genau richtig, nicht zu breit. Schon verlockend. Und er stand am Herd und kochte für sie. Außerdem wusste sie, dass er ein Auge auf sie geworfen hatte.

Sie hatte Lust ... und konnte sich sie beide gut zusammen vorstellen. Aber das ging nicht. Sie war sich viel zu unsicher, was Beziehungen anging.

Sie schob den Gedanken beiseite und stand auf.

»Kann ich mich nicht irgendwie nützlich machen?«, fragte sie.

»Ja, da drüben in dem Schrank sind die Teller«, sagte er. Sie nahm zwei Teller heraus, fand die Schublade mit dem Besteck und ein paar Gläser und deckte auf dem kleinen Esstisch in der Küche.

»Ich müsste auch noch ein bisschen Salat haben«, sagte er und öffnete den Kühlschrank.

»Zum Seemannsfrühstück?«

Er lugte über die offene Tür und lächelte. »Ich dachte, Frauen essen zu allem Salat?«

»Alles zu seiner Zeit«, antwortete sie.

Er machte den Kühlschrank wieder zu. Aber statt sich wieder der Essenzubereitung zuzuwenden, blieb er stehen und sah sie an. Viel zu lange. Sie müsste weggucken. Er machte einen Schritt auf sie zu. Sie sah weg. Und spürte deutlich seinen Blick.

»Ich bin total verrückt nach dir«, sagte er.

»Ich bin auch …« Sie sah ihn an. »Aber ich bin noch nicht bereit, mich auf was einzulassen. Ich bin immer noch extrem verwirrt wegen alldem, was passiert ist, und …«

»Ist schon okay«, sagte er und stellte sich vor sie. »Ist schon okay.« Er berührte ihre Wange. Ein wohliger Schauer überlief sie, als sie die Wärme seines Körpers spürte.

*

»Wohin fahren wir?«, fragte Marco.

»Das wirst du schon noch sehen«, sagte der Fahrer.

Sie passierten den Bahnhof Nørrebro, fuhren über die Ampel auf den Tuborgvej und weiter in Richtung Hellerup, wo sie nach links auf den Strandvej abbogen.

Der Fahrer hielt am Straßenrand, blieb eine Weile ruhig stehen, dann wendete er den Wagen und fuhr in die entgegengesetzte Richtung zurück, wobei er seinen Blick immer wieder auf den Rückspiegel richtete. Es gab keine Anzeichen, dass sie verfolgt wurden. Nach einer Weile bog der Fahrer in Richtung Tuborg-Hafen ab, durchquerte ein modernes Wohnquartier und fuhr schließlich in eine Tiefgarage, wo er den Wagen parkte.

»Hier warten wir«, sagte er, nahm sein Handy heraus und schickte eine SMS.

Sie blieben stumm sitzen.

An der Sicherheit war echt nichts auszusetzen, dachte Marco und sah sich um. Auf dem menschenleeren Parkplatz standen einige richtig teure Schlitten. Er hatte keine Ahnung, wie spät es war, aber es vergingen etwa zehn, fünfzehn Minuten, bis auf dem Platz neben ihnen ein schwarzer Mercedes hielt. Ein Mann stieg aus, nahm auf dem Beifahrersitz des BMW Platz und nickte dem Fahrer zu, der das Auto verließ und sich in den Mercedes setzte.

Marco erkannte den Boxer sofort wieder. Er hatte eine gedrungene Statur, schwarze, kurzgeschnittene Haare, dunkle, kräftige Augenbrauen und einen breiten Kiefer. Seine Nase hatte einen Knick und wirkte irgendwie plattgedrückt. Vermutlich war sie mal gebrochen worden. Vielleicht war er ja tatsächlich einmal Boxer gewesen? Heute trug er einen schicken Anzug, Armani oder so.

»Hallo, Jungs«, sagte er und schüttelte ihnen beiden die Hände.

»Hallo!«, sagte Marco.

»Wenn ihr Interesse habt, hätten wir einen kleinen Job für euch. Ihr wärt eine gute Woche lang weg. Interessiert?«

»Klar, Mann«, sagte Marco, und Thomas stimmte ein. »Logisch!«

»Gut, gut. Könnt ihr morgen Vormittag um zehn Uhr im Nordhafen von Helsingør sein? Da erfahrt ihr dann mehr.«

»Ja, klar, natürlich. Wir werden da sein«, sagte Marco eifrig.

»Gut. Fahrt Richtung Helsingør und dann vor der Kronborg nach links. Das ist das große Schloss, ihr wisst schon, oder?«, fügte er sicherheitshalber hinzu. »Dann kommt ihr zum Nordhafen, okay?«

»Ja sicher, okay«, sagte Marco.

»Klar«, sagte Thomas.

»Gut, dann sehen wir uns morgen um zehn. Und kommt pünktlich, wir warten nicht gern.«

»Wir werden pünktlich da sein«, versicherte ihm Marco.

*

Søren Lauritzen stieg aus dem Wagen und warf die Tür zu.

Jung und hungrig, dachte er, als er zu seinem eigenen Wagen ging. Leicht zu beeindrucken und bereit, alles nur Erdenkliche zu tun. Die beiden werden Amok laufen, wenn sie morgen erfahren, was sie tun sollen und wie viel Geld sie dafür kriegen. Sie haben Potential. Machten sie ihre Aufgabe gut, würde er sie weiter einsetzen und in aller Ruhe aufbauen. Søren tauschte den Platz mit dem Fahrer und bat ihn, die beiden wieder nach Hause zu bringen.

Er fuhr aus der Tiefgarage. Seit er wusste, dass Jim sich demnächst aus den Geschäften in Dänemark zurückziehen wollte, gab es ein Davor und ein Danach. Bis es so weit war, kümmerte er sich wie bisher um die Details und sorgte für eine reibungslose Logistik. Doch parallel dazu musste er in neuen Bahnen denken und sich darauf vorbereiten, selbst die Führung zu übernehmen. Obwohl er peinlich genau wusste, dass er bei weitem nicht die Phantasie und den Ideenreichtum eines Jim hatte. Søren war ein Macher, jemand der die Dinge am Laufen hielt, während Jims Kopf all die wunderbaren Ideen gebar.

Ohne Jim wäre er aufgeschmissen.

Ohne Jim würde Søren niemals das Leben führen, das er jetzt lebte. Als Gegenleistung hatte Jim seine unbedingte Loyalität. Es gab nichts, das Søren nicht für Jim tun würde.

Es lief alles rund, weshalb er nicht verstand, dass Jim aussteigen wollte, um sich auf den Seychellen die Sonne auf den Pelz brennen zu lassen.

*

Katrine und Jens sahen sich in die Augen.

»Hey, du«, flüsterte er. Sie legte ihre Stirn an seine und spürte seinen warmen Atem.

Dann küssten sie sich.

Sie schmiegten ihre Körper so fest aneinander, wie es nur ging, und begannen zu spüren, zu fühlen, zu leben. Seine Hände waren warm und fest, und die Art, wie er sie berührte, fordernd und doch zärtlich, erregte sie wahnsinnig. Sie spürte, wie sehr er sie wollte. Und sie wusste, dass auch sie ihn wollte, seine Haut auf ihrer Haut. Sie rissen sich in einer Bewegung die Kleider vom Leib, und er küsste ihre Brüste, liebkoste ihre Beine, ihren Po, ihren Bauch und ihre Schamlippen. Sie schlang ein Bein um ihn, und er fasste es und drückte es nach oben. Als er in sie eindrang, sahen sie sich in die Augen. Dann begannen sie sich zu bewegen. Sie stöhnte und ließ sich mit den Wellen forttragen, die heftig über sie hereinbrachen. Kurz darauf folgte er. Sie umklammerten einander, verschwitzt und außer Atem. Er küsste ihre

Schulter, ihren Hals und ihr Kinn, und sie fuhr mit ihren Lippen über seine kratzigen Bartstoppeln und legte ihm die Hände um den Nacken. Es war schön, sein Gesicht so dicht vor sich zu haben.

*

Christian Letoft hatte die Kinder nach Hause gefahren und Sofia mitgeteilt, dass er leider noch einmal für ein paar Stunden zurück ins Büro musste. Sie hatte geschimpft und gefragt, ob diese verfluchten Autos denn nicht bis morgen warten könnten, bis er wortlos aufgebrochen war.

Er rechnete fieberhaft nach, wie viele Verkäufe er im nächsten Monat über die Bühne bringen musste, um wieder Oberwasser zu kriegen. Und er musste erkennen, dass selbst das optimistischste Szenario nicht ausreichte.

Es gab keinen anderen Weg.

Die zwei Wagen, die er gerade verkauft hatte, waren ihm regelrecht aus der Hand gerissen worden. Reiche Menschen konnten unglaublich geizig sein. Wenn sie ein paar Hunderttausender bei einem Wagen sparen konnten, der ein paar Millionen Kronen kostete, stellten sie erstaunlich wenig Fragen. Und wenn Christian bei einem solchen Deal gleichzeitig ein ungeheuer gutes Geschäft machte …

Es war fast zu gut, um wahr zu sein. Und wenn es ans Licht kam, würde es den soliden Ruf zerschmettern, den sein Vater aufgebaut hatte. Und ihn ins Gefängnis katapultieren und sein Leben sehr viel nachhaltiger zerstören als ein Konkurs oder der Verkauf des Hauses. Wenn es aber gutging … wäre es der Beweis, dass selbst Gott Audi fuhr. Weiß, natürlich.

Als ihm die Idee präsentiert und er gefragt worden war, ob er bereit sei, einen Versuch zu wagen, hatte er Seelenqualen gelitten. Nicht zuletzt wegen des Mannes, der dahinterstand. Ein Mann, den Christian um nichts in der Welt wieder in seinem Leben haben wollte. Er hatte Jahre gebraucht, diesen Jemand zu vergessen.

Er war davon ausgegangen, die zwei Autos wären eine einsame Schwalbe gewesen, eine einmalige Doppelaktion. Es war viel zu riskant, das Ganze noch einmal zu wiederholen. Aber hatte er wirklich eine Wahl?

Wenn er auf diese Weise nur noch drei oder besser vier Autos verkaufte, würde er den Sommer überstehen, und jetzt kam es wirklich darauf an, durchzuhalten, bis der Markt wieder auflebte. Und die Wende würde kommen. Die Leute hatten den Kauf eines neuen Wagens lange genug aufgeschoben. Irgendwann würde der Handel wieder aufleben, und wenn es so weit war, musste *Letoft Automobile* ein ernstzunehmender Konkurrent auf dem Markt sein. Die Antwort war deshalb klar.

Christian holte sein Handy heraus und schrieb eine SMS. Dann stand er auf und lief zwischen seinen Autos hindurch, als wollte er ihre Kraft und ihre Pferdestärken in sich aufsaugen. Autos waren so wunderbar unkompliziert.

*

Sie hatten ein Bad genommen, Jens hatte sich um das Essen gekümmert, und jetzt saßen sie in der Küche und aßen und tranken ein weiteres Bier dazu.

»Du hast vollkommen recht«, sagte Katrine mit vollem Mund. »Das ist wirklich ein sehr, sehr gutes Seemannsfrühstück.«

»Hab ich doch gesagt.«

Sie aß weiter mit großem Appetit. »Aber«, fügte sie hinzu, nippte an ihrem Glas, »wie ist das eigentlich mit dieser Speedboattour? Gilt das Angebot noch?«

»Hm, ich weiß nicht … okay, vielleicht.«

»Wunderbar, darf ich dann steuern?«

»Nein!«

Sie lachte und aß weiter.

Jens sah sie an. Er konnte nicht glauben, dass sie hier in seiner Küche saß und dass sie es im Bad noch einmal getan hatten, genau wie er sich das so oft erträumt hatte. Es war eine Kneif-mich-mal-Situation ganz großen Ausmaßes, und er hatte eine Wahnsinnsangst, dass er plötzlich aufwachte und doch wieder allein und in seine Decke gewickelt in seinem Bett lag.

Er fühlte sich so heiß, so lebendig, so verliebt. Verdammt, er war total verliebt!

*

Im Prinzip konnte er sich ganz zur Ruhe setzen. Und das mit nur 41 Jahren. Wie ein erfolgreicher Fußballprofi. Jim Hellberg gefiel der Vergleich. Ein Fußballer verdiente sein Geld mit den Beinen, mit seiner Fähigkeit, zur richtigen Zeit am richtigen Ort zu sein, und weil er mit dem Ball umgehen konnte. Jim hatte sein Geld mit dem Kopf verdient, mit seiner Fähigkeit, einen schwierigen Markt zu organisieren und darin zu navigieren. Das Problem war nur, dass er sich zu Tode langweilen würde, wenn er sich komplett zur Ruhe setzte. Deshalb fing er immer wieder neue Projekte an, kleine wie große. Eine kleine Aufgabe konnte mitunter eine ebenso große Herausforderung sein wie ein richtig großes Projekt. Der geplante Rückzug aus dem Business bedeutete nicht automatisch, dass Jim Hellberg keine Pläne für die Zukunft hatte. Im Gegenteil. Er hatte große Pläne, unter anderem, mit seiner kleinen Familie in ein weitaus angenehmeres Klima zu ziehen und von dort aus seinen Geschäften nachzugehen.

Er war auf dem Rückweg vom Fitnesszentrum, wo er mindestens dreimal in der Woche das Power-Training durchzog, das er mit seinem Personal Trainer erarbeitet hatte. In diesem Moment ging auf seinem privaten Handy eine SMS ein. Er überflog den Text, während er bei Rot an einer Ampel hielt: *»Ruf mich zurück, Christian.«*

Jim drückte Christians Nummer und hatte ihn schon nach dem zweiten Klingeln dran.

»Hättest du Zeit für ein kurzes Treffen? Ich würde gerne etwas mit dir besprechen.«

Jim warf einen Blick auf seine Uhr: Viertel vor zehn. »Okay. Bist du zu Hause?«

»Nein, im Geschäft.«

»Ich kann in zehn Minuten dort sein, bin ohnehin gerade unterwegs.«

»Perfekt.«

*

Letoft Automobile stand auf dem großen, hellerleuchteten Schild an der Fassade des protzigen Glasgebäudes. Ein schmales Stahlgerüst rahmte die weitläufigen Fensterpartien ein, so dass das Gebäude abends, wenn drinnen Licht brannte, wie ein gigantisches Aquarium aussah, in dem statt Wasser, Pflanzen und Fischen Autos waren … Jim sah Christian, einen einsamen Mann, der allein am Grund des Aquariums zwischen seinen Autos herumlief.

Jim Hellberg parkte vor dem Gebäude. Christian sah ihn kommen und ging ihm durch den großen Verkaufsraum entgegen. Sie erreichten die Tür gleichzeitig. Christian öffnete ihm.

»Jim! Schön, dich zu sehen.«

»Gleichfalls! Wie geht's deiner Frau … und den Kindern?«

»Danke, es geht ihnen gut. Und Stine … und Lukas? Er heißt doch Lukas, oder?«

»Ja. Bei uns ist alles in Ordnung. Der Kleine wird mal mindestens so groß und stark wie sein Vater«, sagte Jim mit stolzgeschwellter Brust.

Er muss ganz schön schwere Gewichte stemmen, dachte Christian. Sie lachten sich an, und Christian hörte, dass sein Lachen seltsam hohl klang. Dieser Moment kam ihm wie ein unwirklicher Trip vor: Hier standen sie und redeten über Frauen und Kinder, als wären sie ganz normale Geschäftsleute und alte Schulfreunde, dabei waren sie in Wirklichkeit …

Jim unterbrach seine Gedanken. »Und, wie läuft das Geschäft?«

»Genau darüber wollte ich mit dir sprechen.« Er beugte sich etwas vor und sagte: »Wir sind allein, können also frei reden.« Christian schloss die Tür. Im Verkaufsraum standen vier Autos. Zwei Audis und zwei BMW, jeweils die neuesten Modelle.

Jim atmete tief durch die Nase ein. »Neue Autos riechen immer so gut. Vielleicht sollte ich in dem da mal eine Probefahrt machen?« Er nickte in Richtung des neuen BMW.

»Gerne, das lässt sich arrangieren. Komm, gehen wir in mein Büro.«

Die Männer liefen zu dem Glasbüro, und Christian Letoft ließ sich hinter seinem Schreibtisch nieder. »Die zwei Audis sind weggegangen wie warme Semmeln.«

»Ausgezeichnet«, sagte Jim Hellberg. Er saß entspannt zurückgelehnt auf einem der Besucherstühle.

Christian machte eine kurze Pause. »Und ... äh ... besonders erfreulich war natürlich der beträchtlich höhere Gewinn als sonst. Du verdienst doch sicher auch gut daran, oder?«

Jim nickte bestätigend.

»Ja, und deshalb dachte ich ... Ich meine, warum wollen wir den erfolgreichen Deal nicht noch einmal wiederholen, wenn alle zufrieden sind?«, Christian lächelte und breitete weltmännisch die Arme aus.

Jim musterte Christian. Er war überzeugend. Mit einem hohen Grad an Glaubwürdigkeit, was für die Kunden, die in Erwägung zogen, mit ihm ins Geschäft zu kommen, ein ausschlaggebender Punkt war. Ein guter Verkäufer, der perfekt zu seinem Kundenkreis passte und jederzeit über die richtigen Dinge plaudern konnte: Wein, Golf, Geschäfte, empfehlenswerte Reiseziele und so weiter ... Aber Jim kannte Christian gut genug, um auch die kleinen, besorgniserregenden Signale zu bemerken: den angespannten Nacken und die steifen Schultern, das zur Brust runtergezogene Kinn und der gesenkte Kopf. Christian war extrem angespannt und stand unter Druck.

Außerdem wurde das ganze Schauspiel von diesem flehenden Tonfall untermalt, den er noch von früher kannte. Christian war schon zu Schulzeiten wie ein offenes Buch für Jim gewesen. Der jämmerliche Knirps, der von Nordjütland nach Nordseeland gezogen war. Jim hatte ihn vom ersten Augenblick an durchschaut. Der nervös flackernde Blick, der immer eine Sekunde zu lang an den anderen Kindern hängen blieb, weil er erst ihre Reaktionen lesen musste: Würden sie ihn auslachen? Verspotten? In die Gemeinschaft aufnehmen oder ausschließen? Es war so leicht zu erkennen gewesen, dass er Letzteres erwartete, dachte Jim. Seine Komplexe waren für die meisten schon wenig später nicht mehr zu ertragen gewesen, was dazu geführt hatte, dass er tatsächlich ausgeschlossen und zum nächsten Klassenopfer auserkoren worden war. Man konnte sich Christians Überraschung vorstellen, als Jim ihm einen Platz in seiner exklusiven Clique angeboten hatte, zu der auch Søren aus der Klasse gehörte. Nach all den Jahren war er derart mürbe und sehnte sich so sehr nach Akzeptanz und Zugehörigkeit, dass er extrem dankbar für das Angebot gewesen war. Und unter Jims Schutz wagte es auch niemand mehr, sich über ihn lustig zu machen, das hätte nämlich Prügel zur Folge gehabt. Heftige Prügel, über die sogar in den höheren Klassen Gerüchte kursierten. Mit Jim legte sich niemand an. So war das damals gewesen, und so war es noch heute. Und warum hatte Jim das getan? Weil er das Potential in Christian erkannt hatte.

Vor Jim saß ein in die Ecke gedrängter Mann, die erwachsene Ausgabe des Jungen von damals. Ein Mann, der unter Druck stand, war kein guter Partner für einen Handel, dachte Jim. Unter Druck beging man Fehler. Andererseits hatte Jim so eine gute Verhandlungsposition, denn zweifellos brauchte Christian Jim und nicht umgekehrt. Der Handel mit den Audis hatte Jim einen Gewinn von 200 000 Kronen beschert. Ohne viel Arbeit und bei minimalem Risiko. Die Behörden hatten absolut keine Ahnung von diesem Deal, was es auszunutzen galt. Außerdem wusste Jim, dass die Werkstatt in Holland neue Autos vorbereitete. Sie konnten also liefern.

»Tja, ich denke schon, dass ich dir weitere Wagen beschaffen könnte. Aber hast du Kunden?«

»Ganz bestimmt! Ja! Du würdest dich wundern, wer alles an solchen Autos interessiert ist, wenn er sie zwanzig Prozent billiger bekommt. Ohne Fragen zu stellen. Ich hatte mehrere Kunden, die diese Audis auch gerne gehabt hätten, die ich aber enttäuschen musste.«

»Dann sehe ich mal, was ich machen kann. Natürlich gegen die gleiche Bezahlung wie beim letzten Mal.«

»Phantastisch!« Christian lehnte sich sichtlich erleichtert in seinem Bürostuhl zurück.

Jim stand auf. »Ich müsste kurz mal an einen Computer«, sagte er.

»Du kannst den meiner Assistentin nehmen.«

Christian stand auf und verließ den Glaskäfig. Jim folgte ihm zu einem schwarzen Schreibtisch, von dem aus man den Ausstellungsraum überblicken konnte. Christian tippte das Passwort ein, und Jim setzte sich an den Computer.

»Gib mir ein paar Minuten.«

Christian ging zurück in sein Büro.

Jim öffnete eines seiner Mailkonten und klickte eine Mappe an. Eines der Dokumente enthielt eine einfache Liste:

1) Porsche Cayman S, 3.4 l, V6, manual, limegreen.
2) BMW 760 Li Sedan, 6.0 l, V12, white.
3) Mercedes-Benz S, 6.3 AMG, black.
4) Audi Q7, 4.2 TDI, black.
5) Audi A8 Sedan, 4.2 TDI, black.

Jim stand auf und ging zu Christian ins Büro, der ihn erwartungsvoll ansah. Er las die Einkaufsliste vor und nannte die Preise. »Was sagst du dazu?«

»Du bist ein Gott!«, sagte Christian und grinste. Eine Spur hysterisch, dachte Jim. Christian fuhr fort: »Die Audis zu diesem Preis kann ich einfach nicht ablehnen, ich nehme beide. Und als Dritten nehme ich dann noch den BMW.«

»Drei Stück?«

Christian nickte.

»Dann haben wir einen Deal. Ich bestelle sie also für dich.«

Jim ging zurück an den Computer der Sekretärin. Er schloss den Ordner und schrieb eine Mail: *»BMW 760, Audi Q7 and Audi A8. Delivery asap.«* Er schickte sie ab, loggte sich aus und schloss den Browser, ehe er wieder zu Christian ging.

»So, du kannst mit dem Verkauf beginnen!« Jim lächelte. »Und sollte einer meiner Kunden von einem neuen Wagen träumen, schicke ich ihn bei dir vorbei.«

»Das wäre großartig!« Christian sprang auf und umarmte Jim spontan.

»Nun werd mal nicht sentimental«, sagte Jim und befreite sich eilig aus Christians Umarmung. »Du hörst von mir, sobald ich weiß, wann und wo geliefert wird.«

Christian begleitete ihn zur Tür und schloss hinter ihm ab.

Er sah Jim nach, bis er weggefahren war. Einen Augenblick lang erfassten ihn die gleiche Spannung und das Gefühl von Gefahr wie damals, wenn er mit Jim zusammen seine Dinger gedreht hatte.

*

Katrine und Jens waren mit dem Essen längst fertig, saßen aber noch immer in der Küche und redeten. Katrine erzählte von ihrem Gespräch mit Melby.

Jens fluchte. »Vor deiner Rückkehr war er nicht so abweisend und halsstarrig. Er macht ja fast den Eindruck, als wäre er nervös.«

»Willst du damit sagen, er wäre erst so, seit ich in der Taskforce angefangen habe?«, fragte sie lächelnd.

»Ja«, sagte Jens. »Du kannst einen ja auch ganz schön einschüchtern.«

Sie antwortete ihm mit einer Grimasse.

»Vielleicht solltest du doch noch einmal mit Kragh reden?«, schlug er vor.

»Papa alles petzen? Nee, das ist nicht mein Stil.«

»Okay, auch wieder richtig. Dann wirst du damit leben müssen.« Sie warf ihm einen Blick zu. »Oder anarchisch denken«, fügte er hinzu.

»Bekommst du da keine Probleme?«

»Hör mal zu«, sagte Jens. »Was wir unter vier Augen reden oder wo wir jetzt sind, kann er ja wohl schlecht kontrollieren. Ich weiß gut, dass das nicht das Gleiche ist, wie hautnah bei den Ermittlungen dabei zu sein, aber …«

»Und genau das ist das Problem. Es ist ganz und gar nicht das Gleiche. Ich könnte genauso gut in England sitzen und irgendeine Schreibtischarbeit machen. Ich könnte an jeder Universität der Welt arbeiten, forschen und wissenschaftliche Artikel veröffentlichen, so dass ich auf allen möglichen Kongressen referieren dürfte. Schon möglich, dass ich das irgendwann auch machen werde. Aber jetzt? Jetzt will ich da raus«, sagte sie und zeigte aus dem Fenster, »und mir die Finger schmutzig machen. Ich will vor Ort sein, da wo die Dinge passieren. Ich will die Tatorte sehen, mit Verdächtigen und Zeugen reden, die Opfer sehen und ihre Leben untersuchen. Ich will herausfinden, wer Maja war und wer sie getötet hat.«

»Dann musst du viel Geduld haben«, sagte Jens.

»Ja«, seufzte sie. Natürlich hatte Jens recht. Aber Geduld war nicht gerade ihre Stärke.

Sie spülten ab und landeten danach irgendwie wieder im Schlafzimmer.

Katrine lag auf dem Rücken, Jens auf der Seite neben ihr, einen Arm über ihren Bauch gelegt.

Seine Hand glitt über ihre Hüfte nach unten, strich an der Seite ihres Körpers wieder nach oben und landete schließlich sanft auf einer Brust. Er richtete den Oberkörper etwas auf und stützte den Kopf lächelnd in seine andere Hand. Dann zog er mit dem Zeigefinger eine gerade Linie über ihr Brustbein, ließ die Finger schließlich dort liegen, wo er ihr Herz massiert hatte, und spreizte sie leicht. Danach strich er mit dem Zeigefinger weiter über ihren Rippenbogen.

»Sind die Rippen eigentlich wieder richtig verheilt?«, fragte er.

Sie sah ihn überrascht an. »Du hast es gewusst?«

Er nickte. »Ich habe den Arzt gefragt, als du im Krankenhaus warst.« Er streichelte weiter ihre Rippe. »Ich habe doch gespürt, wie sie gebrochen sind.«

»Hm ... Die eine tut noch ein bisschen weh, aber ansonsten geht es mir wieder richtig gut. Wie idiotisch«, sagte sie. »Ich wollte dir nämlich nicht erzählen, dass die Rippen gebrochen waren, weil ...«

»Du dachtest, das hätte mich belastet?«

Sie nickte.

Er küsste sie.

»Dir die Rippen zu brechen war mit das Beste, was ich je getan habe. Sonst würden wir jetzt kaum hier liegen.«

Sie umarmten sich und blieben lange in dieser Stellung liegen.

Nach einiger Zeit ließ Katrine ihre Hand über seinen Rücken nach unten wandern, streichelte seinen Po und fuhr dann wieder entlang der Wirbelsäule nach oben bis in seinen Nacken. Sollte sie nach Hause fahren? Oder diesen unkomplizierten Augenblick noch etwas in die Länge ziehen?

Sie musste sich entscheiden und streckte sich leicht.

»Man kann auch Kaffee im Bett bekommen«, sagte Jens. Er schien Lunte zu riechen.

»Das entscheidet es«, sagte sie.

Er drückte sie an sich und roch an ihren Haaren. »Ich

werde Schwierigkeiten haben, auf der Arbeit die Finger von dir zu lassen«, sagte er.

Sie wollte jetzt nicht über die Konsequenzen nachdenken. Noch nicht. Man sollte keine feste Beziehung mit jemandem haben, der in der gleichen Abteilung arbeitete. Das war allgemeine Personalpolitik. Überhaupt, eine feste Beziehung – so weit konnte sie doch noch gar nicht denken.

»Ich gelobe, mich im Zaum zu halten«, sagte er feierlich. Sie lächelte und fuhr im gleichen Ton fort: »Alles andere wäre auch höchst unpassend.«

»Wir würden vor die Tür gesetzt werden.«

»Ich höre ja ohnehin bald auf«, sagte sie und gähnte. »Eine Festanstellung bekomm ich da nie.«

»Wir müssen dich ins Morddezernat kriegen«, sagte er. »Kragh will dich da ja gerne haben.«

»Ja, ja, warten wir's ab.« Sie wandte ihm ihr Gesicht zu. »Aber du willst doch auch wieder da hin, oder?«

»Ja, natürlich!«

Sie wich seinem Blick aus. »Wir sollten erst einmal nur von einem Tag auf den anderen denken, nicht wahr?«, sagte sie.

»Ein Tag nach dem anderen.«

Er musste es mit Ruhe angehen, dachte er, sie nicht mit seinen Gedanken überfordern. Dabei war er sich so sicher, alles mit ihr teilen zu wollen. Alles. Trotzdem: ein Tag nach dem anderen und genießen, dass es überhaupt geschehen war. Er strich ihr eine Locke aus dem Gesicht, sie lag mit geschlossenen Augen da. Morgen würden sie zusammen aufwachen.

*

Das Haus in Ålsgårde lag im Dunkeln. Jim parkte in der Garage und schloss das Tor hinter sich mit der Fernbedienung. Er ging direkt in die große Küche, nahm sich eine Dose Bier aus dem amerikanischen Doppelkühlschrank, warf die Tür mit dem Fuß zu und ging in das dunkle Wohnzimmer. Nachdem er einen kräftigen Schluck genommen hatte, ging er ins Bad und suchte Stines Puderdose hervor. Er machte sich eine schöne Line auf dem Spiegel zurecht und zog sie sich in die Nase. Dann lief er zurück ins Wohnzimmer, setzte sich in den Sessel und drehte ihn so um, dass er über den Øresund blicken konnte.

Hin und wieder ein bisschen Koks. In Stressphasen war das einfach gut zum Entspannen. Nur überhand durfte es nicht nehmen, sonst verlor man den Fokus.

Er blieb noch einen Moment sitzen und genoss das Gefühl, wie sich der Wirrwarr in seinem Kopf langsam auflöste, glättete und alles einfach wurde. Er streifte die Schuhe ab und trank noch einen Schluck Bier. Sein Blick fiel auf das große Goldfischglas, das Stine auf sein Anraten hin gekauft hatte. Ein Schleierschwanz schwamm darin herum, glotzte ihn blöde an und hatte keinen Schimmer, was um ihn herum vor sich ging.

Jim ließ den Blick wieder über das Meer schweifen und ließ sich von der Aussicht verzaubern. Ein paar große Tanker fuhren Richtung Helsingborg, und weit im Norden sah er die Lichter von Höganäs. Im Nordwesten blinkte der Leuchtturm von Kullen. Es war eine klare Nacht. Morgen würde das Wetter gut werden. Im Radio hatten sie Temperaturen bis 23 Grad angekündigt. Der

Frühling war jetzt nicht mehr aufzuhalten. Ein guter Tag, um aufs Wasser zu gehen, dachte er.

An einem ähnlich schönen Tag im vergangenen Jahr war er mit Maja segeln gewesen. Sie tauchte immer wieder in seinen Gedanken auf. Insbesondere in den letzten Tagen, aber vielleicht war das ja nicht so verwunderlich. Die bezaubernde Maja, jetzt war sie tot und für immer verschwunden. Er war vorbereitet, falls die Bullen kamen und ihm Fragen über seine Bekanntschaft mit ihr stellten. Er trank aus und schüttelte den Gedanken ab. Die Toten waren tot.

Er ging nach oben. Die Tür zu Lukas' Zimmer, das auf der Meerseite des Hauses lag, war nur angelehnt. Die Nachttischlampe brannte. Jim schlich in das Zimmer seines Sohnes. Der Junge hatte die Decke weggestrampelt und schlief tief und fest. Seine hellen, fast weißen Haare lockten sich leicht und waren im Nacken ganz feucht. Der Kleine hatte wieder geschwitzt. Die Haarfarbe hatte er von seiner Mutter. Jim hatte dunkelbraunes Haar. Er streichelte dem Jungen über die Wange. Wie weich seine Haut war, seine Wangen. Jim hatte sich immer unangreifbar gefühlt, unverletzbar. Doch dieses Gefühl hatte der kleine Kerl völlig auf den Kopf gestellt.

Er verließ Lukas' Zimmer und öffnete die Tür zum Schlafzimmer, das daneben lag. Eine große Schiebetür führte auf einen kleinen Altan, auf dem sie manchmal saßen und über das Meer blickten, wenn das Wetter gut war. Stine hatte die weiße Gardine vor die Tür gezogen, so dass nur ein schwacher Streifen Mondlicht in das Zimmer fiel.

Er ging ins Bett. Stines Atem verriet ihm, dass sie

schlief. Sie lag auf dem Bauch, das Gesicht ihm zugewandt. Nachdem seine Augen sich an das wenige Licht gewöhnt hatten, konnte er ihre Gesichtszüge erkennen. Selbst ohne Make-up war sie hübsch. Mit ihren schlanken, ebenmäßigen Zügen würde sie nie wie eine alte Ehefrau aussehen. Das war für Jim das Schlimmste, was einer Frau passieren konnte.

Er hatte Stine auf einem Fest getroffen, das einer seiner Geschäftsfreunde in einem angesagten Club veranstaltet hatte. Es hatte freie Getränke gegeben, unzählige Lines und jede Menge Mädels von einem Escortservice. Keine Huren, sondern Partygirls, die tanzten und flirteten und das Fest in Gang bringen sollten. Das Ganze war ein Riesenerfolg gewesen. Stine war ihm mit ihrer engen schwarzen Hose, den High Heels und der schmalen Herrenweste als einzigem Oberteil gleich aufgefallen.

Anfangs hatte sie sich geziert, aber später am Abend, als alle schon etwas intus hatten, war es ihm gelungen, sie auf die Herrentoilette zu locken, um eine Line mit ihr zu teilen. Und dann hatten sie noch auf der Toilette Sex gehabt. Danach waren sie zu ihm nach Hause in die noble Wohnung in Vesterbro gefahren. Auf der Rückbank des Taxis hatte sie ihm einen geblasen. Der Taxifahrer hatte ein gutes Trinkgeld bekommen, damit er sich ruhig verhielt. Und in seiner Wohnung war ihr Spielchen noch weitergegangen.

Jim hatte nicht oft Frauen mit nach Hause genommen, daher war es recht speziell für ihn gewesen, am nächsten Morgen neben ihr aufzuwachen. Aber sie war anders als die anderen, die er gehabt hatte, und weckte ganz ambivalente Gefühle in ihm: einerseits einen Beschützertrieb, andererseits den unbändigen Drang, sie richtig durchzuvögeln.

Von da an war alles sehr schnell gegangen. Wenige Wochen später war sie bei ihm eingezogen und offiziell seine Lebensgefährtin geworden. Sie war deutlich jünger als er. Damals war sie 20 und er fast 30 gewesen, aber das bedeutete nicht viel, sie wollten ja keine langen, tiefschürfenden Gespräche führen. Sie war perfekt. Schnell einigten sie sich schnell auf eine Art Arbeitsteilung. Sie kümmerte sich um die Wohnung, auch wenn er auf Geschäftsreisen war, und ansonsten machten sie gemeinsam Party. Sie war das geborene Partygirl und brachte jede Tanzfläche zum Brodeln. Jim hatte mehrmals seine Fäuste einsetzen müssen, um aufdringliche Kerle auf Abstand zu halten, bis irgendwann allen klar war, dass sie zu ihm gehörte. Bei dem Escortservice hatte sie aufgehört, nachdem sie sich kennengelernt hatten, er wollte keine Partnerin mit einem solchen Job.

Dann waren sie nach Ålsgårde gezogen, hatten Lukas bekommen und die Partys mehr und mehr eingeschränkt. Als Lukas in die Krippe kam, hatte sie angefangen, sich zu langweilen, worauf er in Zusammenarbeit mit einigen italienischen Partnern *Vulcano Import* ins Leben gerufen hatte. Der Laden war von 12.00 bis 16.00 Uhr und nach Vereinbarung geöffnet. Eigentlich hätte sie lieber eine kleine Boutique gehabt, aber der Töpferladen war für seine Zwecke besser geeignet.

Jim nahm die Decke von ihr und sah ihre Kurven im Halbdunkel. Sein Körper reagierte sofort. Er zog ihr den Slip runter.

Sie wehrte sich etwas. »Hm, nicht jetzt, ich schlafe schon, Schatz«, murmelte sie halb im Schlaf und wich etwas von ihm zurück.

Er zog ihr den Slip ganz aus und presste sich zwischen ihre Schenkel. Sie hatte den bezauberndsten Knackarsch, den man sich vorstellen konnte. Ihre Pobacken strahlten ihm fest und klein entgegen und machten seine Erregung perfekt. Er legte sein Gewicht auf ihren Rücken und drang in sie ein.

Stine stöhnte leise, als er ganz langsam begann. Sie wurde schnell feucht. Jim flüsterte ihr ins Ohr: »Genau das willst du doch, oder?«

Jim legte einen Gang zu. Seine Hand glitt unter ihr Nachthemd und begann ihre Brust zu kneten. Er spürte, dass er bald kommen würde.

»Ja, so!«, stöhnte er laut, krümmte sich in einem langen, pulsierenden Orgasmus zusammen und brüllte auf.

Von Stine kam nur ein leises Stöhnen.

Wenn er Lust hatte. Das war der Deal. Und sie wusste das genau. Eigentlich sollte er sie für den Widerstand zur Rede stellen. Andererseits heizte ihn das nur noch mehr an. Weshalb er nichts sagte.

Jim drehte sich auf den Rücken und atmete tief aus. Er wusste, dass ihm eine weitere schlaflose Nacht bevorstand. Koks und Sex nahmen dem konstanten Rauschen, das ihn am Schlafen hinderte, nur die Spitze. Seine Gedanken beschrieben die immer gleichen Kreise. Im Moment waren es die laufenden Projekte, die ihm nicht aus dem Kopf gehen wollten. Er hoffte, dass Søren recht hatte und sie den beiden jungen Kerlen, die morgen aufs Boot kommen sollten, tatsächlich trauen konnten.

Jim drehte sich auf die Seite und betrachtete Stine. Sie hatte ihm den Rücken zugedreht und schien wieder fest zu schlafen. Der sorglose Schlaf der Unschuldigen, dachte er. Ihr Leben war aber auch einfach. Er spürte, dass die Wirkung des Kokains langsam nachließ. Ob es das Blut oder die Gedanken waren, die in seinen Ohren rauschten, wusste er nicht, aber er brauchte endlich Ruhe, musste endlich mal ein bisschen schlafen! Ob er sich noch eine Line reinziehen sollte?

Jim schwang die Beine aus dem Bett und ging ins Badezimmer.

Katrine hatte zu ihrer großen Verwunderung die ganze Nacht tief durchgeschlafen und war von Kaffeeduft und den Geräuschen wach geworden, die Jens in der Küche machte. Sie hatte ein Bad genommen, sie hatten zusammen gefrühstückt, und dann waren sie zur Arbeit gegangen. Ein paar Straßen vor dem Polizeipräsidium trennten sie sich, um unterschiedliche Wege zu nehmen und mit etwas zeitlicher Verzögerung anzukommen. Es war ein ganz spezielles Gefühl gewesen, so früh am Morgen zusammen durch die Stadt zu spazieren, Körper und Kopf noch ganz erfüllt von ihrer gemeinsamen Nacht. War es wirklich so einfach?, hatte sie gedacht.

Bei der internen Sitzung der Taskforce hatten sie erfahren, dass Bistrup und seine Leute vom Morddezernat energisch an der Beweislast gegen Asger Dahl arbeiteten, im Moment aber etwas auf der Stelle traten. Dahl leugnete nach wie vor, in dem Bordell gewesen zu sein, und hielt an seiner Aussage fest, dass sein Auto gestohlen worden und er unschuldig sei.

Katrine hatte für sich beschlossen, sich zurückzuhalten und weiter an ihrem Opferprofil von Maja zu arbeiten. Wenn sie auf diesem Wege etwas ans Tageslicht befördern konnte, müsste die obere Etage ihr doch zuhören. Sie beschloss, sich abends hinzusetzen und einen Plan zu machen, wie sie weiter vorgehen wollte.

Jetzt saßen Katrine und Jens sich im Büro gegenüber und fochten einen tapferen Kampf aus, sich nichts anmerken zu lassen und sich auf die Arbeit zu konzentrieren. Es kam Jens vor, als wäre die Luft elektrisch aufgeladen, und er war überzeugt, dass jeder, der den Raum betrat, das sofort spüren musste.

In diesem Augenblick klopfte es an der offenen Bürotür. Auf der Türschwelle stand ein junger Mann, den Jens noch nie gesehen hatte.

»Hallo, ich bringe die Auswertung der Anruflisten«, sagte der Mann, der die besondere Spannung im Raum nicht zu bemerken schien.

»Welche Listen? Wir fordern ständig welche an«, sagte Jens.

»Im Fall Maja Jensen.«

»Lassen Sie hören.«

»Ich sollte die Telefonlisten sämtlicher Leute, die in irgendeiner Weise im Zusammenhang mit dem Fall genannt werden, auf Verbindungen durchforsten. Es gibt einen einzigen Treffer, aber der liegt schon eine Weile zurück.«

»Ja?«

»Ähm, ja, Moment«, sagte er und blätterte in seinen Papieren. »Maja Jensen hat recht häufig mit Bo Hector telefoniert, dem Chef von den Devils. Und die Telefonate wurden von ihrem Arbeitstelefon aus geführt, im Bordell.«

»Ja?«

»Und dann hat sie von ihrem privaten Telefon, das sie

nicht für Gespräche mit Hector benutzte, vor anderthalb Jahren mit einem gewissen Jim Hellberg gesprochen. Mit dem hat Hector vor ein paar Jahren auch mal telefoniert, von einem seiner anderen Telefone. Diese Leute haben Telefone wie andere Leute Socken.«

»Jim Hellberg?« Jens kniff die Augen zusammen. »Sagt mir nichts. Ein Rocker?«

Jim Hellberg. Katrine ließ den Namen auf sich wirken.

»Ich glaube nicht. Aber das fragen Sie besser die anderen Kollegen, ich bin nicht ganz so detailliert im Bilde, was die einzelnen Leute so treiben. Ach ja, und dann sollte ich Ihnen noch das hier geben«, sagt er und legte eine Harddisk auf Jens' Schreibtisch. »Das sind Kopien der Festplatten von Maja Jensens Computern. Eine Inhaltsanalyse finden sie auf der Disk.«

»Danke schön«, sagte Jens.

»Ist doch selbstverständlich«, sagte der Mann und verzog sich wieder.

Katrine warf einen Blick auf die Harddisk und sah dann zu Jens, der unschuldig lächelte.

»Ich soll mir ihre Finanzen angucken«, sagte er. Sie erwiderte sein Lächeln. Er hatte längst alle nötigen Unterlagen dafür bekommen.

»Stimmt«, sagte sie und wusste jetzt, was sie an diesem Abend machen würde.

»Komm, besuchen wir Lars.«

Katrine zögerte.

»Du sollst doch die Bänder abhören, oder? Dann soll er dir doch gleich mal eine Einführung geben.« Jens lächelte wieder ganz unschuldig. Katrine stand auf und ging mit dem unschuldigsten Mann des Polizeipräsidiums zu Lars

Sønderstrøm, der mit Kopfhörern auf den Ohren hinter seinem Schreibtisch saß.

»Hast du kurz Zeit?«, fragte Jens.

»Was?«, sagte Lars und nahm die Kopfhörer ab.

»Sagt dir der Name Jim Hellberg was?«

*

Es war kurz vor halb zehn, als Jim Hellberg von der Strandpromenade in Richtung Helsingør Nordhavn abbog, wo er den Wagen parkte. Die Sonne schien von einem wolkenlosen Himmel, und Jim sah an den gehissten Fahnen, dass nur ein leichter Wind wehte. Ein perfekter Frühlingstag, perfekt für einen Bootstörn. Die Luft war lau und hatte die ganz besondere, salzige Meeresfrische. Über ihnen stieg eine Silbermöwe auf. Ihr Schrei veranlasste ihn, ihr nachzuschauen, als sie über das Hafengelände Richtung Meer davonflog. Er spürte die Vorfreude. Es war immer wieder etwas Besonderes, aufs Meer hinauszufahren, nicht zuletzt, wenn die Vorboten den Sommer einläuteten.

Jim schaute zu einem Kastenwagen mit getönten Scheiben, der ein Stück von der Einfahrt entfernt parkte. Er nickte den beiden Jungs zu, die, wie er wusste, in dem Auto saßen. Sie heuerten für ihre Geschäftstreffen gern ein paar Wachen von einer der Sicherheitsfirmen eines ihrer Partner an. Die Wachleute kamen eine Stunde vor dem Treffen und meldeten Søren direkt, sobald sie etwas Verdächtiges beobachteten.

Als Jim sich umdrehte und zur Hafeneinfahrt schaute, entdeckte er das Boot, das in langsamem Tempo hereinglitt. Oben auf der Flybridge stand Søren. Jim stieg aus und ging über die Mole zum Anlegeplatz, während er Sørens Steuermanöver verfolgte. Es war ein imposantes Boot, ein Sunseeker, bis ins kleinste Detail liebevoll gestaltet. 52 Fuß, elegantes Design, feinste Materialien, luxuriös eingerichtet und mit einem Kraftwerk im Motorraum: zwei gigantische Monstermotoren gaben dem Boot eine Höchstgeschwindigkeit von 32 Knoten. Man hatte ein wunderbares On-top-of-the-World-Gefühl, wenn man auf der Flybridge stand und das Boot mit voller Kraft übers Meer schießen ließ.

Sie hatten das Schiff im letzten Jahr von einem Typen in Rungsted Havn gekauft, der in der Immobilienbranche arbeitete und sich das Boot bedauerlicherweise nicht mehr länger leisten konnte. Es war ein echtes Schnäppchen gewesen. Fünf Millionen. Die Hälfte in bar, die andere Hälfte in Ratenzahlungen über die Firma *LC Holding*, die als offizieller Eigner des Bootes eingetragen war. *LC Holding* gehörte einem gewissen Lennart Christiansen mit Wohnsitz in Vanløse, Kopenhagen. Alltags arbeitete Lennart Christiansen in der IT-Firma *MoneyData*, wo er IT-Lösungen für diverse Banken entwarf. Aber er hatte über viele Jahre nebenbei seine private Firma geführt, über die er diverse Investitionen in Immobilien und Wertpapiere abwickelte. Jim und Lennart hatten sich vor einigen Jahren bei einem von Hectors Festen kennengelernt. Lennart war viel mit Hector unterwegs, weil er offensichtlich das Gefühl hatte, sein Leben bekäme dadurch mehr Spannung. Als Jim Lennart traf, erkannte er sofort das Potential, das in ihm steckte. Lennart war sich über das Risiko bewusst, aber bereit, es einzugehen, solange die Ausbeute stimmte. Lennart wurde bar und in Naturalien bezahlt – und hatte selbstverständlich ein Nutzungsrecht für das Boot, wenn er seine Freunde oder eine Frau beeindrucken wollte.

»Schöner Tag für einen Törn, was?«, begrüßte Jim Søren, als er das Boot erreichte. Søren nickte ihm von der Flybridge zu und legte am Anleger an. Jim griff nach einer der Trossen, vertäute sie an dem Poller und wiederholte das Ganze mit der anderen Trosse. Søren schaltete den Motor ab, und Jim ging an Bord.

»Ich hatte eine Bombentour über den Sund«, sagte Søren, als er die Treppe zu Jim runterkam. »Ich bin zwischen acht und zehn Knoten gefahren, um nicht zu viel Aufmerksamkeit zu erregen. Das Ding läuft wie ein Traum.«

»Und es war niemand an Bord?«

»Die Petze hat süß geschlafen«, sagte Søren.

Als allgemeine Sicherheitsvorkehrung hatten sie in der Kabine des Bootes einen Bewegungsmelder installiert, der eine kleine Überwachungskamera aktivierte, so dass sie jederzeit sehen konnten, wenn außer ihnen jemand an Bord war. Das war nötig, damit sie frei reden konnten.

Jim schob die Tür zur Kabine auf und schaute hinein. Ein tolles Boot! Alle Schränke und Tische waren aus dunkelbraunem, hochglanzlackiertem Teakholz. Sofas und Sessel waren mit weißem Leder gepolstert. Die Bodendielen im tiefergelegten Teil waren aus hellem Teak, der Rest war mit weißem Teppich ausgelegt. Die Beleuchtung kam von Spots in der Decke und unter den Sesseln und Sofas – ein Detail, mit dem Jim besonders zufrieden war, weil es so aussah, als würden die Möbel schweben. Von einer eleganten Armatur neben dem Esstisch konnte man die Beleuchtung, die Klimaanlage und die Musikanlage steuern.

»Was haben sie gesagt? Wie hießen sie noch gleich?«

»Marco und Thomas. Die Aussicht auf ein paar Kröten und ein bisschen Aufregung hat sie ordentlich angestachelt. Das sind zwei ehrgeizige Burschen. Aber du kannst dich ja selbst davon überzeugen, wenn du sie triffst.«

»Fein. Ehrgeiz ist immer gut. Solange sie einen kalten Kopf bewahren, wenn's drauf ankommt. Und du meinst, das kriegen sie hin?«

»Ja, sie sind noch etwas grün hinter den Ohren, aber vom letzten Mal wissen sie sehr gut, dass sie dichthalten und nach unseren Regeln spielen müssen, wenn sie einen Job bei uns haben wollen.«

»Hm.« Jim übernahm das Steuer. »Und, ist Mutti bald wieder zu Hause?«

»Morgen, wie geplant.« Søren sah weg.

»Sie lässt sich ganz schön Zeit«, sagte Jim und grinste. »Wann sind sie aufgebrochen? Vor vier Tagen?«

»Mein Gott, sie ist eine alte Frau.«

»Ja, ja. Nichts für ungut«, sagte Jim.

*

»Jim Hellberg? Doch, warte mal … Da klingelt was.« Lars tippte den Namen ein. »Ja, hier ist er. Vor drei Jahren war ich Razzia-Einsatzleiter bei einem Fest, das im Clubhaus der Devils stattfand. Wir haben alle Gäste registriert, unter anderem Hellberg.«

Lars drehte den Monitor so, dass sie das Foto sehen konnten, das bei dieser Gelegenheit aufgenommen worden war. Es zeigte Hellberg in einem schwarzen, gutsitzenden Anzug auf dem Weg zum Festgelände. Das Bild war dunkel und unscharf, aber man konnte erkennen, dass Jim Hellberg groß und muskulös war, mit dunkelbraunen Haaren und einer kräftigen Kinnpartie. Er ging allein und wirkte sehr zielstrebig. Ein Stück hinter ihm sahen Jens und Katrine andere Gäste auf dem Weg zum Fest.

»Wir hatten die Vermutung, dass er ein Zocker ist. Aber das Finanzamt hat ihn peinlich genau unter die Lupe genommen und festgestellt, dass alles in bester Ordnung ist: Seine Frau hat einen Blumenladen oder so was, er selbst ist Developer in einer kleinen Baufirma. Vornehm geht die Welt zugrunde. Er hat ein ziemlich gutes Einkommen, mehr als dreimal so viel wie ich, aber nichts Außergewöhnliches. Die Familie wohnt in Ålsgårde, und er bezahlt seine Rechnungen zuverlässig und pünktlich und so weiter.« Lars schaute von seinen Papieren auf. »Es wäre natürlich möglich, dass er einfach in schlechte Gesellschaft geraten ist. Vielleicht ist er einer von den Smarten, die gern mit Rockern und der Schickeria feiern. Es gibt viele Leute, die keine Probleme damit haben, in diesen Kreisen gesehen oder mit ihnen in Verbindung gebracht zu werden. Sie organisieren tolle Partys, wo es Promis, Frauen, Alkohol und Drogen gibt.«

»Gibt es nur dieses eine Bild von ihm?«, fragte Katrine.

»Ja, das ist alles, was wir haben.«

»Dann schicken wir ihn doch mal durchs Strafregister«, sagte Jens.

»Ja, schauen wir mal ... Ein Urteil auf Bewährung von 1987 für drei Einbrüche in Villen in Hørsholm und

Rungsted. Und ein Urteil wegen Körperverletzung: 1991 – eine Schlägerei in der Diskothek *Papas* im Zentrum. Des Weiteren war er 2006 in Zusammenhang mit einem gewalttätigen Übergriff im Nachtclub *NASA* angeklagt, aber die Klage wurde aufgrund mangelnder Beweise fallengelassen. Das war's.«

»Wilde Jugend, könnte man also sagen. Aber obwohl er noch immer sein hitziges Temperament hat, scheint er auf den rechten Pfad gekommen zu sein und eine feste Arbeit zu haben?«, fragte Jens.

»Sieht ganz so aus«, sagte Lars.

»Und es ist mehr als anderthalb Jahre her, dass er Kontakt zu Maja hatte?«, fragte Katrine.

»Ja«, bestätigte Sønderstsrøm. »Jedenfalls über die uns bekannten Kommunikationskanäle.«

Jens bemerkte, dass Lars neugierig von ihm zu Katrine schaute und sein Mund sich zu einem wissenden Lächeln verzog.

»Interessant ist natürlich, dass er sowohl zu Hector als auch zu Maja Kontakt hatte, aber dafür gibt es vielleicht eine ganz simple Erklärung. Vielleicht hat Hector ihm einfach empfohlen, Maja einen Besuch abzustatten?«, schlug Katrine vor.

»Möglich«, sagte Lars.

Katrine sah sich das Foto auf dem Bildschirm noch einmal an und tat so, als würde sie nicht merken, was sich zwischen den beiden Männern abspielte. »Können wir einen Ausdruck des Fotos bekommen?«, fragte sie.

*

»Ey, Mann, ist das da nicht die fucking Kronborg? To be or not to be und der ganze Mist?«

»Shit, dann sind wir zu weit gefahren«, sagte Thomas.

»Fuck! Was hat der Boxer gesagt? Durch Helsingør durch und dann bei der Kronborg links.«

»Ja, aber kurz vor der Kronborg. Hast du da ein Schild gesehen?«

Marco wendete auf einem Parkplatz.

»Aber da sind doch Boote? Guck mal, da drüben liegen die Fähren nach Schweden!«

»Ich glaub nicht, dass es da ist. Helsingør Nordhavn. Da hinten war ein Schild in die Richtung. Probier, da rüber zu kommen.«

Marco gab Gas. Sie fuhren an einer Reihe parkender Autos vorbei. Und an einer Horde Japaner, die gerade aus einem Touristenbus stiegen.

»Da!«, sagte Thomas. »Da ist ein Schild!«

Marco bog in Richtung Helsingør Nordhavn ab.

»Das muss gleich da irgendwo sein.«

Entlang der Straße und hinter einigen großen Lagerhallen standen Boote auf großen Stahlgerüsten, die dort über den Winter gelagert und noch nicht wieder zu Wasser gelassen worden waren.

Marco bog nach rechts ab und suchte sich einen Parkplatz. Wenige Sekunden nachdem Marco den Motor ausgeschaltet hatte, klopfte es an seiner Scheibe. Er kurbelte sie herunter und sah sich einem Paar verspiegelter Brillengläser und einem großen, kahlen Schädel gegenüber.

»Das Boot liegt da drüben links«, sagte der Glatzkopf. »Eure Mobiltelefone lasst ihr im Auto liegen.«

*

»Na, dann können wir grad nicht sehr viel ausrichten«, sagte Jens und erhob sich. »Ich geh zurück ins Büro.«

»Ich möchte dich noch um deine Unterstützung bitten«, sagte Katrine zu Lars Sønderstrøm und erläuterte ihm ihr Anliegen.

»Ich weiß ja nicht, ob dir das was bringt, sie abzuhören, wenn ich ganz ehrlich sein soll«, sagte Lars.

»Warum?«

»Diese Leute reden verschlüsselt. Manche natürlich geschickter als andere. Aber erwarte nicht, dass du irgendwann ein Gespräch mitbekommst, in dem offen darüber geredet wird, wer wen kennt oder wen sie gerade auf dem Kieker haben und so weiter. Die wissen ganz genau, wie groß das Risiko ist, dass wir sie abhören.«

»Wie kommunizieren sie denn dann?«

»Sie treffen sich an Orten, die nicht observiert werden können. Und natürlich nutzen sie das Internet. Das lässt sich nur schwer verfolgen, obwohl in unseren Reihen ein paar schlaue Köpfe sitzen, die einiges auf dem Kasten haben. Komm, ich zeig dir, wie das mit den Audiofiles funktioniert, dann kannst du selbst entscheiden, ob du da Zeit investieren willst.«

Lars Sønderstrøm klickte sich in ein Archiv von Audiodateien, die mit Aktenzeichen gekennzeichnet waren. Er öffnete eine zufällige Datei und spielte den Anfang ab. Zwei Männer unterhielten sich in rasantem Tempo auf Arabisch.

»Das ist eine Aufnahme, für die es einen Dolmetscher braucht«, sagte Sønderstrøm und schloss die Datei wieder. Er verließ das Archiv und klickte sich über einen aktuellen Fall zu den damit verknüpften Tonfiles durch.

»Hier hören wir ein paar Kleindealer, die wir vor ein paar Monaten in der Lundtoftegade geschnappt haben.« Er klickte eine Datei an.

»Hey, Jackson, Mann, du kannst zwei Sofas bei mir abholen, wenn du welche brauchst.«

»Cool, ich bin um vier bei dir.«

»Bis dann!«

»Bombe, Mann.«

Lars hielt die Datei an.

»Bombe?«, wiederholte Katrine verdutzt.

Lars lachte glucksend, und sein kleiner Kugelbauch hüpfte. »Davon hab ich gehört, nur das Gespräch kannte ich nicht. Einige Kollegen dachten, wir wären der Vorbereitung eines Terroranschlags auf der Spur, und wollten schon den Geheimdienst informieren.« Lars lachte weiter leise vor sich hin. »Das ist Slang.« Er schüttelte den Kopf. »Daran merke ich, dass ich alt werde«, seufzte er. »Und die zwei Sofas, die der Bursche anbietet, sind zwei Kilo Hasch.«

»Zwei Kilo Hasch, um vier Uhr. Aber wo?«

»Das sagen sie nicht. Immerhin, clever, obwohl sie sonst nicht die Allerhellsten sind. Wir haben den einen beschattet und einfach geguckt, wo er um vier Uhr hinspaziert ist.«

»Kein unbedingt sicherer Plan.«

»In der Tat. Aber es ist schon gut, dass wir ein Auge darauf haben, was da draußen abläuft. Wir vermuten nämlich, dass in dem Viertel demnächst irgendetwas passiert. Es war in den letzten Monaten ziemlich unruhig dort. Und wir haben beobachtet, dass ein paar neue Mitspieler auf der Bildfläche erschienen sind. Das liegt in der Natur der Sache – wenn die einen eingebuchtet werden, ist Platz für neue Glücksritter. Und wenn man schnell genug rauskriegt, wer der Anführer der neuen Gruppe ist, und ihn sich schnappt, bevor sie sich richtig etabliert haben, rennen die Mitglieder herum wie kopflose Hühner und wissen nicht, was sie machen sollen. An dieser Stelle macht proaktives Vorgehen wirklich Sinn.«

»Waren die beiden, die Maja und ihre Kollegin überfallen haben, nicht auch aus der Lundtoftegade?«, fragte sie.

»Vollkommen richtig: Marco Gomez und Thomas Rasmussen. Sie stehen unter Telefonüberwachung. Für Raumüberwachung ist es noch zu früh.«

»Dann fange ich mit denen an.«

»Viel Vergnügen.«

Katrine begab sich zurück in ihr Büro und hängte Jim Hellbergs Foto an ihre Tafel. Wie gut kanntest du ihn?, dachte sie und sah Maja an.

*

Das Boot glitt langsam durch die Hafeneinfahrt, die Kronborg unmittelbar Steuerbord. Von der Brücke hatte man eine wunderbare Aussicht über den Øresund und die schwedische Küste direkt vor ihnen. Es war viel los auf dem Øresund. Jim Hellberg sah zwei Fähren zwischen Helsingør und Helsingborg und quer dazu, in südlicher Fahrtrichtung, einen russischen Tanker und einen Frachter. In nördlicher Richtung fuhr gerade ein norwegisches Schiff aus dem Øresund hinaus. Jim drehte das Steuer und nahm erst einmal Kurs an der nordseeländischen Küste entlang. Er beschleunigte bis auf fünfzehn Knoten. Das Meer war ruhig, und das Boot schob sich ohne nennenswerte Erschütterungen durchs Wasser. Søren saß in dem lederbezogenen Sessel neben ihm. Marco und Thomas standen hinter ihnen und folgten jeder seiner Bewegungen. Jim stellte zufrieden fest, dass es ihnen vor Faszination schier die Sprache verschlagen hatte. Irgendwann platzte Marco ehrfürchtig heraus: »Fuck, ist das fett!« Ansonsten standen die beiden Gäste nur da und glotzten auf die Kontrollarmatur oder aus dem Fenster, während das Boot kaum die Wasseroberfläche zu berühren schien.

»Wir fahren an der Küste entlang bis kurz hinter Ålsgårde«, sagte Jim. »Da biegen wir nach Norden ab und geben Gas. Unser Ausflug führt uns nach Schweden.«

»Okay«, sagt Marco. Thomas neben ihm rührte sich nicht.

Wenige Minuten später passierten sie Ålsgårde.

Mit einem beherrschten Dreh des Steuers zwang Jim das Boot in nördliche Richtung und gab Vollgas. Die rohe Kraft der zwei Motoren schleuderte das Boot in einem langen, gleitenden Satz nach vorne. Der Effekt war der von Jim erhoffte. Marco und Thomas mussten sich an den Rückenlehnen festklammern, um nicht umgeworfen zu werden. Sie brachen in hemmungsloses Lachen aus. »Wow, Mann! Fuck, ist das abgefahren!«

Jim schaute über die Schulter nach hinten und erntete uneingeschränkt anerkennende Blicke von Marco und Thomas.

Das Boot hatte seine Höchstgeschwindigkeit von 32 Knoten erreicht. Gleich darauf kreuzten sie die Fahrrinne mit Blick auf den Steven des norwegischen Frachters. Im Nordwesten hielten mehrere Riesenpötte Kurs auf den Øresund.

Jim korrigierte den Kurs einen Hauch nach Westen, und kurz darauf fuhren sie parallel zur schwedischen Küste.

»Da hinten liegt Viken«, sagte Jim und zeigte auf einen Ort, der schnell näher kam. »Wir fahren weiter an der Küste entlang, an Höganäs vorbei bis nach Mölle, das liegt an der Spitze der Halbinsel Kullen. Dort legen wir an.«

»Okay«, sagte Marco.

Thomas nickte.

Das war okay. Alles war okay.

*

»Ich hoffe, ihr habt den Ausflug genossen«, sagte Jim Hellberg, als das Boot im Hafen von Mölle vertäut war. Sie saßen am Tisch im Hauptraum der Kabine. »Aber ganz bestimmt. Das ist echt ein geiles Boot«, sagte Marco begeistert. Thomas nickte eifrig.

»Freut mich. Aber kommen wir zur Sache«, sagte Jim. »Wie ich gehört habe, seid ihr beide schon mal gesegelt.«

»Ja, ja«, sagte Marco. »Thomas und ich haben uns mit siebzehn Jahren auf einem Schulschiff kennengelernt. Wir waren beide dorthin geschickt worden. Der Kapitän war der totale Loser. Ein verbittertes Arschloch. Aber wir haben sieben Monate durchgehalten und eine Menge übers Segeln gelernt, bis wir die Schnauze voll hatten und zurück nach Kopenhagen gegangen sind. Jetzt haben wir verschiedene Geschäfte zusammen laufen.«

»Was für Geschäfte?« Søren hatte ihm erzählt, dass Marco und Thomas sich im Quartier Lundtoftegade etabliert und eine gemischte Truppe rekrutiert hatten, die sie als Handlanger einsetzten, wenn sie Hasch und Kokain am äußeren Rand von Nørrebro und in ein paar Diskotheken in der Innenstadt verkauften. Aber Jim wollte es gerne von ihnen selber hören. Marco zögerte.

»Ihr könnt offen reden«, sagte Jim. »Wir haben eventuell einen Job für euch, und wir bezahlen gut. Aber wir wollen natürlich erst einmal sichergehen, dass ihr auch die Richtigen für den Job seid.«

Marco sah Thomas an, der nickte. Sie hatten sich darauf geeinigt, alle Karten offen auf den Tisch zu legen, bis auf ihren Abstecher in das Bordell. Diese Geschäftsidee war gestorben.

»Wir kriegen Cannabis und Koks von einem Libanesen, den wir kennen«, sagte Marco. »Das verkaufen wir an ein paar Kunden in Nordvest und in einigen Clubs im Zentrum. Die sind total scharf auf das Zeug.«

»Habt ihr Probleme mit anderen Dealern in dem Gebiet?«

»Meinen Sie die Devils?«

»Ja, unter anderem.«

»Fuck die Devils, das ist doch ein Haufen Dinosaurier mit ihren Stickern auf dem Rücken und ihren Motorrädern. Die Drecksarbeit lassen die Tattergreise ihre jungen Sklaven machen. Wahrscheinlich sind die ihnen sogar beim Pissen behilflich.«

Thomas konnte sich bei der Vorstellung das Grinsen nicht verkneifen.

»Okay, ihr seid jung und voller Tatendrang. Und ihr verdient euch ein Taschengeld, indem ihr Hasch an Familienväter und Koks an die Jungen, Smarten vertickt. Nicht übel. Aber wo seht ihr euch selbst in ein paar Jahren?«

»Fuck, Mann, dann brummt das Geschäft erst richtig. Darum würden wir auch gern mit Leuten wie euch zusammenarbeiten.« Marco breitete begeistert die Arme aus. Jim und Søren sahen ihn an, ohne eine Miene zu verziehen.

»Und wie wollt ihr das Geschäft zum Brummen bringen?«, fragte Jim.

»Indem wir für euch arbeiten. Erfahrung sammeln. Und vielleicht können wir ja irgendwann direkt Ware von euch kaufen und uns den Umweg über diesen lächerlichen Libanesen ersparen?«

»Wir werden sehen«, sagte Jim. »Zuerst gibt es einen Job zu erledigen. Wenn ihr alles zu unserer Zufriedenheit macht, können wir über andere Dinge reden. Wo kommt dein Name her, Marco?«

»Von meinem Vater. Der kommt aus El Salvador.«

Jim hielt alle weiteren Fragen zurück. Er sah Marco und Thomas eindringlich an. Die beiden waren sehr verschieden. So eifrig und draufgängerisch wie Marco war, so ruhig war Thomas. Marco war aufgeweckt, keine Frage, aber er hielt sich für einen Teufelskerl. Und Übermut konnte gefährlich werden. Aber er würde sicher lernen, sein Temperament und seine Begeisterung zu zügeln. Was das betraf, war es gut, dass er jemanden wie Thomas an seiner Seite hatte, der ihn wieder auf den Boden zurückholen konnte. Er sagte nicht viel, aber Jim war sicher, dass er ein wacher Kopf war. Man sah förmlich, wie er alles um sich herum aufsaugte. Thomas wollte haben, was Jim hatte. Wer konnte ihm das verdenken?

Diesen Ehrgeiz kannte er nur zu gut von sich selbst. Die Lust auf die fette Beute. Ganz oben zu stehen. Geld und Abenteuer. Er wollte das Spiel von Grund auf lernen. Die beiden könnten es weit bringen, wenn sie lernten, ihren Kopf einzuschalten und sich, wo nötig, in Zurückhaltung zu üben.

Jim hatte genug gehört. Er sah Søren an. »Magst du Marco und Thomas etwas mehr über den Job erzählen?«

Das hieß, dass sie akzeptiert waren. Søren sah die beiden mit ernster Miene an. Sie waren an den warmen Herd eingeladen worden. Und das verpflichtete. In jeder Hinsicht.

»Wir haben ein Boot, das von Puerto Banús in Südspanien nach Holland gesegelt werden muss. Donnerstagabend soll es dort ablegen. Und morgen Vormittag geht ihr shoppen, um euch ordentlich einzukleiden. Es steht ein Wagen für euch bereit, mit dem ihr dort runterfahrt. Ihr solltet die Strecke in etwas unter dreißig Stunden schaffen, wenn ihr euch mit dem Fahren abwechselt. Der Wagen hat GPS, den Weg solltet ihr also finden. Das Boot liegt im Hafen von Puerto Banús. Ihr seid Teil einer vier Mann starken Besatzung. Und ihr tut alles, was der Kapitän sagt. Ohne Fragen zu stellen.«

Søren schwieg, um den letzten Satz zu unterstreichen. Sie waren ganz Ohr. Die Vorfreude auf das Abenteuer in ein paar Tagen turnte sie an. Es fehlte nicht viel, und sie würden es nur um der Spannung willen auch umsonst machen, dachte er. Aber das brauchten sie nicht.

»Als Honorar für die Tour bekommt ihr 200000 Kronen. Jeder von euch.«

Marco und Thomas schnappten nach Luft und warfen sich begeisterte Blicke zu.

»Fuck, Mann!«, sagte Marco und sah aus, als könnte er nicht mehr still sitzen.

»Seid ihr dabei?«, fragte Søren, obwohl er die Antwort bereits kannte.

»Bist du wahnsinnig, Mann? Natürlich sind wir dabei«, sagte Marco und grinste breit.

»Klar!«, sagte Thomas.

»Gut. Dann kommen wir zu den Details. Eure Deckgeschichte.« Søren sah Jim an, der einen der Schränke neben sich öffnete. Er nahm einen Stapel Magazine heraus und warf sie auf den Tisch. Als er Marcos und Thomas' Gesichter sah, konnte er sich nur mit Mühe ein Grinsen verkneifen. Sie starrten mit offenen Mündern auf die Zeitschriften. Wie Fische auf dem Trockenen.

Es waren Schwulenmagazine. *Attitude, Out, One Nation Magazine, Out & About* und ein paar Hardcore-Pornos.

»What the …«, platzte Marco heraus. »Scheiße, was soll das denn?«

»Jetzt lernt ihr, wie man professioneller Schmuggler wird. Spitzt die Ohren.« Jim legte eine Kunstpause ein, ehe er fortfuhr. »Wenn man etwas schmuggelt, kommt es darauf an, die Aufmerksamkeit des Zolls oder der Polizei nicht auf sich zu ziehen. Dabei hilft eine glaubwürdige Deckgeschichte, also eine schlüssig Erklärung, warum man auf Reisen ist, und natürlich das passende Outfit für diese Reise. Es muss alles bis ins kleinste Detail stimmen. Die Zollbeamten sind schärfer, als man glaubt, die werden ausgebildet, so was zu erkennen.« Jim dämpfte die Stimme und sah erst Thomas, dann Marco tief in die

Augen. »Für uns fährt nur, wer eine gute Story zur Tarnung hat. Sei es als junge Schnösel aus reichem Haus, die in Papas Boot unterwegs sind. Oder als Glamour-Gay-Clique, die von einer Party zur nächsten hüpft. Dieses Mal seid ihr Letzteres. Ihr werdet in Puerto Banús einen sehr hotten Kapitän und einen ziemlich wilden Steuermann antreffen. Die beiden sind Holländer, die ihr bei einem Fest bei Freunden in Kopenhagen kennengelernt habt. Als ihr mitbekommen habt, dass der Kapitän auf dem Winterdock in Puerto Banús ein Boot liegen hat, das er nach Dänemark segeln will, um es zu verkaufen, habt ihr verabredet, die Tour zusammen zu machen, um ordentlich abzufeiern. Das heißt im Klartext, dass ihr, wenn der Kapitän euch mitteilt, dass nebenan ein Boot mit neugierigen Zöllnern liegt, die euch beobachten, eure Rolle komplett ausspielt. Um sie abzuschrecken und ihnen jede Lust zu nehmen, mit euch auf Tuchfühlung zu gehen.« Jim sah ihnen wieder tief in die Augen. »Und damit meine ich wirklich ausspielen! Habt ihr mich verstanden?«

Marco und Thomas nickten mit schreckgeweiteten Augen. Marco hätte am liebsten gefragt, ob sie nicht vielleicht doch die Geschichte mit den reichen Schnöseln nehmen könnten, entschied dann aber, es besser bleiben zu lassen.

Marco und Thomas rangen um ihre Fassung. Die Vorstellung, als Schwuchteln aufzutreten, war ihnen zuwider. Andererseits konnten sie das Abenteuer auf keinen Fall absagen. Ein Trip nach Spanien, dann mit dem Boot nach Holland segeln und dafür auch noch ordentlich Kohle kassieren. Dafür konnten sie ruhig ein bisschen schauspielern und so tun, als wären sie Schwanzlutscher.

»Ihr braucht Klamotten für eine Woche, aber euer Personal Shopper wird deswegen noch gebrieft«, fuhr Jim fort. »Denkt nach, bevor ihr euch anzieht, während ihr unterwegs seid. Es geht drum, dass alles bis ins kleinste Detail zusammenpasst: Socken, Gürtel, Schuhe. Wenn ihr bei anderer Gelegenheit im Anzug aufkreuzen müsst, gilt das Gleiche. Das ganze Paket. Das heißt, dass ihr neben dem Anzug und dem passenden Zubehör immer darauf achtet, dass die Socken passen. Weiße Tennissocken zu einem Anzug für acht Mille gehen gar nicht. Wenn man sich den leisten kann, kann man sich auch Seidenstrümpfe für dreihundert und ein Paar Schuhe für mindestens zweitausend leisten.«

»Klar«, sagte Thomas. Marco nickte. Sie sahen Jim mit größtem Respekt an. Alles, was er sagte, ergab absolut Sinn.

»Und die Krakeleien …«, sagte Jim und sah Thomas an, der seinen Kapuzenpulli ausgezogen hatte, so dass man freien Blick auf seine muskulösen, mit Tätowierungen übersäten Unterarme hatte. Marco hatte ein dünnes, langärmeliges Baumwollshirt unter einer Skaterjacke, aus deren Halsausschnitt ein Schlangenkopf herausragte, »müsst ihr verbergen. Sucht euch Klamotten, die sie verdecken. Und vergesst die Sonnencreme nicht. Eine Schwuchtel mit Sonnenbrand, das geht nicht. Schwule achten gut auf ihre Haut. Ach ja, dann wäre da noch die Kommunikation«, sagte er mit einem Blick zu Søren.

»Ja«, sagte der. »Wie ihr euch sicher schon gedacht habt, redet ihr mit niemandem darüber. Verstanden?«

»Selbstverständlich«, sagten Marco und Thomas im Chor.

»Weder mit euren Freunden noch mit euren Müttern oder Freundinnen, falls ihr so was habt. Und das gilt für zu Hause unter der Bettdecke und am Telefon. Ihr zwei sprecht zu Hause schlicht und einfach nicht darüber. Auch nicht, wenn ihr längst schon wieder zurück seid und in sentimentalen Erinnerungen an den wunderbaren Ausflug schwelgt. Oder wenn ihr alles Geld durchgebracht habt und mehr verdienen wollt. Ihr müsst damit rechnen, dass ihr observiert werdet, womöglich haben sie Mikrophone in euren Wohnungen installiert.«

»Klare Anweisungen«, sagte Marco.

Søren öffnete ein Schubfach und nahm zwei Mobiltelefone heraus. Das eine reichte er Marco, das andere behielt er selbst. »Das sind zwei nagelneue Geräte mit noch unbenutzten Prepaidkarten.« Søren schob Marco ein Blatt Papier rüber. »Und das ist die Nummer von meinem Telefon. Ruft mich an oder schickt mir eine SMS, wenn irgendetwas schiefläuft. Aber noch einmal, nennt die Dinge nicht beim Namen. Keine Ortsnamen! Wir reizen die Homo-Geschichte voll aus, das Prinzip ist ganz einfach. Zum Beispiel ›Heute Nacht will ich deinen Schwanz‹.« Er ignorierte den Widerwillen in ihren Gesichtern und fuhr fort. »Ich gebe euch ein paar Zeilen mit, die ihr verwenden könnt, damit wir uns verstehen. Sollte es irgendwelche Planänderungen geben, kommuniziere ich direkt mit dem Kapitän. Wir haben einen Plan B abgesprochen. Und wenn ihr das Telefon nicht mehr benutzt, gebt ihr ihm eine Seebestattung.« Søren sah Jim an, der mit einem kurzen Nicken seine Zufriedenheit signalisierte. »Ist alles klar?«, fragte Søren.

»Ja«, sagte Marco.

»Irgendwelche Fragen?«

»Ich hätte eine«, sagte Marco. »Woher kriegen wir den Wagen?«

»Darüber macht euch mal keine Gedanken«, sagte Søren. »Seht nur zu, dass ihr morgen früh um zehn Uhr beim Illum-Center seid. Und denkt an eure Pässe. Ihr habt doch gültige Pässe, oder?« Fuck! Das hätte er sie gestern fragen sollen, bevor sie so weit gekommen waren. Das war ein eindeutiger Schnitzer seinerseits. Glücklicherweise nickten beide. Søren atmete erleichtert auf und vermied es, Jim anzusehen.

»Und wie sieht es mit unserem Honorar aus, wenn wir in Holland angekommen sind?«, fragte Thomas, der nervös auf dem Sofa hin und her rutschte.

»Sobald ihr im Hafen in Holland angelegt habt, zahlt der Kapitän euch aus. Er wird auch dafür sorgen, dass ihr zum Bahnhof gefahren werdet, damit ihr nach Hause kommt.«

»Gut!«, sagte Jim als Zeichen, dass das Treffen hiermit vorüber war. »Ein Letztes noch. Wenn ihr euer Spiel gut spielt, könnte das hier der Beginn einer längeren Zusammenarbeit werden. Aber wenn ihr zu viel und mit den verkehrten Leuten redet, wird eure Karriere sehr schnell beendet sein. Verstehen wir uns?«

Er sagte das in ganz neutralem Tonfall. Aber Marco und Thomas hörten sowohl die Drohung als auch die Verheißung einer goldenen Zukunft.

Jim wartete nicht, bis sie antworteten. Er streckte

Marco die Hand entgegen. »Dann haben wir eine Vereinbarung!«

Sie besiegelten den Deal mit einem Handschlag.

»Lasst uns zurückfahren!« Jim erhob sich und ging raus auf die Brücke.

*

Katrine Wraa setzte sich die Kopfhörer auf, um Marco Gomez und Thomas Rasmussen live zu hören, aber die Telefone der beiden blieben stumm. Deshalb hörte sie sich schließlich die Aufnahmen des Vortages an. Es war ein Gespräch zwischen Marco und einem jungen Typen namens Camillo, allem Anschein nach seinem Bruder. Sie sprachen über nichts Besonderes.

Später am Abend war dann folgendes Gespräch zu hören:

»Ja?«

»Marco, hier unten sitzt ein Typ in einem Auto. Der sagt, dass er mit dir reden will.«

»Was ist das für ein Idiot?«

»Keine Ahnung, Mann, er sagt, dass er dich vom Boxer grüßen soll. Fuck, ey, ich weiß nicht mal, wer der Boxer ist.«

»Ich weiß, wer der Boxer ist, aber was sagt der Typ in dem Auto?«

»Er sagt, dass er mit dir und Thomas persönlich reden will. Ihr sollt zu ihm runterkommen.«

»Okay, sag ihm, wir sind gleich da.«

Danach war das Telefon ein paar Stunden lang ausgeschaltet gewesen. Erst in der Nacht war es wieder eingeschaltet, aber nicht benutzt worden. Am Morgen war es dann wieder ausgemacht worden.

Sie wollte Jens gerade über das Gespräch informieren und ihn fragen, ob er mit diesem Boxer etwas anzufangen wusste, als ihr eigenes Telefon klingelte. Sie sah den Namen ihres Vaters auf dem Display. Mitten am Tag? Es sah ihm gar nicht ähnlich, sie bei der Arbeit zu stören.

»Hi, Dad.«

»Hi, Love«, seine Stimme klang anders als sonst, schwach, fast flüsternd. Was war geschehen? Die Sorge schwappte unmittelbar in ihr hoch und spülte alle anderen Gedanken weg. »Wie geht es dir? Ist etwas passiert?«, fragte sie.

Jens blickte neugierig auf, als Katrine Englisch zu sprechen begann. Ihre Stimme klang plötzlich viel heller. Er hatte sie noch nie Englisch sprechen hören und ganz vergessen, dass sie zweisprachig war. Es schien kein erfreulicher Anruf zu sein. Sie klang besorgt. Plötzlich wurde ihm bewusst, wie wenig er eigentlich über Katrine, ihr Leben in England, ihre Familie und Freunde wusste.

»Es ist nichts Schlimmes, du darfst dir auf keinen Fall Sorgen machen«, begann Katrines Vater.

»Wenn du so was sagst, mache ich mir erst recht Sorgen«, sagte Katrine.

»Entschuldige, Kleines.«

»Papa?«

»Ich bin gestern Abend ins Krankenhaus gekommen, Kat, vorübergehend.« Er versuchte so zu klingen, als hätte er im Garten eine seiner Lieblingsrosen gepflanzt.

»Was? Warum? Und warum rufst du dann erst jetzt an?«

»Ich … ich … mir war ein bisschen schwindelig.«

»Dir war schwindelig? Deshalb kommt man doch nicht ins Krankenhaus?«, fragte sie skeptisch.

»Okay, okay, ich bin ohnmächtig geworden.«

»Aber …? Ohnmächtig? Warum?« Ein Wirrwarr von Fragen stieg in ihr auf. »Jetzt erzähl bitte mal von Anfang an!«

»Also, ich hab gestern im Pub so komische Schmerzen bekommen und bin ohnmächtig geworden. Das ist auch schon alles!« Er klang fast wie ein Kind, das widerwillig eine Dummheit eingestand.

»Hattest du diese Schmerzen vorher schon mal?«

»Ja, manchmal.«

»Manchmal? Und? Warst du deswegen beim Arzt?«

»Nein.«

»Du warst nicht beim Arzt?«, wiederholte sie ungläubig und fühlte sich auf einmal wie seine Mutter.

»Es ist nicht so schlimm, Love. Du musst dir keine Sorgen machen.«

»In welchem Krankenhaus bist du?«

»Dulwich.«

Das war das Krankenhaus im Südwesten von London, wo er in einem der typischen Reihenhäuser wohnte. Die ersten Jahre ihres Psychologiestudiums hatte sie bei ihm gewohnt.

»Sie wollen mich morgen ins St. Thomas überführen.«

»Warum?«

»Um ein paar Gewebeproben zu nehmen.«

St. Thomas, dachte Katrine mutlos. Es war kein gutes Zeichen, dass die Ärzte ihn in die größte Spezialklinik Londons verlegen wollten. Ihr Vater schien das alles komplett zu verdrängen, und es war sicher nicht sinnvoll, ihre Sorgen auf ihn abzuwälzen. Dabei wusste sie, dass er sich tief im Innern darüber im Klaren war, was diese Verlegung bedeutete. Und dass auch sie das verstand. Warum also weiter darauf herumreiten.

Sie sammelte sich, so gut sie konnte, suchte den goldenen Mittelweg zwischen Ernst und Oberflächlichkeit und sagte:

»Weißt du was? Ich kann sicher ein paar Tage freinehmen und zu dir rüberkommen.«

»Du musst meinetwegen nicht den weiten Weg auf dich nehmen. Ich liege ja bloß hier rum und bin bestimmt übermorgen wieder zu Hause.«

»Papa, wir haben doch schon mal darüber gesprochen! Wenn du in Aalborg wohnen würdest, würde ich auch sechs Stunden brauchen, um dich zu besuchen.«

»Und es braucht die gleiche Zeit und kostet nur unwesentlich mehr, nach London zu kommen ... Ja, ich weiß.«

»Gut. Ich guck mal, wann morgen ein Flug geht.«

»Aber Kat ...«

»Ja?«

»Du hast doch schon genug Probleme ...«

»Es geht mir inzwischen wirklich gut, Dad.« Ihr Hals schnürte sich zusammen. Sie ertrug es nur schwer, dass er dort im Krankenhaus lag und sich mehr Sorgen über sie als über sich selbst machte. Sie versuchte zu schlucken und ihre Stimme freizubekommen. »Außerdem kommt mir eine Spritztour nach London jetzt ganz recht. Hör mal, ich will nicht weiter darüber reden, ich bin morgen da!«

»Ja, ja, ich höre ja, dass du dich entschlossen hast«, sagte er resigniert, wobei sie deutlich wahrnahm, wie erleichtert er war. Warum war es nur immer so schwer, die Dinge konkret auszusprechen?

»Dann sehen wir uns morgen. Ich rufe dich an, wenn ich weiß, wann ich lande.«

Katrine legte auf, nachdem sie sich verabschiedet hatte, und verbarg ihr Gesicht für einen Augenblick in ihren Händen. Es gefiel ihr ganz und gar nicht, dass er so schnell in ein größeres Krankenhaus verlegt werden sollte. Hatte er ihr etwas verschwiegen? Etwas, das er ihr nicht am Telefon sagen wollte? Schon bei dem Gedanken daran krampfte ihr Magen sich zusammen.

Sie sah auf. Jens musterte sie mit sorgenvoller Miene. Zwischen seinen Augenbrauen hatte sich eine tiefe Falte gebildet.

»Das war mein Vater. Er ist ins Krankenhaus eingeliefert worden.«

*

Jim Hellberg fuhr über den Nordre Strandvej in Richtung Ålsgårde. Er war mit dem Bootstrip des Tages mehr als zufrieden. Die beiden jungen Kuriere schienen Feuer und Flamme für den Auftrag zu sein. Sowohl Kapitän als auch Steuermann des Bootes waren erfahrene Leute, es würde sicher alles gutgehen. In erster Linie kam es darauf an, dass sie ihr Spiel überzeugend spielten. Und Jim hatte das Gefühl, dass ihnen das gelingen würde. Sie waren so auf den Auftrag versessen, dass sie dafür auch in Lack und Leder sprangen.

Jim erinnerte sich, wie es ihm in ihrem Alter ergangen war: Gab es irgendwo eine Chance auf Abenteuer und Geld, war er dabei gewesen. Der Adrenalinkick, im

Speedboat nach Gibraltar zu rasen oder 10 Kilo Kokain im doppelten Boden des Koffers über eine Grenze zu schmuggeln, war einfach eine Klasse für sich. Wobei die Spannung beinahe wichtiger war als das Geld. Obwohl es letzten Endes natürlich das Geld war, dass sie antrieb.

Geld.

Es hatte eine Zeit gegeben, in der überall in seiner Wohnung Tausendkronenscheine herumgelegen hatten. Damals hatte er keinen Überblick gehabt, wie viel Geld er besaß, und konnte an einem Abend locker zwanzig-, dreißigtausend für Frauen, Alkohol und Drogen ausgeben. Die angestaute Energie musste damals einfach raus aus ihm. Aufregung und Adrenalin erforderten ganz besondere Ventile, um den inneren Druck, der sich in einem aufbaute, abzulassen.

Er hatte schnell herausgefunden, dass seine Fähigkeiten, wie ein Schauspieler einen bestimmten Charakter zu mimen, inklusive der richtigen Kleidung und Haltung, von enormer Bedeutung waren. Er hatte ein Gespür dafür, war einer der Besten geworden. Und er wusste, was das wert war. Außerdem: Wenn er es nicht tat, würden es andere tun. Europa wollte den Stoff aus dem Süden, und es würde immer jemanden geben, der bereit war, ihn herzuschaffen. Warum also nicht er? Er hatte sich in die Lobbys verschiedener Hotels, in Bars und Cafés gesetzt, nur um die verschiedenen Menschentypen zu studieren. Er wollte lernen, mit was für Menschen er es zu tun hatte, und spüren, was sie dachten und fühlten. Und was sie wollten und fürchteten.

Egal ob er seine Rolle als Bankangestellter, Verkäufer, Schwuler oder verwöhntes Papasöhnchen gespielt hatte – immer war es ihm gelungen, seinen Stil und seinen Look so perfekt umzusetzen, dass niemand darauf kam, dass es der gleiche Mann war, der heute als Geschäftsmann seine Dienstreise antrat und morgen als Gigolo die Ferien in Marbella verbrachte. Brille, Haarfarbe und die richtigen Accessoires. Die Illusion musste perfekt sein. Es durfte nichts geben, was den Zöllnern in die Augen stach, denn sie hatten einen besonderen Blick für Menschen, die *out of character* waren. Auch akustisch musste alles stimmig sein. Wenn er einen Engländer spielte, brauchte er den passenden Akzent. Aber auch das stellte kein Problem dar. Schon in seiner Zeit auf dem Containerschiff hatte er sein Talent für Fremdsprachen erkannt, und es war ihm schnell gelungen, die verschiedenen englischen Dialekte zu erkennen und zu imitieren.

Seine Fähigkeiten als Schmuggler hatten ihm geholfen, die Grundlage für sein Vermögen zu legen, das inzwischen gut angelegt war und beständig wuchs. Mittlerweile kam er selbst nicht mehr mit den Drogen in Berührung, dieses Risiko übernahmen jetzt andere. Stattdessen hatte er in den letzten Jahren diskret im Namen der Firma operiert. Der *eigentlichen* Firma. Jims Idee. Eine Konstruktion, in der er und sein niederländischer Kollege Robert van Bommel zusammen operierten. Søren hatte darin die gleiche Rolle inne wie in ihrem legalen Geschäft. Auf dem Papier existierte sie nicht einmal, setzte dafür aber Jahr für Jahr schwindelerregende Summen um.

Sie hatten zwei feste Lieferanten: Chouf in Marokko und Ricardo in Kolumbien. Chouf lebte in Marrakesch und hatte ein großes Netzwerk von Haschproduzenten unter sich, darunter auch lokale Transportfirmen und Fischer mit Booten, die den Stoff aufs Meer hinausbringen konnten. Wenn sie gut verhandelten, lieferten sie ausnahmsweise auch an Land. Jim hatte Chouf in Tanger getroffen, als er zu Beginn seiner Karriere Kapitän einer Segeljacht gewesen war, die eine größere Ladung Cannabis nach Holland bringen sollte. Diesen Kontakt hatte er für sich zu nutzen gewusst. Bei einem Treffen in Amsterdam ein Jahr später hatte er eine Begegnung mit Chouf arrangiert und ihm die Idee einer eigenen Firma präsentiert. Danach hatte er begonnen, direkt aus Marokko zu importieren. Ohne Mittelsmänner, die alles nur teurer machten.

Nach ein paar gelungenen Touren hatte Chouf ihm Ricardo vorgestellt, der einem kolumbischen Kartell angehörte. Jim hatte Ricardo angeboten, fester Kokainlieferant der Firma zu werden. Sie unternahmen ein paar kleinere Probelieferungen und vereinbarten dann eine engere Zusammenarbeit. Wenn Jim der Meinung war, dass die Firma eine Ladung Kokain über den Atlantik bringen konnte, gab er seine Bestellung bei Ricardo auf, der nie Lieferschwierigkeiten hatte, sei es per Segeljacht oder in einem ordnungsgemäß verzollten Container.

Manchmal vermisste Jim die Spannung draußen auf dem Schlachtfeld, obwohl das Risiko dort viel größer war. Es wäre dumm, sein Lebenswerk für eine Lieferung aufs Spiel zu setzen, wenn man andererseits zehn Lieferungen beinahe ohne Risiko steuern konnte. Wurde ein einzelner Lieferant geschnappt, kamen immer noch neun andere durch. Und er konnte das Geschäft weiterführen. Das Risiko eines Verlustes wurde bei jeder Ladung mit einkalkuliert.

Und das Ganze amortisierte sich viel schneller, wenn er die Kontrolle über die Bestellungen, die Logistik und die Lieferungen hatte.

Als Jim in den Helsingør Golf Club eintrat, hatte er die Idee mit seinen Telefonen. Sein System war durchdacht und einfach. Das private Telefon nutzte er für seine legalen Geschäfte, die Familie und seinen Smalltalk mit Søren. Darüber hinaus hatte er noch zwei Prepaid-Handys, die in der Regel im Handschuhfach seines Autos lagen. Diese Telefone tauschte er mitsamt den Karten aus, sobald er sie benutzt hatte. Eines dieser Handys war für Robert, über den alle Kontakte zu Chouf und Ricardo liefen, das andere war für einen Großkunden in Dänemark. Und dieses Telefon meldete sich, als er es einschaltete. Eine SMS: »Hopfen?«

Es war kurz vor zwei. Wenn codiert kein anderer Zeitpunkt angegeben war, hieß das zur gewohnten Zeit – drei Uhr. Das schaffte er leicht. Jim ging vom Gas und tippte eine Antwort: *»OK!«*

Dann fuhr er an den Straßenrand, blieb einen Moment stehen und beobachtete den Verkehr, bevor er wendete und zurück in Richtung Kopenhagen fuhr.

*

»Ich hoffe für dich, dass es wichtig ist, wenn du mich direkt anrufst«, sagte Jim Hellberg zu dem Ein-Meter-neunzig-Mann, den er eine Stunde nach dem Anruf traf. »Du weißt genau, dass ich nicht mit dir zusammen gesehen werden will, solange ihr Krieg spielt. Bist du sicher, dass dir niemand gefolgt ist?«

»Natürlich, wofür hältst du mich, Mann? Hast du meine kleine Wachpatrouille hinten in der Nebenstraße nicht gesehen?«

Es lag fast ein Jahr zurück, dass sie sich zuletzt gesehen hatten. Und ginge es nach Jim, würden sie sich vorläufig überhaupt nicht mehr sehen. Es war ganz einfach zu riskant, sich mit dem Chef der Rockerbande zu treffen, solange die Devils und die diversen Konflikte in ihrem Umfeld derart im Blickpunkt der Polizei standen. Jim war sich sicher, dass die Bullen Hector rund um die Uhr überwachten und alle seine Aktivitäten der letzten Jahre ans Licht zu holen versuchten.

Sie befanden sich in Islands Brygge unweit einer Kleingartensiedlung. Kam das Wort *Hopfen* in einer Nachricht vor, trafen sie sich hier. Die Gegend eignete sich perfekt für konspirative Treffen, da hier nie etwas los war. Das große Neubauviertel am Wasser hatte sich noch nicht bis hierher ausgebreitet, und sie hatten freien Blick, so dass sie sich versichern konnten, nicht beobachtet oder belauscht zu werden.

Jim hatte den schwarzen BMW mit den drei jungen, kurzgeschorenen Männern in der kleinen Stichstraße auf dem Weg zum Treffpunkt sehr wohl bemerkt.

»Schon, aber man kann heute nicht vorsichtig genug sein, oder?«, sagte Jim.

»Das stimmt«, erwiderte Hector. »Aber, come on, man, ich würde dich nicht behelligen, wenn es nicht wichtig wäre.«

»Lass hören.«

»Wie weit seid ihr mit der nächsten Haschlieferung? Wir sind bald blank. Das Geschäft läuft richtig gut, wir brauchen langsam Nachschub.« Hector lachte, und Jim dachte, dass er wie eine Krähe klang.

»Da kann ich dich beruhigen. Die Lieferung ist unterwegs. Super Qualität, du kannst dich freuen. Ein paar Wochen noch, dann solltest du sie haben. Du wirst benachrichtigt.«

Er importierte schon lange kein Haschisch minderer Qualität mehr. Hasch nahm im Vergleich zu Kokain viel mehr Platz ein. Und das Risiko für eine Tonne Hasch in Standardqualität war nicht geringer als für eine vergleichbare Menge von hoher Qualität. Der Gewinn war dafür um so viel höher, dass Jim absolut keinen Sinn darin sah, sich mit dem minderwertigen Stoff abzugeben.

»Super, Mann. Das ist gut zu hören. Und dann noch zu einem anderen Punkt.«

»Ich höre«, sagte Jim.

»Wie du selbst gesagt hast, müssen wir uns derzeit mit ein paar Idioten auseinandersetzen, Amateure, Ausländer und solches Gesocks, das unbedingt ein Stück von unserem Kuchen will. Das Problem ist, dass unser Waffenvorrat langsam zur Neige geht. Die Dinger können ja nur einmal benutzt werden, andererseits würden wir unsere Aktivitäten gerne ausweiten. Kannst du uns eine Auswahl besorgen? Vielleicht drei oder vier Glocks und ein paar Uzis?«

Jim hatte noch immer gute Kontakte in Serbien, über die er illegale Waffen aus dem Bürgerkrieg bekommen konnte. Aber diese Bestellungen waren mit einem gewissen Risiko behaftet, und er hatte eigentlich beschlossen, keine hochriskanten Projekte mehr anzugehen. Er sollte also ablehnen. Diese Art von Dienstleistungen war vermutlich nicht nötig, um Hector als Kunden zu halten. Auf der anderen Seite könnte er die Gefahr minimieren, wenn er persönlich nicht in Kontakt mit den Waffen kam. Und wie er so ein Geschäft aufziehen musste, wusste er genau.

»Ich kann nichts versprechen, werde aber sehen, was ich tun kann. Unserer alten Freundschaft wegen.«

Jim und Hector hatten sich im Gefängnis getroffen, als sie beide vor etlichen Jahren eine Strafe wegen vorsätzlicher Körperverletzung abbüßten. Jim war im Knast mit drei Jugoslawen in Konflikt geraten, und Hector, der damals noch auf einem unteren Rang der Devils rangierte, hatte ihm geholfen. Mit den Jugos hatte er danach nie wieder Probleme bekommen. Hector hatte Jim zu überreden versucht, doch auch zu den Devils zu kommen, aber das hatte ihn nicht gereizt. Jahrelang der Laufbursche für die Leute über ihm zu sein kam für ihn nicht in Frage. Er hatte nicht die Geduld, fünf Jahre auf Anerkennung zu warten und erst viel später Zugang zum dicken Geld zu bekommen. Nein, da machte er sich doch lieber im Transportbereich selbständig. Jim hatte die Zeit im Gefängnis genutzt, um Bücher über Logistik und Betriebswirtschaft zu lesen und auf den Sportbootführerschein See zu lernen, den er machen wollte.

»Klasse, Mann! Du bist echt ein Gott!«, sagte Hector.

Unglaublich, dachte Jim, in wenigen Tagen gleich mehrmals so bezeichnet zu werden.

»Wir feiern am Samstag unser übliches Fest. Du weißt

schon. Du bist natürlich herzlich eingeladen, und bring deine Frau mit«, sagte Hector. »Das wird sehr geil.«

»Danke, nett von dir, aber ich kann leider nicht. Geschäfte, du weißt schon. Komm, gehen wir zurück«, sagte Jim und drehte sich zu den Autos um. Er musterte Hectors alten Mercedes, der am Rand des Hafens stand. Auf dem Beifahrersitz saß einer von Hectors jungen Soldaten. Hector fuhr diesen Wagen schon einige Jahre, wenn er nicht mit dem Motorrad unterwegs war, aber das war er sicher nicht mehr so oft.

»Sag mal«, begann Jim, »du könntest doch auch mal einen neuen Wagen gebrauchen, oder? Ich kenne jemanden, der dir zu einem Superpreis einen richtig geilen Schlitten besorgen kann.«

*

Katrines Oberarmmuskeln brannten, als sie zum Ende ihres Trainings kam. Sie stand draußen auf dem Rasen und ließ den Blick über das Wasser schweifen. Stöhnend beugte sie noch einmal die Arme und hob die schwere Stange an ihre Brust. Jetzt breitete sich das Brennen in ihrem gesamten Oberkörper aus. Dreimal fünfzehn Wiederholungen. So. Sie ließ die Stange vor sich auf den Boden fallen. Ungeduldig absolvierte sie den Rest des Trainings – Bauch, Beine, Rücken –, denn drinnen im Haus wartete Majas Computer. Als sie fertig war, duschte sie und schmierte sich dann ein paar Brote, die sie mit zum Esstisch nahm, auf dem sie die Harddisk mit ihrem eigenen Computer verbunden hatte.

Katrine öffnete die Kopie von Majas ziemlich neuem weißen Macbook, das ihr schon am Samstag in der Wohnung der Ermordeten aufgefallen war. Sie begann mit dem Inhaltsverzeichnis, das die Techniker erstellt hatten. Es enthielt einen Logfile mit sämtlichen Webseiten, die Maja von diesem Computer aus geöffnet hatte, und auch alle gelöschten Dokumente waren wiederhergestellt worden. Katrine sah sich als Erstes den Internetverlauf an. Es ergab sich ein ziemlich klares Bild: Mode, Shopping, Kosmetikprodukte und Reisen. Maja hatte viel online eingekauft, aber bei Weitem nicht so viel, wie Katrine in ihrer Wohnung gesehen hatte. Man konnte also davon ausgehen, dass sie einiges bar bezahlt hatte. In der letzten Zeit hatte sie sich einige Ferienwohnungen an unterschiedlichen Orten in Südeuropa angesehen, aber noch nichts gekauft oder gebucht. Majas sparsames soziales Leben spiegelte sich auch in der Nutzung ihres Computers wider, dachte Katrine, als sie den Rest gesehen hatte. Danach nahm sie sich den Computer vor, der im Salon gestanden hatte. Auch dieser öffnete keine neuen Türen. Verdammt!

Katrine lehnte sich enttäuscht zurück. Sie sah Maja vor sich im Wohnzimmer an ihrem weißen Mac sitzen, während sie sich Klamotten und Schuhe ansah und davon träumte zu verreisen. War es das, was sie beschäftigt hatte? Träumte sie davon, zu reisen und ein neues Leben zu beginnen? Wollte sie weglaufen? Vor sich selbst? Vor anderen? Aber vor wem …? Es war ein Rätsel. Aber Rätsel waren dazu da, gelöst zu werden, dachte Katrine entschlossen.

Als sie mit Majas Computerdokumenten fertig war, packte sie ein paar Kleider, den Kulturbeutel, ihren Laptop und ein paar Unterlagen in ihre Tasche. Das Flugticket nach London hatte sie schon am Morgen vom Büro aus gebucht.

Katrine ging ins Bett und sah aus dem Fenster. Sie dachte an Jens und die vergangene Nacht. Sie hatte das alles sehr genossen. Wenn das nur kein Fehler war.

Sie zog die Gardine vor und versuchte zu schlafen.

*

Ich war seine kleine Eisprinzessin. Seine Lieblingsschülerin.

Begabt und elegant. Schnell wie ein Blitz fegte ich über das Eis, sprang und drehte meine Pirouetten. Es war rasch klar, dass ich ein besonderes Talent hatte, weshalb er dafür sorgte, dass ich Extrastunden bekam. Bei ihm. Einzelunterricht. Ich konnte es weit bringen. Das sagten alle. Auch meine Eltern, wobei sie sonst genug mit sich selbst zu tun hatten.

Ich war sehr stolz darauf, so gut zu sein und diese besondere Gabe zu haben. Das war neu für mich, die Schule war nicht gerade der Ort, an dem ich Bewunderung einheimste.

Aber auf dem Eis … Das Eis wurde zu meiner Bühne. Dort hatte ich Erfolg.

Wenn er mich ansah, fühlte ich mich wie eine Prinzessin. Er war wie der unsichtbare Freund, von dem man träumt, dass er auch in der Wirklichkeit auftaucht. Wir hatten Spaß miteinander. Er brachte mir immer irgendetwas mit, kleine Geschenke oder Süßigkeiten. Meine Träume, bewundert und verehrt zu werden, waren plötzlich Wirklichkeit geworden. Er half mir, stärker zu werden, geschmeidiger, leicht wie eine Feder. Ich bekam hübsche Glitzerkostüme.

Dass das seinen Preis hatte … erfuhr ich erst später.

Am Mittwochmorgen parkte Jim Hellberg seinen Wagen in Nordkrog, in einer der Seitenstraßen, nicht weit vom Bahnhof Hellerup entfernt. Er ließ alle Telefone und die übrige digitale Ausrüstung im Handschuhfach liegen. Dann schaute er nach, ob sich irgendwelche verdächtigen Personen oder Fahrzeuge in der Straße aufhielten. Als das nicht der Fall war, stieg er aus, schloss den Wagen ab und ging die zweihundert Meter zum Bahnhof zu Fuß.

Vor dem Kiosk am Bahnhofsgebäude standen ein paar Taxis. Jim ging zum ersten Wagen in der Reihe und setzte sich auf die Rückbank.

»Zum Flughafen, bitte.«

Eine halbe Stunde später hielt das Taxi vor dem Terminal 3 des Kopenhagener Flughafens. Jim bezahlte bar, ging in das Flughafengebäude und direkt zum nächsten SAS-Schalter.

»Hallo«, sagte er. »Ich muss zu einer kurzfristig anberaumten Sitzung nach London. Können Sie mich auf den nächsten Flug einbuchen? Und ich würde gern heute Abend zurückfliegen.«

»Mal schauen, was ich machen kann«, sagte die Frau am Schalter und rief die Abflugzeiten auf.

Jim sah sich um. Um diese Zeit am Vormittag war nicht viel los am Flughafen. Hinter dem Schalter, an dem er gerade stand, gingen zwei Polizisten mit einem schwarzen Labrador vorbei, der an den Koffern auf den Fließbändern schnupperte. Jim wandte sich in aller Ruhe wieder der Servicemitarbeiterin zu.

»Der nächste Flug nach London geht in einer guten Stunde«, sagte sie und sah von ihrem Bildschirm auf. »Und landet um 11.00 Uhr in London Heathrow. Dort könnte ich Ihnen noch einen Platz buchen. Und abends könnten Sie beispielsweise um 17.00 Uhr zurückfliegen, Ankunft in Kastrup 19.55 Uhr?«

»Perfekt. Sie haben meinen Tag gerettet. Was macht das?«

»4350 Kronen.«

»Bitteschön.« Er legte 4500 auf den Tresen. Es war grenzwertig, aber nicht ganz ungewöhnlich, ein paar tausend Kronen in bar bei sich zu haben.

Jim zog den Pass aus der Innentasche seiner Jacke und reichte ihn ihr.

»Michael Jensen?« Die SAS-Dame blinzelte ihm flirtend zu.

»Das bin ich«, sagte Jim und schickte einen dankbaren Gedanken an seinen alten Kumpel aus Kokkedal, den er eines schönen Tages zufällig wiedergetroffen hatte. Das Leben hatte sich für Michael Jensen nicht so entwickelt, wie er sich das gewünscht hatte; er verbrachte den größten Teil seiner Zeit im Café Vest in Vesterbro. Das Vorruhestandsgeld reichte vorne und hinten nicht, und bei der Aussicht auf 20 000 Kronen in bar hatte Michael nicht lange gefackelt und seinem alten Kumpel zu einem zweiten Pass verholfen. Zumal er keine konkreten Reisepläne hatte.

Ausgestattet mit Michaels Geburtsurkunde, seiner Krankenversicherungskarte und einem Passfoto, hatte Jim ins Rathaus gehen und einen Pass beantragen können, ohne auf irgendwelche Probleme zu stoßen.

»Gut. Wie ich sehe, haben Sie nur Handgepäck?«

»Ja, nur die hier.« Jim hob die Aktenmappe hoch, damit sie sie besser sehen konnte.

Die junge Frau nickte, zog den Pass über den Scanner und tippte die Daten ein. Gleich darauf reichte sie ihm Pass, Bordkarte und Wechselgeld über den Tresen.

»Boarding spätestens um 10.35 Uhr an Gate C15. Ich wünsche Ihnen eine angenehme Reise!«

»Vielen Dank«, sagte Jim und bedachte sie mit einem warmen Lächeln. »Und Ihnen noch einen wunderschönen Tag.« Er nahm die Rolltreppe und ging durch die Sicherheitskontrolle.

*

Katrine Wraa parkte am Flughafen. Sie hatte über ihr Handy eingecheckt und nur Handgepäck dabei, weshalb sie direkt zur Sicherheitskontrolle ging. Sie musste nicht lange warten und holte sich auf dem Weg zum Gate einen Kaffee. Bis zum Boarding war es noch eine gute halbe Stunde.

Sie hatte Melby angerufen, ihm die Situation geschildert und gesagt, dass sie versuchen wollte, spätestens am nächsten Abend zurück zu sein und am Freitag wieder zur Arbeit zu kommen. Melby war sehr verständnisvoll gewesen.

Katrine hatte sich ein paar Artikel zu Führungsstrukturen gewalttätiger Gangs eingesteckt, konnte sich aber nur schwer konzentrieren. Ihre Gedanken wanderten ständig zu ihrem Vater und dem kurzen Telefonat, das sie am Vortag geführt hatten. Den Abschnitt, in dem es über die Unterschiede zwischen autoritären Anführern und unautoritären ging, die die übrigen Gangmitglieder an ihren Entscheidungen beteiligten, musste sie mehrmals lesen. Dort stand etwas über die typische Rollenverteilung auf Planer, Ausführende und Entscheidungsträger und wie man die kriminellen Handlungen einer Gruppe in verschiedene Untergruppen einteilen konnte. Es stand weniger Neues darin, als sie erhofft hatte. Sie legte den Artikel beiseite und klappte den Laptop auf, um noch einmal ihre Mails zu checken, ehe sie an Bord ging. Vor dem Gate füllte es sich langsam. Ihr fiel ein Mann auf, der ihr seltsam bekannt vorkam. Kannte sie ihn von der Arbeit, oder war das ein alter Mitschüler aus der Mittelstufe? Nein. Ihre Blicke trafen sich ganz kurz. Sie sah schnell weg.

In diesem Moment fiel ihr siedend heiß ein, dass sie nachmittags einen Termin bei ihrem Krisenpsychologen hatte. Sie suchte seine Nummer heraus, rief ihn an und teilte seinem Anrufbeantworter mit, dass sie verhindert war und sich melden würde, sobald sie zurück wäre, um eine neue Zeit zu vereinbaren.

Kurz darauf begann das Boarding. Katrine saß ein paar Reihen hinter dem Mann, der ihr so bekannt vorkam. Sie versuchte erneut, sich auf ihren Artikel zu konzentrieren, fragte sich aber immer wieder, wo sie ihn schon mal gesehen hatte.

*

Am späten Abend des Vortages war im Mjølnerpark in Nørrebro ein junger Mann mit palästinensischem Hintergrund bei einem Schusswechsel schwer verletzt worden. Der Mann war inzwischen außer Lebensgefahr. Das Auto, das für das Attentat benutzt worden war, hatte man später ausgebrannt in Tingbjerg gefunden. Eine Mannschaft der Taskforce hatte die Nacht hindurch Befragungen im Wohngebiet vorgenommen, um herauszufinden, wer da mit wem abgerechnet hatte. Es war noch immer unklar, ob das Opfer ein unschuldiger Passant war, der sich zum falschen Zeitpunkt am falschen Ort befunden hatte, oder ob er direkt in den Bandenkrieg verwickelt war.

Jens Høgh sah auf die Uhr. In wenigen Minuten begann ihr täglicher Jour fixe zum Fall Maja. Er riss sich von seinem Computer los und ging nach unten in den zweiten Stock. Sein Kopf dröhnte, als protestierte er gegen die Zwangsernährung mit all den Informationen, die ihn im Grunde gar nicht interessierten. Er wollte zurück zur Mordkommission und im Fall Maja weiterermitteln. Natürlich zusammen mit Katrine. Sollten diese schießwütigen Idioten doch zur Hölle fahren.

Jens nickte Kragh zu, der den Raum betrat und sich neben ihn setzte.

»Wie läuft es mit Katrine?«, fragte Kragh.

»Sie ist nach London zu ihrem Vater geflogen. Er ist überraschend ins Krankenhaus eingewiesen worden.«

»Das hört sich aber gar nicht gut an.«

»Nein. Abgesehen davon …«, Jens sah Kragh vielsagend an, »war der Bescheid, nicht an den Ermittlungen in der Abteilung teilnehmen zu dürfen, natürlich eine echte Schlappe für sie.«

»Ist sie ganz ausgeschlossen worden?«, fragte Kragh leise und offenbar überrascht.

»Mehr oder weniger«, bestätigte Jens.

»Hm«, sagte Kragh mit einem Blick auf Melby am anderen Tischende.

»Gut!«, sagte Torsten Bistrup. »Dann wären wir also vollzählig. Ich würde gerne sagen, dass ich eine gute und eine schlechte Neuigkeit habe, aber leider habe ich nur eine schlechte. Wir haben noch immer keinen Durchbruch zu verzeichnen!« Bistrup blickte in die Runde. »Die Techniker haben keine brauchbare DNA in dem ausgebrannten Auto gefunden. Wir haben Dahls sämtliche Dancard-Einkäufe der letzten zwei Jahre überprüft, mit besonderem Augenmerk auf Einkäufe in Baumärkten oder an Tankstellen. Wir haben alle vorhandenen Kassenbons sämtlicher Einkäufe gecheckt, aber keinen Benzinkanister gefunden.«

»Und wenn er bar bezahlt hat?«, fragte Kragh.

»Möglich, ja«, sagte Bistrup. »Dahl hält daran fest, dass sein Wagen gestohlen wurde, er nicht in dem Bordell war und Maja Jensen auch nicht umgebracht hat. Aber er hat kein Alibi. Wir warten nach wie vor auf die Ergebnisse der DNA-Proben aus dem Bordell.«

»Wie sieht dann der nächste Schritt aus?«, fragte Kragh.

»Wir haben eine Reihe Kunden verhört, ohne Resultat, und der Abgleich zwischen den Kunden des Salons und bekannten Sexualstraftätern und Brandstiftern hat nur eine einzige Übereinstimmung ergeben. Der Betreffende sitzt aber in Herstedvester ein und war dort auch schon zum Mordzeitpunkt. Wir dehnen jetzt die Kreise aus, richten den Blick weiter in die Vergangenheit und nehmen Asger Dahls finanzielle Situation genauer unter die Lupe. Wir haben einige Ermittler zusammen mit dem Leiter der Finanzabteilung von Børns Ret, wo Dahl arbeitet, auf Rechnungen und Belege angesetzt.«

»Hat die Untersuchung der Telefonkontakte der Asgers etwas ergeben?«, fragte Kragh. »Oder ihre privaten Computer?«

»Nein«, sagte Bistrup. »Auf Dahls privatem Computer haben wir zwar einiges an pornographischem Material gefunden, aber das hat er alles legal erstanden, und ...« Er zuckte mit den Schultern. »Das ist leider nicht verboten. Die Telefone – auch nichts.«

»Gut«, sagte Kragh. »Wir machen weiter. Das ganze Umfeld des Mannes muss abgeklopft werden. Alles!« Er sah Jens an. »Und die anderen Seitenstränge des Falles?«

»Um noch einmal auf die finanzielle Situation des Opfers zu kommen«, sagte Jens. »Wir neigen zu der Annahme, dass ein Teil des Barvermögens aus Steuerhinterziehung herrührt. Aber das erklärt nicht alles. Wir haben ihren Terminkalender mit der Buchführung verglichen, es dürfte recht simpel gewesen sein, Gelder daran vorbeizumogeln. Alternativ könnte Hehlerei im Spiel gewesen sein – möglicherweise in Verbindung mit Bo Hector von den Devils. Und von Ditte wissen wir, dass Hector und Maja vor kurzem einen heftigen Streit hatten. Wir sind natürlich brennend daran interessiert, ihn mit diesen Fragen zu konfrontieren«, sagte Jens und sah zu Melby. »Mal abgesehen davon, dass uns das wahrscheinlich nicht weiterbringen wird, hoffen wir, dass irgendjemand sich bei unseren Befragungen verplappert. Wir behalten weiter im Auge, ob die Devils einen Rachefeldzug gegen die beiden Jungs planen, die das Bordell überfallen haben. Zu diesem Zweck hören wir ihre Telefone ab. Bis jetzt scheinen sie extrem darauf zu achten, nichts Wesentliches am Telefon zu besprechen. Oder es tut sich schlicht und einfach nichts bei ihnen. Wir können nur hoffen, dass sie irgendwann mal so zugekifft sind, dass sie sich verplappern.«

*

»Wo bleibt er denn?«

Marco und Thomas traten auf der Stelle. Sie standen vor dem Eingang vom Einkaufszentrum Illum in der Købmagergade, wo sie sich verabredet hatten. Angeblich sollte um zehn Uhr ein Typ namens Julius zu ihnen stoßen. Was für ein idiotischer Name. Ein Schwuchtelname, hatten sie sich geeinigt.

Und schließlich kam der tuntigste Kerl, den Marco jemals gesehen hatte, in flottem Tempo auf sie zugestürmt.

»Hallöchen, Jungs, tut mir la-heid, dass ich so spät bin, ich komm grad von einem Fotoshooting mit ein paar totaaal unkörperlichen Models.«

»Ähm, okay«, sagte Marco.

»Na!«, sagte Julius und musterte sie enthusiastisch von Kopf bis Fuß. »Seid ihr bereit für ein Make-over? Ich hab gehört, ihr wollt eine feine kleine Reise machen.«

»Und ob wir bereit sind.« Thomas grinste. »Absolut!«

»Dann lasst uns loslegen. Zuerst geht's zum Friseur – das dauert sicher zwei Stündchen. Bleiben uns noch drei Stunden bis zu eurer Abfahrt.«

Zwei Stunden beim Friseur? Drei Stunden zum Klamottenkaufen?, dachte Marco. Auch Thomas' Gesicht war ein einziges Fragezeichen. Was sollte daran so lange dauern?

*

Die rothaarige Frau am Gate hatte ihn regelrecht angestarrt. Jim Hellberg grübelte den gesamten Flug darüber nach, wer zum Teufel sie war. Kannte er sie irgendwoher? Hatten Sie sich mal auf einer Party getroffen? Unwahrscheinlich, sie war nicht sein Typ, auch wenn sie gut aussah. Mit den Haaren bestimmt eine ziemlich wilde Katze. Eine verdeckte Ermittlerin war sie wohl kaum, so indiskret wären nicht einmal die Bullen. Er versuchte den Gedanken beiseitezuschieben, spürte den ganzen Flug über aber ihren Blick im Nacken.

In Heathrow ging sie genau wie er direkt zum Ausgang. Sie hatte nur Handgepäck dabei. Er hielt sich in sicherem Abstand hinter ihr. Sie nahm die Piccadilly Line, stieg in South Kensington aus und sah sich nicht mehr nach ihm um. Er fuhr weiter mit der Tube bis Piccadilly Circus. Vielleicht sollte er den Deal doch sausen lassen? Andererseits war sie jetzt weg. Das alles hatte nichts zu bedeuten. Also los!

Auf den letzten Stufen der Treppe, die aus dem Untergrund heraufführte, blieb Jim stehen und sah sich hastig um. London war ganz wie immer. Ein roter Doppeldeckerbus rauschte vorbei, die klassischen schwarzen Taxis verstopften die Straßen, und über die Bürgersteige schoben sich die reinsten Menschenmassen.

Jim überquerte Piccadilly Circus und bog rechts in die Sherwood Street ein. Bei der Kreuzung Brewer Street blieb er erneut stehen. Als er sicher war, dass ihm niemand folgte, setzte er sich wieder in Bewegung. Nach einigen hundert Metern erreichte er die Great Windmill Street. Gleich um die Ecke lag das Internetcafé *cafe@ piccadilly*. Ein hübsches Lokal, in dem er nicht weiter auffiel.

Er ging hinein und ließ sich einen Computer zuweisen. Der Platz links neben ihm war frei, rechts saß ein Typ und hackte energisch mit zwei Fingern auf die Tastatur ein.

Jim öffnete den Browser und loggte sich in das E-Mail-Konto ein, dass er für den direkten Kontakt mit Chouf nutzte. Dort war eine Notiz mit einer englischen Nachricht hinterlegt.

»Donnerstag, wie geplant? Wie viel?«

Jim löschte die Notiz und legte eine neue an.

»Donnerstag, wie geplant. 2000.«

Er verbarg die Notiz und loggte sich aus.

Niemals eine Mail schreiben, nur Notizen. Und für jedes Projekt ein neues Mailkonto einrichten, zu dem beide Zugang hatten. Die Notizen verschwanden, wenn man sie löschte, ohne digitale Spuren zu hinterlassen.

Er schloss den Browser und öffnete Skype, richtete ein neues Profil ein, suchte nach TheYugo_35 und bat um Kontakt.

Jim wartete eine Weile, aber als sich nichts tat, öffnete er Facebook. Dort richtete er ein neues Profil unter dem Namen Lars Larsen ein und stellte eine Freundschaftsanfrage an Dick Baron. Robert van Bommel, alias *Der Baron*, hatte schon immer ein Faible für Namen gehabt.

Jim lehnte sich zurück, wartete und sah sich erneut im Lokal um. Alle anderen Gäste schienen sich auf ihre Bildschirme zu konzentrieren.

Eine Minute später war Lars Larsens Freundschaftsanfrage an Dick Baron bestätigt. Jim öffnete einen Chat mit seinem neuen Freund.

»Hey, schön, von dir zu hören, Dick«, schrieb er auf Englisch.

»Ebenso.«

»Hast du meine Nachricht über die Fahrzeuge bekommen?«

»Ja, das läuft.«

»Perfekt! Ich komme runter, wie vereinbart.«

»Ich denke mir was Schönes für dich aus …«

»Klingt vielversprechend! Bis dann.«

Jim schloss das Chatfenster. Dann löschte er das Profil von Lars Larsen und verließ den Browser.

Auf Skype hatte sich noch immer nichts getan. Er öffnete die BBC-Website und checkte die Wetteraussichten für Europa. In Spanien sah es friedlich aus. Von der Biscaya bis nach England angenehme Temperaturen und kein Sturm. Sie würden voraussichtlich eine ruhige Segeltour haben.

Plötzlich tat sich etwas im Skype-Chat. TheYugo hatte sich eingeloggt und stellte die abgesprochene ID-Frage auf Englisch.

»Was verschafft mir die Ehre?«

»Die Ehre ist ganz auf meiner Seite, Soldat.« Jede andere Antwort hätte zur Folge gehabt, dass The Yugo das Gespräch sofort abbrach.

»Lange nichts gehört.«

»Ja.«

»Was kann ich Gutes für dich tun?«

»Dies und das. Was hast du?«

»Ich habe eine Scorpion Vz, eine AK-47, diverse Handwaffen – Glock, Browning, Heckler & Koch, you name it.«

»Was kosten eine Scorpion und eine Glock?«

»4000 für die Scorpion und 3000 für die Glock.«

»Euro?«

»Jepp.«

»Das ist teuer.«

»Ja, die Zeiten sind hart.«

»Und dein Preis für 4 Scorpions und 5 Glocks?«

»Ich habe nur 3 Glocks. Du kannst 4 Scorpions, 3 Glocks und 2 Brownings haben. Augenblick.«

Jim wartete. Es dauerte ein paar Sekunden, in denen Yugo den Preis ausrechnete. Kurz darauf kam die Antwort.

»Das ganze Paket für 30, weil du's bist.«

»Und wenn ich noch ein paar Granaten will?«

»Die kosten 500 das Stück.«

»Gib mir 10 Granaten und das Paket mit 4 Scorpions und 5 Pistolen für 25. Okay?«

Yugo antwortete nicht sofort. Pures Theater.

»Jetzt wirst du unverschämt!«

Jetzt war es an Jim, die Antwort ein wenig rauszuzögern. Aber Yugo hatte keine Geduld. Er war hungrig.

»Also okay. Aus alter Freundschaft.«

»Das ist ein Wort. Es ist mir immer wieder ein Vergnügen!«, antwortete Jim.

»Lieferung an die übliche Adresse?«

»Ja. Wann?«

»Rechne mit einer Woche.«

»Es kommt jemand mit dem Geld, wenn ich die Ware bekommen habe.«

»Wodka und Weiber. Bis dann!«

»Bis dann!«

Jim schloss das Chatfenster, meldete sich von seinem Profil ab und schloss Skype. Danach löschte er alle Cookies, die verraten konnten, auf welchen Internetseiten er gewesen war, und leerte zum Schluss den Papierkorb. Natürlich könnte man alles problemlos wiederherstellen, aber wer wusste schon, dass er, Jim Hellberg, heute in London in diesem Café saß, um seine Geschäfte zu erledigen? Niemand. Die Vorgehensweise war umständlich, aber die Sicherheit hatte höchste Priorität, wenn man mit dieser Art von Aufträgen operierte. Lieber zu viel tun, als ein Risiko einzugehen. Außerdem machte ihm die Inszenierung an sich Spaß.

Er stand auf, bezahlte und verließ das Internetcafé. Ihm blieb noch reichlich Zeit für ein Frühstück und eine Shoppingrunde, bis er zurück am Flughafen sein musste. Nachdem er sich mit einem soliden, appetitlich frisch zubereiteten Burger gestärkt hatte, begab er sich in den Elektromarkt, den er auf dem Hinweg gesehen hatte. Aus alter Gewohnheit scannte er die Straße ab. Nichts Verdächtiges. Er ging in den Laden.

Fünf Minuten später kam er wieder heraus. In der Aktenmappe lagen nun zwei klassische Nokia-Mobiltelefone, die er bar bezahlt hatte. Kurz darauf verschwand er über die Treppe in den Untergrund.

*

In Heathrow fiel Katrines Blick als Erstes auf die Schlagzeile der Titelseite einer englischen Tageszeitung: *Neue Untersuchung beweist: Psychologisches Profiling schadet polizeilichen Ermittlungen.*

Na toll!

Wie gut, dass sie nicht vorhatte, sich mit ihren ehemaligen Kollegen zu treffen. Sie konnte sich lebhaft vorstellen, wer welchen Kommentar abgeben würde. Am empörtesten von allen wäre natürlich Caroline. Garantiert schrieb sie schon an einer spitzzüngigen, vor Gift triefenden Entgegnung, die ihre Gegner noch mehr auf den Plan rufen und die Gräben noch vertiefen würde. In England gab es etliche Berufsstände, die einen regelrechten Hass auf Profiler hatten und jede Gelegenheit ergriffen, die Glaubwürdigkeit dieses Fachbereiches anzugreifen und Beweise anzuführen, wie unwissenschaftlich und geradezu schädlich Profiling war. Keine Frage, vereinzelt gab es Fälle, bei denen die Polizei sich allzu schnell auf die Aussage eines Profilers verlassen hatte, mit dem Resultat, dass andere Spuren kalt geworden waren. Aber genauso gab es auch zahlreiche Beispiele für die erfolgreiche Zusammenarbeit von Polizei, Psychologen, Gerichtsmedizinern und Technikern.

Katrine überlegte, ob sie es lassen sollte, kaufte dann aber doch ein Exemplar der Zeitung und las sie in der Bahn vom Flughafen in die Stadt.

In South Kensington stieg sie um und fuhr weiter mit der U-Bahn nach Westminster. Die Station lag direkt an der Themse, und sie spazierte zügig über die Westminster Bridge. Sie mochte den Blick auf die Millionenstadt, die sich, so weit das Auge reichte, in alle Richtungen erstreckte. Sie liebte London und war kopfüber in die Großstadt eingetaucht, als sie hier studiert und gelebt hatte. Aber im Laufe des letzten Jahres hatte sie plötzlich genug und fast das Gefühl gehabt, zu ersticken und irgendwie festzustecken. Irgendwann war sie ausgebrochen und hatte ein One-Way-Flugticket nach Scharm El-Scheich gebucht. Ein irres Gefühl. So etwas hatte sie nicht mehr gemacht, seit sie nach dem Abi in der Weltgeschichte herumgereist war.

Ihr momentanes Leben in der ruhigen dänischen Sommerhausidylle war ein starker Kontrast zu der Zeit, die sie in England verbracht hatte. Aber die Entscheidung fühlte sich nach wie vor richtig an. Sie hatte mit London abgeschlossen. Wobei sie es genoss, ab und zu herzukommen und ihren Vater zu besuchen oder ein paar alte Freunde aus der Studienzeit zu treffen. Sie ging an dem großen Krankenhauskomplex entlang, der direkt am Fluss lag. Plötzlich konnte sie gar nicht schnell genug zu ihm kommen.

*

»Du bist genau so starrköpfig wie deine Mutter.«

»Ja, von dir kann ich das auf keinen Fall geerbt haben«, sagte Katrine. Sie lächelten sich zärtlich an.

Er sah in seinem Krankenbett schrecklich blass und müde aus.

»Was haben sie dir gesagt?«

»Ach, du weißt schon, dass sie ein paar Untersuchungen machen müssen, ehe sie was sagen können.«

»Hm.« Sie nickte, während ihr eine Unmenge von Fragen und Konsequenzen durch den Kopf gingen: Was untersuchen sie? Worauf deuten die Symptome hin? Wann ist mit den Untersuchungsergebnissen zu rechnen? Ihr Vater würde sich wie eine Schnecke in ihr Haus zurückziehen, wenn sie ihn jetzt damit bombardierte. Aber eine Frage lag ihr besonders auf dem Herzen …

»Okay, das Flächenbombardement werde ich mir verkneifen.«

»Danke, das weiß ich sehr zu schätzen«, sagte er.

»Aber beantwortest du mir wenigstens eine Frage?«

»Of course, Love.«

»Warum haben Sie dich so schnell hierher überwiesen, obwohl du erst vorgestern umgekippt bist und noch keiner weiß, was dir fehlt?«

Ihr Vater sah sie mit einem Gesichtsausdruck an, den sie nur zu gut kannte und von dem sie sich nicht täuschen ließ. Spätestens jetzt war ihr klar, dass er ihr nicht die ganze Geschichte erzählt hatte.

*

Viereinhalb Stunden später war Marco klar, wieso drei Stunden Shoppen für Julius zu wenig waren. Der Schwanzlutscher hatte hektische Flecken im Gesicht, weil noch immer die passenden Socken, Gürtel und Reisetaschen fehlten.

»Okay, okay«, sagte er. »Wenn ihr brav hier auf mich wartet, drehe ich noch ein schnelles Ründchen und besorge die letzten Kleinigkeiten.«

»Klar doch, Julle, wir rühren uns nicht vom Fleck«, sagte Thomas.

Der Stylist verschwand mit einem lauten und koketten »Tzzz«.

»Hey, T, wie seh ich aus?«

Thomas glotzte Marco an, der aus der Anprobekabine kam. Er trug eine hautenge weiße Jeans von Kenzo und ein hellrotes Poloshirt von Marc Jacobs. Seine Füße steckten in einem Paar dunkelblauer Segelschuhe, die Julius mitgebracht hatte. Ihre Schuhgrößen hatte er im Voraus bekommen.

»Wie eine süße kleine Schwuchtel«, sagte er leise und prustete los.

»Da sind wir ja schon zwei, Mann!«, sagte Marco und stupste Thomas an, der in karierter Hose und aufgeknöpftem Hemd vor ihm stand und seine frisch gewachste, glatte Brust betrachtete. Er hatte die schmerzhafte Behandlung alles andere als begeistert über sich ergehen lassen, aber angeblich führte ja kein Weg daran vorbei. Julius meinte, er könne nicht für den Gesamteindruck garantieren, wenn das nicht gemacht würde. Marcos Oberkörper war von Natur aus unbehaart, ihm war die Prozedur also erspart geblieben. Was die übrigen Körperteile anbetraf, mussten sie Julius hoch und heilig versprechen, sich zu enthaaren. Für wie blöd hielt er sie eigentlich?

Thomas legte den Kopf etwas schräg, legte einen Finger an die Lippen und wedelte mit der anderen Hand locker im Gelenk.

»Nein, warte«, sagte Marco. »So siehst du aus wie ein fucking Nørrebro-Homie, der sich als Schwuchtel verkleidet hat.«

»Homie oder Homo?«, feixte Thomas dämlich und wedelte weiter mit der Hand.

Marco zeigte ihm den Mittelfinger.

»O ja!«, stöhnte Thomas leise. »Tiefer, Süßer.«

»Du lebst dich ja ganz schön in die Rolle ein, T, muss ich mir Sorgen machen?«, sagte Marco, drehte sich und betrachtete sein Profil im Spiegel. Die Verwandlung war beinahe beängstigend. Er war kaum noch von einem echten Schwulen wie Julius zu unterscheiden. Und die Frisur ... Marcos kräftige, dunkle Locken waren radikal gekürzt und nach hinten gegelt worden. Thomas' leberwurstfarbene Wolle war blond gefärbt. »So ein richtiger Schuss *Sonne* im Haar, du weißt schon«, hatte Julius den Friseur angewiesen. Und dann hatten sie noch die Augenbrauen gezupft und gefärbt bekommen. Wenn einer von den Leuten zu Hause sie jetzt so sehen könnte ... der mühsam aufgebaute Respekt wäre in Sekunden dahin. Ganz zu schweigen von den Devils. Er schüttelte sich.

Zwanzig Minuten später kam Julius um einiges entspannter zurück. Offenbar hatte er alles gefunden, was noch fehlte.

»Puuuuh, das hat mir jetzt aber doch die eine oder andere Schweißperle auf die Stirn getrieben. Dafür dürften wir jetzt tatsächlich alles beisammenhaben.« Er musterte die beiden zufrieden von Kopf bis Fuß. »Ich kenne da ein paar Typen, die würden sicher gern ein Date mit euch haben«, sagte er und zwinkerte Marco zu. »Jetzt fehlt nur noch eins.« Er schob die Hand in die Hosentasche und zog einen Autoschlüssel heraus. »Er steht unten im Parkhaus, ein schwarzer Passat.« Julius sah sich um. Dann winkte er Marco und Thomas näher zu sich. »Ich glaube, das war's, Jungs. Bon voyage!«

Und weg war er.

Marco und Thomas sahen sich an und begaben sich kopfschüttelnd in Richtung Ausgang. Wenige Minuten später saßen sie im Auto. Laut GPS betrug die errechnete Fahrzeit nach Puerto Banús neunundzwanzig Stunden. Bargeld für die Fahrt, Euro natürlich, lag im Handschuhfach.

Marco setzte seine neue Prada-Sonnenbrille auf und fuhr zur Ausfahrt. An so ein Leben könnte er sich ohne weiteres gewöhnen.

*

Christian war in der Werkstatt und sprach gerade mit einem Mechaniker, als sein Handy klingelte. Es war Louise.

»Christian, hier ist ein Kunde.«

»Ich komme.« Ihre Stimme klang irgendwie seltsam. Christian beendete die Unterhaltung mit dem Mechaniker und ging durch die Hintertür in den Ausstellungsraum, wo ein riesiger, braungebrannter Mann mit Glatze sich mit Louise unterhielt, die sich in ein schnurrendes Katzenjunges verwandelt hatte. Der Riese trug ein langärmeliges Shirt, dessen Ärmel hochgeschoben waren, so dass die großflächigen Tätowierungen zu sehen waren.

»Was kann ich für Sie tun?«, fragte Christian freundlich und professionell. Louise wippte davon.

Der Mann streckte seine Pranke aus und umschloss Christians schmale Hand vollständig. »Mein Name ist Bo Hector, ich soll Grüße von einem gemeinsamen Bekannten ausrichten. Jim hat verlauten lassen, Sie hätten momentan ein paar recht ansprechende Angebote? Einen Audi A8, zum Beispiel?«

Christian antwortete mit einem zustimmenden Lächeln. Dieser Kunde war wirklich außergewöhnlich. »Ja, das stimmt«, sagte er. »Wenn Sie mir bitte folgen wollen.«

Christian ging in seinen Glaskasten und zog die Tür hinter Hector zu. »Nehmen Sie doch bitte Platz«, sagte er und zeigte auf den Stuhl vor seinem Schreibtisch.

Das Gespräch dauerte etwas über eine halbe Stunde. Als Christian wieder allein war, zog er die Schreibtischschublade auf. Wunderbar. Der dicke Umschlag, der dort lag, enthielt zweihundert Tausendkronenscheine. Der Vorschuss für den Audi. Der Kaufvertrag sollte auf die Partnerin des Kunden ausgestellt werden.

Jetzt musste er nur noch zwei weitere Wagen verkaufen.

Er nahm ein Firmenkuvert, zählte eilig siebzig Scheine ab und steckte sie in den Umschlag. Mehr als achtzigtausend Kronen durfte er nicht in bar annehmen, darum musste er den Vorschuss in kleinere Raten aufsplitten. Drei, vier Besuche bei der Bank in unregelmäßigen Abständen, das war kein Problem. Endlich liefen die Geschäfte wieder!

Er schob den Umschlag in die Innentasche seiner Anzugjacke, schloss die Schublade und ging in den Verkaufsraum. »Was hat er dir gegeben?«, fragte Christian wie nebenbei, als er auf dem Weg nach draußen an Louise vorbeikam. Er hatte gesehen, dass Bo Hector ihr etwas in die Hand gedrückt hatte, bevor er gegangen war.

»Eine Einladung zu einer Party.«

»Eine Party?«, wiederholte Christian überrascht. »Und hast du … hast du vor, hinzugehen?«

»Natürlich«, antwortete sie trotzig.

Christian sah sie erstaunt an und fragte sich, was eine so hübsche Frau wie sie an so einem Typen fand. Über dieses Mysterium nachgrübelnd, verließ er den Laden.

*

Der nächste Stopp war das Lager in Herlev.

Jim Hellberg war planmäßig aus London zurück und hatte seinen Wagen am Bahnhof in Hellerup abgeholt. Jetzt fuhr er auf den Tuborgvej. Der Verkehr war um diese Zeit am Abend ruhig. Nur vereinzelt kam ihm ein Wagen entgegen, und im Rückspiegel sah er einige hundert Meter hinter sich einen hellen Opel, der aber ziemlich bald vom Tuborgvej abfuhr.

Als Jim den Lyngbyvej kreuzte und der Ringstraße weiter folgte, bemerkte er einen schwarzen Ford Mondeo, der aus einer Seitenstraße gekommen war und nun etwas über hundert Meter hinter ihm lag.

Er fuhr weiter Richtung Tomsgådsvej. Der Ford war immer ein-, zweihundert Meter hinter ihm. In Bellahøj bog er rechts auf die Autobahn nach Hillerød ab. Der schwarze Ford folgte ihm. Jim hatte gesehen, dass zwei Leute im Wagen saßen. Das roch kilometerweit nach Beschattung. Waren sie hinter ihm her? Hatten sie sein Auto am Bahnhof Hellerup observiert? Hatten sie jemanden in London auf ihn angesetzt?

Ein verräterischer Gedanke meldete sich. Hatte er einen Fehler gemacht? Irgendetwas übersehen? Die Unruhe, die sich auf dem Weg nach London wie ein Tier angeschlichen hatte, meldete sich wieder.

Es durfte jetzt nichts schiefgehen. Nicht jetzt.

Er hasste es, nicht die volle Kontrolle zu haben und in Situationen zu geraten, die er nicht zu hundert Prozent beeinflussen konnte. Was wussten die Verfolger? Was hatten sie gegen ihn in der Hand? Diese Fragen konnte er nicht beantworten. Er hatte schon häufig darüber nachgedacht, sich eine Vertrauensperson bei der Polizei zu suchen, um immer auf dem aktuellen Stand zu sein, aber bis jetzt war ihm das zu riskant gewesen.

Er stellte schnell im Kopf eine Bilanz auf: Das Kokain war sicher auf der Farm angekommen und bereits auf dem Weg zu den Kunden, der Transport von Marokko war organisiert und die Besatzung zusammengestellt. Die beiden andere Jobs, die Wagen für Christian und die Waffen für Hector, waren angeleiert, und was die damit zusammenhängende Logistik betraf, fühlte er sich weitestgehend sicher. Topvorsichtsmaßnahmen auf allen Ebenen.

Aber wie waren sie auf ihn aufmerksam geworden, wenn sie ihn nun doch im Visier hatten? War Maja die Schwachstelle? Es dürfte kein Problem sein, ihre alten Telefonkontakte zu rekonstruieren. Andererseits gab es da eine Menge Männer. Außerdem wäre das kein ausreichender Grund, eine ganze Mannschaft auf ihn anzusetzen.

Der schwarze Ford Mondeo hinter ihm machte ihn nervös.

Dorthin, wohin er jetzt fuhr, durften sie ihm auf keinen Fall folgen.

Kurz hinter Utterslev Mose kam rechter Hand ein kleiner Rastplatz. Kurz entschlossen setzte Jim unmittelbar vor der Abfahrt den Blinker, machte einen scharfen Rechtsschwenk und hielt an. Der Ford fuhr vorbei.

Jim wartete ein paar Minuten, ehe er weiterfuhr.

Unter der Brücke bei Mørkhøj hielt er nach verdächtigen Fahrzeugen Ausschau, konnte aber nichts entdecken. Er folgte der A3 nach Süden in Richtung Herlev und fuhr in Ballerup ab. Nach wie vor war niemand zu sehen. Trotzdem hielt er noch einmal am Straßenrand an. Nichts. War seine Phantasie mit ihm durchgegangen? Hatte sie ihm einen Streich gespielt? Kriegte er allmählich Paranoia?

Es wurde wirklich höchste Zeit, dass er seine Geschäfte hier zu Ende brachte und sich auf seine Projekte in den Tropen konzentrierte, weit weg vom dänischen Überwachungsstaat.

Als nach ein paar weiteren Minuten noch immer kein Anzeichen eines Verfolgers zu sehen war, fuhr er weiter. Er bog ins Industriegebiet ab, wobei er alle Fahrzeuge und Personen, die potentiell von der Polizei sein konnten, wachsam im Blick behielt. Als er ganz sicher war, dass niemand ihm folgte, fuhr er auf den Parkplatz des Lagerlokals und stellte den Wagen ab.

*

Die Reise des Geldes.

Eine Sache war die Logistik. Um die Waren nach Europa und Dänemark zu kriegen, brauchte es Erfindungsreichtum, Dreistigkeit und Kreativität. Aber was für eine Herausforderung es war, die Bezahlung für die Waren auf den umgekehrten Weg zu schicken und das Geld im Ausland zu deponieren, darüber machten sich die wenigsten Leute Gedanken. Banküberweisungen waren aus verständlichen Gründen ausgeschlossen, lautete die

Grundregel Nummer eins doch, keine elektronischen Spuren zu hinterlassen. Bargeld war die eleganteste Lösung, stellte in diesen Mengen aber ein Problem dar. Die Reise des Geldes begann in Dänemark, doch schon hier brauchte man einen Ort, an dem man es aufbewahren konnte.

»Sag einfach, dass du zu Hause umbauen willst und vorübergehend Platz für ein paar Dinge brauchst.« So hatte Jim einen alten Freund seines Vaters instruiert, als dieser ihm gegen gute Bezahlung ein Mietlager besorgen sollte.

Damit hatten Søren und Jim einen weiteren Aufbewahrungsort mit zeitlich unbegrenztem Zugang rund um die Uhr. Mit einem sechsstelligen persönlichen Code kamen sie in die Lagerhalle, in der sich der abgeschlossene Raum der Firma befand.

Das Mietlager war eine geniale Erfindung, denn niemand kontrollierte, was dort aufbewahrt wurde. Die Bullen brauchten einen Anfangsverdacht und einen Durchsuchungsbeschluss, um in den Raum zu gelangen. Und ließ man erst gar keinen Verdacht aufkommen, hatte man die nötige Diskretion und Arbeitsruhe. Neue Firmenkunden wurden gebeten, über einen Strohmann – das war eine Vorschrift – einen eigenen Lagerraum zu mieten. Der Kunde durfte auf keinen Fall persönlich mit dem Lager in Verbindung gebracht werden.

Diese Lagerräume spielten eine zentrale Rolle bei der Logistik des Geldes. Für Jim waren sie so etwas wie ein landesweites Netz aus Bankschließfächern. Hatte die Firma eine Lieferung vereinbart und sich mit einem Kunden über Preis, Menge und Qualität geeinigt, deponierte der Kunde danach einen Vorschuss in seinem Lagerraum. Dieser Vorschuss belief sich in der Regel auf etwa ein Drittel der vereinbarten Kaufsumme. Der Restbetrag war fällig, sobald der Kunde die Ware erhalten und umgesetzt hatte, was in der Regel ein paar Monate später der Fall war. Natürlich erforderte das eine gehörige Portion Vertrauen zwischen der Firma und ihren Kunden, aber alle Parteien wussten, dass man mit diesen Geschäften nicht spaßte. Misstrauen schaffte schlechte Stimmung und konnte gefährlich werden. In manchen Fällen sogar lebensgefährlich.

Jim erlebte so gut wie nie, dass ein Kunde nicht bezahlte oder ihn, was die Menge anging, zu betrügen versuchten. Kam es doch einmal vor, dann in der Regel, weil ein Teil der Drogen oder des Geldes gestohlen oder von den Fahndern beschlagnahmt worden war. In so einem Fall waren die Regeln klar: Man hatte Schulden bei der Firma, die man bezahlen würde. Oder man riskierte zu verschwinden. Für immer.

Dabei war die Firma recht flexibel und human und bot speziell auf die Kunden zugeschnittene, maßgeschneiderte Rückzahlungspläne an. Die Zinsen waren nicht astronomisch hoch, und der Firma kam es in erster Linie darauf an, die Schuldenrückzahlung in Ruhe und Ordnung abzuwickeln.

Weitaus die meisten Kunden zahlten aber rechtzeitig den abgesprochenen Betrag.

Søren verwaltete die Codes und Kopien der Schlüssel zu den Räumen der Kunden in den verschiedenen Lagerräumen und holte das Geld dort ab. Wenn er seine Runde gemacht hatte, brachte er die Taschen ins Lager der

Firma in Gentofte. In diesen Sporttaschen befanden sich teilweise recht stolze Beträge. Danach begann die wahre Herausforderung: Das Geld musste in der anderen Richtung auf die Reise geschickt werden, damit sie ihre Kuriere und Lieferanten bezahlen konnten, die ganze Kette von der Quelle in Marokko oder Kolumbien über Spanien und Holland bis nach Dänemark. Und keiner akzeptierte dänische Kronen, bloß Euro.

Entscheidend war es, zuverlässige Leute auf dem dänischen Wechselmarkt zu finden. Es gab zwei arabische Brüder, Youssouf und Mahmoud, die sich auf diese besondere Form der Geldtransaktionen spezialisiert hatten. Sie ließen sich gut bezahlen, nahmen 15 Prozent, übernahmen dafür aber auch die Verantwortung, dass ihre Kuriere kleinere dänische Beträge bei den verschiedenen Wechselstuben in Kopenhagen eintauschten. Zurück kamen Euroscheine, die Søren persönlich in Empfang nahm und ins Lager in Herlev brachte.

Die Bezahlung von Chouf und Ricardo lief über Robert entweder in Spanien oder in Holland. Der nächste Schritt war es also, das Geld nach dort unten zu bringen und an geeigneter Stelle zu deponieren. Jim war selbst mehrfach in den Süden gefahren, ließ diesen Job jetzt aber auch von anderen erledigen, die er natürlich dafür bezahlen musste. Es wäre alles andere als vorteilhaft, mit Euro-Noten in Millionenhöhe gefasst zu werden.

Aus verständlichen Gründen setzte es ein besonderes Vertrauensverhältnis zu der Person voraus, die einen so hohen Betrag für sie transportierte. Und da sie häufiger Geld auf die Reise schicken mussten, hatte jeder von ihnen beiden eine Person ausgewählt.

Søren war die Entscheidung leichtgefallen, hatte er doch mit seiner Wahl gleich ein anderes Problem aus der Welt schaffen können. Für ihn war seine Mutter im Einsatz. Er hatte ihr eine Wohnung in Malaga gekauft. Ihr tat das Klima gut und Søren der Abstand. Natürlich wollte die ältere Dame ab und zu ihren Sohn in Dänemark besuchen, und da sie aus Prinzip in kein Flugzeug stieg, nahm sie gemeinsam mit »ihrem Mann« den Wagen.

Jim hatte eine ganze Weile überlegt, wen er auswählen sollte. Er hatte keine Skrupel, was das Risiko anging, dem diese Person ausgesetzt sein würde. Das gehörte zum Spiel. Und die Bezahlung war gut. Nachdem der Gedanke ihm erst gekommen war, war ihm seine Personalentscheidung vollkommen logisch erschienen.

Dieses Mal musste er nur das Geld für Robert holen und es selbst mitnehmen. Er warf die Tasche mit den anderthalb Millionen über die Schulter und ging nach draußen. Sorgsam verschloss er die Tür hinter sich und verließ das Lager.

*

Das erste Mal.

Irgendwann überschreitet man ein erstes Mal die schwindelerregende Grenze, die das Bekannte vom Unbekannten trennt. Das zweite Mal ist leichter, glaubt man, weil man ja weiß, was einen erwartet. Aber hat man erst einmal gelernt, dass man sich nie sicher sein kann, was einen hinter der Grenze erwartet, versteht man, dass jede Reise eine Reise ins Unbekannte ist. Man befindet sich die ganze Zeit in einem Gebiet, in dem Angst und Unsicherheit herrschen, hellwach und beständig auf der Hut, nie wissend, welche Grenze man beim nächsten Mal überschreitet.

Beim ersten Mal wollte er, dass ich mit ihm nach Hause fahre, um ein neues Trikot anzuprobieren, das er für mich hatte nähen lassen. Er hatte vergessen, es mit in die Halle zu nehmen, und ich war vor Enttäuschung fast gestorben. Bis er vorschlug, dass ich mit ihm nach Hause fuhr, um es anzuprobieren, damit ich es am Wochenende auch tragen konnte.

Ich ging in sein Bad, schloss die Tür ab und zog mich um. Als ich ins Wohnzimmer kam, saß er auf dem Sofa und lächelte mich an. Er blieb sitzen und bat mich, mich umzudrehen, damit er sehen konnte, wie das Trikot saß. Dann forderte er mich auf, bestimmte Positionen einzunehmen, um sicherzugehen, dass der Stoff auch alle Bewegungen mitmachte. Ich hob ein Bein zu einem perfekten Standspagat nach oben. Er stand auf und bat mich, die Biellmann-Pirouette zu machen, bei der ein Bein hinter dem Rücken hochgestreckt und mit beiden Händen über dem Kopf festgehalten wird, so dass der Rücken ein perfektes U beschreibt. Die vollkommenste aller Stellungen.

Auch die führte ich perfekt aus.

Während ich meinen Fuß mit beiden Händen ergriff und nach oben zog, kam er zu mir und berührte das Bein, das jetzt in der Luft war. Sein Atem veränderte sich und wurde schwer und keuchend. Ich bekam Angst und wollte weg, aber er hielt mein Bein mit der einen Hand fest und stützte mit der anderen meinen Oberkörper.

Ich stand nur da.

Und dann glitt seine Hand langsam an der Innenseite meines Schenkels nach unten bis zum Rand des Trikots. Ich trug keine Strumpfhose, weil wir ja drinnen waren und alles schnell gehen sollte. Deshalb gab es kein Hindernis für seine Finger, die sich plötzlich unter dem Trikot befanden und sich hin und her bewegten. Mein Kopf und mein ganzer Körper waren so versteinert und verwirrt, dass ich bestimmt steif wie eine Statue stehen geblieben wäre, wenn er mich losgelassen hätte. Aber er ließ mich nicht los.

*

Katrine Wraa öffnete die Tür des Hauses in dem friedlichen Mittelklasseviertel im südöstlichen London. An der Tür stand *Nathan Darling*. Nathan. Es hatte ihr immer Spaß gemacht, seinen Namen zu sagen mit dem weichen und dabei doch so starken Klang. Ihre Eltern hatten ihr den Nachnamen ihres Vaters als Zwischennamen gegeben. In der Schule war sie deswegen gehänselt worden und hätte den Namen am liebsten abgelegt, doch inzwischen fühlte sie sich eng mit diesem Namen verbunden.

In dem Haus, das einmal ein kleiner Pub gewesen war, hatte sie in den ersten Jahren ihres Studiums gemeinsam mit ihm gewohnt. Später hatte sie sich dann eine eigene kleine Wohnung gesucht. Inzwischen war ihr Zimmer das Gästezimmer, obwohl Katrine die Einzige war, die dort jemals übernachtet hatte.

Nach ihrer zweiten Rückkehr aus Ägypten war sie kurz bei ihm gewesen und hatte ihm die Fotos gezeigt, die sie mit ihrer Unterwasserkamera aufgenommen hatte, und natürlich hatten sie auch über den Mordfall und seine dramatische Entwicklung gesprochen. Damals war sie noch davon ausgegangen, dass sie direkt wieder zu arbeiten anfangen würde. Aber dann war alles ganz anders gekommen.

Er hatte sie sofort in Dänemark besucht, nachdem er erfahren hatte, dass sie sich krankmelden musste. Sie dachte nach. Das war jetzt schon etliche Monate her. Damals hatte er gut ausgesehen. Die Krankheit war ihm damals noch nicht anzusehen gewesen, obwohl sie sicher schon in seinen Zellen wütete.

Am Nachmittag hatte er ihr erzählt, dass sich die ersten Symptome kurz nach seiner Abreise aus England bemerkbar gemacht hätten. Aber natürlich hatte er sie nicht mit seinen Wehwehchen belasten wollen, wie er sich ausdrückte.

Es hatte vier Wochen gedauert, bis er sich aufgerafft hatte, zu einem Arzt zu gehen. Für ihn eine recht kurze Zeit, wie er meinte. Einige seiner Freunde waren im Laufe des letzten Jahres gestorben. Was war das nur mit Männern und Ärzten, fragte sie sich resigniert.

Dann war er endlich irgendwann zur Sache gekommen, denn die Diagnose kannte er längst.

Sie hängte ihre Jacke an einen Haken, stellte die Schuhe im Flur ab und lief auf Strümpfen ins Wohnzimmer. Ihre Füße versanken fast in dem weichen Teppich. Er hatte den Wunsch gehabt, sich richtig englisch einzurichten, als sie hierhergezogen waren. Skandinavische Wohnungen mochten modern und praktisch sein, meinte er, aber dafür auch kalt und kahl. Er hatte Teppichboden verlegen lassen, sich eine gemusterte Tapete ausgesucht, schwere, bodenlange Vorhänge vor die Fenster gehängt und die Gardinenstangen hinter Kästen versteckt. Es gab in der ganzen Wohnung nicht eine ungepolsterte Fläche, und sie erinnerte sich gut daran, wie wohltuend es gewesen war, nach einem langen Tag an der Uni abends nach Hause zu kommen. Die Räume hatten sie regelrecht aufgefangen. Es war alles genau wie bei ihren Großeltern, die in Liverpool gelebt hatten. Als Kind hatte sie sie in den Ferien manchmal mit ihrem Vater besucht. einige wenige Male war auch ihre Mutter dabei gewesen, aber meistens nur ihr Vater und sie. Sie waren durch den alten, riesengroßen Hafen spaziert, und er hatte ihr Geschichten über die Stadt und ihre historische Rolle als Knotenpunkt im Sklavenhandel nach Übersee erzählt. Auch von seiner Jugend hatte er gesprochen, von dem Zeitgeist, der damals geherrscht hatte. Sie hatten die Orte besucht, an denen die Beatles gespielt hatten, bevor sie weltberühmt geworden waren. Zu Hause bei Großvater und Großmutter gab es *fish 'n' chips* und Spezialitäten aus Liverpool, die Katrine liebte; ihr Leibgericht war der Lammtopf mit Erbsenpüree, den ihre Großmutter immer gekocht hatte. Ihre Großeltern sprachen ein witziges Englisch, ihr Dialekt hieß »Scouse«. Sie hatte längst nicht immer alles verstanden, und wenn ihr Vater auch Scouse zu reden begonnen hatte, war er ihr wie ein Fremder vorgekommen. Als ganz kleines Mädchen hatte sie protestiert, dass er Englisch mit ihr reden solle, worüber ihre Großmutter sich köstlich amüsiert hatte.

Sie verzichtete auf Licht im Wohnzimmer und setzte sich im Stockfinsteren in den großen Lehnsessel. Die Scheinwerfer der wenigen Autos, die draußen vorbeifuhren, huschten über die Möbel.

Wenn sie nach Hause kam – damals, als sie noch hier

wohnte –, wartete ihr Vater in der Regel mit dem Abendessen auf sie. *Tea*, nannte man das, obwohl es bei weitem nicht immer Tee zu trinken gab. Er hatte sich dann immer erkundigt, welche Vorlesungen sie gehört hatte. Oft saßen sie noch lange nach dem Essen da und diskutierten über die verschiedensten Lebensanschauungen, die die großen psychologischen Theorien repräsentierten. Ihr Vater war Historiker mit einem Hang zur Philosophie, und durch die Gespräche mit ihm hatte sie ein tieferes Verständnis für die großen Denker bekommen, von Aristoteles über Kierkegaard bis hin zu Freud und seinen Zeitgenossen.

Als ihre Mutter noch lebte, war vieles in ihrem kleinen Kleeblatt unausgesprochen geblieben, denn nicht alles musste mit Worten seziert werden, wie ihr Vater meinte. Manche Sachen wusste man einfach. Er hatte nie viele Worte für die nächstliegenden Dinge gehabt.

Ihre Mutter war ähnlich gestrickt gewesen. Ihre Mutter. In Katrines Erinnerung hatte ihre Mutter immer so einen fernen Ausdruck in den Augen, sie war immer mit etwas beschäftigt gewesen, das größer und wichtiger war als Katrine. Trotzdem hatte sie mit ihrem Tod eine riesige Leerstelle hinterlassen. Es war richtig gewesen, dass ihr Vater und sie nach England gezogen waren. Und im Laufe der folgenden Jahre hatte sich die Trauer über ihren Tod langsam gelegt und ihren Platz in ihnen beiden gefunden.

Sie hatte das Bedürfnis, mit jemandem zu reden. Und niemand war besser dafür geeignet als ihre Freundin Fiona. Katrine rief sie an und erzählte ihr kurz, was geschehen war.

»Ich bin in einer Stunde bei dir. Ich bringe Lamm in Spinat und Ingwer von meinem Inder um die Ecke mit«, sagte Fiona.

»Du bist ein Schatz. Ich mach schon mal einen Wein auf«, sagte Katrine.

»Bis gleich dann.«

Katrine legte das Telefon zur Seite.

Krebs.

Womöglich verlor sie ihn.

Dann würde es nur noch sie geben. Dann wäre sie, Katrine, plötzlich die Älteste. Die Jüngste. Und die Einzige.

*

Feueralarm? Was ist da los? Katrine schrak hoch und stand mitten in dem dunklen Raum.

Sie musste eingeschlafen sein.

Es klingelte an der Tür.

Das war alles nur ein Traum.

Sie lief zur Tür und öffnete. Draußen stand Fiona mit einer großen Tüte Take-away, aus der es duftete wie aus einer indischen Straßenküche, himmlisch.

Fiona kam herein, stellte die Tüte ab und nahm Katrine in den Arm. Sie umklammerte sie lange und wiegte sie hin und her.

Sie kennt mich viel zu gut, dachte Katrine und spürte die Tränen kommen.

»Ich würde es nicht ertragen, ihn auch noch zu verlieren!« Sie fühlte sich schlaff und wie im freien Fall. Das Ganze war so unüberschaubar.

»Es ist okay, Kat«, Fiona hielt sie in ihrem Armen. »Es ist okay.«

»Er … er … es ist Krebs«, sagte sie schluchzend. »Aber vielleicht komme ich als Spender in Frage, vielleicht können sie mein Knochenmark gebrauchen. Aber was, wenn es nicht passt?«, fragte sie unter Weinen.

»Dann finden sie einen anderen, Kat, dann finden sie einen anderen. Er wird schon wieder gesund werden.«

*

»Jetzt ist das Essen kalt geworden«, sagte Katrine.

»Das kann man auch wieder aufwärmen, ihr habt doch eine Mikrowelle.«

Sie saßen im Wohnzimmer. Katrine hatte erzählt, was sie über den Zustand ihres Vaters wusste, und dabei eine halbe Packung Papierservietten aufgebraucht.

Als Fiona in die Küche verschwand, ging Katrine ins Bad und schaltete das Licht ein. Der Anblick im Spiegel war nicht sehr aufbauend. Ihre Augen waren geschwollen und knallrot. Sie sah schrecklich aus. Sie machte das Licht aus und ging zu Fiona in die Küche.

»Einen Schönheitswettbewerb gewinne ich heute nicht mehr.«

»Nein, Süße, die Chancen stehen wirklich schlecht.« Katrine hatte Fionas Ehrlichkeit immer zu schätzen gewusst.

Sie deckten den Tisch, und als sie endlich mit dem Essen angefangen hatten, fragte Fiona: »Und du hast letzten Montag wieder mit der Arbeit angefangen?«

»Ja.« Katrine erzählte kurz von der im Auto verbrannten Frau und beschrieb dann ihre Aufgaben und die Probleme mit ihrem Vorgesetzten.

»Na ja, aber so schlecht ist das doch nicht. Außerdem

verdienst du damit deine Brötchen, oder? Du gibst doch hoffentlich keine Caroline 2.0, oder?«, wollte Fiona wissen und tauchte ihr gewürztes Naanbrot in die Spinatsauce.

»Nein«, protestierte Katrine. »Ich versuche wirklich, mich ordentlich aufzuführen. Es ist aber manchmal schier unerträglich, wenn man weiß, dass man recht hat und die anderen nicht, das verstehst du doch, oder?«

Fiona meinte, dass Katrines komplizierte Beziehung zu ihrer ehemaligen Chefin Caroline mit Katrines Verhältnis zu ihrer Mutter zu erklären sei. In gewisser Weise mochte das auch stimmen, denn die zwei Frauen waren sich wirklich nicht unähnlich.

»Chefs glauben immer, recht zu haben. Dafür werden sie bezahlt«, sagte Katrine.

»Ja, ja.« Fiona schüttelte grinsend den Kopf. »Du bist komplett ungeeignet, einen Chef über dir zu haben. Was, wenn du plötzlich arbeitslos drüben in Dänemark sitzt?«

»Ich weiß ja ... manchmal verfolgt mich das sogar nachts.«

Fiona kniff die Augen zusammen, was sie wie eine Katze aussehen ließ, und studierte Katrine. »Und wie lange geht das schon so?«

»Das habe ich nur so dahergesagt, Fiona.«

»Ach ja?«

Fiona hatte Lunte gerochen und würde nicht lockerlassen, das war Katrine klar. »Okay«, sagte sie seufzend. »Wenn ich schon meine Psychologin im Haus habe ...«

»Ich will nur dein Bestes, das weißt du.«

»Ich weiß, ich weiß. Ich habe in den letzten Monaten echt schlecht geschlafen, beschissen.«

»Sonst noch was? Gedächtnis? Konzentration?«

»Okay, okay, mit der Konzentration hapert es manchmal auch ein bisschen. Aber wirklich nur ein bisschen.«

»Okay, dann hast du vermutlich einen erhöhten Cortisolwert.«

»Ein bisschen, vielleicht.«

»Du weißt schon, dass Cortisol den Hippocampus zerstören kann, das Gedächtniszentrum im Gehirn?«

»Sag mal, bist du jetzt nicht ein bisschen nervig?«, protestierte Katrine.

»Ich weiß nicht. Ich meine nur, dass du besser auf dich aufpassen solltest, Katrine. Du nimmst das nicht ernst genug. Ist das seit dem Mordversuch so?«

»Es fing an, als ich wieder aus Ägypten zurück war.«

»Du bist doch hoffentlich noch in Behandlung?«

»Ja, ich gehe noch zu einem Krisenpsychologen.« Sie unterließ es tunlichst, Fiona zu erzählen, dass sie die Behandlung abbrechen wollte. »Hör mal, ich bin okay, Fi. Ich arbeite wieder, und für mich ist das die beste Methode, um wieder Fuß zu fassen. Das weiß ich.«

Fiona schwieg. Dann sagte sie: »Katrine, du zeigst die typischen posttraumatischen Stresssymptome. Und jetzt ist auch noch dein Vater krank.« Katrine sagte nichts, und Fiona fuhr fort: »Muss ich noch deutlicher werden, damit du es auch kapierst? Ich finde, du solltest die ganze Sache etwas ernster nehmen.«

Sie sahen sich an. Fionas Augen waren dunkel vor Besorgnis.

»Danke, Fiona.«

Fiona atmete tief durch. »Okay, was hast du jetzt vor? Fährst du wieder zurück, oder bleibst du noch ein bisschen in London?«

»Ich fliege morgen wieder zurück. Er will nicht, dass ich hierbleibe, nur um in seinem Zimmer auf und ab zu laufen und ihn den ganzen Tag lang zu nerven, wie er es ausgedrückt hat. Und ich bin ja jederzeit schnell wieder hier.«

»Ja.« Fiona nickte.

Sie atmeten beide tief durch, stießen an und tranken einen Schluck Wein.

»Jetzt erzähl schon«, sagte Fiona. »Was beschäftigt dich so an dem Fall?«

Katrine lächelte. Sie wusste, dass Fiona sich kaum mehr zurückhalten konnte. Sie arbeitete als Crime Analyst bei Scotland Yard und hätte ihre Seele verkauft – das hatte sie mal im Suff gesagt und dann gleich wieder bereut –, um bei Caroline Stone arbeiten zu dürfen. Fiona meinte, Katrine hätte sich selbst nicht ins Knie, sondern in den Kopf geschossen, als sie sich im Streit von Caroline getrennt hatte. Ihr eigener Job war ein Schreibtischjob, ähnlich dem von Katrine bei der Taskforce.

Katrine fasste die wichtigen Details des Falls zusammen.

»Und weißt du ... ich bin mir einfach vollkommen sicher, dass ihr letzter Kunde nicht der Täter ist. Während des Verhörs war er das Paradebeispiel für Nervosität, wahrscheinlich wegen all der Lügen, die er uns aus irgendwelchen Gründen aufgetischt hat.«

Fiona und Katrine hatten im Psychologiestudium den gleichen Kurs über Verhörtechnik und Lügenforschung besucht. Sie hatten Verhöre per Video verfolgt, hatten Gerichtsverhandlungen beigewohnt und diverse Übungen gemacht.

Katrine dachte an Maja und erzählte Fiona von der Erarbeitung ihres Profils. »In meinen Augen war sie eine ziemlich verhärtete Person. Sie hatte ihr Päckchen mit sich rumzuschleppen. Das Besondere ist, dass sie unmittelbar vor ihrem Tod verkündet hat, dass sie die Prostitution an den Nagel hängen wollte. Sie hatte so viel Geld gespart, dass sie eine Weile zurechtgekommen wäre. Sie wollte das offenbar sogar feiern, jedenfalls war ihr Kühlschrank reichlich mit Champagner bestückt.«

»Das ist ja schrecklich.«

»Ja. Und ich werde den Gedanken nicht los, dass ihr Tod etwas damit zu tun haben könnte ... dass sie aufhören wollte.«

»Du führst also deine eigene kleine Ermittlung durch, ohne dass deine Chefs davon wissen?«

Katrine nickte. Fiona schüttelte resigniert den Kopf.

»Aber ich mache nicht wirklich Fortschritte. Es ist nicht leicht, sich ein *konkretes* Bild von ihr zu machen. Es gibt kaum Angehörige, Freunde oder Bekannte, die einem sagen könnten, wie sie als Person war, und sie lebte sozial isoliert. Ich schätze, sie war eine dieser Frauen, die sich so oft die Finger verbrannt haben, dass sie lieber niemandem mehr richtig vertrauen.«

»Das klingt mir doch verdächtig nach einem Mord, bei dem Täter und Opfer sich kannten.«

»Genau davon gehe ich auch aus, ja.«

»Aber an anderen Verdächtigen fehlt es euch?«

»Genau. Vielleicht muss ich noch weiter in ihrem Leben zurückgehen, um diese Beziehung zu finden?«

»Möglich«, sagte Fiona. »Wenn du da etwas erfahren kannst.«

»Das ist exakt das Problem. Aber ich werde schon eine Lösung finden.«

»Klar«, sagte Fiona und musterte das entschlossene Gesicht ihrer Freundin.

Danach redeten sie über einen Mann, den Fiona getroffen hatte, von dem sie aber noch nicht wusste, ob sie wirklich in ihn verliebt war. Katrine öffnete eine weitere Flasche Wein.

»Und du?«, fragte Fiona mit verschmitztem Lächeln. »Jetzt, wo Mr. Red Sea nicht mehr aktuell ist? Was ist mit dem, mit dem du schon damals geflirtet hast. Dem, der dir das Leben gerettet hat?«

Katrine lächelte.

»Oh my … ist das ein Treffer? Wann? Warum weiß ich nichts davon?«

»Ja, also, im Grunde komme ich gerade erst aus seinem Bett. Das war … was ist heute für ein Tag? Das war Montag.«

»Oh«, Fiona die Hände vor den Mund. »Und du siehst ganz … Mensch Katrine, du wirst ja rot wie ein Schulmädchen. Bist du … hast du dich verliebt?«

»Ach, ich weiß nicht …« Sie wand sich. »Ich weiß nicht, wir müssen abwarten. Das ist ja ein ziemliches Chaos, immerhin sind wir Kollegen. Teilen uns ein Büro und so weiter!« Sie verdrehte vielsagend die Augen. »Aber er ist …« Sie nickte und lächelte.

»Gott, wie romantisch. Er hat dein Leben gerettet, und jetzt …«, sie wedelte mit einer Hand durch die Luft. »Ich höre schon die Hochzeitsglocken läuten.«

»Nun mal langsam, immer schön auf dem Boden bleiben!«

»Warum?«

»Weißt du was? Ich glaube, ihr beiden würdet euch richtig gut verstehen«, sagte Katrine.

»Ich komme in meinen nächsten Ferien nach Dänemark! Dann gehen wir zusammen einen trinken.«

»Right! Und das endet dann wieder damit, dass ihr beiden singend an der Bar steht! Abgesehen davon, dass man das in Dänemark nicht tut.« Katrine schüttelte den Kopf und lächelte ihre Freundin an, die ihr zwinkernd zuprostete.

Dann kam ihr etwas in den Sinn, worüber sie schon länger nachdachte. »Ich weiß nicht ...« Wenn es jemanden gab, mit dem sie darüber reden konnte, dann Fiona. Also sollte sie es sich von der Leber reden.

»Was?«

»Es klingt vielleicht merkwürdig. Aber ich meine ... na ja, irgendwie habe ich ihm doch zu verdanken, dass ich heute hier sitze, oder? Ich weiß nicht, das ist so eine Befürchtung, die ich nicht ignorieren kann, vielleicht verwechsle ich, was ich für ihn empfinde ...«

»Mit Dankbarkeit?«

»Ja?«

»Das kann man nie wissen«, sagte Fiona. »Und es gibt wohl nur eine Möglichkeit, das herauszufinden. Lern ihn kennen, teile deine Gedanken mit ihm ...« Sie zuckte mit den Schultern. »Weißt du was, Katrine: Wenn ich ganz ehrlich sein soll, glaube ich, dass es dir gut täte, mal die Kontrolle zu verlieren und deinen Kopf auszuschalten. Du musst nicht immer alles analysieren, vergiss mal deine Arbeit!«

»Das wäre jetzt genau das Falsche«, protestierte Katrine. »Weniger arbeiten, nein. Die Arbeit gibt mir doch die Energie, sie gibt meinem Leben doch erst Sinn.«

»Das weiß ich. Aber ist er auch der Typ, bei dem die Arbeit immer zuerst kommt?«

»Die Arbeit und seine Tochter. Aber ...« Katrine trank einen großen Schluck Wein. »Ist das nicht mies, wenn ich die Beziehung einfach so eingehe? Zu einem Zeitpunkt, an dem ich noch gar nicht weiß, was ich fühle und will?«

»Willst du jetzt auch noch Gott spielen, Kat?«

Katrine lächelte. »Du verstehst es, die Dinge immer wieder in die richtige Perspektive zu rücken.«

»Of course, Love!«

Katrine aß den Rest ihres Naanbrotes. Fiona drehte langsam ihr Weinglas. Plötzlich schien ihr etwas aufzugehen, denn sie hob den Kopf und sah Katrine ernst an. »Jetzt verstehe ich«, sagte sie leise. »Hast du etwa Angst, dass es dieses Mal ernst sein könnte und nicht bloß die üblichen drei Monate hält?«

Katrine sah sie lange schweigend an, ehe sie antwortete:

»Ich weiß es nicht. Ich weiß es wirklich nicht.«

*

Noch hundert Kilometer bis Fuengirola.

Hundert ...

Grete Lauritzen seufzte innerlich und drückte den Kopf energisch gegen die Kopfstütze des Rücksitzes, auf dem sie saß. Es wäre töricht, jetzt noch anzuhalten und zu übernachten. Es war zehn Uhr abends, und sie fuhren bereits seit acht Stunden. Sie hielt das langsam nicht mehr aus. Diese nicht enden wollenden Fahrten von Dänemark über die Schweiz bis nach Spanien. Wenn sie doch endlich zu Hause auf ihrem wundervollen Balkon sitzen könnte, im Schatten des Sonnenschirms und mit einem kühlen Drink in der Hand.

Søren würde sie auf diese Weise noch umbringen!

Sie zupfte an ihren Haaren herum, die nach der etwas zu hektischen Morgentoilette in sich zusammengefallen waren.

Sie musste mit Søren reden. Das konnte so nicht weitergehen. Allein der Gedanke daran, am Ende des Sommers schon wieder zurückzufahren, bereitete ihr Kopfschmerzen. Zurück in den Norden, erst durch Spanien, dann durch Frankreich und weiter durch dieses endlose Deutschland. Grrr.

»Jetzt fahren Sie schon. Geht das nicht ein bisschen schneller?«, sagte sie zum Fahrer.

»Yes, Mam«, antwortete er und gab mikroskopisch mehr Gas. Sie sah seinen verärgerten Blick im Rückspiegel, aber das war ihr egal. Er wurde gut bezahlt. Das hatte Søren ihr bestätigt. Sie fuhren ja auch mit einer kostbaren Ladung. Und damit war nicht sie gemeint. Ha!

Dieser Bernard, wenn das denn sein richtiger Name war, fuhr das erste Mal mit ihr, und wenn es nach ihr ginge, wäre es auch das letzte Mal. Er war unverschämt. Søren behauptete immer, es sei schwer, geeignete Fahrer zu finden, schließlich sollten sie ja wie ein altes Ehepaar aussehen, Dänen, die im Ausland wohnten und auf dem Weg nach Hause waren. Gab es wirklich so wenig alte Knacker, die so weit zu fahren bereit waren? Dabei waren die letzten Fahrer gar keine Dänen gewesen, was sie sehr nervös gemacht hatte, aber Søren hatte ihr versichert, sie sei in guten, professionellen Händen.

Bernard war seit vier Tagen und drei Übernachtungen mit ihr unterwegs. Natürlich in Einzelzimmern. Sie hielt es nicht mehr aus, am Stück zu fahren wie bei den ersten Fahrten, und sie war überzeugt davon, dass auch er froh war, sie bald loszuwerden. Die Fahrt nach Zürich und der Besuch in der Bank hätten ihr beinahe den Rest gegeben. Aber verdammt, immerhin hatte sie dafür eine Wohnung in Fuengirola bekommen. Dort schien die Sonne 300 Tage im Jahr, und sie konnte ihre Zeit mit einem Campari in der Hand unter dem Sonnenschirm verbringen und abends in die Tanzclubs gehen und Bridge spielen, also musste sie diese Fahrten wohl oder übel ertragen. Trotzdem, vor September würde sie nicht noch einmal fahren! Basta!

*

Auf dem Rückweg hielt Jim Hellberg vor dem kleinen Laden seiner Frau. Tagsüber war eine Lieferung gekommen. Keramik aus Salina und Lipari.

Jim sorgte dafür, dass immer wieder neue Schalen und Krüge geliefert wurden. Es waren weit mehr, als sie brauchten, und der Überschuss verschwand in einem Container im Innenhof. Die offizielle Erklärung war, dass sie alles, was Risse bekommen oder unterwegs zerbrochen war, aussortieren mussten. In Wirklichkeit aber hielt er den Einkauf künstlich hoch, um einen Teil des Geldes, das er mit seinen anderen Geschäften verdiente, über Vulcano Import abzurechnen. Auf dem Papier lief der Laden deshalb auch sehr gut, mit einem jährlichen

Umsatz von einer knappen Million. Zusammen mit seinem offiziellen Einkommen durch den Job als Developer bei Søren Lauritzen Enterprise reichte das lässig, um seiner Familie ganz offiziell ein schönes Leben in Dänemark zu gewährleisten. Alles sah gut aus. Alle Abgaben und Steuern wurden pünktlich bezahlt, und die Behörden hegten keinerlei Verdacht.

Nachdem er die Paletten ausgepackt und einen großen Teil der Ware in den Container geschmissen hatte, ging er in den Laden, setzte sich auf den Bürostuhl und öffnete den Safe. Nachdenklich betrachtete er die Geldbündel, die darin lagen. Das ging alles fast zu leicht.

Er musste an Sørens Mutter denken. Bestimmt war sie in ihrem konstanten Martini-Rausch noch auf dem Weg nach Spanien. Der Fahrer verdiente wirklich jede Øre, die er bekam. Jim kannte Søren schon aus Sandkastenzeiten. Wenn sie sich stritten, hatte Sørens Mutter sie getrennt und ihnen gepredigt, dass man aufhören sollte, solange das Spiel noch gut war. Nach diesen Zusammenstößen waren sie immer abgezogen, Seite an Seite, irgendwohin, wo sie ihre Ruhe hatten und wo sie über Sørens bescheuerte Mutter ablästern konnten. Mann, wie blöd konnte man eigentlich sein? Aufhören, solange es gut lief? Wozu?

Doch jetzt, da er im Laden saß und in den Safe starrte, in dem nur ein kleiner Teil der Früchte seiner Arbeit lag, ergab das sehr wohl Sinn. Wenn auch in anderer Hinsicht.

In gewisser Weise hielt er sich mit seinem Entschluss, sich jetzt zurückzuziehen, an die kryptische Weisheit von Sørens Mutter: Aufhören, solange das Spiel noch gut war.

Natürlich hätte er weitermachen können. Die Firma lief wie geschmiert. Das Geld strömte nur so in ihre Kassen. Das Spiel lief gut. Aber wie lange noch? Wenn die Bullen ihrem Business auf die Spur kämen, würde sich das rasant ändern. Bei dem Gedanken an eine Zelle im Staatsgefängnis von Vridsløselille lief es ihm kalt den Rücken herunter. Aber so weit würde es gar nicht kommen. Er würde Schluss machen und das Land verlassen. Weil er ein guter Stratege war.

Jim schloss den Safe ab und schickte Sørens Mutter zum ersten Mal in seinem Leben einen liebevollen Gedanken.

*

Warum rannte ich nicht einfach in Windeseile aus dem Haus? Warum flüchtete ich nicht auf die Straße, rief um Hilfe, damit nicht noch mehr geschah? Tausende Male sind diese Bilder wie ein Film vor meinem inneren Auge abgelaufen, doch in Wahrheit blieb ich stehen.

Ich konnte mich nicht rühren.

Weil ich es nicht wagte. Immerhin hatte ich es geschehen lassen. Nach den ersten Sekunden hatte ich das Gefühl, dass es zu spät war, dass ich zu lange gezögert und damit akzeptiert hatte, was geschehen war.

Ich hatte so viel zu verlieren.

Lange Zeit danach war ich wie unter Schock. Und in gewisser Weise hat dieser Zustand nie wirklich aufgehört.

Ich zog mich in eine Art Grenzland zurück.

Es folgte eine Zeit, an die ich mich nicht mehr richtig erinnere. Nur dass es in den kommenden Jahren wieder und wieder geschah und ich mich wie gebannt fühlte, außerstande, etwas zu sagen oder jemandem zu erzählen, was vor sich ging, wenn ich beim Training war, neue Trikots anprobierte oder zu einem Wettkampf fuhr. Er machte mir Geschenke, und ich bekam die tollsten Kostüme. Meine Haare wurden gefärbt und gelegt, mein Gesicht geschminkt.

Ich war zwölf Jahre alt, und es gab nicht eine Stelle meines Körpers, die er nicht erforscht und in Besitz genommen hätte. Ich hatte die Bedingungen für unseren Handel längst begriffen.

Als meine Mutter mir sagte, dass wir wieder umziehen müssten und es mir kaum mehr möglich sein würde, mein Training fortzusetzen, weinte ich.

Ich habe ihr nie gesagt, dass es Tränen der Erleichterung waren.

Zwei Männer liefen plaudernd durch die Lundtoftegade, verschwanden in einem Hauseingang und gingen in den fünften Stock hoch. Dort verschafften sie sich Zugang zu einer Wohnung, an deren Tür anstelle eines Türschildes ein handgeschriebener Zettel klebte: *Gomez & Rasmussen*. Sie achteten darauf, dass niemand sie die Wohnung betreten sah. Drinnen angekommen, schalteten sie einen Gang hoch und arbeiteten schnell und effektiv. Sie installierten Abhörvorrichtungen in den Steckdosen beider Räume und prüften, ob sie funktionierten, indem sie einen Kollegen im Büro die Verbindung testen ließen. Kurz darauf verließen sie das Gebäude so unauffällig, wie sie es betreten hatten. Sie schlenderten in die Richtung zurück, aus der sie gekommen waren, setzten sich einige Straßen entfernt in ihren Wagen und fuhren davon.

*

»Du, T, übernimmst du gleich mal wieder? Ich werde langsam etwas mürbe.«

Marco gab Thomas einen Stoß, der sich streckte. Sie waren die ganze Nacht hindurch abwechselnd gefahren. Jetzt war es früher Morgen, und sie hatten das südliche Frankreich erreicht. Ein Schild informierte sie, dass die nächste größere Stadt Montpellier sein würde.

»Klar, Mann. Ich muss auch mal pissen. Halt einfach beim nächsten Rastplatz.«

»Okay.«

»Du, Marco, bist du sicher, dass es eine gute Idee war, Camillo die Schlüssel zu unserer Wohnung zu geben? Ich denk nur dran, was ist, wenn die Devils noch mal da aufschlagen?«

»Die tun ihm nichts. Der ist doch noch grün hinter den Ohren.«

»Aber was, wenn ...?«

»Jetzt entspann dich, Mann! Es wird nichts passieren! Ich bin mir sicher, dass er die Wohnung nutzt, um mit ein paar Kumpels zu chillen und so.«

»Und bist du ganz sicher, dass er die Klappe hält, solange wir weg sind?«

»Ja klar, der ist cool«, sagte Marco. »Ich kenne meinen Bruder. Außerdem weiß er gar nicht, wie lange wir weg sind oder wo wir sind.«

»Wäre echt nicht gut, wenn die Devils ihn schnappen und seine Finger abschneiden, damit er ihnen erzählt, wo wir stecken.«

»Verdammt, warum sollten die so was machen? Die Devils wissen doch gar nicht, dass er mein Bruder ist, und er wird schon schlau genug sein, denen das nicht auf die Nase zu binden.«

»Das sehen die doch! Ihr seht euch total ähnlich.«

»Mag sein, aber die sind hinter uns beiden her.«

»Okay. Fuck, ich piss mir gleich in die Hose. Da, der nächste Rastplatz kommt in fünf Kilometern.«

*

Hector, der auch so etwas wie der Pressesprecher der Devils war, hatte immer ein Handy mit der offiziellen Telefonnummer des Clubs dabei. Es klingelte im gleichen Moment, als er nach einem Besuch bei der Bank seine Wohnung betrat. Einer seiner Strohmänner, der Devils-Anwärter Jonas, offiziell Alleineigentümer der Gesellschaft *Total-Abriss*, war mit ihm dort gewesen und hatte einen Teil des Überschusses vom letzten Abrissjob in Sydhavn abgehoben.

Jim war Hector bei dem Entwurf des Firmenkonzeptes behilflich gewesen, und es funktionierte perfekt. Kontinuierlich flossen erfreuliche Bargeldströme in Hectors Taschen. Und dass *Total-Abriss* weder Lohnsteuer noch Arbeitsmarktbeitrag oder Umsatzsteuer bezahlte, war schließlich nicht Hectors Problem.

»Hector«, antwortete er und hängte seine Jacke auf, in deren Innentasche ein dicker Umschlag mit Tausendkronenscheinen steckte.

»Hallo, mein Name ist Jesper Egelund«, war eine angespannte Stimme zu hören. »Ich bin freier Journalist und rufe an, weil ich gerne ein Porträt über Sie schreiben möchte.«

»Okay?«

»In Verbindung mit den Bandenkriegen habe ich mit einer großen Tageszeitung überlegt, eine Art Doppelporträt von einem führenden Rocker und einer der Leitfiguren des Bandenmilieus zu bringen.«

Es war nicht das erste Mal, dass Hector oder einer der anderen führenden Rocker von Zeitungen oder Zeitschriften auf Interviews angesprochen wurden. Die Brüder, wie sich die Mitglieder der Banden nannten, hatten untereinander diskutiert, wie man sich bei solchen Anfragen verhalten sollte. Sie waren zu dem Ergebnis gekommen, dass man sich im Prinzip für Interviews zur Verfügung stellen konnte, solange sichergestellt war, dass sie den Inhalt des Artikels oder Buches vor der Veröffentlichung noch einmal zur Durchsicht bekamen. Selbstredend galt die übliche Regel, dass nichts von dem, was auch nur im Entferntesten mit den illegalen Aktivitäten des Clubs zu tun hatte, mit der Polizei oder mit der Presse besprochen wurde. In keiner Form! Außer man hatte den Wunsch, *out in bad standing* zu kommen, also seine Kutte und seinen Status abzugeben und in die Wüste geschickt zu werden. Dahingegen war es immer eine willkommene PR für den Club, wenn ein Beitrag sie als Menschen darstellte und den Club als eine Gemeinschaft mit starkem Zusammenhalt, in der man füreinander eintrat, Feste zusammen feierte und ein gemeinsames Interesse teilte: Motorräder. Hector war der Meinung, dass es wie in jedem anderen modernen Unternehmen wichtig war, sich nach außen über Leitfiguren zu präsentieren. Das hatte einen greifbar positiven Effekt darauf, wie die Umwelt sie wahrnahm. Und nach einem Beitrag im Fernsehen oder in einer Zeitung bekamen sie immer jede Menge Anfragen von jungen Männern, die an einer Aufnahme interessiert waren. Es gehörte also sozusagen zur guten Vermarktung und wirkte sich positiv auf die Rekrutierung aus, und das ganz umsonst.

»Und worum soll es in dem Artikel gehen?«

»Ich habe mir gedacht, als Ausgangspunkt den aktuellen Bandenkrieg zu nehmen, vor dem Hintergrund Ihrer ganz eigenen, persönlichen Geschichte.«

»Meine Kindheit?«

»Die auch, ja.«

»Also, dass ich Dresche bezogen habe und mit in Kneipen geschleppt wurde? So was in der Art?«

»Wenn es so war, ja«, sagte Jesper Egelund. »Sie verstehen schon, was ich meine. Unsere Leser wollen den Menschen hinter dem Rocker verstehen«, fuhr er eifrig fort.

Wunderbar, er ist hungrig, dachte Hector. Und man kann mit ihm reden. »Grundsätzlich wäre ich schon interessiert. Und wer ist der andere?«

»Magdi vom Blågårds Plads.«

Fuck, da würde wieder das Loblied auf seine heiligen Onkel aus Marokko gesungen werden, dachte Hector. Aber okay, eigentlich war er sicher, dass er punktemäßig gewinnen konnte.

»Okay«, sagte Hector. »Aber wir sind uns einig darüber, dass es in dem Artikel vorrangig um meine Person geht?« Der Journalist bestätigte ihm das. »Dann bin ich dabei. Allerdings unter der Bedingung, dass ich den Artikel zu lesen bekomme, ehe er in Druck geht.«

»Okay!«, sagte Jesper Egelund.

»Dann haben wir eine Verabredung«, sagte Hector.

»Perfekt! Hätten Sie morgen Zeit?«

»Um drei Uhr im Clubhaus?«

*

Grete Lauritzen hatte die lange Fahrt fast schon vergessen.

Sie seufzte und ließ ihren Blick über das Meer schweifen. Ihr Balkon bot eine traumhafte Aussicht über das azurblaue Mittelmeer, wo sie mit Badeanzug und Kimono bekleidet in der Mittagshitze unter dem Sonnenschirm saß. Das Thermometer zeigte 26 Grad an. Angenehm. In wenigen Monaten würde es wieder viel zu heiß sein.

Sie musste mit Søren reden, dass sie diese endlos langen Fahrten zwischen Dänemark und Spanien nicht mehr verkraftete. Er musste doch begreifen, dass sie allmählich zu alt für so etwas war.

Grete schnaufte und schenkte sich einen weiteren Nachmittagscampari ein. Unten auf dem Gehweg spazierten die Skovs vorbei, ihre Nachbarn von gegenüber. Wahrscheinlich waren sie auf dem Weg zum Strand, um ein Bad zu nehmen. Das fanden sie ganz wunderbar, ja, ganz wunderbar fanden sie das, teilten sie Grete und jedem, der es hören wollte oder nicht, täglich mit. Die beiden erinnerten sie an Papageien, weil sie immer den Satz des anderen wiederholten. Die immer gleichen Nichtigkeiten. Tagein, tagaus. Sie glichen sich, verdammt nochmal, wie ein Ei dem anderen mit ihren spitzen Gesichtern, den kurzgeschnittenen grauen Haaren, in ihren weißen Shorts, den Polohemden und den vernünftigen braunen Ledersandalen.

Zwischendurch, wenn Grete sich einsam fühlte, wünschte sie sich jemanden, mit dem sie das alles teilen konnte – aber um Himmelswillen keinen Mann wie den, mit dem sie vor hundert Jahren alles geteilt hatte: Bertel, Sørens Vater. Dieser Waschlappen! Eigentlich hatten sie ein gutes Leben miteinander geführt. Grete hatte sich ums Haus gekümmert, und Bertel war Direktor einer kleinen Versicherungsgesellschaft gewesen, bis er gefeuert wurde und einfach verschwunden war. Grete erinnerte sich an den Tag, als wäre es gestern. Sie hatte sich gewundert, wieso Bertel nachmittags nicht nach Hause kam, und irgendwann in seinem Büro angerufen, wobei sie erfahren hatte, dass er am Tag zuvor entlassen worden und an diesem Tag gar nicht bei der Arbeit erschienen war. Er war weg, einfach weg. Sie stellte fest, dass sein Pass und 20 000 Kronen vom Bankkonto fehlten. Sie hatte nie erfahren, was mit ihm passiert war. Die Polizei hatte gesagt, dass in Dänemark jedes Jahr Menschen verschwanden, die nie wieder auftauchten. Als ob ihr das geholfen hätte!

Denn da saß sie nun mit ihrem kleinen Sohn in dem Einfamilienhaus, das sie sich allein nicht leisten konnte. Die Gemeinde hatte ihr bei der Suche nach einer passenden Wohnung geholfen, Gott, war das demütigend gewesen. Der Teufel sollte Bertel holen! Wenn sie an ihn dachte, verschwand jedes Bedürfnis, ihr Leben mit jemandem zu teilen. Dann doch lieber alleine bleiben. Und einen kleinen Campari trinken, wenn einem der Sinn danach stand.

Søren hatte ihr vor bald fünf Jahren den Vorschlag gemacht, hierherzuziehen. Er hatte ihr die Vorzüge des Klimas schmackhaft gemacht und danach das mit der Handelsgesellschaft und den Fahrten erklärt. Ihr gefiel die Vorstellung, den Rest ihres Lebens an der Costa del Sol zu verbringen, wo man im Großen und Ganzen mit Dänisch zurechtkam und es alle wichtigen dänischen Lebensmittel, Ärzte und so weiter gab, schließlich wohnten noch 30 000 andere Dänen hier. Der einzige Minuspunkt waren diese Fahrten.

*

Jens Høgh und Lars Sønderstrøm trafen sich zufällig, als sie die Herrentoilette betraten.

»Ich war sozusagen gerade auf dem Weg zu dir. In der Lundtoftegade tut sich was«, sagte Lars. »Aber die Telefone der beiden sind seit gestern tot, und wir können nicht feststellen, wo sie sich befinden.«

»Wäre schon ein sonderbarer Zufall, wenn beide Geräte gleichzeitig den Geist aufgegeben hätten. Möglicherweise haben sie sie ausgetauscht«, sagte Jens.

»Anzunehmen, ja. Wir hören weiter die Wohnung ab und setzen jemanden daran, die neuen Nummern herauszufinden.«

»Was ist mit Hector? Hat der was Interessantes gesagt?«, fragte Jens.

»Interessant, na ja … jedenfalls für den Fall nicht relevant. Aber unser Pressesprecher wird wieder seine helle Freude daran haben. Hector ist nämlich von einem Journalisten kontaktiert worden, der seine Lebensgeschichte hören will. Es wird also bald in irgendeiner Zeitung ein Artikel mit Foto erscheinen, auf dem er in Gangsterpose als cooler reicher Typ dasteht.«

»Gratis-Werbung für neue Rekruten?«

»Kommt ganz drauf an, wer es druckt«, sagte Lars.

»Schon klar.«

»Hast du was von Katrine gehört?«

»Nein. Aber ich gehe davon aus, dass sie den ganzen Tag bei ihrem Vater im Krankenhaus verbracht hat.«

»In solchen Momenten ist es plötzlich weit bis nach England, was?«

»Ja.« Es entstand eine Pause.

Lars brach als Erster das Schweigen.

»Hast du vor, das mit … euch … zu sagen?«

Sie sahen sich an. Lars war ein alter Freund. Es wäre unfair gewesen, ihn jetzt nicht einzuweihen.

»Immer langsam, wir haben nicht vor, nächste Woche zusammenzuziehen.«

»Natürlich nicht. Aber … also, ich sage das nur in der besten Absicht. Ihr könntet Probleme kriegen, wenn das rauskommt. Du kennst die Personalpolitik. Und … es tut mir leid, das sagen zu müssen, aber du bist nicht gerade der geborene Schauspieler, Jens«, sagte er und riss ein paar Papierhandtücher aus der Box.

*

Simone war völlig verschwitzt. Ihre Wangen glühten rot, und die Locken, die ihr ins Gesicht hingen, waren so nass, als käme sie gerade aus der Dusche. Die Kleider klebten an ihrem Körper. In der Choreographie gab es eine irrsinnig temporeiche Passage, die sie mehrfach wiederholt hatten, bis sie perfekt saß. Simone kämpfte mit einem bestimmten Sprung, nach dem sie ständig falsch landete, so dass sie nicht den richtigen Absprung in die nächste Bewegung bekam. Sie war kurz vorm Losschreien, weil sie es nicht hinkriegte. Ein anderes Mädchen aus der Gruppe machte den Sprung perfekt. Das war zum Durchdrehen.

»Okay, für heute ist es genug«, sagte Camillo.

Sie hatten drei Stunden trainiert. Es war wirklich Zeit, nach Hause zu gehen. Sie setzte sich auf den Boden und dehnte sich.

»Das ist ungerecht, dass du so gelenkig bist, Simone!«, sagte das andere Mädchen aus der Gruppe und sah Simone an, die mit einer perfekten 180-Grad-Spreizung der Beine auf dem Boden saß.

Für sie war das die natürlichste Sache der Welt, sie war schon immer so gelenkig gewesen. Das andere Mädchen aus der Gruppe setzte sich vor sie und streckte die Beine so weit zur Seite, wie sie konnte.

»Siehst du, weiter komm ich nicht.«

»Aber dafür tanzt du besser als ich«, sagte Simone.

»Danke.«

»Hey, mein Bruder ist ein paar Tage weg«, sagte Camillo. »Wer kommt mit, um in seiner Wohnung zu chillen?«

Alle wollten mit. Sie beschlossen, unterwegs Pizza zu holen, zogen sich um und verließen die Tanzschule.

Sie und Camillo gingen Hand in Hand über die Nørrebrogade, gefolgt von den anderen. Sie redeten durcheinander und alberten herum. Es fühlte sich gut an, mit ihm zusammen zu sein und mit den anderen.

Das Gefühl, zufrieden mit dem zu sein, was sie hatte, empfand sie nicht oft. Sie vermisste Paris. Ihre Freunde dort. Ihre Mutter. Aber die reiste in der Welt herum, wohingegen ihr Vater hier war. Wo würde sie selber sein, wenn sie erwachsen war? Ganz schön schwierig, das alles. Sie musste lernen, ohne sie klarzukommen und unabhängig zu werden. Du grübelst zu viel, sagte Fatima, eine ihrer besten Freundinnen. Aber wie sollte sie nicht über diese Dinge nachdenken? Das war schließlich ihr Leben.

»Also, okay, Leute«, sagte Camillo, als sie vor der Eingangstür in der Lundtoftegade standen. »Mein Bruder hat gesagt, ich darf seine Wohnung benutzen, aber wir dürfen niemandem sagen, dass er verreist ist.«

»Warum nicht?«, fragte Simone.

»Keine Ahnung. Wahrscheinlich hat er Paranoia«, sagte Camillo. »Ich glaube, er raucht zu viel Gras. Er ist dauernd stoned.«

»Was macht dein Bruder eigentlich?«

»Im Moment nichts. Er kriegt Sozialhilfe.«

»Und wie kann er es sich da leisten zu verreisen?«

»Keine Ahnung, aber ist doch auch egal, oder? Gehen wir hoch und chillen.«

»Okay«, sagte Simone. Eigentlich hörte sich das alles ziemlich merkwürdig an. Aber wenn schon, Hauptsache, sie hatten einen Platz, wo sie unter sich waren.

*

In Puerto Banús in Südspanien war es 28 Grad warm. Die späte Nachmittagssonne schien von einem wolkenlosen Himmel, und der Wind, der vom Meer kam, war wie die trockene Heißluft des Föns, mit dem Julle sie ausgerüstet hatte.

Fuck, war das eine Hitze! Und fuck, trotz der Sonnenbrillen, die mindestens einen Monatsumsatz an Hasch gekostet hatten, war das Licht so grell, als würde es von all den weißen Häusern reflektiert.

Marco und Thomas hatten den Wagen abgestellt und den Schlüssel den Anweisungen entsprechend auf das rechte Vorderrad gelegt. Jetzt standen sie in dem Jachthafen, in dem riesige Jachten und gigantische Motorboote dicht gedrängt nebeneinanderlagen. Der Strom der ein- und ausfahrenden Boote riss nicht ab. Darunter war auch ein dreigeschossiger Koloss mit einem kleinen Helikopter an Deck.

Sie sollten nach einer großen 56-Fuß-Jacht mit holländischer Flagge Ausschau halten. Das Problem war nur, dass weder Marco noch Thomas die geringste Ahnung hatten, wie die holländische Flagge aussah.

»Denk an die Sonnencreme«, sagte Marco zu Thomas.

»Fuck, Mann«, sagte Thomas, nahm die Creme aus seiner Tasche und rieb sich Gesicht, Nacken und Arme ein.

»Sieh uns doch mal an, Mann, zwei verfickte Schwuchteln, die sich mit Sonnencreme einschmieren. Da fehlt noch was«, sagte Marco und zeigte auf Thomas' Nacken. Thomas rieb sich brav ein.

Nachdem sie sich noch eine Weile umgeschaut hatten, entdeckte Marco eine große weiße Jacht, auf der ein Mann an den Mast gelehnt stand. Er trug eine Kapitänsmütze und winkte ihnen zu.

»Da sind sie.« Sie winkten zurück, hoben ihre Taschen hoch und setzten sich in Bewegung.

Kurz darauf gingen sie an Bord eines superschicken Fiberglasbootes mit gepflegtem Holzdeck. Das Ding war wirklich 56 Fuß lang. Wahnsinn, was für ein Teil!

»Unsere dänischen Freunde?«, fragte der Mann mit der Schirmmütze auf Englisch.

»Ja, das sind wir. Ich heiße Marco, und das ist Thomas.«

»Ihr seht aus, als wolltet ihr ein bisschen Spaß haben?«, sagte er mit einem Lächeln.

»Aber klar«, sagte Marco und lächelte schief zurück.

»Na dann, willkommen an Bord!«

Der Kapitän war groß, schlank, braungebrannt und auf eine sehnige Weise muskulös. Er trug das klassische Matrosenoutfit und mochte vielleicht zehn Jahre älter sein als Marco und Thomas. Sein Lächeln war blendend weiß wie die Häuser in Puerto Banús. »Ich heiße Martijn und bin der Kapitän an Bord. Freut mich, euch zu sehen. Und das ist Rembrandt, unser Steuermann.«

Ein Mulatte mit üppiger Lockenmähne schob Kopf und Oberkörper aus der Kajüte. Er war etwas kleiner als der Kapitän und trug ein sehr eng sitzendes T-Shirt.

»Hi, Jungs!«, begrüßte Rembrandt sie.

Wie auf einer der Werbeseiten in den Magazinen, dachte Marco und schickte seinen beiden Arbeitgebern einen respektvollen Gedanken; sie vier zusammen ergaben wirklich eine extrem glaubwürdige Besatzung.

»Ihr könnt eure Sachen runter in die Kajüte tragen, da sind auch eure Kojen. Macht euch ein bisschen frisch. Wir legen kurz vor Sonnenuntergang ab. Wir haben eine Verabredung, zu der wir nicht zu spät kommen dürfen.«

Marco und Thomas sahen sich an. Ihre Augen funkelten unternehmungslustig, und das Adrenalin pumpte durch ihre Adern. Das war der absolute Hammer. Sie waren auf dem Weg, echte Schmuggler zu werden!

*

Jim saß mit seinem Laptop am Esszimmertisch und sah sich die neuesten Zeichnungen und Fotos an, die der Projektleiter Benn von ihrem Vorhaben geschickt hatte. Es sah phantastisch aus! Die Übersichtsskizze gab den besten Gesamteindruck von der Vision des Projektes.

Das Resort sollte um einen Naturhafen in einer kleinen Bucht auf der Westseite der Insel angelegt werden, wo locker zwanzig Jachten ankern konnten. Etwas zurückgesetzt an den Hängen der Bucht waren zwanzig separat stehende Bungalows geplant, mit traumhafter Aussicht über die Bucht und die Boote, die dort ankerten. Zielgruppe war eine exklusive Schar von Menschen, die es sich leisten konnten, direkt vor einem luxuriösen Resort der Topklasse zu ankern und dort mit Gleichgesinnten zu feiern. Der Poolbereich lag leicht erhöht, damit man sowohl aus dem Wasser als auch von der Bar einen unverstellten Blick über die Bucht hatte.

Es war auch möglich, das gesamte Resort zu mieten, falls jemand Interesse daran hatte und über die entsprechenden finanziellen Mittel verfügte. Ricardo, das Kartell und ihre Kooperationspartner würden natürlich einen Freundschaftspreis bekommen. Jim konnte sich schon lebhaft vorstellen, wie sie in ihren Helikoptern und Privatjets angeflogen kamen. Die Finanzierung war dank Jims Investmentberater Jan Johansen keine unüberwindbare Herausforderung gewesen. Jan hatte Jim geholfen, eine Reihe internationaler Handelsgesellschaften zu gründen, sogenannte Offshore-Firmen. Dank Jans guter Kontakte auf Zypern hatten sie den Hauptsitz der Firmen dorthin verlegt. Die internationalen Gesellschaften waren in jeder Hinsicht eine geniale Lösung für Jim. Sie waren diskret, es musste keine Steuer gezahlt werden, es bestand keine Buchführungspflicht, und die Bilanzen mussten nicht offengelegt werden. Über die Firmen konnte er anonyme Konten in der Schweiz und an anderen Orten eröffnen, und mit Hilfe der Firmen war es ihm überdies möglich, international Handel zu betreiben, Rechnungen zu stellen, Geld an ihre Firmen in Holland zu überweisen, in das Segelresort zu investieren, Immobilien zu erwerben und vieles andere Gute zu tun. In Dänemark konnte er solche Geschäfte nicht machen, außerdem gehörten die Wertanlagen offiziell nicht ihm. Was nicht weiter schlimm war, solange er das volle Verfügungsrecht und die Kontrolle darüber hatte.

Das Ganze war auf gutem Wege, und Jim freute sich schon darauf, bald den Großteil seiner Zeit im Resort zu verbringen, rauschende Feste zu veranstalten und sich vielleicht ein richtig dickes Boot zu kaufen. Stine konnte ein paar Aufgaben im Resort übernehmen, damit sie beschäftigt war. Lukas würde auf die internationale Schule gehen, und in ihrer Freizeit würde er ihm Segeln, Fischen und Tauchen beibringen. Ein cooles Leben. Das ganze Jahr Sommer und keine Sorgen wegen irgendwelcher Bullen oder Deals, die schiefgehen konnten.

»Wann ist es eigentlich fertig?«, fragte Stine und beugte sich so über Jims Schulter, dass er ihre Brüste im Nacken spürte.

»In einem Jahr, ungefähr«, sagte Jim. »Aber ich überlege, ob wir nicht schon eher dorthin ziehen sollten, damit ich die Bauarbeiten überwachen kann.«

»Wie viel früher?« Sie zog sich etwas zurück. Der Gedanke, früher umzuziehen als geplant, machte ihr Angst. Jim wusste genau, wie schwer es ihr fiel, Dänemark zu verlassen. Verstehe das, wer wollte ...

»Ich weiß es noch nicht ...« Er schloss die Dateien mit den Zeichnungen. »Bald. So bald wie möglich. Ich bin die nächsten paar Tage übrigens weg. Geschäftsreise. Morgen früh fahre ich.«

»Wann bist du wieder zu Hause?«

»Sonntag, denke ich.«

*

Die *Maria* war ein 56 Fuß langer Motorsegler, eingetragen im Jachthafen Vlissingen im Südwesten von Holland. Kapitän Martijn hatte das Boot im Spätherbst »unglücklicherweise« nicht weit von Puerto Banús auf Grund gesetzt, was zur Folge hatte, dass es in Marbella auf die Werft gebracht werden musste und dort überwintert hatte. Über die Reparaturen der leichten Schrammen hinaus, die das Boot sich bei dem Bodenkontakt geholt hatte, hatte die Werft noch kleinere Malerarbeiten vorgenommen. Die Wasserlinie am Bootsrumpf war etwas nach oben verschoben worden, so dass das Boot mehr Last aufnehmen konnte als üblich, ohne dass man das von außen sah. Die Arbeit war gut entlohnt worden – in bar, so dass keine Fragen gestellt worden waren.

Kapitän Martijn und Steuermann Rembrandt waren vor einigen Wochen nach Südspanien gekommen, um das Boot zu Wasser zu lassen und klarzumachen. Seitdem lagen sie in einem der mondänsten Jachthäfen Südspaniens vor Anker und hatten sich um den Proviant gekümmert, Lebensmittel, Getränke und Diesel. Mit Marco und Thomas war die Besatzung komplett.

Die *Maria* hatte in der Dämmerung und mit Motorkraft den Hafen von Puerto Banús verlassen, und die Besatzung hatte Vollgas gegeben wie ein paar geile Schwuchteln, die den Sonnenuntergang feiern wollten. Sobald sie den Hafenbereich verlassen hatten, hatte der Kapitän Kurs nach Südwest aufgenommen. Es hatte nicht lange gedauert, bis es ganz dunkel war.

Es ging nur wenig Wind, und die einzige Bewegung im Meer war eine leichte Dünung schräg von vorn an der Steuerbordseite. Das Boot bewegte sich leicht schlingernd vorwärts. Über den Himmel zogen vereinzelte dünne Schleierwolken, dann wurden die Sterne sichtbar. Der Mond war noch nicht aufgegangen. Auf dem Weg aus dem Hafen hatte der Kapitän ihnen erklärt, was sie zu tun hatten. Jetzt gab er den Befehl, die Radarreflektoren des Bootes abzumontieren. Marco und Thomas machten sich an die Arbeit.

Als sie fertig waren und die Reflektoren in dem bleiverstärkten Koffer verstaut hatten, war das Boot für die Schiffe der Küstenwache mehr oder weniger unsichtbar. Leider aber auch für alle anderen Schiffe, weshalb sie die ganze Zeit Wache halten mussten, um nicht plötzlich mit einem anderen Schiff zu kollidieren.

Steuermann Rembrandt korrigierte den Kurs ein wenig nach Süden. Der Kapitän gab Vollgas. Bis an die Küste Marokkos waren es etwa siebzig Kilometer. In gut drei Stunden würden sie Kontakt haben.

*

Katrine war wieder in Heathrow. Bei der Sicherheitskontrolle stellte sie fest, dass sie an alles gedacht hatte, nur nicht an den Gürtel ihrer Jeans, dessen Schnalle den Metalldetektor zum Piepen brachte. Sie musste sich auf einen Hocker stellen und wurde von einer stark schwitzenden, übergewichtigen Angestellten von Kopf bis Fuß abgetastet. Dann begab sie sich direkt zum Gate und war wenig später an Bord ihres Fluges, lehnte sich in ihrem Sitz zurück und schloss die Augen.

Sie hatte den ganzen Tag im Krankenhaus verbracht und war direkt von dort zum Flughafen gefahren. Vormittags hatten sie ihr Blutproben abgenommen, damit abgeklärt werden konnte, ob sie als Knochenmarkspenderin für ihren Vater in Frage kam. Sie hatten sie darauf vorbereitet, dass es etwa eine Woche dauern würde, bis die Testergebnisse da waren. Wenn sie positiv waren, müssten weitere Proben genommen werden, um sicherzustellen, dass es sich um eine hundertprozentige Übereinstimmung handelte. Wenn sie als Spenderin in Frage kam, würde ihr im nächsten Schritt Knochenmark aus der Hüfte entnommen. Das war ein einfacher Eingriff, der höchstens eine leichte Schmerzempfindlichkeit zur Folge haben könnte. Katrine war das völlig egal. Sie hoffte nur, dass sie in Frage kam.

Sie hatte den Arzt gefragt, welche Konsequenzen es hatte, sollte sie als Spenderin nicht in Frage kommen, und hatte erfahren, dass ihr Vater dann auf eine internationale Warteliste gesetzt werde und man auf eine Übereinstimmung warten müsse. Die Frage, was war, wenn das nicht passierte, hatte sie sich aus Angst vor der Antwort verkniffen.

Ihr Vater hatte müde ausgesehen, aber der Tag mit ihm hatte sie etwas beruhigt. Oder hatte er sich besonders angestrengt, um einen gesunden Eindruck zu machen? Damit sie kein schlechtes Gewissen hatte, weil sie wieder zurück nach Dänemark musste? Sie empfand die Vorstellung, ihn zu verlieren, als zutiefst ungerecht, wohl wissend, wie sinnlos es in einem solchen Fall war, mit Begriffen wie »Gerechtigkeit« zu operieren.

In all dem Gedankenwirrwarr dachte sie wieder häufiger an ihre Mutter. Wie es wohl wäre, wenn sie noch lebte? Katrine konnte es sich nicht recht vorstellen und fragte sich, wie ihr Verhältnis als Erwachsene wohl gewesen wäre.

Die Beziehung zu ihrer Mutter war so anders gewesen als bei vielen ihrer gleichaltrigen Freundinnen. Vielleicht idealisierte sie aber auch, wie es zwischen ihnen hätte werden können? Wahrscheinlich. Sie hätte nur so unglaublich gern die Chance gehabt, heute mit ihr über all die Dinge zu reden. Um auch ihre Version zu hören. Was hatte sie so beschäftigt, und warum war sie so selten zu Hause gewesen? Wie hatte sie ihre Kämpfe erlebt? Und wie stellte sie sich die Beziehung zu ihrer erwachsenen Tochter vor?

Aber diese Chance hatte sie nicht. So war es nun einmal.

Das Flugzeug ging in den Landeanflug. Sie musste geschlafen haben, was kein Wunder war, schließlich war es spät geworden mit Fiona, und sie hatte viel zu viel Wein getrunken.

Sie war schnell aus dem Flieger und ging direkt zu ihrem Auto, das sie am Flughafen geparkt hatte. Es war kurz vor zehn. Bevor sie losfuhr, schaltete sie ihr Handy wieder ein. Eine Nachricht von ... Per Kragh! Was wollte der denn von ihr? Sie hörte die Nachricht ab und lehnte seufzend den Kopf an die Nackenstütze.

Eine dänische Zeitung hatte den Artikel über die englischen Profilingexperten aufgegriffen und Per Kragh angerufen, um eine Stellungnahme des Leiters der Mordkommission zum Einsatz ebensolcher Spezialisten bei der dänischen Polizei zu bekommen. Er wollte sie vorwarnen, dass der Artikel morgen in der Zeitung erscheinen würde und dass er natürlich geantwortet hatte, bei der dänischen Polizei seien Mitarbeiter mit sehr unterschiedlichen Kompetenzen angestellt und dass man ausschließlich positive Erfahrungen in der Zusammenarbeit mit Beratern jeder Art gemacht habe. Er hatte die Nachricht, kurz nachdem sie ihr Handy ausgeschaltet hatte, auf ihre Mailbox gesprochen. Sie antwortete ihm mit einer kurzen SMS, in der sie sich für die Information bedankte und hinzufügte, dass er sich melden sollte, wenn er ihren Input brauchte.

Eine Stunde später war sie zu Hause. Sie duschte schnell und beeilte sich, ins Bett zu kommen. Aber sie konnte nicht schlafen und drehte und wälzte sich herum, obwohl ihr fast schlecht vor Müdigkeit war. Irgendwann stand sie auf, trank ein Glas Wasser und ging in den Garten. Sie schaute aufs Meer und dachte an Maja. Wer warst du? Und wie komme ich nur an dich ran?

*

Die Spannung an Bord der *Maria* war hoch. Der Kapitän hatte gerade angekündigt, dass es nicht mehr lange bis zum Kontakt dauern würde. Obwohl sie abwechselnd Wache geschoben hatten, waren weder Marco noch Thomas zum Schlafen gekommen, seit sie Puerto Banús verlassen hatten. Das alles war viel zu aufregend, sie waren wie auf Koks!

Marco atmete tief ein. Die Luft war warm und würzig, und er bildete sich ein, Afrika riechen zu können. Die leichte Brise kam aus Südwest, also vom Land. Fucking Afrika! Mann, war das irre.

Marco und Thomas setzten die Nachtsichtgeräte auf und starrten in die Dunkelheit, sahen aber nichts außer Himmel und Meer.

»Macht die Bootshaken klar«, befahl der Kapitän.

Marco und Thomas griffen sich jeder einen Bootshaken und stellten sich auf die Backbordseite. Sie hörten nur die Geräusche des Dieselmotors und der glucksenden Wellen an der Bordwand. Der Kapitän nahm eine große Laterne und blinkte ein abgesprochenes Signal in die Dunkelheit.

Es vergingen einige Sekunden, dann kam die Antwort.

Marco konnte schwer abschätzen, wie weit es bis zu dem Boot war, vielleicht fünf-, sechshundert Meter.

Der Kapitän gab ein weiteres Blinkzeichen, und das Boot, das ihnen entgegenkam, antwortete.

Plötzlich sah Marco drei-, vielleicht vierhundert Meter vor sich den Umriss eines kleinen, flachen Bootes.

Auch der Kapitän hatte es entdeckt. »Visueller Kontakt«, sagte er zum Steuermann. »Neuer Kurs, fünfzehn Grad West.«

Die *Maria* fuhr etwas stärker gegen die Dünung und glitt näher an das flache Boot heran.

Der Kapitän hatte Marco und Thomas den Ablauf erklärt. Wenn man auf offener See umlud, durfte kein physischer Kontakt zwischen den Booten stattfinden. Bei den marokkanischen Booten handelte es sich meist um bunte Holzboote, während die *Maria* ein gepflegtes weißes Fiberglasmodell war. Rieben sich diese beiden Boote aneinander, bestand die Gefahr, dass farbige Streifen an dem Motorsegler zurückblieben, die jedem Zöllner sofort auffallen würden. Aus diesem Grund war für die offene See eine spezielle Umladetechnik entwickelt worden.

Die Boote waren nun noch hundert Meter voneinander entfernt. Marco erkannte in dem marokkanischen

Boot drei Männer, die sich über etwas beugten, das zwischen ihnen lag. Dann warfen sie das, worüber sie sich gerade noch gebeugt hatten, ins Wasser. Es war eine Boje.

Die *Maria* glitt langsam näher. Alle an Bord schienen den Atem anzuhalten und starrten hochkonzentriert ins Dunkel.

Noch fünfzig Meter bis zu der Boje.

Die Männer in dem Holzboot waren nun deutlich zu erkennen. Einer von ihnen saß hinten, zwei standen links und rechts an den Seiten.

Dreißig Meter bis zur Boje.

»Macht euch bereit«, sagte der Kapitän mit konzentrierter Stimme.

Marco spürte das Pochen seiner Schläfe unter dem Riemen des Nachtsichtgerätes. Das Adrenalin, das durch seinen Körper schoss, ließ ihn zittern.

Thomas und er senkten die Bootshaken.

Sie waren bereit.

Noch zwanzig Meter.

Es sah aus, als käme die Boje auf sie zu.

Zehn Meter.

Sie tauchten die Bootshaken ins Wasser und schoben sie gleichzeitig nach vorn. Marco bekam ein dünnes Seil zu fassen und zog es zu sich.

»Ich hab es«, rief er triumphierend und zog das Seil noch näher zu sich heran. Thomas warf seinen Bootshaken beiseite und half ihm. Das Holzboot lag nur etwa fünfzig Meter vor ihnen, Marco konnte hören, wie sich die Männer unterhielten. Ihre Sprache verstand er nicht.

Ans Ende des dünnen Seils war ein dickeres Seil gebunden.

»Wir haben das dicke Seil!«, rief Thomas.

Der Kapitän schwang die Laterne.

Marco sah, dass die Männer in dem Holzboot es plötzlich eilig hatten. Sie warfen nacheinander eine Reihe schwarze, kastenförmige Gegenstände ins Wasser.

Marco und Thomas zogen mit aller Kraft. Ihre Handflächen brannten von dem rauen, mit Salzwasser vollgesogenen Seil, aber das war jetzt unwichtig. Marco konzentrierte sich auf das erste schwarze Päckchen, das gegen die Bordwand der *Maria* stieß. Thomas zog das fünfundzwanzig Kilo schwere Paket mit dem Bootshaken an Bord und knotete das Seil auf. Dann übergab er es dem Kapitän. Währenddessen holte Marco mehr Seil ein, und kurz darauf stieß das nächste Paket gegen die Bordwand. Thomas hob es hoch.

Nach einer Weile hatten sie einen Rhythmus gefunden. Insgesamt fischten sie achtzig Pakete aus dem Wasser.

Als das letzte Paket an Bord war, warf Marco das Seil zurück ins Wasser. Thomas half ihm, und bald war das Seil nicht mehr zu sehen.

In dem Holzboot, das jetzt hinter der *Maria* lag, holten die Männer das Seil ein. Dann setzten sie sich. Der Mann am Außenborder gab Gas. Und weg waren sie.

Das Ganze war plötzlich vollkommen unwirklich. War es wirklich geschehen?

Marco drehte sich um und sah den Kapitän an. Ein Haufen schwarze Pakete bedeckte den Boden des Mittschiffs, ein Stück weit in die Kajüte hinein. 80 Pakete à 25 Kilo. 2000 Kilo. Zwei Tonnen marokkanisches Haschisch feinster Qualität.

Der Kapitän stand mit funkelnden Augen neben dem

Haufen. »Yihaaaa!«, rief er laut. »Gute Arbeit, Jungs! Yihaaaa!« Marco und Thomas nahmen die Nachtsichtgeräte ab und fielen sich in die Arme. Fuck, was für ein Kick. Das war fast besser als Sex.

Sie begannen, die Pakete unter Deck zu verstauen, aber nicht alle passten in die Stauräume, weshalb es von nun an darauf ankam, dass außer ihnen niemand nach unten in die Kajüte kam.

Der Kapitän instruierte Marco und Thomas, die Last gleichmäßig auf beiden Seiten und an beiden Enden des Bootes zu verteilen. Die Zollbeamten hielten besonders nach Booten Ausschau, die ungewöhnlich tief im Wasser lagen oder Schlagseite hatten. Mit zwei Tonnen Hasch an Bord lagen sie zwar auch tiefer als sonst im Wasser, mit der neuen Wasserlinie sollte das aber nicht auffallen. Nur wenn ein Zöllner einen Blick in die Kojen im vorderen Teil des Bootes warf, wären sie fertig! Darum hieß es von nun an, die Zollbeamten mit allen Mitteln davon abzubringen, einen Fuß an Bord ihres Bootes zu setzen.

Nachdem Marco und Thomas die Pakete so gleichmäßig wie möglich verteilt hatten, gingen sie nach oben an Deck. Rembrandt hatte einen anderen Kurs eingeschlagen. Jetzt segelten sie der Straße von Gibraltar entgegen.

Dahinter erwartete sie eine etwa einwöchige Fahrt in Richtung Norden. Sie würden ein paar Häfen anlaufen müssen, um zu tanken und Lebensmittel aufzufüllen. Aber die erste schwere Hürde war genommen.

Jetzt waren sie eine Horde feierwütiger Schwuler auf dem Weg nach Dänemark.

*

Sasja verliert die Kontrolle. Ihr Leben rinnt ihr wie Sand durch die Finger. Sie ist empfindlicher geworden. Ihre Macht verwittert. Wie der Stoff eines abgetragenen Lieblingskleides. Oder die schiefgelaufenen Absätze an ihren besten Schuhen. Sie kann es nicht länger steuern. Das macht mich nervös. Es macht mir Angst, wenn sie es nicht richtig im Griff hat. Was soll dann aus mir werden? Ich muss mich darauf verlassen können, dass sie übernimmt. Ich schaffe das nicht ohne sie.

Vielleicht ist mein Körper ja klüger als meine Seele?

Er hat schon nein gesagt, als die Gedanken noch gar nicht so weit waren.

Es ist schwer, einen Körper zu öffnen, der lieber geschlossen sein will. Der in Ruhe gelassen werden will.

Ich habe immer öfter Schmerzen. Nehme zu viele Pillen.

Meine Grenzen?

Wo sind meine Grenzen?

Ich weiß es nicht. Meine Umrisse verwischen in den letzten Tagen immer mehr, meine Konturen lösen sich auf. Verflüchtigen sich wie Luft.

Ich kann nicht mehr sagen, wo ich anfange und aufhöre. An manchen Tagen spüre ich meinen Körper gar nicht. Als würde ich nicht existieren. Es gibt keinen Kanal, keine Verbindung zwischen meinem Fleisch und meiner Seele.

Und dann kommen plötzlich die Gedanken. Hat man erst einmal angefangen, diese Gedanken zuzulassen … Ich ahne einen Scheideweg irgendwo vor mir. Was erwartet mich heute hinter dieser Tür?

Als Kind wusste ich das nie, wenn ich nach Hause kam. Wie geht es Vater heute? Hängen dunkle Wolken über ihm?

Ist er freundlich oder finster und verschlossen? Meist war er Letzteres.

Und auch jetzt weiß ich es nicht. Wer steht hinter der Tür und wartet? Ist er jung oder alt? Gepflegt oder ungepflegt? Attraktiv oder abstoßend? Was wird er von mir verlangen? Was mag er? Darf er meine Brüste lecken und schwer und feucht gegen meinen Hals atmen, während er meinen Körper penetriert und seine verschwitzte Haut an meiner reibt, so dass sein Geruch selbst nach einem Bad noch an mir klebt? Wie viele Gerüche kann man eigentlich mit sich herumtragen?

Gedanken wie diese. Verbindungslinien zwischen damals und heute. Die Grenzen überschneiden sich. Und genau das darf nicht passieren. Denn dann kann ich es nicht mehr steuern, denke ich und versuche die Gedanken zu verjagen, sie zu übertönen und aus meinem Kopf zu verdrängen, damit ich wieder selbst über meinen Körper bestimme. Über mein Leben. Ich muss weitermachen, bis ich genug verdient habe. Den Kopf ablegen, ausruhen. Die Gedanken abschalten. Den Körper seine Arbeit machen lassen. Ich muss so viel verdienen, dass ich für den Rest meines Lebens allein zurechtkomme. Ich muss meinen Kopf und die Gedanken abschalten. Das sollte doch gehen. Ich weiß, dass ich das kann. Habe es so lange getan.

Wenn sie mich nur in Ruhe lassen würden.

Ich habe mal irgendwo gehört, dass man mit sieben Millionen Kronen den Rest seines Lebens finanzieren kann, wenn man sie geschickt anlegt. Ich kann mich nicht mehr erinnern, in welchem Zusammenhang ich das gehört habe. Das ist aber auch egal. Ich habe kein Geld. Keine Ersparnisse. Habe immer alles ausgegeben. Es ist mir durch die

Finger geronnen. Ich weiß nicht, was ich tun soll. Aber ich weiß, dass ich so nicht weitermachen kann, wenn sie mich im Stich lässt. Männer sind Schweine. Sie dürfen nur, wenn Sasja die Macht hat. Ihr Geld soll meine Freiheit bezahlen … wo niemand jemals wieder etwas von mir verlangen kann. Niemand wird mehr über meine Türschwelle kommen. Kein Geruch, den ich nicht freiwillig einatmen will, soll in meine Nasenlöcher steigen. Niemand wird mehr meinen Körper einnehmen. Mich berühren. Niemand.

Und wenn es so weit ist – wird Sasja sterben.

Katrine Wraa ging mit schweren Schritten die Treppe zum Präsidium hoch. Ihr Kopf dröhnte vor Müdigkeit. Sie war bis zum Rand voll mit Gefühlen und Sorgen, und das Gespräch mit Fiona klang noch immer in ihr nach. Sie war früh aufgestanden und laufen gegangen, aber heute hatte der Sport nicht die gewohnte erlösende Wirkung gehabt. In den letzten Tagen hatte sie keine Zeit für ihr Training gehabt, was sie unruhig und noch gereizter machte.

Als sie in ihr Büro kam, saß Jens bereits an seinem Schreibtisch. Es kam ihr vor, als wäre es Wochen her, dass sie zuletzt hier gewesen war, und nicht erst am Dienstag.

Sein Gesicht hellte sich auf, als er sie sah, bekam dann aber gleich einen fragenden, besorgten Ausdruck. »Wie war es?«, wollte er wissen, stand auf und kam zu ihr.

Es sah aus, als wollte er seine Arme um sie legen. Die Tür stand offen, und draußen liefen Kollegen vorbei. Sie wich ihm aus und setzte sich auf ihren Stuhl. Er blieb etwas verunsichert mitten im Raum stehen, ging dann aber schnell wieder zu seinem Schreibtisch und sah sie an.

»So einigermaßen«, sagte sie und spürte, dass sie sich über ihn ärgerte. Hatte er wirklich vorgehabt, sie mitten im Büro zu umarmen? Was dachte er sich nur dabei? »Es geht ihm den Umständen entsprechend.«

Jens nickte. Sein Gesicht drückte Verständnis aus, aber auch, dass sie seine Gefühle verletzt hatte. »Gut zu hören«, sagte er. »Lass uns nachher noch einmal darüber reden. Ich muss jetzt zu einer Besprechung. Wir sehen uns dann.«

Sie nickte und sah ihn durch die Tür verschwinden. Eine Besprechung über Maja. Scheiße!, dachte sie. Genau aus diesen Gründen hätte sie alles nur Erdenkliche tun müssen, sich nicht mit einem Kollegen einzulassen. So etwas war einfach zu kompliziert und führte nur zu Chaos und Konflikten. Außerdem stand es ihrer Arbeit im Weg.

Sie ging auf den Flur, um sich eine Tasse Kaffee zu holen, und stieß beinahe mit Torsten Bistrup zusammen, der mit langen Schritten der gleichen Besprechung wie Jens entgegenstrebte.

»Na«, sagte er lächelnd und wedelte mit einer Zeitung herum. »Ganz schöner Mist, dass einer just diese Geschichte aufgegriffen hat, was?«

»Der Preis moderner Zeiten«, sagte Katrine kurz angebunden und wollte weitergehen.

»Eine wirklich vernichtende Kritik Ihrer Arbeit«, sagte er.

»Davon abgesehen, dass sich in dem englischen Artikel niemand die Mühe gemacht hat, die Grundlagen für diese Studie zu hinterfragen. Und die dänische Presse hat darauf auch kein Gewicht gelegt«, antwortete Katrine erzürnt.

»Na ja, ganz falsch kann diese Veröffentlichung ja kaum sein. Kein Rauch ohne Feuer …«

»Wissen Sie, was Sie mit diesem Artikel machen können?«, sagte sie und spürte, wie ihre Selbstbeherrschung in sich zusammenfiel. »Kopieren Sie den tollen Text doch am besten fünfzigmal und verteilen ihn überall im Präsidium. Und wenn Sie damit fertig sind, kontaktieren Sie das Fernsehen und bieten ihnen ein Insiderinterview an. Dann können Sie sich endlich mal richtig darüber auslassen, wie schrecklich Sie mich finden. Sollen doch die Leute entscheiden, wer hier inkompetent ist. Vielleicht lassen Sie mich danach ja endlich in Frieden!« Sie stürmte an ihm vorbei in die Küche, nahm sich eine Tasse Kaffee, lief an der nun geschlossenen Tür des Sitzungszimmers vorbei zurück in ihr Büro und setzte sich.

Verdammt! Sie war völlig am Ende.

*

»Habt ihr das gehört?«, fragte Torsten Bistrup entgeistert die zehn Personen, die im Sitzungsraum warteten. »Ein bisschen Kritik, und schon stürzt sie sich auf einen? Ich finde das unerhört! Absolut unerhört!«

»Aber du hast sie doch provoziert«, konterte Jens wütend. Auch ihn hatte ihr Auftritt, den alle mitbekommen hatten, überrascht. »Du bist mal wieder entschieden zu weit gegangen. Und das weißt du ganz genau.«

Im gleichen Moment kam Bent Melby zur Tür herein. »Entschuldigt die Verspätung, sollen wir anfangen?« Er wunderte sich über die Stille im Raum und blickte ein paarmal fragend von Jens zu Bistrup. »Gibt es etwas, das ich wissen sollte?«, fragte er, als er die knisternde Spannung zwischen den beiden bemerkte.

»In der Zeitung steht heute ein interessanter Artikel über den Sinn und Unsinn von Profilern für die Polizeiarbeit. Eine englische Studie zeigt, dass sie eher schaden als nützen«, sagte Bistrup und genoss den Augenblick in vollen Zügen. Nur schade, dass Kragh nicht auch anwesend war, dann wäre der Augenblick perfekt gewesen.

»Ach? Profiler schaden der Polizeiarbeit?«, sagte Melby.

»Ja, es gibt zahlreiche Beispiele, bei denen Profiler die Ermittlungen in eine komplett falsche Richtung gelenkt haben, so dass heiße Spuren erkaltet sind und am Ende vollkommen Unschuldige angeklagt wurden.«

»Tja, und als Dezernatsleiter kann man dann vermutlich auch nur noch zu Kreuze kriechen, oder?«, sagte Melby und schob seinen Brustkorb vor.

»Hört selbst«, fuhr Bistrup unbeeindruckt fort und las vor: »*In England häuft sich die Kritik an der Arbeit der Polizeipsychologen, die sogenannte Täterprofile erarbeiten sollen. Eine gerade veröffentlichte Studie kommt zu dem Ergebnis, dass Profiling im besten Fall nutzlos, häufig aber geradezu schädlich für die Ermittlungen ist. Die dänische Polizei hat erst Anfang des Jahres eine Profilerin eingestellt. ›In der modernen Polizeiarbeit sollte man offen sein für jede Unterstützung, die man von anderen Fachgebieten bekommen kann‹, äußert sich Dezernatsleiter Per Kragh* … So weit die Zeitung. Ich habe unsere verehrte Psychologin bloß gefragt, was sie von dem Artikel hält, worauf sie mich gleich verbal attackiert hat. Was alle hier bezeugen können.« Er sah sich auf der Suche nach Unterstützung um, aber nur einige wenige nickten. Die meisten verhielten sich neutral.

»Du hast nicht einfach gefragt«, sagte Jens und musste

sich zusammenreißen, um nicht aufzuspringen und sich ihn zur Brust zu nehmen. »Du hast sie provoziert. Und ihre Wut ist dadurch zu erklären, dass das Fass allmählich voll ist. Du hast sie von ihrem ersten Tag an nur schikaniert.«

»Also, ich denke, wir sollten jetzt zu dem Thema kommen, wegen dem wir uns hier versammelt haben«, sagte Bent Melby ungeduldig. »Alles andere besprechen wir später. Wo ist Kragh?«

»Der ist den ganzen Tag auf einer Konferenz«, sagte Bistrup.

»Gut, dann beginnen wir. Asger Dahl? Torsten, wie weit sind wir mit der Beweisführung?«

»Tja«, sagte Bistrup selbstzufrieden. »Die Durchsicht der Rechnungen und Belege der Kinderschutzorganisation, bei der er arbeitet, hat ergeben, dass 80 000 Kronen von seinem Repräsentationskonto fehlen, für die er keine Belege hat. Er behauptet, dieses Geld sei für Sitzungen und Konferenzen in irgendwelchen Entwicklungsländern aufgewendet worden, in denen Papier noch ein Fremdwort ist, weshalb er diese Ausgaben nicht nachweisen kann.«

»Vielleicht hat er mit dem Geld ja seine Bordellbesuche finanziert?«, mutmaßte Melby.

»Das ist gut denkbar«, sagte Torsten und fuhr fort: »Die Kriminaltechnik ist noch immer dabei, die Laken zu sortieren und Proben zu nehmen. Die Suche nach den ausländischen Kunden, die Maja angeblich gehabt haben soll, ist ergebnislos geblieben. Ihre Computer, Telefone und Kreditkarten sind untersucht worden, aber da deutet nichts auf einen Auslandsaufenthalt hin. Es gibt weder

SMS noch Anrufe oder finanzielle Transaktionen aus dem Ausland. Die müssen die Treffen von Mal zu Mal mündlich vereinbart haben, wenn die ganze Geschichte nicht erstunken und erlogen ist.«

»Merkwürdig«, sagte Melby. »Kann es sein, dass sie mit der Geschichte was vertuschen wollte? Was kann sie gemacht haben, um an so viel Geld zu kommen?«

»Jeder Vorschlag ist willkommen«, sagte Jens und spürte, dass er innerlich noch immer vor Wut auf Torsten schäumte. »Was die Spur des Geldes angeht, sind wir nicht weitergekommen. Es ist, wie ihr alle wisst, nicht ganz leicht, den Weg von Geldscheinen zu verfolgen.«

Es war still an den Tischen.

»Gute Arbeit, Torsten« sagte Melby. »Wir haben noch eine Woche bis zum nächsten Haftprüfungstermin. Aber bei dem hier zusammengetragenen Material ist der Typ ja wohl kaum als glaubwürdig einzustufen. Machen wir Schluss für heute.«

Stuhlbeine kratzten über den Boden, und die Leute hasteten aus dem Sitzungszimmer.

Torsten Bistrup sah Jens Høgh nach und ließ sich von seiner Phantasie mitreißen: Per Kragh würde gefeuert und er zum neuen Leiter des Morddezernats ernannt werden. Nach der Rede des Polizeipräsidenten zu Torstens Ernennung würde er selbst eine Rede halten und von Visionen und solider, guter Polizeiarbeit reden. Man würde sich noch lange an seine Worte erinnern, denn sie würden jeden Polizisten mit Stolz auf seine Arbeit erfüllen und ihm den Glauben an sich selbst zurückgeben. Sie brauchten keine Experten, die ihnen sagten, was sie tun und denken und wie sie die Arbeit machen sollten, für die sie so gründlich ausgebildet worden waren. Seine Rede würde als elegant ausgeführter Handkantenschlag in Erinnerung bleiben, der sich gegen all jene richtete, die die Führungsetagen mit karrieregeilen Akademikern besetzten, die ihrer ganz eigenen Agenda folgten.

*

»Mein Bruder und sein Freund konnten die beiden in der Lundtoftegade nirgends finden«, sagte Mathias.

Hector sah ganz und gar nicht zufrieden aus. Er stand mit ein paar seiner engsten Vertrauten, die die beiden Amateure aus der Lundtoftegade überwachen sollten, im Eingang des Clubhauses.

»Die sind wie vom Erdboden verschluckt«, sagte Jonas.

»Bestimmt haben die bloß den Schwanz eingeklemmt«, erwiderte Hector. »Aber irgendwann tauchen die wieder auf, um sich um ihren kleinen ›Kiosk‹ zu kümmern. Überwacht sie weiter. Sie müssen lernen, dass man sich nicht in unsere Geschäfte einmischt. Gib mir Bescheid, sobald ihr sie irgendwo sichtet, damit wir sie herzlich willkommen heißen können.«

»Der Journalist ist da«, kam es von einer der Wachen am Tor des Hauses, das mit einem drei Meter hohen Bretterzaun sorgsam abgesichert war.

Hector ging nach draußen, um ihn in Empfang zu nehmen. Er schüttelte dem Journalisten die Hand, der in Begleitung eines Fotografen gekommen war.

»Ich dachte, wir reden erst einmal miteinander und schießen dann anschließend ein paar Bilder«, sagte Jesper Egelund.

»Ausgezeichnet, setzen wir uns doch ins Café!«, meinte Hector und ging vor. »Sie mögen doch einen Kaffee?«

»Ja, gerne.«

*

Auszug des Bandmitschnitts, Interview von Jesper Egelund.

»Okay, fangen wir an. Ich nehme das Interview auf, das ist Ihnen doch recht, oder?«

»Ja, ja, solange Sie es nicht der Polizei geben, haha.«

»Natürlich nicht. Als Erstes möchte ich Sie, sozusagen als Einstieg ins Interview, nach Ihrem richtigen Namen fragen. Und ich würde gerne wissen, wie alt Sie sind und woher Sie stammen.«

»Bo Hector, zweiundvierzig Jahre alt, aus Roskilde.«

»Was haben Ihre Eltern gemacht?«

»Mein Vater arbeitete in einer Schule. Meine Mutter war Hausfrau.«

»Welche Erinnerungen haben Sie an Ihre Kindheit?«

»Haha, nicht sonderlich viele. Ich fürchte, das wird ein kurzes Interview.«

»Was ist das Erste, woran Sie sich erinnern?«

»Das weiß ich nicht. Doch, vielleicht an meine Katze, Knud. Ich hatte eine Katze.«

»Knud?«

Lautes Lachen.

»Ja, warum nicht?«

»Okay, wann war das? Wie alt waren Sie?«

»Also, das war, als ich bei Poul und Gurli gewohnt habe. Ich muss damals so neun oder zehn gewesen sein.«

»Wer sind Poul und Gurli?«

»Das waren meine Pflegeeltern.«

»Sie sind in einer Pflegefamilie aufgewachsen?«

»Ja, ich wurde meinen Eltern weggenommen. Ich erinnere mich nicht, wann genau das war. Sagen Sie mal, ist das wirklich interessant?«

»Ja, ich finde schon. Warum wurden Sie ihren Eltern weggenommen?«

»Mein Vater war ein krankes Arschloch. Wollen Sie so was wirklich hören?«

»Ja, wenn es so war. Inwiefern war er ein krankes Arschloch?«

»Na ja, er hat meine Mutter umgebracht, als ich noch ganz klein war. Ich sage doch, dass er ein krankes Arschloch war.«

»Ist er dafür ins Gefängnis gekommen?«

»Ja, er hat zehn Jahre gekriegt, war aber nach acht schon wieder draußen.«

»Was ist passiert, als er wieder draußen war? Wie alt waren Sie da?«

»Ich bin wieder bei ihm eingezogen. Ich war elf.«

»Wie war das für Sie?«

»Wie das war? Abgesehen davon, dass er mich verprügelt hat, meinen Sie? Wunderbar.«

»Warum hat er Sie verprügelt?«

»Warum? Weil er einen an der Klatsche hatte, habe ich doch schon gesagt. Ich würde niemals auf die Idee kommen, meine Kinder derart zu verprügeln, das kann ich Ihnen versichern. Ich bin ein ordentlicher Vater für meine Kinder.«

»Wie viele Kinder haben Sie?«

»Karla ist sieben und Anders achtzehn.«

»Mit der gleichen Mutter?«

»Nein, nein, Anders' Mutter und ich waren nur ein paar Jahre zusammen.«

»Und es ist Ihnen nie eingefallen, Ihre Kinder zu schlagen?«

»Nee.«

»Ich möchte noch einmal auf das mit Ihrem Vater zurückkommen. Sie haben bei ihm gewohnt, aber … ich meine, war das nicht schwierig? Immerhin hat er Ihre Mutter umgebracht. Hatten Sie da keine Probleme mit der Loyalität?«

»O doch.«

»Können Sie ein bisschen was darüber erzählen?«

»Der Mann war ein Idiot, mehr gibt es da nicht zu erzählen.«

»Und er hat Sie geschlagen?«

»Ja, aber irgendwann bin ich dann einfach nicht mehr nach Hause gekommen. Und als ich groß genug war, habe ich mich gewehrt. Da hat er von sich aus aufgehört.«

»Waren Sie auf der Hauptschule?«

»Ja.«

»Wurden Sie jemals gemobbt?«

»Auf der Schule? Jetzt hören Sie aber auf! Das hätte niemals jemand gewagt, sonst hätte er sich ein paar eingefangen.«

»Waren Sie viel allein in der Schule?«

»Nein, das würde ich nicht sagen. Ich habe immer mit ein paar Leuten abgehangen. Wir haben geraucht und so.«

»Was haben Sie nach der Schule gemacht?«

»Berufsschule, ich wollte Zimmermann werden.«

»Und haben Sie als Zimmermann gearbeitet?«

»Nein, nicht wirklich. Ich bin da in gewisse Schwierigkeiten geraten und habe nie eine Lehrstelle gefunden.«

»Was für Schwierigkeiten?«

»Ja, schreiben Sie ruhig darüber. Ich habe ein bisschen zu viel Hasch geraucht und mich mit den falschen Leuten eingelassen.«

»War das während Ihrer Zeit auf der Berufsschule?«

»Ja.«

»Was genau haben Sie gemacht?«

»Ach, das Übliche. Kleinere Einbrüche, wir haben Sachen abgefackelt, waren in Prügeleien verwickelt.«

»Wurden Sie von der Polizei festgenommen?«

»Ja, das wurde ich.«

»Wie oft waren Sie im Gefängnis?«

»Alles in allem? Weiß nicht genau, vier oder fünf Mal.«

»Für was?«

»Körperverletzung, Amphetaminhandel, Hasch, und dann natürlich nachdem ich diesen Peder von den Undertakers umgebracht hatte. Aber das wissen Sie ja sicher.«

»Ja. Wie sind Sie zu den Devils gekommen?«

»Das war in der Zeit, als ich in Vestre einsaß. Da habe ich einen von den Devils getroffen. Er ist nicht mehr dabei, aber als ich wieder draußen war, habe ich angefangen, bei denen rumzuhängen, und was soll ich sagen – das war, wie nach Hause zu kommen. Also nicht nach Hause zu diesem Psychopathen, sondern in eine richtige Familie, in der man aufeinander aufpasst und füreinander da ist. Hier bei uns gibt es einen Zusammenhalt, wie man ihn sonst nicht oft findet.«

»Wie sieht es mit der Kriminalität aus? Es heißt, die Devils seien tief verstrickt in den Cannabis- und Drogenhandel, und das sei auch der Grund für den andauernden Bandenkrieg. Ist das in Wahrheit ein Kampf um Anteile am Drogenmarkt?«

»Ha, ha, ja, hübsches Gerücht.«

»Und was ist mit Prostitution und Schutzgelderpressung?«

»Davon weiß ich nichts. Ich habe es nicht nötig, zu Prostituierten zu gehen, aber ich kann ja nur für mich selbst sprechen. Ich will damit nichts zu tun haben. Aber was die anderen Gruppierungen und lächerlichen Banden treiben, weiß ich ja nicht.«

»Wenn es bei dem Bandenkrieg nicht um den Markt für Hasch oder Prostitution geht, worum dann? Was meinen Sie?«

»Zu den Mutmaßungen über die Kriminalität der Devils kann ich nur sagen, dass es natürlich immer schwarze Schafe gibt, die sich danebenbenehmen, aber die müssen als Einzelfälle betrachtet werden. Der Club hat damit jedenfalls nichts zu tun. Wir wollen eigentlich nur in Ruhe gelassen werden. Wir haben einen Club, sind gerne zusammen, feiern gerne und fahren Motorrad. Ansonsten machen wir alle ganz normal unsere Arbeit. Einige von uns arbeiten auf dem Bau, andere sind Zimmerer oder arbeiten bei einer Abbruchfirma. Wir haben sogar Pädagogen im Club. Klar, natürlich gibt es auch ein paar Sozialhilfeempfänger unter uns, aber das Entscheidende ist doch, dass wir keine Konfrontation suchen. Einige andere Banden betrachten es förmlich als Mutprobe, uns zu provozieren. Und wir haben natürlich unsere Ehre. Provozieren lassen wir uns nicht, und wenn uns jemand angreift, müssen wir darauf natürlich reagieren.«

»Es hat in der letzten Zeit mehr als hundert Schießereien gegeben, und im Laufe der letzten zwei Jahre sind acht Menschen getötet und über fünfzig verletzt worden. Das klingt nach mehr als reiner Reaktion.«

»Das haben nicht wir zu verantworten. Wenn jemand einen unserer Brüder schlägt, schlagen wir zurück. Wenn jemand auf einen unserer Brüder schießt, schießen wir zurück. Und wenn jemand einen unserer Brüder umbringt, muss auch das gerächt werden. So einfach ist das. Wir sind doch Männer? Wir haben doch wohl das Recht, uns zu verteidigen?«

»Dann sind Sie nur unschuldige Opfer?«

»Nein, das würde ich nun nicht gerade sagen, aber wir können auf keinen Fall akzeptieren, angegriffen zu werden und uns nicht verteidigen zu dürfen.«

Nach dem Interview machte der Fotograf ein paar Fotos von Hector, der mit ein paar jungen Kerlen Billard spielte. Anschließend brachte Hector die beiden zum Tor.

»Ich hoffe, Sie können das gebrauchen?«

»Doch, wunderbar. Daraus lässt sich was machen«, sagte Jesper Egelund.

»Super. Ich freue mich darauf, den Artikel zu lesen. Übrigens, noch etwas ganz anderes. Morgen Abend feiern wir hier im Club eine Riesenparty. Wenn Sie Lust haben, sind Sie herzlich eingeladen. Aber natürlich ohne Kamera, das ist klar, oder?«, sagte er und zwinkerte dem Fotografen zu. »Wir wollen uns schließlich richtig entspannen. Ich kann Ihnen garantieren, dass ein paar richtig tolle Frauen da sein werden. Na, haben Sie Lust?«

»Klar«, sagte Jesper und dachte: Yes – Zugang zum Milieu! Das war eine Riesenchance, die er nutzen musste. Der Fotograf konnte nicht, er musste zu einer Konfirmation, was er herzlich zu bedauern schien.

»Wunderbar, dann sehen wir uns morgen.«

Sie verabschiedeten sich, und Hector sah ihnen nach, als sie durch das Tor verschwanden.

*

Jens legte seine Hand auf die Klinke, atmete tief durch, betrat sein Büro und schloss die Tür hinter sich.

Katrine blickte von ihrem Bildschirm auf.

Er wusste nicht, wie ihre Stimmung war, als er sagte: »Ich schreibe nachher eine Beschwerde über ihn. Du kannst dir überlegen, ob du auch unterschreiben willst oder ob du vielleicht selbst eine einreichen möchtest.«

»Ich denke am Wochenende darüber nach.«

»Okay«, sagte er und setzte sich.

Sie wandte den Blick wieder zum Bildschirm und fuhr mit ihrer Arbeit fort.

Er schaltete seinen Computer ein und schielte zu ihr rüber. Sie sah ihn an, wog ihre Worte ab. »Ich möchte, dass wir uns sehen«, sagte sie. »Und uns kennenlernen. In aller Ruhe und mit Zeit.« Auf der anderen Seite des Tisches wuchs ein Lächeln heran. »Aber ich will nicht, dass wir das mit hier reinnehmen. Hier drinnen sind wir Kollegen.«

Jens nickte. Ihm fiel ein Stein vom Herzen.

*

Am Ende des Tages hörte Katrine sich die Mitschnitte aus der Wohnung in der Lundtoftegade an. Tags zuvor schien es ein kleines Fest gegeben zu haben, nachdem eine undefinierbare Anzahl junger Leute plötzlich in die Wohnung gestürmt war und ziemlich laut Musik gehört hatte, bis ein Nachbar sich beschwert hatte. Danach hatte jemand etwas von einem Talentwettbewerb erzählt. Es waren aber mit ziemlicher Sicherheit weder Marco noch Thomas, die ihr Talent öffentlich zeigen wollten. Ansonsten hatte sich nichts getan. Und Marco Gomez' und Thomas Rasmussens Telefone waren noch immer ausgeschaltet.

Katrine versuchte, die Gespräche und Interviews vorzubereiten, die sie führen wollte, aber ihre Augen landeten immer wieder auf dem Bild von Maja, das sie an die Tafel gepinnt hatte. Jeder Versuch, sich auf ihre Fragen und eine mögliche Gesprächsstrategie zu konzentrieren, endete damit, dass ihre Augen zufielen. In London hatte sie kaum geschlafen.

Sie öffnete die Datenbank *PsychInfo*, um nach weiteren Artikeln zu suchen, die sie inspirieren konnten, erlag aber der Verlockung, zum zigsten Mal nach Variationen von Schlüsselworten wie *Prostitution*, *Brandstiftung*, *Kfz* und Verschiedenem mehr zu suchen. Doch sie hatte bereits alles gelesen, was es dazu zu lesen gab. Schließlich stand sie auf, streckte sich und lief im Büro auf und ab. Jens war zu Lars Sønderstrøm gegangen.

Sie trat ans Fenster und sah nach unten auf die Straße. Ihr Blick ging langsam in Richtung Hauptpost. Dahinter lag Vesterbro, wo jetzt sicher eine ganze Reihe von Frauen auf den Straßen posierten und ihren Körper verkauften. Die Fachleute waren sich uneinig darüber, warum sich einige Frauen freiwillig prostituierten. Einige waren Ansicht, das sei eine Art vorprogrammiertes Verhalten, nachdem sie als Kinder oder Jugendliche selbst missbraucht oder anderweitig sexuell belästigt worden waren. Andere waren komplett gegensätzlicher Meinung. Wie war Majas Verhältnis zu ihrem Vater gewesen?, fragte Katrine sich. Warum hatte sie den Kontakt zu ihm abgebrochen?

Ihre Gedanken wurden unterbrochen, als Jens zurück ins Büro kam. Sie sah ihn an. »Was machst du am Wochenende?«, fragte sie.

»Ich dachte schon, du würdest nie fragen«, sagte er mit einem Seufzer. »Ich habe noch keine besonderen Pläne.«

»Und Simone?«

»Sie will trainieren und bei einer Freundin übernachten.«

»Unglaublich, wie oft diese Mädchen heute bei Freundinnen übernachten.«

»Ja, ich glaube, die können bald nicht mehr allein schlafen«, sagte er und dachte, dass er das auch nicht mehr konnte.

»Hast du Lust auf einen Ausflug in den Norden?«, fragte sie.

»Nichts lieber als das.«

»Gut«, sagte sie.

»Ich denke, ich bin gleich fertig«, sagte Jens und setzte sich an seinen Computer. »Wie sieht es bei dir aus?«

»Ich brauche auch nicht mehr lange.« Sie lehnte sich zurück und legte die Hände hinter den Nacken. »Ich denke noch über eine bestimmte Sache nach. Wie war das mit dem Vater?«

»Majas Vater?«

»Ja, er starb vor einem halben Jahr, nicht wahr?«

»Ja, an Krebs.«

Katrine lief ein Schauer über den Rücken. »Und die Mutter? Da war sie noch ein Teenager, oder?«

»Ja.«

Sie bemerkte Jens' nachdenklichen Blick. Sicher dachten sie beide daran, wie sehr Majas Geschichte der von Katrine glich. Aber ihr Vater würde nicht an Krebs sterben, dachte sie.

»Sie hatte keinen Kontakt zu ihrem Vater«, fuhr Katrine fort. »Sie soll geradezu auf seinem Grab getanzt haben, wie es so schön heißt. Weiß der Geier, warum.«

»Vielleicht war er ein dummes Schwein?«

»Das werden wir wohl nicht mehr erfahren.«

»Lass uns nachschauen, ob es eine Akte über ihn gibt«, schlug Katrine vor.

»Warum willst du das wissen? Er ist doch tot.«

»Ich bin einfach nur neugierig. Kann doch sein, dass wir irgendetwas über ihn haben.«

»Aber mit ihrem Tod kann er ja nun wirklich nichts zu tun haben …«

»Wenn ich dem jetzt nicht nachgehe, grübele ich das ganze Wochenende darüber nach. So bin ich halt. Und daran ist auch nichts zu ändern – das haben schon andere erfolglos versucht.«

»Du bist eine harte Nuss«, sagte er.

»It's in my bones.«

Jens tippte den Namen ein und startete den Suchbefehl. »Hol mich der Teufel …« Katrine sah ihm seine Überraschung an. Rasch ging sie um den Schreibtisch herum und warf einen Blick über seine Schulter. »1972 wegen Mordes verurteilt«, sagte Jens und klickte weiter. »An seiner Frau, Maria Solhøj.«

»Was?«, platzte Katrine hervor und fasste sich an den Kopf. »Und warum erfahren wir das erst jetzt?«

»Weil der Mann tot ist. Das ist nicht gerade eine der heißesten Spuren, die man weiterverfolgt, ehrlich, das musst du zugeben. Wir haben es mit einem Mord zu tun, einer Brandstiftung, und wir haben einen Verdächtigen, gegen den einiges spricht – da denkt man doch nicht: ›Hm, wir sollten uns vielleicht lieber mit ihrem Vater beschäftigen, der vor einem halben Jahr an Krebs gestorben ist …‹«

»Ja, aber …« Sie schüttelte den Kopf, musste noch mehr wissen, viel mehr. »Wie ist sie gestorben?«

»Der Fall ist zu alt. Hier stehen keine Details. Die sind noch in Papierform abgelegt – entweder im Keller unseres Archivs oder, wenn wir Pech haben, im Landesarchiv.«

Er wartete ihre Reaktion ab.

»Oh-oh«, sagte er leise, denn er wusste ganz genau, was ihr Gesichtsausdruck bedeutete.

*

»Dein Schwanz ist zum Anbeißen – ein aufgerollter Pfannkuchen mit Sirup – den ich ablutschen will!«

Die SMS war auf Englisch geschrieben, und Jim wäre fast von der Straße abgekommen, als er sie las. Er war allein im Auto und musste laut lachen. Er sah auf die Uhr im GPS und tippte schnell eine Antwort: *»Nur für dich – du versautes Etwas!«*

Die Strategie, ein schwules Pärchen zu spielen, hatte sich in einer Art entwickelt, die manchmal schon absurd war. Robert hatte mit Abstand die wildeste Phantasie. Jim versuchte sich vorzustellen, was die Leute, die ihn überwachten, wohl dachten, falls sie zufällig eine ihrer SMS abfingen. Sie würden niemals dahinterkommen, was diese Sätze zu bedeuten hatten. Jim hingegen wusste genau, was ihm Robert mit dieser Nachricht sagen wollte. Beim letzten Treffen mit dem Baron hatten sie zwei mögliche Treffpunkte für ihre nächste Begegnung vereinbart. Entweder ein Pfannkuchenrestaurant mit dem abenteuerlichen Namen »Café Restaurant Hans en Grietje«, das hundert Meter vom Rijksmuseum entfernt lag, oder das Café an der Ecke vom Noordermarkt. Dort gab es einen phantastischen Apfelkuchen, den besten der Stadt, der von einer alten Libanesin gebacken wurde. Hätte die Nachricht etwas mit Apfelkuchen zu tun gehabt, wäre das Apfelkuchencafé der Treffpunkt. Heute war es aber »Hans en Grietje«. Sie hatten vereinbart, um sechs Uhr dort zu sein.

Es waren noch knapp fünfzig Kilometer bis Amsterdam. Die Fahrt über die Grenze nach Deutschland und später nach Holland war ohne Zwischenfälle verlaufen. Jim hatte nichts gegen diese offenen Grenzen, sollte er aber trotzdem einmal angehalten werden, würde niemand die Deckgeschichte, die er vorbereitet hatte, durchschauen. Sie war rührend nah an der Wahrheit. Er war ein dänischer Unternehmer, der einen holländischen Lieferanten treffen wollte, um über ein paar defekte Maschinen bei *Søren Lauritzen Enterprise* zu sprechen.

In Wahrheit waren sämtliche Hohlräume der aus Holland gelieferten Maschinen mit Kokain ausgestopft gewesen, und jetzt sollten sie wieder zurückgeschickt werden, damit sie gegen Ende des Jahres für eine weitere Fracht verwendet werden konnten. Eine natürlich Erklärung für tatsächliche Begebenheiten. Das war die Kunst. Man musste sich Geschäfte ausdenken, die von sich aus Logistik und Fracht in die geeigneten Länder und Städte erforderten.

Aber wie gewöhnlich musste Jim gar nicht erklären, warum er von Dänemark nach Holland fuhr. Er hatte die Fahrt mittlerweile schon sehr häufig gemacht und war nicht ein einziges Mal angehalten worden.

Die Menschen haben das Bedürfnis, sich zu berauschen, dachte er. So war es in allen Kulturen und zu jeder Zeit gewesen. Es gab eine Nachfrage, also musste auch jemand liefern. Und warum sollte dieser jemand nicht Jim sein? Schließlich hatte er Talent dafür. Warum nicht Kaufmann in einer der größten Branchen der Welt sein, wenn man dabei gut verdiente? Natürlich war es ärgerlich, dass Cannabis und Drogen als illegale Waren galten, in Jims Augen war das schon immer ein Ausdruck heuchlerischer Doppelmoral gewesen. Schließlich starben mehr Menschen an Alkohol und Zigaretten als an Drogen! Warum waren Alkohol und Zigaretten dann nicht verboten? Und letztendlich bestimmte doch jeder selbst, womit er sich betäuben wollte. Es waren nicht die Drogen, die die Leute umbrachten, sondern ihr Lebensstil. Jim erinnerte sich, dass er einmal die Röntgenbilder eines Arztes gesehen hatte, der Morphium konsumierte. Er hatte vollständig cleane Organe. Die Drogen an sich waren nicht gefährlich.

Jim sah auf die Uhr in der Armatur. Es war bald fünf, er hatte nur noch eine Stunde Fahrt vor sich.

*

Robert van Bommel saß an einem Tisch ganz hinten in dem dunklen, rustikalen Lokal. Von der Decke hingen antike Töpfe und Pfannen herab, und die Wände schmückten holländische Landschaften.

Es war kurz nach sechs.

Robert verdrückte gerade einen der Pfannkuchen des Hauses und breitete die Arme aus, als er Jim sah.

»Schmeckt's?«, fragte Jim, als er sich gesetzt hatte und ihm die Hand über den Tisch entgegenstreckte.

»Ja, super. Mit extra viel Sirup«, sagte Robert und zwinkerte ihm zu. Dann schlug er ein und schüttelte Jims Hand.

»Schön, dich zu sehen, Mann!«

»Gleichfalls«, sagte Jim. »Ich habe eine Million für Ricardo und 500 Kilo für dich, wie abgesprochen. Du regelst den Rest mit Ricardo, nicht wahr?«

»Ja, es ist alles geregelt.«

»Perfekt.«

Ein junger Kellner kam an ihren Tisch und brachte Jim die Speisekarte. »Möchten Sie etwas bestellen?«

Jims Blick fiel auf den aufgerollten Pfannkuchen auf Roberts Teller. Die Assoziation brachte die Entscheidung. Außerdem war ihm nicht wohl dabei, so viel Geld im Auto liegen zu haben.

»Nein danke, ich möchte nichts.«

Der Kellner verschwand. Jim warf Robert einen fragenden Blick zu.

»Ich weiß, was du im Kopf hast, du Schlimmer«, sagte Robert und schüttelte den Kopf. »Aber immer mit der Ruhe, ich kann dir versichern, dass ein wunderbarer Abend auf dich wartet.«

»Klingt verdammt gut. Ich muss jetzt wirklich abfeiern.«

»Gut, aber vorher müssen wir noch einen kleinen Abstecher machen.«

*

Die Verwaltung war leer und verlassen.

»Da müssen wir wohl bis Montag warten«, sagte Jens.

»Kann man nicht selbst ins Archiv gehen und sich die Sachen holen?«

Jens sah sie an und blickte dann aus dem Fenster. »Guck mal nach draußen«, sagte er und streckte den Arm aus. »Die Sonne scheint, wir haben Mai, und es ist Wochenende.« Er sah sie an und stellte fest, dass sie nicht vorhatte nachzugeben. »Und deshalb gehen wir jetzt ein Weilchen ins Archiv«, seufzte er.

Sie gingen nach unten in den Keller. Katrine war nie zuvor dort gewesen und dachte, dass es praktisch war zu wissen, wie man dorthin gelangte. Man wusste ja nie, was sie dort sonst noch holen musste.

Jens schloss auf, und sie kamen in einen gigantischen Raum mit unendlichen Reihen von Regalen mit Pappmappen. Hier waren alle Polizeiakten der Kopenhagener Polizei gelagert.

»1972«, sagte Jens, »dann müssen wir hier entlang bis …« Sie gingen ziemlich weit, bis sie vor dem richtigen Regal standen.

Nach einigem Suchen fanden sie die Vorgangsnummer und schließlich auch die richtige Akte. Sie war dick und enthielt mehrere Mappen.

»Jørn Solhøj«, las Jens und überflog die Papiere. »Hier ist der Bericht vom Fundort, der vermutlich auch der Tatort war.« Er las einzelne Sätze laut vor: »Notruf von den Nachbarn … Kinderweinen … über Stunden hinweg. Als die Polizei gegen 13.35 Uhr kommt, findet sie eine Frau im Wohnzimmer. Erstochen. Neben der Frau hockt ein zweijähriger Junge, vermutlich der Sohn des Paares. Es gibt keine näheren Angehörigen, die sich um das Kind kümmern können, weshalb der Junge dem Jugendamt übergeben wird.«

»Ein Junge?«, wiederholte Katrine überrascht. »Das heißt, dass Majas Vater einen Sohn mit seiner früheren Frau hatte. Was wiederum heißt, dass Maja …«

»Einen Halbbruder hat.«

Sie sahen sich an, während sie unabhängig voneinander überlegten, was das bedeuten konnte. Und ob es überhaupt etwas zu bedeuten hatte.

»Warte, es könnte doch sein, dass er gar nicht sein Sohn war. Vielleicht war es ein Kind aus einer früheren Beziehung von ihr.«

»Wir sind nirgendwo auf einen Halbbruder gestoßen«, sagte Katrine.

»Das können wir doch im Meldeamt überprüfen.«

»Steht da, was aus dem Jungen geworden ist?«

»Nein, die Frage müssen wir vermutlich dem Jugendamt stellen.«

Er blätterte durch die Akte.

»Hier ist der Obduktionsbericht.« Sie lasen gemeinsam. Katrine stockte der Atem, als sie den Todeszeitpunkt las. »Vermutlich zwischen 23.00 Uhr abends und 02.00 Uhr nachts. Dann war der Junge gut *zwölf Stunden* lang allein mit seiner toten Mutter!«

»Verdammt …«, Jens schüttelte langsam den Kopf. »Da

hat er neben seiner Mutter gesessen und nicht verstanden, warum sie nicht ...« Er verstummte.

»Vielleicht ist er erst morgens aufgewacht und hat sie auf dem Boden liegend gefunden«, sagte Katrine.

»Und die Nachbarn haben erst mittags reagiert«, sagte Jens.

»Wann wurde der Vater gefasst?«, fragte Katrine.

»Er hat sich noch am selben Tag gestellt.«

»Darf man so eine Mappe kopieren?«

»Du darfst sie mit nach oben nehmen, musst aber einen Marker deponieren, aus dem hervorgeht, wo die Akte ist.« Jens sah sie eindringlich an. »Aber man darf sie nicht, ich betone: unter keinen Umständen, mit nach Hause nehmen. Auch nicht irgendwelche Kopien davon.«

»Ich würde diese Akte gern lesen«, sagte sie.

»Das überrascht mich nicht. Also, jetzt schieben wir erst einmal so einen Platzhalter da rein.« Er schrieb seine Initialen auf ein Stück Karton, das man wie eine alte Bibliothekskarte hinterlassen konnte, und nahm die Akte. »Und dann gehen wir nach oben und schlagen ihn im Melderegister nach. Danach wissen wir hoffentlich, ob das sein Sohn war.«

»Dänemark ist ein phantastisches Land«, sagte Katrine begeistert. Jens sah sie verwundert an. »Alles und jeder ist hier zu finden. Melderegister, Landesarchiv und so weiter ... In England brauchst du nur von einer Stadt in eine andere ziehen, damit die Polizei dich nicht mehr findet!«

Sie verließen das Archiv und gingen zurück ins Büro. Jens schlug Bjørn Solhøj im Melderegister nach. Katrine blickte ihm über die Schulter.

»Ein Kind – Maja Jensen«, sagte Jens. »Es war also nicht sein Sohn.«

»Das erklärt es vielleicht ... aber Moment mal, da vorne steht, dass die Hochzeit mit Maria Solhøj drei Jahre vorher war? Dann muss es doch sein Sohn ...?«

»Merkwürdig, aber vielleicht ...« Jens dachte nach. »Die einzige Erklärung, die mir spontan in den Sinn kommt, ist, dass er den Jungen zur Adoption freigegeben hat. Das würde auch erklären, warum er nicht mehr als sein Sohn aufgeführt wird.«

»Natürlich!«

»Wir sollten diese Informationen an das Morddezernat weitergeben. Kommst du mit?«

Katrine nickte. Sie gingen eine Etage nach unten zu Bistrups Büro. Gähnende Leere. Sie sahen sich nach den Leuten um, die Wache hatten, und fanden ein kleines Grüppchen, das Kaffee trank.

»Hej, Høgh. Na, seid ihr auf der Suche nach ein paar schießwütigen Idioten?«

»Wir beeilen uns, sie einzubuchten, damit wir schnell wieder bei euch sind, Jungs«, sagte Jens.

»Was habt ihr uns mitgebracht?«

Jens erklärte, was sie gerade herausgefunden hatten.

»Das mit dem Sohn ist natürlich spannend, besonders für eine Psychologin«, sagte einer von ihnen wohlmeinend. »Aber rein ermittlungstechnisch ist das wohl weniger relevant.«

»Warten wir's ab«, sagte Jens. »Ich wünsche euch eine gute Wache. Wir genießen jetzt die Maisonne.«

»Danke für die Information«, ertönte es sarkastisch hinter ihnen her.

Wieder zurück in ihrem Büro schlug Katrine vor: »Wie wär's, wenn wir uns in ein paar Stunden bei mir treffen? Ich gehe ja mal davon aus, dass du erst noch bei dir zu Hause vorbeischauen willst?«

»Das hatte ich vor, ja …«

»Dann guck ich hier noch mal rein, bevor ich aufbreche«, sagte Katrine und sah sehr zufrieden aus.

Nachdem sie sich verabschiedet hatten und Jens gegangen war, begann Katrine langsam und sorgfältig durch die dicke Akte zu blättern. Maja Jensen hatte also aller Wahrscheinlichkeit nach einen Halbbruder. Der Gedanke trieb sie an, und sie wusste, dass sie erst zur Ruhe kommen würde, wenn sie herausgefunden hatte, wer er war.

TEIL 3

Mein Bruder. Plötzlich hatte ich einen großen Bruder und wurde im Alter von dreiunddreißig Jahren zur kleinen Schwester. Das muss man sich mal auf der Zunge zergehen lassen. Kleine Schwester. Ich habe es hundertmal und mehr leise vor mich hingesagt und die Geborgenheit, die darin steckte, in mich aufgesogen.

Kleine Schwester. Kleine Schwester.

Meine Geschichte änderte sich von Grund auf.

Aber möglicherweise gibt es da etwas, das du wissen solltest, ehe du im vollen Umfang verstehen kannst, wie großartig das für mich war.

Als ich klein war und die anderen in der Schule mich gehänselt haben, rate mal, was ich mir da gewünscht habe?

Richtig. Einen großen Bruder. Einen großen Bruder, der mich beschützte, der meine Plagegeister verprügelte und mich sicher nach Hause brachte. Der mir half, auf meine Mutter aufzupassen.

Die Vorstellung, dass es diesen Bruder schon mein ganzes Leben lang gegeben hatte, dass es ihn schon gab, als ich geboren wurde.

Dass er immer schon da war.

Dass er für mich hätte da sein können.

Dieser Gedanke war unerträglich.

Mein Vater lag im Sterben, als er mir von der Existenz die-

ses Bruders erzählte. Ich verließ auf der Stelle sein Zimmer. Ich sah mich nicht um, habe ihn nicht wiedergesehen. Das war meine Strafe für ihn.

Als ich hörte, dass er gestorben war, ließ ich Champagnerkorken knallen.

*

Jens saß auf Katrines Terrasse und schaute fasziniert und nachdenklich aufs Meer hinaus, das glatt wie ein Spiegel dalag.

Es war halb acht und wurde allmählich kühl. Er hatte den Grill angeschmissen und wärmte sich daran. Dann ging er ins Haus und fand ein paar Decken, die er mit nach draußen nahm. Die Flammen waren längst in sich zusammengesunken und hatten perfekt durchgeglühte Kohlen zurückgelassen. Wenn die Frau Psychologin sich jetzt also endlich einfinden würde, könnte es ein insgesamt gelungener Abend werden.

Sie lebte wirklich an einem phantastischen Ort. Direkt am Meer in einem gemütlichen, großen alten Holzhaus. Es müsste das eine oder andere gemacht werden, aber das war auch schon alles.

Sie hatte ihm ihren Schlüssel gegeben, und er war auf dem Weg bei sich zu Hause vorbeigefahren und hatte ein paar Sachen zusammengepackt. Dann hatte er eingekauft und war gutgelaunt nach Norden gefahren. Er hatte den Einkauf ausgepackt, den Weißwein kalt gestellt und war zum Strand hinuntergegangen. Nach dem Spaziergang hatte er geduscht – sie hatte gesagt, er sollte sich wie zu Hause fühlen – und mit den Essenvorbereitungen begonnen. Ein Menü, bei dem er ziemlich auf

Nummer sicher gehen konnte, bestehend aus Salat, frischer Pasta mit Pesto und zwei großen saftigen Lachsfrikadellen, die nur kurz auf den Grill mussten. Er war wahrlich kein großer Küchenprofi – oft genug gab es nur Spiegelei und belegtes Schwarzbrot –, aber als Simone zu ihm gezogen war, hatte er sich etwas zusammenreißen müssen.

Er hatte sich ein Brot geschmiert, damit ihm der Magen bis zum Abendessen nicht auf Grundeis ging, und ein paar Bier getrunken, aber jetzt verlangte sein Körper definitiv nach mehr.

Als er ihren Wagen hörte, war es Viertel vor acht. Er ging ins Haus und setzte das Wasser für die Nudeln auf.

»Hallo«, rief sie, als sie zur Tür hereinkam und ihre Taschen abstellte. Sie nahm sich immer Arbeit mit nach Hause, Laptop, Aktenordner und Bücher wurden jeden Tag hin- und herkutschiert.

»Hallo, du.«

»Hast du schon gegessen?«

»Nur ein bisschen, das Beste wartet noch auf uns.«

»Wunderbar. Ich sterbe vor Hunger.«

»Gut, setz dich, gleich gibt's was«, sagte er, entkorkte den Weißwein und schenkte ihnen beiden ein. »Was hast du rausgefunden?«, fragte er, während er Vorkehrungen traf, das Essen mit nach draußen zu nehmen.

»Also«, sagte sie und schnappte sich eine große Olive aus der Salatschüssel. »Ich bin den ganzen Fall durchgegangen, alles was in der Mappe lag. Und ich bin dabei ...«, sagte sie und spuckte den Kern in die Hand, »auf ein psychiatrisches Gutachten gestoßen.«

»Und?«

»Der Forensiker, der es geschrieben hat, heißt Adam Havaleschka und ist Rentner.«

»Und das weißt du, weil ...«

»Ich habe ihn angerufen.«

»Natürlich.«

»Er konnte sich nicht mehr detailliert an den Fall erinnern und war außerdem gerade auf dem Sprung, aber er meinte, ich könnte gerne am Sonntag bei ihm vorbeikommen. Bis dahin wollte er versuchen, so viel wie möglich wieder aus seinem Gedächtnis auszugraben. Morgen hat er leider keine Zeit.«

»Mir wird gerade etwas klar«, sagte Jens nachdenklich.

»Und das wäre?«

»Es ist nicht einfach, mit einem Bullen zusammenzuleben.«

»Hä?«

»So, und jetzt mach dich mal nützlich.«

»Was soll ich tun?«

Sie trugen das Essen und den Wein nach draußen, Jens legte den Lachs auf den Grill und ging wieder nach drinnen, um die Nudeln aufzusetzen.

Katrine nahm einen großen Schluck Wein und starrte in die Glut. Was sie herausgefunden hatte, bewegte sie noch immer. Möglicherweise war das eine Sackgasse und hatte nichts mit dem Fall zu tun. Aber die Ermittlungsarbeit faszinierte sie: eine solche Geschichte aus Majas Vergangenheit auszugraben. Wie hatte sich das auf ihre Kindheit und Jugend ausgewirkt? Wo hatte ihr Vater ihre Mutter kennengelernt? Sie rechnete nach. Der Vater musste bei Majas Geburt noch im Gefängnis gesessen haben. Maja war Jahrgang 1977. Kannte er Majas Mutter bereits von vorher, oder war sie eine von den Frauen gewesen, die Briefe an Inhaftierte schrieben? War Maja in vollem Umfang über die Vergangenheit ihres Vaters informiert gewesen?

Und kannte sie ihren Halbbruder?

Eine Million Fragen. Auf ein paar würde sie hoffentlich am Sonntag eine Antwort bekommen. Das war schon mal ein Anfang.

Jens drehte die Lachsfrikadellen um und grillte sie ein paar Minuten auf der anderen Seite.

»So«, sagte er zufrieden. »Jetzt hatten sie lange genug Feuer unterm Hintern.«

Sie aßen mit gesundem Appetit.

»Das schmeckt wunderbar!«, sagte Katrine. »Ist das schön, nach Hause zu kommen, und das Essen steht auf dem Tisch!«

Es gab herrlich viele Varianten, wie man diese Bemerkung verstehen konnte, er bevorzugte die, dass er liebend gerne für den Rest ihrer Tage mit dem fertigen Essen auf sie warten dürfe, wenn er nicht gerade Dienst hatte. Er ließ den Satz unkommentiert im Raum stehen. So spontan er sonst auch sein mochte und so gerne er losredete, ehe er den Kopf einschaltete, hier und jetzt hatte er das Gefühl, besser nicht zu weit vorpreschen zu sollen, was irgendwelche Zukunftspläne betraf.

*

Robert van Bommel konnte sich nicht zurückhalten, er gab Gas und beschleunigte das Auto auf 250 km / h. »Ein Traum«, sagte er. »Hör dir den Motor an. Der schnurrt wie ein Panther, der grad eine Hauskatze gevögelt hat.«

Jim Hellberg sah mit hochgezogenen Augenbrauen zu ihm. Robert war für seine kreativen Metaphern bekannt. »Ja, ein sehr schönes Auto. Seit wann hast du es?«, fragte Jim.

»Seit letztem Monat. Ich hatte den Mercedes irgendwann über, und da dachte ich mir, probiere ich doch mal den neuen Audi. Es sollte was Deutsches sein, so viel stand fest. Ich würde niemals einen Italiener oder Amerikaner kaufen. Oder noch schlimmer: einen Japaner. Und ich habe es nicht bereut. Diese Maschine ist echt der Hammer.«

Wie um seine Aussage zu unterstreichen, drückte er den Wagen auf 260 km/h hoch. Für den Wagen kein spürbarer Unterschied. Er lag nach wie vor ruhig auf der Straße. Jim sah nur am Tacho, dass Robert weiter beschleunigte.

»Vielleicht drosselst du jetzt mal ein bisschen das Tempo, Robert. Wir wollen die Bullen doch nicht unnötig auf uns aufmerksam machen, was?«

»Entspann dich! Hinter uns ist niemand.«

Trotzdem ging Robert mit der Geschwindigkeit runter, wechselte auf die rechte Spur und fuhr die nächste Abfahrt ab. Am Ende der Kurve blieb er stehen und wartete einen Moment, um zu sehen, ob ihnen jemand folgte. Als das nicht der Fall war, bog er nach rechts ab.

»Wir fahren hier lang. Da kann ich besser sehen, wenn jemand hinter uns ist.«

Nach etwa zwei Kilometern fuhr Robert auf einen großen Rastplatz und stellte den Wagen ab. Die beiden Männer stiegen in einen Leihwagen um, den Robert dort hatte hinbringen lassen.

Sie fuhren schweigend in dem neuen Fahrzeug weiter.

»Und du hast es noch nicht bereut?«, fragte Robert mit einem Blick auf Jim.

»Was meinst du? Aufzuhören?«

»Ja. Ich versteh das nicht. Es läuft doch sehr gut für uns. Wo liegt das Problem? Du wirst dich zu Tode langweilen in Brasilien«, sagte Robert.

Søren war der einzige Geschäftspartner, der von Jims Plänen auf den Seychellen wusste. Allen anderen hatte er erzählt, er sei auf dem Weg nach Brasilien.

»Kann gut sein, aber das Wetter ist dort auf alle Fälle besser als hier.«

»Und die Weiber schärfer.«

»So ist es«, sagte Jim.

»Aber mal ehrlich, du wirst uns vermissen. Das Abenteuer. Du bist nicht der Typ, der tatenlos mit einem Drink in der Hand im Strandkorb sitzt und den Weibern an der Copadingsda hinterherglotzt, oder wie auch immer der Strand da heißt.«

»Da hast du sicher recht. Aber da unten wird sich schon das eine oder andere Geschäft für mich ergeben.«

»Gibt es nichts, was dich überzeugen könnte zu bleiben?«

»Ich weiß nicht. Ich glaube nicht.«

»Nicht einmal der Norwegische Traum?«

»Doch, der Norwegische Traum vielleicht schon.« Jim lachte.

»Ha, ha, ja, das wäre doch phantastisch!«

Sie hatten oft über den Norwegischen Traum gesponnen und ihn weiterentwickelt. Der Witz bei der Sache war, die Versorgungskette auf den Kopf zu stellen. Das hörte sich nicht besonders aufregend an, wäre für die Behörden aber so unerwartet, dass sie es vermutlich gar nicht bemerken würden. Die übliche Transportrichtung der Stoffe war von Süden nach Norden, immer von Süden nach Norden. Zuerst in großen Chargen, dann in immer kleineren Teilmengen, bis sie am Ende als Einzelportionen beim Konsumenten landeten. Auf diese Richtung war auch der Kompass der Bullen eingestellt: Transport in nördlicher Richtung. Aber wenn man nun eine riesige Partie weit, weit hoch in den Norden Norwegens schmuggelte, um ihn von dort gegen den Strom der Drogen auszuliefern, raus aus dem Land mit den strengsten Kontrollen und einem der höchsten Strafrahmen Europas … Das war so etwas wie der feuchte Traum jedes einigermaßen cleveren Schmugglers. Wenn man das schaffte, war man Kalif. Kalif über alle Kalifen. Dann würden einen die Kolumbianer auf einem goldenen Thron durch Amsterdam tragen.

Der Norwegische Traum hatte nur eine Voraussetzung, die sie bislang noch nicht erfüllen konnten: einen norwegischen Schiffsreeder oder Werftseigner, der sich langweilte und Lust hatte auf die Abenteuer, Partys und absurden Mengen Koks und Nutten, die sie ihm bieten konnten. Leider kannte niemand in ihrem großen Netzwerk einen solchen Mann. Die norwegische Schifffahrt war mindestens so uneinnehmbar wie Fort Knox, weshalb der Norwegische Traum noch immer auf Eis lag.

»Einigen wir uns darauf, dass wir voneinander hören lassen, sobald einer von uns plötzlich auf den richtigen Norweger stößt.«

»Aber selbstverständlich«, sagte Robert und schaute verträumt aus dem Fenster. »Ich bin dabei. Das würde uns so reich machen, dass wir im Bargeld schwimmen könnten. Bargeld ist das einzig Wahre. Wie Antilopen für Löwen.«

*

»Ich bin gespannt, was du sagst«, sagte Robert van Bommel zu Jim Hellberg und öffnete die Tür zu einer großen Fabrikhalle.

Sie waren durch ein Industrieviertel am Rand von Amsterdam gefahren und hatten auf der Rückseite des Gebäudes geparkt.

Jetzt betraten sie eine Halle, die wie eine ganz gewöhnliche Autowerkstatt aussah. Am Ende der Halle war eine Tür mit Codeschloss. Robert gab den Code ein. Eine Treppe führte hinunter in eine Kelleretage, und als sie unten ankamen, lag vor ihnen ein großer Raum mit einer topmodernen, komplett eingerichteten Autowerkstatt. Es gab mehr Computer und Roboter als Steckschlüssel und ölig verschmierte Lappen.

Auf mehreren Hebebühnen standen Luxuskarossen: ein Porsche, ein BMW, ein Mercedes, zwei Audis. Die absolut neuesten Topmodelle aus den Automobilfabriken. Der BMW und die zwei Audis waren die für Christian Letoft bestellten Wagen. Zwei Mechaniker hatten gerade den BMW in der Mache.

Die Werkstatt war ein Joint Venture zwischen der Firma und einem holländischen Transportunternehmen, das von den Kolumbianern kontrolliert wurde. Beide Seiten hatten Geld in die Einrichtung der Werkstatt gesteckt, weil beide Seiten Bedarf an umgebauten Wagen für den Transport von Haschisch und Kokain hatten. Hauptfunktion der Werkstatt war es, doppelte Benzintanks zu produzieren, falsche Sitze, spezielle Hohlräume hinter der Armatur und alle möglichen anderen Extras für jeden Wagentyp. Als einer von Roberts Kontakten schließlich mit der Geschäftsidee gekommen war, die Werkstattaktivitäten noch ein wenig auszuweiten und ganz nebenbei Extraeinkünfte ohne großes Risiko zu generieren, hatten sie dem schnell eine Chance gegeben.

Die Idee war ebenso genial wie simpel. Es ging darum, Luxusschlitten zu klonen. Zuerst einmal mussten die Autos gestohlen werden, beispielsweise in Frankreich, dann wurden sie in die Werkstatt gebracht. Als nächster Schritt wurden ein paar gutgekleidete Mitarbeiter nach Deutschland geschickt, um eine Probefahrt mit einem Wagen derselben Marke und desselben Modells zu machen. Während der Probefahrt kopierten sie den Fahrzeugschein des Autos. Damit waren sie im Besitz der Papiere und der Identifizierungsnummer eines offiziell in Deutschland zugelassenen Fahrzeuges. Das deutsche Auto wurde wieder abgegeben, und nachdem in der Werkstatt die neue Fahrzeug-Identifizierungsnummer auf das gestohlene Auto übertragen worden war, gab es plötzlich zwei identische Wagen auf dem Markt. Der geklonte Wagen konnte dann mit allen Papieren nach Holland, Dänemark oder ein drittes Land verkauft werden, ohne dass das jemals entdeckt werden würde, weil diese Länder ihre Register nicht abglichen. Ein sicheres kleines Nebengeschäft also.

»Was die Kreativität angeht, muss ich euch echt die höchste Punktzahl geben«, sagte er und klopfte Robert auf die Schulter. »Ihr seid wirklich unübertrefflich. Aber nun sag schon, wo feiern wir heute ab?« Er musste wirklich dringend Druck ablassen, etwas trinken und ein bisschen Schnee schniefen.

*

Es war jetzt fast dunkel. Katrine und Jens waren längst mit dem Essen fertig und hatten beschlossen, noch einen Spaziergang am Wasser zu machen.

»Was macht das mit einem Kind, wenn es so etwas erleben muss wie der kleine Junge?«, fragte Jens, als sie am Strand entlanggingen.

»Er war erst zwei Jahre alt«, sagte Katrine. »Es ist unwahrscheinlich, dass er eine konkrete Erinnerung an den Vorfall hat. Aber ein schlimmes Trauma ist es trotzdem. Dabei spielen sicher mehrere Faktoren eine Rolle: War Gewalt und Missbrauch üblich in der Familie? War er gut versorgt, wurden seine Bedürfnisse befriedigt, oder war er schon früh emotional geschädigt? Und wie ging es ihm in der Pflegefamilie, in der er aufgewachsen ist? Falls es stimmt, dass er zur Adoption freigegeben wurde. Wo findet man was zu Adoptionsfällen?«

»Im Landesarchiv.«

»Gut. Und damit wären wir wieder bei unserem Gesprächsthema von eben über Anlage und Umfeld. Waren die Adoptiveltern fürsorglich und entgegenkommend, hatten sie Verständnis für ihn? Andererseits sind Eigenschaften wie Intelligenz, Sensibilität und so weiter ja auch erblich bedingt.«

»Sensibilität ist erblich?«

»Ja, wie sensibel wir auf die Dinge reagieren, die wir erleben, lässt sich heute im genetischen Profil eines Menschen ablesen.«

»Wahnsinn.«

»Ziemlich faszinierend, ja.«

»Jedes Jahr geschehen in Dänemark ungefähr fünfzig Morde. Führt man sich mal vor Augen, dass die meisten Taten von Männern begangen werden, die ihre Partnerin oder Ex-Partnerin umbringen, wie viele Kinder müssen dann eigentlich für den Rest ihres Lebens mit der Tatsache leben ... dass ihr Vater ihre Mutter umgebracht hat!«

»Und viele der Kinder wachsen weiter bei dem Elternteil auf, meistens dem Vater, der den anderen Elternteil, die Mutter, umgebracht hat«, sagte Katrine. »Das ist emotional hoch kompliziert.«

»Weiß man etwas darüber, wie es den Kindern, die so etwas erlebt haben, heute geht?«

»Bisher wurde erstaunlich wenig darüber geschrieben.«

»Wäre das nicht eine Aufgabe für dich?«

»Für mich?«, sagte Katrine überrascht. »Nein, das hat nicht wirklich etwas mit meinem Fachgebiet zu tun. Ganz abgesehen davon bin ich viel zu ungeduldig, um Bücher zu schreiben. Noch, zumindest.«

»Weißt du was?«, sagte er und zog sie näher zu sich. »Das glaube ich dir unbenommen. Dich schicken wir auf Verbrecherjagd, dann sind die Gefängnisse bald noch überfüllter als jetzt schon!«

Sie gingen zurück und trugen den Grill nach unten in den Garten zu der kleinen Feuerstelle. Sie schaufelten die verbliebene Glut um und legten ein paar Holzscheite darauf.

In Decken eingewickelt, sahen sie zu, wie die trockenen Scheite Feuer fingen, durchglühten und ihnen Wärme spendeten. Als die Glut erlosch, gingen sie ins Bett.

*

»Ich habe fürs Weekend eine kleine Wohnung gemietet. Bist du bereit fürs Paradies?«

Robert van Bommel war neben der Tür zu einer Wohnung in der oberen Etage stehen geblieben. Er sah aus wie ein kleiner Junge, der voller Spannung auf den Weihnachtsmann wartete.

Die beiden Türsteher verzogen keine Miene.

Jim und Robert hatten das Haus von der Gasse an der Amstelgracht betreten, die durch das Zentrum von Amsterdam floss. Es gehörte zu den teureren Adressen der Stadt. Sie hatten den Fahrstuhl nach oben genommen. Robert konnte sich kaum noch halten, Jim endlich zu zeigen, was sie auf der anderen Seite der Tür erwartete.

»Und ob«, sagte Jim. »Ich bin hungrig, durstig und geil, bring it on!«

»Willkommen in The World«, sagte Robert und stieß die Tür auf. Eine langbeinige und äußerst wohlproportionierte Frau trat auf ihn zu. Sie trug nur Stilettos und eine Kapitänsmütze. Mit der Hand auf der Türklinke sagte sie in einem Englisch mit leicht holländischem Akzent: »Willkommen, Sir. Mein Name ist Ellen. Ich bin heute Nacht Ihre Gastgeberin. Folgen Sie mir.«

Jim sah Robert anerkennend an und fasste ihn an der Schulter. »Yes, baby, ich folge dir, wohin du willst«, platzte er begeistert heraus.

»Hier entlang«, sagte sie.

Jim und Robert folgten ihr durch einen langen Gang. Jim konnte sich kaum auf etwas anderes konzentrieren als auf ihren perfekten, nackten Hintern.

Der Gang mündete in einen riesigen Raum mit Fenstern, die vom Boden bis an die Decke reichten. Die Aussicht über die Amstel und Amsterdams Zentrum war phantastisch. Jims Aufmerksamkeit wurde aber rasch von den übrigen Gästen abgelenkt. Einige lehnten entspannt auf diversen Sofas, andere standen mit Drinks im Raum verteilt.

Es waren nur Frauen! Etwa ein Dutzend nackter Frauen. Zum Anbeißen, eine hübscher als die andere, in jeder Hautfarbe.

Ellen sah Jim tief in die Augen. »Hier wird Ihr Hunger gestillt, egal in welchen Teil der Erde Sie sich träumen. Hier sind Frauen von allen Kontinenten. Und sie sind hier, um Ihnen jeden Wunsch zu erfüllen.«

Jim hatte in seinem Leben schon einiges gesehen, aber das hier übertraf alles! Robert hatte sich wahrlich nicht lumpen lassen. Er schüttelte ihn kräftig. »Das hast du wirklich gut gemacht, Mann!«

»Ja, ich dachte mir, wir sollten mal eine Party feiern, an die wir uns noch erinnern können, wenn wir ein paar taube alte Kater sind, die sich in der Sonne das Fell lecken«, sagte Robert.

»Die Schlafzimmer sind dort drüben im Gang. Und wenn Sie Durst haben, erfüllt Ihnen Hope an der Bar jeden Wunsch«, sagte Ellen.

Jim schaute zu Hope, einer schwarzen Schönheit vor einer prallgefüllten Bar.

»Sarah und Annabell stehen in der Küche für Sie bereit, um für Ihr leibliches Wohl zu sorgen.«

In der Verlängerung des Salons gab es eine in Schwarz und Weiß gehaltene Küche, in deren Mitte eine lange Tafel mit Gerichten aus aller Welt stand. Das Welt-Konzept wurde wirklich auf allen Ebenen ausgespielt. Und neben dem Tisch standen zwei langbeinige, nur mit Kochmützen bekleidete Frauen.

»O Mann!! Was habe ich nur getan?«, stöhnte Jim. »Ich muss tot sein. Das ist ja der reinste fucking Himmel, Mann! Ich muss erst mal was trinken. Komm, Robert.«

Jim zog Robert hinter sich her an die Bar. »Champagner«, sagte er. »Und viel davon!« Er legte Hope die Hände auf die Taille und küsste ihre kleinen, spitzen, schwarzen Brüste.

Sie warf den Kopf in den Nacken, lachte verführerisch und drehte sich um, um eine Flasche Champagner zu öffnen. Auf ihren knackigen Arschbacken hätte man ein Glas abstellen können. Ellen dimmte das Licht und stellte die Musik lauter. Pulsierende Elektrorhythmen mit satten Bässen füllten den Raum.

Jim war so voller Energie, so mit Adrenalin vollgepumpt, dass er sicher war, es in dieser Nacht einmal um die Welt zu schaffen. Anfangen wollte er mit dem schlitzäugigen Wesen, das in Sushi gekleidet auf einem der Tische lag. Ein richtig scharfes Biest.

*

Jim hatte keine Ahnung, wie lange die Party gegangen war.

Robert war irgendwann in einem großen Doppelbett zwischen zwei Frauen kollabiert. Er lag nackt da, sein

Schwanz hing wie eine schlaffe Made unter seiner Wampe, und das Kondom lag abgerutscht auf dem Laken zwischen seinen Beinen. Jim wankte angeekelt zurück in den Salon.

Es lief Musik, aber die meisten Frauen hatten sich ein Plätzchen zum Schlafen gesucht. Scheiße, wieso waren die noch hier? Robert hätte dafür sorgen sollen, dass sie nicht in diesem Chaos aufwachten. So wahnsinnig die Nacht gewesen war – so traurig sah es jetzt aus. Die Erinnerung kam zurück. Robert war total high gewesen und hatte Ellen überredet, die ganze Nacht zu bleiben. Er hatte die Frauen mit Geld überschüttet. Jim hatte versucht, es ihm auszureden, aber dann ... Was war dann gewesen? Jim hatte einen Blackout gehabt. Fuck, war das erbärmlich!

Ihm war schwindelig. Er hatte Champagner getrunken, Wodka und Bier und sich mit Hope und Mara aus Brasilien ein paar Lines reingezogen.

Das Essen hatte er völlig vergessen, obwohl er bei ihrer Ankunft einen Mordshunger gehabt hatte. Irgendwie war sein Hunger bei dem Mix aus Alkohol, Koks und Sex verdampft. Jetzt hatte er einen Kater und zitterte vor Hunger. Er brauchte dringend etwas Salziges. Auf weichen Beinen begab er sich in die Küche. Eine südländische Schönheit saß dösend auf einem Stuhl neben dem Esstisch, Isabella oder so ähnlich. Bis zu ihr hatte er es nicht mehr geschafft. Sie hatte gigantische Brüste, viel zu groß.

Jim ging zu ihr und fasste sie hart unters Kinn.

»Besorg mir was zu essen«, sagte er mit schleifender Stimme. »Was Salziges.« Sie kam langsam zu sich, erschrocken und benommen über den plötzlichen Überfall. »Besorg mir was zu Essen, verdammt nochmal!«, schrie Jim sie an. Er war völlig aus dem Gleichgewicht.

Isabella stolperte ans Tischende und brachte ihm eine Schale mit gesalzenen Nüssen und Chips. Der Essensdunst der Gerichte, die die ganze Nacht über auf dem Tisch gestanden hatten, stieg ihm in die Nase und verschlug ihm jeden Appetit. Als er die nackte Frau vor sich sah, überkam ihn eine Mischung aus Verachtung und Verlangen. Er nahm ihr die Schale ab und fasste sie ums Handgelenk.

»Komm!«

Er zog sie hinter sich her. Durch den Flur. Bei der ersten Tür blieb er einen Augenblick stehen und sah zu Robert. Dann zog er sie weiter zum nächsten Zimmer, schubste sie hinein, zog die Tür zu und schloss ab.

»Leg dich aufs Bett, du fette Kuh!«, befahl er.

Sie zögerte. Jim riss der Geduldsfaden, er schlug ihr so heftig ins Gesicht, dass sie rücklings auf das Bett fiel.

Sie schrie, aber im nächsten Augenblick war Jim über ihr und erstickte den Schrei mit einer Hand über ihrem Mund. Sie strampelte und trat nach ihm, hatte aber keine Chance gegen den viel schwereren Mann. Das Gefühl, die vollkommene Macht über die Frau im Bett zu haben, machte Jim an. Er beugte sich vor und flüsterte ihr ins Ohr: »Ich weiß doch, wie du's am liebsten hast. Kühe mögen es, ihn hart und ohne Verpackung reingerammt zu kriegen.«

Er nahm die Hand von ihrem Mund, aber ehe sie erneut losschreien konnte, drückte er ihren Hals zu. Ein Röcheln kam aus ihrem Mund, und sie riss die Augen weit auf.

Jim zwang ihre Beine auseinander und drang mit einem harten Stoß in sie ein, ohne den Griff um ihren Hals zu lockern. »So, so magst du es doch.«

Ihr Gesicht lief blau an, während er pumpte, so fest er konnte. Sie wand sich. Fuchtelte wild mit den Armen. Kratze ihm über den Rücken. Für einen kurzen Augenblick lockerte er den Griff um ihren Hals. Sie schnappte nach Luft. Da schlug er ihr hart mit der flachen Hand gegen die Schläfe. »Lass das!« Er packte sie wieder am Hals. Ihre Augen rollten in den Augenhöhlen. In diesem Augenblick hatte er seinen Orgasmus. Als er sah, dass sie kurz davor war, die Besinnung zu verlieren, löste er den Griff um ihren Hals, damit sie tief einatmen konnte.

Dann ließ er sie ganz los und legte einen Finger an seine Lippen. »Du sagst keinem ein Wort. Du wolltest das selbst so, verstanden?« Das Mädchen schnappte verzweifelt nach Luft. »Verstanden?« Sie nickte schwach, während sie weiter nach Atem rang. »Gut, braves Mädchen«, sagte Jim. Er zog sein schlaffes Glied heraus, schob sich über das Bett und stand auf. »Und jetzt hau ab!«

Das Mädchen richtete sich auf. Einen Moment lang stand sie schwankend da. Dann ging sie benommen aus dem Zimmer. Jim schloss die Tür hinter ihr ab und legte sich wieder ins Bett. Zum ersten Mal seit langem hatte er keine Probleme einzuschlafen.

Lars Sønderstrøm saß am Samstagmorgen im Polizeipräsidium, um sich einen Überblick über die nächtlichen Aktivitäten der kriminellen Unterwelt zu verschaffen. Er hatte Wochenenddienst und war verantwortlich dafür, dass der Sache weiter nachgegangen wurde, falls die Telefonüberwachung etwas Interessantes ergab. Er hatte gerade ein paar Leute zum Observieren nach Tingbjerg geschickt, als Joakim Bernd, ihr dänischer Europol-Kontakt aus Holland, anrief. Sie kannten sich von den in Dänemark und Holland stattfindenden Treffen, auf denen Informationen und neue Erkenntnisse in laufenden Fällen und Ermittlungen innerhalb des internationalen organisierten Verbrechens ausgetauscht wurden.

»Ich habe wenig Zeit, Lars, darum komme ich gleich zur Sache.«

»Ich bin ganz Ohr.«

»Die holländische Polizei hat hier unten einen Typen im Visier, Robert van Bommel. Sie sind schon seit längerem an einem Verbrecherring dran, die auf den Diebstahl von Luxuslimousinen spezialisiert sind. Sie sind sich noch nicht sicher, welche Rolle van Bommel spielt, aber er wird von ihnen überwacht. Den gestrigen Abend hat er in Amsterdam mit einem Mann verbracht, der mit einem in Dänemark zugelassenen Wagen dort angekommen ist. Ich denke, es könnte interessant sein, diesen Mann etwas näher unter die Lupe zu nehmen. Ich schicke dir ein Bild von ihm und seinem Auto. Könntest du für mich herausfinden, wer das ist und ob ihr was gegen ihn in der Hand habt?«

»Sie haben sich in Amsterdam getroffen, sagst du?«

»Ja, im Zentrum. Kurz darauf sind sie aus der Stadt rausgefahren. Die Observationseinheit hat sie aus den Augen verloren, aber vermutlich sind sie zu einer Werkstatt gefahren, die die Holländer in absehbarer Zeit zu finden hoffen.«

»Das klingt interessant. Schick, was du hast, ich sehe es mir mal an.«

»Ist schon unterwegs. Lass uns in Kontakt bleiben, ja?«

Sie verabschiedeten sich, und eine Sekunde später kam die Mail von Joakim Bernd an. Lars öffnete die angehängten Bilder.

»Verdammt!«

Auf dem einen Foto waren zwei Männer zu sehen, die aus einem Restaurant kamen. Den linken Mann, bei dem es sich um van Bommel handeln musste, hatte Lars noch nie gesehen. Der andere war ihm bekannt, ein Foto dieses Mannes hatte erst vor ein paar Tagen auf seinem Tisch gelegen. Auch wenn zwischen den Fotos sicher ein paar Jahre lagen und die Haare eine andere Farbe und Länge hatten, zweifelte Lars keine Sekunde daran, dass es sich bei ihm um Jim Hellberg handelte, den Developer aus der Baufirma in Lyngby. Der Mann wurde immer interessanter.

Lars öffnete das andere Bild. Hellbergs Wagen, ein schwarzer Porsche Cayenne. Lars nahm sein Handy und rief Jens an.

*

Katrine war um fünf Uhr aufgewacht und hatte nicht wieder einschlafen können. Sie hatte dagelegen und verwundert Jens betrachtet. War das wirklich so einfach? Ihr Leben fühlte sich einfach an, wenn sie zusammen waren.

Nur ihre Gedanken machten es kompliziert.

Wieder kam das starke Bedürfnis angekrochen, allein zu sein. Allein und mit dem nötigen Raum zum Atmen.

Sie war aufgestanden, hatte gefrühstückt, Kaffee getrunken, und sich zum Lesen ins Wohnzimmer gesetzt.

Irgendwann hörte sie Jens' Telefon im Schlafzimmer klingeln, gefolgt von seiner verschlafenen, heiseren Stimme. Ein paar Minuten später kam er schlaftrunken aus dem Zimmer und kratzte sich am Bauch. Er stellte sich hinter sie und küsste sie auf die Wange.

»Hm, du duftest wie nordschleswigsche Rauchwurst«, sagte er und schnupperte an ihrem Haar.

»Danke, da fühle ich mich doch gleich ganz appetitlich.«

»Das ist gut so, du bist nämlich appetitlich«, sagte er und küsste sie auf den Hals. »Ich könnte …« Er unterbrach sich. »Ehe ich Ort und Zeit vergesse – kann ich mal deinen Computer benutzen?«, fragte er. »Lars hat grad angerufen.«

»Klar«, sagte sie. Er setzte sich neben sie, und sie schob ihm den Laptop rüber. Er loggte sich in seine Webmail ein und öffnete die Nachricht von Lars Sønderstrøm.

»Jim Hellberg ist in Amsterdam in schlechte Gesellschaft geraten«, sagte er. »Der Typ da neben ihm dealt vermutlich im großen Stil mit gestohlenen Luxuslimousinen.«

»Das ist er!«, rief Katrine.

»Was?«

»Der hat auch in dem Flieger nach London gesessen. Mit dem ich geflogen bin. Ich war mir ganz sicher, dass ich ihn schon mal irgendwo gesehen hatte, aber ich konnte ihn nicht einordnen. Der sieht so verändert aus ...« Sie schüttelte den Kopf.

»Den hast du am Mittwoch auf dem Flug nach London gesehen?«, fragte Jens erstaunt.

»Ja. Aber da sah er eher wie ein Businessman aus. Aktenmappe, teurer Anzug und so.«

»Und am Freitag ist er in Amsterdam.«

»Mit dem Auto.«

»Der kommt gut rum. Lars veranlasst eine Telefonüberwachung. Ich schreibe ihm, dass du ihn gesehen hast, okay?«

»Natürlich. Ich gebe dir gleich die Flugnummer«, sagte sie und rief die SMS auf, mit der sie eingecheckt hatte.

Jens schrieb eine schnelle Antwort an Lars. »So, und dann werde ich mich mal zügig nach Hause begeben«, sagte er.

Katrine nickte und merkte, dass er sie forschend ansah. Hatte er gehofft, dass sie ihn bitten würde zu bleiben?

»Es gibt noch Kaffee, wenn du welchen willst.«

Er kam zu ihr, und sie stand auf und schmiegte sich in seinen Arm. Er drückte sie kurz fest an sich, dann ließ er sie los.

»Ich muss gucken, was Simone macht«, sagte er und strich eine Locke von ihrer Wange.

Sie nickte.

Jens packte seine Sachen zusammen, zwinkerte ihr zu und verließ das Haus. Gleich darauf hörte sie seinen Wagen von der Einfahrt fahren.

Katrine zog ihre Laufsachen an und lief zwanzig Kilometer.

*

Jim Hellberg hatte also Kontakt zu einem Mann, der mit Luxuslimousinen dealte, dachte Lars Sønderstrøm. Hatte er einen Wagen von ihm gekauft? Oder spielte er eine Rolle auf dem Absatzmarkt in Dänemark? Oder England, falls er es wirklich war, den Katrine Wraa auf ihrem Flug nach London gesehen hatte? Lars hatte einen seiner Leute abgestellt, um zu untersuchen, ob Hellberg an Bord des Fliegers gewesen war. Möglicherweise hatte Katrine sich auch geirrt.

Unabhängig von den Antworten bestand jetzt ein ausreichender Grund, die Nachforschungen in Bezug auf Hellberg auszuweiten.

Es gab eine unter seinem Namen eingetragene Mobilnummer. Aber wenn Hellberg mit einem erfahrenen Hintermann zusammenarbeitete, würde eine Telefonüberwachung wahrscheinlich entmutigende Resultate bringen, weil sie sich lieber unter vier Augen an Orten trafen, wo sie nicht abgehört werden konnten. Und überdies verfügten sie vermutlich über eine ganze Batterie an Prepaidkarten.

Sie konnten nur auf schnelle Fortschritte der holländischen Polizei in den Ermittlungen gegen Robert van Bommel hoffen – was war das überhaupt für ein Name? – und dass sie bald mit neuen Informationen kamen.

Als nächsten Schritt klopfte Lars den Hintergrund von Hellbergs Arbeitgeber Søren Lauritzen ab. Es gab nichts über ihn im Strafregister, was mehrere Gründe haben konnte. Vielleicht wusste er schlicht und einfach nichts über die anderen Geschäfte seines Developers. Oder war er ein Strohmann? Hintermann? Vielleicht sollte man die Steuerfahnder von der Taskforce in den Steuerunterlagen nach einer Nebentätigkeit suchen lassen? Vielleicht, vielleicht … Lars lehnte sich zurück und streckte den Rücken, während er den nächsten Schritt überlegte. Es war eine Gleichung mit vielen Unbekannten.

»Entweder hat Katrine Wraa sich geirrt, oder Jim Hellberg ist tatsächlich unter falschem Namen gereist«, sagte der Polizist auf der Türschwelle, den Lars gebeten hatte nachzuprüfen, ob Hellberg in dem Flieger nach London gesessen hatte.

*

Er bemerkte den Wagen das erste Mal etwa dreißig Kilometer vor der Grenze. Ein dunkelblauer Citroën C5, der gut vierhundert Meter hinter ihm lag. Es war kurz vor Mitternacht. Er war nachmittags in der Wohnung in Amsterdam aufgewacht, die in der Zwischenzeit aufgeräumt und gereinigt worden war, hatte ein Bad genommen und sich in die Stadt begeben, um irgendwo Junkfood zu besorgen. Eine Stunde später saß er im Auto auf dem Weg zurück nach Dänemark.

Jim Hellberg versuchte es ein paarmal mit Beschleunigen, aber der Citroën blieb fast demonstrativ immer im gleichen Abstand an ihm dran. Möglicherweise ein Zollbeamter, der alle Autos überprüfte, die aus dem Süden kamen, versuchte er sich zu beruhigen, ohne Erfolg. Und obgleich er nichts Illegales im Wagen dabeihatte, merkte er, wie ihm der Schweiß auf die Stirn trat. »Fucking hell! Die haben nichts gegen dich in der Hand! Entspann dich, verdammt, Mann! Was ist denn los mit dir?«, redete er auf sich ein, was nur kurzfristig half. Jim schaltete das Radio ein und drehte die Musik laut. Das beruhigte.

Als er bei Padborg über die Grenze nach Dänemark fuhr, lag der Citroën noch immer ein paar hundert Meter hinter ihm. Soweit er sehen konnte, befand sich nur eine Person in dem Wagen. Als kurz darauf ein Rastplatz kam, setzte Jim den Blinker und fuhr ab. Er hielt an einer Zapfsäule, um zu tanken. Als er aus dem Auto stieg, rollte der Citroën vorbei und parkte ein Stück entfernt. Jim riss einen Streifen Papier ab und notierte sich mit einem Kugelschreiber das dänische Kennzeichen des Wagens. Der Zoll operierte in einem ziemlich großen Radius auf beiden Seiten der Grenze. »Hinterlandpatrouille« wurde dieses Vorgehen genannt. Er wusste aus Erfahrung, dass diese Patrouillen auch schon mal Pkws oder Lastwagen weit oben in Jütland kontrollierten.

Er tankte und versuchte, einen kühlen Kopf zu bewahren. Jeder in der Branche kannte die beständige Paranoia. Sie war unausweichlich, doch um nicht komplett die Nerven zu verlieren, musste man wissen, wie man seine inneren Dämonen bekämpfen konnte. Sie hatten nichts gegen ihn in der Hand. Sollten sie ihn doch anhalten! Sie würden nichts finden. Nada!

Minuten später fuhr Jim wieder auf die Autobahn. Er schaute regelmäßig in den Rückspiegel, aber das Auto war weg.

In seinem Kopf begann es zu mahlen, dass ihn womöglich eine Zivilstreife an der Mautstation der Brücke über den Großen Belt erwartete, aber dem war nicht so. Jim bezahlte bar und wurde durchgewinkt. Kein neues Fahrzeug hängte sich an seine Fersen.

Auf der gesamten Fahrt durch Seeland hielt er sich an die Geschwindigkeitsbegrenzung und wanderte mit den Gedanken in das Segelresort. Er hatte seinen letzten Winter in Dänemark verbracht, so viel war sicher. Es gelang ihm, sich in die Vision seines zukünftigen Lebens zu flüchten, statt sich in den Teufelskreis der Angst hineinziehen zu lassen, und als er die nördliche Stadtgrenze von Kopenhagen erreichte, war er richtig guter Stimmung. Rein mental eine Meisterleistung. Die mentale Stärke war entscheidend, denn das Allermeiste spielte sich in einem selbst ab. Die Fahrt nach Amsterdam war überaus erfolgreich gewesen. Und die Nacht würde er nicht so schnell vergessen! Außerdem erfüllte ihn die Aussicht, bald alle Projekte in Dänemark abschließen zu können, mit Optimismus.

Desto größer war die Irritation, als Jim in Espergærede, wo er von der Autobahn abgefahren war, um die Landstraße nach Ålsgårde zu nehmen, feststellte, dass er sich offenbar einen neuen Schatten eingefangen hatte. Als er aus Gurre herausfuhr, hing diesmal ein weißer Opel Vectra knappe fünfhundert Meter hinter ihm. Der

Wagen war ihm schon beim Überholen auf der Autobahn aufgefallen, wenn er ihm zu diesem Zeitpunkt auch noch nicht verdächtig vorgekommen war.

Jim überlegte kurz, einfach an den Straßenrand zu fahren, kam aber zu dem Schluss, dass seine Verfolger sicher wussten, wo er wohnte, wenn das eine Zivilstreife war. In Ålsgårde bog er links in den Nordre Strandvej ab. Der Opel Vectra fuhr rechts. Als er auf seine Auffahrt fuhr und anhielt, um die Garage zu öffnen, kam die Angst zurück wie ein Blitz. Vor seinem inneren Auge sah er zwei Beamte in der Garage stehen, die nur darauf warteten, ihn in Empfang zu nehmen.

Das Garagentor glitt auf.

Er atmete erleichtert auf.

Da stand niemand und wartete auf ihn. Jim fuhr den Wagen in die Garage und schloss das Tor.

Er blieb noch einen Moment sitzen. Fasste hart um das Lenkrad und wiederholte im Stillen: Bald ist es überstanden. Bald ist es überstanden.

*

Das Fest im Clubhaus der Devils war in vollem Gang. Jesper Egelund war schockiert und beeindruckt zugleich. Das Clubhaus war ein altes dreistöckiges Gebäude – ein riesiger Kasten, den die Devils umgebaut und modernisiert hatten. Es lag am Rand des Industriegebietes in Amager. Auf der Nordseite des Clubhauses gab es noch ein paar andere Häuser, aber die waren durch einen meterhohen Plankenzaun abgeschirmt.

Als Jesper zu dem Fest kam, hatte er das Gefühl, in einen besetzten Stadtteil geraten zu sein. Die Polizei hatte einen eisernen Ring um das Viertel geschlossen, und alle Gäste, die zu dem Fest wollten, mussten sich registrieren lassen. Jesper hatte sich die stichelnden Kommentare einer jungen Polizeibeamtin anhören müssen, als er ihr seinen Presseausweis zeigte.

»Na, nette neue Freunde haben Sie da gefunden. Passen Sie auf, dass Sie nicht zu eng mit denen tanzen«, hatte sie gesagt, als sie seinen Namen und das Autokennzeichen notiert hatte. Er wurde aufgefordert, auf einem ausgewiesenen Parkplatz im Industriegebiet zu parken und zu Fuß zur nächsten Polizeisperre zu gehen.

Nicht genug damit, dass die Polizisten jeden Gast anhielten und Leibesvisitationen durchführten: Als Jesper die zweite Polizeisperre hinter sich hatte und sich der Villa näherte, wartete dort schon ein Trupp muskelbepackter Devils-Anwärter und kontrollierte jeden, der ankam. Sie hatten Jesper durchgelassen, und kurz darauf hatte er Hector entdeckt, der ihn um das Haus herum auf die Rückseite führte, wo große Zelte, eine Zapfanlage und mehrere Feuertonnen aufgebaut waren. Es waren schon eine Menge Leute da. Jesper erkannte Patches von den Devils aus Deutschland, Holland, Spanien und sogar aus Griechenland. Die Leute standen in Gruppen herum und unterhielten sich. Jesper entdeckte eine Gruppe Frauen mit extrem langen Beinen und High Heels und ansonsten eher sparsamer Garderobe.

Das Erdgeschoss war ein einziger großer Raum mit einer gutbestückten Bar. Am anderen Ende des Raumes war zur Feier des Tages eine Bühne aufgebaut worden, von der ein Steg in den Raum führte. In diesem Raum hatte er gestern das Interview geführt. In einer Ecke stand ein DJ mit umgedrehter Baseballkappe auf dem Kopf und kümmerte sich um die Musik. Wummernde House-Rhythmen erfüllten das Lokal. Noch hatte der DJ nicht voll aufgedreht, so dass man sich unterhalten konnte. Hector stellte Jesper zwei Devils-Anwärter vor und schlug vor, zusammen mit ihnen nach draußen zu gehen. Die Show würde sicher bald losgehen. Damit entschuldigte Hector sich und widmete sich anderen Gästen.

Die zwei, die ganz offensichtlich schon im Vorfeld mit dieser Aufgabe betraut worden waren, hießen Mathias und Jonas. Sie waren beide Anfang zwanzig und sprachen in höchsten Tönen von den Devils. Aus unterschiedlichen Gründen hatten beide Schwierigkeiten in der Schule gehabt und sich immer als Außenseiter gefühlt. Mathias war seine gesamte Schullaufbahn hindurch gemobbt worden. Jonas' Eltern waren gebildete Leute, er hatte eigentlich keine Probleme mit ihnen, wollte aber nicht so ein langweiliges Leben führen wie sie. Nach der Schule, beide hatten kein Abi gemacht, war ihr Leben ziemlich ähnlich verlaufen. Sie waren früh zu Hause ausgezogen, hatten zu viel Hasch geraucht, waren auf verschiedenen Schienen in die Kriminalität geschlittert und hatten eine Karriere mit regelmäßigen Gefängnisaufenthalten begonnen. Als sie beide in Vestre einsaßen, hatten sie Hector kennengelernt, den sie, wie Jesper schnell heraushörte, vergötterten. Hector hatte ihnen zur Aufnahme im Club verholfen, und zum ersten Mal in ihrem Leben hatten sie das Gefühl gehabt, nicht alleine zu sein. Plötzlich hatten sie einen Ort, an dem sie mit Menschen zusammen sein konnten, die dachten wie sie.

Jesper war fast gerührt, aber als er sich Mathias und Jonas noch einmal genauer ansah, konnte er sich an fünf Fingern abzählen, dass sie sicher auch noch andere Dinge taten, als nur an ihren Bikes zu schrauben und sich mit ihren neuen Freunden zu unterhalten. Hector hatte von allem abgelenkt, was mit den kriminellen Machenschaften der Devils zu tun hatte. Mathias und Jonas machten es genauso, als er sie danach fragte. Wirklich gut erzogener Nachwuchs, dachte Jesper.

Während Jesper mit Mathias und Jonas plauderte, fing Hector Nico ab, den Devils-Präsidenten. Sie hatten beide ein frisch gezapftes Bier in der Hand und stießen miteinander an.

»Was Neues über die Lundtofte-Pakis?«, fragte Nico.

»Nein, aber ich habe ein paar der jüngeren Brüder, die da drüben keiner kennt, veranlasst, das Viertel zu überwachen. Dieses Mal wird es ordentlich gemacht.«

»Und die neuen Aufträge?«

»Es läuft alles nach Plan.«

»Na dann«, sagte Nico und trank einen Schluck. »Und die anderen Geschäfte?«

»Wunderbar«, sagte Hector. »*Total-Abriss* hat ein paar lukrative Aufträge, Stadtteilsanierung oder so ähnlich. Das heißt, es gibt reichlich Angestellte. Und die Cafés laufen gut. Bei diesem Wetter wollen alle an der frischen Luft sitzen.«

Die unzähligen Caffè latte und enormen Berge Rührei, die die Kopenhagener in den in der ganzen Stadt verteilten Cafés zu sich nahmen, trugen in hohem Maße zur Finanzierung der Devils bei. Die Schwarzgeldlöhne für die jungen Studenten, die Schlange für einen Job standen, machten es einfach, Einkünfte aus dem Drogenhandel in die Firma einfließen zu lassen und auf dem Papier ganz harmlos aussehen zu lassen. Es wäre fast eine Schande, das nicht zu nutzen.

»Super, Mann! Ich bin dir übrigens sehr zu Dank verpflichtet. Die Idee mit der Druckmaschine war genial.«

Nico hatte auf einen Rat von Hector, der wiederum die Idee von Jim übernommen hatte, eine kleine Druckerei gegründet. Einer der Anwärter der Devils war als Geschäftsführer der Druckerei eingesetzt worden. Über diese Firma konnten sie beim Verkauf alter Maschinen überfakturieren, sich von der Mehrwertsteuerpflicht befreien und die Firma Konkurs gehen lassen.

»Wir haben eine Rechnung über acht Millionen für die alte Druckmaschine geschickt, die wir von einem Bruder in Århus gekauft haben«, fuhr Nico fort. »Die Maschine hat in diesem Jahrtausend noch kein einziges Blatt Papier gedruckt und war höchstens ein paar hunderttausend wert, aber gerade haben wir zwei Millionen vom Finanzamt zurückgekriegt. Wenn das kein Grund zum Feiern ist!«

»Wenn das so ist. Skål.«

»Skål. Und, wann kommen die Frauen?«

Hector ging nach drinnen zu Jesper und den beiden Jungen.

»Und, amüsieren Sie sich?«, sagte Hector jovial zu Jesper.

Jesper nickte und nahm einen großen Schluck von seinem Bier.

Da drehte der DJ plötzlich die Lautstärke hoch, und ein paar Scheinwerfer wurden auf die Bühne gerichtet.

Zwei Frauen, eine schwarz, die andere weiß, traten auf und begannen mit einer verführerischen Stripshow. Der Saal füllte sich schnell mit Männern, die mit anfeuernden Rufen kamen. Jesper Egelund war überrascht. Er hatte noch nie eine Stripshow gesehen und immer gedacht, so etwas wäre billig und peinlich und dass er es abstoßend finden würde. Aber die beiden da oben ... Für einen Augenblick vergaß er ganz, dass er als Journalist hier war. Irgendwann riss er sich dann aber wieder zusammen und richtete diskret seine Aufmerksamkeit in die Menschen im Saal.

Sein Blick fiel auf eine attraktive blonde Frau, die mit einem Drink in der Hand etwas im Hintergrund stand. Sie sah ziemlich betrunken aus. Er ging zu ihr.

»Hallo«, sagte er.

Sie sah ihn mit verschwommenem Blick an. Der tiefe Ausschnitt ihrer Bluse betonte ihre Brüste. »Hallohallo.«

Er reichte ihr die Hand. »Ich heiße Jesper.«

»Louise.«

»Kennst du viele Leute hier?«

Sie schüttelte den Kopf. »Bloß den da«, näselte sie und zeigte auf Hector, der etwa zehn Meter von ihnen entfernt stand und die Mädchen auf der Bühne mit lauten Pfiffen anfeuerte.

»Aha?« Die Antwort überraschte ihn etwas. »Und woher kennst du ihn?«

»Er hat mich eingeladen.« Sie beugte sich etwas vor. »Er hat gerade ein Auto von meinem miesepetrigen, lächerlichen Idioten von Chef gekauft.«

»Miesepetrige, lächerliche Chefs sind die reinste Pest.«

»Verdammt, da sagst du was Wahres! Skål!« Mit diesen Worten stieß Louise so energisch mit Jesper an, dass der Inhalt ihrer Gläser über ihre Hände schwappte. Louise kicherte, als Jesper nach hinten sprang, um kein Bier auf seine Hose zu bekommen.

»O je, tut mir leid, ich bin wohl ein bisschen angetrunken«, sagte sie.

»Ja, du scheinst einiges intus zu haben«, räumte Jesper ein.

Sie lachten beide.

»Und, was für ein Auto hat er gekauft?«, fragte Jesper wie nebenbei.

»Einen neuen Audi.«

»Sieh an«, sagte Jesper und nickte nachdenklich. »Wo arbeitest du noch gleich?«

Lars Sønderstrøm hatte eben die formelle Genehmigung erhalten, Jim Hellberg abzuhören, die er am Vortag beantragt hatte. Es war 14.36 Uhr am Sonntagnachmittag.

»Melde heftige Schießerei in der Rantzausgade, alle Einsatzkräfte in die Rantzausgade. Schießerei mit bisher zwei Verletzten.«

Lars flog von seinem Stuhl auf. Seit dem Attentat hatten sie versucht, sich einen Überblick zu verschaffen, wer in dem ausgetüftelten Netzwerk kleinerer Banden hinter wem her war, doch jetzt war es wieder einer Bande gelungen zuzuschlagen, ohne dass dies über einen der Überwachungskanäle aufgeschnappt worden war.

Dieser verfluchte Krieg.

*

Simone bog vom Åboulevard ab und wollte durch die Rantzausgade zur Lundtoftegade fahren, wo sie mit Camillo und den anderen verabredet war. Aber als sie ein Stück die Rantzausgade runtergefahren war, sah sie das blinkende Blaulicht von Krankenwagen und Polizei. Sie radelte zurück auf den Åboulevard und in einem Bogen in die Lundtoftegade.

Sie wollten über die Kostüme für das Casting der Talentshow reden, für die sie sich bewerben wollten. Der Termin für das Casting war in einem Monat, die Zeit drängte also. Bis dahin musste noch die Musik gemixt werden, sie brauchten Klamotten, und die Choreographie musste stehen. Das war das Wichtigste.

Sie klingelte, und Camillo ließ sie rein. Sie küssten sich. Dann ging sie ins Wohnzimmer und setzte sich aufs Sofa, als wäre sie hier zu Hause. Sie sah sich um und wunderte sich wie schon bei ihrem ersten Besuch über den riesigen Flachbildschirm, die nagelneue Playstation und die Mengen an Spielen und Filmen. Marco konnte unmöglich nur von Sozialhilfe leben.

Sie wusste genau, dass sie das, was sie hier sah, niemals ihrem Vater erzählen konnte. Ihr fürsorglicher Bullenvater hätte sie nur ausgequetscht und wäre wahrscheinlich auch noch auf die Idee gekommen, sie zu begleiten. Das wäre dann so was von peinlich gewesen. Außerdem hatte sie Camillo versprochen, ihrem Vater nichts von seinem Bruder zu erzählen.

Ihre Freunde in Frankreich wussten nicht, dass ihr Vater Polizist war. In Frankreich hatten Polizisten keinen sonderlich hohen Status. *Les flics* waren in großen Teilen der Bevölkerung alles andere als beliebt. In Dänemark fanden einige ihrer Freunde das erstaunlicherweise ziemlich cool. Ihr wäre es lieber gewesen, er wäre Künstler oder was anderes Ausgefallenes!

*

Katrine Wraa fuhr durch das sonntäglich ruhige Holte und fand die Straße, in der der pensionierte forensische Psychiater Adam Havaleschka wohnte. Sie stellte den Wagen ab, nahm ihre Tasche und betrat einen Garten mit alten Obstbäumen und einer riesigen Magnolie, die in voller Blüte stand. Sie drückte die Türklingel, und ein freundlicher, weißhaariger Mann Ende siebzig machte ihr auf. Sie begrüßten sich.

»Kommen Sie doch rein. Und lassen Sie die Schuhe ruhig an, ich dachte, bei diesem prächtigen Wetter setzen wir uns auf die Terrasse.«

Sie folgte ihm durchs Wohnzimmer auf die Terrasse, wo sie sich setzten. Eine Amsel verkündete laut und deutlich, dass der Garten eigentlich ihr gehörte. Adam Havaleschka hatte Kaffee in einer Stempelkanne gemacht und servierte ihn in eleganten weißblauen Kaffeetassen. Dazu hatte er eine Schale mit Gebäck angerichtet. Interessiert erkundigte er sich nach ihren Arbeitsaufgaben bei der Polizei und erzählte von seiner Arbeit im Klinikum der Forensischen Psychiatrie.

»Der Fall, wegen dem Sie angerufen haben, war ziemlich tief in meinem Gedächtnis versunken, das muss ich Ihnen ganz ehrlich eingestehen.«

»Das liegt nun ja auch einige Jahre zurück«, sagte sie.

»Ja, und da oben rostet es leider etwas ein«, sagte er und tippte sich lächelnd an die Stirn. »Es geht alles langsamer. Na, ich will Sie nicht mit meinen Jammereien langweilen. Sie sagten, das wäre 1972 gewesen? Und dass es eine familiäre Verbindung zu der in dem Auto verbrannten jungen Frau gibt?«

»Ganz genau. Der Vater der Frau war Jørn Solhøj.«

»Der seine Frau umgebracht hat?«

Katrine nickte. »Während ihr Sohn sich in der Wohnung befand.«

»Und Sie meinten, der Vater wäre einfach gegangen und hätte das Kind alleine zurückgelassen?«

»Laut Bericht wurde das Kind erst circa zwölf Stunden später gefunden.«

»Das erinnert mich nämlich an einen anderen Fall, den ich in der Zeit behandelt habe … auch ein Junge, aber die Umstände waren ganz andere. Ach, dann geht es also um Jørn Solhøj. Also, so wie ich ihn in Erinnerung habe, aber das müssen Sie bitte immer unter Vorbehalt betrachten, nach so vielen Jahren und ohne Zugriff auf mein Gutachten, also: ein durchschnittlich begabter Mann mit extrem niedriger Impulskontrolle. Das Zuhause war also vermutlich sehr stark geprägt von Unvorhersehbarkeit und Unsicherheit.«

»Erinnern Sie sich, ob der Junge sein leiblicher Sohn war?«

»Da bin ich mir eigentlich ziemlich sicher …« Er dachte noch einmal nach. Plötzlich schien ihm etwas eingefallen zu sein. »Doch, ja, nun erinnere ich mich. Er hat entschieden, den Jungen zur Adoption freizugeben.«

»Das erklärt einiges. Bei unserer Suche im Personenregister tauchte nämlich nur eine Tochter auf, die er später bekommen hat. Ein Kind, das adoptiert wurde, taucht doch später nicht mehr namentlich in einer persönlichen Akte auf, oder?«

»Nein, tut es nicht. Danach ist es unter dem Namen der Adoptiveltern eingetragen.«

»Die ihm vermutlich ihren Nachnamen gegeben haben. Unter *Solhøj* wird er also sicher nirgendwo auftauchen. Und die Tochter hieß Jensen, nach ihrer Mutter.«

»Eine logische Schlussfolgerung.«

»Warum hat er seinen Sohn zur Adoption freigegeben?«

»Weil er meinte, dass er genug Schaden im Leben des Jungen angerichtet hatte. Ein gewisser Grad von Selbsterkenntnis.«

»Aber es gibt viele Eltern, die im Leben ihrer Kinder großen Schaden anrichten ...«

»Er hat bereut, was er getan hat. Und er fühlte sich nicht in der Lage, Verantwortung für ein Kind zu übernehmen, überhaupt den Kontakt aus dem Gefängnis aufrechtzuerhalten und so weiter.«

»War er gewalttätig dem Sohn gegenüber?«

»Soviel wir wussten nicht, aber es gab ja niemanden, der uns darüber Auskunft erteilen konnte, die Mutter war schließlich tot.«

»Und der Junge wies keine Spuren von Gewalt auf.«

»Nein, ich meine nicht. Darüber stand nichts in den Gutachten. Aber deshalb kann es ja vorher trotzdem vorgekommen sein, das wissen wir nicht.«

»Haben Sie den Jungen untersucht?«

»Nein, das hat das Sozialamt übernommen. Ich kann mir eigentlich nur einen Ort vorstellen, wo er hingekommen ist: ins Kinderheim Skodsborg.«

Katrine nickte. Das war naheliegend. »Können Sie sich an den Namen des Jungen erinnern?«

Adam dachte nach und schüttelte dann den Kopf. »Vielleicht kommt das noch wieder, aber im Moment ist es weg. Tut mir leid.«

»Und der Vater wurde als schuldfähig eingestuft und zu einer Gefängnisstrafe verurteilt?«

»So ist es, ja.« Adam legte die Fingerkuppen aneinander und hielt sie vor den Mund. Sie konnte ihn sich wunderbar im Gespräch mit seinen Patienten vorstellen. »Und Sie sagen, er hat später noch eine Tochter bekommen?«

»Ja.« Katrine schilderte kurz die Zusammenhänge. »Ich nehme an, er hat die Frau im Gefängnis kennengelernt.«

»Es gibt erstaunlich viele Frauen, die einen Briefwechsel mit Männern im Gefängnis haben.«

»Um sie ›zu retten‹?«

»Ja, so ist es. Um ihrem Leben einen Inhalt zu geben und ihr Selbstwertgefühl zu heben; viele von ihnen sind davon überzeugt, der einzige Mensch zu sein, der ihn wirklich versteht. Sie erleben ein Gefühl von Spannung, aber vor allen Dingen bekommen sie eine Geschichte. Häufig handelt es sich um Frauen, die selber für fünf Pfennig Selbstbewusstsein haben und sich leer und unwichtig vorkommen. Und wie ist es Solhøj und der Frau ergangen?«

»Die Frau ist vor etlichen Jahren an einer Krankheit gestorben. Und Jørn Solhøj ist vor etwa einem halben Jahr einem Krebsleiden erlegen.«

»Die gemeinsame Tochter der beiden hat also auch einiges durchgemacht? Ein Vater mit so einer Geschichte, früh die Mutter verloren …«

»Ja, das kann man wohl sagen«, sagte Katrine nachdenklich. »Und dann ihr früher Tod.«

»Ich habe darüber gelesen. Brutal, jemandem im Auto verbrennen zu lassen.«

Katrine nickte. »Sehr. Ich denke, dass die Motivation des Mörders entweder extrem kalkuliert war, dass er alle Spuren auslöschen wollte, DNA und so weiter, oder dass er einfach nur sein Bedürfnis ausdrücken wollte, sie auszulöschen.«

»Sehr interessant«, sagte Adam mit wachen Augen und sah aus, als würde er am liebsten selbst das Rätsel lösen. »Sehr interessant. Ich stimme Ihrer Analyse voll und ganz zu. Und haben Sie den richtigen Mann?«

Katrine zögerte etwas, ehe sie antwortete. »Das glaube ich leider nicht.«

»Hm«, sagte Adam langsam. »Sie haben also noch eine Menge Arbeit vor sich.«

»Ja«, sagte sie und erhob sich. »Meinen Sie, es macht Sinn, wenn ich mich direkt an Skodsborg wende, um den Sohn ausfindig zu machen?«

»Ganz sicher. Karin Hansson arbeitet immer noch dort. Sie ist Psychologin mit dem Spezialgebiet Kleinkinder. Grüßen Sie sie von mir, wir kennen uns schon eine kleine Ewigkeit. Eine großartige Frau. Sie hat fast ihr ganzes Leben an der Entwicklung spezieller neuer Methoden für die ganz Kleinen, ganz früh im Leben Geschädigten gearbeitet. Und Skodsborg selber ist schon einen Besuch wert: ein riesiges Anwesen, direkt am Øresund gelegen.«

Adam Havaleschka begleitete sie zur Tür. Sie dankte ihm für seine Auskunftsbereitschaft und fuhr direkt nach Hause, um das Kinderheim im Internet zu suchen. Dort konnte sie etwas über Karin Hanssons Auffassung über die Aufgabe der Einrichtung lesen: den Kindern, die dort wohnten, ein echtes Zuhause zu bieten. Es versetzte Katrine einen Stich, als sie über die Traditionen an Weihnachten, Neujahr und anderen Feiertagen las, die einen besonderen Stellenwert hatten, wenn man Teil einer Familie war.

Später lief sie zehn Kilometer, obwohl sie erst am Vortag eine lange Strecke gelaufen war. Ihre Beine fühlten sich schwer an. Den Muskeln hätte es sicher besser getan, sich etwas zu erholen. Aber ihr Kopf brauchte das. Zurück zu Hause machte sie noch ein wenig Krafttraining und schloss das Ganze mit einem Bad im Meer ab.

Später, nach einer ausgiebigen Dusche und einem schnellen Abendessen, saß sie noch lange auf der Terrasse, trank Rotwein und schaute übers Wasser. Sie dachte an ihren Vater. Wäre sie als Spenderin geeignet? Würde er wieder gesund werden?

Der Montagmorgen war grau und einige Grade kälter als die vorangegangenen Tage. Am Wasser war die Horizontlinie zwischen Meer und Himmel nicht mehr zu erkennen. Sicher fing es bald zu regnen an.

Jens saß im Büro, als Katrine kam. Das Licht und die ganze Stimmung wirkten irgendwie verdichtet, ja selbst die Möbel schienen einen Hauch enger zusammenzustehen als üblich.

Sie begrüßten sich und sahen sich an. Katrine setzte sich ihm gegenüber an den Schreibtisch, beugte sich vor und sah ihm in die Augen. Er tat das Gleiche, beschwor das vertraute Gefühl zwischen ihnen herauf und sagte: »Danke für den schönen Abend.«

»Ganz meinerseits«, antwortete sie.

Er lehnte sich etwas zurück und sah sie an. »Du warst gestern bei dem Psychiater, oder?«

»Ja«, antwortete sie und fasste die wichtigsten Informationen kurz zusammen.

»Komm, gehen wir zu Melby und bringen ihn auf den neusten Stand«, sagte Jens.

Sie standen auf und gingen auf den Flur.

»Wissen wir mehr darüber, wer gestern auf wen geschossen hat?«, fragte Katrine, die die Schießerei in den Medien verfolgt hatte.

Jens schüttelte den Kopf. »Das ist ein einziges Chaos sich widersprechender Aussagen. Es hängt also hauptsächlich an den Ballistikern, die Situation zu analysieren.«

Sie hatten Melbys Büro erreicht. Jens klopfte an.

»Herein!«, ertönte es laut und energisch von drinnen.

Katrine ahnte ziemlich genau, wie das Gespräch verlaufen würde, aber sie versuchte sich einzureden, dass ihr Chef ihr freie Hand lassen würde, der Spur weiter nachzugehen.

Jens fasste kurz zusammen, was Katrine und er seit Freitagnachmittag herausgefunden hatten. »Da sollte man sich vielleicht etwas intensiver reinhängen, jetzt wo es mit der Beweislast gegen Dahl etwas zäh vorangeht«, sagte Jens.

Melby ging nachdenklich durch den Raum. Dann baute er sich vor ihnen auf. »Die Stadt steht wegen der Schießereien zwischen den Banden kopf. Wir haben wieder zwei Schwerverletzte. Die Bürger veranstalten Protestversammlungen und Demonstrationen, und Politiker und Journalisten schreien zunehmend lauter«, sagte Melby und sah von Katrine zu Jens. »Ich bin ganz eurer Meinung, dass diese Spur möglicherweise weiterverfolgt werden sollte, aber das fällt dann in die Zuständigkeit der Mordkommission. Wie soll ich in dieser Situation plausibel machen, dass die Taskforce Personenstunden abzieht, um den unbekannten Halbbruder von Maja Jensen ausfindig zu machen? Wenn es ihn denn überhaupt gibt. Wenn da nicht wenigstens ein Hauch von organisierter Kriminalität mitschwingt, fällt das nicht in unseren Bereich. Ich kann nur hoffen, dass ihr das versteht, auch wenn ihr ganz ergriffen seid von den faszinierenden Erkenntnissen, die ihr gesammelt habt. Jens, du bist für die nächsten Tage der Ermittlungsgruppe um die Schießerei zugeteilt. Und Katrine«, Melby sah sie streng an, »du hast sicher alle Hände voll mit deinen Untersuchungen zu tun. Ich werde derweil Kragh von eurem Fund unterrichten.«

Sie verließen Melbys Büro.

Katrine war niedergeschlagen. Jens war in Gedanken schon bei der Schießerei und den endlosen Verhören, die auf ihn zukamen. Er sah ihr an, wie es sie fuchste, dass Melby sie die Spur nicht weiterverfolgen ließ, und natürlich verstand er ihren Frust. Sie würde ebenso wenig von ihrem Plan abweichen wie eine Missile, die einmal auf ihr Ziel eingestellt war, dachte er und betrachtete ihre finstere Miene.

Sie trennten sich vor der Tür zu ihrem Büro. Jens musste weiter zum Briefing der Ermittlungsgruppe »Schießerei«.

Katrine setzte sich an ihren PC, fuhr ihn hoch, starrte dann aber aus dem Fenster, statt loszulegen. Sie fühlte sich wie in einer Zwangsjacke. Worin bestand eigentlich ihre Arbeit hier in der Abteilung? Sollte sie bloß Berichte für die Schublade schreiben? Sie vergeudete ihre Zeit, nichts anderes.

*

Eine Stunde später, Jens war gerade von seinem Briefing zurück, kam Lars Sønderstrøm in ihr Büro gestürmt. Seine überschäumende Energie stand in starkem Kontrast zu den zwei bedrückten Gestalten, die schweigend vor ihren Computern saßen.

»Ich hab was hübsch Buntes für euch, das euch sicher aufmuntern wird«, sagte er gut gelaunt. »Leidet ihr an Frühjahrsdepression, oder was?« Er legte ein Foto auf Katrines Schreibtisch. »Das aktuellste Bild von Jim Hellberg. Und ich habe Joakim von Europol um Rückmeldung gebeten, falls sie das Telefon ausfindig machen, über das Robert van Bommel seine Verabredung mit Hellberg getroffen hat. Und Bingo! Die tüchtigen Holländer haben tatsächlich ein Telefon gefunden, von dem aus insgesamt drei SMS an eine Prepaidnummer in Dänemark geschickt wurden. Die erste am vorletzten Samstag aus Bommels Domizil außerhalb von Amsterdam, die zweite am Freitag aus dem Stadtzentrum. Die zweite Mitteilung wurde voraussichtlich irgendwo auf der Stadtautobahn nach Amsterdam beantwortet. Gehen wir mal davon aus, dass sie von Jim Hellberg kam, der auf dem Weg zu ihrer Verabredung war.«

»Beeindruckend«, sagte Katrine.

»In der Tat, aber das Beste kommt noch«, sagte Lars.

»Und das wäre ...?«, fragte Jens.

»Das Beste ist«, sagte Lars und wedelte mit dem Zeigefinger durch die Luft, »dass die Holländer uns die SMS rübergeschickt haben.« Er legte ein Blatt Papier vor Katrine auf den Tisch. Die SMS waren in Englisch verfasst. Sie las sie durch und sah Lars Sønderstrøms breites Grinsen.

»Mein Eisen ist heiß, ich muss dringend in dir kommen. B«, las Katrine laut vor.

»Holla«, sagte Jens.

»Darauf hat Hellberg nicht geantwortet«, kommentierte Lars.

»Und jetzt die zweite: *›Dein Schwanz ist zum Anbeißen – ein aufgerollter Pfannkuchen mit Sirup – den ich ablutschen will!‹* Die wird beantwortet mit: *›Nur für dich – du versautes Etwas!‹*«

»Du hast recht«, sagte Jens. »Hübsch bunt.«

»Also, entweder ist Jim Hellberg schwul und hat ein Verhältnis mit van Bommel. Oder wir haben es hier mit einem Code zu tun. Ich persönlich tendiere zu Letzterem, wenn man berücksichtigt, wer van Bommel vermutlich ist. Das wird in jedem Fall untersucht werden.«

»Haben wir einen Codierungsexperten im Haus?«, fragte Katrine.

»Da müssten wir den Geheimdienst PET um Unterstützung bitten. Aber lasst erst einmal sehen, was sonst noch kommt. Wir haben die Bewilligung für das Abhören von Jim Hellbergs Telefon bekommen. Wir können mit Sicherheit davon ausgehen, dass da was Großes geplant ist, wir wissen nur noch nicht, welche Rolle Hellberg dabei spielt. Wir bleiben aber an diesen beiden Nummern dran. Vielleicht öffnen sie uns noch ein paar andere Türen.«

Katrine nickte.

»Bist du übrigens ganz sicher, dass das Hellberg war, den du im Flieger gesehen hast?«, fragte Lars. »Laut Passagierliste war er nicht dabei.«

Katrine sah sich den Mann auf dem Bild noch einmal genauer an, aber sie hatte sich nicht geirrt, sie war sich ganz sicher. »Das ist er«, sagte sie mit fester Stimme.

»Dann benutzt er vermutlich falsche Identitäten«, schloss Lars. »Was ihn für uns noch interessanter macht.«

Der große Mann drehte sich um und ging zur Tür. »Und ich freu mich schon darauf, wie der PET diese SMS interpretieren wird«, wieherte er auf dem Weg nach draußen.

*

Jens beobachtete Katrine aus dem Augenwinkel. Lange saß sie einfach nur da und schaute aus dem Fenster, dann drehte sie sich kurz zum Bildschirm und schrieb ein paar Sätze, ehe sie wieder aus dem Fenster schaute. Sie hatte allen Grund, frustriert zu sein, und er wollte nicht einmal versuchen, sie aufzumuntern. Dafür war sie nicht der Typ. Nur Melby konnte da helfen. Jens wollte sich später am Nachmittag erkundigen, was die Mordkommission getan hatte, um Majas Halbbruder ausfindig zu machen. Je nachdem, wie die Antwort ausfiel, würde er ihr davon erzählen oder nicht. Er hatte mehrere Stunden Vernehmungen hinter sich und schrieb jetzt die Berichte.

»Ich glaube, ich fahre nach Hause und arbeite da weiter«, sagte sie unvermittelt. »Ich kann mich hier irgendwie nicht konzentrieren.«

»Diese Wirkung habe ich oft auf Frauen«, sagte Jens. Katrine lächelte. »Glaubst du, dass sie wenigstens versuchen herauszufinden, wer der Halbbruder ist?«

»Ja, bestimmt. Ich gehe davon aus, dass sie die Adoptionsunterlagen aus dem Landesarchiv anfordern.«

»Hm.« Sie hatte wieder den abwesenden Blick und schaute zum hundertsten Mal aus dem Fenster.

Winzige Veränderungen in ihren Zügen sagten ihm, dass sie gerade einen Plan ausbrütete. Er fragte sich, ob er versuchen sollte, sie davon abzubringen, wusste aber, dass das sinnlos wäre. Sie tat eh, was sie wollte, dachte er, als sie sich kurz darauf von ihm verabschiedete und ihn allein im Büro zurückließ.

*

Katrine fuhr auf dem Strandvej Richtung Skodsborg. Je weiter sie aus der Stadt herauskam, desto häufiger wurden die riesige Villen mit privatem Bade- und Bootssteg.

Sie hatte vom Parkplatz vor dem Polizeipräsidium im Kinderheim Skodsborg angerufen und nach Karin Hansson gefragt. Sie war vertröstet worden, dass Karin Hansson gerade beschäftigt sei, aber dass sie gern in einer Stunde vorbeikommen könne. Sie war etwas früh dran und hatte sich unterwegs noch einen Kaffee geholt, den sie nun im Wagen trank.

In letzter Sekunde sah sie das Hinweisschild und die kleine Stichstraße. Das Haus lag direkt am Wasser. Katrine parkte den Wagen auf dem Platz vor dem Haus. Sie klingelte, und eine Frau Ende sechzig öffnete ihr die Tür. Karin Hansson war klein und dünn und hatte warme, intelligente Augen.

»Treten Sie ein. Ich kann Sie leider nicht herumführen, das würde die Kinder stören. Setzen wir uns hier rein.«

Katrine folgte ihr in ein kleines Büro mit Blick aufs Wasser, das in einem Wintergarten eingerichtet war. Im Garten schauten ein paar Erwachsene zwei Kindern beim Spielen zu. Eins hüpfte auf einem Trampolin, das andere saß im Sandkasten und buddelte. Adam Havaleschka hatte recht gehabt. Dieser Ort war etwas Besonderes.

»Möchten Sie Tee oder Kaffee?«

»Kaffee, gerne.«

»Ich weiß noch gar nicht, worum es geht«, sagte Karin, als sie Katrine Kaffee einschenkte. »Aber als ich gehört habe, dass Sie von der Polizei sind, dachte ich mir, dass es wohl dringend sein wird.«

Katrine erklärte ihr, welche Position sie bei der Polizei hatte, dass sie wie ihre Kollegen der Schweigepflicht unterlag und dass ihr Anliegen einen Teil aktueller Ermittlungen betraf.

»Sie wollen also etwas über einen Jungen wissen, der 1972 von seinem Vater zur Adoption freigegeben wurde?«

»Ja«, sagte Katrine, gespannt auf die Antwort.

»O je, das ist lange her«, sagte Karin. »Da habe ich gerade hier angefangen. Ich kann mich noch gut an ihn erinnern, aber der Name ... Na, ja, vielleicht fällt er mir gleich wieder ein. Jedenfalls ist er danach nie mehr hier gewesen, um uns zu besuchen.«

»Machen das sonst viele?«

»Relativ viele. Wissen Sie, es hat etwas Klärendes, den Ort wiederzusehen, an dem man ein kurzes oder längeres Stück seiner Kindheit verbracht hat. Viele schreiben uns auch. Und dann laden wir sie ein, uns doch noch mal zu besuchen. Das ist immer sehr berührend für alle. Manche brauchen Jahre, um sich zu überwinden, andere warten, bis die Adoptiveltern tot sind, ehe sie sich dazu in der Lage fühlen. Erst letzte Woche hatten wir einen fünfzigjährigen Mann, der zum ersten Mal hierher zurückgekommen ist. Er hat jahrelang Mut gesammelt und mehrere Verabredungen abgesagt, die wir zwischendurch vereinbart hatten. Wir sind zusammen durchs Haus gegangen, und als wir das Zimmer wiedergefunden haben, in dem er gewohnt hat, hat er hemmungslos geweint. Damals war noch keiner von uns hier, aber mit Hilfe von Aufzeichnungen und Briefen konnten wir seine Geschichte rekonstruieren.«

Katrine war ganz gerührt.

»Leider glücken nicht alle Adoptionen. Manche haben ihr ganzes Leben lang das Gefühl, die falschen Eltern zu haben. Die meisten Kinder haben aber ein gutes Leben bei den Eltern, die sie adoptieren, nur bei einigen wenigen stimmt einfach die Chemie nicht. Das wissen wir von denen, die zurückkommen und erzählen, wie sie ihre Zeit hier erlebt haben und wie es für sie weitergegangen ist. Dass sie sich aus dem sicheren Leben, das sie hier kannten, herausgerissen gefühlt haben und bei Erwachsenen gelandet sind, die komisch sprachen, verkehrt rochen oder nicht in der Lage waren, sich zu bücken.«

»Sich zu bücken?«, hakte Katrine interessiert nach. Diesen Ausdruck kannte sie in diesem Zusammenhang nicht.

»Ja. Man bückt sich, um mit dem Kind auf Augenhöhe zu sein.« Karin stand auf und bückte sich runter zu einem imaginären Kind. »Oder man verharrt in der Erwachsenenperspektive.« Sie richtete sich wieder auf und sah auf das »Kind« vor sich herunter. »Das ist ein sehr großer Unterschied. Und man darf nicht vergessen, dass wir damals noch nicht so viel wussten wie heute. Man hatte eine andere Auffassung davon, was gut für die Kinder ist. Zum Beispiel mussten sie sich damals nackt ausziehen, wenn ihre neuen Eltern kamen, um sie abzuholen. Stellen Sie sich das vor, das waren für die Kinder ja fremde

Menschen, die sie höchstens ein paarmal kurz gesehen hatten. Das ist ein extrem kränkendes Erlebnis für das Kind. Darauf sind wir heute alles andere als stolz. Und das nur, damit sie die hübschen Sachen anziehen konnten, die ihre neuen Eltern mit den besten Absichten mitgebracht hatten. Daran, dass diese Sachen sich vielleicht steif und ungewohnt anfühlten und falsch rochen, hat niemand gedacht. Und die Kleider, die sie hier getragen hatten und die vertraut rochen, mussten sie zurücklassen. Das wird heute ganz anders gehandhabt. Wir sind uns heute nur allzu bewusst über die Bedeutung von Übergangsobjekten, und wenn die Kinder zu uns kommen oder uns verlassen, tragen sie ihre persönlichen Kleider. Auf jeden Fall Sachen, die sie kennen und die richtig riechen. Sie nehmen ihr eigenes Spielzeug mit und so weiter.«

Katrine hatte einen Kloß im Hals. Karin Hansson lächelte sie mit schräg gelegtem Kopf an. Bestimmt war sie derartige Reaktionen der Besucher gewohnt. »Wir geben uns wirklich Mühe. Jeden Tag neu«, sagte sie. Plötzlich schien ihr etwas in den Sinn zu kommen, sie lächelte. »Jetzt erinnere ich mich wieder. Er hieß Christian.«

»Christian?«

Katrine war überzeugt, dass diese Frau sich an jedes einzelne Kind erinnerte, das jemals hier gelebt hatte. »Christian, und wie weiter?«

»Christian hat den Nachnamen geändert. Er wurde von einem Ehepaar aus ... wo kamen die noch gleich wieder her? Aus Skive, genau, und sie hießen Letoft mit Nachnamen.«

»Christian Letoft«, sagte Katrine.

»Ja, ich nehme an, dass er heute so heißt.«

»Und sie waren aus Skive?«

»Ja. Es ist immer noch die übliche Praxis, dass Kinder, die auf Seeland geboren wurden, nach Jütland adoptiert werden und umgekehrt.«

»Erinnern Sie sich, wie es ihm damals erging? Ich denke dabei speziell daran, wie geschädigt er durch das, was er erlebt hatte, war?«

»Christian war sehr introvertiert und wies in der ersten, langen Phase im Heim leichte Anzeichen von Bindungsstörungen auf. Möglicherweise war er wirklich, wie uns mitgeteilt wurde, wiederholt Zeuge von Übergriffen an seiner Mutter geworden.«

»Und dann hat er mehrere Stunden in der Wohnung mit seiner toten Mutter zugebracht, wie ich aus dem Polizeibericht erfahren habe?«

»Ja, so ist es«, antwortete Karin. »Und es hat lange, sehr lange gedauert, bis Christian sich hier jemandem angeschlossen hat. Nach etwa einem Jahr hatte er eine Beziehung zu einer Pädagogin aufgebaut, die damals hier arbeitete, Ingrid hieß sie. Sie war die Einzige, bei der er körperliche Nähe zuließ. Alle anderen wies er ab. Und dann kam er zu seinen Adoptiveltern.« Sie schaute einen Augenblick aus dem Fenster und schien sich zu erinnern. »Ich habe oft daran gedacht, wie es ihm wohl bei ihnen ergangen ist.«

*

Katrine verließ das Kinderheim, berührt von der Welt, die sich ihr eröffnet hatte. Hier wurde am Leben gearbeitet. Daran, das Beste aus jedem Menschen herauszuholen.

Sie war bei ihrer täglichen Arbeit gedanklich immer nur mit dem Tod beschäftigt. Und in diesem Augenblick – ganz im Kontrast zu diesem Ort – erschien ihr ihr persönlicher Fokus düster und pessimistisch. Ihr Augenmerk war immer nur auf die schlechten Seiten im Menschen gerichtet. Natürlich wusste sie, dass das nicht die ganze Wahrheit war, sie arbeitete für die Gerechtigkeit. Gerechtigkeit für die Opfer von Verbrechen und die Hinterbliebenen. Auch darin lag ein Stück Hoffnung.

Majas Halbbruder hieß also Christian Letoft. Katrine nahm ihren Laptop heraus, als sie wieder in ihrem Auto saß. Sie suchte nach Letoft und fand heraus, dass er Autohändler in Kopenhagen war und ein Haus am oberen Ende des Strandvej hatte, laut Karte auf der teureren Seite. Sie ging auf die Website von *Letoft Automobile,* auf der eine ausführliche Geschichte des stolzen Familienunternehmens stand. Arne Letoft hatte *Letoft Automobile* in Skive gegründet und später nach Kopenhagen verlegt, wo der Betrieb heute noch war. Vor fünf Jahren hatte sein Sohn Christian die Firma übernommen.

Oben auf der Seite war ein Bild von Christian Letoft neben seinem Vater. Zwei stolze Männer, die einladend lächelnd vor einem großen, modernen Glashaus standen.

Katrine rief Jens an.

»Hi, ich bin grad zu Hause angekommen«, sagte er müde.

Sie erzählte ihm kurz von ihren Funden.

»Du bist einfach …«

Sie konnte hören, dass er lächelte. »Den müssen wir uns morgen vornehmen«, sagte sie.

»Freut mich, dass du das sagst.«

»Was?«

»Ich hab schon befürchtet, du stehst vor seiner Tür oder so.«

»Das würde mir im Traum nicht einfallen.«

Sie verabschiedeten sich, und Katrine folgte dem Strandvej nach Norden. Es konnte ja nicht schaden, dort mal vorbeizufahren, dachte sie, und sich kurz anzusehen, wie er so wohnte.

Christian Letofts Haus lag in einer kleinen Stichstraße, die vom Strandvej abzweigte. Sie stellte den Wagen ab und suchte eine Stelle, an der sie zum Strand kommen konnte. Aber in diesem Abschnitt gab es nur Privatstrände und keinen direkten öffentlichen Zugang. Sie schlenderte langsam an dem Haus vorbei. Hinter den Bäumen und der hohen, abschirmenden Buchenhecke war es kaum zu sehen, aber es war riesig und hatte einen eigenen Badesteg, wie sie sah, als sie den Strandvej noch ein Stück hochgelaufen war und einen freien Blick auf ein kleines Stück Ufer hatte.

Hatten die beiden Geschwister Kontakt gehabt?, überlegte sie. Es deutete alles darauf hin, dass keiner von der Existenz des anderen gewusst hatte. Ob Ditte wusste, dass Maja einen Halbbruder hatte?

Wenn Maja nicht wusste, dass ihr Vater noch einen Sohn hatte, musste Jørn Solhøj seiner Tochter diese Information vorenthalten haben. Vielleicht aus Scham, weil er seinen Sohn zur Adoption freigegeben hatte? Möglicherweise hatte er ihr aber auch von ihm erzählt, aber Maja fehlte der Antrieb, der Mut oder die Lust, ihren Halbbruder aufzusuchen? Vielleicht hatte Christian seinen biologischen Vater aufgesucht und erfahren, dass er eine Halbschwester hatte. Aber hatte er auch gewusst, dass sie als Prostituierte arbeitete? Darüber hinaus bestand auch noch die Möglichkeit, dass Christian überhaupt nicht wusste, dass er adoptiert war.

Es gab viele Unbekannte in der Gleichung, die Katrine vor sich hatte. Und die Informationen, die sie ausgegraben hatte, konnten schwerwiegende Konsequenzen für alle Beteiligten mit sich bringen.

Katrine ging zurück zu ihrem Wagen, fuhr nach Hause und nutzte den verbleibenden Nachmittag und Abend für die liegengebliebenen Aufgaben, für die sie eigentlich angestellt worden war. Sie schrieb einen einleitenden Fragebogen für Interviews von Streetworkern und nahm sich ein Buch über eine komplizierte Netzwerktheorie vor, das sie vor kurzem gekauft hatte.

Mitten in der Nacht wachte sie in voller Montur auf, das Buch lag aufgeschlagen auf ihrer Brust. Sie beeilte sich, ins Bett zu gehen. Im Laufe des Abends hatte es zu regnen begonnen, und jetzt trommelten die Tropfen so laut auf das Dach, dass sie nicht wieder einschlafen konnte. Sie dachte an ihren Vater. Im Lauf der Woche müssten endlich die Testergebnisse kommen. Beim Gedanken daran zog sich ihr Magen nervös zusammen. Sie telefonierte täglich mit ihm. Er klang müde, und sie hörte, dass er sich Mühe gab, munterer zu klingen, als er eigentlich war. Ihretwegen. Sie fragte sich, wann sie das nächste Mal zu ihm fahren konnte. Vermutlich Anfang nächster Woche. Dann konnte die zweite Probe genommen werden, erst danach wusste man mit Sicherheit, ob sie als Spenderin in Frage kam. Die Reise war bereits mit Melby abgesprochen. Trotzdem war die Situation sehr speziell. Sie würde nur fliegen, wenn es wirklich nötig war.

Sie dachte an Jens und fragte sich, wie es wäre, eine echte Beziehung zu haben, einen Partner. Bislang hatte das in ihrem Leben immer an zweiter Stelle gestanden und nie ihre Arbeit überschattet. War das ihre Art gewesen, sich abzukapseln und das Leben nicht zu nah an sich herankommen zu lassen? Auf der anderen Seite erschien es ihr unmöglich, sich ein Leben vorzustellen, in dem die Arbeit weniger Raum einnahm. Dazu hatte sie schlicht und ergreifend keine Lust. In ihr tickte keine biologische Uhr, sie hatte sich nie an der Seite eines Mannes und als Mutter von Kindern gesehen.

Sie wälzte sich hin und her, bis es hell wurde. Um fünf Uhr resignierte sie, stand schwindelig und übernächtigt auf und kochte sich einen Kaffee.

»Christian Letoft?«, fragte Lars Sønderstrøm. »Auf den Namen bin ich vor kurzem gestoßen.«

Katrine Wraa war ins Präsidium gekommen und hatte Lars, als sie ihn am Kaffeeautomaten stehen sah, kurz ihre Funde und Schlussfolgerungen erläutert.

»Kommt mit, wir gucken uns das vor der Morgenbesprechung an. Das schaffen wir noch«, sagte Lars und stürmte in sein Büro. Katrine und Jens folgten ihm.

Lars suchte die Verbindungsliste von Jim Hellbergs Telefon heraus. »Da! Ich wusste es. Und da, und da. Sie haben in der letzten Zeit einige Male telefoniert. Und was hast du gesagt? Er ist Autohändler? Das passt alles zusammen.« Lars stand mit einer Beweglichkeit auf, die man seinem großen Körper gar nicht zutraute. Er nahm einen Filzschreiber und malte etwas an sein Whiteboard. »Hellberg hat Verbindungen zu einem Holländer, der irgendeine Betrügerei mit Luxusschlitten am Laufen hat, und pflegt gleichzeitig, ganz zufällig, Kontakt zu einem Freund, der mit Oberklassewagen handelt. Das ist doch kein Zufall! Wir haben da die komplette Kette.«

Ein Funke Hoffnung keimte in Katrine auf.

»Schauen wir doch mal, ob der eine Akte hat«, fuhr Lars fort und setzte sich wieder vor seinen Computer. Er zog die Nase kraus, während er suchte: »Er ist früher mal wegen Einbruchs angeklagt worden. Genau wie Jim Hellberg ... Verdammt, Mann, das haben die zusammen gedreht!«

Lars ließ sich die Akte von Jim Hellberg anzeigen, um sich zu vergewissern, dass seine Erinnerung ihn nicht trog. »Doch, das ist richtig. Drei Einbrüche in Rungsted 1987. Bingo! Die sind vermutlich alte Schulkameraden, wenn sie sich nicht schon aus dem Sandkasten kennen. Kann gut sein, dass sie heute noch krumme Dinger drehen, die ein besonderes Vertrauen erfordern.«

Lars lehnte sich in seinem Stuhl nach hinten, der unter seinem Gewicht knarrte. Er sah Katrine und Jens beinahe fröhlich an.

Auch Katrine spürte so etwas wie Triumph in sich aufkeimen. Jetzt bestand kein Zweifel mehr, dass der Fall unter die Regie der Taskforce gehörte und sie Majas Halbbruder informieren und befragen mussten. Es war nämlich nicht ausgeschlossen, dass er in einem nicht unerheblichen Umfang in die organisierte Kriminalität verstrickt war.

Jens sah auf seine Uhr. »Fünf vor acht«, sagte er. »Wir können vor der Besprechung noch kurz zu Melby gehen. Oder ...«, fragte er lächelnd, »sollen wir ihm das erst während der Besprechung präsentieren?«

*

»Manchmal ist es einfach nur geil, seinen Willen zu bekommen, oder?«, fragte Jens, als die Sitzung überstanden und sie wieder zurück in ihrem Büro waren. Melby hatte abgenickt, als Jens vorgeschlagen hatte, Christian Letoft zu verhören, nachdem er mit der Aufarbeitung der Aussagen von Opfern und Zeugen der sonntäglichen Schießerei fertig war.

Kragh hatte überdies darauf bestanden, dass Katrine bei dieser Vernehmung dabei war, schließlich ging es ja um den Angehörigen eines Mordopfers. Melby und Bistrup sahen aus, als hätten sie Per Kragh am liebsten gelyncht, und Katrine hatte damit die offizielle Erlaubnis, an dem Gespräch mit Letoft teilzunehmen.

»Ihren Willen kriegen Dreijährige«, sagte Katrine unschuldig. »Ich will einfach nur meinen Beitrag leisten, diesen Fall aufzuklären ...«

»Amen!«, sagte Jens.

Katrine deutete mit dem Finger einen Heiligenschein über ihrem Kopf an und faltete die Hände. »Wie viele Verhöre musst du noch durchgehen, bevor wir zu ihm rausfahren können?«, fragte sie, während sie ein Foto des breit lächelnden Christian Letoft neben einem stolz dreinblickenden Letoft Senior ausdruckte und an die Tafel neben Jim Hellberg und den Holländer pinnte.

»Uns fehlen noch einige der Verwundeten, die konnten gestern noch nicht verhört werden. Es wird wohl Abend werden.«

»Hm.«

*

»Wir haben ein Problem«, sagte Søren Lauritzen zu Jim Hellberg, als sie im Lager waren. »Ich kann Hectors Kontaktmann nicht erreichen. Er ist wie vom Erdboden verschluckt.«

»Was?«, platzte Jim heraus. »Sein Scheißdreck ist doch grad gekommen?«

Das Timing war wirklich schlecht. Ausgerechnet jetzt, wo er eine Lieferung Waffen in einer Kiste mit Keramikkacheln aus Belgrad im Lager hatte, schien die Polizei sich für ihn zu interessieren. Er wollte ganz bestimmt nicht wegen Waffenschmuggels verknackt werden, dafür landete man zurzeit ohne Wenn und Aber für mindestens ein Jahr im Bau. Außerdem hätten die Bullen dann alle Zeit der Welt, auch noch seine anderen Aktivitäten auszugraben.

Die Waffen durften nicht länger im Lager bleiben. Sie konnten sie aber auch nicht in eines der externen Lager oder auf die Farm bringen, sonst riskierten sie, dass ihnen die Polizei folgte und die Waffen entdeckte. Außerdem lag da draußen einiges, das die Bullen auf keinen Fall in die Hände bekommen durften. Sie mussten einen Ausweg finden. Und das schnell. Plötzlich hellte Jims Gesicht sich auf. Er hatte eine Idee, wenn auch eine etwas unorthodoxe. Andererseits war das ein ziemlich sicherer Ort …

»Ich glaube, ich habe eine Lösung«, sagte Jim und erklärte Søren, an was er dachte.

»Das könnte funktionieren«, sagte Søren und nickte nachdenklich. Ihm gefiel der Plan. »Das machen wir.«

»Aber es gibt noch ein anderes Problem«, sagte Jim zu Søren.

»Was denn?«

»Ich glaube, die Bullen haben mich auf dem Kieker.«

»Warum?« Søren zog die Augenbrauen zusammen.

»Mir sind da ein paar Typen aufgefallen, du weißt schon …«

»Fahr dein Auto hier rein.«

»Was?«

»Fahr dein Auto hier rein, dann überprüfen wir, ob sie dir ein GPS verpasst haben.«

»Fuck.«

Jim fuhr den Wagen ins Lager. Søren legte sich auf den Betonboden und inspizierte den Wagen von unten. Nach einer Viertelstunde stand er wieder auf.

»Das ist nichts. Das Auto ist sauber. Bist du sicher, dass die dir gefolgt sind?«

»Nicht hundertprozentig, aber wir dürfen kein Risiko eingehen. Wir müssen Robert warnen.«

Jim klang hektisch, aufgeregt. Das sah ihm gar nicht ähnlich, dachte Søren. Er war sonst in jeder Situation die Ruhe selbst. Ein Fels in der Brandung. Aber in der letzten Zeit waren Søren ein paar Veränderungen aufgefallen. Winzige Dinge, die außer ihm sicher niemand bemerkt hatte. Jims Stimme klang anders, und er sprach schneller als üblich. Auch sein Blick war kälter und stechender als sonst. Hatte er sein Hirn mit zu viel Koks weichgekocht? Søren selbst machte einen Bogen um dieses Zeug.

»Ich rede mit ihm. Immer mit der Ruhe. Ich kümmere mich darum«, sagte Søren und wich einen Schritt vor Jim zurück, als fürchtete er, sich anzustecken. Sie durften auf keinen Fall beide panisch werden.

*

»Hallo, Jim«, sagte Christian Letoft, überrascht, Jim in der Tür seines Büros zu sehen. »Du kommst gerade richtig: Ich habe Käufer für alle drei Autos.«

»Klingt gut, Christian«, sagte Jim, schloss die Tür des Büros und setzte sich auf den Besucherstuhl vor Christians Tisch.

»Was glaubst du, wann kommen die Autos?«

»Das dauert sicher nicht mehr lange. Aber, Christian, in der Zwischenzeit musst du mir einen kleinen Gefallen tun.«

»Was denn?«, fragte Christian, und in seine Begeisterung schlich sich eine gewisse Wachsamkeit.

»Ich habe ein paar Säcke, die ich gerne für ein paar Tage bei dir unterstellen würde.«

»Ein paar Säcke? Und was ist da drin?« Die Begeisterung verdunstete wie der Tau in der Morgensonne.

»Das brauchst du nicht zu wissen. Du musst sie nur spätestens in einer Stunde abholen und ein paar Tage für mich aufbewahren, bis sie von meinem Kunden abgeholt werden.«

»Warum bewahrst du sie nicht selber auf?«

»Das kann ich dir im Moment nicht sagen.«

»Ich würde gern wissen, um was es sich dabei handelt«, sagte Christian mit entschlossener Miene.

Jim beugte sich zu ihm vor. »Christian, es ist wirklich besser, wenn du das nicht weißt.«

»Das kann ich unter keinen Umständen akzeptieren!«

»Tja, Christian, so wie ich das sehe, hast du gar keine andere Wahl. Bei einem Autohandel kann ja so vieles schiefgehen.«

»Was zum Teufel meinst du denn damit?«

»Ich meine, dass du mir was schuldig bist. Schließlich habe ich dir mit den drei Autos geholfen, oder? Und genaugenommen habe ich dir mit diesem Deal doch wohl den Arsch gerettet, oder? Eine Hand wäscht die andere, jetzt brauche ich deine Hilfe. Dann sind wir quitt.«

Christian stand auf. Er war blass geworden und ging unruhig auf und ab. »Du musst mir sagen, was da drin ist!«

»Allright, wenn du darauf bestehst. Es sind Waffen.«

»Waffen? Du bist ja wohl verrückt, Jim! Ich kann doch keine Waffen bei mir zu Hause im Keller verstecken, oder wie stellst du dir das vor? Was ist mit Sofia und den Kindern? Jim, verdammt, das geht doch nicht!«

»Wie man's nimmt. Und weißt du was? So wie ich die Sache sehe, hast du gar keine andere Wahl. Dein Erfolg mit den drei Autokäufen hängt von mir ab. Und aus den alten Zeiten weißt du ja sicher noch ganz genau, dass man zusammenhält, wenn man sich gemeinsam auf so eine Sache einlässt, nicht wahr? Ich denke, das hast du nicht vergessen?«

Die zwei Männer sahen sich stumm an. Christian hatte das Gefühl, rückwärts in seine Vergangenheit bis zum Tiefpunkt seines Lebens geschleudert zu werden. Bis zu jenem Tag, an dem er schon einmal so vor Jim gestanden hatte. Er ließ sich schwer auf seinen Stuhl fallen. »Aber …«, sagte er resigniert und geriet ins Stocken. »Falls die Polizei mich jetzt schon überwacht wegen der …?«

Jims Augen waren beinahe schwarz, als sie Christians begegneten. »Das tun sie nicht.« Die Art, wie er das sagte, machte klar, dass diese Frage nicht zur Diskussion stand. Er nahm ein Blatt Papier, das auf Christians Schreibtisch lag, und kritzelte eine Adresse darauf. »Du fährst dahin und holst die Säcke«, sagte Jim. »Und du tust das innerhalb der nächsten Stunde. Haben wir eine Abmachung?«

Christian war blass wie ein Schneemann und saß entmutigt auf seinem Stuhl. »Ja«, kam es leise von ihm.

»Was sagst du, ich habe dich nicht verstanden?«

»Ja«, wiederholte Christian. »Wir haben eine Abmachung.«

»Gut, dann bis bald!« Jim verschwand durch die Tür.

*

Christian Letoft saß in seinem BMW und fuhr zu der Adresse in Lyngby, die Jim ihm gegeben hatte. Am liebsten hätte er seinen Kopf gegen die Windschutzscheibe geschlagen. Er war ein Idiot! Ein Riesenidiot! Warum hatte er bloß keinen Riesenbogen um diesen Psychopathen gemacht? Seit Jim wieder in sein Leben getreten war, war alles nur noch schlimmer geworden. Er verfluchte den Tag, an dem Sofia auf einer Fahrt an der Nordküste entlang plötzlich gerufen hatte: »Schatz, da war ein Laden mit phantastischer Keramik. Kannst du nicht zurückfahren?«

Warum hatte er damals angehalten? Und warum hatte Sofia gerade an diesem Tag ihre Geldbörse vergessen, so dass er mit ihr in den Laden gehen musste, um zu bezahlen? Und während er die Platte bezahlte, auf der Sofia italienische Antipasti anrichten wollte, war der Mann, den er so mühsam aus seinem Leben verdrängt hatte, plötzlich aus dem Hinterzimmer gekommen. Obgleich zwanzig Jahre vergangen waren, hatten sie sich sofort wiedererkannt. Christian hatte versucht, freundlich zu sein, während in seinem Inneren alle Alarmlampen angegangen waren, als er Jim in die Augen gesehen hatte. Sein Blick konnte einem höllisch Angst machen.

Ihre Frauen fanden es natürlich toll, dass Jim und Christian alte Schulfreunde waren, und hatten sich aufgeplustert wie zwei dumme Hühner. Und natürlich hatte Sofia die Klappe nicht halten können und erzählt, dass sie in ein großes Haus direkt am Meer gezogen waren, da sein Autohandel ja so gut lief. Jim hatte ihn daraufhin mit diesem Blick angesehen, den Christian so gut kannte. Ein Blick, der sagte, dass Jim gewisse Möglichkeiten witterte. Und eine Idee hatte.

Und wie recht er gehabt hatte. Gleich in der folgenden Woche war Jim unter dem Vorwand, sich einen neuen Wagen anschauen zu wollen, bei *Letoft Automobile* aufgetaucht. Er hätte sich seine Ideen und Geschäftsvorschläge gar nicht erst anhören dürfen, sondern gleich seinem Instinkt folgen und sich von ihm fernhalten sollen, sehr fern.

Das Problem war nur, dass er Jim brauchte. Die Geschichte wiederholte sich. Er steckte bis zum Hals in Problemen und war entsprechend leicht zu überzeugen gewesen. Geklonte Autos. Minimales Risiko! Das hatte alles so überzeugend geklungen, beinahe seriös, dass Christian ernsthaft geglaubt hatte, das Projekt könnte die Lösung seiner Probleme sein. Dabei hatte der Kontakt mit Jim alles nur noch schlimmer gemacht. Christian war vom Regen in die Traufe geraten.

»Verdammte Scheiße!«

Er fuhr von der Autobahn ab und kam in ein Industrieviertel. Christian stellte sich darauf ein, gleich einem zwei Meter großen Rocker in einer dunklen Werkhalle gegenüberzustehen, und sah schon die Waffen in eine Decke geschlagen auf der Rückbank seines Autos liegen. Pistolen, Handgranaten und eine dieser mobilen Raketen, mit denen er einfach so durch die

Stadt fuhr. Verdammt. Das Ganze war doch verrückt. Er begann zu zittern, und das Hemd klebte an seinem Rücken. Am liebsten hätte er kehrtgemacht, das Gaspedal ganz durchgedrückt. Einfach nur weg! Aber es gab keinen Weg zurück. Er musste es tun, musste es hinter sich bringen.

Christian hatte die richtige Adresse gefunden und fuhr vor ein großes Gebäude, auf dem »Warenanlieferung« stand. Der Pfeil zeigte nach rechts. Er kurvte um das Gebäude herum und kam zu einer Lagerhalle, die sich an den Bau anschloss.

Christian parkte vor der Halle. Einen Augenblick lang blieb er sitzen und sammelte sich, dann stieg er aus.

Es war niemand zu sehen, weshalb er in die Halle ging und rief: »Hallo? Ist hier jemand?«

Auf der einen Seite der Lagerhalle standen Maschinen, auf der anderen Paletten mit Baumaterial und ein paar Gärtnereiartikeln. In diesem Moment betrat ein Mann von der hinteren, im Dunkeln liegenden Seite die Halle. Er war breitschultrig und kräftig. Als er ins Licht kam, erkannte Christian ihn sofort. »Søren? Was machst du denn hier?«, fragte er verwundert. Was war denn mit seiner Nase passiert?

»Tja, das hier ist sozusagen meine Firma.« Søren lächelte. »Schön, dich zu sehen, Mann. Das ist echt lange her. Wie ich höre, brauchst du Torfmoos für euren Garten.«

»Tu ich das?«, fragte Christian dumm.

»Ja, das tust du. Komm mit!«

Søren führte ihn weiter in die Halle hinein. Neben Blähton und Kies stand eine Palette mit ein paar Säcken Torfmoos.

»Hier ist es«, sagte Søren ruhig. »Torfmoos ist wirklich gut für die Blumen, da sind viele wichtige Nährstoffe drin. Und die Qualität ist super, das garantier ich dir. Fahr deinen Wagen hier rein, dann helfe ich dir, die Säcke einzuladen.«

Christian ging aus der Lagerhalle und sah sich nervös in alle Richtungen um, aber der Eingang war durch eine rundum laufende, hohe Hecke gut abgeschirmt. Und selbst wenn jemand hätte hineinsehen können, hätte er nur einen Geschäftsmann mit einem noblen BMW gesehen, der vier Säcke Torfmoos für seinen Garten holte.

Er fuhr rückwärts in die Lagerhalle, stieg aus und öffnete den Kofferraum. Søren begann mit dem Einladen.

»So«, sagte er, als die vier Säcke im Kofferraum lagen. Er schloss die Klappe und musterte Christian. »Das Ganze spielt sich nur in deinem Kopf ab. Verhalt dich einfach vollkommen normal wie immer.« Er wischte sich etwas Erde von den Händen. »So, jetzt mach dich auf den Weg und geh ein bisschen in deinen Garten. Es gibt doch nichts Entspannenderes, als mit den Händen in der Erde zu wühlen, nicht wahr?«

*

Unter normalen Umständen hätte Christian Letoft von Lyngby nach Rungsted kaum mehr als fünfzehn Minuten gebraucht. Mit einem V8-Motor unter der Haube machte es wenig Spaß, mit 110 Stundenkilometern über die Autobahn zu tuckern. Christian spielte gern alle Pferdestärken aus, um die wahre Kraft des Autos unter sich zu spüren. Er hatte deshalb schon mehrmals tief in die

Tasche greifen und ein paar Punkte akzeptieren müssen. Heute dauerte die Fahrt deutlich länger. Christian fuhr nicht einen Kilometer zu schnell. Er hatte keine Ahnung, wann er jemals so vorschriftsmäßig unterwegs gewesen war. Obwohl bei einer Verkehrskontrolle wohl kaum jemand auf die Idee kommen würde, in vier Säcken Torf herumzuwühlen. Das größere Risiko war sicher, dass er bei einer Kontrolle vor Nervosität ausflippte und sich deshalb verdächtig machte. Das Ganze spielt sich in nur in deinem Kopf ab, hatte Søren gesagt. Er hatte ja recht. Und wie groß war das Risiko denn wirklich, dass jemand sein Haus, seinen Garten oder sein Auto durchsuchte?

Als er über den Strandvej fuhr, war Christians Laune schon fast wieder normal. Es wird schon gutgehen, dachte er und entspannte sich noch mehr. Ja, er hatte fast sogar Lust, in den Garten zu gehen, stellte er mit einem Lächeln fest. Er blinkte und fuhr in die kleine Stichstraße, die zu seinem Haus führte.

Im gleichen Moment nahm er den Wagen wahr, der in der Einfahrt vor seinem Haus parkte. Christians Lächeln erstarrte schneller als Sekundenkleber, und schlagartig nahm die Paranoia wieder von seinem Hirn Besitz. Obwohl kein schwarz-weißer Streifenwagen mit Blaulicht, sondern ein metallicblauer Ford Mondeo in seiner Einfahrt stand, zweifelte Christian keine Sekunde daran, dass das Polizisten waren. Insbesondere der schlanke Mann mit der Kurzhaarfrisur, der am Auto lehnte, roch meilenweit nach Bulle. Er sprach mit einer Frau mit leuchtend orangeroten Haaren, die auf der anderen Seite des Wagens stand.

Wie war das möglich? Er musste gegen den Impuls ankämpfen, den Rückwärtsgang einzulegen und wegzufahren. Dafür war es zu spät. Sie hatten ihn gesehen.

*

»Christian Letoft?«, fragte Jens Høgh den Mann, der gerade seinen schwarzen BMW in der Einfahrt abgestellt hatte. Mit seinen dunklen, lockigen Haaren, die mit Gel nach hinten gekämmt waren, sah er aus wie auf dem Foto, das Jens in der Hand hielt.

»Ja?«

Er wirkte angespannt, nervös.

»Jens Høgh, Polizei Kopenhagen, und das ist meine Kollegin Katrine Wraa. Könnten wir kurz mit Ihnen reden?

»Worüber? Ich meine, worum geht es?«

»Wir würden einfach gerne mit Ihnen reden. Es wird nicht lange dauern, trotzdem wäre es sicher das Beste, wenn wir uns kurz zusammensetzen könnten.«

»Äh, ja ... natürlich. Kommen Sie doch rein.«

Sie folgten ihm durch den Vorgarten und warteten schweigend, bis er mit seinen Schlüsseln endlich die Haustür aufgeschlossen hatte.

»Hallo, Schatz?«, rief er ins Haus. »Ich bin's.«

Eine blonde Frau trat in den Flur und sperrte die Augen auf, als sie die beiden unerwarteten Gäste sah.

»Die Polizei ist hier und will mit mir reden«, erklärte Christian Letoft. »Wir setzen uns kurz in mein Büro.«

»Ja, aber ...?« Seine Frau sah entsetzt aus. »Ist etwas passiert? Irgendwas mit unserer Familie?«

Christian Letoft sah Jens und Katrine an und blickte dann zu seiner Frau. Er war gar nicht auf die Idee gekommen, dass sie aus so einem Grund gekommen sein konnten. »Ich habe keine Ahnung, Sofia. Sie haben mir noch nicht gesagt, um was es geht.«

»Darf ich mitkommen?«, fragte sie.

»Wir würden gern erst mit Christian allein sprechen«, sagte Jens.

Die Eheleute sahen sich an. Sie mit großen, verängstigten Augen, er mit verbissener Miene.

Sie gingen durch ein großes Wohnzimmer in Christian Letofts Büro. Er stellte einen zweiten Stuhl vor seinen Schreibtisch und setzte sich auf der anderen Seite in seinen Bürosessel. Katrine und Jens nahmen Platz.

»Kennen Sie eine Maja Jensen?«, fragte Jens.

»Äh ...« Christian sah überrascht und verwirrt von einem zum anderen. Seine Augen zeigten, dass in diesem Augenblick unzählige Gedanken durch seinen Kopf rasten und er keine Ahnung hatte, was er sagen sollte. »Ja ...«, sagte er schließlich zögernd.

»Wir würden gern wissen, wie Sie sie kennengelernt haben«, fuhr Jens fort.

»Ja, also ... das ist eine etwas merkwürdige Geschichte«, sagte er und rieb sich mit der Hand über die Stirn. »Sie ist plötzlich vor ein paar Monate wie aus dem Nichts bei mir aufgetaucht und hat gesagt, sie sei meine Halbschwester.«

»Sie haben den gleichen Vater?«

»Ja, wenn ich das richtig verstanden habe, hatten wir denselben leiblichen Vater. Aber der ist tot. Er ist ein paar Monate vor ihrer Kontaktaufnahme gestorben.«

»Wir müssen Ihnen leider mitteilen, dass Maja letzten Samstag verstorben ist.«

»Sie ist tot? Wie das denn?«, fragte er.

»Haben Sie von dem Mord gehört, am Samstag, dem 8. Mai, unter der Autobahn? Das abgebrannte Auto?«

»Ja? War das ...« Sein Blick zuckte zwischen Jens und Katrine hin und her. »Ja, aber ...«

»Sie sind in den Medien nicht auf ihren Namen gestoßen?«

»Nein, also ... ich meine ... Maja Jensen«, er schüttelte den Kopf. »Wahrscheinlich heißen viele so. Ich dachte, das wäre ein dummer Zufall. Ich bin gar nicht auf die Idee gekommen, dass sie das sein könnte.«

»Sie haben nicht versucht, sie anzurufen, um sich zu versichern, dass es ihr gutgeht?«

»Nein, ich bin nicht einmal auf die Idee gekommen. Da stand doch, dass die Ermordete eine Prostituierte war.« Er streckte die Arme in die Höhe. »Also ... das, äh, war meine Halbschwester bestimmt nicht ... also, hören Sie, sind Sie sich wirklich sicher, dass hier kein Missverständnis vorliegt?«

»Haben Sie in den letzten zehn Tagen mit Ihrer Schwester gesprochen?«, fragte Jens.

Letoft dachte nach. »Nein, das habe ich nicht. Ich hatte sehr viel zu tun.«

»Und Ihre Schwester wohnte im Mariendalsvej in Frederiksberg?«

»Halbschwester. Ja, das ist ihre Adresse. Dann ist ...?« Er gestikulierte fragend mit einer Hand. »Dann ist das wirklich sie?«

Jens nickte. »Es tut mir leid.«

»Das ... puh«, Letoft lehnte sich zurück, schüttelte den Kopf und runzelte die Stirn.

»Wir wollen Ihnen natürlich Zeit geben, diesen Schock erst einmal zu überwinden«, sagte Jens. »Es gibt aber auch noch ein paar andere Fragen, die wir Ihnen in diesem Zusammenhang gerne stellen würden.«

Jens schwieg und ließ Christian Letoft einen Moment lang Zeit, um wieder zu sich zu kommen.

Kurz darauf hob Letoft den Blick.

»Wenn Sie wollen, dürfen Sie gerne nach draußen gehen und Ihrer Frau alles erzählen«, sagte Jens.

Christian schüttelte den Kopf. »Nein, damit ... warte ich.«

»Herr Letoft«, Jens beugte sich vor. »Wir würden sehr gern wissen, wie es Maja in der Zeit vor ihrer Ermordung ging. Hatte sie irgendwelche Konflikte oder Probleme, von denen Sie wissen?«

Christian schüttelte wieder den Kopf. »Nein, davon weiß ich nichts.«

»Wie oft haben Sie sich gesehen, nachdem sie das erste Mal mit Ihnen Kontakt aufgenommen hatte?«

»Ein paarmal.«

»Und hatten Sie vor, sich öfter zu treffen?«, fragte Katrine.

»Ja«, er nickte abwesend. »Schon, aber irgendwie mussten wir das beide erst mal richtig verkraften ... Sie hatte ja auch nichts von meiner Existenz gewusst.«

»Wie hat Ihre Familie darauf reagiert, dass sie plötzlich aufgetaucht ist?«

»Also, ich verstehe nicht ganz ...« Christian breitete die Arme aus. »Sie müssen schon entschuldigen, aber ich bin ziemlich schockiert, und irgendwie verstehe ich nicht, warum wir jetzt über *meine* Familie sprechen?«

»Dafür haben wir vollstes Verständnis«, sagte Jens. »Aber wir versuchen, Majas Hintergrund und Bekanntenkreis zu ermitteln.«

»Sie haben doch schon jemanden gefasst, dachte ich? Stand das nicht in der Zeitung?«

»Das ist richtig, ja«, sagte Jens.

»Und er war …?«

»Er war an diesem Abend ihr letzter Kunde«, sagte Jens.

»Aha«, erwiderte Christian Letoft mit einem Anflug von Abscheu. Gleichzeitig sah er aus, als könnte er nicht glauben, was sie ihm da gerade sagten.

»Sie wussten also nicht, dass sie als Prostituierte gearbeitet hat?«, fragte Katrine.

»Nein«, platzte Christian heraus. »Das wusste ich weiß Gott nicht!« Er schnaubte. »Also, das ist vollkommen …«, er hob die Arme in die Höhe, als wollte er alles, was sie sagten, von sich wegschieben, »… vollkommen verrückt.«

»Fällt Ihnen irgendetwas ein, das sie gesagt hat? Hat sie Namen von Freunden oder Bekannten genannt? Irgendetwas, das auf einen Konflikt hindeuten könnte? Oder sonst irgendetwas, das wir gebrauchen könnten?«

Christian stemmte die Ellenbogen auf die Armlehnen, legte die Fingerspitzen an den Mund und sah nachdenklich aus. Er atmete tief ein. Überlegte und breitete dann wieder die Arme aus. »Nein, tut mir leid, da kommt mir nichts in den Sinn.«

»Wie oft haben Sie sich getroffen, haben Sie gesagt?«, fragte Katrine.

»Ein paarmal, ich glaube, dreimal.«

»Und über was haben Sie geredet?«

»Also, das … ich finde, das ist sehr privat, und ich glaube auch nicht, dass Ihnen das weiterhelfen würde, okay? Das kann ich Ihnen garantieren. Ich werde aber noch einmal in mich gehen. Vielleicht fällt mir ja später noch etwas ein. Fall es von Bedeutung für Ihre Arbeit ist, rufe ich Sie an. Selbstverständlich. Sie müssen aber verstehen, dass es für uns beide nicht leicht war, so spät im Leben voneinander zu erfahren. Und dass unser gemeinsamer leiblicher Vater in vielerlei Hinsicht ein Mensch war, auf den man nicht gerade …«, er suchte nach den richtigen Worten, »… stolz sein konnte.«

»Christian …« Katrine zögerte. »Wie viel wissen Sie über Ihren biologischen Vater?«

Sein Blick wurde noch finsterer. »Genug, ich weiß genug«, sagte er knapp.

»Dann wissen Sie, dass Ihr Vater …«

»Meine Mutter umgebracht hat? Ja, danke, das weiß ich, aber ich sehe wirklich nicht, was das mit dieser Sache zu tun hat.«

»Das verstehen wir gut«, sagte Katrine.

Ach, tun Sie das?, sagte Christians Gesichtsausdruck, sein Mund blieb aber stumm.

»Ihre Familie weiß also nicht, dass Maja bei Ihnen aufgetaucht ist?«, fragte Katrine. »Sie weiß nicht, dass Sie sich mit ihr getroffen haben?«

»Nein, das weiß keiner.«

»Haben Sie mit Ihrer Schwester darüber gesprochen, sie mit Ihrer Familie bekanntzumachen?«

Er atmete erneut tief durch. »Nein, so weit waren wir noch nicht. Sie müssen verstehen, dass es da gewisse Loyalitätskonflikte gibt, wenn man … adoptiert ist.«

»Wenn man Kontakt zu seiner biologischen Familie aufbaut?«

»Genau. Ich weiß natürlich, dass es für einige Leute wichtig ist, Kontakt zu ihrem leiblichen Ursprung zu bekommen, aber für mich war das nie so. Hören Sie ...« Er beugte sich vor und sagte langsam und eindringlich: »Mein *Vater* hat meine *Mutter* umgebracht. Verstehen Sie das? Und ich hatte das große Glück, andere Eltern zu bekommen, die mir eine gute Kindheit und Chancen für meine Zukunft gegeben haben. Gute, normale Menschen.«

Jens nickte verständnisvoll und wartete einen Augenblick, ehe er die nächste Frage stellte. Christian atmete schwer aus und lehnte sich auf seinem Stuhl zurück.

»Christian, bei der Untersuchung von Majas Sachen sind wir auf einen sehr großen Bargeldbetrag gestoßen. Haben Sie eine Ahnung, woher dieses Geld stammen könnte?«

Er schüttelte den Kopf. »Nein, keine Ahnung. Aber ist Schwarzgeld in dieser Branche nicht ziemlich üblich? Könnte das nicht die Erklärung sein?

»Doch«, sagte Jens, »das wäre möglich.«

»Tja, es tut mir leid, aber dazu kann ich Ihnen wirklich nichts sagen.« Er holte tief Luft.

»Wie hat sie eigentlich mit Ihnen Kontakt aufgenommen?«, fragte Katrine. »Ihre Telefonnummer ist nicht auf ihrer Telefonliste gewesen.«

»Zuerst hat sie mir einen Brief geschrieben. Einen ganz normalen, herkömmlichen Brief, in dem sie mir gesagt hat, wer sie ist und dass ihr, also unser Vater tot ist und sie mich gerne treffen würde. Sie gab einen Ort und einen Zeitpunkt an, falls ich sie treffen wollte.«

»Und das nächste Mal?«

»Das haben wir gleich bei unserem ersten Treffen vereinbart. Wir wollten uns drei Wochen Zeit lassen, in denen wir uns Gedanken machen und in uns hineinhören sollten, ob wir diesen Kontakt überhaupt wollten. Getroffen haben wir uns dann wieder am gleichen Ort und zur gleichen Zeit. Sie hat mir ihre Nummer gegeben, damit ich sie anrufen könnte, falls etwas dazwischenkam.«

»Und beim dritten Mal?«, fragte Katrine.

Er zuckte mit den Schultern. »Das Gleiche.«

»Haben Sie diesen Brief noch?«

»Nein, den habe ich leider nicht mehr«, antwortete Christian und zögerte etwas, bevor er fortfuhr. »Ich darf doch wohl mit Ihrer ... Diskretion rechnen? Ich würde gern selbst entscheiden, ob, wann und wie ich meine Familie darüber in Kenntnis setze.«

»Hm.« Jens zögerte. »Es gibt da ein kleines Detail, das das ein bisschen schwierig macht. Wir müssen nämlich wissen, was Sie am Abend des 7. Mai gemacht haben. Das war ein Freitag. Und sollten Sie mit jemandem zusammen gewesen sein, brauchen wir von dieser Person eine Bestätigung.«

»Ich war ... sagen Sie mal ... fragen Sie mich nach einem Alibi?«, wollte Christian empört wissen.

»Das ist reine Routine.«

»Ja, aber ... okay.« Er nahm sein Telefon und scrollte sich durch den Kalender. »Freitag, den 7. Mai war ich hier mit meiner Familie zusammen. Wir haben Take-away geholt, die Kinder haben Disney-Channel geschaut, und meine Frau und ich haben eine Flasche Wein getrunken.«

»Ausgezeichnet«, sagte Jens und stand auf. Katrine und Christian taten es ihm nach. »Das müssen wir der Ordnung halber nur noch von ihrer Frau bestätigt bekommen.«

»Das …«, Christian Letoft wurde vor Wut blass. »Dazu haben Sie kein Recht.«

»Was das angeht, sind wir nicht ganz einer Meinung«, sagte Jens entschieden.

Christian Letoft verließ den Raum ohne ein Wort und kam kurz darauf mit seiner Frau zurück. Sofia Letoft sah ängstlich aus.

»Ich verstehe nicht, um was es hier eigentlich geht«, sagte sie mit zitternder Stimme.

»Wir möchten nur von Ihnen wissen, wo Sie beide sich am Freitag, den 7. Mai aufgehalten haben? Abends.«

»Ja, also, da waren wir hier«, sagte Sofia und runzelte die Stirn. »Freitags haben wir nie irgendwelche Verabredungen. Das ist unser Familienabend. Da sind wir immer mit den Kindern zusammen.«

»Dann waren Sie beide den ganzen Abend hier?«

»Ja«, antwortete sie, jetzt mit festerer Stimme.

»Und um wie viel Uhr sind Sie ins Bett gegangen?«

»Das muss so …« Sie sah Christian an. »Das war doch der Abend, an dem wir den Film gesehen haben mit diesem …«

»Ich hatte zwei Filme ausgeliehen«, sagte Christian. »Einen Actionfilm und so eine romantische Komödie, *Die Hard 4* und *Love Actually*. Den haben wir uns zuerst angeschaut, und bei *Die Hard* bist du dann eingeschlafen. Gegen zwölf sind wir beide ins Bett gegangen.«

»Ja, ich bin auf dem Sofa eingenickt.«

»Wunderbar, danke, das war's schon. Fürs Erste haben wir dann keine Fragen mehr«, sagte Jens und sah zu Katrine, um sich zu vergewissern, dass sie gleicher Meinung war.

»Fürs Erste?«, fragte Christian. Der Gedanke behagte ihm offensichtlich nicht.

»Ich muss Sie noch um Ihre Handynummer bitten«, sagte Jens. »Vielleicht können wir alles Weitere dann telefonisch regeln.«

Christian gab Jens seine Visitenkarte.

*

Ich begann, nachts von meinem Bruder zu träumen.

Von dem Moment an, als ich erfahren hatte, dass es ihn gibt, bis zu unserer ersten Begegnung – haben wir viel miteinander erlebt. Wir hatten so viel nachzuholen. All das Versäumte.

Ich wollte alles über seine Kindheit wissen und über seine Jugend bei seinen neuen Eltern. Wir würden zusammen lachen und weinen und uns betrinken.

Und ich begann anders darüber nachzudenken, wie es war, eine Familie zu haben. Vielleicht wurde es ja doch nicht überschätzt? Vielleicht gab es da doch mehr zu erleben als Scham, Furcht und den beständigen Drang wegzulaufen?

Keine Vergangenheit. Das war alles, was ich mir bis dahin gewünscht hatte. Frei zu sein von meiner Geschichte.

Doch so bescheißt einen das Leben. Baut Luftschlösser. Plötzlich wird sie doch wieder interessant, die verfluchte Ge-

schichte. Was war damals passiert?, begann ich mich zu fragen und öffnete die Tür einen Spaltbreit. Dabei hatte ich all die Jahre zuvor versucht, mir genau diese Fragen nicht zu stellen. Ich hatte alle Menschen verachtet, die ihre Geschichte liebten, ihre Familie und stolz auf beides waren. Sie blieben nie lange in meinem Leben. Ich konnte sie nicht ertragen.

Doch als ich meinen Bruder traf, begann ich davon zu träumen, ihn umzubringen.

Leider, leider ist das wahr.

*

Nachdem die Polizisten gefahren waren, war Christian Letoft ins Schlafzimmer gegangen, um sich umzuziehen. Sofia war zu ihm ins Zimmer gestürzt und hatte ihn ausgefragt, was die Polizei denn gewollt habe. Er hatte sie abgewimmelt und auf später vertröstet.

Sein Hirn fühlte sich an wie eingeschnürt. Was sollte er ihr sagen? Was sollte er seinen Eltern sagen? Wie sollte er seinen Kindern jemals wieder in die Augen schauen, falls er gefasst wurde? Wenn die Tragweite all seiner Taten ans Licht kam?

Er zog sich wie in Trance aus. Als er sein Hemd abgelegt hatte, betrachtete er sich im Spiegel. Er sah wie das Stück Scheiße aus, das er war. Hatte einen gejagten Ausdruck in den Augen. Was mussten die Beamten gedacht haben? Das Ganze war ein verfluchter Mist! Alles war schiefgegangen!

Die Panik war wie einen ungeheurer Sog in seinem Bauch, der ihn schwindelig machte. Er wollte weg. Weit weg! Raus aus dieser verfluchten Situation, zu der sein Leben sich entwickelt hatte.

Er setzte sich aufs Bett. Okay, okay, sagte er zu sich selbst. Verlier den Fokus nicht. Ein Schritt nach dem anderen. Die Säcke können nicht im Auto bleiben. Du musste sie ins Gartenhäuschen schaffen. Das ist der erste Schritt.

Er stand wieder auf, zog sich ein T-Shirt an und wechselte die Hose. Während die Gedanken durch seinen Kopf schossen, ging er nach unten zum Wagen, öffnete den Kofferraum, nahm den ersten Sack heraus und schleppte ihn durch den Garten.

Das Ganze war aus der Spur geraten, als Maja und Jim in sein Leben getreten waren. Als er Majas Brief erhalten hatte. Wo blieb die Gerechtigkeit? Er hatte sein ganzes Leben dafür gekämpft, Abstand zu all dem Dreck und der Trostlosigkeit zu bekommen, aus der er stammte. Und dann tauchte sie einfach auf. Einfach so? Wie aus dem Nichts hatte er plötzlich eine Halbschwester, die mit ihrem ganzen Wesen seine Flucht ad absurdum führte. Es war der reinste Hohn. Sein ganzes Dasein war wie eine lange Beweiskette, die aufzeigte, dass es ihm niemals gelungen war, wirklich zu entkommen. Er war einer, der jemand zu sein versuchte, der er nicht war.

Christian war nicht gläubig. Er glaubte nicht an Gott, nicht an das Schicksal. Doch als Maja aufgetaucht war, hatte er sich vom Schicksal ausgelacht gefühlt.

Was hatte sie sich nur vorgestellt? Familienessen, bei denen man sich über ihre Einnahmen erkundigte und wie es mit ihren Angestellten lief? Ob auch ihre Branche die Finanzkrise und die Konkurrenz aus dem Osten spürte? Und was sollte er den Kindern über die geheimnisvolle Tante sagen, die plötzlich wie aus dem Nichts aufgetaucht war? Wie sollte er Amalie Mynte erklären, wie ihre Tante sich den Lebensunterhalt verdiente? Ganz zu schweigen von seinen Eltern? Sollte er ihnen das wirklich zumuten?

Als wäre ein Unglück nicht genug, war neben Maja noch jemand aus seiner Vergangenheit aufgetaucht. Jim. Davor hatte Christian ein gutes Leben geführt. Er war wirtschaftlich in Schwierigkeiten, ja, aber sein Leben war gut gewesen. Jetzt war er kriminell. Von der schlimmsten Sorte. Und hatte im Garten genug Waffen für den nächsten Bandenkrieg.

Der Schweiß troff ihm von der Stirn, und der Plastiksack rutschte ihm aus den Händen. Er hatte seine Probleme zu lösen versucht und dabei nur verkehrte Entscheidungen getroffen. Das Ganze war aus dem Lot geraten. Er starrte auf den Sack zwischen seinen Händen. Er konnte diesen Scheiß nicht bei sich aufbewahren! Die Waffen mussten weg! Und zwar sofort.

Mit zitternden Händen holte Christian sein Handy heraus.

»Hier ist Christian!«, sagte er und hörte selbst, wie aufgeregt er klang.

»Ruhig, Mann, ruhig«, sagte Jim. »Was ist los?«

*

Katrine und Jens hatten sich von Christian Letoft verabschiedet, saßen aber noch in Jens' Auto vor Letofts Grundstück. Gleich würde jeder von ihnen zu sich nach Hause fahren.

»Was sagt der Lügendetektor?«

»Er stand ziemlich unter Strom, schon bevor wir da waren.«

»Ja, er wirkte ganz schön gestresst.«

»Und irgendwie schien er überrascht zu sein, dass wir mit ihm über Maja reden wollten«, sagte Katrine. »Als hätte er etwas anderes erwartet. Vielleicht irgendwas mit der Firma?«

»Ich habe ihm seine Überraschung über ihren Tod nicht wirklich abgenommen«, sagte Jens und blickte zu dem Haus.

»Geht mir auch so.«

»Aber wenn er es bereits wusste ...«

»Dann hat er entweder etwas mit ihrem Tod zu tun oder einfach nur Hoffnung geschöpft, dass er nun seiner Familie nicht mehr von ihr erzählen muss.«

»Ganz schön zynisch.«

»Die Frage ist doch, ob sie ihm überhaupt von ihrer Arbeit als Prostituierte erzählt hat? Sie wollte schließlich aussteigen ... vielleicht wollte sie da nur noch nach vorne schauen.«

»Okay«, sagte Jens. »Nehmen wir mal an, dass er es nicht wusste ... warum dann die massiven Vorbehalte, sie seiner Familie vorzustellen?«

»Vielleicht, weil sie ihn an ihren gemeinsamen Vater erinnerte, so sehr, dass er ihre Nähe nicht ertragen konnte«, schlug Katrine vor.

»Vielleicht hat er auch geahnt, in welcher Branche sie tätig war?«

Katrine dachte an das Foto von Maja und ihre Garderobe und schüttelte den Kopf. »Ich habe nicht den Eindruck, dass sie billig aussah oder so ... du weißt schon, was ich meine?«

Jens nickte. »Das muss eine Riesenenttäuschung für

sie gewesen sein«, überlegte er laut. »Da ist sie mutterseelenallein auf der Welt und hat plötzlich einen Bruder, aber der weiß nicht, ob er sie überhaupt kennen möchte. Wie hat sie wohl darauf reagiert?«

»Sie muss schrecklich enttäuscht gewesen sein, so viel ist sicher. Sie hat starke Hoffnungen mit der Begegnung verknüpft, und wenn er ihr da mit Vorbehalten begegnet ist oder sie abgewiesen hat, wird sie sicher wütend geworden sein, bestimmt traurig oder verletzt. Bei manchen Menschen schlägt das in Wut um, weil mit Wut einfacher umzugehen ist und sie nicht so wehtut.«

»Vielleicht hat er geglaubt, sie wolle nur schmarotzen?«

»Und ihr Geld gegeben, damit sie ihn in Ruhe lässt?«

Sie sahen sich an.

»Dann kommt das Geld von ihm?«, fragte Jens.

»Das Blöde ist, dass nur er allein das beantworten kann«, sagte Katrine mit einem Blick zum Haus.

»Ja«, sagte Jens. »So, und jetzt muss ich nach Hause und meiner Kleinen was zu essen kochen.«

»Natürlich.«

Sie sahen sich wieder an und küssten sich. Er legte eine Hand um ihren Nacken und strich ihr über die Wange. Er hatte schon wieder Lust auf sie. »Wann treffen wir uns wieder?«, fragte er leise.

»Hm, bald?«

»Bald.«

Sie stieg aus, setzte sich in ihren Wagen und fuhr nach Hause.

Christian Letoft ging Katrine die ganze Strecke nicht aus dem Kopf. Zu gern hätte sie gewusst, wie die Treffen zwischen den Geschwistern verlaufen waren. Wie war die Stimmung zwischen ihnen? Hatten sie sich gemocht? Sich selbst im anderen wiedererkannt? Wie hatten sie über ihren Vater gesprochen? Wie hatte Maja Christian als Menschen erlebt? Hatte sie überhaupt das Bedürfnis gehabt, ihn in ihr zukünftiges Leben zu integrieren?

Er hatte auf sie etwas ... glatt gewirkt, aber auch irgendwie charmant, dachte sie und versuchte schnell, sich alle Stereotype, die sie von Autohändlern hatte, aus dem Kopf zu schlagen und sich auf den Menschen zu konzentrieren, den sie eben getroffen hatte. Von außen betrachtet und oberflächlich bewertet, lebte er ein bisschen ein Leben wie in einem Schaukasten. Wem wollte er etwas beweisen? Vermutlich seinem Adoptivvater, dachte sie. Und seinem biologischen Vater, natürlich. Unbewusst. Er hatte etwas Reizbares, Nervöses, Unstetes ausgestrahlt, noch ehe er erfahren hatte, warum sie gekommen waren. Wieso? Hatte er sie angelogen? Wusste er bereits, dass Maja tot war? Hatte er sie selber ...? Aber aus welchem Grund?

Jeder Mensch kann zum Mörder werden, dachte sie. Wenn Gemütszustand, Konfliktsituation, Vorgeschichte, Gelegenheit, Ort und nicht zuletzt das Gegenüber ungünstig aufeinandertreffen, können wir alle dort landen.

Christian Letoft hegte einen tiefen, innigen Hass gegen seine Vergangenheit und seine Herkunft. Aber reichte das aus, ihn zum Mörder werden zu lassen, um sich das Ganze vom Leib zu halten? Hatte er tatsächlich seine Schwester ermordet und die nötige Phantasie, sich einen derart perfiden Plan auszudenken und zu inszenieren, zuerst ein Auto zu stehlen und es dann mit Benzin zu übergießen? Sie dachte an die Typologie. Er war eindeutig der emotionale Typ, der zutiefst davon überzeugt war, dass ein anderer Mensch eine riesige Ungerechtigkeit an ihm begangen hatte. Sollte ihn das Feuer von dem Chaos befreien, das andere in ihm verursacht hatten?

Das alles war möglich, aber wie kam sie weiter an ihn ran? Wie konnte sie sich durch all die Schutzschichten in Christian Letofts innere Welt durchdringen?

*

Jens Høgh saß am Tisch und sah zu, wie seine Tochter Reis mit grünem Curry und Hähnchen vom Thai-Imbiss in sich reinschaufelte. Sie war anders als sonst. Nicht nur hübsch. Simone strahlte. Und das nun schon seit mehreren Tagen. Aber leider rückte sie nicht von sich aus damit heraus, was sie in diese Hochstimmung versetzte. Manchmal vermisste er die Zeit, als sie noch jünger und um einiges gesprächiger gewesen war und wie ein Wasserfall drauflos geplappert hatte. Nun musste er ihr jedes Wort aus der Nase ziehen, fast wie ein häusliches Verhör. Und die Unterhaltungen endeten oft abrupt, wenn er irgendetwas sagte, das sie unerträglich idiotisch fand.

»Läuft's gut in der Schule?«, fragte er.

»Geht so«, sagte Simone. Camillo hatte ihr gerade eine total süße SMS geschickt. Sie konnte sich das Grinsen nicht verkneifen, gab sich aber alle Mühe, weil sie ihrem Vater noch nichts von ihm erzählen wollte. Wenn sie richtig zusammenkommen würden, würde sie es ihm natürlich sagen.

»So wie du strahlst, scheint es ja richtig gut zu laufen.«

»Hm«, sagte sie und merkte, wie ihre Mundwinkel unkontrolliert nach oben wanderten. »Ich habe heute ein Lob für mein Englischreferat bekommen«, erklärte sie.

»Cool.«

»Hm.«

»Und die anderen Fächer? Wie läuft es da?«

»Okay.«

»Du brauchst keine Hilfe bei Mathe?«

Simone schüttelte den Kopf. »Nein danke, Papa.«

Jens lächelte sie an. Er konnte ihr ohnehin nicht mehr helfen. Als er das letzte Mal den Versuch unternommen hatte, waren alle Lösungen verkehrt gewesen, weshalb seine Mutter diesen Part der Hausaufgabenhilfe übernommen hatte.

»Und was macht das Tanzen?«

»Auch okay.« Simone hatte ihn noch nicht in ihre Pläne eingeweiht, sich bei der Talentshow zu bewerben, und wollte das auch jetzt nicht tun, er würde bloß eine Million Fragen stellen. Sie wusste ja, dass er das nur aus Interesse an ihr tat, aber sie hatte noch einen Berg Hausaufgaben abzuarbeiten und hinkte mit einigen Abgabeterminen hinterher.

»Gehen eigentlich auch noch andere aus deiner Klasse zum Tanzen?«, fragte er abwesend.

»Nein, sonst niemand«, antwortete sie. Warum stellte er so blöde Fragen? »Ich muss noch massenhaft Hausaufgaben machen. Danke fürs Essen, hast gut gekocht, Papa«, sagte sie und lächelte ihn an.

»Ja, dafür habe ich auch drei Stunden am Herd gestanden«, sagte er mit einem Augenzwinkern.

Simone nahm ihren Teller und spülte ihn ab. Warum sah er eigentlich die ganze Zeit so gut gelaunt aus und pfiff vor sich hin? Hatte er gerade einen besonders gefährlichen Gangster aus dem Verkehr gezogen?

Jens blickte Simone nach, die in ihrem Zimmer verschwand.

Wie würde sie reagieren, wenn sich das mit Katrine weiterentwickelte?, überlegte er. Würde das funktionieren? Oder würde Simone zum widerborstigen Biest mutieren? Zum Albtraum jeder Stiefmutter? Er wünschte sich nichts mehr, als seinen Alltag mit den beiden Frauen teilen zu können, und konnte sich eigentlich problemlos vorstellen, dass Katrine gut mit Simone klarkam. Die Pubertät musste ja auch irgendwann mal wieder vorbei sein.

Aber noch war es natürlich viel zu früh, Simone etwas von Katrine zu erzählen. Ganz davon abgesehen war er ziemlich sicher, dass Katrine vorläufig noch nicht bereit war, sich auf eine feste Beziehung mit Bonustochter einzulassen.

*

Unter Schmugglern ist der Ärmelkanal als eine der meistbefahrenen Wasserstraßen und als der Ort berüchtigt, wo der englische und französische Zoll seine intensivsten Kontrollen durchführt.

Jeder an Bord der *Maria* wusste, was auf dem Spiel stand, als sie sich der Einfahrt in den Ärmelkanal näherten. Kapitän Martijn hatte Marco und Thomas darüber aufgeklärt, dass sie mit mindestens zehn Jahren Knast rechnen mussten, sollte die Last, die dicht zusammengepackt unten in der Kajüte verstaut war, entdeckt werden.

Er hatte ihnen auch erzählt, dass Schmuggler normalerweise alles taten, um den Ärmelkanal zu umschiffen. Er selbst hatte schon mehrmals den Umweg um die Britischen Inseln gemacht, hatte dieses Mal aber Bescheid bekommen, das Risiko einzugehen. Ihre Deckgeschichte war überzeugend, bis zu den Details um die spanische Werft, ebenso wie ihr Zielort. Manchmal musste man einfach dreist sein und tun, wovon einem alle abrieten.

Aber der Zoll war nur eine der Gefahren, die im Ärmelkanal lauerten. Für ein Fiberglasboot wie die *Maria* – ohne Radarreflektoren und mit ausgeschalteten Laternen – bedeutete jeder Ozeanriese eine ernsthafte Bedrohung. Metallschiffe waren auf dem Radarschirm gut sichtbar. Die *Maria* hingegen war nicht nur für den Zoll, sondern auch für die großen Schiffe unsichtbar, was in einem engen Fahrwasser mit viel Verkehr fatale Folgen haben konnte. Die Tour durch den Ärmelkanal verlangte der Besatzung höchste Konzentration ab, wollte man vermeiden, unter einem Schiff mit 13 000 Containern an Bord zermalmt zu werden.

Seit der Kapitän sie vor drei Tagen eingeweiht hatte, kreisten Marcos und Thomas' Gedanken eigentlich nur noch um dieses Thema. Auch an Schlaf mangelte es ihnen. Nachts hatten sie abwechselnd Wache geschoben, während sie nordwärts die Wellen durchschnitten, oder schlaflos in der Kajüte gelegen. Das vakuumverpackte Haschisch selbst roch nicht, aber die Marokkaner hatten die Plastikpakete in Sackleinen gewickelt, das sich auf dem Boden des Holzbootes mit Diesel vollgesogen hatte, so dass es in der ganzen Kajüte nach Treibstoff stank. Aber am meisten beschäftigte sie die Vorstellung, im Ärmelkanal angehalten und aufgebracht zu werden. Das Risiko, die nächsten zehn Jahre oder länger in einem französischen Gefängnis zu verbringen, war dem Schlaf nicht gerade zuträglich. Marco war so müde wie noch nie zuvor in seinem Leben, gleichzeitig aber so aufgeputscht vom Adrenalin, das durch seine Adern pumpte, dass er es nie lange in seiner Koje aushielt.

Als es dunkel wurde, hatte ihnen der Steuermann gesagt, dass sie im Laufe der nächsten Stunde in den Ärmelkanal einfahren würden.

Es ging also los.

Marco war vielleicht fünf Minuten in der Kajüte gewesen, als es ihn wieder nach oben trieb. Er konnte nicht still sitzen und fühlte sich, als hätte er eimerweise Ecstasy eingeworfen. Er ging zu Thomas, der mit einem Nachtsichtgerät ausgerüstet ganz vorne am Bug der *Maria* saß. Er hatte die erste Schicht übernommen. Marco setzte sich neben ihn.

Ein Stück vor ihnen waren ein paar Riesenpötte zu erkennen, ein Tanker und ein Containerschiff kamen ihnen aus dem Kanal entgegen. Bald würden sie sich begegnen. Die Haare auf Marcos Unterarm stellten sich auf.

»Shit!«, flüsterte er. »Das wird knapp.«

»Ja«, antwortete Thomas.

Mehr sagten sie nicht und starrten weiter in die Nacht.

*

Jim Hellberg konnte nicht schlafen.

Er hatte zwar das Problem mit Christians akuter Panikattacke gelöst – die vier Säcke Torfmoos würden morgen

Nachmittag von zwei Leuten der Abrissfirma abgeholt werden –, aber Christian war definitiv kurz vorm Zusammenbruch. Alles war wie damals, und Jim würde viel Energie aufwenden müssen, um ihn durch die nächsten Tage zu coachen, damit er keine Dummheiten machte.

Seine Gedanken gingen hin und her. Von dem Boot, das inzwischen den Ärmelkanal erreicht haben dürfte, zu dem Kokain, das unterwegs von der Farm zu den Kunden war, bis hin zu der Werkstatt und den Autos in Holland. Und dann waren da noch die Schlampe und die Spitzel.

Søren hatte den Holländer gewarnt, aber Robert meinte, die Werkstatt sei sicher. Sie hatten einen Millionenbetrag investiert, um sie einzurichten. Zu viel, um jetzt schon das ultimative Kommando *abort mission* zu geben. Verdammt, sein Hirn war kurz vorm Kollaps. Es gab zu viele Baustellen. Oder wurde er langsam alt und war nicht mehr belastbar?

Er stand auf und ging aufs Klo. Dann sniffte er eine Line, holte sein Telefon und ging runter ins dunkle Wohnzimmer. Es war so neblig, dass er weder die Schiffe auf dem Øresund noch die schwedische Küste sehen konnte. Er versuchte, sich auf das Ziel zu konzentrieren, das vor ihm lag, das tropische Luxusresort. Er sah die Übersichtsskizze vor sich. Die Bucht, die Schiffe, die zwanzig Bungalows am Berghang. Aber das Bild blieb verschwommen, wie hinter aufsteigendem Flimmern über heißem Asphalt. Zu seiner Irritation tauchte nun ein sehr viel weniger erfreuliches Bild in seinen Gedanken auf. Sein Vater. Er hatte in den letzten paar Tagen mehrmals angerufen. Natürlich wollte er Geld. Jim war vorbeigefahren, hatte ihm zehntausend Kronen gegeben und war schnell wieder gegangen. Sein Vater lebte in einer kleinen Wohnung am Enghave Plads in Vesterbro. Die meiste Zeit verbrachte er in der Enghave Bodega, wo er Räubergeschichten aus vergangenen Zeiten zum Besten gab. Die Geschichten waren mit den Jahren nicht weniger spannend geworden. Aber es gab kaum jemanden, der sie noch nicht gehört hatte.

Der alte Mann widerte ihn an. Er war fett geworden. Er stank. Aber er war nicht auf die Klappe gefallen. War er nie. Und es hatte Zeiten gegeben, in denen Jim seinen Vater vergöttert hatte.

Am klarsten erinnerte er sich an die gemeinsamen Autotouren, wenn sein Vater überraschend und unangemeldet in seinem roten MG aufkreuzte, um ihn abzuholen. Im Sommer war das Verdeck zurückgeklappt, und der Wind zauste durch ihre Haare. Er spürte sie fast physisch, die Stimmung in dem Sportwagen, der über den Strandvej raste. Es war, als würde er im Auto neben seinem Vater sitzen.

»Wollen wir unser kleines Spiel spielen?«, fragte der Vater.

»Jaaa!«

»Siehst du die Ampel da vorn?«

»Ja«, antwortete Jim.

»Gut. Jetzt ist grün, ich gehe etwas vom Gas runter, und du sagst mir Bescheid.«

»Ja.«

Jim behielt die Ampel im Auge. Immer noch grün. Jetzt sprang sie auf Gelb um. »Jetzt!«, schrie er, umklammerte den Türgriff und drückte sich gegen die Rückenlehne.

Sein Vater drückte das Gaspedal durch, und das Auto schoss nach vorn. Sie wurden immer schneller und rasten auf die Ampelkreuzung zu. Rot! Jim schielte zur Seite. Von rechts kamen Autos. Die Spannung ballte sich in seinem Körper zusammen. Er schrie.

»Wir können es schaffen!«, rief sein Vater lachend. »Jetzt!«

Sie rauschten bei Rot über die Ampel. Sein Vater lachte hysterisch. Jim schrie immer noch, aber dann lachte er auch. Hinter ihnen hörten sie wildes Hupen. »Ha, ha, ha. Da fühlt man sich doch richtig lebendig!«

An dieser Stelle brach die Erinnerung abrupt ab. Aber das Gefühl klang noch etwas nach. Jim lächelte im Dunkeln. Der Alte hatte große und wilde Ideen gehabt. Aber er war auch ein Phantast gewesen und hatte es nie geschafft, seine Geschäfte ordentlich auszubauen und zu halten. Jim war nicht müder, aber sein Kopf war etwas zur Ruhe gekommen.

*

Die *Maria* fuhr mit voller Kraft nach Nordosten durch den Ärmelkanal. Der Schiffsverkehr war in beiden Richtungen gleich dicht.

Der Kapitän hatte sich für die Strategie entschieden, die in Bezug auf die großen Pötte am riskantesten, in Bezug auf den Zoll aber am sichersten war. Die Engländer und Franzosen hatten an Land große, besonders leistungsfähige Radaranlagen installiert, mit denen sie den Schiffsverkehr im Kanal überwachten. In der Mitte der Fahrrinne gab es allerdings einen schmalen Streifen, den der Kapitän Point Zero nannte und der vom Landradar nicht abgedeckt wurde. Denn obgleich sie alle Reflektoren abgenommen hatten, bestand ein minimales Risiko, dass das Boot als schwacher Schatten auf den sensiblen Radarschirmen erschien. Solange sie sich im Point Zero hielten, ging dieses Risiko gegen null. Das bedeutete aber auch, dass sie Schiffen verdammt nahe kamen, die so groß wie Hochhäuser waren.

Es war Thomas' und Marcos Job, den Steuermann über die Position der verschiedenen Schiffe zu informieren, die entweder von hinten an ihnen vorbeidröhnten oder direkt auf sie zukamen. Der Steuermann und der Kapitän korrigierten laufend den Kurs, so dass sie fast im Slalom durch den Kanal fuhren. Immer wieder gerieten sie in nervenaufreibende Situationen, zum Beispiel als zwei große Schiffe dicht aneinander vorbeifuhren und die *Maria* zwischen sich einklemmten. Aber bis hierher war alles gutgegangen.

Da entdeckte Thomas ein kleineres Schiff, das aus nordöstlicher Richtung kommend direkt Kurs auf die *Maria* hielt. Der Abstand betrug noch ungefähr sieben-, achthundert Meter. Nach der Einweisung, die ihnen der Kapitän gegeben hatte, war er nicht eine Sekunde im Zweifel, was für ein Boot das war.

»Kleineres Schiff direkt vor uns. Vielleicht siebenhundert Meter. Mit Kurs auf uns zu! Ich glaube, das ist der englische Zoll.«

Marco hörte den Kapitän fluchen. Er sah sich nach allen Seiten um. Kurz hinter dem Zollschiff sah er die Konturen eines großen Schiffes. Und von achtern kam ein weiteres riesiges Containerschiff, das sich mit irrem Tempo näherte. Wenn die *Maria* den aktuellen Kurs hielt, würde das Containerschiff sie dicht an das Zollschiff drücken, und selbst wenn die sie nicht auf dem Radar hatten, wären sie womöglich so dicht dran, dass sie den vorbeirauschenden Schatten wahrnahmen.

Der Kapitän war offenbar zu dem gleichen Schluss gekommen wie Marco. Es war zu riskant, den Kurs zu halten. Als Marco nach hinten schaute, sah er den Kapitän und den Steuermann eindringlich diskutieren. Sekunden später änderte die *Maria* den Kurs, und sie kreuzten die Fahrrinne. Das verschaffte ihnen Abstand zu dem Zollschiff, bedeutete aber auch, dass sie dem monstergroßen Containerschiff, das sich von hinten näherte, genau in die Quere kamen. Die folgenden Minuten erlebte Marco wie einen Film in extremer Zeitlupe.

Obgleich sie in voller Fahrt die nordöstlich verlaufende Fahrrinne querten, rückte das Containerschiff viel zu schnell von hinten heran. Es ragte auf wie ein Turm, der immer höher und höher wuchs.

Und auch das Zollschiff näherte sich unablässig.

»Fuuuuuck!«, flüsterte Marco und griff nach Thomas' Schulter. Sie warfen einen Blick nach hinten und starrten auf den gigantischen Bug des Containerschiffes.

Der Abstand zu der südwestlich verlaufenden Fahrrinne war größer geworden, aber das Zollschiff war höchstens noch ein paar hundert Meter entfernt. Marco sah mit bloßem Auge die Bewegungen auf der Brücke.

Rembrandt korrigierte den Kurs ein wenig, bis sie komplett quer zur Fahrrinne standen.

Im nächsten Augenblick wurde die Maria von der Bugwelle des Containerschiffes emporgehoben, das wie ein großer schwarzer, segelnder Berg aus der Dunkelheit auf sie zu wälzte.

Thomas klammerte sich an Marco und bohrte seine Finger in den Oberarm seines Freundes.

»Fuck!«, schrie Thomas. »Die rammen uns!«

Aber die Bugwelle schob sie auf wundersame Weise genau das entscheidende Stückchen von dem Schiffsrumpf weg, das es brauchte, damit sie nicht kollidierten. Sie waren frei, und das mehrere hundert Meter lange Containerschiff glitt vorbei, während sie auf der Welle davonritten.

Die vier Männer auf der Maria brachen in spontanen Jubel aus. Marco und Thomas umarmten sich.

»Shit, war das knapp«, rief Marco.

»Ich dachte, das war's«, sagte Thomas. Marco hatte ihn noch nie so bleich und erschüttert gesehen.

Als das Containerschiff vorbei war, hielten Marco und Thomas nach dem Zollschiff Ausschau. Es hatte seinen südwestlichen Kurs gehalten und entfernte sich hinter ihnen.

Während der Steuermann den Kurs korrigierte, damit sie zurück in die Fahrrinne kamen, sahen Marco und Thomas das Zollschiff aus ihrem Blick verschwinden.

Und sah es nicht aus, als würde es langsam hell?

Im zeitigen Morgengrauen hatten sie den am stärksten befahrenen Teil des Ärmelkanals hinter sich. Wenn sie jetzt nicht noch auf unerwartete Hindernisse stießen, wären sie spätestens am Abend in Holland.

Die Abhörung von Jim Hellberg war bisher ziemlich ergebnislos verlaufen. Sie hatte ein paar Gespräche zwischen Hellberg und Søren Lauritzen über ein Bauprojekt von Sommerhäusern verfolgt und neben anderen Trivialitäten belauscht, wie Hellberg und seine Frau darüber diskutierten, wer den gemeinsamen Sohn abholen sollte. Lars Sønderstrøms SKAT-Einheit hatte Søren Lautritzens Firma unter die Lupe genommen, deren Bilanzen regelmäßig von Revisoren überprüft und nie beanstandet worden waren. Wenn sie in dieser Richtung weiterkommen wollten, mussten sie jeden noch so kleinen Beleg der Firma checken – eine verdammt aufwendige Arbeit.

Doch dann wurde es plötzlich spannend. Lars war gerade dabei, sich einen Überblick über die Gespräche des Abends und der Nacht zu verschaffen, als er etwas hörte, das ihn veranlasste, Jens und Katrine aufzusuchen. »Kommt mal rüber und hört euch dieses Telefonat von gestern Abend an«, sagte Sønderstrøm. »Christian Letoft hat Jim Hellberg angerufen, gleich nachdem ihr da wart.« Er spielte die Aufnahme ab, als sie einen Augenblick später in seinem Büro standen.

»Hier ist Christian!« Aufregung, ja Panik sprachen aus seiner Stimme.

»Ruhig Mann, ruhig. Was ist los?«, sagte eine Stimme, die Hellberg gehören musste. *»Beruhige dich, ich komme zu dir, okay?«*

»Ja, aber«, versuchte Christian zu protestieren.

»Du hörst jetzt zu, was ich dir sage, ich komme zu dir!«

Dann wurde die Verbindung unterbrochen.

»Er klingt verzweifelt«, sagte Jens.

»Vielleicht geht es um Maja?«, sagte Katrine. »Letoft ist durchgedreht, kurz nachdem wir bei ihm waren. Maja war Christians Schwester, und auch Jim hatte Verbindungen zu ihr. Vielleicht ... also, wer weiß, vielleicht haben sie es gemeinsam gemacht. Was, wenn Christian Jim um Hilfe gebeten hat?« Katrine spürte eine vertraute Aufregung in sich aufsteigen und sprach eifrig weiter. »Sie sind alte Freunde. Haben gemeinsam Scheiß gebaut und gegen das Gesetz verstoßen. Vielleicht machen sie auch heute noch Geschäfte miteinander. Wenn Hellberg tatsächlich so tief in die organisierte Kriminalität verstrickt ist, wie wir glauben, ist er vermutlich abgebrüht genug, auch vor einer Liquidierung nicht zurückzuschrecken. Die zwei gemeinsam – in meinen Augen macht das absolut Sinn.«

»Stimmt. Das passt ganz ausgezeichnet zusammen«, sagte Jens und kratzte sich seine kurzen Haare. »Abgesehen davon, dass wir noch immer keine Ahnung vom Motiv haben.«

»Ja, es ist nicht ausgeschlossen, dass es bei dem Gespräch einfach nur um Autos ging«, sagte Lars. »Trotzdem – wir bleiben an ihnen dran, und zwar dicht.«

»Das Problem ist nur, dass sie über solche Dinge nicht am Telefon reden«, sagte Jens. »Hellberg achtet peinlich genau darauf, nichts zu sagen. Was an sich natürlich schon vielsagend ist. Und dann haben wir noch diese SMS von Montag …«

»Es könnte sich durchaus lohnen, Jim Hellberg mal zu uns einzuladen«, sagte Katrine.

»Das geht nicht«, sagte Lars. »Wenn wir ihn vorladen, könnte er van Bommel warnen. Und wenn Letoft der dänische Abnehmer der Karossen ist, hätten wir die Beweisstücke schon gern vor Ort, ehe alles auffliegt«, sagte Lars.

»Wir sollten wohl Melby informieren«, sagte Jens.

*

»Melby und Kragh haben miteinander gesprochen«, sagte Jens, als er von einem kurzen Treffen mit Melby zurückkam. »Wir behalten den Teil der Ermittlungen, der mit Letoft und Hellberg zu tun hat. Doch bis auf weiteres sollen wir noch abwarten und sie abhören, um der holländischen Polizei nicht in die Quere zu kommen.«

»Mann, ist das frustrierend, dass wir uns Hellberg nicht einfach holen können«, platzte Katrine heraus.

»Es würde nichts bringen, ihn zu verhören. Da bin ich mir ziemlich sicher. Guck ihn dir doch an«, Jens zeigte auf das Bild an der Wand, das einen mürrisch dreinschauenden Mann in Begleitung seines holländischen Geschäftspartners zeigte. »Aus Typen wie denen kriegt man bei einem Verhör nichts raus.«

»Der sieht ziemlich verhärtet aus«, stimmte Katrine zu und sah sich das Foto näher an. »Man kann sich kaum vorstellen, dass die beiden alte Schulfreunde sind, die ihre Freizeit miteinander verbracht haben, oder?« Sie deutete zu dem Bild von Christian Letoft, dessen Züge bei genauerem Hinsehen ziemlich sanft wirkten. »Keine ebenbürtige Partie. Wozu brauchte Letoft jemanden wie ihn?«, überlegte sie. »Und warum hat er damals bei all den Einbrüchen mitgemacht? War ihm langweilig? War das Rebellion gegen die Eltern? Wann ist Christian Letoft nach Rungsted gezogen? Wissen wir das?«

»Ich glaube nicht.«

Katrine suchte sich im Internet die Schulen der Region heraus und rief als Erstes die in Rungsted an. Sie erklärte ihr Anliegen und wartete dann, dass die Sekretärin überprüfte, ob Christian Letoft und Jim Hellberg dort zur Schule gegangen waren.

»Herzlichen Dank, Sie haben uns sehr geholfen«, sagte sie und beendete das Gespräch. »Sie waren Klassenkameraden! Christian Letoft ist 1983 auf die Schule gekommen. Da war er 12 Jahre alt. Die Einbrüche haben sie 1987 begangen, mit 16 also. Und wo waren diese Einbrüche? Kannst du das nachschlagen?«

»Die Adressen stehen nicht in seiner Akte, dafür müssten wir Einblick in das Urteil verlangen. Aber …« Jens zögerte eine Weile. »Aber was willst du mit den Adressen?«

»Ich würde gern wissen, wer von ihnen die Häuser ausgesucht hat«, sagte Katrine.

»Geographisches Profiling?«

»Genau.«

»Worauf basiert das noch mal?«

»Ausgehend von mehreren Tatorten einer Serie kann man berechnen, wo ein Serientäter wohnt. Er agiert in der Regel nämlich immer nach einem simplen, leicht vorhersagbaren Muster.«

»Hm.« Jens klang skeptisch.

»Soll ich es dir trotzdem erklären?«

»Ja, unbedingt.«

»Okay, der Gedanke stammt aus einem Teilgebiet der Sozialpsychologie, in dem man sich genauer mit Stadtvierteln und Straßenzügen mit besonders hoher Kriminalitätsrate beschäftigt hat. Man hat dabei herausgefunden, dass man durch eine Veränderung des Umfeldes auch das kriminelle Verhalten ändern kann«, erklärte Katrine und registrierte den abwesenden Ausdruck in Jens' Augen.

»Kannst du den Hintergrund vielleicht etwas kürzer fassen?«, fragte er ungeduldig.

»Ich will ja nur, dass du verstehst, wie … Okay, sie haben festgestellt, dass es gewisse Zusammenhänge zwischen Wohnort und Tatort gibt und dass man aus der Lage eines Tatortes folglich auch etwas über den Wohnort des Täters ableiten kann. Das ergab nämlich ein erstaunliches Muster.«

»Was für ein Muster?«

»Kriminelle, die wiederholt Verbrechen begehen, suchen sich ihre Tatorte in einem bestimmten Abstand zu ihrem Wohnort. Das Gefühl, die Gegend und alle möglichen Fluchtwege gut zu kennen, wird gegen das Risiko abgewogen, die kriminelle Handlung nah beim eigenen Wohnort zu begehen.«

Jens nickte. »Das macht Sinn.«

»Ja. Die Täter in den europäischen Studien haben eine durchschnittliche Entfernung von 1,5 Kilometern von ihrem Wohnort zum Tatort gewählt. Um den direkten Wohnort gibt es immer eine Pufferzone, in der nicht operiert wird. Das Geniale an der Methode ist, dass man schon nach zwei verübten Verbrechen des gleichen Täters einen guten Hinweis hat, in welcher Gegend er oder sie vermutlich wohnt.« Katrine nahm einen Filzschreiber und trat ans Whiteboard: »Sagen wir, dass ein Täter hier wohnt. Dann geht er etwa anderthalb Kilometer in diese Richtung – weit genug weg von zu Hause und doch nicht wirklich weit weg. Trägheit mag hierbei eine Rolle spielen«, sagte sie und zeichnete ein Kreuz nördlich des Wohnorts. »Wenn die Tat erfolgreich ist, kann das ein Anreiz sein, die Methode noch einmal anzuwenden.« Sie zeichnete ein Kreuz südlich des Wohnorts. »Aber in der entgegengesetzten Richtung, nicht zu nah am ersten Tatort, wo die Nachbarn jetzt ja sensibilisiert waren, und so weiter. Daraus kann man dann ableiten, dass er etwa in der Mitte zwischen den beiden Tatorten wohnt, und kann damit eine Gegend festlegen, in der man vermehrt Leute befragt oder einfach in den Akten nach Menschen sucht, die der Polizei bereits bekannt sind und die für die Taten in Frage kämen.«

»Wie sicher ist das Ganze?«, fragte Jens mit gerunzelter Stirn.

»Etwa 80 Prozent statistische Sicherheit«, sagte Katrine.

»Super«, Jens nickte, sah aber immer noch skeptisch aus.

»Es gibt sogar eine Software für die Auswertung solcher Daten. Das ist zum Beispiel eine der Methoden, die Kragh in Zukunft gerne einsetzen würde. Jedenfalls hat er das gesagt.«

»Und für welche Art von Verbrechen ist das anwendbar?«

»Einbruch, Vergewaltigung, Mord, Brandstiftung …«

»Dann müssen wir das haben!«, sagte Jens.

»Ja, das wäre schon gut.«

»Aber was, wenn er wieder Erfolg hat und dann noch eine Tat verüben will?«

»Auch der dritte Ort wird etwa im gleichen Abstand von seinem Wohnort liegen, diesmal aber zwischen den beiden ersten Punkten«, sagte Katrine und zeichnete ein Kreuz links vom Wohnort. Dann kam eines rechts davon. »Die vierte Tat wird dann wieder in der anderen Richtung sein, so dass wir schließlich ein Viereck bekommen, bei dem die vier Tatorte die Eckpunkte ausmachen und der Wohnort des Täters im Zentrum liegt. Bei weiteren Verbrechen wird er sich Orte zwischen den ersten Tatorten suchen«, sagte sie und zeichnete noch ein Kreuz, »solange er das Gefühl hat, dass die Sache noch immer funktioniert und die Polizei ihm nicht auf den Fersen ist.«

»Glaubst du nicht, dass es Hellberg war, der die Häuser ausgekundschaftet hat?«, fragte Jens. »Davon würde ich spontan ausgehen.«

»Das werden wir dann sehen …«

*

Wenig später hatten sie die Adressen der drei Häuser, in die seinerzeit eingebrochen worden war. Alle lagen in Rungsted. Katrine zeichnete sie auf einer Internetkarte ein.

»Okay«, sagte sie zufrieden. »Das ergibt ein schönes Muster, genau nach Buch.« Jens kam zu ihr, stellte sich neben sie und sah, dass die drei Adressen ein perfektes Dreieck bildeten. »Jetzt fehlen uns nur noch die Adressen, an denen sie damals gewohnt haben. Also die Adressen ihrer Eltern. Hellberg …« Sie tippte die Adresse ein, die im Urteil vermerkt war. Sie lag weit von den Punkten entfernt in einem anderen Stadtteil. »Der war's nicht. Und Letoft … na, das ist ja interessant!«

Beide starrten auf die Karte. Christian Letofts Elternhaus war der perfekte Ausgangspunkt für die drei Adressen.

»Und die Daten stimmen«, sagte Katrine. »Erst hier«, sie zeigte auf den obersten Punkt. »Dann in der entgegengesetzten Richtung, und dann, der letzte, bevor sie geschnappt wurden, im Osten.«

»Du meinst also, sie hätten sich auch da noch ein Haus gesucht, wenn sie nicht verhaftet worden wären?«, fragte Jens und zeigte auf einen Punkt westlich von Letofts Elternhaus.

»Ganz sicher. Und danach wäre es irgendwo zwischen den Punkten weitergegangen. Das ist exakt wie nach Lehrbuch.«

»Aber wie kann uns das weiterhelfen?«, fragte Jens.

»Das weiß ich noch nicht«, antwortete Katrine. Sie druckte die Karte aus und hängte sie an ihre Tafel neben die Fotos von Jim Hellberg und Christian Letoft.

*

Jens war zu einer Besprechung mit den Technikern und Ballistikern gegangen, um Klarheit über den Verlauf der sonntäglichen Schießerei in der Rantzausgade zu bekommen.

Katrine stellte sich vor die Tafel und betrachtete die Fotos von Maja und Christian. Zwei Geschwister, die jedes auf seine Weise unter den Taten ihres Vaters gelitten hatten. Katrine überlegte, wie sie in Erfahrung bringen konnte, was zwischen Maja und ihrem Vater und was zwischen den beiden Geschwistern geschehen war.

Sollte sie versuchen, über einen Bekannten des Vaters etwas herauszubekommen? Wenn sie jemanden fand, der Jørn Solhøj gekannt hatte, erfuhr sie vielleicht neue Seiten dieser Familientragödie. Sie setzte sich an ihren Computer und suchte seinen Namen im Personenregister heraus. Er hatte in einer Wohnung in Vanløse gewohnt. Vielleicht konnte sie zu einem seiner früheren Nachbarn gehen oder es in der Kneipe nebenan probieren? Einen Versuch war es wert.

Katrine nahm ihre Tasche, ging nach unten zu ihrem Wagen und fuhr nach Vanløse.

*

Es war ein schöner Frühlingstag. Die Sonne schien von einem fast wolkenlosen Himmel, und es wehte ein frischer, südwestlicher Wind. Perfektes Segelwetter. Nicht nur die Besatzung der *Maria* schien dieser Meinung zu sein, denn wohin sie auch schauten, überall auf dem Meer waren weiße Segel zu sehen. Sie hatten die holländische Küste ohne weitere unangenehme Zwischenfälle erreicht und befanden sich nun westlich von Vlissingen.

Nachdem sie am frühen Morgen die Radarreflektoren des Bootes wieder montiert hatten, hatte sich die vierköpfige Crew der *Maria* abwechselnd ausgeruht. Der Adrenalinrausch nach der nächtlichen Fahrt durch den Ärmelkanal steckte ihnen noch in den Knochen, weshalb keiner von ihnen richtig geschlafen hatte. Schlafen konnten sie, wenn sie das Schiff an ihrem Bestimmungsort abgeliefert hatten. Der Steuermann schätzte, dass sie in ein paar Stunden die Flussmündung nördlich von Vlissingen erreicht haben würden.

Marco und Thomas saßen an Deck, mit dem Rücken an die Kajüte gelehnt. Als sie gerade dachten, das Schlimmste überstanden zu haben, bemerkte Marco ein schnell fahrendes Motorboot am nördlichen Horizont, das direkt auf die *Maria* zuhielt. Er sprang auf und lief zu Rembrandt, der am Ruder stand. »Da kommt ein Motorboot. Mit Kurs direkt auf uns!«, sagte Marco aufgeregt.

Rembrandt hielt das Fernglas an die Augen und sah sich das näher kommende Fahrzeug an. »Das ist ein Polizeiboot«, sagte er. Mit ernster Miene sah er Marco an. »Verdammt! Geh runter und weck Martijn. Sag, dass er sich schnell fertig machen und das Ruder übernehmen muss.«

Marco hastete nach unten in die Kajüte. Jetzt kam die Feuerprobe für ihre Show.

*

Katrine Wraa parkte vor Jørn Solhøjs letzter Adresse, einem gelben Mehrfamilienhaus. Sie trat an die Haustür und studierte die Klingelschilder. Solhøj hatte auf der rechten Seite im zweiten Stock gewohnt. Sein Klingelschild war leer, vielleicht war die Wohnung noch immer unbewohnt? In der anderen Wohnung im zweiten Stock wohnte ein *A. Eriksen*.

Sie klingelte.

»Ja?«, ertönte es nach kurzer Zeit durch die Gegensprechanlage.

»Guten Tag, mein Name ist Katrine Wraa, ich bin von der Polizei Kopenhagen. Ich würde Ihnen gerne ein paar Fragen über Ihren Nachbarn Jørn Solhøj stellen.«

»Der ist tot.«

»Ja, das ... das weiß ich. Könnten Sie mich bitte trotzdem reinlassen? Ich würde Sie gern ein paar Dinge fragen.«

Mit einem Summen wurde Katrine ins Haus gelassen. Die linke Tür im zweiten Stock stand einen Spaltbreit offen. Katrine sah eine Kette und die Hälfte eines faltigen Frauengesichts.

»Guten Tag«, sagte Katrine freundlich. Aus der Wohnung kam ein kräftiger Zigarillodunst, so dass sie gar nicht erst darum bat, eintreten zu dürfen.

»Guten Tag.«

»Es geht um die Ermittlungen im Mordfall an Jørns Tochter Maja.«

»Ach.« Die Frau machte Katrine die Tür vor der Nase zu. Doch dann hörte sie, wie drinnen die Kette gelöst wurde, und gleich darauf ging die Tür wieder auf. »Wollen Sie reinkommen?«, fragte die Frau.

»Ja, gern.« Sie holte tief Luft und ging in die Wohnung. Sie folgte der Frau, die sicher Mitte achtzig war. Katrine wurde ein Platz auf einem grünen Veloursofa angewiesen. Der Frau setzte sich ihr gegenüber auf einen Sessel.

»Wir lange wohnen Sie hier schon?«

»53 Jahre.«

»Und Jørn?«

»Nicht so lange. Er war erst vor 12 Jahren eingezogen.«

»Hm. Erinnern Sie sich, wann er ins Krankenhaus gekommen ist?«

Die Frau dachte nach. »Das war im Spätsommer letzten Jahres.«

»Also vor etwa einem Dreivierteljahr?«

»Ja.«

»War er zwischendurch noch einmal zu Hause?«

»Ja, aber danach haben sie ihn dabehalten.«

»Ist er im Krankenhaus gestorben?«

»Nein, zuletzt war er in einem Hospiz.«

»Wissen Sie, wo?«

»In Roskilde.«

»Haben Sie manchmal mit Jørn gesprochen?«

»Nicht oft. Das meiste habe ich von Karl unten im ersten Stock gehört. Die haben öfters mal ein Bier zusammen getrunken.«

»Dann möchte ich mich für Ihre Hilfe bedanken und es unten bei Karl versuchen.«

Katrine verabschiedete sich, ging eine Etage nach unten und klingelte, doch in der Wohnung rührte sich nichts.

Sie verließ das Haus, setzte sich in ihr Auto und holte ihren Laptop hervor. Kurz darauf hatte sie das Hospiz in Roskilde gefunden, gab die Adresse in ihr Navi ein und fuhr los. Auf dem Weg aus der Stadt hielt sie an einer Cafeteria und holte sich einen Kaffee und ein Sandwich.

Eigentlich hatte sie ganz und gar keine Lust auf diesen Ort. Am liebsten hätte sie kehrtgemacht und tunlichst vergessen, dass Väter an Krebs sterben können.

*

Max de Boer hielt sich das Fernglas vor die Augen und musterte die Segeljacht, die vor ihnen lag. Ein schönes Boot, gepflegt und teuer. Trotz der Entfernung schätzte

Max das Schiff auf 50 bis 56 Fuß, sicher mit Platz für bis zu zwölf Personen. Der Wasserlage nach schien es ziemlich beladen zu sein, aber völlig im Rahmen. Er sah zwei Mann an Deck. Der Rest musste in der Kajüte sein.

Max und der Kapitän des Polizeibootes namens *Roger* beschlossen, noch diese eine unter holländischer Flagge fahrende Jacht zu kontrollieren, bevor sie Feierabend machten und Kurs auf den Hafen nahmen. Sie näherten sich der Jacht, und die Besatzung der *Roger* begann alles vorzubereiten, um längsseits anzulegen. Sie hängten die Fender über die Bordwand und machten die Taue klar.

Oben auf der Jacht überließ der Kapitän, ein großgewachsener, elegant gekleideter Mann, das Ruder einem kleineren Mann mit dunkler Haut, bloßem Oberkörper und einer Hose mit Hosenträgern. Beide Männer waren etwa Mitte 30.

Das Boot und die Männer rochen nach Geld. Der Kapitän schien die Prozedur allem Anschein nach zu kennen, denn er hatte schon seine Papiere geholt und winkte ihnen mit breitem Lächeln zu.

Max erwiderte den Gruß, stutze aber, als der Steuermann den Arm um den Kapitän legte und ihn küsste …

Das Polizeiboot legte seitlich an der Jacht an.

»Darf ich an Bord kommen?«, fragte Max.

»Ja, kommen Sie nur«, sagte der Kapitän, den Arm um die Hüfte des flirtenden Steuermanns gelegt.

Max stieg an Bord der Jacht, reichte ihm die Hand und stellte sich vor. »Sie haben schon Ihre Papiere geholt, sehe ich?«

»Bitte«, sagte der Kapitän und reichte Max die Bootspapiere, aus denen hervorging, dass das Boot in Vlissingen auf den Namen Martijn van den Broek registriert war.

»Ist das Ihr Boot?«, fragte Max.

»Ja«, antwortete der Kapitän.

»Woher kommen Sie und wo wollen Sie hin?«

»Wir haben das Boot aus einer Werft in Spanien geholt. Ich hatte im letzten Jahr Pech, weil ich auf einer Sandbank aufgelaufen bin. Das Boot hat den Winter über unten in der Nähe von Marbella in einer Werft gelegen.« Kapitän Martijn reichte ihm die Werftrechnung. »Wir sind auf dem Weg nach Dänemark. Wollen da mit Freunden ein bisschen feiern«, sagte er und bekam wieder einen Kuss auf die Wange.

Irgendetwas an diesem Kapitän irritierte Max. Er litt nicht an Homophobie, aber ... Max konnte es nicht in Worte fassen. Vielleicht konnte man es als sechsten Sinn bezeichnen? Er arbeitete schon sein ganzes Leben als Zöllner. Erst 28 Jahre im Hafen von Rotterdam und die letzten sechs an Bord der *Roger*. Er wusste längst, dass sie den Krieg gegen die Drogen nicht gewinnen konnten. In den Millionen von Schiffen und Containern, die durch Europas größte Häfen geschleust wurden, wurden zunehmend kreativ und dreist Tonnen von Drogen geschmuggelt, von denen sie höchstens einen Bruchteil fanden. Aber die Jagd stachelte ihn noch immer an.

»Wie groß ist Ihre Besatzung?«

»Zehn Mann. Aber die meisten schlafen. Wir sind spät ins Bett gekommen.«

»Eher früh«, sagte der Steuermann.

Max hätte das Boot gern genauer untersucht, aber die Regeln besagten zu seinem Bedauern, dass eine Durchsuchung nur mit richterlichem Beschluss statthaft war. Er nickte wohlwollend, gab dem Kapitän die Papiere zurück und senkte die Stimme etwas: »Entschuldigen Sie, aber unsere Toilette ist leider kaputt. Ich kann nicht vielleicht kurz bei Ihnen ...?«

»Aber natürlich«, sagte der Kapitän.

Max ging zur Treppe, die hinunter in die Kajüte führte. Von unten stieg ihm schwacher Dieselgeruch entgegen. Im gleichen Moment hörte er die Geräusche.

Weiter unten wurden die Geräusche lauter.

Als er den kleinen Loungebereich unter Deck des Bootes erreicht hatte, fiel sein Blick auf einen großen Flachbildschirm, auf dem Max zwei glänzende, muskulöse Männer in voller physischer Entfaltung sah. Er blickte schnell wieder weg.

Da öffnete sich eine Tür, und ein junger, verschlafener Mann Anfang zwanzig kam aus einer Kajüte. Von dem dünnen Hemdchen abgesehen, das er trug, war er nackt. Überrascht sah er Max an und hielt sich die Hände vor den Schritt. Hinter dem Mann in der Kajüte sah Max einen weiteren jungen Mann, der unter einer Decke auf dem Sofa lag. Auf dem Tisch vor ihm standen Gläser und ein paar leere Champagnerflaschen.

»Entschuldigung«, sagte Max. »Ich wollte nur kurz Ihre Toilette benutzen.«

Max verschwand in dem kleinen Waschraum und schloss die Tür hinter sich. Das Gestöhne des Films drang durch die Tür bis zu ihm nach drinnen. Nachdem er einen Moment gewartet hatte, zog er ab, wusch sich die Hände und ging wieder nach draußen. Der junge Mann war inzwischen zu dem anderen unter die Decke gekrochen.

Schnell ging Max die Treppe hoch nach oben ans Deck. Er hatte genug gesehen. Kapitän und Steuermann standen am Ruder und redeten miteinander. Max ging zu ihnen.

»Es riecht unten recht auffällig nach Diesel. Vielleicht sollten Sie Ihren Motor noch einmal überprüfen lassen.«

»Das habe ich auch schon bemerkt«, sagte der Kapitän. »Ich werde das bei nächster Gelegenheit checken lassen.«

»Das war's dann auch schon«, sagte Max. »Gute Fahrt nach Dänemark!«

»Danke«, sagte der Kapitän.

Er reichte Max die Hand, damit er zurück auf das Polizeiboot steigen konnte. Dann wurden die Riemen gelöst, und die beiden Schiffe fuhren auseinander. Als Max wieder auf der Brücke stand, sah er der Jacht, die weiter nach Norden fuhr, nachdenklich nach. Er schüttelte den Kopf. Man wusste nie, was einen an Bord der Boote erwartete, die sie überprüften.

*

»Dann haben Sie Jørn gepflegt, als er hier bei Ihnen im Hospiz war?«, fragte Katrine Wraa die Krankenschwester, die vor ihr saß. Katrine stieg immer noch unangenehm der Geruch des kalten Rauchs in die Nase, der in ihren Kleidern hing, aber Helle Svanbjerg ließ sich nichts anmerken. Sie war Ende vierzig und strahlte Ruhe, Seriosität und Menschenkenntnis aus, sicher alles Eigenschaften, die man brauchte, wenn man seine Zeit mit Sterbenden verbrachte und tagein, tagaus mit Trauer, Angst und Wut zu tun hatte, dachte Katrine.

Helle Svanbjerg hatte Katrine vor Beginn des Gesprächs gesagt, dass sie sich nicht zu viel erwarten dürfe, da sie ja an ihre Schweigepflicht gebunden sei.

»Ja, ich war in den Monaten, in denen er hier lag, seine hauptsächliche Pflegekraft«, sagte sie.

Sie saßen in einem kleinen Aufenthaltsraum, der vermutlich für die vertraulicheren Gespräche genutzt wurde. Das Hospiz lag ruhig und friedlich außerhalb der Stadt. Katrine versuchte nicht daran zu denken, an was für einem Ort sie sich befand.

»Hatte er in seiner Zeit hier viel Besuch?«

»Nein«, antwortete Helle mit einem stillen Lächeln, das gleichermaßen warm und traurig wirkte. »Ab und zu kam ein Nachbar. Und einmal war seine Tochter da.«

»Nur einmal?«

»Ja«, bestätigte die Schwester ohne jeden Vorwurf in der Stimme oder eine Andeutung, was sie persönlich davon hielt.

»Ich weiß nicht, ob Sie es gehört haben«, sagte Katrine, »aber Jørns Tochter wurde vor knapp zwei Wochen ermordet.«

»Ja, ich habe die Sache in den Medien verfolgt. Das ist fürchterlich. Haben Sie schon einen Verdächtigen?«

»Ja, aber es ist ein wichtiger Teil der Ermittlungen, auch andere mögliche Spuren zu verfolgen und uns ein vollständiges Bild von Maja zu verschaffen«, sagte Katrine. »Wir wissen sehr wenig über ihr Privatleben. Sie schien sozial wenig Umgang gehabt zu haben und hatte kaum Familie. Deshalb hatte ich die Hoffnung, dass vielleicht Sie uns etwas über Ihren Eindruck von ihr sagen könnten – und von ihrem Vater?«

Helle Svanbjerg holte tief Luft, bevor sie antwortete: »Wie ich Ihnen schon gesagt habe, unterliege ich der Schweigepflicht. Ich darf Ihnen nicht weitergeben, was ein Patient mir im Vertrauen gesagt hat. Andererseits will ich natürlich gern helfen, damit der Mord aufgeklärt werden kann. Wir müssen Frage für Frage vorgehen«, sagte sie. »Jørn hatte einiges auf dem Herzen, das er gern jemandem anvertrauen wollte, bevor seine Zeit abgelaufen war. Die einen führen solche Gespräche lieber mit dem Pastor, die anderen ziehen eine Krankenschwester vor.«

»Hat er mit Ihnen über Majas Kindheit und Jugend gesprochen? Wissen Sie zum Beispiel, wo Majas Mutter und Jørn sich kennengelernt haben?«

»Sie hat ihm geschrieben, als er im Gefängnis saß.«

»Und sie haben Kontakt gehalten, bis er wieder freikam?«

Helle kniff die Augen zusammen. »Ja, er ist zu Maja und ihrer Mutter gezogen, nachdem er seine Strafe abgesessen hatte. Und sie sind tatsächlich zusammengeblieben, bis Majas Mutter gestorben ist. Ich hatte den Eindruck, dass Maja ihn aber nie wirklich interessiert hat. Dabei wusste er, dass sie in der Schule gemobbt wurde, weil die Kinder mitbekommen hatten, dass ihr Vater ein Mörder war. Man hat ihr dort die schlimmsten Sachen an den Kopf geworfen. Und die anderen Eltern haben ihren Kindern verboten, mit ihr zu spielen. Aus Angst. Es war so schlimm, dass sie schließlich die Schule wechseln musste.«

»Das Stigma war hängengeblieben.«

»Er hat mir erzählt, dass sie ihn angeschrien hat und fast auf ihn losgegangen ist, als sie mit siebzehn von zu Hause ausgezogen ist. Er habe seine Strafe absitzen können, aber sie sei auf Lebenszeit gestraft. Diese Worte haben ihn sehr getroffen.«

»Maja war Prostituierte«, sagte Katrine.

Helle nickte.

»Hat er dazu etwas gesagt?«

»Nicht direkt, ich habe aber trotzdem gespürt, dass ihn das sehr traurig gemacht hat. Aber das geht wohl den meisten Eltern so, deren Kinder in einer solchen Situation landen.«

»Bestimmt. Aber ... ich denke auch noch an etwas anderes. Viele Prostituierte sind in ihrer Kindheit oder Jugend Übergriffen ausgesetzt gewesen: Missbrauch, Inzest ...«

»Ich habe keine Ahnung«, sagte Helle, »wirklich keine Ahnung. Und ich weiß auch nicht, was ich dazu sagen soll«, erwiderte sie mit fester Stimme.

»Wir wissen, dass Jørn neben Maja auch noch einen Sohn aus erster Ehe hatte, aus der Ehe also, die so tragisch endete«, sagte Katrine.

Helle nickte. Katrine sah ihr an, dass sie es wusste.

»Hat er Ihnen von dem Mord an seiner ersten Frau erzählt?«

»Das hat er, ja.«

»Und von seinem Sohn, Christian?«

»Ja.«

»Wissen Sie, wie Maja von Christians Existenz erfahren hat?«

Helle sah Katrine still an, während sie innerlich mit der Frage rang, wie viel sie erzählen durfte. »Jørn hat sich darüber wirklich Gedanken gemacht«, sagte sie schließlich. »Er war stark im Zweifel darüber, ob es überhaupt gut wäre, es ihr zu sagen. Sie hatten ja seit Jahren keinen Kontakt mehr. Aber vom ersten Tag an, seit er hier war, hat ihn das beschäftigt. Er wusste, dass sein Ende nah war, und hatte das Gefühl, in seinem Leben nie etwas richtig gemacht zu haben. Er hatte seine erste Frau umgebracht und das Leben seines Sohnes zerstört. Danach hat er das Leben seiner Tochter kaputtgemacht – auch wenn er das niemals klar ausgesprochen hätte. Und die Tatsache, dass seine beiden Kinder sich nie kennengelernt hatten, weil ihm immer der Mut gefehlt hatte, seiner Tochter zu erzählen, dass er seinen Sohn aus erster Ehe zur Adoption freigegeben hatte, setzte ihm extrem zu.«

»Das sind ja auch essentielle Fragen, wenn man im Sterben liegt.«

»Ja«, sagte Helle, »das stimmt. Er war aber wirklich …«, sie schüttelte langsam den Kopf, »… wirklich im Zweifel, ob er Maja erzählen sollte, dass sie einen Bruder hat. Irgendwann ist er dann aber doch zu dem Entschluss gekommen, es zu tun. Er wollte ihr die Möglichkeit geben, Christian aufzusuchen. Sie hatte ja sonst keine Familie mehr. Er rief sie deshalb schließlich an und sagte ihr, dass er im Sterben lag. Zuerst wollte sie nicht kommen. Aber er hat sie gebeten, fast angefleht zu kommen, weil er ihr unbedingt noch etwas sagen müsste. Und so kam sie dann doch.«

»Wie ist diese Begegnung abgelaufen?«

»Dazu kann ich Ihnen nur sagen, dass Maja sein Zimmer bereits nach einer Viertelstunde wieder verlassen hat.« Helle machte eine kurze Pause. »Und sie kam nicht wieder zurück. Eine Woche später ist Jørn gestorben. Wir haben Kontakt zu ihr aufgenommen, als es auf das Ende zuging, aber sie hatte kein Interesse. Dann haben wir ihr das Datum der Beerdigung mitgeteilt. Aber sie kam nicht.«

Katrine dankte Helle für die Hilfe, ehe sie fast fluchtartig das Hospiz verließ und zurück nach Kopenhagen fuhr.

*

Christian Letoft war nach den nervenaufreibenden Erlebnissen der letzten Wochen endlich wieder etwas zur Ruhe gekommen. Langsam, ganz langsam sah er wieder Licht am Ende des Tunnels. Er musste jetzt nur noch die Autos verkaufen und dann Jim so schnell wie möglich wieder aus seinem Leben schieben. Dann würde alles wieder gut werden, so wie früher. Die Aussicht darauf, sich danach nur noch mit finanziellen Problemen herumschlagen zu müssen, war beinahe befreiend.

Sofia hatte der Besuch der Polizei stark zugesetzt, aber er hatte sie davon überzeugen können, dass sie ihn mit jemand anderem verwechselt hatten. Ein dummer Fehler.

Er brauchte jetzt einfach nur ein bisschen Ruhe. Vielleicht sollte er etwas planen, nur für sich und Sofia? Er rief seine Eltern an und fragte sie, ob sie am nächsten Abend die Kinder nehmen könnten, wozu sie gern bereit waren.

Kaum hatte er den Hörer wieder aufgelegt, klingelte sein Telefon. Die Nummer sagte ihm nichts.

»Christian Letoft.«

»Guten Tag, mein Name ist Jesper Egelund. Ich bin Journalist und wollte mich erkundigen, ob ich Ihnen ein paar Fragen stellen dürfte.«

*

Der Blick meines Bruders.

Er hatte die Augen unseres Vaters, das fiel mir sofort auf. Die gleiche Härte wie bei ihm.

»Und was arbeitest du?«, fragte er ganz direkt.

Christians Blick. Seine Verachtung, als ich es ihm sagte. Seine Ablehnung war schlimmer als die schlimmsten Albträume in der Schule.

Hätte ich lügen sollen? Ja, vielleicht hätte ich das tun sollen. Aber ich konnte nicht. Und was hätte ich sagen sollen, wie ich die letzten Jahre meines Lebens verbracht hatte? Wie hätte ich woanders so viel Geld verdienen können?

»Aber das brauchen wir ja nicht zu erzählen«, schob ich schnell hinterher. »... ich meine, deiner Familie.«

»Und wenn unsere Bekannten mich fragen, was du machst?«, fragte er unangenehm berührt.

Vielleicht kenne ich ja schon den einen oder anderen von ihnen, hätte ich fast gesagt. Ich war schon einmal in einem Haus ganz in Christians Nähe gewesen. Bei einem Mann und einer Frau. Aber ich sagte nichts. Zu diesem Zeitpunkt hatte ich noch immer einen Rest Hoffnung.

Ich könne ihnen gern etwas vorspielen, bot ich an. Wenn ihm das wichtig sei. Nur er und ich würden Bescheid wissen und nie mehr darüber reden. Wie wir auch all das andere geheim halten würden. Wir könnten doch einfach sagen, ich hätte im Lotto gewonnen. »Das kommt schon mal vor«, sagte ich lächelnd.

Aber er erwiderte mein Lächeln nicht.

In diesem Augenblick hatte ich meinen Stolz verkauft. Meine Ehre.

Jetzt hatte ich nichts mehr.

»Denk darüber nach«, sagte ich. Aber der Blick, den er mir zuwarf, war wie ein Schlag ins Gesicht.

Dieses Arschloch.

Dieses Riesenarschloch, das plötzlich eine unerwünschte Hurenschwester bekommen hatte und an seine Herkunft erinnert worden war: an den Mann, der seine Frau getötet hatte. Christians Mutter.

Er hatte alles bekommen, was man nur bekommen konnte: Geld, Familie, Firma, Prestige.

Ich hatte von zu Hause nichts mitnehmen können.

Trotzdem gab es für eine wie mich keinen Platz.

Konnten wir nicht wenigstens unseren Hass auf ihn teilen? Die Wut auf den Mann, der unser beider Leben zerstört hatte? Der uns verpestet hatte, getrennt, und der dafür gesorgt hatte, dass die Gesellschaft mich mit ihrer Verachtung bestrafte?

Ich hatte mich an ein Leben ohne Familie gewöhnt. War hart geworden und allein zurechtgekommen. Als aber plötzlich dieses andere Leben wieder in Reichweite schien, bekam der Lack, der mich zuvor geschützt hatte, tiefe Risse.

Ich bekam Risse.

Nach unserem Treffen fuhr ich nach Hause. Und weinte. Zum ersten Mal seit meiner Kindheit.

Wenn er wüsste, wie viel es mich gekostet hatte, diese Hoffnung zuzulassen.

Der Preis war hoch, sehr hoch.

Und in diesem Moment beschloss ich, dass auch er einen Beitrag zu diesem Preis leisten sollte.

*

Als Katrine zurück ins Präsidium kam, stand Jens in der Teeküche und machte Kaffee.

Er trat dicht an sie heran und schnupperte an ihren Sachen.

»Puh … sag mal, warst du in einer Kneipe? Mitten in der Arbeitszeit?«

»Das ist eine lange Geschichte, komm!«

Sie gingen in ihr Büro, und Katrine erzählte ihm von ihrer Reise durch Jørn Solhøjs Vergangenheit.

»Dann hat Jørn, als er im Sterben lag, seiner Tochter erzählt, dass sie einen Bruder hat?«

»Ja, und sie war so wütend auf ihn, dass sie gegangen und nie wieder zurückgekehrt ist. Nicht einmal bei seiner Beerdigung war sie.«

»Hm«, sagte Jens. »Wie können wir das nutzen?«

»Das weiß ich noch nicht«, sagte Katrine, »aber Christian Letoft hat erzählt, dass Maja ihn vor etwa drei Monaten aufgesucht hat. Also einige Monate nachdem sie von seiner Existenz erfahren hatte. Sie muss lange mit sich gerungen haben, ob sie wirklich Kontakt aufnehmen soll. Vielleicht hatte sie selbst große Zweifel?«

»Es ist gut möglich, dass sie mehr davon erwartet hat als er, als sie sich schließlich entschloss, doch Kontakt aufzunehmen«, sagte Jens, rieb sich das Kinn, kniff die Augen leicht zusammen und sah sie an.

»Genau«, stimmte ihm Katrine zu, »aber wie finden wir das heraus?«

»Du musst einfach weitergraben.«

*

»Das Rumfummeln hättest du dir echt sparen können, T«, sagte Marco.

»Komm schon, das hat dir doch gefallen, mein Süßer«, grinste Thomas. »Und gewirkt hat es auch. Der hatte es ganz schön eilig rauszukommen.«

Marco murmelte ein paar unverständliche Worte.

Die *Maria* fuhr auf einem Kanal auf die Ortschaft Dinteloord im südwestlichen Holland zu. Das Ziel ihrer Reise, eine kleine Bootswerft, lag direkt vor ihnen. Nach ihrer Begegnung mit dem Polizeiboot hatten sie den Kurs geändert und waren in östlicher Richtung zur Haringvlietmündung gefahren. Sie waren ohne Zwischenfälle durch die Schleuse gekommen und den Fluss hochgefahren. Zwei große Pforten öffneten sich, sie fuhren ein und vertäuten die *Maria*. Für die Mannschaft war der Segelausflug damit zu Ende.

Marco und Thomas bekamen den Auftrag, auszuladen, während der Kapitän und der Steuermann aufräumten. Als sie fertig waren und die achtzig Pakete vor einer Wand aufgestapelt lagen, bekamen Marco und Thomas die Order, ihre Sachen mit nach oben zu nehmen. Kurz darauf standen sie an Deck, bereit zum Abmustern.

Kapitän Martijn stellte sich vor sie. »Zeit für einen Striptease!«, sagte er.

Marco und Thomas tauschten nervöse Blicke.

»Was soll das, Mann?«, fragte Marco.

Kapitän Martijn lächelte. »Man darf nicht das kleinste Streichholzheftchen aus einem Café in Puerto Banús oder sonstwoher bei euch finden, das einen Hinweis darauf geben könnte, wo ihr gewesen seid. Zieht euch eine Jeans und ein gewöhnliches T-Shirt an.«

Sie taten, was der Kapitän von ihnen verlangte. Als sie in Unterhosen vor ihm standen, fühlten sie sich plötzlich gar nicht mehr wie coole Schmuggler und beeilten sich, in die anderen Klamotten zu steigen.

Der Kapitän sah zufrieden aus.

Er zog einen dicken Umschlag aus der Innentasche seiner Jacke und entnahm ihm zwei Scheinbündel.

»Hier sind 30 000 Euro für jeden von euch. Wir haben etwas aufgerundet.«

Keiner von beiden hatte jemals eine solche Summe besessen.

»Draußen wartet ein Wagen, der euch zum Hauptbahnhof nach Amsterdam fährt. Dort begebt ihr euch direkt – und damit meine ich direkt! – zum Schalter und kauft zwei Tickets nach Kopenhagen für den nächsten Zug. Ihr bezahlt bar und zieht so wenig wie möglich Aufmerksamkeit auf euch. Verstanden?«

»Aye, aye, Sir!«, sagte Marco und verbeugte sich.

»Gut«, sagte der Kapitän. »Dann bleibt mir nur noch, euch für die Tour zu danken.«

»Ebenso, Mann! Meldet euch, wenn ihr wieder jemanden braucht«, sagte Marco.

»Ihr habt eure Arbeit ordentlich gemacht, könnte also schon sein. Kommt gut nach Hause.« Der Kapitän verabschiedete sich mit Handschlag und ging zurück zum Boot.

Eine Stunde nachdem Marco und Thomas von Bord gegangen waren, fuhren zwei weiße VW-Transporter einer Werkzeugfirma auf das Werftgelände. Die beiden Fahrer begrüßten den Kapitän und den Steuermann. Gemeinsam luden sie die zwei Tonnen Haschisch in die

Laderäume. Als sie damit fertig waren, deckten die Fahrer die Ladung mit grüner Plane ab, verabschiedeten sich und fuhren los.

Marco und Thomas wurden am Hauptbahnhof in Amsterdam abgesetzt. Sie gingen zum Eingang, wie abgemacht, und sahen den Wagen im dichten Verkehr verschwinden.

Thomas griff nach Marcos Arm. »He, wir sind in Amsterdam!«

»Ja und?«

»Wie wär's mit einem kurzen Abstecher in einen Coffeeshop, ehe wir nach Hause fahren? Um vor der langen Tour ein bisschen zu entspannen?«

*

Bevor sie sich auf den Heimweg machte, hatte Katrine Fotos von ihrer Infotafel gemacht und auf ihren Laptop geladen.

Nach einem schnellen Abendessen und einem Glas Rotwein saß sie nun auf ihrem Sofa und schaute sich die Bilder an.

Die Mordkommission ermittelte weiter intensiv um Asger Dahl, bisher ohne entscheidenden Durchbruch, und der Stichtag für die Verlängerung der Untersuchungshaft rückte näher.

Katrine versuchte, alles auszublenden und an den Anfang der Mordermittlungen zurückzugehen.

Was war ihr erster Gedanke in Bezug auf das Auto und das Inbrandsetzen des Fahrzeuges gewesen? Sie hatte gedacht, dass es eine ziemlich überzogene Wahl war, eine Frau in einem Auto zu verbrennen. Es ließ sich eigentlich nur erklären, wenn der Täter früher schon für die Lösung seiner Probleme Dinge in Brand gesteckt hatte.

Aber das Motiv?

Was war das Motiv?

Katrine fasste zusammen, was sie über Letofts und Hellbergs gemeinsame Vergangenheit wusste. Als Jugendliche hatten sie zusammen Einbrüche in Rungsted begangen. Letoft hatte sich danach offensichtlich bekrabbelt, aber es deutete einiges darauf hin, dass Hellberg eine kriminelle Laufbahn eingeschlagen hatte, es ihm bislang aber gelungen war, nicht auf den Radar der Polizei zu geraten. Hatte einer von ihnen in jungen Jahren gezündelt?

Vandalismus, Papierkörbe in der Schule in Brand stecken, ein gestohlenes Mofa, so etwas in der Art? Oder Tiere?

Sie nahm sich die SSA-Profile noch einmal vor. Der »Anpassungsbereite« – also jemand, der spontan die Möglichkeiten nutzte, die sich in einer Situation boten, und / oder Feuer legte, um seine Spuren zu verwischen –, das könnte eventuell auf Hellberg passen. Der emotionale Brandstifter, der durch eine enge, gefühlsmäßige Beziehung zu seinem Opfer angetrieben wurde, passte gut auf Christian Letoft mit seinem komplizierten Hintergrund. Im Teenageralter hatten wahrscheinlich viele Gefühle in ihm gewütet. Und die beiden zusammen ... Welche Möglichkeiten hatte sie, herauszufinden, ob einer der beiden schon mal den Feuerteufel gespielt hatte? Vielleicht durch alte, ungeklärte Fälle. Aber wo sollte sie ansetzen ...? Es war wie die berühmte Suche nach der Nadel im Heuhaufen. Es führte kein Weg daran vorbei, sie musste ins Landesarchiv. Gleich morgen früh würde sie hinfahren.

*

Die beiden weißen VW-Transporter erreichten die Werkzeugfirma *Basten & Zoon* am Rand von Amsterdam gegen elf Uhr abends. Zwei Männer nahmen sie in Empfang.

Die vier Männer brauchten nicht lange, um die Ware in die Werkzeugfirma zu tragen. Das Entfernen des Sackleinens und der Plastikumhüllung, in das die Marokkaner die Haschischplatten verpackt hatten, dauerte etwas länger.

Danach packten sie jeweils zwanzig Platten in hundert vorbereitete Kartons. Darüber legten sie Stapel dänischer A4-Broschüren mit dem Bild eines modernen, schwarzen Sommerhauses auf dem Cover. *Tisvilde Resort, Ihr ganz privates Sommerhausparadies*, bestellt von einem fiktiven dänischen Bauunternehmen, *BB Sommerhusbyggeri ApS.* Die Kartons wurden mit kräftigem Klebeband verschlossen, zum Schluss wurde auf jeden eine Broschüre geklebt.

Wenige Stunden später trugen die Männer die Kisten nach draußen und verteilten sie auf vier Wagen der *Drukkerij Amstel*, in der die Broschüren gedruckt worden waren. Kurz darauf fuhren sie vom Gelände. Zwei Wagen hätten auch gereicht, aber es war sicherer, die Ware zu verteilen. Das minderte den Verlust, sollte ein Transporter angehalten werden. Die Wagen wurden auf vier verschiedenen Parkplätzen in Amsterdam abgestellt, die Schlüssel auf dem rechten Vorderreifen deponiert. Vor Ablauf einer Stunde waren alle vier Transporter mit frischen Fahrern auf dem Weg nach Dänemark.

Katrine Wraa fuhr über den Jagtvej nach Nørrebro, bog an der Rantzausgade ab und parkte in der Florsgade. Fünf Minuten vor neun stand sie vor dem Eingang des Landesarchivs, das um neun Uhr öffnete. Sie nutzte die Wartezeit, um ihren Vater anzurufen und sich zu erkundigen, ob die Ergebnisse schon da waren. Ende der Woche hatte es geheißen, sie sollten heute kommen, aber er nahm den Hörer nicht ab. Verdammt.

Als die Tür geöffnet wurde, ging sie gemeinsam mit fünf älteren Herrschaften ins Archiv. Während sich die anderen routiniert einen Platz in dem großen Lesesaal suchten, ging Katrine zum Tresen und nahm Augenkontakt zu einer Frau Anfang dreißig auf. *Bolette* stand auf ihrem Namensschild.

»Ich heiße Katrine Wraa und arbeite für die Kopenhagener Polizei.«

»Aha?«, sagte die Frau leicht verdutzt. »Die bestellen doch meistens online.«

»Ja, aber ich habe gesehen, dass das bis zu einer Woche dauern kann, und da dachte ich, ich komme einfach persönlich vorbei, um abzuholen, was ich brauche.«

Bolettes Gesichtsausdruck wechselte von Verdutztheit zu nachsichtigem Bedauern.

»Das dauert grundsätzlich eine Woche. Egal, ob Sie online bestellen oder persönlich vorbeikommen.«

»Eine Woche?«, platzte Katrine heraus. »Es geht um eine Mordermittlung.« Sie hoffte inständig, das Wort »Mordermittlung« würde die Frau umstimmen.

»Egal, es dauert grundsätzlich eine Woche«, wiederholte Bolette. »Als Erstes müssen sie das hier ausfüllen.« Sie reichte Katrine ein Antragsformular für die Nutzung von Material, das nicht unmittelbar zugänglich war.

»Ich kann das gern machen, aber lassen Sie es mich kurz erklären: Ich brauche diese Unterlagen sehr dringend für eine aktuelle Ermittlung. Müssen wir da wirklich eine Woche auf das Material warten …?« Katrine schüttelte fassungslos den Kopf.

»Ich fürchte, da können wir nichts machen«, sagte Bolette mit noch energischerer Miene. »Unsere Archivalien reichen bis ins 14. Jahrhundert zurück, die füllen fünfunddreißig Regalkilometer. Da geht man nicht mal eben so rein und zieht die gewünschte Akte aus dem Schrank.«

»Haben Sie von dem Mord an der jungen Frau gleich hier um die Ecke gehört?«, fragte Katrine und dachte, dass ihr Gegenüber ihren Job auch nur mit der gleichen Gewissenhaftigkeit ausübte wie sie selbst.

»Die Prostituierte? Ja, selbstverständlich.«

»Gut!«, sagte Katrine hitziger als geplant. »Und ich versuche gerade, die Person zu finden, die sie in ein Auto gesetzt, das Auto dann angesteckt und sie bei lebendigem Leib verbrannt hat.«

»Das ist sehr lobenswert, aber ich weiß wirklich nicht, was Sie eigentlich von mir erwarten.«

»Ich möchte, dass Sie mir helfen, die Fallakten zu finden, nach denen ich suche.«

Bolettes Kollegin, eine große, dürre Frau in den Fünfzigern, die die Diskussion von der Seitenlinie verfolgt hatte, stellte sich neben Bolette. »Weißt du was, das ist in Ordnung. Ich kümmere mich darum.«

»Aber wir können doch nicht ...«

»Ist okay, Bolette. Hilfst du bitte Ellen bei der Suche nach einem Kirchenbuch aus dem Pfarrbezirk Roskilde um 1600, dann übernehme ich die Kollegin von der Polizei.«

Bolette marschierte eingeschnappt zu einer älteren Dame, die klaglos und geduldig wartete.

»Was brauchen Sie denn?«, fragte Bolettes Kollegin, die laut Namensschild Annemarie hieß.

»Ich brauche Tagesberichte aus dem Polizeibezirk Hørsholm in einer bestimmten Zeitspanne, einige Monate im Jahr 1987.«

»Das müsste zu machen sein.«

»Tausend Dank!«, sagte Katrine erleichtert. Am liebsten hätte sie Annemarie auf der Stelle umarmt.

»Wenn Sie das hier ausfüllen würden«, Annemarie zeigte auf das Formular, das Bolette Katrine gegeben hatte, »damit ich es als Eilantrag einreichen kann. Schreiben Sie, um welche Zeitspanne es geht, den betreffenden Polizeibezirk und welche Art von Akten. Aber Sie müssen schon mit ein bis zwei Stunden Wartezeit rechnen. Ich suche einen Kollegen, der mir helfen kann.«

Katrine wollte fragen, ob es eine Möglichkeit gebe, das Ganze noch weiter zu beschleunigen, hielt dann aber doch den Mund und füllte den Zettel aus. Vermutlich hatte Annemarie sich bereits sehr weit aus dem Fenster gelehnt, um ihr zu helfen.

»Suchen Sie sich einen Platz, dann lege ich mal los.«

»Danke«, sagte Katrine, und sah die Frau verschwinden. Dann suchte sie sich einen Tisch und klappte ihren Laptop auf.

*

Wenn man sich an die Geschwindigkeitsbegrenzungen hält und einen ordnungsgemäß zugelassenen Wagen fährt, ist das Risiko, auf einer Autobahn in Dänemark angehalten zu werden, vernachlässigenswert gering. Sollte das ausnahmsweise doch einmal geschehen, ist die Wahrscheinlichkeit, dass der Verkehrspolizist darauf besteht, sich den Kofferraum genauer ansehen zu dürfen, begrenzt, besonders, wenn man sich an ein paar einfache Regeln hält: Man muss gepflegt und präsentabel aussehen, eine glaubwürdige Geschichte darüber parat haben, was man gerade tut, und ansonsten seine Papiere in Ordnung haben.

Dies war eine unumstößliche Forderung der Firma an ihre Fahrer. Darüber hinaus mussten sie sich selbstverständlich an jedes Tempolimit halten. Die Entlohnung war mehr als gut, so dass sie immer wieder gerne für die Firma fuhren.

Der Verkehr war wie an jedem anderen Morgen: dicht und hektisch. Niemand achtete auf die vier Lieferwagen der *Drukkerij Amstel*, die mit einem gewissen Abstand in nördlicher Richtung zu einer Adresse in der Nähe von Fredriksværk fuhren.

Søren Lauritzen nahm die Wagen in Empfang, als sie

nacheinander die Farm erreichten. Die Fahrer halfen, die Kisten aus dem Laderaum in die Halle zu tragen, bevor sie wieder fuhren.

*

Katrine Wraa schaute ungeduldig zu der Tür, durch die Annemarie verschwunden war und die vermutlich in die eigentlichen Archivräume führte. Das Gebäude war riesig. Unter anderen Umständen hätte sie der Gedanke an all die historischen Dokumente, die hier lagerten, sicher fasziniert, nicht aber an diesem Tag. Sie sah auf die Uhr. Inzwischen waren anderthalb Stunden vergangen. Sie hatte Jens angerufen und ihm mitgeteilt, dass es noch ein paar Stunden dauern würde, ehe sie ins Präsidium kam.

Endlich sah sie Annemarie am Ausleihschalter auftauchen. Katrine ging zu ihr. »Ich habe einen Kollegen an die Suche gesetzt«, sagte sie lächelnd.

»Wunderbar«, sagte Katrine und versuchte, ihre Enttäuschung zu verbergen, weil sie die Berichte noch nicht mitgebracht hatte.

»Ich musste mich erst noch ziemlich intensiv mit meinem Chef auseinandersetzen«, sagte Annemarie. »Danach war der Papierkram und der Eilantrag reine Formsache. Sie sollten die Berichte bald haben.«

»Darf ich sie kopieren?«

»Ja, kein Problem. Tagesberichte der Polizei sind nicht dem § 18 des Archivgesetzes unterworfen.«

»Okay«, sagte Katrine und lächelte Annemarie an. »Ich warte.«

Katrine setzte sich zurück an ihren Platz. Sie sah aus dem Fenster, das zum Jagtvej rausging und zum Anfang der Borups Allé. Sie musste doch nicht hier warten, dachte sie, verließ das Landesarchiv und ging zum Bispeengbogen. Dort war inzwischen aufgeräumt worden, aber die Rußspuren auf der Unterseite der Brücke und auf dem Asphalt waren noch gut zu erkennen.

Katrine stand lange da und betrachtete den Ort, an dem Maja gestorben war.

*

Lars Sønderstrøm hörte sich die Aufnahme von Hector an, der mit seiner Frau besprach, wer die Kinder holen sollte, als sein Handy auf dem Schreibtisch zu vibrieren begann. Er stellte die Tonaufnahme auf Pause, hängte die Kopfhörer um den Hals und antwortete.

»Joakim, was kann ich für dich tun?«

»Hallo, Lars«, sagte Joakim Bernd von Europol. »Die holländische Polizei kann in dem Fall mit den geklonten Luxuslimousinen einen Durchbruch verzeichnen. Das wollte ich dir nur mitteilen.«

»Und was ist euer nächster Schritt?«

»Sie haben die Werkstatt lokalisiert, Zugriff heute Vormittag.«

»Und was ist mit der Verbindung zu Jim Hellberg und dem Autohändler, von der ich dir erzählt habe?«, protestierte Lars. »Er könnte ein potentieller Abnehmer der Wagen sein. Könnt ihr nicht warten, bis die Autos ausgeliefert sind, damit wir Hellberg und den Händler gleich in einem Aufwasch dingfest machen können?«

»Tut mir leid. Das wäre schon praktisch gewesen. Aber die Holländer sind durch einen anderen Fall auf die Werkstatt gekommen. Sie haben eine Sendung Drogen aus Kolumbien verfolgt, die genau zu der Adresse verfrachtet worden ist. Darum wollen sie gegen die Werkstatt vorgehen, ehe der Stoff weitertransportiert wird.«

»Verdammt«, sagte Lars verärgert.

»Ja, dumm gelaufen«, sagte Joakim. »Aber steck den Kopf noch nicht in den Sand. Es kann gut sein, dass sie die Nummer schon mal durchgezogen haben. Vielleicht stoßen wir ja auf was, wenn wir das Material aus der Werkstatt durchgehen.«

»Okay«, sagte Lars. »Danke für die Information. Dann hören wir Hellberg jetzt noch genauer ab. Und du hältst mich auf dem Laufenden, ja?«

»Ja, mach ich.«

Sie legten auf. Lars setzte die Kopfhörer wieder auf und drückte auf Play.

*

Eine Stunde später war Katrine wieder an ihrem Platz im Landesarchiv und wartete ungeduldig auf ihre Berichte. Die Tür zum Archiv ging ständig auf und zu, und endlich sah sie einen Mann mit zwei Kartons herauskommen. Katrine folgte ihm mit dem Blick, als er zu Annemarie ging, die gleich darauf in Katrines Richtung schaute und nickte. Yes! Endlich. Katrine lief zum Ausleihschalter.

»Da sind sie!«, sagte Annemarie.

»Vielen Dank«, erwiderte Katrine und bekam die Kartons ausgehändigt. Sie setzte sich an ihren Tisch und machte sich an die Durchsicht der Tagesberichte.

Sie hatte um das Material von zwei Monaten gebeten, also jeweils ein paar Tage vor und nach den Schulferien 1987. In der Zwischenzeit hatte sie auch eine Excel-

Tabelle erstellt, in die sie ihre Daten eingeben konnte. Nun nahm sie sich den ersten Bericht des Polizeibezirks Hørsholm vor, datiert vom 15. Juni 1987, und begann zu lesen.

*

In der Farm befand sich eine Aalmästerei.

Jim Hellberg und Søren Lauritzen hatten sich vor etwa einem Jahr dort eingemietet. Der Eigentümer, den Jim aus der Zeit kannte, als er als Siebzehnjähriger auf Frachtschiffen unterwegs war, hatte kurz vorm Konkurs gestanden und bereitwillig eine der leerstehenden Lagerhallen an sie vermietet. Das hatte ihn davor bewahrt, die Farm schließen zu müssen, was im Übrigen die unumstößliche Forderung von Jims Seite gewesen war: Wo gearbeitet wurde, fiel ein bisschen mehr Fahrzeugbetrieb weniger auf.

Søren grüßte Erik, dem die Farm gehörte. Ein kauziger Kerl, den schleimigen Viechern nicht unähnlich, die er aufzog. In einer Halle hatte er eine Ausstellung alter Werkzeuge, Aaleisen und altmodischer Angelgerätschaften zusammengestellt. Søren war nicht sicher, ob Erik der richtige Mann für so einen entscheidenden Teil der Logistik war, aber Jim hatte sich für ihn ausgesprochen. Und Søren musste zugeben, dass der Standort perfekt war. Es gab keine Nachbarn, das Gelände war nicht von der Straße aus einsehbar, und es lag verhältnismäßig nah an Kopenhagen.

Der Aalmensch war froh, dass er seinen Hintern gerettet hatte, aber Søren schmeckte es ganz und gar nicht, dass er jede Lieferung mitbekam, die bei ihnen eintraf.

Er fragte zwar nie, was in den Kisten war, hatte aber sicher schon längst zwei und zwei zusammengezählt. Søren hatte schon mehrere Anläufe gemacht, Jim darauf anzusprechen, einen anderen Lagerplatz zu suchen. Ab und zu ein Standortwechsel wäre sicher auch nicht das Schlechteste. Er hatte jetzt lange genug Bauchschmerzen wegen dieses Kerls gehabt.

Nach ein paar Stunden waren die Kartons umgeladen und der letzte dänische Leihwagen mit neuem Fahrer vom Hof gefahren. Zielorte waren die größten dänischen Städte. Meist fand die Übergabe auf einem stark frequentierten Parkplatz vor einem großen Kaufhaus, einem Baumarkt oder einer Fastfood-Kette statt. Dort konnte man problemlos unbemerkt ein paar Kartons mit Waren umpacken und wieder verschwinden. Der Kunde bekam etwa eine Stunde vor dem Liefertermin eine SMS von dem Fahrer, natürlich von einem Prepaid-Handy.

Je weniger man sich selbst die Hände schmutzig machte, desto geringer war das Risiko, und in der Regel hatten die Kunden für den praktischen Part der Auslieferung spezielle Handlanger.

Søren verließ das Gelände der Farm ebenfalls in einem Leihwagen. Sie fuhren grundsätzlich nicht in ihren Privatwagen zu sensiblen Orten.

*

Torsten Bistrup stand lächelnd in der Tür.

Es muss etwas Besonderes passiert sein, dachte Jens Høgh und sah ihn fragend an.

»Wir haben ihn«, sagte Torsten triumphierend.

»Dahl?«

»Das kriminaltechnische Labor ist mit den Laken fertig. Seine DNA war dran.«

»Phantastisch!«, platzte Jens heraus. »Wann wollt ihr ihn damit konfrontieren?«

»So schnell wie möglich.«

Jens schickte Katrine eine SMS mit der Neuigkeit.

*

Exhibitionist mitten in Hørsholm, Banküberfall in der Handelsbank, Verkehrsunfall auf dem Kongevej, Einbrecher verhaftet, Schlägerei in der Hauptstraße, häuslicher Streit im Ådalsparkvej ...

Katrines Handy vibrierte. Eine Frau warf ihr von schräg gegenüber einen vorwurfsvollen Blick zu. Eine SMS von Jens. *»Dahls DNA im Bordell gefunden. Holländer planen Zugriff auf van Bommels Werkstatt. Drogen im Spiel.«*

Sie antwortete ihm: *»Sag mir Bescheid, wenn Dahl gesteht.«*

Sie widmete sich wieder den Berichten und las über große und kleine Ereignisse in Hørsholm und Rungsted im Sommer 1987. Nach der ersten Ferienwoche stieß sie auf den ersten von Jim und Christian begangenen Einbruch.

Einbruch in Villa in Skovbakken. Um 10.45 Uhr wurde ein Einbruch von einer Familie gemeldet, die eine Woche verreist gewesen war. Der Dieb ist vermutlich aus dem hinteren Garten durch ein Fenster eingestiegen. Es wurden Bargeld, Schmuck und andere Wertgegenstände aus dem Haus entwendet. Keine Zeugen. Alle Hinweise bitte an die Polizei in Hørsholm.

Einen Tag darauf gab es eine sehr interessante Meldung: *13.48 Uhr wurde ein Feuer im Mülleimer und einem Fahrradunterstand auf dem Gelände der Rungsted-Schule gemeldet. Feuerwehr und Streifenwagen haben vor Ort den Brand gelöscht und verhindert, dass er auf das Hauptgebäude übergriff. Es handelte sich um Brandstiftung. Es wurden Spuren einer brennbaren Flüssigkeit gefunden.*

Katrine hatte das sichere Gefühl, auf etwas Wichtiges gestoßen zu sein. Sie gab alle verfügbaren Informationen in ihre Tabelle ein und las weiter.

*

»Goddamn, hier kommen die Kings aus der Lundtoftegade! Wir sind die fucking Kings aus der Lundtoftegade!«

Marco und Thomas standen vor dem Hauseingang und mussten ihrer Begeisterung noch einmal Luft machen, ehe sie nach oben in die Wohnung gingen. Sie hatten hoch und heilig versprochen, die Regeln einzuhalten, die sie vom Boxer und The Man auferlegt bekommen hatten, wie sie ihre namenlosen Arbeitgeber nannten.

In ihren Taschen steckten dicke Bündel Euroscheine.

Oben in der Wohnung zählte Thomas als Erstes sein Geld.

»Fuuuck, das ist ein Haufen Kohle, Mann!«, sagte er lautlos in Marcos Richtung.

Der nickte. »Du, T«, sagte er, »findest du nicht auch, dass wir uns mal nach einem neuen Schlitten umschauen sollten?«

»Klar, Mann. Aber wollen wir nicht erst mal eine Fluppe rauchen?«, sagte Thomas und hielt einen Klumpen Hasch hoch.

»Klar, rauchen wir erst mal eine.« Es war gar nicht schwer, über die Dinge zu reden, ohne sie eindeutig beim Namen zu nennen. Marco hätte zu gerne gewusst, ob die Bullen sie tatsächlich abhörten oder nicht. Vielleicht waren die beiden Hintermänner ja auch bloß ein bisschen paranoid? Ach, fuck, jetzt wollten sie einfach nur das Leben genießen, Joints rauchen, nach einem dicken Auto und Frauen Ausschau halten. Er stand nach dieser Woche als schwuler Matrose wirklich unter Hochdruck. Thomas wäre am liebsten gleich in Amsterdam ins Rotlichtviertel gegangen, aber Marco hatte nach der Scheißaktion in der Rømergade nicht die geringste Lust auf ein Bordell.

*

»Ich will nur kurz mit dir reden«, sagte Jim Hellberg zu Christian Letoft, der sichtlich beunruhigt darüber war, dass Jim darauf bestanden hatte, ihn draußen in der leeren Werkstatt zu treffen. Sein Mechaniker war bereits zu Hause.

Jim wollte, dass Christian die Neuigkeit erfuhr, bevor sie womöglich in den dänischen Medien auftauchte. Ein Amateur wie Christian kam sonst noch auf die Idee, ihn anzurufen und dabei Sachen zu sagen, die er am Telefon nicht sagen durfte. Unterwegs hatte Jim sich mehrfach versichert, dass die Polizei ihm nicht folgte.

»Die Werkstatt in Holland ist von der Polizei geschlossen worden«, sagte er ruhig, während er Christian in die Augen sah und seinen Blick festhielt. »Der Handel ist geplatzt.«

»Das ist doch nicht wahr!«, rief Christian laut.

»Doch, leider. Es wird keine Autos geben.«

»Du machst Witze, oder?« Christian versuchte sich an einem halbherzigen Lächeln. »Schlechte Witze.«

»Nein, Christian, das ist kein Witz. Der Handel wird nicht zustande kommen.« Jim beobachtete seinen alten Schulkameraden und sah, wie er innerlich zusammenbrach. Christian starrte Jim an, der unbeeindruckt und eiskalt dastand, während Christians Welt in Schutt und Asche gelegt wurde. Dieser Arsch war ein Teufel in Menschengestalt. Am liebsten wäre er ihm an die Gurgel gegangen. Verzweifelt überdachte er seine Situation. Er hatte bereits den Vorschuss von den drei Kunden bekommen und damit seine Schulden bei diversen Auftraggebern beglichen, um die Firma vorläufig weiterführen zu können. Jetzt musste er diese Vorschüsse mit Geld zurückzahlen, das er nicht hatte, und obendrein auf den Verdienst aus dem Verkauf der drei Wagen verzichten, mit dem er die Firma bis zum Herbst hatte retten wollen.

Jims Nachricht war sein Todesurteil. Jetzt war der Konkurs nicht mehr aufzuhalten. Das war das Ende. Er hatte versagt, hatte alles auf eine Karte gesetzt und verloren. Wie sollte er das nur seinem Vater beibringen?

»Kannst du nicht aus einer anderen Werkstatt Autos kriegen?«, fragte Christian mit heiserer, sich überschlagender Stimme. »Es muss doch andere Möglichkeiten geben?«

»Nein, es ist Schluss, Christian. Aus und vorbei.«

Christian streckte den Arm aus, um sich irgendwo festzuhalten. Ihm war schwindelig und übel. Jim hatte Macht über ihn, während er tatenlos zusehen musste, wie alles den Bach runterging. Genau wie damals. Aber diesmal gab es nichts, woran er sich festhalten konnte. Stattdessen packte er Jims Kragen mit beiden Händen und zog ihn zu sich.

»Das ist deine Schuld, verdammt. Immer, wenn du bei einer Sache mitmischst, geht alles schief«, fauchte er.

Jim befreite sich mit einem Ruck und richtete drohend einen Zeigefinger auf Christian. »Das war deine eigene Entscheidung, vergiss das nicht!« Seine Stimme übertönte Christians, die im Vergleich zu Jims wie das Piepen einer Maus klang. »Und du tust jetzt, was ich dir sage. Reiß dich verdammt nochmal zusammen und sag kein Wort zu NIEMANDEM über diese Sache, ist das klar?«

»Aber ...«

»Du tust genau das, was du an diesem Abend vorhattest. Was war das?«

»Sofia und ich wollen essen gehen«, antwortete Christian gehorsam. »Meine Eltern passen auf die Kinder auf. Aber ich kann das nicht ...«

»Du machst genau das, was ihr vorhattet! Du darfst jetzt keine Panik bekommen!«

»Aber ich bin in Panik! Verdammt, und das ist deine Schuld! Außerdem, warum sollte ich tun, was du sagst? Kannst du mir das mal erklären?«, rief Christian wütend.

»Weil wir uns jetzt gegenseitig helfen müssen, den Schaden so gering wie möglich zu halten, okay? Wenn du tust, was ich sage, statt jetzt übereilt zu handeln und die Aufmerksamkeit der Leute auf dich zu ziehen, steigen deine Chancen, mit heiler Haut aus der Sache rauszukommen. Du bist nicht der Einzige, der im Moment in der Scheiße steckt. Wir räumen auf, und wenn jeder tut, was er tun muss, schaffen wir es vielleicht, uns nicht von den anderen mit in den Abgrund ziehen zu lassen.«

Christian nickte Jim resigniert zu, der feststellte, dass in den Augen seines alten Schulkameraden jeglicher Funke Hoffnung erloschen war.

*

»Fuck, Mann, ich habe meine Waffe vergessen«, sagte Marco und machte Anstalten, wieder zurück ins Haus zu gehen.

»He, vergiss es! Die Devils haben uns sicher vergessen, weil wir so lange weg waren«, sagte Thomas.

Marco zögerte einen Augenblick.

»Komm schon, Mann! Die anderen warten schon am Auto. Wir wollen uns ein paar tolle Schlitten anschauen. Das wird geil, Mann!«

Thomas war vollkommen aufgedreht. Sie hatten so viel geraucht, dass sie oben in der Wohnung eingeschlafen waren. Obwohl sie die ganze Strecke von Holland bis nach Kopenhagen verschlafen hatten, steckte ihnen der Schlafmangel nach dem Segeltörn noch immer in den Knochen.

Nach dem Aufwachen hatten sie noch einen Joint geraucht und versucht, ein paar Frauen zu finden, die sich mit ihnen Autos anschauen wollten, aber die Mädels, mit denen sie normalerweise herumhingen, hatten allesamt andere Pläne. Als dann ganz unerwartet Camillo mit seiner Freundin vorbeigekommen war, hatten sie die beiden eingeladen, mit ihnen zu kommen. Ein Mädchen – wenn auch ein junges – war besser als keins.

»Okay, dann fahren wir!«, sagte Marco und ging in Richtung Wagen.

Thomas folgte ihm.

Hinter der Hausecke standen Marcos kleiner Bruder Camillo und dessen Freundin, ein hübsches, etwas südländisch aussehendes Ding mit braunen Augen. Es war noch ein weiteres Mädchen dabei, wahrscheinlich eine Somalierin. Sie war hübsch, aber ganz und gar in ein großes Tuch gewickelt und außerdem viel zu jung.

»Hi, Brüderchen, da hast du dir ja eine süße kleine Chica geangelt! Hast du ja gar nichts von erzählt!«, sagte Marco anerkennend und schlug ihm auf die Schulter.

Camillo warf Simone einen betretenen Blick zu.

»Das ist Simone, Simone, das ist mein großer Bruder Marco. Und das da ist Thomas.«

»Hallo«, grüßte Thomas.

»Das ist Fatima, Simones Freundin«, sagte Camillo und nickte zu ihr hinüber.

»Also, gucken wir uns ein paar geile Schlitten an?«, fragte Thomas.

»Immer mit der Ruhe«, sagte Marco, »ich muss doch erst mal die Mädels begrüßen!«

»Jetzt komm schon, Mann, lass uns fahren.«

Thomas schloss das Auto auf.

Simone bereute es bereits, sie hatte nicht die geringste Lust, mit diesen Männern mitzufahren, und flüsterte es Camillo zu.

»Okay, wir können dich ja unterwegs absetzen«, sagte Camillo.

Sie zögerte. Fatima wollte eine Tante besuchen, die in der Nähe wohnte, und gegen eine Mitfahrgelegenheit nach Hause war ja eigentlich nichts einzuwenden.

»Okay.« Sie umarmte Fatima kurz und vereinbarte mit ihr, am nächsten Tag zu telefonieren.

Camillo und Simone setzten sich auf die Rückbank. Thomas schob sich hinter das Lenkrad, und Marco nahm auf dem Beifahrersitz Platz.

Thomas setzte zurück. Als er aus der Parklücke in Richtung Lundtoftegade fuhr, bog ein schwarzer Mercedes um die Ecke und blockierte vor ihnen die Straße.

»Fuck, das sind die Devils!«, schrie Marco. »Zurück! Schnell, zurück! Verdammt!«

Thomas fuhr mit Vollgas rückwärts, hatte den Wagen aber noch nicht richtig ausgerichtet und rammte ein parkendes Fahrzeug. Zwei Devils sprangen aus dem Mercedes und kamen direkt auf sie zu. Camillo und das Mädchen auf dem Rücksitz begannen zu schreien. Thomas schaltete in den ersten Gang und fuhr etwas vor, um wieder frei zu kommen.

Einer der Devils blieb vor ihm stehen, hob eine Pistole und zielte auf ihn.

»Er hat eine Waffe!«, schrie Marco, »Fahr, jetzt fahr doch endlich!«

Thomas hatte wieder den Rückwärtsgang eingelegt und trat das Gaspedal durch. Sie mussten nur zwanzig oder dreißig Meter zurücksetzen, dann konnten sie wenden und Gas geben.

Ein Schuss übertönte alle anderen Geräusche.

Und dann noch einer.

Marco hörte ein Zischen wie von Luft, die aus einem Reifen entwich. Und dann mit einer leichten Verzögerung einen hohen, schrillen Schrei. Er kam von der Rückbank.

»Die haben mich getroffen! Die haben mich getroffen!«, schrie das Mädchen.

Mann, warum hatten sie die Tussi mitgenommen?

»Fuck, die schießen, die schießen ja wirklich auf uns!«

Marco sah entgeistert, wie Thomas den Wagen anhielt, die Tür öffnete und die Hände hob.

»He, was machst du denn, Mann?«, schrie Marco.

Gleich darauf waren die Devils am Wagen. Einer rammte Thomas seine Faust in den Magen. Stöhnend ging er zu Boden. Der andere Rocker war zu Marcos Tür gesprungen und zielte mit der Waffe auf ihn. Warum hatte er seine Waffe nur oben in der Wohnung gelassen? Wie dumm konnte man eigentlich sein?

»Raus aus dem Auto, du Witzfigur!«, sagte der Mann.

Marco öffnete die Tür und stieg mit erhobenen Armen aus.

Ein schwarzer Mercedes-Lieferwagen kam um die Ecke gebogen und parkte hinter dem Toyota. Die Schiebetür wurde von innen geöffnet. Ein weiterer Devil kam zum Vorschein.

»Rein mit euch«, sagte er und wedelte mit seinem Schießeisen herum.

Marco und Thomas tauschten kurz einen Blick, sahen aber beide keinen anderen Ausweg.

»Okay, ihr zwei auch!«

Der Devil mit der Pistole zeigte auf Camillo und Simone, die noch immer zitternd auf dem Rücksitz saßen. Simone stöhnte vor Schmerzen. Camillo knotete seinen Pulli um ihren Oberarm, doch das Blut begann gleich durch den Stoff zu sickern.

»Wir haben damit nichts zu tun«, sagte Camillo mit heiserer, brüchiger Stimme. »Könnt ihr uns nicht einfach gehen lassen? Ihr seht doch, wie sie blutet …«

»Ihr hättet euch vielleicht früher fragen sollen, mit wem ihr befreundet seid. Jetzt kommt schon, sonst knalle ich euch ab!«

Camillo half Simone aus dem Auto und stützte sie auf dem Weg zu dem schwarzen Lieferwagen.

In der Zwischenzeit hatten die Devils Marco und Thomas abgetastet und sie gezwungen, sich im Wagen auf den Bauch zu legen. Ihre Hände waren auf dem Rücken gefesselt. Camillo erfuhr die gleiche Behandlung, während sie Simone in die Ecke stießen und ihre Hände vor dem Körper fesselten. Dann wurde die Tür zugeworfen.

Sie hörten, wie die Zentralverriegelung aktiviert wurde, bevor der Wagen losfuhr.

*

Katrine hatte eine Weile überlegt, ob sie sich genauere Unterlagen aus dem Archiv nach oben bringen lassen sollte – jetzt, da sie schon einmal da war – oder ob es besser war, gleich zurück ins Präsidium zu fahren. Sie kam zu dem Schluss, dass die Informationen, die sie ans Licht befördert hatte, sicher nicht dazu führten, dass direkt jemand verhaftet wurde, sosehr sie sich auch selbst für sie begeisterte. Dazu waren die Beweise zu abstrakt. Außerdem konzentrierten sich die Ermittlungen nach dem gelungenen Nachweis von Asger Dahls DNA im Bordell jetzt sicher noch mehr auf ihn, so dass sie mit ihrer Geoprofilierung und den alten Brandfällen niemanden hinter dem Ofen hervorlocken konnte. Sie entschloss sich also, die Unterlagen über die Brandfälle holen zu lassen und das Material mitzunehmen. In den letzten beiden Berichten fand sie zwei weitere Brände. Danach machte sie sich auf die Suche nach Annemarie.

Sie erklärte ihr, was sie brauchte, aber Annemarie biss sich auf die Lippe, sah auf ihre Uhr und dachte nach.

»Okay, machen wir einen Versuch.«

Katrine ging wieder zu ihrem Platz. Jetzt konnte sie nur noch warten.

Warum rief ihr Vater nicht zurück? Das sah ihm gar nicht ähnlich. Irgendwann ging sie nach draußen und rief ihn an, aber er nahm den Hörer nicht ab. Sie hinterließ ihm eine Nachricht und bat ihn, sie zurückzurufen, egal, ob es Neuigkeiten gab oder nicht. Dann ging sie wieder zurück nach drinnen.

*

Jens saß in seinem Büro und ging die Aussagen durch, die sie über die sonntägliche Schießerei aufgenommen hatten, als sein Handy klingelte. Der Anruf kam von einer unbekannten Nummer.

»Jens Høgh.«

Jemand weinte hysterisch.

»Sie haben Simone mitgenommen, ich weiß nicht, was da passiert ist. Sie müssen kommen …«

»He, he, beruhigen Sie sich, wer ist denn da?«

»Hier ist Fatima«, sagte die Stimme. »Die haben Simone mitgenommen!«

Jens versuchte, die Gedanken, die ihm durch den Kopf schossen, unter Kontrolle zu bekommen. Fatima war Simones Freundin. Jemand hatte Simone mitgenommen? Wer? Was war da los?

»Fatima, jetzt atme mal tief durch und sag mir langsam und ruhig, wer Simone mitgenommen hat und was da passiert ist?«

Jens hörte, dass das Mädchen hyperventilierte, während er es kaum schaffte, selbst ruhig zu bleiben.

»Okay, ich habe Simone und ihren Freund getroffen, Camillo, in der Lundtoftegade.«

Freund? Camillo?, dachte Jens verwundert. »Ja, und was ist dann geschehen?«

»Ja, also, dann kamen Camillos Freunde, das heißt, einer ist sein großer Bruder oder so. Ich glaube, die wollten sich Autos angucken. Und gerade, als sie wegfahren wollten, kam ein Auto mit lauter Glatzköpfen. Die hatten Pistolen und haben geschossen!« Fatima begann wieder laut zu weinen.

Simone in eine Schießerei verwickelt? Wie konnte das sein ...? Jens durchfuhr eine Welle Angst.

»Ich habe Simone schreien gehört!«, sagte Fatime zwischen den Schluchzern. »Ich glaube, die haben sie getroffen! Und dann mussten alle in einen großen schwarzen Lieferwagen steigen, und mit dem sind die dann weggefahren.«

»Angeschossen? Simone?«, rief Jens.

»Ja, ich glaube schon«, heulte Fatima.

»Fatima, hör mir zu«, sagte Jens, während er die Ruhe zu bewahren versuchte. »Das ist sehr wichtig. Wann ist das passiert? Und hast du die Nummernschilder der Autos gesehen?«

Fatima schluchzte, trotzdem gelang es ihr zu stammeln:

»Gerade eben, vielleicht vor vier oder fünf Minuten. Ich hab erst meine Mutter angerufen, damit sie mir Ihre

Nummer aus der Klassenliste raussucht. Aber die Kennzeichen habe ich nicht gesehen.«

»Weißt du, wer das war?«

»Nee, ich habe überhaupt keine Ahnung.«

»Okay, okay, gut Fatima. Du hast alles richtig gemacht. Danke, dass du angerufen hast.« Er beendete das Gespräch.

Jens hatte nicht bemerkt, dass sich Lars und ein paar andere in seinem Büro versammelt hatten. Er hatte so laut gesprochen, beinahe in den Hörer geschrien, dass die anderen alles mitbekommen hatten. Jens sah sie an. In ihm war nichts als Leere und eine Angst, die jede Zelle seines Körpers lähmte. »Simone ist entführt worden!«, sagte er.

*

Torsten Bistrup nahm zum x-ten Mal vor Asger Dahl und dessen Anwalt Platz. Man hatte keinen Einfluss darauf, von wem man verhört wurde, das hatte Dahl im Laufe der letzten Wochen einsehen müssen.

Bei den vorangegangenen Verhören hatte Dahl müde und kraftlos gewirkt, doch heute, da der nächste Haftprüfungstermin nur noch zwei Tage entfernt war, wirkte er obenauf, als wäre er sicher, bald entlassen zu werden. Er glaubte anscheinend wirklich daran, nach Hause zu kommen und womöglich die Klage gegen die Polizei vorzubereiten, mit der er ihnen gedroht hatte. Aber damit würde jetzt bald Schluss sein, freute sich Torsten.

»Also, Asger«, sagte Torsten. »Seit unserem letzten Gespräch sind neue technische Beweise aufgetaucht.« Dahl schwieg. Seine Stimmung schien einen Dämpfer bekommen zu haben. »Beweise, die ein für alle Mal belegen, dass Sie uns von Anfang an belogen haben! Unsere Kollegen von der Kriminaltechnik haben Ihre DNA unter den vielen Spuren im *Salon S* feststellen können.«

Er sah nicht zum ersten Mal, wie die Hoffnung aus dem Gesicht eines Menschen verschwand. Bei Dahl wirkte es so, als risse jemand eine Jalousie nach oben, um sie dann laut und ohne Widerstand wieder nach unten rasseln zu lassen.

»Sie verstehen doch sicher unsere Vorbehalte Ihre Aussage betreffend, Sie seien nie da gewesen? Und dass wir uns in diesem Zusammenhang natürlich fragen, was wir Ihnen denn überhaupt glauben können?«

Asger Dahl schwieg.

Mogens Agerskov räusperte sich, ehe er sagte: »Ich würde gern ein paar Worte mit meinem Mandanten wechseln. Unter vier Augen.«

*

Der Lieferwagen hielt an.

Marco hörte die Stimmen der Männer. Und andere Stimmen.

Sie steckten echt in der Scheiße.

Da wurde die Schiebetür mit einem lauten, rollenden Rumpeln geöffnet. Ein Empfangskomitee erwartete sie.

Außer den drei Devils aus dem Mercedes und dem Fahrer des Lieferwagens sah Marco einen Mann, den er aus den Medien kannte.

Hector.

Fuck!

Er sah sich hektisch um. Sie befanden sich auf einer Art Containerplatz. Hinter Hector stapelten sich jeweils drei Container übereinander. Marcos Sicht war begrenzt durch das Auto, aber auch seitlich neben ihnen schienen Container zu stehen. Vermutlich konnte niemand sie sehen.

War das ihr Ende? Mussten sie jetzt sterben? Er spürte die Angst im ganzen Körper, ihm war übel, und ihm wurde schwindelig. Warum hatte er Camillo in diese Sache mit hineingezogen? Das alles war seine Schuld.

»Na, wen haben wir denn da?«, fragte Hector. Er hielt eine Pistole in der Hand und war sichtlich zufrieden mit der Situation. »Auf diesen Moment freue ich mich schon lange«, sagte er. »Holt sie raus!«

Jonas und Mathias zerrten Marco, Thomas, Camillo und Simone aus dem Wagen.

»He, was zum Henker ist mit dem Mädel passiert?«

Der Pulli, den Camillo um Simones Oberarm gewickelt hatte, war blutdurchtränkt.

»Die beiden saßen auf der Rückbank«, sagte Mathias, »und haben alles gesehen, deshalb dachte ich, es wäre das Beste, sie mitzunehmen. Wir mussten schießen, um sie aufzuhalten, die wollten abhauen. Dabei muss sie getroffen worden sein.«

»Du da!« Hector zeigte auf Camillo, der Simone stützte. Beide zitterten. Camillo hatte in die Hose gemacht. »Ja du, du bist doch auch so ein Kanake wie der da, oder? Seid ihr Brüder?«

»Ja, das ist mein kleiner Bruder«, sagte Marco. »Und ihr tut ihm nichts, der hat absolut nichts mit der Sache hier zu tun! Lasst ihn gehen.«

»Nun …«, sagte Hector und ging einen Schritt auf Marco zu. Hector hob die Pistole strich mit der Mündung über Marcos Gesicht. »Dann solltest du besser aufpassen und nicht in meinem Revier wildern.« Marco verzog keine Miene. Hector fuhr mit der Mündung über Marcos Wangenknochen. »Und wer ist die Kleine da? Ist das deine Flamme?« Hector sah wieder zu Camillo, der vorsichtig nickte.

»Ja, und mein Vater ist Kommissar, ihr solltet uns also lieber in Ruhe lassen«, sagte Simone wütend.

Hector erstarrte. »What the fuck!« Er sah erst zu Simone, dann zu Mathias und Jonas. »Eine Bullentochter? Mann, warum habt ihr die mitgebracht? Und dieses Bürschchen da? Was denkt ihr euch eigentlich?«

Die zwei Devils-Soldaten starrten betreten auf ihre Schuhe.

»Wir sollten doch diese beiden Idioten da holen«, sagte Jonas schließlich. Er nickte zu Marco und Thomas hinüber. »Es war nicht geplant, die beiden anderen mitzunehmen. Aber die haben alles gesehen, und da konnten wir doch nicht anders.«

»Verdammt, Mann, ihr habt die ganze Sache versaut!«, sagte Hector und tat sein Bestes, um nicht zu zeigen, wie wütend ihn die ganze Situation machte. Die Tochter eines Bullen. Verfluchter Mist. Das war echt der worst case. Und noch dazu angeschossen. Jetzt würden die Bullen keine Gnade mehr kennen, nein, jetzt kochte diese größte Bande Dänemarks vor Wut auf sie.

Was zum Henker sollten sie mit dem Mädchen machen? Sie hatte alles gesehen und konnte gegen sie aussagen. Wäre sie ein ganz normales Mädchen gewesen, hätten sie ihr gedroht und ihr solche Angst gemacht, dass sie irgendwann nicht einmal mehr ihren eigenen Namen kannte. Aber bei der da? Was war da das Richtige? Sie konnten sie doch nicht einfach umbringen?

Er musste Zeit gewinnen. Nachdenken.

»Bring sie wieder in den Lieferwagen, um die beiden kümmern wir uns später«, sagte Hector.

Mathias und Jonas stießen Simone und Camillo zurück in den Wagen und schoben die Tür zu.

Hector steckte seine Pistole zurück ins Schulterhalfter. »So, dann regeln wir das erst mal mit euch beiden. Deshalb sind wir ja hier«, sagte Hector.

Er drehte sich um und ging hinter einen Container.

Kurz darauf kam er mit einem Benzinkanister und einem Hammer wieder.

»Der Mercedes ist fertig«, sagte er und stellte den Kanister ab. »Um den kümmern wir uns später. Jetzt werdet ihr beide erst mal lernen, wie man einen Hammer benutzt.«

Hector sah zu Marco und Thomas, die unter ihrer sonnengebräunten Haut leichenblass waren.

*

»Jemand muss sie doch gesehen haben! Wo sind die hingefahren?«, rief Lars Sønderstrøm.

Die gesamte Taskforce hatte alles stehen und liegen lassen, um zu helfen, und auch die Kollegen des Morddezernats unterstützten sie. Im ganzen Stadtgebiet fahndeten Streifenwagen nach einem schwarzen Auto und einem schwarzen Lieferwagen. Die Tochter eines Kollegen war in Lebensgefahr. Das hatte höchste Priorität.

Trotzdem war bis jetzt noch aus keinem der Einsatzfahrzeuge ein Hinweis eingegangen.

Natürlich hatten sie Melby angerufen, der sofort das Sondereinsatzkommando der Polizei alarmiert hatte, das sonst nur bei Terrorwarnungen, Geiselnahmen oder der Räumung von Rockerburgen zum Einsatz kam. Sie hatten versucht, Simones Telefon zu orten, aber das war ausgeschaltet, nachdem sie es vor drei Stunden zuletzt benutzt hatte. In Nørrebro.

Was jetzt? Jens konnte doch nicht einfach nur herumsitzen und warten. Er sah Simone vor sich, in irgendeinem Lieferwagen, völlig verängstigt und ... O mein Gott! Was würden sie ihr antun? Panik machte sich in ihm breit, ihm wurde übel, dazwischen gab es Phasen, in denen er seinen Körper gar nicht mehr zu spüren glaubte. Verflucht, er musste doch irgendetwas tun können! »Komm, fahren wir in die Lundtoftegade«, sagte er und sah Lars an. »Die Techniker sind schon da draußen, vielleicht können wir bei den Verhören helfen. Es ist ja möglich, dass jemand etwas gesehen und sich die Nummer aufgeschrieben hat.«

Lars nickte. »Ja, natürlich.«

Auf dem Weg nach draußen zogen sie schusssichere Westen an und streiften sich das Holster mit der Dienstwaffe über die Schulter.

*

»Ich habe lange darüber nachgedacht, welche Strafe ihr verdient habt«, sagte Hector, während er um Marco und Thomas herumging. »Zuerst dachte ich, ich sollte euch zusammen mit dem da abfackeln«, sagte er, blieb dicht vor Thomas stehen und zeigte zu dem schwarzen Mercedes. »Aber das wäre vielleicht ein zu großes Risiko für zwei erbärmliche Ratten wie euch.« Er machte eine Pause und genoss ihre wachsende Panik über ihr ungewisses Schicksal. »Ihr müsst lernen, was meins ist und was euers. Und dass man von meinen Sachen tunlichst die Finger lässt.« Hector trat einen Schritt zur Seite und starrte Marco direkt in die Augen. »Deshalb bin ich zu dem Schluss gekommen, dass wir euch einen kleinen Denkzettel verpassen sollten, den ihr so schnell nicht wieder vergessen werdet. Ihr wisst schon, so eine Art auf die Handfläche gemaltes Kreuz als Gedächtnisstütze?« Hector sah Martin an. »Schneidet ihnen die Fesseln durch.«

Mathias nahm ein Springmesser, ließ die Klinge aufschnappen und schnitt die Fessel durch.

Beide rieben sich stöhnend die Handgelenke. Zwei Devils standen dich bei ihnen und passten auf, dass sie keinen Fluchtversuch unternahmen.

Hector ging zu Mathias und Jonas. »Ich habe mich gefragt, wem von euch ich die Ehre zuteilwerden lasse«, sagte er fast schon feierlich. »Jonas, du bist bald ein vollwertiges Mitglied der Devils, deine Abbruchfirma ist pleite, und du hast wegen Steuerhinterziehung gesessen. Deshalb dachte ich, dass Mathias das heute machen darf. Hier!« Hector gab Mathias den Hammer. »Ich gebe dir eine Chance. Das wird dir Pluspunkte einbringen, wenn wir das nächste Mal überlegen, wer eine Stufe nach oben rückt.«

Mathias stand da und wog den Hammer in der Hand. Es war ein schweres Werkzeug. Er sah nicht gerade glücklich aus, obwohl er damit einer vollwertigen Mitgliedschaft ein ganzes Stück näher kommen würde.

»Fangen wir mit dem Kanaken an«, sagte Hector. »Jonas!«

Jonas stieß Marco zu Boden und hielt ihn fest. Er nahm Marcos linke Hand und streckte sie auf dem Asphalt nach vorn. Zwei andere Männer setzten sich auf Marcos Körper und Beine. Er wehrte sich aus Leibeskräften.

»Scheiße, ihr dummen Arschlöcher!«, brüllte Marco.

Er stöhnte unter dem Gewicht der beiden schweren Männer, konnte sich aber trotz aller Versuche nicht rühren. Er kriegte fast keine Luft mehr und gab den Kampf schließlich auf. Besser die Sache so schnell wie möglich hinter sich bringen, dachte er und spürte, dass er kurz davor war, die Besinnung zu verlieren.

»Komm schon!«, rief Hector.

Mathias stand auf. »Nein, verdammt, Mann, ich kann das nicht.«

»Jetzt komm schon!« Hectors Tonfall ließ keinen Zweifel daran, dass es für Mathias kein Zurück mehr gab.

Trotzdem zögerte Mathias für den Bruchteil einer Sekunde, ehe er sich wieder hinhockte, sich zusammenriss, den Hammer hob und zuschlug.

Er traf Marcos Hand mit einem trockenen Knacken. Marco schrie auf. Erst ein lauter Schrei, dann ein langgezogenes Brüllen, das gar nicht mehr aufhören wollte.

Simone und Camillo rückten im Lieferwagen noch enger zusammen. Camillo hatte zu weinen begonnen, als er seinen großen Bruder mit den Rockern kämpfen und ihn dann vor Schmerzen schreien hörte.

Simone schob ihr Handy zurück in den Strumpf. Sie drehte ihre Hände so weit herum, wie es die Fesseln zuließen. Ihr Arm pochte wie die Hölle, und die Wunde hatte immer noch nicht zu bluten aufgehört. Sie sahen sich in die Augen, ohne etwas zu sagen.

*

Lars fuhr den Wagen.

Beide Männer schwiegen, als sie den Åboboulevard Richtung Nørrebro abfuhren. Jens schaute verwirrt durch die Scheiben. Die Stadt war ihm plötzlich so fremd, als sähe er sie zum ersten Mal, dabei war er schon tausendmal hier entlanggefahren.

In Höhe Blågårdsgade bekam Jens eine SMS. Er hielt das Handy in der Hand und sah auf das Display.

»Von Simone«, sagte er hektisch und öffnete die Mitteilung mit zittrigen Fingern. Leer. Sie hatte ihm eine leere SMS geschickt. Weil sie keine Möglichkeit hatte, etwas zu schreiben? Oder weil er ihr mal erzählt hatte, dass manche Leute das als Code benutzten, wenn sie in Schwierigkeiten waren? Er durfte sich nicht von der Angst übermannen lassen. Nicht daran denken, was ihr zugestoßen sein könnte. Was ihr zustoßen konnte. Konzentrier dich drauf, dass wir sie jetzt orten können. Jetzt würden sie sie finden. Er hatte nicht zu hoffen gewagt, dass sie ihr Handy noch hatte. Und noch weniger, dass sie eine Gelegenheit haben würde, es zu benutzen.

»Sollen wir umkehren?«, fragte Lars.

»Nein, wir fahren weiter«, sagte Jens. Sie waren nicht mehr weit von der Lundtoftegade entfernt. Das Sonnenlicht war greller als gestern. Die Geräusche lauter. Die

Gerüche stärker. Er wurde mit Sinneseindrücken überschüttet. Oder funktionierte sein Filter nicht mehr? Jens fühlte sich mit einem Mal so hilflos. Wie ein Kind, das nicht weiß, was es tun soll, wenn es merkt, dass es vielleicht nie wieder nach Hause finden wird ... Seine kleine Maus ...

So.

Okay.

Höchste Zeit, sich am Riemen zu reißen. Er durfte sich nicht so gehenlassen. Das half Simone nicht weiter. Jens raffte sich innerlich auf. Er musste sich konzentrieren. Er würde sie finden.

Sein Telefon klingelte.

»Sie haben das Handy im Nordhafen von Kopenhagen geortet, Containervej. Ein Einsatzkommando ist unterwegs.«

»Danke. Wir fahren direkt dorthin«, sagte Jens, beendete das Gespräch und warf Lars einen Blick zu. »Sie sind im Nordhafen. Die Spezialeinheit ist unterwegs.«

Jens nannte ihm die Adresse. Lars kurbelte das Seitenfenster runter, setzte das Blaulicht aufs Dach, schaltet die Sirene ein und gab Gas.

Einen Augenblick später raste die Zivilstreife über eine rote Ampel und mit 130 km / h über den Bispeengbogen.

*

Es brauchte vier Mann, um Thomas festzuhalten.

Er hatte heftig Widerstand geleistet, einem der Anwärter einen harten Schlag gegen den Wangenknochen verpasst und sich damit einen Tritt in die Rippen eingehandelt. Jetzt saßen drei Männer auf ihm. Zwei hielten seine Beine, der dritte hockte auf seinem Rücken und hielt einen seiner Arme fest.

Jonas hielt Thomas' anderen Arm gestreckt, so dass die Hand auf dem Asphalt lag.

Marco lag wimmernd neben ihm und begutachtete seine zertrümmerte Hand.

Mathias kniete sich mit erhobenem Hammer neben Thomas. Er war blass, aber ansonsten gefasst und entschlossen. Beim zweiten Mal war es irgendwie leichter.

Der Schlag fiel trocken und kraftvoll.

Simone und Camillo hörten das Geräusch von splitternden Knochen bis ins Auto.

Gefolgt von einem Schrei.

Die vier Anwärter, die Thomas festgehalten hatten, standen auf.

Hector ging vor Marco und Thomas in die Hocke. »Ich denke, ihr habt eure Lektion gelernt, oder?«, fragte er, während beiden sich aufzusetzen versuchten. Sie sahen leichenblass zu Hector hoch und sahen aus, als könnten sie jeden Augenblick ohnmächtig werden. »Man mischt sich nicht in Hectors Geschäfte ein, verstanden?«

Marco und Thomas nickten.

»Gut!«, sagte Hector und stand auf. »Dann wollen wir mal aufräumen und uns aus dem Staub machen. Fangen wir mit dem Auto an. Jonas, du nimmst den Kanister!« Hector schaute zum Lieferwagen. »Aber was zum Teufel machen wir mit den beiden da drinnen?«

*

Katrine hatte eine Ewigkeit auf ihre Unterlagen gewartet. Annemarie war zwischendurch zu ihr gekommen und hatte angedeutet, dass sie sich eventuell bis zum nächsten Tag gedulden müsse. Aber kurz vor dem Schließen kam sie dann doch wie ein erlösender Engel mit einem Stapel Fälle, die Katrine eilig kopierte. Zehn Minuten nach fünf stand sie auf dem Jagtvej, die Tasche voller unaufgeklärter und geklärter Brandstiftungen. Noch hatte sie keinen Überblick, aber den würde sie sich schon verschaffen.

Sie fuhr zum Präsidium. Das zähe Vorankommen im Berufsverkehr passte in keiner Weise zu dem Tempo in ihr selbst.

Die Räume der Taskforce waren wie ausgestorben, als sie im Präsidium ankam. Sie rief Jens an, um zu hören, ob er schon nach Hause gegangen war, aber er antwortete nicht.

*

Der Einsatzleiter gab kurze, klare Anweisungen.

Einen Augenblick später liefen zwölf Beamte der Sondereinheit mit Maschinenpistolen, schusssicheren Westen und Helmen aus drei verschiedenen Richtungen auf den Containerplatz zu.

Jens und Lars hatten die Order bekommen, sich im Hintergrund zu halten und auf ein Signal zu warten.

Der Maschendrahtzaun war im Handumdrehen zerschnitten, und die Männer begaben sich auf den Containerplatz. Im gleichen Augenblick bogen zwei Krankenwagen aus südlicher Richtung in den Containervej, langsam und ohne Sirene oder Blaulicht.

Jens lief zum nächsten Loch im Zaun. Lars war unmittelbar hinter ihm. Schwarzer Rauch stieg hinter den Containern auf. Was zum Teufel war da los?

*

Katrine war alle neun Fälle von Brandstiftung aus dem Sommer 1987 durchgegangen.

Beim ersten davon, im Gøgevej, war das Bett im Schlafzimmer der Brandherd gewesen. Nahe Familienangehörige der Frau hatten erzählt, dass sie häufig im Bett geraucht habe, und da in dem ausgebrannten Haus keinerlei Spuren eines Einbruches zu finden waren, war der Fall als Unfall zu den Akten gelegt worden.

Da kam ihr ein Gedanke: Die Einbrüche konnten aufgeklärt werden, weil Christian Letoft und Jim Hellberg von einem Mann erkannt worden waren, der in dem Viertel wohnte, in dem sie ihren dritten Einbruch gemacht hatten, und das zur Anzeige gebracht hatte. Der Zeuge hatte die beiden Jungs an jenem Abend auf der Straße gesehen, war aber früh am nächsten Morgen in den Urlaub gefahren und hatte erst eine Woche später nach seiner Rückkehr von dem Einbruch gehört, worauf er sich bei der Polizei gemeldet hatte. Die zwei hatten keine Fingerabdrücke hinterlassen und hatten sich des gesamten Diebesgutes entledigt. Woran die beiden Diebe allerdings nicht gedacht hatten, war die Tatsache, dass ein Ohr auf einer Scheibe beim Versuch zu horchen, ob jemand zu Hause ist, auch einen hervorragenden Abdruck hinterlässt. Die beiden gaben den Bruch zu und bekamen aufgrund ihrer Alters und weil sie noch keine Vorstrafen hatten, ein Urteil auf Bewährung.

In dem abgebrannten Haus dagegen waren solche Spuren nicht gesammelt worden, weil das bei der Sachlage nicht anstand – und die Fenster waren bei der starken Hitzeentwicklung des Brandes vielleicht zerborsten, dachte Katrine. Sie steckte einen andersfarbigen Pin in die Karte, die bereits an der Wandtafel hing. Jetzt war das Viereck zu erkennen.

Dann druckte sie eine Karte mit den acht übrigen Brandfällen aus. Sie hängte die Karte neben die andere und begann mit der Analyse. Drei Fälle waren aufgeklärt worden und hatten nichts mit Letoft und Hellberg zu tun. Vier Fälle waren als nicht aufgeklärt zu den Akten gelegt worden, bei denen es vorrangig um Vandalismus ging: Mülleimer in einer Schule, in einer Tageseinrichtung und in einem alten Badehaus am Strand sowie ein gestohlenes Mofa.

Sie trug die Punkte auf der Karte ein. Die Adressen ergaben ein zerfasertes Muster, das vom Strand zu den dicht beieinanderliegenden Einrichtungen reichte. Bei der Schule handelte es sich um die Schule in Rungsted, auf die Letoft und Hellberg gegangen waren.

Leider war es längst nicht so eindeutig wie das andere Muster. Anhand der Faktenlage war unmöglich zu klären, ob die Feuer von ein und derselben Person gelegt worden waren.

Zeitmäßig hatten die Brände zwischen den Einbrüchen stattgefunden. Aber das reichte noch nicht für ein klares Bild über den Wohnsitz des Täters.

Katrine stand auf und lief im Raum hin und her. Sie fühlte sich rastlos und unentschlossen. Sie hatte mehrmals versucht, Jens anzurufen, aber er hatte sich bis jetzt noch nicht zurückgemeldet. Sie hätte gerne gewusst, wie sich die Dinge um Asger Dahl weiterentwickelt hatten. Schließlich wählte sie sogar Bistrups Nummer, aber auch dort meldete sich niemand.

Es war spät, und die Chance, dass Jens an diesem Abend noch im Büro auftauchen würde, war eher gering. Also packte sie ihre Sachen zusammen und fuhr nach Hause.

*

Torsten Bistrup saß im Flur vor dem Verhörraum und wartete, dass Asger Dahl das Gespräch mit seinem Anwalt beendete.

Die Tür zum Verhörraum ging auf. Mogens Agerskov steckte den Kopf heraus. »Wir sind fertig.«

Bistrup ging wieder hinein. Asger Dahl war aschfahl im Gesicht und starrte auf die Tischplatte.

»Ich spreche für meinen Klienten«, erklärte Agerskov. Dahl hob nicht einmal den Blick. »Asger Dahl bekennt, dass er am Freitag, dem 7. Mai zwischen 22 und 23 Uhr den *Salon S* in der Rømergade besucht hat.« Der Anwalt machte eine kurze Pause, in der er seine Notizen überflog. »Mein Klient hatte sein Auto um fünf vor zehn am Israels Plads geparkt. Als er kurz nach elf wieder dorthinkam, stellte er fest, dass der Wagen nicht mehr dort war. Nachdem mein Klient eine Weile nach seinem Auto gesucht hat, ist er zu Fuß zu seiner Wohnung in der Weyesgade gelaufen. Mein Klient beteuert weiterhin seine Unschuld am Mord an Maja Jensen, und wir beantragen deshalb seine augenblickliche Freilassung.« Der Anwalt sah Asger Dahl an, räusperte sich und sagte:

»Mein Klient bedauert, dass er der Polizei unkorrekte Angaben gemacht hat, hofft aber auf Verständnis, da die Situation für ihn, wenn man so sagen will ...«, er suchte nach den passenden Worten, »unter Berücksichtigung seiner Arbeit und Position recht prekär ist.«

»Unkorrekte Angaben, das ist sehr diplomatisch ausgedrückt«, sagte Bistrup. »Ich würde es etwas anders formulieren: Sie haben uns zwei Wochen lang schamlos ins Gesicht gelogen. Sie haben vierzehn Tage lang unsere kostbare Zeit vergeudet. Darum fällt es mir wirklich nicht leicht zu glauben, was Sie oder Ihr Anwalt mir erzählen.« Er beugte sich etwas nach vorne. »Ich gehe davon aus, dass der Richter unserem Antrag auf eine Verlängerung der Untersuchungshaft um weitere vierzehn Tage stattgeben wird, denn den werde ich stellen.«

Asger Dahl umklammerte die Armlehnen seines Stuhles so fest, dass die Knöchel auf seinem Handrücken weiß hervortraten. Er kämpfte gegen seine Wut an, ließ sich dann aber doch hinreißen und sprang so rasch auf, dass sein Stuhl nach hinten kippte. Er griff nach dem nächstbesten Gegenstand auf dem Tisch, einem Kugelschreiber, und schleuderte ihn mit solcher Wucht gegen die Wand, dass er zersplitterte.

Bistrup sah mit hochgezogener Braue dem Kugelschreiber hinterher, ehe er aufstand und den Raum verließ.

*

Jens hörte Schreie, als er sich durch das Loch im Zaun schob. Er lief zum nächsten Container und tastete sich an der Rückseite entlang. Er schob den Kopf um die Ecke und sah einen schwarzen Mercedes in Flammen stehen.

Dann entdeckte er die vier Männer der Spezialeinheit, die mit erhobenen Maschinenpistolen zu dem brennenden Auto liefen. Jens rannte los. Lars hing ihm schnaufend an den Fersen. Zwei Container weiter hatten sie freien Blick auf die Szenerie.

Eine Horde Anwärter und ein paar Männer von den Devils lagen ausgestreckt auf der Erde. Sie hatten sich glücklicherweise widerstandslos ergeben.

Zwei junge Männer saßen auf dem Boden. Jens erkannte Marco wieder. Den anderen kannte er nicht. Beide schienen an jeweils einer Hand verletzt zu sein, die sie krampfhaft umklammerten. Jens begann zu ahnen, worum es hier ging. Sie waren mitten in einer Strafaktion gelandet. Aber wo war Simone, wie war sie in diesen Mist hineingeraten? Als er näher kam, entdeckte er den Lieferwagen. Das musste der Wagen sein, von dem Fatima erzählt hatte. In dem waren sie mit ihnen weggefahren.

Mit wenigen Schritten war er beim Wagen und riss die Seitentür auf. Und da saß sie, zusammengekauert neben einem völlig verängstigten Jungen.

»Papa!«, rief sie und brach in Tränen aus, als sie Jens sah. Sie hielt ihren Arm umklammert, um den ein blutiges Stück Stoff gebunden war. Er setzte sich auf die Rückbank und nahm sie in den Arm. Dann legte er beruhigend eine Hand auf die Schulter des zitternden Jungen.

*

Eine Frau war in ihrem Haus verbrannt.

Eine andere in einem Auto.

Die Gedanken mahlten in Katrines Wraas Kopf, und

als sie aus Kopenhagen herausfuhr, versuchte sich vorzustellen, was in dem Haus geschehen war. Auf der Karte hatte sie gesehen, dass das Haus am Ende eines Weges in einem kleinen Waldstück gestanden hatte. Das erklärte, wieso es so weit hatte abbrennen können, ehe das Feuer gelöscht worden war; wahrscheinlich war der Brand erst viel zu spät gemeldet worden.

Katrine wollte sich den Ort des Geschehens gern ansehen, andererseits war sie völlig zerschlagen vor Müdigkeit und sehnte sich nach ihrem Zuhause. Schließlich siegte aber doch die Neugier. Es war ja nur ein kleiner Umweg, dachte sie. Sie bog ab und fuhr in östlicher Richtung weiter.

Eine halbe Stunde später hielt Katrine vor einem gelben Holzhaus, das, wie sie meinte, durchaus Ende der achtziger Jahre gebaut worden sein konnte. Die übrigen Häuser in der Straße waren eine Mischung aus älteren Villen und gemauerten Einfamilienhäusern.

Sie stieg aus dem Wagen, näherte sich dem Haus und sah einen Mann im Garten. Er schaute zur Straße und schien sich zu wundern, was sie an seinem Garten so interessant fand, was man ihm nicht verdenken konnte.

»Kann ich Ihnen helfen?«, fragte der Mann freundlich. Er mochte so um die sechzig sein.

Aus einem Impuls heraus beschloss sie, mit offenen Karten zu spielen. »Ja, vielleicht«, sagte sie und betrat den Garten. »Ich bin von der Polizei und ermittle in einem Mordfall.«

*

»Du hast wirklich Glück gehabt«, sagte die Notärztin, die Simones Schussverletzung behandelt hatte. »Es sieht aus, als wäre nur der Oberarmmuskel verletzt.«

Jens sah den dünnen, weißen Arm seiner Tochter an, der in einer massiven Kompresse steckte.

Ein paar Zentimeter weiter innen hätte die Kugel den Oberarmknochen zerschmettert. Und fünfzehn Zentimeter weiter hätte es den Brustkorb getroffen. Mit fatalen Folgen, womöglich. Jens schob den grauenvollen Gedanken schnell von sich.

»Wir bringen dich jetzt ins Krankenhaus, damit sie dich dort genauer untersuchen können. Eventuell muss genäht werden«, sagte die Ärztin.

Simone nickte tapfer, wurde aber noch ein bisschen blasser, als sie an Krankenhaus und Spritzen dachte. Sie sah Jens an, während ihr die Tränen über das Gesicht liefen. Er drückte ihre Hand und streichelte ihr über die Haare.

*

»In einem Mordfall?«, fragte der Mann erstaunt, als Katrine Wraa näherkam. »Ist hier denn jemand ermordet worden?«

»Nein, nein«, sagte sie beruhigend. »Es geht um ...« Wie sollte sie ihm das erklären? »Es geht um einen Fall in Kopenhagen, aber ich sammele Hintergrundinformationen zu einigen verdächtigen Personen.«

»Aha? Aber, ähm, hat dieser Ort hier irgendwas damit zu tun?«, fragte er.

»Das wissen wir noch nicht so genau. Darf ich Sie fragen, wie lange Sie schon hier wohnen?«

»Ich habe das Haus oder vielmehr das Grundstück 1987 von meiner Mutter geerbt. Eine tragische Geschichte«, sagte er mit traurigem Blick. »Das Haus ist abgebrannt. Und meine Mutter ist bei dem Brand ums Leben gekommen. Sie hatte im Bett geraucht«, sagte er mit einem Seufzer, lächelte aber, als hätte er sich längst mit der Tragödie ausgesöhnt. »Dabei hatte sie noch kurz zuvor beteuert, mit dem Rauchen aufgehört zu haben. Aber das stimmte wohl nicht. Sie liebte es, mit einer Zigarette und einem Buch im Bett zu liegen.«

Katrine musterte ihn eingehend. Vor ihr stand der Sohn der Frau, die bei dem damaligen Brand ums Leben gekommen war. Sie musste ihre Worte gründlich abwägen, um nicht alte Wunden aufzureißen.

»Ich habe mich damals entschlossen, ein neues Haus zu bauen und hierherzuziehen. Es ist ein hübscher Ort«, sagte er und sah sich zufrieden in seinem Garten um.

»Ja, wirklich sehr schön«, sagte Katrine.

»Aber ich verstehe immer noch nicht, was Sie wollen?«, sagte der Mann.

»Ich glaube, ich habe mich in der Adresse geirrt«, sagte Katrine. »Tut mir leid. Danke für Ihre Hilfe.«

Sie lächelte den Mann an, der freundlich nickte, bevor sie sich nach ein paar Schritten rückwärts umdrehte und rasch zu ihrem Wagen zurückging.

*

Ein Sohn hatte seine Mutter verloren.

War es ein Unfall gewesen oder die kaltblütige, brutale Tat zweier Jugendlicher, denen die Spannung im Leben fehlte?

Hatte Letoft mitgemacht? Hatten die beiden Jugendlichen zwischen den Einbrüchen alles Mögliche abgefackelt? War er deshalb auf die Idee gekommen, ein Auto in Brand zu stecken?

Aber warum?

Sie musste mehr über Christian Letoft in Erfahrung bringen, um dort weiterzukommen. Katrine überlegte, was sie als Nächstes tun sollte, und fluchte innerlich, dass Jens sich noch immer nicht gemeldet hatte.

Da kam ihr der Gedanke an Christian Letofts Adoptiveltern. Sie wohnten doch gleich hier in der Nähe. Wenn sie es geschickt anstellte, würden sie ihr vielleicht etwas über Christians Beziehung zu Jim erzählen.

Katrine gab die Adresse in ihr Navi ein. Sie wohnten nur einen Kilometer entfernt.

*

Katrine ging durch den Vorgarten von Christian Letofts Elternhaus. Im Carport stand ein neuer Audi. Der ehemalige Autohändler war also fahrtechnisch auf dem neuesten Stand.

Katrine klingelte und trat einen Schritt zurück. Sie hatte sich zurechtgelegt, was sie sagen wollte. Die Situation war ja ein wenig prekär. Christian hatte seinen Adoptiveltern vermutlich nichts davon gesagt, dass seine Halbschwester Kontakt zu ihm aufgenommen hatte. Und wussten sie überhaupt, dass Christians biologischer Vater noch ein Kind gehabt hatte? Wahrscheinlich nicht.

Wie sollte sie das Gespräch eröffnen? Es gab nur eine Möglichkeit, aber damit überschritt sie eine Grenze. Weder Kragh noch Melby würden sehr erbaut sein, wenn sie es erfuhren.

Sie wollte gerade ein zweites Mal klingeln, als die Tür von einer älteren Dame geöffnet wurde. Sie musterte Katrine skeptisch wie einen lästigen Vertreter.

»Mein Name ist Katrine Wraa, ich bin von der Polizei in Kopenhagen. Entschuldigen Sie die späte Störung, aber ich ermittele in einem Mordfall, in dem es eine Verbindung zu dem leiblichen Vater ihres Sohnes gibt. Ich habe bereits mit Ihrem Sohn gesprochen. Darf ich einen Augenblick hereinkommen?«

Die Frau sah Katrine misstrauisch an und rief dann ihren Mann.

»Arne, da ist eine Frau von der Polizei. Sie will mit uns reden.«

Gleich darauf erschien ein älterer, großer Mann mit grauen, welligen Haaren und vollen Wangen.

Katrine wiederholte ihr Anliegen.

Arne Letoft musterte Katrine eindringlich, während er zu überlegen schien, was von ihm erwartet wurde.

»Wir haben Besuch von unseren Enkeln«, sagte der Patriarch im Türrahmen mit einem Blick auf seine Frau, ehe er sich wieder Katrine zuwandte. »Wenn Sie also mit mir vorliebnehmen würden. Treten Sie ein, dann gehen wir in mein Büro.«

Katrine sah Frau Letoft ins Wohnzimmer verschwinden, aus dem Kinderstimmen zu hören waren.

Arne Letoft führte Katrine in ein mit schweren alten Eichenmöbeln ausgestattetes Eckzimmer, in dem die Zeit stehengeblieben zu sein schien. Nur der Laptop auf dem Schreibtisch passte nicht zu dem Gefühl einer Reise in die Vergangenheit. Ein dunkles Regal mit ledergebundenen Büchern und den dünnen, bunten Rücken von Automagazinen füllte die eine Wand, gegenüber stand eine riesige Glasvitrine mit Miniaturmodellen von Autos.

»Eine imposante Sammlung«, sagte Katrine, um das Eis zu brechen. Sie stellte sich vor die Vitrine, um sie sich die Modelle anzusehen.

»Ja, mit dem Sammeln habe ich lange vor meinem Start in der Autobranche angefangen. Hier stehen alle Jahrgänge der Topmodelle von BMW und Audi, seit 1964. Unten im Keller sind noch mehr.« Arne Letoft, passionierter Autohändler, sah sie stolz an. In seiner Stimme klang ein freundlicher Unterton mit, seine Lippen deuteten ein Lächeln an. Er betrachtete hingerissen seine Modellautos, ehe er sich wieder Katrine zuwandte. »Sie wollen mit mir über Christians leiblichen Vater sprechen? Kommen Sie, setzen wir uns.«

Arne Letoft wies einladend auf einen der Stühle vor dem Schreibtisch. Er selbst setzte sich in den Lederstuhl hinter dem Tisch, der ächzte, als sein Gewicht die Federn nach unten drückte.

»Ja«, sagte Katrine und setzte sich. »Deswegen bin ich hier.«

Arne Letoft wartete geduldig auf ihren Einsatz.

»Wir ermitteln in einem Mordfall an einer Frau namens Maja Jensen. Sie war Prostituierte und ist vor zwei Wochen in einem Auto verbrannt. Bei der näheren Untersuchung ihres Hintergrundes haben wir herausgefunden, dass ihr Vater für den Mord an seiner ersten Ehefrau verurteilt worden war. Und dass ihr Vater auch Christians Vater ist.«

Arne Letoft stieß einen überraschten Laut aus.

Katrine erklärte ihm die Zusammenhänge.

»Nachdem er seinen Sohn zur Adoption freigegeben hatte, hat er noch einmal geheiratet und bekam mit der zweiten Frau eine Tochter. Diese Tochter wurde nun ermordet. Sie war Christians Halbschwester.«

»Die ermordete Prostituierte war Christians Halbschwester? Sieh an.« Arne Letoft rutschte nervös auf seinem Stuhl nach vorn. »Das kommt ziemlich überraschend. Aber was hat das mit Christian zu tun?«

»Wir wüssten gerne, ob Sie in irgendeiner Form Kontakt zu Maja hatten?«

»Ich weiß seit circa dreißig Sekunden von ihrer Existenz, die Antwort ist also ein klares Nein«, sagte er mit fester Stimme.

Katrine nickte. »Wir würden gerne so viel wie möglich über Maja Jensen in Erfahrung bringen«, erklärte sie. »Bisher wissen wir nur, dass sie einen Haufen Probleme hatte, unter anderem als Kind in der Schule. Sie wurde gemobbt und aus der Gemeinschaft ausgeschlossen.« Sie machte eine kleine Pause. Sie hängte sich gerade ziemlich weit aus dem Fenster. Arne Letoft sah sie fragend an und wartete auf eine Fortsetzung. Katrine gab sich einen Ruck und überwand ihren inneren Widerstand. »Die anderen Kinder reagierten, verständlicherweise, sehr heftig auf die Tatsache, dass Majas Vater jemanden umgebracht hatte. Und es gab anscheinend keine Erwachsenen, die eingegriffen und sich darum gekümmert haben.«

Arne Letoft sah plötzlich unnahbar aus. »Sie müssen schon entschuldigen«, sagte er, »aber ich sehe nicht ganz, worauf Sie hinauswollen.«

»Ich versuche, mir ein umfassendes Bild über Majas Kindheit zu verschaffen.«

»Wenn Sie mir trotzdem erklären könnten, was das mit Christian zu tun hat?«

»Hatte Christian auch diese Art von Problemen in der Schule?«

Arne Letoft zögerte für die Dauer eines tiefen Atemzugs, ehe er antwortete. »Christian hatte ... Probleme in der Schule, als wir noch in Skive wohnten. Aber das ist lange her.«

»Wie alt war Christian, als Sie von Skive hierhergezogen sind?«

»Zwölf Jahre. Er hat hier in der fünften Klasse angefangen.«

»Warum sind Sie umgezogen?«

Erneut ein tiefer Atemzug. »Aus Rücksicht auf Christian. Meine Frau hatte sich den verkehrten Menschen anvertraut, und innerhalb kürzester Zeit war die Geschichte in der gesamten Gemeinde rum. Aber es war ja nicht seine Schuld, dass sein Vater ... Also haben wir beschlossen, hier in Seeland einen Neuanfang zu machen. Ich habe die Firma verlegt, und wir haben uns dieses Haus gekauft.« Er breitete die Arme aus. »Ich habe das Geschäft weiter ausgebaut, und Christian führt die Firma nun mit großem Erfolg weiter.«

»Und hier wusste niemand von der Geschichte?«

»Nein. Wie gesagt, das war ein Neuanfang. Meine Frau und ich waren der Meinung, dass es für alle besser war, wenn niemand etwas über die Vergangenheit des Jungen erfuhr. Wir wollten ja nicht, dass sich das Ganze wiederholte. Also haben wir seitdem nicht mehr darüber gesprochen. Zu Christians großer Erleichterung, muss ich unterstreichen. Er war froh, dass wir Gras über die Geschichte wachsen ließen.«

Die Scham wurde totgeschwiegen, dachte Katrine. In bester Absicht. Dabei steckte sie bereits in ihm fest. Die Scham über seine Familie. Hatte er Maja deshalb keinen Zutritt zu seinem Leben gewähren können?

»Es muss hart für Sie als Eltern gewesen sein, dass er so etwas hatte durchmachen müssen?«

»Natürlich war es das«, sagte Arne Letoft, den Blick auf einen Punkt hinter Katrine gerichtet. »Wir wollten ihm so gern eine neue Chance im Leben geben, und dann ...« Ein einzelnes, verbitteres Zucken mit dem Mund.

»Und die hat er hier in Rungsted bekommen?«

»Ja.«

Die Nervosität setzte wieder ein. Sie war erneut bei Zusammenhängen gelandet, die ihre Karriere ruinieren konnten. »In Umfeld unserer Ermittlungen sind wir hier in Rungsted auf eine Person gestoßen, mit der Christian befreundet war. Ich weiß nicht, ob sie ihn kennen? Er heißt Jim Hellberg.«

»Ja, danke! Den kenne ich gut«, schnaufte Letoft senior verächtlich. »Aber wieso fragen Sie Christian nicht selbst?«

»Das habe ich vor.«

»Gut, ich tue, was ich kann.«

»Wie haben die beiden sich kennengelernt?«

»Er ging in die Klasse, in der Christian angefangen hat. Und sie haben sich angefreundet.«

»Wie würden Sie Jim Hellberg beschreiben?«

»Wie?« Er spuckte das Wort förmlich aus. »Ein Scheißkerl. Mir fällt kein besseres Wort für ihn ein. Von unserer ersten Begegnung an war mir klar, dass er eine ganz schlechte Gesellschaft für unseren Christian war.«

»Wie war ihr Verhältnis?«

»Wenn ich ganz ehrlich sein soll«, sagte Arne Letoft mit einem Seufzer, »kann ich es nicht sagen. Ich stand unter ziemlichem Druck, die Firma zu etablieren. In den Jahren habe ich nicht viel von Christian mitbekommen. Aber ich habe ihn mehrfach aufgefordert, sich von Jim fernzuhalten.«

»Hat er das getan?«

»Nein.«

»Was hat Sie an diesem Jim so gestört?«

»Er war genau wie sein Vater.«

»Und wie war sein Vater?«

»Ich bin ihm nur ein paarmal in der Schule begegnet. Er kam immer in einem offenen Sportwagen angefahren, einem MG. Wenn Sie mich fragen, war er ein echter Angeber, ein Scharlatan, ein Schwindler. Er hat seine Frau verlassen, aber das war, bevor wir hierhergezogen sind. Er hat sich dann in Kopenhagen niedergelassen. Der hatte sicher dubiose Geschäfte am Laufen, es ging das Gerücht, dass dieser Mann einem alles beschaffen konnte.« Arne Letofts Gedanken wanderten in die Vergangenheit, er schüttelte den Kopf. »Er drehte erotische Filme und soll eins seiner Models geheiratet haben. Die Leute zerrissen sich das Maul, das können Sie sich ja wohl denken. Seine frühere Frau, Jims Mutter, habe ich auch das eine oder andere Mal in der Schule getroffen, nachdem Christian in der Klasse angefangen hatte. Sie hatte ein Alkoholproblem, aber wohl nur, bis sie ihren neuen Mann kennenlernte. Das war eigentlich ein ganz netter, ehrlicher Kerl, der bei Mærsk gearbeitet hat. Für sie war das der absolute soziale Aufstieg. Sie hing an ihm wie eine Klette. Sie sind viel gereist, wie ich von Christian mitbekam, waren selten zu Hause. Jim war also mehr oder weniger auf sich gestellt.«

»Jim hat ein Urteil auf Bewährung bekommen wegen Einbruchs. Und diese Einbrüche hat er gemeinsam mit Christian verübt. Was ist damals passiert?«

Arne Letoft schob seinen Stuhl ein Stück nach hinten und sah Katrine mit zornigem Blick an. »Jim hat Christian erpresst. Er hatte eine merkwürdige Macht über ihn. Sie sind bei Freunden von uns eingebrochen. Können Sie sich das vorstellen? Das war entsetzlich peinlich! Während der Verhandlung kam heraus, dass Christian bei einem Abendessen bei ebendiesen Freunden aufgeschnappt hatte, dass sie verreisen wollten. Das war ihr erster Einbruch. Entsetzlich.«

»Sie haben ein Urteil auf Bewährung bekommen. Wie ging es danach weiter?«

»Christian war sich wenigstens seiner Schuld bewusst. Wir haben ihm ein Ultimatum gestellt. Er wusste zu dem Zeitpunkt, dass er den Autohandel irgendwann übernehmen sollte, und das wollte er auch sehr gerne. Er war schon immer sehr interessiert an Autos gewesen. Also haben wir ihn vor die Wahl zwischen Jim oder einer Zukunft bei *Letoft Automobile* gestellt. Wenn er sich weiterhin mit Jim traf, würden wir ihn nicht weiter unterstützen. Andererseits wollten wir ihm helfen, sein höheres Handelsexamen zu machen, damit er mein Nachfolger in der Firma werden konnte, wenn er endgültig mit Jim brach. Zum Glück hat er sich für Letzteres entschieden.« Letoft faltete zufrieden die Hände.

»Was ist aus Jim geworden?«

»Wir haben ihn glücklicherweise nie mehr gesehen. Aber er soll zur See gefahren sein. Ich glaube, sein Stiefvater hat ihm einen Platz auf einem Schiff organisiert.«

»Wissen Sie, ob er oder jemand anderes aus Christians Freundeskreis rumgezündelt hat, Lausbubenstreiche und so weiter?« Katrine hielt die Luft an.

»Jim?«

»Ja. Oder ...«, sagte sie so beiläufig wie möglich.

»Glauben Sie, dass es da einen Zusammenhang mit dem aktuellen Mord gibt?«

»Nein«, sagte Katrine, »aber wir sind auf eine Reihe unaufgeklärter Brände in dem Zeitraum gestoßen. Können Sie sich daran erinnern?«

»Nein.« Letoft schüttelte energisch den Kopf. »Ich habe keine Ahnung, was aus Jim Hellberg geworden ist. Und ich will es, ehrlich gesagt, auch gar nicht wissen! Mein Sohn ist ein ehrlicher Mann, der einen harten Start ins Leben hatte. Und wenn Sie keine weiteren Fragen haben ...« Er schob den Stuhl vom Tisch weg und machte Anstalten, sich zu erheben.

Katrine stand auf und reichte Arne Letoft die Hand. »Vielen Dank für Ihre Hilfe«, sagte sie.

Arne Letoft brachte sie zur Tür. Sie verabschiedeten sich, und Katrine ging zurück zu ihrem Auto.

Sie starrte mit leerem Blick durch die Windschutzscheibe auf die verwaiste Straße. Wenn sie doch nur wüsste, was die beiden damals gemacht hatten. Ging der vierte Einbruch auch auf ihr Konto, und waren sie auch für die anderen Brände verantwortlich? Am liebsten wäre sie umgehend zu Christian gefahren, um ihn damit zu konfrontieren. Sie würde es ihm ansehen, da war sie sich sicher. Aber dafür müssten sie ihn zum Verhör ins Präsidium bestellen.

Katrine fuhr Richtung Strandvej. Sie wollte über die Küstenstraße nach Hause fahren und in einem der Hafenorte eine Kleinigkeit essen.

*

Arne Letoft schaute aus dem Fenster. Die rothaarige Frau setzte sich in eine Schrottkarre von einem Opel und fuhr los.

Er ging zurück an den Schreibtisch. Zögerte. Sie wollten doch ausgehen? Egal, das hier war wichtiger. Er wählte die Nummer seines Sohnes. Arne Letoft lauschte dem Freizeichen und wollte gerade auflegen, als endlich jemand antwortete.

»Christian.«

Seine Stimme klang anders als sonst, aber Arne konnte nicht recht deuten, was daran anders war.

»Hallo, Christian. Seid ihr wieder zu Hause?«

»Ja«, antwortete Christian kurz angebunden.

»Ich wollte dir nur sagen, dass ich gerade Besuch von einer Dame von der Polizei hatte. Katrine Wraa heißt sie.«

»Von der Polizei?«

Er klang kurzatmig. War er gelaufen?

»Ja. Sie hat mir einen Haufen Fragen zu Jim Hellberg und … ja, zu Jørn gestellt.«

»Vater, ich habe jetzt keine Zeit. Ich muss los.«

Christian legte auf.

Arne Letoft stand lange da und starrte den Telefonhörer an.

*

»Sie wird keine bleibenden Schäden zurückbehalten. Die Kugel ist sauber durch den Muskel gegangen, der Knochen wurde nicht in Mitleidenschaft gezogen.« Der Arzt, der Simone operiert hatte, sah Jens beruhigend an. »Die Austrittswunde ist ...«, er zögerte kurz, »... na ja, Sie als Polizist wissen ja, dass die Austrittswunde das Schlimmste ist?« Jens sackte in sich zusammen und nickte. »Aber ich habe mir wirklich Mühe gegeben. Sie wird natürlich eine Narbe zurückbehalten, aber sie ist noch jung, das wird gut verheilen. Sie liegt jetzt im Aufwachraum, und Sie können gerne zu ihr.«

Sie gingen zusammen in den Raum, in dem mehrere frisch operierte Patienten lagen. Jens sah seine große, kleine Tochter zwischen all den Apparaten, die ihren Puls und Blutdruck maßen. Ihr Gesicht war beinahe so weiß wie das Kissen, auf dem ihr Kopf lag.

»Sie hat ziemlich viel Blut verloren, wir haben ihr ein paar Konserven gegeben«, sagte der Arzt leise. »Sie können sich hierhersetzen.«

Jens setzte sich auf einen Stuhl neben dem Bett und nahm ihre Hand. Auf dem Weg ins Krankenhaus war sie nicht in der Lage gewesen, die Fragen zu beantworten, die er ihr so vorsichtig wie nur möglich gestellt hatte. Und ihr ... Freund? – warum hatte sie ihm nicht von ihm erzählt? Die Kollegen, die den gesamten Handlungsverlauf zu rekonstruieren versuchten, hatten Camillo mit zum Verhör genommen, so dass er sich noch gedulden musste, bis seine Fragen beantwortet wurden. Er folgte dem langsamen Heben und Senken von Simones Brustkorb. Sie schlief.

Seine Eltern wollte er erst informieren, wenn die Operation überstanden war, um sie nicht unnötig zu beunruhigen. Jetzt ging er auf den Flur hinaus und stellte sich so hin, dass er Simone durch das Fenster in der Tür sehen konnte.

Vor einem der anderen Krankenzimmer saßen zwei Uniformierte, die dem Äußeren nach frisch von der Polizeischule kamen. Jens nahm an, dass sie für Thomas und Marco abgestellt waren, deren Blessuren hier behandelt wurden.

Er schaltete das Handy ein und wählte die Nummer seiner Eltern. Sie wollten sich sofort auf den Weg ins Krankenhaus machen.

Dann hörte er unkonzentriert die Nachricht auf seiner Mailbox ab, wobei er Simone nicht aus den Augen ließ.

Katrine hatte irgendetwas herausgefunden und wollte jetzt nach Rungsted fahren. Er sollte sie anrufen. So schnell wie möglich.

Das musste warten.

Er wollte da sein, wenn Simone aufwachte.

Er schrieb eine kurze SMS an Katrine. *Bin mit Simone im Krankenhaus. Ruf dich später an.*

Danach schaltete er das Handy wieder aus und ging zurück zu seiner Tochter.

*

Die Verlockung war einfach zu groß.

Katrine Wraa ging vom Gaspedal und bog in die kleine Stichstraße ein. Ein Stück von Letofts Haus entfernt blieb sie stehen. Sie wollte sich nur einen Moment das Haus angucken und nachdenken. Das Ganze sacken, alles noch einmal in Ruhe Revue passieren lassen. Sie stellte sich Maja vor, die Christian aufgesucht hatte. Die Ablehnung, die sie vermutlich zu spüren bekommen hatte.

Katrine wurde aus ihren Gedanken gerissen, weil ihr Handy klingelte. Ihr Vater.

Ihr Herz begann, heftig zu hämmern. Waren die Ergebnisse der Proben jetzt da?

»Hi, Dad.«

»Hi, Love.« Er klang müde, dachte sie, als sie aus Christian Letofts Haus den Schrei einer Frau hörte.

»Ich rufe sofort zurück, Dad, ich bin noch unterwegs … Ich rufe dich so schnell wie möglich zurück, okay?«

»All right then.«

Sie brach das Gespräch ab, steckte das Handy in die Tasche und ging in den von einer üppigen Buchenhecke umgebenen Vorgarten und weiter zur offen stehenden Haustür. Sie stieg die Stufen hoch und trat durch die Tür, als ein scharfer Schmerz ihren Körper wie ein Stromschlag durchzuckte.

Etwas wurde ihr über den Kopf gestülpt.

Dann war alles schwarz.

TEIL 4

Er war gefährlich.

Das war mir im selben Moment klar, als ich ihn das erste Mal sah. Erst viel später fand ich heraus, dass er auch meine Rettung sein konnte.

Er war einer der Männer, die sich meinem Körper nie hingegeben haben. Er hat ihn genommen. Trotzdem gab es etwas an ihm, das ich gut leiden konnte. Etwas, das mich an mich erinnerte. Die Ambitionen, vielleicht. Die Waghalsigkeit. Der Zorn? Die Selbstverständlichkeit, mit der er Besitz von mir ergriff. Und er machte mich scharf, etwas, was nur noch sehr selten passierte.

Darum habe ich ihn wiederkommen lassen.

Ich habe ihm geholfen, als er in der Klemme steckte, und er vertraute mir.

Sein Vertrauen wiederum hatte zur Folge, dass er mir ganz neue Möglichkeiten eröffnete. Eine neue Welt tat sich vor mir auf. Darum schloss ich einen diskreten, riskanten – und lukrativen – Vertrag mit ihm.

Als Simone endlich die Augen aufschlug, war sie total desorientiert. Sie drehte den Kopf hin und her und sah sich verwirrt im Raum um. Auch ihn sah sie erst mit leerem Blick an, doch dann kam die Erinnerung zurück und mit ihr die Tränen.

»Es ist überstanden«, sagte Jens. »Ich bin hier. Du bist in Sicherheit.«

Simone schielte auf ihren verletzten Arm.

»Du hast Glück gehabt, und sie haben richtig schön genäht.«

»Wie geht es Camillo?«, fragte Simone.

»Er wird gerade verhört. Ich denke, es geht ihm gut.«

Simone nicke. Dann fing sie wieder an zu weinen. »Jetzt kann ich nicht mehr tanzen«, sagte sie, als sie wieder sprechen konnte.

Er nahm sie in den Arm. »Das wirst du wieder können. Das verspreche ich dir.« Er wartete, bis sie sich etwas beruhigt hatte. »Simone, was ist da passiert?«

»Entschuldige, ich wollte dir ja davon erzählen, aber ...« Sie schluchzte und erzählte unzusammenhängend und sprunghaft, aber am Ende hatte Jens die Puzzleteile der Geschichte zusammengesetzt, wie seine Tochter mitten in einer Schießerei gelandet war.

Kurz nachdem sie mit ihrem Bericht fertig war und

Jens ihr etwas zu trinken gegeben hatte, ging die Tür auf, und eine Krankenschwester trat ein, um Jens mitzuteilen, dass er sich umgehend bei Lars Sønderstrøm melden sollte. Im gleichen Moment betraten Jens Eltern' das Krankenzimmer.

Jens stellte das Glas auf den Beistelltisch, umarmte seine Eltern und nahm wieder Simones Hand. »Ich ruf mal eben kurz Lars an, bin aber gleich wieder da.«

»Geh nicht weg«, sagte Simone.

»Ich bin nur vor der Tür und sofort wieder zurück. Oma und Opa bleiben bei dir.«

»Okay«, sagte sie und ließ seine Hand los.

Jens stand auf. Sein Vater übernahm seinen Stuhl und griff nach Simones Hand. Jens bekam bei dem Anblick einen dicken Kloß im Hals. Er verließ die Station und schaltete sein Handy ein.

Lars antwortete unmittelbar. »Alles in Ordnung mit ihr?«

»Den Umständen entsprechend«, sagte Jens und berichtete kurz von der Schusswunde und was Simone ihm zum Verlauf erzählt hatte.

»Was für ein schreckliches Erlebnis für sie«, sagte Lars. »Aus Hector und seinen Männern haben wir nicht viel rausbekommen, die haben wie erwartet dichtgehalten. Dafür haben wir etwas mehr Details von Marco und Thomas bekommen, nachdem sie Morphin intus und die Hände in Gips hatten.«

»Was haben sie gesagt?«

»Sie haben erzählt, dass sie nur eine Spritztour machen wollten, als die Devils sie überfallen haben. Sie haben sich als absolut unschuldige Opfer dargestellt und vorgegeben, dass die Devils das mit dem Bordell in den völlig falschen Hals gekriegt hätten. Marco hätte was von der einen gewollt, aber diese verklemmte Blondine hätte das einfach missverstanden, meinte er.«

»Was haben sie über Simone und Camillo gesagt?«

»Dass die rein zufällig dabei gewesen sind, um sich mit ihnen Autos anzugucken. Sie hätten Simone vorher noch nie gesehen, und es sei ein Unfall gewesen, dass sie verletzt worden ist.«

»Das deckt sich mit dem, was Simone erzählt hat«, sagte Jens. »Wie verfahrt ihr mit ihnen weiter?«

»Mit Marco und Thomas?«

»Ja, und den anderen.«

»Marco und Thomas behalten wir die Nacht über hier, aber ich glaube nicht, dass wir was gegen sie in der Hand haben. Jedenfalls nicht genug für einen Haftbefehl. Ditte will den Überfall nicht anzeigen. Hector und seine Anwärter werden morgen früh dem Richter vorgeführt. Bei denen mangelt es uns nicht an Gründen, sie einzubuchten. Hector würden wir gern isoliert halten, damit wir ihn in unserem Hauptfall verhören können.«

»Das klingt vernünftig«, sagte Jens. »Haben wir genug gegen ihn in der Hand?«

»Ich denke schon«, sagte Lars. »Für drei, vier Jahre dürfte das locker reichen. Aber etwas ganz anders – es tut mir wirklich leid, dich damit zu belämmern, ich weiß ja, dass du zurück zu Simone willst –, aber Christian Letofts Haus steht in Flammen.«

»Scheiße, das gibt's doch nicht!«, platzte Jens heraus.

»Doch«, antwortete Lars. »Die Feuerwehr tut gerade ihr Bestes, den Brand zu löschen. Soweit ich gehört habe, ist das ein ziemlich heftiges Feuer, und es wird sicher noch einige Zeit dauern, ehe wir wissen, ob jemand zu Schaden gekommen ist und ob es sich um ein Verbrechen handelt.«

Gedanken. Entweder kamen sie blitzschnell, einfach und klar, oder sie schlichen sich hinterrücks an, dunkel und diffus, wenn man sie gerade gar nicht gebrauchen konnte. Katrine, dachte Jens. Katrine hatte ihn angerufen und gesagt, dass sie auf etwas gestoßen sei und nach Rungsted fahren wolle. Hatte sie etwas von Christian Letoft gesagt in ihrer Nachricht? Er konnte sich nicht erinnern.

»Ich …« Er räusperte sich. »Hast du Katrine in den letzten Stunden im Präsidium gesehen?«

»Nein, ich hab sie heute überhaupt noch nicht gesehen. Warum?«

»Du, ich versuch, sie anzurufen und zu hören, wo sie ist. Ich melde mich wieder.« Er beendete das Gespräch, suchte Katrines letzten Bescheid auf seiner Mailbox und drückte auf Antworten.

»Das ist der Anschluss von Katrine Wraa. Hinterlassen Sie Ihren Namen und Ihre Telefonnummer, ich rufe Sie dann bei nächster Gelegenheit zurück.«

»Katrine, Jens hier. Melde dich unbedingt noch mal wegen Rungsted bei mir oder Lars, okay? Und, äh, ich muss dir auch was erzählen.« Er brach ab. Sah das Handy an. Merkte, dass er gerne mit ihr darüber gesprochen hätte, was Simone passiert war. Er hörte ihre Mitteilung noch einmal ab. Fuck! Sie hatte wirklich etwas über Letoft herausgefunden. Er wählte noch einmal Lars' Nummer und erzählte ihm von Katrines Nachricht.

»Sie antwortet nicht«, sagte Jens finster.

»Verdammt nochmal!«, sagte Lars.

»Ja.«

»Okay, jetzt heißt es, kühlen Kopf bewahren. Vielleicht ist sie ja mit einer Freundin ins Kino gegangen«, sagte Lars.

»Hm«, sagte Jens, ohne auch nur im Entferntesten daran zu glauben. Die Ungewissheit nagte an ihm. »Wir müssen rauskriegen, wo genau sie sich in diesem Moment befindet. Nach ihrer letzten Nachricht an mich war sie auf dem Weg zu Christian Letoft.«

»Ich versuche weiter, sie zu erreichen«, sagte Lars. »Und ich schicke jemanden von der Polizei Nordseeland bei ihr zu Hause vorbei. Vielleicht schläft sie ja einfach.

»Ja, kann sein«, sagte Jens, obgleich er so wenig an diese Vermutung glaubte wie an jede andere. Um diese Zeit schlief sie nicht. Nie im Leben. Außerdem war ihr Vater schwer krank. Sie würde sofort antworten.

»Ruf mich an, sobald du was von ihr hörst.«

»Das werde ich«, sagte Lars.

»Ich muss wieder zurück zu Simone. Und gib Laut, sobald du Näheres über den Brand weißt.«

»Natürlich.«

Jens trat an das Fenster in dem Seitenflur und schaute nach draußen. Er legte die Stirn an die kühle Scheibe. Der Abend war klar, und aus der zwölften Etage hatte man einen tollen Blick über die Stadt. Er sah die Neonreklame der Svanemühle und ein paar Schiffe auf dem Øresund. Und in der Ferne sah er Lichter in Schweden.

Am liebsten hätte er sich ins Auto gesetzt und wäre

nach Rungsted gefahren. Aber Simone brauchte ihn jetzt hier. Und ehe das Feuer nicht gelöscht war, konnte er dort ohnehin nichts ausrichten.

*

Jens lag in einem Krankenhausbett neben der tief schlafenden Simone. Sie hatte inzwischen ein Einzelzimmer bekommen. Seine Eltern waren gefahren, wollten aber am nächsten Morgen wiederkommen. Er machte kein Auge zu, lag da und starrte an die Decke, das Handy in der Hand, damit er merkte, wenn es vibrierte. Warum rief Lars nicht an? Er wollte gerade aufstehen und sich auf den Flur schleichen, um selber anzurufen, als er das ersehnte Vibrieren spürte. Er lief eilig aus dem Zimmer und antwortete.

»Wir haben am laufenden Meter bei ihr angerufen und versucht, ihr Handy zu orten, aber es ist komplett tot«, sagte Lars. »Wir konnten sehen, dass sie dich aus Kopenhagen angerufen hat und um 20.55 Uhr einen Anruf aus England bekommen hat, das war unmittelbar, nachdem du ihr um 20.51 Uhr eine SMS geschickt hast. Zu dem Zeitpunkt befand sie sich ganz in der Nähe von Christian Letofts Adresse. Danach ist ihr Handy nicht mehr zu orten.«

»Was ist mit dem Sommerhaus?«, fragte Jens.

»Auch nichts. Der Streifenwagen, der dort war, hat ein dunkles, leeres Haus vorgefunden.«

»War ihr Auto dort?«

»Nein.«

»Verdammt, wo steckt sie bloß?!«, sagte Jens laut.

»Das würde ich auch gerne wissen«, sagte Lars.

»Irgendwas stimmt da ganz und gar nicht. Was hast du gesagt: ein Anruf aus England …?« Eine leise Hoffnung stieg in ihm auf. »Ihr Vater ist doch krank, vielleicht ist sie spontan zu ihm geflogen? Gehen so spät noch Flüge? Das würde auch das abgeschaltete Handy erklären.« So musste es sein, dachte Jens und schob mit aller Kraft jeden Gedanken weg, dass sie sich womöglich in dem brennenden Haus befand.

»Möglich«, sagte Lars. »Ich werde sofort jemanden dransetzen, die Fluglisten zu kontrollieren. Und dann rufe ich die Nummer zurück, von der sie angerufen wurde.«

»Yes«, sagte Jens. »Weiß man schon, was den Brand in dem Haus ausgelöst hat?«, fragte er.

»Nein, nicht mit Sicherheit, die Experten vermuten aber, dass es sich um Brandstiftung handelt. Allem Anschein nach ist ein Brandbeschleuniger verwendet worden, sonst wären die Flammen wohl nicht so heftig«, sagte Lars. »Ich habe bisher weder Christian Letoft noch seine Frau erreicht. Christians Vater hat um 20.48 Uhr mit seinem Sohn gesprochen. Er meint, Christian habe sehr merkwürdig geklungen und sei extrem kurz angebunden gewesen. Die Kinder sind glücklicherweise gerade bei ihren Großeltern, weshalb wir vermuten, dass Letoft zusammen mit seiner Frau in dem Haus war. Ich befürchte, da ist eine Tragödie geschehen.«

»Was glaubst du?«

»Schwer zu sagen. Aber es ist schon recht auffällig, dass wir schon wieder einen Fall von Brandstiftung haben. Leg jetzt auf, vielleicht wissen wir bald mehr, ich hab den Einsatzleiter in der anderen Leitung.«

»Kannst du nicht auf Mithören schalten?« Jens wurde

fast verrückt, dass er im Krankenhaus war und nicht im Präsidium.

»Okay«, hörte Jens jemanden sagen, offenbar den Einsatzleiter der Polizei Nordseeland. »Wir konnten keinen Kontakt zu den Bewohnern des Hauses herstellen. Die Feuerwehrleute beginnen jetzt mit den Nachlöscharbeiten, danach schicken wir Rauchtaucher ins Haus, um nach Überlebenden oder möglichen Toten zu suchen.«

Im weiteren Verlauf des Gespräches ging es um die Verteilung der Aufgaben. Jens wartete, bis Lars wieder reden konnte. »Und du untersuchst so schnell wie möglich die späten Abflüge, ja?«

»Ich setze jemanden dran und ruf dich an, sobald es was Neues gibt.«

»Und lass jemanden ihren Schreibtisch untersuchen, vielleicht liegt da ja irgendetwas, das uns verrät, was zum Teufel sie vorhatte?«

»Gute Idee, das werde ich machen.«

Sie beendeten das Gespräch.

Jens ging zurück ins Zimmer und legte sich auf sein Bett. Er lag lange da und betrachtete Simone.

*

Jens schrak von dem Vibrieren seines Handys aus dem Schlaf auf und stürmte auf den Flur, wo ihm erst einmal schwarz vor Augen wurde.

»Die Rauchtaucher haben zwei Personen im Haus gefunden«, sagte Lars Sønderstrøm. »Im Wohnzimmer. Beide tot. Eine etwas größer als die andere, vermutlich ein Mann und eine Frau. Anne Mi ist gerade gekommen und sieht sie sich an.«

Das waren vermutlich Christian und seine Frau, dachte Jens und schämte sich für seine Erleichterung. »Sonst haben sie niemanden gefunden?«

»Nein.«

»Und weder Christian Letoft noch seine Frau sind anderweitig aufgetaucht?«

»Nein.«

»Haben sie das ganze Haus durchsucht?«

»Der Keller fehlt noch, aber der ist im Moment noch nicht zugänglich. Es ist jetzt aber sicher, dass es Brandstiftung war. Die Spuren im Wohnzimmer und im Eingangsbereich sind eindeutig. Boden und Wände sind mit einer brennbaren Flüssigkeit übergossen worden, wahrscheinlich Benzin. Und der Täter hat genau die richtigen Fenster geöffnet, damit sich das Feuer schnellstmöglich ausbreiten kann.« Jens hatte den Gedanken kaum gedacht, als Lars ihn auch schon formulierte: »Da wusste jemand, wie man effektiv ein Feuer legt.«

»Hm. Und was ist mit den späten Flügen und dem Anruf? Gibt es da etwas Neues?«

»Noch nicht. Wir haben noch nicht herausgefunden, woher der Anruf kam.«

Sie verabschiedeten sich.

Ein Mann und eine Frau. Das mussten die Letofts sein.

Aber wo war Katrine? Jens' Phantasie ging mit ihm durch. Was, wenn die Frau Katrine war! Wo war dann Sofia Letoft? Hatten sie irgendetwas übersehen? Was war mit dem Keller? Dort waren sie noch nicht gewesen. Jens stellte sich einen versengten, mit Rauch gefüllten Raum vor, und ihm wurde schlecht. Jetzt hör aber auf, ermahnte er sich selbst, warum sollte sie in Christian Letofts Keller sein?

Sie war etwas auf der Spur gewesen.

Die Übelkeit wurde heftiger. Jens sah sich nach einem Eimer um. Er taumelte zwei Schritte nach rechts, wo ein Reinigungswagen stand, und übergab sich zum ersten Mal seit seiner Zeit als Polizeianwärter.

Nachdem er sich auf der Toilette das Gesicht mit kaltem Wasser abgespült und einen Schluck getrunken hatte, rief er Lars noch einmal an. »Hat sich schon jemand ihren Schreibtisch angesehen?«

»Ach Mist, das hab ich ganz vergessen zu erwähnen. Dort liegen ein paar Tagesberichte aus dem Polizeibezirk Hørsholm von 1987.«

»Hat sie was Bestimmtes markiert oder so?«

»Das weiß ich nicht, Jens, mehr als das weiß ich auch nicht.«

*

Tschuuuh

Fliegen.

Tschuuuh

Fliegen.

Tschuuuh

Fliegen.

Tschuuuh

Das Geräusch und das Gefühl, bewegt zu werden, drangen durch das Dunkel in ihr Bewusstsein vor.

Geschwindigkeit.

Ist das ein Traum?

Nein. Es war real wie das Klingeln eines Telefons in einem entfernten Raum, wenn man benommen und verwirrt aus einem Traum erwachte, in dem ein Telefon geklingelt hatte.

Wo bin ich?

Rhythmisches Ruckeln, gefolgt von einem vakuumartigen Zustand.

Zuerst glaubte Katrine, sie fliege, aber das Ruckeln waren keine Turbulenzen. Es fühlte sich anders an. Es war auch nicht so wie im Auto oder im Zug. Plötzlich wusste sie, was es war. So fühlte es sich an, wenn man in einem Boot saß, dass mit hoher Geschwindigkeit fuhr. Das rhythmische Auf und Ab, das Zittern des Rumpfes, wenn das Boot aufs Wasser aufschlug.

Wie bin ich hierhergekommen?

Langsam, ganz langsam durchstieß ihr Bewusstsein die Wasseroberfläche.

Sie öffnete die Augen. Riss sie weit auf.

Schwarz. Alles war schwarz.

Schmerz.

Ein scharfer Schmerz schoss von ihrem Hinterkopf zu den Augen, als ob sich etwas Spitzes in ihren Schädel bohrte.

Jetzt erinnerte sie sich wieder. Christians Garten. Das Haus. Sie war hineingegangen und hatte eine Bewegung hinter sich wahrgenommen. Einen Schlag gespürt. Schmerzen.

Sie atmete durch die Nase ein und spürte groben Stoff an ihrer Nasenspitze. Es roch muffig.

Sie hatte eine Kapuze oder einen Sack über dem Kopf. Ihre Nase juckte. Sie wollte die rechte Hand heben und sich kratzen, aber das ging nicht, weil ihre Hände hinter dem Rücken gefesselt waren.

Was passiert hier?

Sie wand sich, aber die Stricke gaben nicht nach, sondern schnitten nur noch tiefer in ihre Handgelenke.

Katrine wurde wieder ohnmächtig.

*

»Christian Letoft hat einen Abschiedsbrief an seine Eltern geschickt«, sagte Lars, als Jens Høgh zum zigsten Mal in dieser Nacht mit ihm telefonierte.

»Einen Abschiedsbrief?«, wiederholte Jens überrascht.

»Ja, um 21.11 Uhr gestern Abend hat er eine Mail geschrieben, vermutlich kurz vor dem Ausbruch des Feuers.«

»Verdammt …«, sagte Jens.

»Er gesteht den Mord an seiner Schwester und begründet ihn damit, dass sie ihn erpresst hat. Und er entschuldigt sich dafür, dass er es nicht geschafft hat, die Firma seines Vaters ordentlich weiterzuführen. Er steht vor dem Konkurs und kann mit dieser Schande nicht leben. Zum Schluss bittet er sie noch, sich um die beiden Kinder zu kümmern.«

Sie schwiegen.

»In solchen Fällen nehmen sie normalerweise die gesamte Familie mit«, sagte Jens finster und dachte, dass es damit so gut wie sicher war, dass es sich bei der verbrannten Frau im Haus um Sofia Letoft handelte.

»Das passt doch alles zusammen.«

»Und wenn jemand wusste, was es heißt, mit einem Scheißerbe von den Eltern aufzuwachsen, dann Christian.«

»Ganz deiner Meinung. Manchmal wiederholt die Geschichte sich einfach. Vielleicht haben sie gestritten, und er begeht eine Kurzschlusshandlung, tötet seine Frau und kann nicht mit dem Gedanken leben, dass er die Tat seines Vaters wiederholt hat?«

»Hm, möglich. Die Computertastatur ist wahrscheinlich geschmolzen, oder?«

»Ja, Fingerabdrücke gibt es da keine mehr. Aber wir wissen jetzt, dass Katrine kurz zuvor bei Christians Eltern war«, sagte Lars.

»Bei seinen Eltern? Was wollte sie denn da?«

»Sie hat einen Haufen Fragen über Christian und Jim Hellberg gestellt. Für mich hört sich das an, als hätte sie eine Theorie gehabt, dass die beiden in der Periode der Einbrüche zusammen Feuer gelegt haben. Letoft senior war sehr aufgebracht über ihre Andeutungen.«

»Um Gottes willen.«

»Sie hat was von einer abgefeuerten Missile. Damit macht sie sich keine Freunde.«

»Nein ...«

»Aber sie hat zumindest versucht, alle möglichen Leute anzurufen. Nach dir hat sie es sogar bei Torsten versucht, wahrscheinlich um zu hören, wie es mit Asger Dahl weitergeht.«

»Sie hat Torsten angerufen?«

»Ja, hartnäckig ist sie, das muss man ihr lassen.«

»Das kann man wohl sagen. Und was ist mit den Flügen?«

»Sie war auf keinem der Flüge gestern Abend, Jens, tut mir leid. Aber wenigstens haben wir den englischen Anrufer gefunden.«

»Und?«

»Ihr Vater hat sie angerufen. Er wollte ihr von irgendwelchen Testergebnissen erzählen, die er bekommen hat. Er konnte nicht sagen, wo sie zum Zeitpunkt des Anrufes war, aber sie hat das Gespräch abrupt beendet und noch gesagt, dass sie ihn so schnell wie möglich zurückrufen wollte, was sie nicht getan hat.«

»Sie ist unterbrochen worden?« Jens überlegte. »Vielleicht hat sie was gesehen.«

»Vielleicht.«

»Wir müssen sie finden!«

»Wir tun alles, was in unserer Macht steht, Jens, alles. Wir setzen sogar eine Hundestaffel ein.«

»Okay«, kam es wie ein Flüstern. »Ich melde mich noch mal, Lars.«

*

Sie wurde von starken Armen hochgehoben.

Noch immer war alles dunkel.

Es presste ihr fast die Luft aus den Lungen, als der Mann sie über die Schulter warf und mir ihr loslief.

Gleich darauf schienen sie über einen Steg oder etwas Ähnliches zu gehen, Katrine hörte schwere Schritte auf Holzplanken.

Der Steg war nicht lang. Jetzt klangen die Schritte des Mannes wieder anders, die Unterlage absorbierte jedes Geräusch. Vermutlich Erde.

Ihr Schädel dröhnte, ihr Hinterkopf fühlte sich wund und geschwollen an, und das Blut pulste in die Kopfhaut und peitschte die Nervenenden. Wie Wellen, die sich an Klippen brachen.

Der Mann rückte seine schwere Last zurecht und schob sie weiter auf die Schulter. Sie stöhnte vor Schmerz.

Kurz darauf blieb er stehen.

Weg. Ich muss hier weg. Sie warf sich mit einem kräftigen Ruck zur Seite und landete wie ein nasser Sack auf dem Boden, weil sie sich mit den hinter dem Rücken gefesselten Händen nicht abfangen konnte. Als er sie wieder packen wollte, trat sie mit aller Kraft zu.

Er ließ sie liegen.

Konnte sie aufstehen? Sie rollte so lange hin und her, bis sie auf den Knien hockte wie ein zum Tode Verurteilter, der auf seine Enthauptung wartete. Dann richtete sie den Oberkörper auf und nutzte den Schwung, in die Hocke zu kommen. Um ein Haar wäre sie nach hinten gekippt, aber vorher sammelte sie alle Kräfte, sich in einer raschen Bewegung in den Stand hochzustemmen. Aber wohin? In welche Richtung sollte sie sich bewegen? Und wo war er?

»Ahhh!« Sie schrie laut auf, als ihr der gleiche Schmerz wie in Letofts Haus durch den Körper schoss und sie erneut zu Boden ging, außerstande sich zu bewegen. Sie hatte einen Stromschlag bekommen.

*

Wie aus weiter Ferne registrierte Katrine, dass sie unter ein Dach kamen. Sie stöhnte. Ihr Bauch auf seiner Schulter schmerzte. Dann drehte der Mann sich um und schloss eine Metalltür. Er ging über eine trockene, harte Unterlage, auf der jeder seiner Schritte ein knirschendes Geräusch in den Raum warf, das wie von Metallplatten zurückgeworfen wurde. Sie musste in einer Halle oder etwas Ähnlichem sein.

Er hatte ihr einen Stromschlag verpasst. Ein beängstigender Gedanke stieg in ihr auf.

Maja. Bewusstlos im Auto. War das Majas Mörder? Hatte er Maja auf diese Weise ruhiggestellt?

Sie versteifte sich vor Angst.

Nach ein paar Schritten ging es über eine leicht schwingende Metalltreppe abwärts. Auch hier war jeder Schritt wie ein hallender Schlag. Schwachgelbes Licht drang durch den groben Kapuzenstoff. Jetzt erreichten sie wieder eine harte Unterlage. Beton, schätzte Katrine. Eine Tür wurde geöffnet, die rostigen Angeln gaben einen klagenden Laut von sich. Der Mann legte sie auf den Boden, stöhnte und entfernte sich ein paar Schritte. Dann ging die Tür unter erneutem Protestgeschrei der Angeln zu, und Katrine hörte, wie die Schritte sich über die Metalltreppe nach oben entfernten.

Anschließend war es still.

Kompakt und still.

Katrine versuchte, den Raum zu erspüren.

Alles war dunkel und roch faulig.

Sie bewegte sich vorsichtig hin und her, wobei ihr Schuh über den Betonboden schabte.

Danach zu urteilen, wie die Geräusche von den Wänden widerhallten, schien es sich um einen ziemlich kleinen Raum zu handeln. Die Töne waren dumpf, verdichtet.

Es war feucht, und sie spürte die Kälte, die aus dem Boden aufstieg. Vereinzeltes Tropfen war zu hören. Gab es irgendwo Wasser? Ein Becken? Eine Wanne?

Katrine hatte keine Ahnung, wo sie war. Genauso wenig wusste sie, wie viel Zeit vergangen war, seit sie ausgeknockt worden war. Als der Mann sie aus dem Boot getragen hatte, war es dunkel gewesen. Aber ob sie eine halbe oder mehrere Stunden auf dem Wasser unterwegs gewesen war, konnte sie überhaupt nicht sagen.

Wer ist der Mann? Christian?

Er klang nicht wie Christian. Fühlte sich nicht so an. Dieser Mann war größer.

Hellberg. Ihr wurde eiskalt. War das Hellberg? Die Vorstellung, sich in seiner Gewalt zu befinden, war entschieden beängstigender.

Was war in Christians Haus passiert? Und wer war die Frau, die dort geschrien hatte?

Jens saß auf Simones Bett und hatte den Arm um sie gelegt. Sie hatten gefrühstückt, und sie kuschelte sich an ihn, als er ihr in kurzen Zügen erzählte, was in der Nacht passiert war, dass eine Kollegin von ihm, Katrine, verschwunden war und dass er sich schreckliche Sorgen um sie machte.

»Ist das die mit den roten Haaren? Die dabei war, als du mich und Fatima zurück in die Schule gefahren hast? Als wir geschwänzt haben?«

Jens nickte. Er hatte völlig vergessen, dass die beiden sich im Januar, kurz nachdem Katrine bei ihnen angefangen hatte, schon mal gesehen hatten.

»Die sah süß aus«, sagte Simone.

Er kriegte einen Kloß im Hals. »Hm«, seine Stimme wurde ganz belegt. »Das ist sie, Simone, das ist sie auch.«

Simone sah ihn von der Seite an.

*

Jens und Lars klammerten sich beide an ihre Kaffeebecher. Es war neun Uhr. Jens war direkt aus dem Krankenhaus ins Präsidium gefahren. Lars Sønderstrøm hatte in einem der Wachräume im Keller ein paar Stunden Schlaf bekommen. Beide sahen aus wie die letzten Gäste eines langen Festes. Sie hatten abgemacht, sich kurz zu treffen, ehe Lars zum Schlafen nach Hause fuhr. Simone hatte akzeptiert, dass Jens ein paar Stunden ins Präsidium ging. Jens' Eltern waren um acht Uhr gekommen und hatten eine Tasche voller Filme, Schokolade, etwas zum Anziehen für Simone und ihren Computer mitgebracht. Später wollten Fatima, Emma und Camillo sich dann mit dem Besuch abwechseln.

»Die Hundepatrouille hat bei Letofts Haus eine Spur von Katrine aufgenommen. Wir haben was von ihren Sachen aus ihrer Wohnung geholt. Aber die Spur endet unten am Wasser.«

»Am Wasser?«, fragte Jens erstaunt.

»Ja. Jetzt werden Taucher eingesetzt«, sagte Lars.

»Nein …« Jens fasste sich an den Kopf. Ihm war schwindelig.

»Um fünf Uhr haben wir eine Suchmeldung an alle Polizeikreise rausgeschickt, mit Personenbeschreibung und Foto. Sie haben es heute Morgen landesweit in den Medien gebracht.«

»Gibt es schon Reaktionen?«

»Bis jetzt nicht.«

»Was ist mit ihrem Wagen? Noch immer keine Spur davon?«

»Nein, leider.«

»Verdammt nochmal!«, rief Jens, stand auf und ging im Kreis. »Entschuldige, ich muss nur … Fahr du nach Hause und schlaf ein bisschen.«

Lars nickte. »Ich komme später dann noch mal vorbei.«

Sie verabschiedeten sich, und Jens ging in sein Büro.

Er ließ sich auf seinen Stuhl fallen und starrte auf Katrines leeren Platz. Warum war sie nach Rungsted gefahren? Sie hatte das in ihrer Nachricht nicht präzisiert. Und was war mit diesen Tagesberichten? Er musste versuchen, sich in ihre Gedankengänge einzuarbeiten. Vielleicht brachte ihn das zu ihr.

Dann fiel sein Blick auf die Tafel. Dort hing eine Karte von Rungsted und Hørsholm. Jens stand auf und sah sich die Markierungsstifte an. Gestern waren drei Adressen in Rungsted markiert gewesen, die drei Häuser, in die Christian Letoft und Jim Hellberg eingebrochen waren. Jetzt steckten dort vier Markierungen. Die vierte Nadel saß leicht recht versetzt von den drei vorherigen. Zusammen bildeten sie ein Viereck.

Er nahm die Tagesberichte von ihrem Schreibtisch. Sie waren aus der Periode der Einbrüche. Über die Einbrüche hinaus hatte Katrine noch ein paar andere Anzeigen markiert. Jens las den kurzgefassten Text mehrmals durch und sah sich wieder die Karte an.

Mit einem Mal erkannte er, was Katrine am Tag zuvor herausgefunden hatte und weshalb sie nach Rungsted gefahren war.

Es gab viele gute Gründe, mit Jim Hellberg zu reden.

*

Die Staatsanwältin Merete Toksvig sah Jens mit ihrer energischsten Miene an. Sie gingen gerade gemeinsam die Verdachtsgrundlage gegen Hellberg durch, der von einem Streifenwagen zum Verhör auf der Polizeidienststelle in Ålsgårde abgeholt werden sollte.

»Wir haben nichts gegen ihn in der Hand«, sagte sie. »Sollte er also nicht von sich aus gestehen, wird er nach Ihrem Gespräch mit ihm sofort wieder hier rausspazieren.«

»Wir sind uns aber einig darüber, dass es auffällig viele Übereinstimmungen zwischen Jim Hellberg und einer Reihe Personen und Begebenheiten gibt, zu denen wir ermitteln?«, fragte Jens.

»Da sind wir uns vollkommen einig, Jens. Und ich bin auch ganz der Meinung, dass wir Katrines Verschwinden sehr ernst nehmen müssen. Aber wir können niemanden festhalten, gegen den wir nicht die Spur eines Beweises haben. Und das wissen wir beide sehr gut.«

Jens atmete tief ein und nickte. »Gut, dann machen wir es so, wie wir besprochen haben.« Er stand auf und ging zurück in sein Büro.

*

Katrine lag in der Dunkelheit und hörte Schritte auf der Metalltreppe.

Sie lag schon lange wach, wusste aber nicht, wie lange. Das Zeitgefühl war ihr vollkommen abhandengekommen, und sie konnte nicht sagen, ob es Tag oder Nacht war oder ob sie erst eine oder schon zwanzig Stunden hier lag. Ihr Körper schmerzte von der unbequemen Position auf dem harten Boden mit den hinter dem Rücken gefesselten Händen. Und ihr Kopf pochte im Takt mit ihrem Pulsschlag. Sie hatte Hunger und Durst.

Sie war eingesperrt und wusste noch immer nicht, von wem oder warum. Als Erstes musste sie herauskriegen, wer sie hier festhielt und aus welchem Grund. Und dann kam es darauf an, einen Ausweg zu finden. Das war das Wichtigste.

Bis auf weiteres ging sie von einem Entführer aus.

Oder waren da noch andere? Und wusste ihr Entführer, dass sie für die Polizei arbeitete?

Die Schritte auf der Metalltreppe waren jetzt direkt vor ihrer Tür angelangt. Der Handgriff wurde mit einem scharfen metallischen Kreischen nach oben bewegt, dann öffnete sich die Tür mit einem Quietschen. Es klickte, und gedämpftes Licht drang durch den Stoff. Die schweren Schritte eines Mannes näherten sich.

Katrines Herz hämmerte, und ihre Gedanken fuhren Karussell. Was passierte jetzt? Würde sie jetzt sterben? Wer war er, und was hatte er mit ihr vor?

Er hockte sich neben sie. Wartete. Dann beugte er sich über sie und knotete die Stricke um ihre Handgelenke auf. Augenblicklich konnte das Blut freier zirkulieren, und als die Hände gänzlich frei waren, massierte sie ihre Gelenke. Sie hatte kaum noch Gefühl in den Händen, und ihre Arme fühlten sich wie gerädert an.

»Hinsetzen!«, befahl eine tiefe Männerstimme, die sie nicht wiedererkannte.

Katrine brachte sich mühsam in Sitzposition und lehnte sich gegen die raue, betonharte Wand. Im nächsten Moment wurde ihr die Kapuze vom Kopf gezogen. Trotz des schwachen Lichts im Raum musste sie die Augen zukneifen, dann erkannte sie, dass vor ihr ein großer Mann hockte, der sie ansah und schließlich wieder aufstand. Diesen Mann hatte sie noch nie gesehen. Wer war das? Er war stämmig, muskulös und breitschultrig. In seinem vierschrötigen Gesicht prangte eine breite Nase, die schon einmal gebrochen zu sein schien. Er musterte Katrine eingehend, und der Ausdruck seiner Augen machte ihr Angst. Es sah aus, als starrte er ein Stück Beute an. Sie krümmte sich instinktiv ein wenig zusammen, um ihren Körper zu schützen. Was sollte das Ganze? Irrte sie sich? Hing das alles gar nicht so zusammen, wie sie gedacht hatte? All das, was sie zu wissen geglaubt hatte, rann ihr wie Sand durch die Finger.

Der Mann hielt ihren Führerschein in der Hand. Der hatte in ihrer Handtasche im Auto gelegen. Wo war ihr Wagen? Wenn er noch vor Letofts Haus stand, konnte die Polizei sehen, dass sie von dort verschwunden war. Soweit Katrine sich erinnern konnte, waren der Führerschein und ihre Krankenversicherungskarte die einzigen Ausweise, die sie in der Handtasche bei sich gehabt hatte. Wenn ihr Entführer nur ihren Führerschein und die Versicherungskarte hatte, wusste er nicht, dass sie von der Polizei war. Den Trumpf konnte sie vielleicht zur richtigen Zeit zu ihren Gunsten ausspielen.

Aber wo war ihr Handy? Katrine erinnerte sich, dass sie es auf dem Weg durch den Garten in die Hosentasche gesteckt hatte, nachdem sie mit ihrem Vater gesprochen hatte. War es noch da? Sie schob unauffällig eine Hand in die Hosentasche. Leer. Verdammt. Aber wenn dieser Mann es ihr abgenommen hatte, konnte sie damit vielleicht geortet werden. Sie musste Zeit gewinnen. Vielleicht waren ihre Kollegen schon auf dem Weg.

Der Mann warf einen Blick auf den Führerschein und sah sie an. »Katrine Darling Wraa«, sagte er. »Was hattest du bei Christian Letoft zu suchen?«

Er wollte etwas von ihr. Sie wusste etwas, das wichtig für ihn war. Deswegen hatte er sich die Mühe gemacht, sie hierherzubringen. Darum ging es also. Das war die Ware, die sie für ihre Freilassung eintauschen sollte.

»Wer sind Sie, und warum bin ich hier?«, fragte sie mit fester Stimme und streckte sich, um zu demonstrieren, dass sie keine Angst hatte.

»O nein«, sagte er, »so funktioniert das nicht. Ich habe dich etwas gefragt!«

»Ich arbeite für die Polizei und war bei Christian Letoft in Zusammenhang mit einem Fall, in dem wir ermitteln«, sagte Katrine.

»Mir ist klar, dass du von den Bullen bist«, sagte der Mann, ohne eine Miene zu verziehen. »Was ist das für ein Fall, in dem du ermittelst?«

Verdammt!, dachte Katrine. Er wusste es. Damit war dieser Mann noch gefährlicher für sie. Außerdem schien er sich recht sicher in seinem Versteck zu fühlen. Ihm musste doch klar sein, wie riskant es war, eine Mitarbeiterin der Polizei zu entführen. Sie würden Himmel und Hölle in Bewegung setzen, um sie zu finden. Falls ... Für einen Augenblick verlor sie allen Mut. Wann würde ihr Verschwinden überhaupt bemerkt werden? Und gab es Spuren, die zu ihr führten? Ja, es gibt immer Spuren, sie werden mich schon finden, dachte sie. Und sollte ihr Handy hier irgendwo sein, waren sie wahrscheinlich schon unterwegs. Vielleicht lagen sie schon draußen auf der Lauer und stürmten gleich das Gebäude.

Sie musste ihn davon überzeugen, dass ihre Kollegen von ihren Ermittlungsschritten wussten.

»Es geht um den Mord an Maja Jensen. Sie war die Schwester von Christian Letoft.«

Der Mann reagierte nicht auf die Information, kam aber schnell mit seiner nächsten Frage. »Und worüber wolltest du mit Christian Letoft reden?«

Er versucht immer noch herauszukriegen, wie viel ich weiß, dachte Katrine. Worum geht es hier eigentlich?

»Wir wissen, dass Christian Letoft an einer Brandstiftung mit Todesfolge beteiligt war«, sagte Katrine. »Eine Frau ist damals ums Leben gekommen. Und auch seine Schwester ist verbrannt. Darüber wollten wir mit ihm reden.«

Der Mann wirkte skeptisch. Diese Antwort hatte er offensichtlich nicht erwartet. Katrine konnte sehen, dass er überlegte, welche Konsequenzen das für ihn hatte.

Sie versuchte, sein Zögern zu nutzen. Konnte sie ihn verunsichern? Ihn dazu bringen, einen Fehler zu begehen?

»Sie sind sich schon im Klaren darüber, dass meine Kollegen bereits auf dem Weg hierher sind, oder?«, sagte Katrine. »Die Entführung eines Polizeibeamten ist eine ernste Angelegenheit.«

Der Mann schnaubte verächtlich. »Vergiss es«, sagte er. »Niemand weiß, wo du bist. Dein Handy liegt in 50 Metern Tiefe im Øresund. Tut mir leid, aber die werden dich niemals finden.«

Der Mann ging zur Tür. Er drehte sich um und sah Katrine an, als wäre sie eine Ameise, die er gleich unter seinem Absatz zermalmen wollte.

»Ach ja, und deinem Auto geht es auch nicht sehr gut. Wir kennen einen zuverlässigen Schrotthändler, der sich solcher Wagen annimmt, ohne Fragen zu stellen. Vorausgesetzt, die Bezahlung stimmt. Aber …«, er zog die Schultern hoch und ließ den Blick langsam über ihren Körper wandern, »du wirst eh keine Verwendung mehr dafür haben.«

Mit diesen Worten ging er aus dem Raum, schloss die Tür hinter sich und verriegelte sie.

Dann ging das Licht aus, und Katrine saß wieder im Dunkeln.

Verdammt. Ihr Handy war tot und ihr Auto verschrottet. Wie sollten sie sie so finden? Außerdem war er nicht allein. Er hatte »wir« gesagt.

Verzweiflung machte sich in Katrine breit. Dieser Riesenkerl und Jim Hellberg? Eine ganz, ganz schlechte Kombination. Aber die beiden gemeinsam mit Christian Letoft? Das passte nicht. Außerdem hatte die Verbindung zu dem alten Brandfall ihren Entführer offensichtlich überrascht. Die Frage war nur, ob es ein Fehler gewesen war, dies zu erwähnen.

*

»Es geht um Christian Letoft?«, fragte Jim Hellberg mit völlig leerem Blick. Jens Høgh sah ihn sich genau an. Er saß lässig zurückgelehnt auf seinem Stuhl im Verhörraum, trug ein kurzärmeliges Hemd und eine Jeans und hatte seine Sommerjacke über den Stuhlrücken gehängt. Hellbergs Gesichtszüge waren nicht sonderlich ausgeprägt. Obgleich Jens ihn schon mehrfach auf Fotos gesehen hatte, wirkte er irgendwie anonym. Jens konnte sich Gesichter normalerweise gut merken, aber Jim Hellbergs Aussehen war merkwürdig schwer greifbar. Vermutlich lag das an dem Fehlen markanter Züge. Gerade Nase, durchschnittlich groß, kräftige Kieferpartie, aber nicht kräftig genug, um als besonderes Kennzeichen durchzugehen, und das Kinn war weder gespalten noch fliehend oder vorstehend. Die Augen waren graublau. Man konnte nicht einmal sagen, ob er hässlich oder gutaussehend war.

Jens nickte. »Ja, es geht um Christian Letoft. Irgendwo müssen wir anfangen, und wir befragen alle Betroffenen. Wir wissen natürlich nicht, wieweit Sie über den Fall informiert sind.« Hellberg sah ihn abwartend an. »Die Ermittlungen laufen jedenfalls auf Hochtouren. Wurden Sie von Christian und Sofia Letofts Tod unterrichtet?«

»Ja.« Er schüttelte den Kopf. »Das ist ... Ich weiß nicht, was ich dazu sagen soll. Das ist grauenvoll!«

»Sehr tragisch, ja.«

»Gott sei Dank waren die Kinder nicht zu Hause.«

»Ja, ein glücklicher Umstand«, sagte Jens. »Sagen Sie mir: Sie und Christian waren alte Schulfreunde, nicht wahr?«

»Ja.«

»Wann haben Sie zuletzt mit Christian gesprochen?«

»Gestern.«

»Und worüber haben Sie gesprochen?«

»Wie es ihm ging und so. Ich habe überlegt, mir einen neuen Wagen zu kaufen, darum war ich ein paarmal in seinem Geschäft. Aber ... also, wie ist das Feuer überhaupt ausgebrochen?«

»Das wissen wir noch nicht. Wir haben aber Grund zur Annahme, dass es sich um Selbstmord handelt.«

»Puh«, sagte Jim, beugte sich über den Tisch und legte das Gesicht in die Hände, als wäre ihm schwindelig. »Scheiße, Mann! Wenn ich geahnt hätte, dass es so schlimm um ihn steht, hätte ich ihm vielleicht unter die Arme greifen können.«

»Ja, in solchen Situationen macht man sich leicht Vorwürfe«, sagte Jens, stand auf und holte ein Glas Wasser für Hellberg. Er legte eine Hand auf seine Schulter. »Alles in Ordnung mit Ihnen?«

»Ja«, Hellberg nickte. »Danke.«

Jens setzte sich wieder. »Ist Ihnen gestern, als Sie mit Christian gesprochen haben, irgendetwas Ungewöhnliches aufgefallen?«

»Ja, er schien ziemlich unter Druck zu stehen. Er hat mich vorher angerufen und gesagt, er hätte Probleme, da hab ich mich gleich ins Auto gesetzt und bin zu ihm gefahren. Die Geschäfte liefen nicht so, wie sie sollten, na ja, es klang fast so, als stände er dicht vorm Konkurs. Und dann hat er mit Selbstvorwürfen angefangen, von wegen, dass es viele Dinge in seinem Leben gäbe, die er bereue, solchen Mist halt.« Hellberg schüttelte den Kopf.

»Hat er gesagt, was er bereut?«

»Nein, darauf wollte er nicht näher eingehen.«

»Haben Sie eine Vermutung, was es sein könnte?«

Hellberg schüttelte den Kopf.

»Sollte Ihnen in den nächsten Tagen noch irgendetwas einfallen, melden Sie sich bitte bei uns. Selbst das kleinste Detail kann für uns von Bedeutung sein.«

»Selbstverständlich. Und ... sagen Sie bitte Bescheid, falls ich Ihnen irgendwie behilflich sein kann.«

»Natürlich.« Jens lehnte sich zurück.

»War das alles?«, fragte Jim Hellberg.

»Ja«, sagte Jens. »Das wär's für heute. Unter welcher Nummer erreiche ich Sie, falls ich noch Fragen habe?«

Jim Hellberg reichte Jens eine Visitenkarte von *Søren Lauritzen Enterprise*. Dann stand er auf und reichte Jens die Hand. »Rufen Sie jederzeit an.« Fester Händedruck.

»Gut«, sagte Jens und erhob sich ebenfalls. »Ich begleite Sie noch nach unten.«

Sie gingen über die Treppe nach unten und überquerten den runden Innenhof. Jens blieb bei der Wache stehen und sah Jim Hellberg nach, als er auf die Straße trat. Am liebsten wäre er ihm gefolgt, um ihn an die Wand zu nageln und die Wahrheit aus ihm herauszuprügeln. Stattdessen beeilte er sich, zurück in die dritte Etage zu kommen.

*

Das Licht ging wieder an. Katrine hatte keine Ahnung, wie viel Zeit vergangen war. Eine Stunde? Mehrere? Er war zurück. Dieses Mal hatte er einen Stuhl dabei. Er stellte ihn vor sie und setzte sich.

Katrine lehnte sich an die Wand. »Warum bin ich hier?«, fragte sie.

»Zerbrich dir darüber nicht den Kopf. Erzähl mir lieber, was du über Christian Letoft weißt.«

»Warum wollen Sie wissen, was ich über Christian Letoft weiß?«

Der Schlag kam völlig unerwartet, eine Ohrfeige mit der flachen Hand auf die rechte Wange, mit solcher Kraft, dass ihr Kopf gegen die Wand knallte. Katrine schrie laut auf. Ihre Wange brannte wie Feuer, der Hinterkopf dröhnte. Ihr traten Tränen in die Augen.

»Halt die Klappe!«, brüllte der Mann und sah sie mit seinen stechenden Augen an. Er hob seinen dicken Zeigefinger und zeigte auf sie. »Ich stelle hier die Fragen, kapiert! Erzähl mir, was du über Christian Letoft rausgefunden hast.«

Katrine nickte, um Zeit zu schinden und sich von dem Schlag zu erholen. Sie wischte die Tränen weg und strich sich mit der Hand über die Wange. »Ich weiß, dass Christian als Jugendlicher eine Reihe Einbrüche begangen hat. Zusammen mit Jim Hellberg.« Er verzog keine Miene. Was sollte sie sagen? Das war es, woran sie gearbeitet hatte. Sie hatte nichts anderes. »Und ich weiß, dass es drei Einbrüche waren. Christian Letoft und Jim Hellberg. Dafür wurden sie verurteilt«, sagte Katrine und überlegte, wie sie es am besten formulieren sollte, damit ihr Gegenüber nicht merkte, dass sie sich auf dünnem Eis bewegte. »Aber sie haben noch einen Einbruch begangen. Und bei dem ist etwas schiefgelaufen. Es war eine Frau in dem Haus. Danach haben sie dann das Haus angezündet, um alle Spuren zu beseitigen. Was haben Sie in seinem Haus gemacht?«

Er betrachtete sie schweigend. »Christian ist tot«, sagte er schließlich.

Katrine starrte ihn schockiert an. »Wie?«

»Erst hat er seine Frau getötet und dann sein Haus angesteckt. Er selbst ist auch im Feuer ums Leben gekommen. Selbstmord. Moralische Skrupel wegen irgendwelcher Betrügereien. Und du hast tatsächlich recht, er hat seine Schwester umgebracht.«

Katrine sah den Mann skeptisch an. Passte das, oder sagte er es nur? Aber warum sollte er lügen? Worum ging es hier, verdammt nochmal? »Ich glaube Ihnen nicht. Das ergibt keinen Sinn. Was hatten Sie denn dort zu suchen?«

Keine Antwort. Aus unerfindlichen Gründen machte ihr das Hoffnung. Die Tatsache, dass sie noch am Leben war, musste doch bedeuten, dass sie sie für irgendetwas brauchten. Aber wozu?

»Sie kommen hier nicht lebend wieder raus, das wissen Sie doch, oder?«, sagte er, als hätte er ihre Gedanken gelesen.

Aber wieso bin ich nicht längst tot?, dachte Katrine.

Er ging, ohne noch etwas zu sagen, schloss die Tür ab und löschte das Licht. Katrine hörte ihn die Treppe hochgehen.

Dann saß sie wieder allein in der Dunkelheit.

Sie würden sie umbringen. Aber worauf warteten sie noch?

*

»Sind wir an ihm dran?«, fragte Jens Høgh, kaum dass er den Technikraum der Taskforce betreten hatte.

»Ja«, sagte Lars, der nach ein paar Stunden Schlaf zurück ins Präsidium gekommen war und nun hochkonzentriert vor einem großen Computermonitor saß, wo er auf einer Karte von Kopenhagen einen kleinen roten Punkt anstarrte, der sich in diesem Augenblick in der Otto Mønsteds Gade vor dem Polizeipräsidium befand. Jetzt setzte der Punkt sich in Richtung Tietgensgade in Bewegung.

Jens schnappte sich ein Headset und setzte sich neben Lars.

»Die Zielperson hat sich in Bewegung gesetzt«, sagte Jens in das Mikrophon. »Alle Wagen in Position.«

Auf dem Schirm waren fünf blaue Punkte in verschiedenen Seitenstraßen um das Präsidium verteilt, die für je einen Observationswagen mit zwei Polizisten standen.

Sie hatten ein GPS an Jim Hellbergs Wagen installiert und zehn Mann an seine Verfolgung gesetzt, in der Hoffnung, dass er sie zu Katrine führte.

Die fünf blauen Punkte begannen sich zu bewegen.

»Haltet gut Abstand«, sagte Jens mit vor Anspannung zitternder Stimme. »Die Zielperson ist rechts in die Tietgensgade eingebogen, jetzt links auf den H. C. Andersen Boulevard. Langsam, etwas zurückfallen, ihr seid zu dicht dran!«

Mit angehaltenem Atem folgten Jens und Lars dem roten Punkt, der sich langsam am Tivoli vorbeischob, den Rathausplatz überquerte und zu den Seen weiterfuhr.

»Er biegt nach rechts in die Nørre Voldgade ab«, stellte Jens mit nervösem Blick auf Lars fest, der verbissen die Bewegungen auf dem Monitor verfolgte. Jens hielt eine Hand über das Mikrophon des Headsets. »Vielleicht will er nach Norden aus der Stadt heraus, es sieht fast so aus, als führe er in Richtung Lyngbyvej«, sagte er. Lars nickte.

Der rote Punkt bewegte sich langsam die Nørre Voldgade hinauf und an Nørreport vorbei. Fünf blaue Punkte folgten gesammelt mit reichlich Abstand. Hellberg würde die zivilen Autos nicht bemerken.

»Die Zielperson biegt nach rechts in die Gothersgade ab«, sagte Jens kurz darauf durch. »Er fährt in die Innenstadt!«

Verdammt, das war das Ungünstigste, was ihnen passieren konnte. Wäre er weiter nach Norden gefahren, hätten sie ihn unter Kontrolle gehabt, aber im Gewimmel der Innenstadt konnte er ihnen leicht durch die Lappen gehen.

»Team eins und zwei, ihr fahrt durch die Sølvgade, die anderen folgen dem Ziel durch die Gothersgade«, kommandierte Jens.

Der Punkt bewegte sich an Kongens Have vorbei, rechts durch die Christian IX's Gade, weiter durch die Kristen Bernikows Gade und schließlich rechts in die Silkegade.

»Er fährt in die Silkegade«, stellte Jens fest. Zu Lars sagte er: »Was will er denn da, das ist doch eine Sackgasse?«

Im gleichen Moment fiel es ihm wie Schuppen von den Augen. Das Illum! Eines von Kopenhagens größten Einkaufszentren. Ein Albtraum in dieser Situation.

»Zielperson ist auf dem Weg zum Illum«, sagte Jens scharf ins Mikrophon. »Alle Wagen zum Illum, sofort. Team eins und zwei, ihr übernehmt die Eingänge in der Købmagergade, Team drei den Eingang in der Østergade, Team vier den Eingang in der Pilestræde, Team fünf stand-by in der Pilestræde!«

Jens und Lars folgten dem roten Punkt ins Kaufhaus. Kurz darauf stand er still. Drei der blauen Punkte hatten in der Silkegade und Pilestræde gehalten. Die zwei anderen Punkte bewegten sich rasch aus der Kronprinsessegade in die Christian IX's Gade. Gleich waren sie beim Illum. Hellbergs Wagen stand still. Und dann ... zeigte sich ein zweiter roter Punkt auf dem Bildschirm, der sich langsam vom ersten weg bewegte. Das war das GPS an Hellbergs Jacke, das Jens während des Verhörs, als die Jacke über dem Stuhlrücken hing, dort angebracht hatte.

»Er hat das Auto verlassen«, sagte Jens »und geht ins Illum. Team eins?«

»Team eins hier, wir gehen von der Købmagergade rein«, kam die Antwort.

»Team zwei?«

»Team zwei hier, wir gehen vom Amagertorv rein«, war aus einem knisternden Mikrophon zu hören. Der Beamte, der sich meldete, klang kurzatmig.

»Team drei?«

»Team drei hier, wir nähern uns dem Østergade-Eingang.«

Jens sah auf dem Monitor, dass Team vier und fünf die Silkegade erreicht hatten.

»Team vier?«

»Team vier hier, wir sind gleich da.« Sie hörten das Schlagen einer Autotür und das Knistern vom Mikrophon, als der Beamte loslief.

»Zielperson bewegt sich durch das Illum«, meldete Jens. »Jetzt bleibt er stehen. Haben wir Blickkontakt? Team drei? Er ist jetzt in der Nähe vom Ausgang zur Østergade.«

»Team drei hier, kein visueller Kontakt«, kam die Rückmeldung.

Jens und Lars starrten auf den kleinen roten Punkt, der sich nicht von der Stelle rührte. Es verging eine gefühlte Ewigkeit.

»Immer noch kein visueller Kontakt«, meldete Team drei. »Wir bleiben dran.« Knacken im Mikrophon.

Es verging etwas über eine Minute, die sich entschieden länger anfühlte. Jens' Bein wippte nervös auf und ab. Dann meldete Team drei sich wieder.

»Wir haben die Jacke der Zielperson gefunden. Er hat sie auf einen Stuhl geworfen. Wir können ihn nicht sehen!«

»Verdammt!«, rief Jens und merkte, wie sich die Panik in ihm breitmachte. »Alle Teams halten nach ihm Ausschau! Sofort! Team eins, verschafft euch Zugang zu den Überwachungskameras. Team fünf, raus in die Fußgängerzone! Schnell!«

Jens riss sich das Headset vom Kopf und schleuderte es auf den Boden. »Verdammt!«

Lars starrte mit leerem Blick auf den Monitor.

*

Katrine zählte seine Schritte, als er die Metalltreppe hochging. Es waren vierzehn Stufen nach oben. Als die Schritte verstummten, hörte sie mit einem Mal Stimmen. Sie stand in der Dunkelheit auf.

Ihr wurde schwindelig, und sie musste sich mit der Hand an der Wand abstützen, bis der Schwindel sich wieder legte.

Unter der Tür war schwach ein schmaler Lichtstreifen zu erkennen. Katrine ging mit vor sich ausgestreckten Armen auf die Tür zu, bis ihre Hände sie berührten. Sie stand ganz still da und versuchte zu hören, was gesagt wurde, aber die Tür dämpfte alle Geräusche.

Zwischendurch wurden die Stimmen lauter. Jemand schimpfte.

Sie erkannte die Stimme der Boxervisage.

»Das geht dich verdammt nochmal nichts an, Erik!«, rief er.

Eine andere Stimme antwortete, aber Katrine hörte nicht, was sie sagte.

»Das ist nicht dein Problem, du Idiot!«

Jetzt hörte Katrine auch die zweite Person, vermutlich den eben erwähnten Erik.

»Das kann es aber ganz schnell werden, Søren!«, schrie er. »Das hier ist nicht Teil unserer Vereinbarung!«

Danach wurde es wieder still.

Katrine stand an der Tür und wartete, ob sie ihren Streit wiederaufnahmen, aber es war nichts mehr zu hören.

War der zweite Mann weg? Und worum war es bei dem Streit gegangen?

Wenn sie nur wüsste, wer sich da mit dem Boxer gestritten hatte.

*

Eine Stunde nachdem sie den Kontakt zu Jim Hellberg verloren hatten, saß Jens mit Lars Sønderstrøm in seinem Büro und starrte auf Katrines leeren Stuhl. Die Überwachungsaufnahmen hatten gezeigt, dass Jim Hellberg das Einkaufszentrum über den Ausgang auf die Købmagergade verlassen hatte, kurz nachdem Team zwei dort hineingegangen war.

Jens hatte eine Fahndung nach Hellberg ins Polizeinetz gestellt und die Grenzkontrollen alarmiert. Jetzt wartete er, dass die Streife sich zurückmeldete, die sie zu *Søren Lauritzen Enterprise* in Lyngby geschickt hatten.

Jens' Telefon klingelte.

»Das Büro sieht verlassen aus. Alles abgeschlossen, und es antwortet auch niemand«, sagte der Beamte. »Den Eigentümer erreichen wir auch nicht.«

»Scheiße, scheiße, scheiße!«, rief Jens und sprang von seinem Stuhl auf.

Lars schwieg.

Jens schob rasend seinen Stuhl weg. »Wir hätten ihn hierbehalten sollen, als wir ihn hatten!«

»Das hätte uns auch nicht weitergeholfen«, sagte Lars. »Er war unsere größte Chance, uns zu ihr zu führen.«

»Sehr ermutigend!«, sagte Jens. Sønderstrøm sah ihn an. »Tut mir leid, Lars«, sagte Jens.

*

Die Tür öffnete sich.

Das Licht ging an.

Katrine erkannte die Person, die den Raum betrat, sofort wieder, obwohl er die anderen Male, als sie ihm begegnet war, anders ausgesehen hatte.

Es war Jim Hellberg.

»Hallo, Katrine«, sagte er und lächelte sie an, als wären sie alte Freunde, die sich zufällig auf der Straße begegneten.

Er schloss die Tür hinter sich und ging zu ihr.

»Wir sind zusammen nach London geflogen, erinnerst du dich? Ich habe mich die ganze Zeit über gefragt, wieso du mich so anstarrst, und natürlich gehofft, es liege daran, dass ich dir gefalle.« Er lachte leise.

Katrine stand auf. Sie kam sich neben ihm sehr klein vor.

Er wirkte freundlich, lächelte. Aber sie zweifelte nicht eine Sekunde daran, dass das reines Schauspiel war. Dieser Mann war gefährlich. Richtig gefährlich. Alles in ihr schrie: Flucht! Flucht!

Physisch war er ihr weit überlegen. Sie hatte keine Chance, ihn zu überwältigen. Jim trat noch einen Schritt auf sie zu und stand jetzt direkt vor ihr. Sein Duft bohrte sich in ihre Nasenlöcher: Schweiß, Aftershave. Raubtier. Er hob die rechte Hand und berührte ihr Haar. Sie hielt die Luft an. Ihn so nah bei sich zu haben war beängstigend. Sie versteifte sich wie ein Tier, das sich tot stellte, wie eine Maus, die hoffte, dass die Katze ihr Spiel aufgab, wenn sie nicht mehr zappelte.

Für eine lange Sekunde wurde sie zurückversetzt an den Tag am Strand. Den Moment, in dem sie aufgegeben und erkannt hatte, dass alles vorbei war. Genauso fühlte es sich jetzt an.

»Eine tolle Farbe. Aber …«, er schob sich noch näher an sie heran und schnupperte an ihrem Haar, »… es könnte dringend mal gewaschen werden, oder? Überhaupt täte dir insgesamt ein Bad gut, würde ich sagen. Du riechst ein wenig nach …« Er schien nachzudenken. »Du riechst wie jemand, der höllisch Angst hat. Hast du Angst, Katrine?« Er sah ihr forschend in die Augen. Sie zwang sich, seinem Blick standzuhalten.

Sein Blick glitt über ihren Körper, verharrte einen Augenblick. Dann strich seine Hand über ihre Wange, hielt kurz inne und kreiste federleicht um ihre Brust. Sie verkrampfte sich unter der Berührung. Er macht mir klar, dass er mit mir machen kann, was er will, dachte sie. Plötzlich zog er die Hand weg. Sie fing wieder zu atmen an, durch die Nase, langsam und lautlos.

»Hat Søren dich gut behandelt?«

Katrine antwortete nicht. Denk nach. Denk nach. Wie sollte sie mit ihm umgehen? Ihr Kopf war wie leergeblasen. Das war die Angst. In ihr war alles weiß. Da war Nichts.

»Na, du bist ja nicht sehr gesprächig. Ich dachte, es

hätte an Søren gelegen, dass er nichts aus dir herausbekommen hat.«

»Was wollen Sie wissen?«, sagte Katrine und erkannte ihre eigene Stimme kaum wieder. Sie klang scharf und schrill, weil alle Muskeln in ihrem Hals angespannt waren. Sie musste ihm irgendwie zeigen, dass sie sich nicht widerstandslos ergeben würde.

»Ich würde eigentlich nur gern wissen, was du und die Polizei über meine laufenden Geschäfte wisst. Eine ganz einfache Frage«, antwortete er.

»Und warum glauben Sie, dass ich Ihnen das beantworten kann? Ich bin Psychologin, keine Polizistin.«

»Offensichtlich nicht, nein«, sagte er und fixierte sie wieder. »Arne Letoft hat Christian angerufen, als wir im Wohnzimmer gerade tränenreich voneinander Abschied nahmen. Dein übergroßes Interesse an meiner Person hat mich schon etwas befremdet, offenbar bist du auf irgendeine Spur gestoßen. Und dann stehst du plötzlich bei Christian im Garten! Glücklicherweise ist Søren ein sehr spontaner Mensch, und da wir sowieso hierher wollten, haben wir dich halt mitgenommen.«

»Weshalb wollen Sie das wissen?

»Darauf gibt es eine ganz einfache Antwort, meine Süße.«

Jim machte einen Schritt nach hinten und taxierte ihren Körper auf eine Art vom Kopf bis zu den Zehen, die ihr überhaupt nicht behagte. Ganz ruhig bleiben, dachte sie und versuchte, gleichmäßig weiterzuatmen. Er provoziert dich nur, um dich zum Reden zu bringen.

»Weil ich mich zur Ruhe setzen will und gern wissen würde, ob ich das Land überstürzt und ohne meine Familie verlassen und für den Rest meines Lebens über die Schulter gucken muss oder ob ich sie mitnehmen und ganz in Ruhe packen kann. Wenn ihr nichts wisst, ist alles gut. Aber wenn ihr nur darauf wartet zuzuschlagen, bin ich heute noch außer Landes.«

»Sie haben Familie?«

»Hast du das in der Ausbildung gelernt? Versuchst du, meinen schwachen Punkt zu finden, oder was soll der Scheiß?«

Katrine zog die Schultern hoch.

»Ich habe eine Frau und einen Sohn, falls es dich glücklich macht, das zu wissen.«

»Und was haben Sie gemacht?«

»Ha, ha, genau das frage ich dich.«

Er begann, im Raum herumzugehen, blieb stehen, sah sie mit einem Blick an, der Gleichgültigkeit und Verachtung ausstrahlte, und ging weiter.

Katrine sah sich instinktiv um, sobald er sich von ihr entfernte. Sie hatte keine Chance, die Tür zu erreichen und zu fliehen. Sie war unbewaffnet, und sie hatte gesehen, dass er unter der linken Achsel ein Holster mit einer Pistole trug.

»Wie wäre es mit einem kleinen Deal«, sagte Jim und baute sich wieder vor ihr auf. »Wenn du mir sagst, was du weißt, werde ich dir antworten. Tote reden nicht. Nicht so viel, jedenfalls«, fügte er hinzu.

Katrine erwog einen kurzen Augenblick, ob sie sich weigern sollte, auf seine Forderung einzugehen. Aber was würde ihr das nützen?

Solange ich rede, lebe ich, dachte sie und klammerte sich an den dünnen Strohhalm. Sie könnte versuchen, ihn mit dem bisschen, was die Polizei wusste, unter Druck zu setzen. Und mit ihren Theorien. Vielleicht konnte sie ihn so dazu zwingen, einen Fehler zu begehen. Andererseits konnte das genauso gut ihren eigenen Tod beschleunigen und dazu führen, dass er überstürzt das Land verließ …

»Wir wissen nicht mehr als das, was ich bereits Ihrem Gorilla erzählt habe«, sagte sie. »Sie haben als Jugendliche ein paar Einbrüche zusammen gemacht.«

»Sie haben ihm gegenüber eine tote Frau erwähnt?«

»Ist was dran an der Sache?«

Seine Hand traf sie wie ein Blitz aus heiterem Himmel mit voller Wucht auf der Wange.

»Antworte einfach nur. Fordere dein Schicksal nicht heraus.«

»Wir haben den Fall wiederaufgenommen«, sagte sie zornig über die Kränkung und fasste sich ans Gesicht. »Und wir wissen, dass Sie dafür verantwortlich waren. Irgendwas ist schiefgelaufen, darum haben Sie das Haus angezündet. Die Frau ist in ihrem Haus verbrannt«, sagte Katrine und suchte nach einer Reaktion in seinem Gesicht.

Er zog gleichgültig die Augenbraue hoch. »Red weiter«, sagte er.

»Mehr wissen wir nicht.«

Im nächsten Augenblick drückte sich eine Hand in ihren Schritt und die andere auf ihre Brust.

»Lassen Sie mich los!«, rief Katrine und versuchte, sich aus seinem Griff zu befreien. Er nahm die Hand von ihrer Brust und drückte sie mit dem Unterarm auf ihrer Schulter gegen die Wand. Sie versuchte vergeblich, die

Hände zu heben und ihm das Gesicht mit ihren Nägeln zu zerkratzen.

Dann begann er, ihr den Pullover auszuziehen.

»Lassen Sie mich los«, wiederholte sie verzweifelt. »Ich sage Ihnen ja, was wir wissen.«

Er zog sich zurück und sah sie abwartend an. Katrine zog ihre Kleider zurecht. Sie zitterte vor Ekel vor diesem Mann. Sie musste versuchen, so viel wie möglich aus ihm herauszukriegen, damit das, was sie hier tat, noch irgendeinen Sinn ergab.

»Wir wissen, dass Sie Maja Jensen ermordet haben.«

»Ach ja?«, sagte Jim.

»Und dass Sie sich mit einem Robert van Bommel in Amsterdam getroffen haben, den die holländische Polizei schon seit längerem überwacht und jetzt festgenommen hat. In der Werkstatt sind Drogen gefunden worden. Wir wissen, dass Sie wieder Kontakt zu Christian Letoft aufgenommen haben, der inzwischen Autohändler war. Und da Robert van Bommel eine Werkstatt in Holland hatte, die Autos klont, haben wir geschlussfolgert, dass Sie Christian beliefert haben.«

»Aha«, sagte Jim. »Und könnt ihr das beweisen?«

»Ja«, antwortete Katrine kurz.

»Wie?«

»Mit der Beweislast habe ich nichts zu tun.«

»Aha«, sagte er nicht sehr überzeugt. »Da wisst ihr ja eine ganze Menge. Komisch, dass deine Kollegen gar nichts davon gesagt haben, als ich bei ihnen war.«

Katrine sah ihn überrascht an.

»Ja, ich habe heute eine Stippvisite im Polizeipräsidium gemacht. Wahrscheinlich haben sie gehofft, dass ich sie zu dir führe, weil sie mir ein GPS angehängt haben. Sonst noch was?«, sagte Jim, nach wie vor freundlich und geduldig, wie ein Grundschullehrer.

»Nein, das ist alles, was wir wissen«, sagte Katrine paralysiert und verabschiedete sich von dem letzten Fünkchen Hoffnung. Sie würden sie niemals finden.

Er sah erstaunlich zufrieden aus, obwohl das für ihn ja wohl bedeutete, dass er noch heute das Land verlassen musste, dachte Katrine. »Und jetzt sind Sie an der Reihe«, fügte sie hinzu.

»Und jetzt bin ich an der Reihe«, wiederholte er. »Stimmt schon, dumm bist du nicht«, sagte er und nickte anerkennend. »Ich habe wirklich nicht damit gerechnet, dass du ausgerechnet die alte Geschichte in Rungsted aus dem Hut zaubern würdest. Wie auch immer. Einiges von dem, was du behauptest, ist korrekt, aber ein paar andere Dinge hast du in den falschen Hals gekriegt.«

Er lächelte Katrine anerkennend an wie eine tüchtige Schülerin, die herausgefunden hatte, dass er lieber Porsche als Audi fuhr.

»Das mit dem Brand in Rungsted geht auf Christians Konto«, sagte Jim. »Christian hat sie umgebracht. Wir haben nur ein paar Einbrüche zusammen gemacht. Also, Christian, Søren und ich. Die haben nie rausgefunden, dass wir zu dritt waren. Die Rollenverteilung war klar. Ich war für die Logistik zuständig und zusammen mit Søren für das Absetzen der Waren. Christian hat die Häuser ausgesucht, in die wir einbrechen wollten.«

Katrine hatte das Gefühl, dass es ihm Vergnügen bereitete, von den lange zurückliegenden Ereignissen zu erzählen. Kriminelle trugen die krausesten Geschichten über ihre Taten mit sich herum, die sie kaum jemandem erzählen konnten. Das musste sie ausnutzen.

»Christian wusste«, fuhr Jim fort, »wo es was zu holen gab. Es fing damit an, dass er mit seinen Eltern bei irgendwelchen Freunden zum Essen war und mitbekam, dass die demnächst verreisen wollten. Seine Idee fiel bei uns auf fruchtbaren Boden, weil wir uns fast zu Tode gelangweilt haben. Die Sommerferien hatten gerade begonnen, und wir hatten keine Knete und nichts zu tun. Wir fanden Christian ziemlich nervig, und das war sein Versuch, Eindruck bei uns zu schinden. Danach suchte er noch mehrere Häuser aus, wo Leute mit ordentlich Schotter wohnten. Simpel, aber für ein paar Sechzehnjährige ganz schön genial. Und die ersten Male lief alles wie geschmiert. Bis wir in dem Haus waren, wo die ältere Frau wohnte. Wir waren sicher, dass niemand zu Hause war. Aber da steht sie plötzlich im Flur, fängt zu schreien an und erkennt Christian wieder ...« Jim breitete die Arme aus. »Ich hab ihm zugerufen, dass er ihr eins auf die Fresse geben soll, worauf er mit einem Brecheisen zuschlägt.« Jim schüttelte den Kopf. »Er hat verdammt fest zugeschlagen. Sie war auf der Stelle tot.«

Katrine sah Christians nervöse, unterdrückte Wut vor sich, die plötzlich losbrach.

»Søren hielt draußen Wache«, fuhr Jim fort. »Aber er bekam mit, dass irgendwas schiefgelaufen war, kam rein und löste uns ab. Christian und ich sind nach draußen gegangen, um Wache zu schieben. Es war Sørens Idee, sie ins Bett zu legen. Er hatte gesehen, dass dort ein

Aschenbecher stand. Clever. So würde niemand Verdacht schöpfen. Dachten wir. Von daher, Respekt«, sagte er mit einem kurzen Nicken in Katrines Richtung. »Aber das spielt jetzt auch keine Rolle mehr, da es nicht bewiesen werden kann. Und der Täter ist leider tot.« Er lächelte sie noch einmal an.

»Was war mit den anderen Bränden?«

»Was für andere Brände?«, fragte er gereizt.

»Es gab in dem Sommer eine Reihe von Bränden in der Gegend? Waren Sie das?«

»Ich muss schon sagen«, sagte Jim, erneut beeindruckt. »Das war Søren. Er hat sich gelangweilt. Und war frustriert. Von den Eltern ignoriert, sein Vater über alle Berge. Das kann, wie du ja sicher weißt, zu ernsthaften Störungen im Oberstübchen führen.«

»Aber mit Christian haben Sie weiter Geschäfte gemacht … in letzter Zeit?«, fragte Katrine, zufrieden, dass immer mehr Puzzleteile an ihren Platz fielen.

»Ja.« Jim sah sie forschend an. »Und das war ein Fehler. Aber es war so … verlockend. Bot sich förmlich an. Wir hatten etliche Jahre nichts voneinander gehört, als wir uns zufällig in die Arme gelaufen sind. Und mein Partner hatte gerade das Geschäft mit den Autos in Gang gebracht. Aber es war wie damals, sobald Christian auch nur dem geringsten Druck ausgesetzt ist …«, Jim stieß einen verärgerten Laut aus und schüttelte den Kopf, »gerät er in Panik. Als unsere Werkstatt in Holland aufgeflogen ist, hat er mir gedroht, zur Polizei zu gehen und sie über meine Rolle aufzuklären, falls ich keine Lösung finde und ihm die bestellten Autos liefere. Er faselte davon, dass er aussagen wollte, nichts von der Klonerei gewusst zu haben. So ein Trottel!« Jim spuckte das letzte Wort förmlich aus. »Der Kerl war echt so was von fertig – damit hatte ich wirklich nicht gerechnet.«

»Also haben Sie ihn und seine Frau umgebracht und es wie einen Selbstmord aussehen lassen?«

»Ja, er hat bekommen, was er verdiente. Er hätte mir ganz einfach nicht mit der Polizei drohen dürfen. Natürlich macht einen so etwas nervös. Auch Søren hat das ganz und gar nicht geschmeckt.«

»Aber warum musste seine Frau sterben?«

»Wir hatten keine andere Wahl. Womöglich hatte er ihr schon von der ganzen Sache erzählt. Das wäre ihm zuzutrauen gewesen. Eine echte Heulsuse. Und wo wir schon mal dabei sind, dachten wir, können wir auch gleich zwei Fliegen mit einer Klappe schlagen und ihn für den Mord an Maja verantwortlich machen.«

»Wie das denn?«

»Der Abschiedsbrief. Die Mail an seine Eltern. In der er seine Sünden bereut.«

»Das glauben die niemals«, sagte Katrine. »Bei dem, was er alles schon gemacht hat, glauben sie keine Sekunde daran, dass er Selbstmord begangen hat.«

»Ich denke schon«, sagte Jim selbstsicher.

»Woher wussten Sie, dass Maja Christians Schwester ist? Er wusste es ja selber noch nicht sehr lange.«

»Darin liegt der Charme eines kleinen Landes wie dem unseren, nicht wahr? Ich habe Maja vor langer Zeit bei einer großen Party kennengelernt und sie in den ersten Jahren unserer Bekanntschaft häufig besucht. Sie war …« Er nickte vor sich hin, spitzte den Mund ein wenig. »Vor ein paar Wochen hat Christian mir dann die tragische Geschichte seiner Schwester erzählt, die plötzlich bei ihm aufgetaucht ist, eine miese kleine Nutte, die ihn zu erpressen versucht ... Nach allem, was er über sie gesagt hat, habe ich eins und eins zusammengezählt.«

»Aber Christian wusste nicht, dass Sie sie kennen?«

»Doch, ich habe es ihm erzählt.«

»Hat er Sie gebeten ...?«, fragte Katrine atemlos.

»Zwischen den Zeilen. Aber ich hatte meine ganz persönlichen Gründe. Solche Dinge tue ich nicht aus reiner Freundschaft, das ist viel zu riskant.«

»Und was waren Ihre persönlichen Gründe?«

»Maja wurde eine zu teure Bekanntschaft. Sie hat sich nicht an die Regeln gehalten.«

»Was hat sie getan?«

»Sie wurde zu gierig. Das kommt immer wieder vor. Dabei sollte man aber aufpassen, was man tut, und sicher nicht das eigene Nest beschmutzen.«

»Inwiefern gierig?«

»Ich habe sie gut für die Touren bezahlt, die sie für mich übernommen hat. Sie war als Kurier für mich tätig. Und ich hab ihr vertraut. Aber dann ist ihr eine Sicherung durchgebrannt. Ich hatte irgendwann das Gefühl, dass sie mich hintergeht und in die eigene Tasche arbeitet, was ich dann auch bestätigt bekam. Ich bin sicher, wir hätten das Ganze in stillem Einvernehmen lösen können, wenn sie mir das Geld zurückgezahlt hätte. Aber als ich das mit Christian gehört habe ...« Er schüttelte den Kopf. »Erpressung. Das ist nicht gut. Leuten, die solche Tendenzen zeigen, kann man nicht trauen. Und sie wusste viel zu viel über meine finanziellen Verhältnisse.«

»Warum hat sie Christian erpresst?«

Jim seufzte. »Christian hätte gut eine Psychologin wie dich gebrauchen können. Er hatte wirklich Probleme mit seinem Vater. Die waren ja so was von scheißvornehm in der Familie, echte Snobs. Wenn da plötzlich bei ihren Firmenempfängen so ein Flittchen aufgetaucht wäre, hätte das einen Riesenskandal gegeben. In meiner Familie hätten das alle als lustige Abwechslung gesehen. So verschieden sind die Menschen.« Er zuckte mit den Schultern.

Katrine dachte an das, was Christians Vater ihr gesagt hatte. Jim Hellberg war einfach zu abgestumpft und zu sehr von sich selbst überzeugt, um die feinen Nuancen und Ebenen der komplizierten Familienkonstellation zu verstehen.

»Und Maja war so sauer darüber, dass er nichts mit ihr zu tun haben wollte, dass sie ihn erpresst hat?«, hakte sie nach.

»Ja. Und der Idiot hat 250 Mille investiert, 250!, um sie loszuwerden. Er hätte sich gar nicht erst darauf einlassen sollen. Man weiß doch, dass die Leute den Hals nicht voll kriegen, wenn man ihnen den kleinen Finger reicht. Und so war es dann ja auch.«

»Sie wollte mehr?«

»Genau.«

»Hm. Und was hat Maja für Sie transportiert? Geld? Aus was für Geschäften stammte das?«

Jim starrte Katrine plötzlich ungehalten an, als wäre ihm aufgegangen, dass er sich hatte hinreißen lassen und seine Zeit vergeudete. Katrine war ein irritierendes Hindernis auf seinem Weg, das weggeräumt werden musste, damit er seine Reise fortsetzen konnte.

»Sagen wir es mal so: Ich hatte größere Summen Bargeld, die ich in einem anderen Land anlegen wollte. Früher war das eine einfache Angelegenheit, aber die Bankgesetze sind verschärft worden. Zum Glück habe ich gute Kontakte dort unten, die gern größere Summen Bargeld annehmen, aber ich brauchte jemanden wie Maja, der meine Aktivposten dorthin transportierte, um sie auf meine Konten einzuzahlen. Ich gebe zu, es hört sich banal an, aber ich habe ihr tatsächlich vertraut.«

»Warum haben Sie ihr vertraut?«

»Sie hat zu meinen Gunsten ausgesagt.«

»Die Vergewaltigung, die aus Mangel an Beweisen fallengelassen wurde?«

»Jepp.«

»Sie hat eine Falschaussage gemacht?

Er nickte. »Es ist ungewöhnlich, eine Nutte als Kurier einzusetzen. Aber Maja hat mich davon überzeugt, dass das die perfekte Tarnung ist.«

»Die ausländischen Kunden?«

»Genau. Aber dann hat sie angefangen, mich zu bestehlen. Und das tut man nicht.« Er sah Katrine an. »Habt ihr mein Geld eigentlich gefunden?«

»Ja«, sagte Katrine. »Haben Sie danach gesucht?«

»Selbstverständlich. Søren war oben in ihrer Wohnung.«

»Aber dort war nichts zu finden?«

»Nein. Aber wo war das Geld denn nun?«

»In einem Bankfach. Zusammen mit dem Geld von Christian.«

Jim nickte. »Cleveres Mädchen. Mir hat sie nur gesagt, dass sie eine ›Gehaltserhöhung‹ für angebracht gehalten habe. Wirklich, genauso hat sie das gesagt! Sie hatte wohl gehofft, dass es länger dauern würde, bis ich was merke, und dass sie sich bis dahin längst an ein warmes Plätzchen absetzen könnte. Das war dumm von ihr. Da hatte ich wirklich mehr von ihr erwartet. Aber das hat den Ausschlag gegeben. Sie wusste zu viel und hat durchschimmern lassen, dass sie ihr eigenes Ding machen wollte.«

»Also haben Sie sie umgebracht?«, sagte Katrine.

»Nein, nicht persönlich.« Jim sah sie mit unergründlichem Blick an. »Aber ich habe den Beschluss gefasst. Jetzt bekommst du den letzten Teil der Erklärung, damit dein kleines Psychologinnenhirn endlich zur Ruhe kommt, ehe sich der ganz große Frieden auf dich senkt.«

Ein kaltblütiger, berechnender Beschluss: liquidieren. Katrine betrachtete ihn.

Er öffnete die Tür und rief: »Søren! Komm doch mal bitte runter!«

Jim drehte sich um und sah Katrine fast erwartungsvoll an. Gleich darauf hörte Katrine Schritte auf der Treppe. Der Mann mit der Boxervisage trat ein.

»Søren, erzähl doch bitte unserer Freundin, wie du Maja zur Vernunft gebracht hast.«

Søren Lauritzen sah Jim an, um sicherzugehen, dass er es ernst meinte.

Jim nickte.

Lauritzen näherte sich Katrine. Er hob langsam die rechte Hand und berührte ihre Wange an der Stelle, an der er sie zuvor geschlagen hatte. Er stank streng nach Schweiß.

»Ich habe ihr eine Nachricht auf das Handy geschickt,

das sie nur für ihren Job bei uns benutzte, dass wir eine Tour für sie hätten. Wir haben Zeit und Ort für die Übergabe abgesprochen.«

»Freitagnacht?«, fragte Katrine.

»Natürlich«, sagte Søren. »Aber es gab keine Tour.«

Katrine schüttelte es angesichts des Zynismus, mit dem er das Ganze erzählte.

»Dann habe ich dieses arme Würstchen vor dem Haus parken und in den Salon gehen sehen«, sagte Søren Lauritzen. »Pech für ihn. Eigentlich wollte ich irgendein Auto knacken, aber dann kam er. Das war perfekt. Ich fuhr raus nach Frederiksberg und wartete auf sie. Wir haben uns immer dort zur Geldübergabe getroffen, wenn sie wieder eine Tour in den Süden machen sollte. Sie setzte sich zu mir ins Auto, als sie sah, dass ich es war. Ich erklärte ihr, worum es bei dieser Tour ging, und sorgte dafür, dass sie keinen Verdacht schöpfte, dass etwas nicht stimmte. Und im Grunde genommen war es das ja auch – eine letzte Tour!« Er grinste zufrieden. »Wenn du verstehst, was ich meine?«

Katrine spürte wieder den Ekel in sich hochsteigen. Ihr wurde schlecht.

»Ja, aber das war ganz schön riskant, nicht wahr, Søren?«, sagte Jim. »Direkt unter der Brücke. Ich dachte, ich spinne, als ich das gehört habe. Aber er hat sich immer gewünscht, mal einen Ausflug mit Maja zu machen, sie wollte aber nie.«

»Ja, ja«, sagte Lauritzen sauer. »Halt die Klappe.« Sein Blick ging wieder zu Katrine. »Ich hab ihr mit einem Stromschlag das Licht ausgeknipst, als wir aus Frederiksberg wegfuhren. Genau wie bei dir. Mein Auto stand unter der Brücke, mit Benzin und allem.« Er zog die Schultern hoch.

Katrine betrachtete ihn stumm. Er hörte sich an, als würde er erzählen, dass er bei der Werkstatt vorbeigefahren war, um sich einen neuen Auspuff einbauen zu lassen.

»Nun!«, sagte Jim wie ein Direktor, der eine Vorstandssitzung unterbricht. »So weit dazu.« Er sah Katrine an. »Unser Plausch war mir ein Vergnügen. Ich hatte zwar andere Pläne«, er fixierte sie noch einmal von Kopf bis Fuß, »aber es war auch nett, die alten Erinnerungen ein wenig aufzufrischen.« Er drehte sich um. »Räumst du auf, Søren?«

Lauritzen nickte, und sie gingen beide zur Tür.

»Christian ist nicht der Einzige, der einen Psychologen gebraucht hätte«, rief sie hinter ihnen her, ohne nachzudenken. Jim blieb abrupt stehen und drehte sich zu ihr um. »Einfach abhauen und Frau und Kinder im Stich lassen!«, sagte sie voller Verachtung. »Sieht in Ihrer Welt so ein echter Mann aus?«

Seine Hand schoss vor und schloss sich um ihren Hals. Er drückte zu, er würgte sie wie mit einer eisernen Faust. Sie hatte das Gefühl, dass ihre Kehle zerquetscht würde, und bekam keine Luft mehr. Die Sekunden vergingen. Dann ließ er sie genauso plötzlich wieder los, wie er zugegriffen hatte, und stieß sie zu Boden.

»Schlampe!«, zischte er und ging. »Søren, lass dir ruhig Zeit, sie fertigzumachen, nachdem du mir geholfen hast!«

Sie verließen den Raum und schlossen die Tür, aber kurz darauf kam Søren Lauritzen mit einem Strick zurück. Katrine hatte sich eilig in die Ecke zurückgezogen, die am weitesten von der Tür entfernt war, bereit, sich mit Händen und Füßen zur Wehr zu setzen. Die Angst verlieh ihr neue Kräfte. Aber er war stark und massiv wie ein Fels.

»Fassen Sie mich nicht an!«, fuhr sie ihn an.

Sie sah, wie er routiniert zwei Schlaufen in den Strick knotete.

»Nein!«, schrie sie laut, als ihr klarwurde, was er vorhatte. Sie trat nach ihm und traf ihn empfindlich im Schritt. Er biss die Zähne zusammen und verpasste ihr einen kräftigen Kinnhaken mit der Faust. Sie kämpfte wie besessen um ihr Leben, kratzte und biss, aber trotzdem gelang es ihm, ihre Hände in den Schlaufen zu fesseln. Sie wehrte sich weiter, aber ihr Widerstand war zwecklos. Schließlich knotete er das Seil so an zwei Metallschienen unter der Decke, dass ihre Füße gerade noch mit den Zehenspitzen den Boden berührten, dann betrachtete er zufrieden sein Werk.

»So! Und jetzt wartest du brav, bis ich wiederkomme, ja?«, sagte er lächelnd und verschwand erneut nach draußen.

Sie hörte ihn die Treppe hochgehen.

Wie ein Steppenbrand breitete sich die Panik in ihr aus. Was hatte sie denn nur geglaubt? Sich aus der Sache rausreden zu können? Stattdessen hing sie hier und konnte nur darauf warten, dass der Mann, der es auch noch genoss, Jims Befehle blind auszuführen, zurückkam.

Ihr Willen bäumte sich in ihr auf. Sie wollte nicht sterben, wollte nicht aufgeben. Sie wollte leben.

Es kam der Punkt, an dem ich kurz vor dem Zusammenbruch war.

Ich konnte nicht mehr.

Das Geld war mir im Laufe der Jahre zwischen den Fingern zerronnen. Kleider kaufen, Schuhe, Schmuck, hübsche Dinge … das war wie eine Droge für mich. Ich hatte das Gefühl, ein Recht auf diese Dinge zu haben. Dass ich sie mir verdient hatte.

Ich hatte es nicht unter Kontrolle. Und da stand ich nun. In sieben Jahren hatte ich nicht eine Krone auf die hohe Kante gelegt, und ich merkte, dass ich nicht viel länger so weitermachen konnte.

Also ergriff ich die Gelegenheit. Für ihn waren das Peanuts. Und immerhin war es mein Arsch, den ich hinhielt, wenn ich die Touren für ihn fuhr.

Ich wäre vor Angst fast gestorben, aber es ging gut.

Und als irgendwann wieder das ganze Geld auf meinem Tisch lag, dachte ich: Warum es nicht noch einmal machen? Nur ein einziges Mal noch, dann hätte ich, was ich brauchte. Und schließlich hatte er bislang noch nichts gemerkt.

Ich träumte davon, mich irgendwo im Süden niederzulassen, wo niemand mich kannte. Ich wollte ein neues Leben anfangen. Sorgsam mit mir umgehen.

Ein letztes Mal. Es sollte das definitiv letzte Mal sein. Dann wäre ich fertig mit meinem bisherigen Leben und bräuchte Sasja nicht mehr.

*

Die Angeln quietschten, als die Tür aufging.

Katrine Wraa war bereit zu kämpfen. Sie wollte um sich treten, versuchen, seine Weichteile zu treffen, den Bauch, so hart sie nur konnte.

Aber der Mann in der Tür war nicht Lauritzen. War das derjenige, der mit ihm gestritten hatte, dieser Erik, oder irgendjemand anderes, der sie umbringen sollte, oder …?

Sie verlagerte das Gewicht auf das linke Bein, um mit dem rechten zutreten zu können.

»Bleiben Sie ruhig«, flüsterte der Mann und hielt abwehrend die Hände vor sich. »Ich will Ihnen helfen. Mir gehört das Gebäude hier. Die beiden da draußen … die sind doch total durchgeknallt. Das hier gehört nicht zu unserem Vertrag.«

»Beeilen Sie sich«, flüsterte sie. »Er kann jeden Moment wieder auftauchen.«

Er versuchte, den Strick zu lösen. »Verdammt, was sind denn das für Knoten?« Er fluchte. »Warten Sie. Ich hab Werkzeug da draußen.«

»Beeilen Sie sich«, sagte Katrine.

Er verschwand durch die Tür.

Katrines Herz hämmerte. Sie war so nah dran. So nah. Sie mussten es schaffen, ehe Lauritzen wieder auftauchte.

Erik kam mit einer Metallsäge zurück und machte sich daran, den ersten Strick durchzusägen. Katrine hörte Schritte über ihren Köpfen.

»Machen Sie schon!«, sagte sie.

Der eine Strick löste sich. Er machte sich an den anderen. Jetzt hörte sie Schritte auf der Metalltreppe. 14, 13, 12, 11 …

»Schneller!«

10, 9, 8, 7 …

»Da«, sagte er und drückte ihr die Säge in die Hand, »den Rest müssen Sie übernehmen.« Er rannte aus dem Raum. Eine Sekunde später war draußen Tumult zu hören. Sie sägte in rasendem Tempo weiter. Das Blatt war fast durch. Da kam aus dem Treppenhaus ein lauter Schmerzensschrei.

Der Strick war durch. Sie war frei. Katrine rannte zur Tür und sah Erik mit einem Spaten in der Hand dastehen. Søren Lauritzen umklammerte sein Bein. Als Katrine zur Treppe rannte, schlug Erik noch einmal zu. Es gelang ihr, sich an ihm vorbeizudrängen und die Treppe nach oben zu stürmen. Sie musste irgendetwas finden, das sie als Waffe einsetzen konnte. Sie musste hier raus.

Oben kam sie in eine riesige Halle voller wassergefüllter Betonwannen.

Unten im Keller war lautes Rufen zu hören, gefolgt von einem Schrei. »Nein!« Es war Eriks Stimme. Dann war ein harter Schlag zu hören, und noch einer.

Sie warf einen Blick in die nächste Wanne. Am Grund des Wassers wanden und schlängelten sich lebende Tiere. Aale.

Sie hörte Schritte auf der Kellertreppe.

Das musste Lauritzen sein.

*

Katrine rannte auf das Rolltor zu, das hoffentlich aus der Halle führte, und hielt unterwegs vergeblich nach etwas Ausschau, womit sie sich verteidigen konnte. Sie hatte draußen ein Auto gehört, wusste aber nicht, ob das Jim war, der weggefahren war. Aus dem Augenwinkel sah sie, dass Lauritzen die Halle erreicht hatte. Er lief hinkend hinter ihr her.

Sie hatte das Rolltor erreicht und zerrte an dem Handgriff. Verschlossen. Alles Reißen nützte nichts. Das Tor gab nicht nach. Sie drehte sich zu Lauritzen um, der die halbe Strecke zwischen den Aalbecken hinter sich gelegt hatte. Dorthin konnte sie nicht zurück. Und einen anderen Weg gab es nicht.

Katrine sah sich fieberhaft um. Ein paar Meter entfernt stand ein blauer Futtercontainer auf Rädern. Mit wenigen Schritten war sie dort und packte den Metallgriff. Lauritzen war jetzt fast bei ihr. Sie hörte sein Schnaufen. Unter Auferbietung all ihrer Kräfte schob sie den Metallcontainer in seine Richtung. Er traf seinen Körper mit einem dumpfen Laut, der sich fast wie ein Schlag gegen einen Boxsack anhörte. Lauritzen stieß einen Fluch aus, schaffte es aber, Katrine mit dem ausgestreckten Arm einen heftigen Schlag an die Schläfe zu verpassen.

Sie ging zu Boden. Ehe Lauritzen sie festhalten konnte, griff sie mit einer Hand in das Trockenfutter und schleuderte es ihm ins Gesicht, als er sich über sie beugte. Er schrie auf und rieb sich mit einer Hand die Augen.

Katrine wich der anderen Hand aus, die blind in der Luft herumfuchtelte, um sie zu packen, und entdeckte ein paar Meter entfernt Gerätschaften an der im Halbdunkel liegenden Wand. Wie in einem Museum aufgereiht, Werkzeuge und etwas, das wie eine Forke aussah. Es hatte drei Spitzen mit Widerhaken. Sie griff danach und riss es von der Wand.

Søren Lauritzen näherte sich, rieb sich noch immer die Augen. Das war ihre einzige Chance.

Laut brüllend ging sie direkt auf ihn los und stieß ihm mit aller ihrer Kraft das Aaleisen in den Bauch.

Mit diesem Angriff hatte er nicht gerechnet. Er blinzelte verdutzt, umfasste den Schaft mit beiden Händen, und versuchte das Eisen herauszuziehen. Aber die Widerhaken saßen fest. Er wollte etwas sagen, aber statt Worten quoll Blut aus seinem Mund.

»Wo ist der Schlüssel?«, rief Katrine. »Wo ist er?«

Lauritzen sackte ohne ein Wort auf die Knie, saß einen Augenblick wie eingefroren auf der Erde und kippte dann wie ein Sack Kartoffeln nach vorn.

Katrine starrte ein paar Sekunden lang wie gelähmt auf den leblosen Körper. Adrenalin pumpte durch ihre Adern. Ihr Körper war noch immer in Alarmbereitschaft. Sie musste hier raus. Sie überwand ihren Widerwillen und steckte eine Hand in Lauritzens Hosentasche. Sie war leer. In der anderen fand sie ein Schlüsselbund.

Sie lief zu dem Rolltor, probierte alle Schlüssel, bis sie den passenden gefunden hatte, und schob es auf. Draußen war früher Morgen. Der Himmel glühte rot, als stände er in Flammen. Sie sah sich um. Ein warmes goldenes Licht lag über dem Gelände. Schräg links stand ein kleines rotes Backsteinhaus. Rechts war ein Hofplatz, auf dem zwei Autos standen. Jim Hellberg war nirgends zu sehen.

Sie musste Hilfe rufen. Hatte Søren Lauritzen ein Handy dabei?

Eilig lief sie zurück zu der Leiche und durchsuchte hektisch Lauritzens Jackentaschen. Kein Handy. Aber ein Autoschlüssel zu einem Volvo und wahrscheinlich ein Motorbootschlüssel. Sie drückte auf den Autoschlüssel, als sie aus der Halle rannte, und eins der beiden auf dem Hofplatz parkenden Autos begann zu blinken. Scherben knirschten unter ihren Schuhsohlen, aber sie lief weiter. Sie sprang auf den Fahrersitz, steckte den Schlüssel in die Zündung und fuhr los.

Der Schotterweg führte durch eine Apfelplantage zu einem Bauernhof. Katrine fuhr auf den Hof, trat auf die Bremse und stieß die Tür auf. Im Haus bellte ein Hund. Als sie ausstieg, trat ein älterer Mann aus der Haustür. Er schloss die Tür schnell hinter sich, damit der Hund nicht nach draußen lief.

Katrine erklärte ihm eilig, wer sie war und was passiert war. Der Mann ging zurück ins Haus, um gleich darauf mit einem Handy zurückzukommen. Er tippte die Notrufnummer ein.

Katrine setzte sich schwer auf den Treppenabsatz, ihr Atem ging stoßweise. Wie durch einen Schleier hörte sie den Mann mit der Polizei sprechen.

Sie schloss die Augen und wartete.

*

Das Licht über dem Øresund war an diesem Maimorgen ganz besonders. Die Sonne hatte den Morgennebel durchdrungen und löste die Wolken in Windeseile auf. Der Himmel war eine Orgie in rot-orangen Nuancen.

Jim Hellberg hatte dafür aber keinen Blick, als er in seinem Wagen in Richtung Schweden fuhr. In Gedanken war er bei der Farm. Verdammte Scheiße! Die Dinge waren komplett aus dem Ruder gelaufen. Wie hatte das passieren können? Die Sache mit Christian hatten sie in den Griff bekommen, auch wenn sie gezwungen gewesen waren, auch seine Frau aus dem Weg zu räumen, und auch das Problem mit Maja hatten sie gelöst. Aber dann war diese Polizeipsychologin aufgetaucht. Es war ein Riesenfehler gewesen, sie mit zur Farm zu nehmen, die reinste Paniklösung. Andererseits hatten sie sie nicht in Christians Haus sterben lassen können, dann hätte niemand mehr an den Selbstmord geglaubt. Außerdem war es zu verlockend gewesen herauszufinden, was die Bullen eigentlich wussten.

Aber egal. Bald lag sie 500 Klafter tief im Kattegatt.

Nach kurzer Beratschlagung hatten Jim und Søren sich geeinigt, dass Jim den Notplan umsetzte, während Søren hinter ihnen aufräumte. Die lange zurückliegende Tat, bei der diese Oma verbrannt war, hatte den letzten Ausschlag gegeben – die Schlinge hatte sich zugezogen. Er musste so schnell wie möglich das Land verlassen.

In der Mitte der Øresundbrücke drosselte er die Geschwindigkeit auf 80 km / h. Er öffnete das Handschuhfach und nahm die Browning heraus. Dann lenkte er den Wagen näher an die Leitplanke heran, kurbelte das Fenster herunter und schleuderte die Pistole mit Schwung hinaus. Er verfolgte ihren Bogen über die Leitplanke in die Tiefe, richtete den Blick wieder auf die Straße und beschleunigte auf die zulässige Geschwindigkeit.

Vor ihm lag die schwedische Mautstelle. Am Straßenrand standen ein paar schwedische Polizeiwagen. Er ging vom Gas. Es gab keinen anderen Weg.

Jim wählte eine bemannte Kasse. Da nicht viel Verkehr war, ging es zügig voran. Er bezahlte bar mit dänischen Kronen, die Schranke ging hoch, und er fuhr zu einem Zollbeamten, der ihn an die Seite winkte.

*

Der schwedische Zollbeamte Mathias Gustafsson hatte gerade erfahren, dass die dänische Polizei einen dänischen Mann mittleren Alters suchte, der unter dem Namen Jim Hellberg oder Michael Jensen reiste.

Der Fahrer des schwarzen BMW mit dänischem Kennzeichen war mittleren Alters. Er trug ein sportliches, hellgrünes Polohemd, hatte einen Vollbart, eine Designerbrille und dunkles, nach hinten gegeltes Haar. Der Mann lächelte, als er das Fenster nach unten ließ.

»What can I do for you, officer?«, fragte der Mann, ehe Mathias etwas sagen konnte.

»American?«

»Canadian«, sagte der Mann und reichte seinen dunkelblauen Pass durchs Fenster.

Mathias Gustafsson schlug den Ausweis auf und kontrollierte das Bild. Es war sehr ähnlich, außer dass der Mann auf dem Foto keine Brille trug. Als Mathias noch einen Blick in das Wageninnere warf, nahm der Mann seine Brille ab.

»Donald Smith?«

»Ja«, antwortete er auf Englisch.

»Was machen Sie in Schweden?«, fragte der Zöllner.

»Ich war geschäftlich in Dänemark. Jetzt will ich einen alten Freund in Stockholm besuchen, den ich schon viele Jahre nicht mehr gesehen habe.«

Mathias Gustafsson kontrollierte den Pass noch einmal und warf einen letzten Blick auf den Fahrer. Dann gab er ihm den Ausweis zurück.

»Willkommen in Schweden. Gute Fahrt!«

Donald Smith bedankte sich und fuhr weiter. Mathias Gustafsson winkte schon den nächsten Wagen an den Rand.

*

Als er einige hundert Meter zwischen sich und den Grenzübergang gelegt hatte, ließ Jim Hellbergs Spannung etwas nach. Die Landschaft war grün und üppig. Schweden ist ein schönes Land, dachte er. Und er war jetzt Donald Smith, ein Kanadier mit Adresse in Road Town auf Tortola, einer der Britischen Jungferninseln. Er dachte an Stine und Lukas, und ein Stich durchfuhr ihn. Er sah das glückliche Gesicht seines Sohnes vor sich. Aber er würde es bei Stine schon gut haben. Sie konnte das Haus verkaufen. Und das Konto war gut gefüllt. Not leiden würden sie nicht. Sie gehörten zu seinem alten Leben, zu Jim Hellberg. Und dieses Kapitel war nun abgeschlossen.

Für immer.

Donald Smith hatte Vorkehrungen getroffen, um seine Aktivposten zu sichern. Stine glaubte, dass das geplante Segler-Resort auf den Seychellen errichtet wurde. Aber sie – und die Polizei, falls sie so weit kamen – würden auf den tropischen Inseln vor der Küste Tansanias vergeblich danach suchen. Donald Smith hatte sein Vermögen auf den Britischen Jungferninseln über ein ausgeklügeltes Netzwerk an Offshore-Gesellschaften, Trustfonds und anonymen Konten in der Schweiz angelegt. Donald Smith hatte vorgesorgt.

Er lächelte vor sich hin. Er freute sich darauf, Benn wiederzusehen, und war gespannt zu sehen, wie weit das Resort fortgeschritten war. Bis auf weiteres würde Benn seine Familie sein. Donald Smith hatte keine eigene Familie. Noch nicht.

Er fuhr auf die E6 nach Norden mit Kurs auf Oslo, um von dort den ersten Flieger nach London oder Frankfurt zu nehmen. Ab dort stand ihm die Welt offen.

*

Angesichts der ernsten Sachlage hatte der Staatsanwalt beschlossen, Katrine Wraa umgehend zu verhören. Sie war von einem Arzt untersucht worden, hatte ein Bad genommen, etwas Sauberes zum Anziehen und etwas zu essen bekommen.

Sie hatte erfahren, dass Jens und Lars im Lauf der Nacht Kontakt zu dem Krankenhaus in England aufgenommen hatten, um dem Anruf, den sie von dort erhalten hatte, nachzugehen. Dieselbe Nummer hatte danach noch viermal versucht, sie zu erreichen. Ihr Vater hatte natürlich nicht verstanden, wieso sie ihn nicht, wie abgemacht, zurückgerufen hatte. Sobald das hier überstanden war, wollte sie sich bei ihm melden.

Jetzt war sie also seit einigen Stunden zum Verhör im Polizeipräsidium. Der Staatsanwalt war gerade dabei, das Ganze abzuschließen und noch einmal zusammenzufassen.

»Wir sind natürlich alle unendlich erleichtert, dass wir Sie wieder bei uns haben, und sind uns sehr wohl im Klaren darüber, dass Sie wesentlich zur Aufklärung des Falles beigetragen haben.« Holger Madsen sah Katrine mit ernstem Blick an.

Außer dem Staatsanwalt und seinem Assistenten saßen noch Per Kragh, Melby, Lars Sønderstrøm und Jens mit am Tisch. Das bleiche Licht, das durch die Fenster des Präsidiums fiel, verlieh allen Gesichtern über die Erschöpfung hinaus einen fahlen Anstrich.

Katrine spürte ihren Körper kaum noch. Sie fühlte sich wie ein Zombie und wollte nur noch nach Hause. Weg von hier. Sie hatte alle Geschehnisse zu Protokoll gegeben und war immer wieder aufgefordert worden, noch weiter ins Detail zu gehen.

»Aber wir werden trotzdem prüfen müssen, ob ein Disziplinarverfahren wegen Mordes und Gefährdung von Menschenleben gegen Sie eingeleitet werden muss«, fuhr der Staatsanwalt fort. »Ihre Aussagen werden einer gründlichen Prüfung unterzogen und mit den technischen Daten an den Tatorten abgeglichen.« Er schob seine Brille zurecht und schaute in seine Notizen. »Unter Berücksichtigung des Notwehr-Paragraphen im Strafgesetzbuch würde ich aber davon ausgehen, dass Sie nichts zu befürchten haben. Sie haben sich verteidigt und auf die Entführung und die Angriffe auf Ihr Leben reagiert. Aber noch einmal, wir müssen die Beweisaufnahme in der Aalfarm abwarten, bevor wir etwas Endgültiges sagen können. Dasselbe gilt für die Untersuchungen zu Christian und Sofia Letofts Tod.«

Der Staatsanwalt schob seine Unterlagen zusammen und stand auf. »Dann bedanke ich mich für das Gespräch.« Er sah Katrine an. Zum ersten Mal im Lauf der Sitzung konnte sie einen Anflug von Wärme in seinem Blick erkennen. »Und jetzt sehen Sie zu, dass Sie nach Hause kommen und etwas Schlaf kriegen.«

Als der Staatsanwalt und sein Mitarbeiter gegangen waren, bot Jens sich an, Katrine nach Hause zu fahren. Kragh, Melby und Lars blieben im Präsidium, um die umfassende Arbeit zu verteilen, die jetzt vor ihnen lag. Die Ermittlungen zu dem Mord an Maja konnten abgeschlossen werden. Das Gleiche galt für den Mord an Christian und Sofia Letoft. Aber nun stand Kragh plötzlich mit einem alten Mordfall da, der gelöst werden sollte – der Mord an einer Frau in Rungsted, die 1987 in ihrem Haus verbrannt war.

In der Aalfarm waren die Techniker dabei, Spuren zu sichern, und alles, was mit Jim Hellberg und Søren Lauritzen zu tun hatte, genauestens unter die Lupe zu nehmen und zu untersuchen: die Firma, alle Kontakte, die Computer, Telefone, mögliche Strohmänner und ausländische Konten – jeder Stein musste umgedreht werden. Und es musste schnell gehen. Jim Hellberg war vermutlich längst außer Landes, und wenn er Teil einer größeren internationalen Organisation war – worauf einiges hindeutete –, waren die meisten Spuren und Kommunikationskanäle bereits kalt.

*

»Ich muss nur noch einen Anruf erledigen, bevor wir fahren«, sagte Katrine. Jens war mit ihr zusammen in ihr Büro gegangen. Sie rief im Krankenhaus in England an und hatte kurz darauf ihren Vater in der Leitung.

»Was ist denn bloß passiert?«, fragte er.

»Das ist eine lange Geschichte, aber ich bin okay«, sagte sie und schüttelte sich bei dem Gedanken an die Ereignisse der letzten vierundzwanzig Stunden. »Ich erzähl dir das Ganze später ausführlich. Was haben die Proben ergeben?«

Er zögerte. Räusperte sich. Das verhieß nichts Gutes.

»Bin ich nicht brauchbar als Spenderin?«

»Äh, nein, sieht nicht so aus.« Ihr sank das Herz in den Bauch. »Aber ... ähm ...«, sagte er.

»Was?«, fragte sie ungeduldig. »Was ist los?«

»Also, sie würden gerne noch einmal Proben nehmen, Kat.«

»Aber wozu, wenn sie bereits wissen, dass ich nicht brauchbar bin?«

»Sie sagen ...«, er stockte.

»WAS?«, rief sie. »Was sagen sie?«

»Sie sagen, dass wir auf keinen Fall miteinander verwandt sein können.«

»Was sagst du da?«, flüsterte sie.

»Ich versteh das doch auch nicht, Katrine.« Ihr Vater weinte jetzt.

»Das kann nicht stimmen. Da muss ein Versehen vorliegen.«

»Das habe ich ihnen auch gesagt.«

»Wir sind doch ... Das passt doch vorne und hinten nicht.«

»Wir müssen die Proben noch mal nehmen. Wahrscheinlich hat irgendwer im Labor die Aufkleber verwechselt.«

»Ja«, sagte sie paralysiert, »so wird es sein.«

»Inkompetente Trottel.«

»Ich komme morgen rüber.«

»Ruf an, wenn du weißt, wann du landest.«

»Mach ich.«

Sie verabschiedeten sich.

Katrine spürte Jens' Blick auf sich. »Ich wäre jetzt gern allein«, sagte sie tonlos.

Er schwieg.

»Soll ich dich nicht wenigstens nach Hause fahren?«, sagte er schließlich.

Katrine starrte aus dem Fenster in den blauen Himmel und nickte geistesabwesend. Sie hatte geglaubt, das Schlimmste wäre überstanden, doch jetzt ging es erst richtig los.

*

Die Fahrt verlief schweigend.

Katrine saß reglos auf dem Beifahrersitz und starrte durch die Windschutzscheibe, während ihr Tränen über das Gesicht liefen.

Sie lehnte den Kopf gegen die Scheibe.

Jens hatte den Blick auf die Straße gerichtet.

Alle Laute verschwanden.

Sie fühlte sich, als hätten sie die Bodenhaftung verloren.

EPILOG

Puerto Limón, Costa Ricas größter Hafen an der Atlantikküste, war eine quirlige Stadt. Die Fahrt vom Flughafen bei San José hierher hatte knapp drei Stunden gedauert und durch eine spektakuläre und üppige Landschaft geführt. Marco und Thomas hatten den Leihwagen auf einem Parkplatz im Hafen abgestellt und befanden sich nun mitten in dem bunten Menschengewimmel.

»Scheiße, sehen die Frauen hier klasse aus«, sagte Marco.

Sein Blick folgte einer schlanken Frau mit hellbrauner Haut und krausem schwarzen Haar, das ihr offen über die Schultern fiel. Sie trug eine hautenge Bluse mit tiefem Ausschnitt, die freien Einblick auf ihre üppige Frontpartie gewährte. Über den Hüften trug sie ein knappes, buntes Unterteil.

Thomas folgte ihrem wiegenden Gang mit den Augen. »Mmh«, murmelte er anerkennend.

Marco ließ den Blick durch den Jachthafen schweifen. Er massierte seine linke Hand, die nach der brutalen Behandlung der Devils noch immer schmerzte. Diese miesen Ratten. »Siehst du sie irgendwo?«

»Nein«, sagte Thomas.

»Komm, vertreten wir uns ein bisschen die Beine.«

Sie setzten sich in Bewegung und sahen sich die Schiffe an.

Als sie eine Weile herumgeschlendert waren, entdeckte Thomas eine Motorjacht mit holländischer Flagge.

»Da«, sagte er und streckte den Arm aus.

Er ging mit Marco zum Boot, und ein bekanntes Gesicht schob sich aus der Kajüte.

»Na so was, hola!«, sagte Kapitän Martijn. »Qué tal?«

»Muy bien, gracias«, sagte Marco.

Marco und Thomas stiegen an Bord und wurden mit einer Umarmung vom Kapitän begrüßt. Auch Steuermann Rembrandt kam an Deck.

»Ihr seht noch genauso gut aus wie bei unserem letzten Treffen, Jungs«, sagte er mit einem Zwinkern.

»Ebenso. Ist alles nach Plan gelaufen?«, fragte Marco.

»Claro que sí.« Martijn lachte.

Die Aufgabe war simpel.

Das Boot, auf dem Marco und Thomas diesmal anheuerten, hatte der Kapitän »unglücklicherweise« ein Stück weiter nördlich auf Grund gesetzt. Das Boot war daraufhin in eine Werft in Puerto Limón bugsiert worden. Was nur wenige ausgewählte Personen wussten, war, dass die Werft von der Organisation kontrolliert wurde, die hinter der Tour stand.

Während das Boot von Holland quer über den Atlantik gesegelt war, hatte die Werft in einem halben Jahr eine exakte Kopie des Bootes nachgebaut. Der einzige Unterschied bestand darin, dass im Rumpf der Kopie eine Tonne reinstes Kokain versteckt war, das im Straßenverkauf bis zu drei Milliarden Kronen einbringen konnte. Das Boot, das nun im Hafen lag, war die Kopie, bei der alle Papiere in Ordnung waren. Man müsste schon den Rumpf aufsägen, um das versteckte Kokain zu finden.

Marco und Thomas war eine Million Kronen angeboten worden, wenn sie das Boot nach Holland segelten. Das hatten sie abgelehnt. Sie wollten ihren Anteil lieber in Naturalien ausgezahlt bekommen. Nach einigen Verhandlungen hatten sie sich darauf geeinigt, dass sie bei Ankunft in Holland zehn Kilo Kokain von der Ladung bekamen, das sie nach eigenem Gutdünken strecken und zu Geld machen konnten. Im dänischen Koksmarkt war eine Lücke entstanden, die gestopft werden wollte. Sie sahen darin ihre große Chance. Eine einmalige Gelegenheit, die Marco und Thomas nicht verpassen wollten.

Marco sah Kapitän Martijn an.

»Wohin segeln wir?«

DANKSAGUNG

Dieses Buch ist Fiktion, und jedwede Ähnlichkeit mit lebenden Personen oder tatsächlichen Ereignissen ist rein zufällig und unbeabsichtigt. Wobei erwähnt werden muss, dass die Pfannkuchen im Café Hans en Grietje in Amsterdam wirklich lecker sind!

Wir möchten allen danken, die uns mit ihrem Fachwissen auf allen möglichen Gebieten bei der Recherche behilflich waren. Sollten sich im Buch faktische Fehler eingeschlichen haben, nehmen wir das einzig und allein auf unsere Kappe.

Ein Dank gilt unseren Kindern Sofus, Molly und Janus – wir lieben unseren Alltag mit euch. Danke, Janus, dass du mitgelesen und immer zum richtigen Zeitpunkt gute Kommentare gegeben hast.

Wir danken unserer Lektorin Charlotte Weiss.

Und ein ganz besonderer Dank geht an:

Charlotte Kappel, cand. psych., Doktorandin an der University of Liverpool, School of Psychology, und Magnus Andresen, Polizeidirektor, Taskforce Ost.

Des Weiteren möchten wir danken:

Henrik Svindt, Vizepolizeidirektor, Bandendezernat Polizei Kopenhagen

Erik Mørkenborg, Vizepolizeirat, Staatsanwaltschaft für besondere Wirtschaftskriminalität
Dorthe Christiansen, Sachverständige SKAT
Keld Olesen, Polizeirat, Polizei Nordseeland
Hans Kok, KLPD, Rotterdam
Michael Hastrup, Kriminaltechniker, Reichspolizei
Jan Thomhav Hansen, Brandtechniker, Nationale Kriminaltechnische Einheit
Inger Thormann, Psychologin, Skodsborg Observations- und Behandlungsheim
Dorte Sestoft, leitende Oberärztin, rechtspsychiatrische Klinik
Henrik Day Poulsen Ph.D., Facharzt für Psychiatrie
Morten Ejlskov, cand. psych., Organisation aps
Hans Petter Hougen, Professor für Rechtsmedizin an der Kopenhagener Universität
Katerina Pitzner, Diamantenhändlerin
Henrik Stehen Wilkens, Verkaufschef, Nellemann A/S
Jan Saugmann, Segelsportler
Gyda Heding, Leiterin der Pige-Mädchengruppen
Klaus Goldschmidt, Chief Consultant bei SPUK – Soziales und pädagogisches Entwicklungs- und Seminarzentrum
Jacques Royal, pädagogischer Berater / Bandenexperte bei Interception
Siri Luk Sørensen, Journalistin
Annemette Petersen Frosh, Head of Psychology, Wood Green School, Oxfordshire

Und zuletzt noch ein herzlicher Dank an das Kloster Ørslev – die perfekte Oase zum Schreiben.

Øbro & Tornbjerg
Schrei unter Wasser
Kriminalroman
Band 19317

Eine verstörte Frau. Ein ermordeter Arzt. Eine tote Mutter. Und eine junge Kriminalpsychologin im tödlichen Strudel aus Leid und Hass. Der erste Fall für Katrine Wraa.

Platz 1 der dänischen Bestsellerliste.
Von Jussi Adler-Olsen für den
Politiken-Krimipreis ausgewählt.

»Erstklassig – eine unglaublich gute Crime-Story
mit Mord, Betrug, Verrat, Wahnsinn und Psychopathie.«
metroXpress Kopenhagen

Fischer Taschenbuch Verlag

fi 19317 / 1